तूती की आवाज़

[कहानी-संग्रह]

तूती की आवाज़

हृषीकेश सुलभ

राजकमल प्रकाशन

ISBN : 978-81-267-1291-5

मूल्य : ₹695

पहला संस्करण : 2007
दूसरा संस्करण : 2019

प्रकाशक : राजकमल प्रकाशन प्रा. लि.
1-बी, नेताजी सुभाष मार्ग, दरियागंज
नई दिल्ली-110 002

शाखाएँ : अशोक राजपथ, साइंस कॉलेज के सामने, पटना-800 006
पहली मंजिल, दरबारी बिल्डिंग, महात्मा गांधी मार्ग, इलाहाबाद-211 001
36 ए, शेक्सपियर सरणी, कोलकाता-700 017

वेबसाइट : www.rajkamalprakashan.com
ई-मेल : info@rajkamalprakashan.com

मुद्रक : बी.के. ऑफसेट
नवीन शाहदरा, दिल्ली-110 032

TUTI KI AAWAZ
by Hrishikesh Sulabh

अम्माँ और बाबूजी
की स्मृति को
सादर

निवेदन

'तूती की आवाज़' में मेरी बाईस कहानियाँ संकलित हैं। पूर्व प्रकाशित कथा-संकलनों– 'पथरकट', 'वधस्थल से छलाँग' और 'बँधा है काल' की इन कहानियों को एक साथ प्रस्तुत करते हुए मुझे किंचित् संकोच हो रहा है। इन कहानियों का प्रकाशन-काल सन् 1976 से सन् 2000 तक है। पच्चीस वर्षों में कुल बाईस कहानियाँ। यह मेरे आलस्य और कहानी को छोड़कर बार-बार इधर-उधर भटकने का परिणाम हो सकता है।

मैं उन मित्रों का आभारी हूँ, जो कहानियाँ नहीं लिखने के लिए उलाहने देते हैं और लिखने के लिए उकसाते रहते हैं।

–हृषीकेश सुलभ

अनुक्रम

व्यासब्रह्म 13
पदासीन 27
दुगुन में बजता तबला 39
जब तवक़्क़ों ही उठ गई ग़ालिब 56
पिकुलध्वनि 69
हवि 86
टापूटोल 95
यह ग़म बिरले बूझे 103
तूती की आवाज़ 115
वधस्थल से छलाँग 125
पांडे का पयान 141
बूड़ा वंश कबीर का 162
कथावाचक की बेटी 188
राग रुदन 198
कलंक-मुक्ति 206
पथरकट 217
श्राद्ध 230
बड़े राजकुमार 240
रक्तवन्या 252
कोखजली 266
अमली 271
एक ओर सुबह 282

तूती की आवाज़

व्यासब्रह्म

व्यास बाबा समाधि लगाकर बैठे हैं।

ब्रह्मस्थान के चबूतरे पर पालथी मारे, हथेलियाँ घुटनों से सटाए, आँखें मूँदकर मृत्यु का आवाहन कर रहे हैं। उनके ऊपर बूढ़े पीपल की गझिन छतरी तनी है। मृत्यु के लिए तड़प रही है उनकी आत्मा। उनके भीतर हाहाकार मचा हुआ है। अपने अब तक के जीवन के संचित तपों के फल की याचना के रूप में वह मृत्यु को पुकार रहे हैं।...और मृत्यु है कि पाँक में छिपी माँगुर मछली की तरह उनकी मुट्ठियों से फिसल-फिसल जा रही है। इसके पहले भी कई बार ऐसा हुआ है कि उन्होंने मृत्यु की कामना की है,...मृत्यु को पुकारा है और मृत्यु छाया की तरह आभास देकर लोप हो गई है।...पर पहले की पुकार और आज की पुकार में फ़र्क़ है। आज की पुकार में उन्होंने अपने जीवन के सारे पुण्य दाँव पर लगा दिए हैं।

व्यास बाबा साँस रोककर बार-बार मृत्यु के क़रीब जाने का प्रयास कर रहे हैं। उन्हें लगता है कि बस अब आ ही गई मृत्यु कि जाने कहाँ से सँसरकर हवा फेफड़े में चली आती है और याचित मृत्यु छिटककर उनसे दूर हो जाती है। ठीक वैसे ही, जैसे सुराज-उत्सव की रात डोमना चमार की औरत उनकी कसरती देह के वज्रकसाव से छिटककर भाग गई थी और वह हाथ मलते रह गए थे। गाँव में सुराज-उत्सव चल रहा था, सो उन्होंने पीछा नहीं किया। सोचा था, आज नहीं कल सही। पर वह उसी रात फाँसी लगाकर झूल गई थी।...पचास वर्ष होने को आए, पर डोमना चमार की औरत की देहगन्ध आज भी उनके नथुनों में बसी है। पल भर के लिए ही बाँध पाए थे अँकवार में और इसी पल भर में वह दे गई जीवन भर के लिए सौगात,...कँटीली चम्पा के फूल-सी तीखी गन्ध। बीस वर्ष बाद उन्हें डोमना की बेटी ललमुनियाँ की देह को सूँघने का अवसर मिला। उसकी देह का पोर-पोर उन्होंने सूँघा, पर वह गन्ध कहाँ ! ललमुनियाँ जब कभी उनके हाथ लगती, पहले उसे सूँघते, पर उन्हें उसकी महतारी वाली वह गन्ध नहीं मिली।

...नहीं। आज नहीं। अभी तो बिलकुल ही नहीं। इस समय वह अपने इन कर्मों को याद नहीं करेंगे। अपनी इस लालसा को तो वह लार टपकाने ही नहीं देंगे। डोमना

बहू की देह की गन्ध खोजने में समूची उम्र कट गई और सुराज-उत्सव की रात की असफलता की टीस वह जीवन भर भोगते रहे।...पर अब इस दुख को याद नहीं करेंगे।

व्यास बाबा की मुँदी हुई आँखें खुलती हैं। वह पीछे की ओर गरदन झुकाकर बूढ़े पीपल की छतरी को निहारते हैं। डालों-पत्तियों की गझिन बुनावट के बीच छूट गए छिद्रों से आती किरणों पर आँखें टिकाकर भगवान् भुवन भास्कर को गुहारते हैं। साहस सँजोते हैं। अपनी याचना को बलवान बनाते हुए फिर से आँखें मूँद लेते हैं।

...याचना सिर्फ़ आज भर। अगर आज सूर्यास्त तक नहीं मिली मृत्यु, तो कल सूर्योदय के समय हठ से काम लेंगे। अपना मृत्यु-यज्ञ आरम्भ करेंगे। आज रात से ही अन्न-जल त्याग देंगे और कल यहीं...ब्रह्मस्थान के इसी चबूतरे पर,...यहीं सारे गाँव के लोगों के सामने वह अपना चोला बदल देंगे। सुगना उड़ा देंगे फुर्र से और पिंजड़ा छोड़ देंगे इसी पीपल के नीचे।...बाँध लिया है गठरी अब तो।

आँखें मूँदकर समाधि में लीन बैठे व्यास बाबा की नाक पर बीट करके एक काग उड़ता है। पीपल की गझिन छतरी में हलचल होती है। सुग्गे की चोंच जैसी उनकी नुकीली नाक लदफद हो जाती है। दहाड़ते हैं व्यास बाबा—"कागभुसुंडि ! साले ! सगरे गाँव में एक हमारी ही नाक मिली थी हगने के लिए ?...हग लो साले,...जितना जी चाहे हग-मूत लो। यहीं आना दशगात्र का पिंड खाने...यहीं होगा श्राद्ध का भोज। सगरे गाँव में एक हमारी ही तो नाक बची है हगने के लिए...।"

व्यास बाबा की दहाड़ती हुई आवाज़ रुदन में बदल जाती है। उनकी हिचकियों का स्वर आग की लपटों की तरह ऊपर उठता है...बूढ़े पीपल की डालों पर बैठे कागों का पीछा करता है। समूह-स्वर में काँव-काँव मचाते हुए काग पंख फड़फड़ाते हैं। उड़ते हैं। व्यास बाबा के विलाप स्वर, कागों की काँव-काँव और पंखों की फड़फड़ाहट से बूढ़े पीपल के गझिन पत्तों में हलचल मच जाती है। इस हलचल से गाँव के दक्षिणी सीवान का पर्यावरण असन्तुलित हो उठता है।

सूर्यास्त होता है। आकाश में दिन भर विचरण के बाद पक्षियों के समूह वापस हो रहे हैं। बूढ़े पीपल के पत्तों से फिसल-फिसलकर बहती जा रही हैं ललछौंहीं किरणें। पत्ते सँवलाने लगे हैं। चहल-पहल से भर उठता है बूढ़े पीपल का घर-आँगन।

व्यास बाबा उठते हैं। नीचे उतरकर चबूतरे पर माथा टेकते हैं। लघुशंका से निवृत्त होकर सामने स्थित पोखर की भींट पर चढ़ते हैं। भींट पर खड़े होकर बूढ़े पीपल को निहारते हैं। कुछ देर तक पीपल को निहारने के बाद भींट के उस पार उतरकर पोखर के किनारे पहुँचते हैं। कमर में बँधी धोती और काँधे पर रखा गमछा उतारकर किनारे रखते हैं। और नग्न-स्नान के लिए पोखर के पेट में उतर जाते हैं। डुबकी लगाते हैं। जनेऊ तानकर पीठ रगड़ते हैं। फिर नाक दाबकर लगातार डुबकियाँ लगाते हैं। बाहर निकलकर गमछे से देह पोंछते हैं और धोती धारण कर आँखें

मूँदते हुए बुदबुदाते हैं—"तुम चाहे जितना छल करो प्रभु, पर हम तो आज गुहारेंगे ही।...अब तुम्हारी मरजी। जो चाहो, सो करो।"

अँधेरा घना हो चुका है। दिन भर की तपिश से बदहाल साँपों और कीड़े-मकोड़ों के विहार का समय है। भींट की बाँबियों से निकलकर विहार करते न जाने कितने साँपों का फन कुचला है व्यास बाबा ने ! वर्षों पुरानी एक स्मृति कौंधती है।...ऐसी ही एक साँझ थी। वैशाख की तपिशभरी साँझ। आदमी, पशु-पक्षी, कीड़े-मकोड़े—सब बदहाल थे। पड़ोस के गाँव से कुश्ती लड़कर लौट रहे थे व्यास बाबा। घुटने तक उठी धोती, कमर में गमछे का फेंटा और माथ पर लाल लँगोट की ध्वजा जैसी लहराती पगड़ी। अखाड़े की धूल और पसीने से सनी नंगी देह और हाथ में छोटे गिरहवाली लम्बी लाठी लिए विजय के उन्माद में चँवर की पगडंडियाँ रौंदते चले आ रहे थे पहलवान पंडित व्यास बिहारी मिसिर कि...। चँवर के बीचोबीच बहनेवाली बरसाती पइन के पेट में नाग-नागिन का जोड़ा एक-दूसरे से लिपटकर धरती पर लोट रहा था। पहले तो ठिठके,...फिर साँस रोककर अँधेरे में थाहने की कोशिश की और तब मेड़ से छलाँग लगाकर कूदे पइन के पेट में। नाग-नागिन का जोड़ा छिटककर अलग हो गया। अँधेरे में ही साधकर दुहत्थी लाठी से वार किया, तो गों-गों करते हुए धरती पर गिरकर तड़पने लगा काला भुजंग—हीरा पासवान। थरथर काँपती डोमना की बेटी ललमुनियाँ घुटने में छाती छिपाए बैठी थी। अँधेरे में भी उसे साफ़-साफ़ देख रहे थे व्यास बाबा। इसके पहले कि वह दुबारा लाठी से वार करें, हीरा ने उनके पाँव पकड़ लिए। उन्होंने बाएँ हाथ की मुट्ठी में उसकी ज़ुल्फ़ों को भरते हुए उसे उठाया और मेड़ की ओर धकेल दिया। बिना कुछ बोले पइन के पेट से बाहर निकल गया हीरा पासवान।...और उन्होंने ललमुनियाँ की देह को सूँघना शुरू किया। उसकी महतारी की देह की गन्ध खोजते रहे।...पर अब ठहरकर यह खेल खेलने का समय नहीं रहा। बदल गया है समय। यही बदला हुआ समय फन निकालकर उनके सामने खड़ा फुँफकार छोड़ रहा है।

व्यास बाबा लौट रहे हैं। पोखर की भींट, बूढ़ा पीपल,...ब्रह्मस्थान का चबूतरा, ...और लौटते हुए व्यास बाबा—सब अँधेरे का ग्रास बनते जा रहे हैं।

वृत्ताकार बसा है पंडितपुर गाँव।

वृत्त की परिधि पर बसे हैं डोम, मुसहर, दुसाध और चमार जाति के लोग। यहाँ झोंपड़ियाँ थीं और इन झोंपड़ियों में संझा-बाती की परम्परा नहीं थी। दिन भर की गुलामी के बाद लोग जो कुछ पाते, सूर्यास्त होते ही खा-पीकर सुबह की प्रतीक्षा में लग जाते।

परिधि के बाद और केन्द्र से पहले बसी हैं—मध्य जातियाँ। इसी बीचवाली पट्टी में परम्परागत पेशे के साथ केन्द्रवालों की धरती पर अधिया खेती और मज़दूरी के बल पर कच्ची दीवारोंवाले घर थे। इन पर अधिकांशतः फूस या कहीं-कहीं खपरैल के छाजन थे। इन घरों में ढिबरियाँ तो थीं, पर वे सारी रात नहीं जलतीं। रात का एक पहर बीतते ही बुझा दी जाती थीं। लोग खा-पीकर सो जाते या गीत-गवनई करते। इस पट्टी में गीत-गवनई करनेवालों या कुश्ती लड़नेवालों की भरमार थी। पर्व-त्योहार या उत्सवों के समय इनके गीत-नाद की गूँज दूसरे गाँवों तक पहुँचती। विवाद-फसाद के समय मालिकों के बोल पर जब ये लोग लाठियाँ लेकर हहास बाँधते हुए दौड़ते, तो गाँव के दुश्मन जवार छोड़कर भाग खड़े होते। इसी पट्टी में रहते थे रामसिंगार कानू जैसे लोग, जिनके कंठ में सुरसती बसती थीं और अँगुलियों में बंगाले का जादू। बिरहा गाते, तो कलेजे में छेद कर देते और आल्हा-ऊदल गाते हुए ढोलक पर थाप देते, तो गढ़महोबा उतर आता पंडितपुर गाँव में। इसी पट्टी में रहते थे टैन भगत, जिनकी देह में इन्द्र के ऐरावत का बल था। पूरे जवार में एक भी पहलवान नहीं था, जो हाथ मिला सके। ज़िला-जवार के पहलवानों को धूल चटानेवाले टैन भगत सिर्फ़ व्यास बाबा से नहीं जीत सके। दोनों जोड़ीदार थे। जब-जब लँगोट बाँधकर व्यास बाबा से लड़ने के लिए अखाड़े में उतरे, चित हो गए। इस रहस्य को कोई नहीं बूझ सका कि आख़िर एक बार भी क्यों नहीं जीत पाए टैन भगत ! जीतना तो दूर, बराबरी का ज़ोर तक नहीं दिखा सके। मर गए टैन भगत, पर यह राज़ नहीं खुला। अब किसी को क्या बताते और कैसे समझाते कि बाभन को पटककर परलोक बिगाड़ लेने से तो अच्छा है अखाड़े में चित हो जाना !

व्यास बाबा गाँव के दक्षिणी सीवान से चलते हुए वृत्त के किनारे पहुँचते हैं। परिधि पर बनी झोंपिड़याँ अब नहीं रहीं। पाँच साल से ऊपर हुए इनकी जगह इन्दिरा आवास उग आए। जिन दिनों ये बनकर तैयार हुए, पीले रंग से पुते अट्ठासी मकानों की छटा देखते ही बनती थी। इन मकानों में प्रवेश के दिन मन्त्री, नेताओं और हाकिम-हुक्कामों की भीड़ से पंडितपुर गाँव में तिल धरने की जगह नहीं थी। लोहे के खम्भों में तने तारों पर बहती हुई जाने किस लोक से रोशनी आई और नए बने हर घर में ढेरों नन्हे-नन्हे सूरज जगमगा उठे। पंडितपुर के केन्द्र में उस दिन अँधेरा था और परिधि पर रोशनी का मेला लगा हुआ था। उसी रात, पहली बार परिधि पर बसे घरों में संझा-बाती की परम्परा शुरू हुई। उसी रात दारू पीकर जेठ में होली गाते और हुड़दंग मचाते लोग केन्द्र तक पहुँच गए थे। बात-बेबात देह की चमड़ी उतार लेनेवाले लोगों ने अपने-अपने घर के दरवाज़े की ओट से झाँककर जेठ में होली का हुड़दंग मचाते लोगों को देखा और सहमे हुए उनकी वापसी की प्रतीक्षा करते रहे।

व्यास बाबा सरकारी मकानों की पट्टी को पार कर चुके हैं। इन दिनों बिजली के लट्टुओं में कभी-कभार ही रोशनी आती है। अधिकतर अँधेरा ही रहता है। यह अँधेरा अच्छा लगता है व्यास बाबा को। जब रोशनी रहती है, इन मकानों को पार करना रौरव नरक से गुज़रने की तरह लगता है। देह के रोम-रोम में सुई की तरह चुभती हैं किरणें। वह बीचवाली पट्टी में प्रवेश कर चुके हैं। इस पट्टी में प्रवेश करते ही उन्हें लगता है, जैसे रौरव नरक से निकलकर रावण की लंका में आ गए हों। जो लोग राह से गुज़रते हुए देखकर पाँवों पर झुक आते थे, उनके वंशज आजकल ठीक बीच राह पर खाट बिछाकर ताश के पत्ते फेंटते रहते हैं। इस पट्टी को पार करते हुए व्यास बाबा का मन आशंकाओं से भरा रहता है। उनकी रीढ़ की हड्डी थरथराती रहती है।

पंडितपुर की हवा अब व्यास बाबा को रास नहीं आती। उनके मन में तरह-तरह की बातें उठ रही हैं। एक समय था, जब लोग ईश्वर से डरते थे।...लोग मेहनत-मज़दूरी करते,...धरती जोतते-बोते,...मालिक जो देते बाँटकर, उसे बिना हील-हुज्जत के ले लेते और अपनी गृहस्थी चलाते। तब दुनियादारी इस तरह मटियामेट नहीं हुई थी और बड़े-छोटे का भेद मिटा नहीं था। छोटे पाँवलगी करते और हथेली फैलाकर माँगते। बड़े असीसते और पेट भरने के लिए हथेली पर कुछ-न-कुछ रख देते। उन दिनों छोटे लोग, बड़े लोगों के लिए जान भी दे देते, तो उसका हिसाब नहीं रखते...मुआवज़ा नहीं माँगते। बड़े गाली भी देते, तो वह आशीर्वाद की तरह फूलता-फलता। परिधि पर बसे लोगों की बहू-बेटियाँ तो मन में यह आस लिए गर्भ के दिन उछाह से काटतीं कि इस बार सन्तान की चमड़ी का रंग बदल जाएगा। बीचवाली इस पट्टी की औरतों का जूठन ही उनके गर्भ को नसीब होता। मूरख और ज्ञानी दोनों को मालूम था कि एक औरत महाभारत रच सकती है, सो औरतों को लेकर कोई बवाल नहीं होता था। औरतें भी जानती थीं कि आबरू और आक़बत मर्दों की बनती-बिगड़ती है।...अब डोमना चमार की औरत जैसी एक-दो पागल निकल जातीं, तो उनकी फिकर कौन करता !...पर अब तो पृथ्वी ही उलट गई। धरती चली गई नीचे और पाताल आ गया ऊपर। जो भी गन्दा-ग़लीज़ छिपा था पृथ्वी के पेट में, सब बाहर आ गया। अब तो सकल संसार ही रावण की लंका की तरह लगने लगा है। हर गाँव लंका...हर गाँव में रावण और उसकी राक्षसी सेना।...अब तो बच-बचकर चलने और सहम-सहमकर जीने के दिन आ गए। एक-से-एक ज़हरीले कीड़े-मकोड़े घूम रहे हैं। पता नहीं कब कौन काट-डँस ले ! ऐसे-ऐसे भयानक पशु गाँव में दिन-दहाड़े घूमते-फिर रहे हैं, जो पलक झपकते आदमी को खा-चबा जाएँ। जिस टैन भगत की लँगोट वह हर कुश्ती में खोलते रहे,...जिस टैन भगत की पीठ में हर रोज़ अखाड़े की धूल मलते रहे, उसी टैन भगत का...।

धरती के मालिक धरती का काग़ज़-पत्तर लिए चाटते रह गए और दूसरों का घर भर गया। कुकुरमुत्तों की तरह पक्के मकान उग आए। अब तो माटी की भीत और खपरैल का छाजन ढूँढ़ने पर कहीं-कहीं मिलता है। दरवाज़ों पर नादों और खूँटों की क़तार देखते ही बनती है। हरिहरक्षेत्र के मेले से लाई गई जर्सी गाय के दूध में नहाते और पार के सुबुक सींगवाले बैलों की जोड़ी को टिहकारी-पुचकारी मारते दिन गुज़ारते हैं इस पट्टी के लोग। व्यास बाबा बीचवाली पट्टी पार कर चुके हैं। न किसी ने पाँवलगी किया और न ही कुशल-क्षेम पूछा।

अब पंडितपुर गाँव के केन्द्र में प्रवेश कर रहे हैं व्यास बाबा। केन्द्र में बसे हैं पंडितपुर के पंडितों के तीन छोटे-छोटे टोले। पाँड़े टोला में कुल बारह घर हैं। पुरोहिती करते, पाँवलगी करवाते, जनम-विवाह की दक्षिणा और श्राद्ध का दान-पिंड स्वीकार करते इन घरों में अन्न-धन पहले अँटा-गँसा रहता था। आठ घरोंवाले मिसिर टोला की पुरोहिती गाँव से बाहर थी। बड़कागाँव के राजपूतों और रसूलपुर के कायस्थों के घरों की जजमनिका की आधी कमाई घर बैठे हासिल हो जाती थी। पाँड़े टोला के लोग जाकर कर्मकांड करवाते और दान-दक्षिणा का अधिया दे जाते। खेती और बाग़-बग़ीचों का हिसाब-क़िताब करने से लेकर गाँव-जवार के झगड़ों की पंचायत तक का दायित्व इतना व्यस्त रखता कि मिसिर टोला के मर्दों को साँस लेने की भी फ़ुर्सत नहीं मिलती। औरतें दिन भर गपियातीं, व्रत और पूजा-पाठ में लगी रहतीं, आपस में झगड़तीं, ज़रूरतमन्दों को डेढ़ा-अढ़ैया पर अन्न-रुपए देकर सूद वसूलतीं और गहने गढ़वातीं। इन दोनों टोलों में संझा के समय, जो दीया जलता, सारी रात जलता रहता। व्यास बाबा मिसिर टोला के निवासी थे। इन बारह और आठ घरों के अलावा दो घर और थे। दुबे लोगों के घर। दो घरों का सबसे छोटा, पर सबसे ताक़तवर टोला था—दुबे टोला। दुबे टोला के लोग इस गाँव के मूल निवासी नहीं थे। मिसिर टोला का एक परिवार नावल्द हो गया। इसी नावल्द परिवार के दामाद ने ससुराल की डीह पर आसन जमाया। बेटी का वंश मायके की माटी में ख़ूब फूला-फला। अन्न-धन-जन की ऐसी बाढ़ आई कि देखते-देखते पंडितपुर की नाभि बन गए दुबे लोग। परिवार एक से दो हुआ। अपने विशाल भवनों से दुबे लोग बिना सवारी के बाहर नहीं निकलते थे। ममहर का रिश्ता होने के कारण मिसिर लोगों के साथ भात खाते, पर पाँड़े लोगों के साथ पंगत में बैठकर कभी भात नहीं खाया। पंडितपुर से पटना तक फैला था इनका संसार। इन घरों में दीया-लालटेन नहीं, पेट्रोमेक्स जलता था। दरवाज़े पर टँगे पेट्रोमेक्स की रोशनी की छाया सामने के पोखर में चमकती। पोखर में ढेला फेंकने पर चल्हवा मछली की तरह लहराती थी रोशनी की परछाईं। पाँड़े टोला, मिसिर टोला और दुबे टोला के बीच में था यह पोखर। इसी पोखर के किनारे था राम-जानकी मन्दिर, जिसके परिसर में बजते शंख की ध्वनि इन बाईस घरों को पवित्र करती और

इनमें सुख-समृद्धि भरती।...पर ये बातें बीते दिनों की हैं। उन दिनों की बात ही कुछ और थी। तब यह पंडितपुर गाँव, केवल एक गाँव नहीं था। इस जवार के गाँवों की नाक था यह गाँव। बड़कागाँव के राजपूतों का रोबदाब और रसूलपुर के कायस्थों की रईसी की चमक पंडितपुर के लोगों के सामने फीकी पड़ जाती थी।...तब अमन-चैन के दिन थे।

व्यास बाबा पंडितपुर के केन्द्र में हैं। गाँव के दक्षिणी सीवान वाले पोखर से चलते हुए गाँव के बीचवाले पोखर तक पहुँच चुके हैं। पोखर के किनारे, पाँड़े टोला में खड़े हैं। पोखर के ठीक उस पार उनका घर है। बाईं तरफ़ पश्चिम की ओर चलने पर पूरब की ओर मुँह किए मन्दिर है और दाईं तरफ़ चलने पर पश्चिम दिशा में मुँह किए दुबे लोगों के मकान हैं। दुबे टोला अँधियारे में डूबा है। कभी न ख़त्म होनेवाली अनन्त कालिमा से ढँक गया है दुबे टोला। पेट्रोमेक्स की रोशनी को बुझे हुए सात साल हो गए। जनशून्य मकानों से कुत्ते भी परहेज़ करते हैं और बिल्लियाँ तक रास्ता बदल लेती हैं। पिछले कई सालों से चूना नहीं पुता। दीवारें काई से करियाने लगी हैं। जंगली पौधे और घास-फूस उग आए हैं। व्यास बाबा ठहरकर अँधेरे में ढँके दुबे टोला को निहारते हैं।...ठीक एक रात पहले सारा माल-असबाब समेटकर दोनों घरों के लोग निकल गए थे। बाल-बच्चे तो पहले से ही पटना में रहकर पढ़ रहे थे। वहाँ मकान बन चुके थे और समानान्तर गृहस्थी बस चुकी थी, सो सरक जाना आसान था।...पर बाक़ी लोग कहाँ जाते ? दुबे लोगों को पहले ही पता चल चुका था। सच तो यह है कि दुबे लोगों ने समझौता किया था। बड़ी रक़म सौंपकर, जान बचाकर निकल भागे थे दोनों घरों के लोग।...अब पंडित व्यास बिहारी मिसिर भी निकल जाएँगे। अब नहीं रुकेंगे। बहुत देख-भोग लिया संसार को।...आज की रात उनके जीवन की अन्तिम रात है। अब और कोई रात नहीं होगी उनके जीवन में। कल ब्रह्मवेला से मृत्यु-यज्ञ आरम्भ और सूर्यास्त होते ही फ़ैसला।

व्यास बाबा बाईं ओर मुड़ते हैं। पाँड़े टोला का अन्तिम छोर छूट रहा है। रामदहीन पाँड़े, भवनाथ और हरिहर पाँड़े के दरवाज़ों पर सन्नाटा है। अन्तिम छोर पर है सूरत पाँड़े का घर। सूरत पाँड़े के ओसारे में बँधी एक मरियल बछिया हँकार रही है। वह क्षण भर ठिठककर बछिया को पुचकारते हैं। उसकी हँकार रुक जाती है। पिछले दिनों सूरत पाँड़े की विधवा ने इसी बछिया की माँ को जलालपुर के कसाई के हाथों बेच दिया था। व्यास बाबा का मन घृणा से भर आता है। बुदबुदाते हैं—"हरामजादी !...सूरता बहू !...कुतिया, राँड़ हुई तब से जलालपुर के कटुओं का मेला लगाए रहती है।"

वह दाईं ओर मुड़कर मन्दिर की ओर बढ़ते हैं। मन्दिर के ओसारे में दीपक टिमटिमा रहा है। मन्दिर के पुजारी झक्खड़ बाबा गाँजा टानकर सो चुके हैं। वह बाहर

ही खड़े-खड़े शीश नवाकर भगवान् को प्रणाम करते हैं। मन ही मन अपना संकल्प दुहराते हैं...'सिर्फ़ आज भर प्रभु। कल से ये शीश नहीं झुकेगा।...आज रात को इच्छामृत्यु दे दो,...मेरी लाज रख लो,...और नहीं, तो कल से जुध ठनेगा तुमसे।'

व्यास बाबा मिसिर टोला में हैं। पंडित नन्द बिहारी मिसिर के इकलौते सुपुत्र पहलवान पंडित व्यास बिहारी मिसिर अपने घर के सामने पहुँचकर चारों तरफ़ नज़रें घुमाते हैं। छाती भर ऊँची कुरसीवाला मकान। ओसारे की ओरी में लालटेन लटक रही है। लालटेन की मद्धिम लौ का क्षीण प्रकाश ओसारे में और सहन के ऊपर पसरा हुआ है। ओसारे के नीचे एक मोटरसाइकिल खड़ी है। वह ओसारे पर चढ़ते हैं। दोनों तरफ़ गोलकमरे हैं। मकान के इस बाहरी हिस्से की हालत जर्जर होने लगी है। दीवारों से पलस्तर झड़ना शुरू हो चुका है। एक तरफ़ का गोलकमरा पहले बैठक था। हित-पाहुन आते, तो इसी में ठहरते। दूसरा गोलकमरा व्यास बाबा का तपस्थल था। इसी में रहता था हाथीदाँत जड़ित उनका मुग्दर, जिसे भाँजने में बड़े-बड़े पहलवानों के पाँखुर उखड़ जाते। बुद्ध के वज्रासन की तरह आज भी इस कमरे में पड़ा हुआ है उनकी माँ के मायके से मिला वह पलंग, जिस पर उन्होंने अनगिनत पुण्य अर्जित किए हैं। कभी इस गोलकमरे का भी भाग्य था। बहेलिया के जाल की तरह था यह गोलकमरा। रात-बिरात,...दिन-दुपहरिया शिकार अपने आप खिंचा चला आता था। कभी-कभार ऐसी भी नौबत आई कि बिना राज़ी-ख़ुशी कोई आया और राज़ी-ख़ुशी लौटा। इस कमरे ने सुख के दिन देखे हैं। इस कमरे में उनकी जवानी की साँसें रची-बसी हैं। आज भी इसकी दीवारों को कोई सूँघे, तो उसे तरह-तरह की महक मिलेगी। इसी कोठरी में टैन भगत की बीवी...। उन्हें जब कभी सिरदर्द होता टैन की बीवी गाय का पुराना घी लेकर आती। गाय के पुराने घी से मालिश करने पर उसका सिरदर्द छूमन्तर हो जाता। टैन को अखाड़े में मात देना आसान नहीं था, तो टैन बहू को क़ाबू करना भी सबके बूते की बात नहीं थी। उसकी साँसों की हुमक और देह की धमक से यह गोलकमरा धरती छोड़कर आकाश पकड़ लेता था। वह तो व्यास मिसिर की क़ुव्वत थी कि वह इस तूफ़ान को अपनी देह के वज्रकसाव में बाँध लेते।

ओसारे में बिछी चौकी को गमछे से झाड़कर व्यास बाबा बैठते हैं। वह पिछले कई वर्षों से इसी चौकी पर सोते हैं। बरसात हो, जाड़ा हो या प्रचंड गर्मी, इसी चौकी पर उन्हें नींद आती है। पंडिताइन जीवित थीं उन दिनों भी वह नींद के लिए इसी चौकी पर सोते रहे हैं। ओसारे में खुलनेवाले दोमुँहे का दरवाज़ा उढ़का हुआ है। भीतर तेज़ जलती लालटेन की रोशनी की लकीर पल्लों की दरार से ओसारे में फैली मद्धिम रोशनी पर गिर रही है। दोमुँहे के पार से हँसी की आवाज़ें आती हैं। औरत और मर्द की मिली-जुली हँसी। कभी हँसी,...कभी फुसफुसाती आवाज़ की आस,...और कभी दम साध लेनेवाली चुप्पी। व्यास बाबा नहीं चाहते हैं इन आवाज़ों को सुनना और

इस चुप्पी को थाहना।...पर क्या करें ? कान कहाँ रख आएँ ?...कहाँ फेंक दें छाती में उठते बवंडर को ?...किस पोखर में डुबो आएँ अपने भीतर धधकती इस ज्वाला को ?...साँझ ख़त्म हो चुकी है कब की।...रात का पहला पहर बीत चुका है। सारा गाँव खा-पीकर सो गया है या फिर ऊँघ रहा है।...और इस घर में अभी रसलीला चल रही है।...रसलीला।...नहीं, रसलीला नहीं। ये साले क्या रसलीला करेंगे।...है कोई माई का लाल जो उनकी रसलीला का मुक़ाबला कर सके।...समय ने सब कुछ बदल दिया, नहीं तो व्यास मिसिर उड़ती चिरई का पाँख नोच लेते थे। यह समय का ही फेर है कि अपने दुआर पर बैठकर दूसरे की रसलीला देख रहे हैं।...यह समय की घात है कि अपने ही दुआर पर बैठे-बैठे जाने कब तक जागना पड़े कि किशन-कन्हैया निकलें और राधिका रानी दुआर पर बैठे कुकुर-बिलार के लिए जूठन फेंकें।

माह भर पहले व्यास बाबा मरते-मरते बचे थे। इसी दरवाज़े पर दोनों हाथ जोड़कर परमपिता से गुहार लगाते और आँखों से लोर टपकाते हफ्ता दिन गुज़रा। मलजर में फँस गए थे। तेज़ ज्वर और पेट में ठीक नाभि के ऊपर उठती मरोड़ के बाद चिकना आँव। काँखते-कूँखते घर के पिछवाड़े बाड़ी में आते-जाते दिन-रात कटते थे। व्यास बाबा ने अमरूद का टूसा चबाकर प्राण बचाए। पहले तो लगा कि डोला उठ जाएगा, पर वह रोग-व्याधि से मरना नहीं चाहते। उन्होंने भगवान् से प्रार्थना की थी कि ऐसे नहीं प्रभु।...प्रभु ने सुन ली। मल रुका। ज्वर उतरा। पर कायदे का खान-पान नहीं हुआ। सुबह से रिरियाते रहते थे कि मड़गीला भात चाहिए, पर किसी को फ़ुर्सत हो तब तो सुने। बारह बज जाते थे और तब आती थीं दो टिकड़ी रोटियाँ। एक तो मलजर की मारी हुई देह और ऊपर से टिकड़ी रोटियाँ, जिसे आदमी तो दूर, कुकुर-बिलार तक सूँघकर छोड़ दें। पहले दिन तो उन्होंने सूँघकर छोड़ दिया। मक्खियाँ भिनभिनाती रहीं। जब कोई पूछने नहीं आया, तो ताक़त बटोरकर गरजे—"मड़गीला भात नहीं मिला तो मूत देंगे इसी थाली में।"...पर मड़गीला भात नहीं ही मिला।

दोमुँहा का दरवाज़ा खुलता है। भीतरवाले लालटेन की रोशनी का तेज़ भभका ओसारे में फैल जाता है। सफ़ेद खादी का कुर्ता-पाजामा पहने एक तीस वर्षीय युवक बाहर निकलता है। कलेजे पर पत्थर रखकर व्यास बाबा विदा का यह दृश्य अपनी आँखों देख रहे हैं।...वह ओसारे से नीचे उतरता है। मुड़कर दरवाज़े पर लालटेन लेकर खड़ी स्त्री को चमकभरी आँखों से निहारता है। मुस्कराता है। मोटरसाइकिल चालू करता है। फिर भड़भड़ करती मोटरसाइकिल पर बैठकर उड़ जाता है। भीतर से आती लालटेन की रोशनी लोप हो जाती है। व्यास बाबा दाँत पीसते हुए बुदबुदाते हैं—"साले ! उड़ा लो चेतक घोड़ा, उड़ा लो। इसी घोड़े से गिरकर एक दिन मरोगे साले।" शाप देते हुए व्यास बाबा के नथुनों से गेहुँवन साँप की तरह फुँफकार निकल रही है। उनकी आवाज़ तेज़ होती है—"एक दिन माछी भिनभिनाएगी तुम्हारी लहास

पर।...साले ! जवानी के जोम में अन्हराए-बऊराए फिर रहे हो। तब पता चलेगा, जब गिरोगे और भर मुँह माटी लेकर तड़पोगे।...जिस धरती को मसलते हुए चल रहे हो, साले...एक दिन वही धरती फटेगी और गड़ाप हो जाओगे।''

व्यास बाबा की आँखों में गड़ाप होते सुखों के दृश्य उभरते हैं। पंडितपुर के ब्राह्मणों का सुख लील गई धरती। धरती लेकर चाटने से पेट नहीं भरता। और जब धरतीवाले भी न रहें, तो चाटेगा कौन ?...राजनीति की ऐसी बयार चली कि उसमें सब कुछ उड़ गया। देखते-देखते खेतों से फ़सल उड़ी,...फिर खेत उड़ने लगे। मान-मरजाद उड़ा,...नेम-धरम उड़ा और एक रात अट्ठारह जवान, दस अधेड़, पाँच औरतें और दो बच्चे यानी कुल पैंतीस जानें उड़ गईं।

व्यास बाबा के कलेजे की अग्नि तेज़ होती है। जब-जब याद आती हैं जवान बेटों की ख़ून में सनी लाशें, उनके माथ में बवंडर उठ जाता है। उनका जी करता है आग लगा लें देह में या फिर सारे गाँव को फूँक-ताप जाएँ और...। परलोक जाएँगे तो क्या जवाब देंगे पंडिताइन को। क्या बताएँगे उन्हें कि तुम्हारे दोनों बेटों और बड़े पोते को फूँक-तापकर आ रहा हूँ। पैंतीस लाशों में उनके बड़े बेटे ललन मिसिर, छोटे बेटे मदन मिसिर और ललन के पाँच वर्षीय बेटे की लाशें शामिल थीं। मदन की कनिया अपने साल भर के बेटे के साथ मायके में थी, सो बेटे के साथ बच गई।...और यहाँ बचे व्यास मिसिर और बड़े बेटे ललन की औरत। दो-दो जवान विधवा बहुओं और एक दुधमुँहे पोते के साथ पंडित व्यास बिहारी को उनके ईश्वर ने धरती का सुख भोगने के लिए छोड़ दिया।...सात वर्ष गुज़र गए इस घटना को बीते। बँटाई-मज़दूरी के बहाने शुरू हुई इस लड़ाई का बीज दुबे टोला ने बोया था। और मिसिर टोला-पाँड़े टोला के लोगों ने खाद-पानी डालकर इसे सींचा। खेत परती रहने लगे। फिर जैसे-तैसे थोड़ी खेती शुरू हुई तो हल्ला बोलकर फ़सलें लूटी जाने लगीं। परिधि पर बसे लोगों ने मरे हुए माल-मवेशियों को छूना बन्द कर दिया। मजूरी मनमौजी। उन्होंने अपनी औरतों की देह पर ताले जड़ दिए। बीच की पट्टीवालों ने तो आँखें ही नहीं बदलीं, आँखें तरेरने भी लगे। पाँवलगी बन्द हो गई। बँटाई खेतों पर लाठी के बूते कब्ज़ा शुरू हुआ। जो औरतें बिना बुलाए घर-आँगन में फिरकी की तरह डोलती थीं, उन्होंने मुँह पर थूकना शुरू कर दिया। राम सिंगार कानू के दरवाज़े पर कानू-कहारों की औरतों ने सूरत पाँड़े को थूक-थूककर नहला दिया था।...गाँव से बाहर के लोग आते...कई-कई रातों तक गाँव में ठहरते और केन्द्र में बसे तीनों टोलों के लोग घर-गृहस्थी का काम तो अलग, दिशा-मैदान तक के लिए बाहर निकलना बन्द कर देते।...उस रात भी बाहर से ही लोग आए थे।...सौ से ज़्यादा ही लोग रहे होंगे। पंडितपुर के लोगों के आमन्त्रण पर आए लोगों ने आधी रात को पाँड़े टोला और मिसिर टोला को घेर लिया था और फिर लाशें छोड़कर विजय के उन्माद में

पगलाए चले गए थे। जिन्होंने बुलाया था, वे लोग अपने दरवाज़ों पर खड़े होकर हाहाकार का यह नाटक देखते रहे। दुबे टोला के दोनों परिवार एक रात पहले ही गाँव छोड़ चुके थे।

व्यास बाबा अपनी आँखों से अविरल बहते आँसू पोंछते हैं।...नहीं। रुदन नहीं।...रुदन नहीं करेंगे। अब बचा क्या है, जिसके लिए रुदन करें। उन्हें पेशाब की तलब होती है। सहन में जाते हैं। लम्बा-चौड़ा विशाल सहन। लालटेन की मरियल रोशनी को सहन के विशाल उदर ने निगल लिया है। आधे से ज़्यादा भाग अँधेरे में डूबा है। मिसिर टोला में किसी के घर के सामने इतना बड़ा सहन नहीं है। इसके पहले कि यह सहन सिकुड़कर छोटा हो जाए...टुकड़ों में बँट जाए, वह इस दुनिया से पीठ फेर लेंगे। ललन की औरत ने अपने हिस्से का मकान और सहन की ज़मीन किसी को लिख दिया तो !...और क्या पता लिख ही दिया हो ! जिसको लिखा हो, वह पंडित व्यास बिहारी मिसिर के मरने की बाट जोह रहा हो कि कोर्ट-कचहरी के झंझट में फँसने से अच्छा है बुढ़वा के मरने तक दम साध लेना।...अब जो भी हो, एक रात में क्या रखा है।

व्यास बाबा वापस आकर चौकी पर बैठते हैं। रीढ़ की हड्डी चिनकती है। ब्रह्मस्थान के चबूतरे पर दिन भर बैठे रहे हैं, तो रीढ़ तो चिनकेगी ही। वह सिरहाने गमछा लगाकर चौकी पर लेट जाते हैं। ललन और मदन की विधवाओं ने जीवन में जो भी बचा था, सब मटियामेट कर दिया। एक राँड़ कुल-ख़ानदान के बिनाश के लिए काफ़ी होती है,...और यहाँ तो दो-दो जवान राँड़ों का उपद्रव। उपद्रव ही तो मचा दिया इन दोनों हरामजादियों ने। श्राद्ध के दस दिन भी नहीं बीते थे कि उपद्रव शुरू हो गया। सरकार ने मरनेवालों के नाम एक-एक लाख रुपया बाँटा। पोते के नाम का पैसा तो सरकारी लोग हड़प गए, पर दोनों बेटों के नाम पर एक-एक लाख रुपए मिले। रुपए क्या मिले, बारूद में आग लग गई। दोनों को लगा, बुढ़ऊ पचा जाएँगे। दोनों ने रुपए हथियाने के लिए ऐसा उपद्रव मचाया कि उनकी बोलती ही बन्द हो गई। रुपए हथियाने के बाद ललन की औरत मायके जा बैठी। वहीं से बँटवारे के लिए सन्देश भिजवाने लगी। बलरामपुर के पंडितों का कुल-ख़ानदान इतना नीच होगा, यह जानते तो बेटा ही नहीं ब्याहते। समधी बाँके तिवारी एक नम्बर का कमीनज़ात निकला। विधवा बेटी की दौलत पर राज़ भोगना चाहता है।...राज़ भोगें सब लोग। अब व्यास मिसिर का इस माया के बाज़ार से कैसा नाता !...बहुत गिड़गिड़ाए। ससुर होकर हाथ जोड़े कि चलो...चलकर रहो।...उपज में तुम्हारा हिस्सा अलग करके दे देंगे। चाहे जैसी मरजी तुम्हारी,...जैसे चाहो खरच करो। बस धरती बेचने और बेचकर मायके में लुटाने की बात मत सोचो।...पर दिमाग़ धरती पर हो, तब कोई सोचे-समझे !...भाग्य पहले ही फूटा था...मति भी भ्रष्ट हो गई। गहना-गुरिया सब

समेटकर साथ लेती गई।...अब कौन गरज की लौटेगी ?...खेत तो मायके में ही बैठकर बेच देगी। ख़रीददारों की कमी नहीं है। पंजाब और अरब का पैसा बाढ़ की तरह गाँव में बहने लगा है। जानते हैं व्यास बाबा कि गाँव के लोग बलरामपुर जाकर पैसे गिनने को तैयार हो जाएँगे। लिखवा लेंगे।...फिर कौन करता फिरेगा फ़ौजदारी ?...कौन कचहरी में जाकर नाक रगड़ेगा ? बूढ़ी देह और टूटी हुई हिम्मत लेकर कितना लड़ेंगे वह ?...और किसके लिए लड़ेंगे ?...मदन के बेटे के लिए ?

मदन की औरत का चेहरा याद आते ही व्यास बाबा का मन कसैला हो जाता है। वह तो बिना नाथ-पगहा के गाय की तरह सींग मारती फिर रही है। बेटे को मायके भेज दिया है। अबोध बालक क्या जाने दुनिया का रीति-रिवाज। वह भी चाहते हैं ममहर में ही रहे। वहीं रहकर पढ़े-लिखे। इस गाँव में तो अब जान की क़ीमत रही नहीं। कुल का अकेला चिराग है।...इसी का लाभ उठा रही है मदन की औरत। अकेली जवान राँड़ औरत। कोई रोक-टोक नहीं। ससुर का तो माटी के बराबर मोल नहीं है। न कोई डर-भय और न कोई लोक-लाज।...दिन-रात रसलीला। हीं-हीं-ठीं-ठीं करती रहती है। टैन का बेटा मोटरसाइकिल उड़ाते आता है और घुस जाता है घर में। लफंगा साला। उस रात हत्यारों को नेवता देने में यह भी शामिल था। नेता बना फिरता है। लाल झंडे का नेता। साले, वही लाल झंडा एक दिन कफ़न बनेगा तुम्हारा।...पंडित के घर की आबरू लूट रहे हो...विधवा का धरम लूट रहे हो,...कोढ़ फूटेगा,...बजर गिरेगा कुल-ख़ानदान पर।...

क्रोध के बवंडर में उड़े जा रहे हैं व्यास बाबा। देह चौकी पर है और मन को उड़ाए लिए जा रहा है आँधी-तूफ़ान।...अपने ही घर में खोट है।...राँड़ की जाँघ में अगर खुजली हो जाए, तो उसे कोई नहीं मिटा सकता। इस औरत ने तो उन्हें कहीं का नहीं रखा। उनका जी करता है कि लाठी उठाएँ और धुनते हुए घर से बाहर कर दें। कर तो दें, पर कौन देगा दो रोटी सेंककर ?...पर अब किस रोटी की चिन्ता ? अब जब मृत्यु को पुकार रहे हैं...मरण-यज्ञ ठान लिया है, तो रोटी किस काम आएगी ?...फिर ? फिर क्यों सहें इस हरामजादी की जवानी का उपद्रव ? इस राँड़ से कैसा नाता-रिश्ता ?...कैसा मोह ? जब बेटा ही चला गया तो इससे कैसा मोह ? इस औरत ने उनका मान लूट लिया और अपना मान लुटाती फिर रही है, तो वही क्यों धरम देखें ?...वही क्यों लोक-लाज सोचें ? जब मरना ठान ही लिया है, तो मरने से पहले क्यों नहीं...।

व्यास बाबा पाँव समेटते हैं। उठकर बैठते हैं। माथे पर पगड़ी की तरह गमछा लपेटते हैं। सचमुच उड़ा जा रहा है उनका माथा। उनकी आँखों के सामने पहले अँधेरा छा जाता है। गहरा अँधेरा। सब कुछ कालिमा में डूब जाता है। फिर अचानक तेज़ प्रकाश। आँखें चौंधिया देनेवाला तेज़ प्रकाश। अँधेरे से भी ज़्यादा भयावह प्रकाश।

ऐसा प्रकाश, जिसमें व्यास बाबा को कुछ भी नहीं सूझता है।...वह उठकर दरवाज़े तक आते हैं। उढ़के हुए पल्लों को धक्का देते हैं। पीतल के फूलदार कीलों से सजा दोमुँहे का विशाल दरवाज़ा धड़ाम से खुलता है।

रसोईघर में ससुर के लिए खाना निकालती हुई छोटी बहू चौंकती है। रसोईघर से आवाज़ देती है—"कौन ?"

एक हाथ में लालटेन और दूसरे हाथ में थाली लिए वह रसोईघर से बाहर निकलती है। वर्षों से बाहर के ओसारे में चौकी पर बैठकर भोजन करनेवाले ससुर को भोजन के समय रात में अचानक आँगन में पाकर उसकी बड़ी-बड़ी आँखों में अचरज भर जाता है। धीमी गति, पर सधे हुए क़दमों से अपनी ओर बढ़ते चले आ रहे ससुर के चेहरे को देखकर उसका मन थरथरा उठता है।

पंडित व्यास बिहारी मिसिर बहू के सामने, बिलकुल क़रीब आकर रुक जाते हैं। उसके ऊपर अपनी जलती हुई लाल आँखें टिकाकर उसे एकटक निहारते हैं।

...चमकता हुआ गेहुँआ रंग,...बिना सिन्दूर और सिंगार के दिप-दिप करता चेहरा और बिना काजल की रेखवाली बड़ी-बड़ी ठिठकी हुई आँखें।

ससुर को जलती आँखों से अपने को एकटक घूरते हुए पाकर उसकी देह सिहरती है। दाएँ हाथ से छूटकर थाली गिर जाती है और घर की दीवारों को भेदती हुई झन्न की आवाज़ पसर जाती है मिसिर टोले में,...पंडितपुर में,...सम्पूर्ण दिक्-दिगन्त में।

वह लालटेन को अस्त्र बनाती है। निशाना साधती हुई झटके से दो क़दम पीछे हटती है और फिर दहाड़ती है—"कुत्ते !...निकल जाओ आँगन से।...जाओ, नहीं तो इसी लालटेन से झुलसा दूँगी,...भसम हो जाओगे,...लहास भी नहीं उठेगी...और बच गए मरने से, तो सारा गाँव थूकेगा।"

सधे क़दमों से वह आगे बढ़ती है, दबाव बनाती है। व्यास बाबा पीछे हटने लगते हैं। वह आगे बढ़ रही है और पंडित व्यास बिहारी मिसिर पीछे हट रहे हैं। पीछे हटते हुए वह दरवाज़े से बाहर निकल जाते हैं। दहला देनेवाली आवाज़ करता हुआ दरवाज़ा बन्द हो जाता है। बाहर ओसारे की ओरी में टँगे लालटेन की रोशनी समाप्त हो चुकी है। तेल के अभाव में लालटेन बुझ चुका है।

दूसरे दिन की सुबह पंडितपुर गाँव के नामी पहलवान पंडित व्यास बिहारी मिसिर गाँव के दक्षिणी सीवान पर स्थित ब्रह्मस्थान वाले पीपलवृक्ष में झूलते हुए पाए गए। टैन भगत के दरवाज़े पर बने कुएँ के पास रखी बाल्टी की डोरी का उपयोग उन्होंने झूलने के लिए किया। चबूतरे से दो फीट ऊपर उनका पाँव झूल रहा था।

और दिनों की तरह उस दिन भी रात के बाद भोर हुई। लोग-बाग नींद से जागे। मवेशियों को सानी-पानी दिया। दिशा-मैदान को निकले। जो लोग दक्षिणी सीवान वाले पोखर का उपयोग दिशा-मैदान और स्नान-ध्यान के लिए करते थे, उन्हीं में से किसी ने व्यास बाबा को झूलते हुए देखा। हल्ला मचा। सारा गाँव-जवार एकत्र हुआ। सबसे पहले किसने देखा—इस बात पर काफ़ी मतभेद था। पहले देखने के दावेदार कई थे। फिर जब यह लगा कि मामला थाना-पुलिसवाला बनेगा, तो पहले देखनेवाले दावेदारों ने अपनी दावेदारी वापस ले ली।

पुलिस आई। लाश उतारकर पहले थाने और फिर चीर-फाड़ के लिए ज़िला अस्पताल ले गई। छोटी बहू ने लाश देखने के लिए थाने या ज़िला अस्पताल जाने से इनकार कर दिया। मुखाग्नि देने के लिए अपने आठ वर्षीय पुत्र को मायके से नहीं बुलवाने के अपने निर्णय पर, गाँव के लोगों के दबाव के बावजूद डटी रही। पुलिस को एक हज़ार रुपए देकर हाथ जोड़ लिए। पुलिस ने पंचनामा करके लाश को सरकारी ख़र्च पर फूँकने की व्यवस्था कर लाश से अपना पीछा छुड़ाया। बड़ी बहू के पास भी सन्देश भेजा गया, पर वहाँ से कोई नहीं आया।

व्यास बाबा ने झूलने के लिए जिस रस्सी का उपयोग किया था, उसके कारण पुलिस ने सन्देह के आधार पर टैन भगत के मोटरसाइकिल वाले सुपुत्र को गिरफ़्तार कर लिया। पन्द्रह दिनों तक जेलवास करने के बाद वह ज़मानत पर छूटा। पुलिस ने हत्या और आत्महत्या के बीच सन्देह पैदा करते हुए रिपोर्ट दर्ज़ की थी। बाद में जाँच के समय व्यास बाबा की छोटी बहू ने दस हज़ार की गड्डी देकर पुलिस डायरी में आत्महत्या का मामला साफ़-साफ़ दर्ज़ करवाया और मोटरसाइकिल सवार को घर बैठे कोर्ट से बरी करवा लिया।

पंडितपुर के निवासी चाहते हैं कि व्यास बाबा की पहली बरसी से ब्रह्मस्थान पर हर साल मेला लगे। मेले की तैयारी शुरू हो गई है। ब्रह्मस्थान के चबूतरे की मरम्मत, पोखर की सफ़ाई, यज्ञ-हवन और मेले के दीगर इन्तज़ाम के लिए चन्दा उगाही चल रही है।

...इन दिनों अहिवात औरतें व्यासब्रह्म को कच्चा सूत, लँगोट, चने और लड्डू चढ़ाकर अपने अहिवात की रक्षा के लिए मनौतियाँ मानती हैं।

(इंडिया टुडे, 1998)

पदासीन

राज्य कला परिषद् का परिसर जयघोष से गूँज रहा था। गगनभेदी नारों से आकर्षित होकर राहगीर भीड़ की शक्ल में बदलते जा रहे थे। लोग शहर के बीचोबीच अचानक फूट पड़े इस उल्लास का कारण नहीं समझ पा रहे थे। जहाँ पेड़ों की छाँह में बैठकर दिन भर जुआड़ियों के दल पत्ते फेंटा करते थे, वहाँ आज रौनक़ थी। कुछ लोग जयजयकार करने में लगे थे और कुछ भाग-दौड़ में व्यस्त थे। परिषद्-भवन के मुख्य द्वार पर कुछ नेतानुमा और कुछ अफ़सरनुमा लोगों का एक समूह हाथों में पुष्पहार लिए खड़ा था। नेतानुमा लोगों के हाथ हवा में लहराते और 'रघुवीर बाबू ज़िन्दाबाद' की ध्वनि गूँज उठती। अफ़सरनुमा लोगों के चेहरे पर तनाव था। कब्जियत के रोगी की तरह कूँथते हुए वे लोग ज़िन्दाबाद के स्वर में अपना स्वर मिला रहे थे।

नए अध्यक्षजी आज पद-भार ग्रहण करनेवाले थे। मोटरसाइकिल पर सवार नुकीली मूँछोंवाले दो खद्दरधारी युवकों ने आकर अभी-अभी ख़बर दी थी कि अध्यक्षजी बस पहुँचने ही वाले हैं। मुख्यमन्त्री जी के पाँव छूकर आशीर्वाद लेने के बाद प्रस्थान कर चुके हैं। उन दोनों ने आकर सरसरी निगाह से माहौल का जायज़ा लिया और सूचना देने के बाद, जिस गति से आए थे, उसी गति से मोटरसाइकिल उड़ाते हुए वापस चले गए।

विजय के उन्माद में बौराए सैनिकों के राजधानी वापस होते क़ाफ़िले की तरह अध्यक्षजी का क़ाफ़िला परिषद्-भवन पहुँचा। खुली जीप पर पुष्पहारों से लदे, दोनों हथेलियाँ जोड़कर विनय की प्रतिमूर्ति बने,...जयजयकार करती भीड़ के बीच घिरे नए अध्यक्षजी के आगमन से राज्य कला परिषद् का परिसर धन्य-धन्य हो उठा।...सड़क पर ट्रैफ़िक जाम...चहारदीवारी पर खड़े तमाशबीनों की भीड़,...और जुलूस में आए तथा स्वागत में प्रतीक्षारत लोगों के दोतरफे नारों से गूँजता दिक्-दिगन्त ! अद्भुत दृश्य था। अध्यक्षजी के जीवन के लिए अब तक का सबसे आह्लाद भरा दृश्य।...राज्य कला परिषद् के स्थापना-दिवस से लेकर अब तक के काल का सबसे चहल-पहल भरा दृश्य। नए अध्यक्षजी और परिषद् दोनों के जीवन के लिए यह अद्वितीय उपलब्धि का दिन था।

अध्यक्षजी जीप से उतरे। उतरे नहीं वरन् उतारे गए। जैसे मरे हुए तिलचट्टे को चींटियाँ टाँग लेती हैं, वैसे ही टाँगकर भीड़ ने उन्हें जीप से नीचे उतार लिया। वह आहिस्ता-आहिस्ता आगे बढ़ रहे थे। दोनों हाथ जोड़े। पुष्पहारों के बोझ से तनिक झुके। डोली से उतरकर डेग धरती कनिया-बहुरिया को जैसे सुहागिनें कोहबर-घर तक ले जाती हैं, वैसे ही भीड़ ने अध्यक्षजी को उनके कक्ष तक पहुँचाया।

अध्यक्ष के आसन पर अध्यक्षजी विराजे। टेबल पर दोनों कुहनियों को टिकाते हुए अपने कक्ष में उपस्थित लोगों को अपनी मुस्कान से नवाज़ा। उनकी आँखें कुछ ढूँढ़ रही थीं। ढूँढ़ती हुई आँखों में चमक आई। संस्कृति निदेशक की जुड़ी हुई हथेलियाँ उनका स्वागत कर रही थीं। अध्यक्षजी की मुस्कराहट थोड़ी और गहराई। बोले—"बैठिए सुधाकर बाबू...बैठिए। आप तो ब्लड हैं।...बैठिए महाराज ! आपसे ऑफिसियल रिलेशन थोड़े हैं कि...।"

आई.ए.एस. कॉडर में प्रोन्नति की प्रतीक्षा में झूल रहे राज्य-सेवा के अधिकारी सुधाकर प्रसाद इस पृथ्वी के पहले जीव थे जिन्हें अध्यक्षजी के सामने कुर्सी पर बैठने का गौरव प्राप्त हुआ। अध्यक्षजी की मुस्कान, अदाएँ और शब्द उनकी छाती में बर्छी की नोक की तरह चुभ रहे थे। वह अपने धीरज का इम्तहान दे रहे थे। इस इम्तहान की उन्हें आदत थी, सो उन्होंने अपने चेहरे का रंग बदलने नहीं दिया। होंठों की थरथराहट पर नियन्त्रण किया और कुर्सी पर बैठे-बैठे ही सिन्हा को इशारा किया।

सहायक संस्कृति निदेशक पी.के. सिन्हा ने संचिका खोलकर अध्यक्षजी के सामने रखते हुए अँगुलियों से हस्ताक्षर की जगह की ओर संकेत किया। अध्यक्षजी की भृकुटि टेढ़ी हुई। सिन्हा की रीढ़ कँपकँपा उठी। उसने सामने रखे पेन-स्टैंड से कलम निकालकर अध्यक्षजी को देना चाहा। अध्यक्षजी कलम झपटते हुए बोले—"सिन्हा !...हम राजपूत नहीं हैं।,आँख मूँदकर कलम चलानेवाला अध्यक्ष मत बूझना।...अब आँख बन्द और डिब्बा ग़ायब का ज़माना गया।...हमको मालूम है कि कहँवा सिग्नेचर करना है।"

अध्यक्षजी ने योगदान-पत्र पर हस्ताक्षर किए। कक्ष में जुटी भीड़ ने करतल-ध्वनि की। एक बार फिर जयजयकार से परिषद्-भवन काँप उठा। जयजयकार की ध्वनि इतनी सघन थी कि परिषद्-भवन की नींव सिहर उठी और प्लास्टर उखड़ी दीवारों से रेतकण भरभराकर गिरे। अध्यक्षजी गरजे—"विभूतिया कहँवा है ?...कहँवा गया ?...बुलाओ साले को।...बुलाओ सचिव विभूतिप्रसाद सिंह को।...अध्यक्ष पदभार ग्रहण कर रहे हैं और सचिव नदारद ! यही एडिकेट है ?...कामनवा कहँवा है ?...उपाध्यक्ष श्रीमती कामना शर्मा भी ग़ायब हैं ?...खैर, वह तो पॉलिटिकल औरत है। उससे तो हम बाद में निबटेंगे, पर सचिव को तो होना चाहिए न !"

परिषद् के सचिव विभूतिप्रसाद सिंह भीड़ के कारण कक्ष में प्रवेश नहीं कर पा रहे थे। कलफ लगी धोती और सिल्क के कुर्ते की चमक बचाते बरामदे में खड़े थे। जैसे-तैसे राह बनाकर उन्हें कक्ष के भीतर अध्यक्षजी के सामने पहुँचाया गया। उनके नमस्कार के जवाब में अध्यक्षजी ने पूछा—''का जी विभूति बाबू, आपको तो अनपच हो गया होगा ?''

सचिव विभूतिप्रसाद सिंह लरज़ उठे।

अध्यक्षजी ने कहा—''परेशान होने की ज़रूरत नहीं है।...धीरे-धीरे सब पचने लगेगा। हम पदभार ग्रहण कर रहे हैं और आप बाहर खड़े हैं। यही कायदा-कानून है ?...हम आपकी जात के होते तो आप कमर निहुराकर 'जी सर-जी सर' कहते हुए झुलुआ झूल रहे होते।''

विभूति बाबू के पेट में ज़ोरों से मरोड़ उठा और दर्द का तीखा अहसास नसों में कौंध गया। वह बैठना चाह रहे थे। ठीक नाभि के पास ऐंठन हो रही थी। वह कराहना चाह रहे थे, पर जैसे-तैसे अपने को रोकते हुए बोले—''जी अध्यक्षजी, ऐसा है कि...''

''अध्यक्षजी ! फुटानी नहीं चलेगी यहाँ। इसके बाद फिर कभी अध्यक्षजी कहकर मत पुकारिएगा।...राजनीति की भाषा बन्द कीजिए। राजनीति अब हम करेंगे और आप खाँटी नौकरी कीजिए। समझे आप ?...सर कहिए, सर।...जी सर और यस सर की आदत डालिए।...अध्यक्षजी कहेंगे बाहर के लोग या परिषद् के सदस्य कहेंगे। समझे ? आपकी बहाली कमीशन से तो हुई नहीं है। अब यह पद कमीशन को जाएगा।...कितने दिन बाक़ी हैं टेन्योर पूरा होने में ?''

''जी, दो महीना।'' विभूति बाबू ने रुँधे कंठ से कहा।

अध्यक्षजी के चेहरे पर प्रसन्नता की बिजली चमकी। मुस्कराते हुए, उन्होंने कहा—''भइ गति साँप छछूँदर की।...बूझे कि नहीं विभूति बाबू ?...धीरे-धीरे बूझ जाएँगे। संचिका प्रस्तुत कीजिए।''

''जी, संचिका ! कौन संचिका ?'' विभूति बाबू हकला रहे थे।

''कौनो संचिका।...अरे भाई ! पहला दिन है,...कुछ सिग्नेचर-विग्नेचर तो होना चाहिए न।'' अध्यक्षजी प्रमुदित थे।

सचिव विभूतिप्रसाद सिंह सन्न रह गए। वह यह नहीं सोच पा रहे थे कि कौन-सी संचिका लाएँ और उस पर क्या लिखकर प्रस्तुत करें ताकि अध्यक्षजी हस्ताक्षर कर सकें। वह कुछ भी नहीं सोच पा रहे थे। इसके पहले कि वह सँभलें, कुछ सोचें और बोलें, अध्यक्षजी ने आवाज़ लगाई—''मुकुलवा !...अरे मुकुलवा !''

उनके आसन के पीछे खड़ा नौजवान आगे आया। बोला—''जी, भाईजी !''

''हम तुमको आज से सचिव का चार्ज सौंपते हैं। बिना वेतन का पैरलल सचिव।

विभूति बाबू का पॉवर सीज़।...विभूति बाबू ! आज से आपका पॉवर सीज।...श्री मुकुल कुमार जो चाहें, आप लिखकर दस्तख़त कीजिएगा।"

आदेश ज़ारी कर अध्यक्षजी ने अपने कक्ष में खड़े लोगों की ओर मुदित-मन से देखा। उनके इस आदेश पर वहाँ उपस्थित उनके प्रशंसकों ने जयघोष किया। एक बार फिर गूँज उठा परिषद्-भवन।

बर्छी की नोक जैसी पतली मूँछवाले खद्दरधारी युवक मुकुल कुमार ने झुककर अध्यक्षजी के पाँव छू लिए। अध्यक्षजी ने आशीर्वाद देते हुए कहा—"अब कुछ दिन पैरलल रहो। इनका टर्म ख़त्म होने दो,...फिर डंके की चोट पर, तुमको ले आएँगे।"

उत्साहित होकर पैरलल सचिव मुकुल कुमार ने जयघोष किया। प्रशंसकों ने स्वर में स्वर मिलाया। अध्यक्षजी आसन से उठे। कक्ष से बाहर निकले। पैरलल सचिव के साथ परिषद्-भवन का निरीक्षण किया। निरीक्षण के दौरान उन्होंने मुकुल कुमार के बैठने की जगह के बारे में अपना निर्णय दिया। बीच-बीच में नारे लग रहे थे। निरीक्षण समाप्त करके वह जिस खुली जीप में आए थे, उसी जीप में बैठकर वापस चले गए। उनके जाते ही परिषद् का परिसर ख़ाली हो गया। मेले की भीड़ में धकियाए और रौंदे गए किसी उजबक की तरह सचिव विभूतिप्रसाद सिंह खड़े थे।

डॉ. रघुवीरप्रसाद राज्य कला परिषद् के तीसरे अध्यक्ष थे। राज्य के निगमों, परिषदों, आयोगों और अकादमियों जैसे संस्थानों की महत्ता-सूची में राज्य कला परिषद् का नाम सबसे नीचे था। इस परिषद् के अध्यक्ष-पद के लिए पहली बार स्पर्धा शुरू हुई तो लोग चकित रह गए।

परिषद् का गठन जिन दिनों हुआ, उन दिनों राज्य के मुख्यमन्त्री ब्राह्मण थे। उनके स्वजातीय व्यापारी रमारमण चौबे ने चुनाव के समय उनकी तन-मन-धन से मदद की थी। रमारमण चौबे उर्फ़ आर.आर. राज्य की सबसे बड़ी ट्रांसपोर्ट एजेंसी के मालिक थे। अपने व्यापार का जाल उन्होंने देश भर में फैला रखा था। मुख्यमन्त्री ने अपने शपथ-ग्रहण के माह भर बाद ही चौबेजी को राज्य विधानसभा का सदस्य मनोनीत करवाया। कला-संस्कृति के नाम पर मनोनीत होनेवाले सदस्य की जगह ख़ाली थी। इस मनोनयन के बाद चौबेजी अपनी जीभ लपलताते हुए जब मन्त्रिमंडल की ओर लपके तो मुख्यमन्त्रीजी को चिन्ता हुई। इन चिन्ता के क्षणों में उन्हें पिछली सरकार के समय से लम्बित राज्य कला परिषद् के गठन के प्रस्ताव की याद आई। परिषद् गठित हुई और चौबेजी उसके पहले अध्यक्ष के रूप में मनोनीत हुए। विक्षुब्धों के नेता रामउदार सिंह की रखैल देवयानी देवी का उपाध्यक्ष पद पर मनोनयन हुआ और सचिव पद पर मुख्यमन्त्रीजी के चपरासी का साला प्रतिनियुक्त हुआ।

राज्य कला परिषद् के प्रथम अध्यक्ष चौबेजी पाँच वर्षों के अपने कार्यकाल में सिर्फ़ एक बार उद्घाटन के दिन परिषद्-भवन पहुँचे थे। वह आज भी तत्कालीन

मुख्यमन्त्री द्वारा अपने साथ किए गए इस फ़रेब को नहीं भूल पाए हैं। उन्हें इस बात की पीड़ा आज भी सालती है कि मुख्यमन्त्री ने नचनियों-गवैयों का अध्यक्ष बनाकर उन्हें चूना लगा दिया। इस राजनीतिक धोखाधड़ी के कारण उन्होंने अपना कार्यकाल समाप्त होते ही पार्टी बदल ली थी।

उपाध्यक्ष देवयानी देवी अपना कार्यकाल पूरा नहीं कर सकीं। विक्षुब्ध नेता रामउदार सिंह ने उनकी जवान बेटी को रख लिया और उनकी हत्या करवा दी। देवयानी देवी की हत्या के बाद यह पद ख़ाली रहा। राज्य कला परिषद् ने पाँच वर्षों के अपने पहले कार्यकाल में तत्कालीन मुख्यमन्त्री के श्वसुर की पुण्यतिथि पर हर साल उनके गाँव में भजन-कीर्तन के कार्यक्रम आयोजित किए। अध्यक्ष चौबेजी के बेटे की बारात में बनारस से आई रंडियों के नाच का ख़र्च भी परिषद् के बजट से सम्पन्न हुआ। ऐसे ही कुछ और विशिष्ट कार्यक्रमों के चलते राज्य के नक्शे पर परिषद् की चमक बनी रही।

राज्य कला परिषद् के दूसरे अध्यक्ष शम्भुनाथ सिंह पेशे से वकील और राजनीति के ख़ानदानी शौकीन थे। उनके पिता के ज़माने से ही बड़े-बड़े राजनीतिज्ञों का उनके घर आना-जाना था। आज़ादी की लड़ाई के समय तो उनके पिता की कोठी राजनीति का केन्द्र थी। शम्भुनाथ सिंह सम्पन्न व्यक्ति थे। कोठी-बँगला, नौकर-चाकर और मोटरों सहित भरा-पूरा परिवार था। गाँव में सैकड़ों एकड़ की सिंचित जोत थी। पिता भी विरासत में पीढ़ियों तक फलने-फूलनेवाले दीवानी मुक़दमों की फ़ाइलें सौंप गए थे। शम्भुनाथ सिंह के ढेरों शग़ल थे। मसलन, दोस्तों के साथ बैठकर शराब पीना, मसखरे कवियों को बुलवाकर कवि-सम्मेलन करवाना और चुनाव के समय राजनीतिज्ञों की धन से मदद करना।

नई सरकार के गठन के बाद अपनी जाति का मुख्यमन्त्री पाकर उत्साहित शम्भुनाथ सिंह ने अपनी कोठी पर भोज दिया। इस भोज में मनोरंजन के लिए जिस नर्तकी ने अपना नाच दिखाया, उसे तो भोज के बाद उसी रात राज्य के शिक्षा-संस्कृति मन्त्री ने अपने बँगले पर बुलवा लिया था।...पर उनकी ही राय पर, वहीं, भोज में ही मुख्यमन्त्रीजी ने शम्भुनाथ सिंह को राज्य कला परिषद् का अध्यक्ष बनाए जाने की घोषणा कर दी। शम्भुनाथ सिंह के कला-प्रेम और मुख्यमन्त्रीजी की पारखी नज़र की भूरि-भूरि प्रशंसा हुई। सप्ताह भर बाद सरकारी अधिसूचना ज़ारी हुई। संस्कृति सचिव के आदेश पर संस्कृति-निदेशक स्वयं संचिका लेकर शम्भुनाश सिंह की कोठी पर हाज़िर हुए। वहीं उन्होंने पदभार ग्रहण किया।

देवयानी देवी की हत्या के बाद ख़ाली पड़े उपाध्यक्ष-पद के लिए योग्य उम्मीदवार की तलाश चल रही थी। एक ग़ैरसरकारी नृत्य शिक्षण केन्द्र की संचालिका और सरकारी महिला कॉलेज में हिन्दी पढ़ानेवाली अधेड़ होती तलाक़शुदा शिक्षिका कामना

शर्मा का नाम उपाध्यक्ष-पद के लिए किसी ने सुझाया, तो शम्भुनाथ सिंह ने बहुत तव्वजो नहीं दी। उन्हें शिक्षिकाएँ पसन्द नहीं थीं और तलाक़शुदा औरतों से तो वह कोसों दूर रहा करते थे। तलाक़शुदा औरतों के बारे में उनकी धारणा अच्छी नहीं थी। उनका मानना था कि स्त्रियों के दो ही मूल रूप होते हैं। वे गृहिणी होती हैं या फिर वेश्या।...सो वह कामना शर्मा के नाम से पहले तो उदासीन रहे, पर विपक्ष के नेता से उसके सम्पर्कों का पता चलते ही उनके सोच में बदलाव आया। उन्होंने कामना शर्मा को बुलाकर मुलाक़ात की। डीपकट ब्लाउज के भीतर झाँकते हुए वह कामना शर्मा के कला-प्रेम की प्रशंसा करते रहे। कामना शर्मा ने विदा के समय जब अपनी सुबुक और नाजुक अँगुलियों से पाँव छूकर उन्हें प्रणाम किया, उनकी देह में झिरझिरी भर गई। उन्होंने कामना शर्मा के कन्धों को पकड़कर उठाया और सिर पर हथेलियाँ फेरते हुए आशीष दिया। कामना शर्मा ने सिर झुका लिया। शम्भुनाथ सिंह ने ठुड्डी पकड़कर कामना शर्मा का चेहरा ऊपर उठाया और उसकी बड़ी-बड़ी आँखों में आँखें डालकर फुसफुसाए–"बहुत सुन्दर हो तुम।"

शम्भुनाथ सिंह ने दूसरे दिन स्वयं मुख्यमन्त्रीजी से मिलकर उपाध्यक्ष पद पर कामना शर्मा के मनोनयन के लिए चर्चा की और उन्हें सहमत करवाया। राज्य कला परिषद् के सचिव पद के लिए शम्भुनाथ सिंह के ख़ासमख़ास विभूतिप्रसाद सिंह कुछ महीनों बाद रेस में शामिल हुए। वह जब औपचारिक इंटरव्यू के लिए संस्कृति सचिव के कमरे में पहुँचे, उनका मुखमंडल भय के कारण श्रीहीन हो चुका था। साक्षात्कार की औपचारिकता शम्भुनाथ सिंह के प्रश्नों से सम्पन्न हुई। सरकारी नियमों की उपेक्षा करते हुए नियुक्ति सम्भव नहीं थी, सो उन्हें उच्च वेतनमान पर पाँच वर्षों के लिए मनोनीत कर दिया गया। विभूति बाबू का शम्भुनाथ सिंह से भक्त और भगवान का सम्बन्ध था। शराब के नशे में धुत शम्भुनाथ सिंह की धोती जब गीली हो जाती, वह उन्हें धोती बदलवाया करते थे। विशेष अवसरों पर रसोद्रेक के अभाव में जब शम्भुनाथ सिंह हाँफने लगते, वह उन्हें इंजेक्शन भी लगाया करते। शम्भुनाथ सिंह की नींद खुलने से लेकर रात की नींद तक में शामिल विभूतिप्रसाद सिंह को सचिव के रूप में पाकर परिषद् धन्य हुई।

शम्भुनाथ सिंह ने परिषद्-भवन का मुँह तक नहीं देखा। अपनी कोठी में ही पदभार ग्रहण किया और फिर विभूति बाबू को राज-पाट सौंपकर निर्विघ्न अध्यक्ष-सुख भोगते रहे। उपाध्यक्ष कामना शर्मा अक्सर शाम की बैठकों में शामिल होतीं और देर रात तक टिकी रहतीं। अध्यापिकाओं और तलाक़शुदा औरतों के बारे में शम्भुनाथ सिंह की धारणा बदल गई थी। परिषद् के सदस्यों में से अधिकांश की शामें वहीं कटतीं। परिषद् की आम सभा और कार्यकारिणी की बैठकों की औपचारिकता ऐसी ही शामों से निबटा ली जाती थी। परिषद् के दूसरे अध्यक्ष ने पहले अध्यक्ष की अपेक्षा

ज़्यादा सक्रिय और भरापूरा कार्यकाल जीने में सफलता प्राप्त की।

अपना कार्यकाल पूरा कर सरकार बदल गई। इस बार विपक्ष की सरकार आई। बहुत जोड़-तोड़ के बाद विपक्षी सत्ताधारी बने। इस जोड़-तोड़ के कारण पदों के लिए मुँह बाए खड़े नेताओं की फ़ौज नई सरकार को झकझोर रही थी। सरकार के स्थायित्व के लिए पद-प्रसाद का तत्काल वितरण आवश्यक था। इसी आवश्यकता के तहत राज्य कला परिषद् को पहली बार महत्व मिला। दुधारू गाय की तरह ललचानेवाली संस्थाओं की सूची में राज्य कला परिषद् ने पहली बार आकर्षित किया। अध्यक्ष पद के लिए एडिक्ट हो चुके एक विश्वविद्यालय के अवकाशप्राप्त हिन्दी विभागाध्यक्ष, पिछली सरकार द्वारा निलम्बन के दौरान ही अवकाश प्राप्त कर चुके जनसम्पर्क एवं सूचना निदेशक, पन्द्रह वर्षों तक बम्बई में धूल फाँकने और समुद्र का खारा पानी पीकर लौटने के बाद वीडियो पर ब्लू फिल्म बनाने में व्यस्त एक नेता-पुत्र और उपाध्यक्ष कामना शर्मा का नाम महत्त्वपूर्ण उम्मीदवारों की सूची में शामिल था। डॉ. रघुवीर प्रसाद इस सूची में नहीं थे। उनकी रुचि और लालसा में राज्य कला परिषद् के अध्यक्ष-पद के लिए दूर-दूर तक कोई स्थान नहीं था।

डॉ. रघुवीर प्रसाद ने 'रीतिकालीन काव्य की नायिकाएँ' जैसे दुरूह और महत्वपूर्ण विषय पर शोध किया था। शोध के दिनों में ही उन्हें राजनीति का चस्का लगा था। राजनीति के इस चस्के का उत्स प्रेम था। अपने गाइड प्रोफेसर की रूपवती कन्या पर रघुवीर मोहित हो गए। शोधने के चक्कर में सब्जी-भाजी लाने से लेकर प्रोफेसर की जर्सी गाय का गोबर काछने तक का काम उन्होंने उत्साह के साथ सम्पन्न किया। पर भाग्य के खेल निराले होते हैं। एक रात प्रोफेसर-पुत्री अपने बहनोई के भाई के साथ घर से भाग गई। इसी भागी हुई प्रेमिका की वापसी के लिए रघुवीर प्रसाद ने जो संघर्ष किया, उसी संघर्ष के चलते उनका राजनीति की दुनिया से परिचय हुआ। इसी क्रम में गुंडों और नेताओं से उनकी जान-पहचान हुई। प्रोफेसर-पुत्री को वापस लौटना नहीं था, सो वह नहीं लौटी। प्रोफेसर ने इस सहयोग का बदला शोधग्रन्थ स्वयं लिखकर और उपाधि दिलवाकर चुकाया।...और रघुवीर प्रसाद,...डॉ. रघुवीर प्रसाद राजनीति की दुर्गम राह पर खरामा-खरामा चल निकले।

जीवन के कर्मक्षेत्र में कूद पड़े डॉ. रघुवीर प्रसाद को पी-एच.डी. की उपाधि और राजनीति ने सहारा दिया। उन्होंने अपने जनपदीय नगर में गैरमजरुआ आम ज़मीन के एक बड़े टुकड़े पर कब्ज़ा किया और सचिव-सह-प्राचार्य बनकर कॉलेज खोल दिया। वर्तमान मुख्यमन्त्रीजी उन दिनों वहीं से विधायक थे और सिर्फ़ विधायकजी कहे जाते थे। यह कॉलेज इन्हीं विधायकजी के निरक्षर पिता के नाम पर था। कॉलेज के पास सिर्फ़ कुछ रजिस्टर थे,...और भविष्य में विश्वविद्यालय से सम्बद्ध और अंगीभूत होने की सम्भावना के नाम पर चन्दा-उगाही के अनन्त अवसर थे,...और

थे डॉ. रघुवीर प्रसाद। धीरे-धीरे डॉ. रघुवीर प्रसाद का रिश्ता राजधानी से गहराने लगा। माह में दो-चार दिनों से शुरू होकर उनका राजधानी प्रवास वर्ष में आठ-दस माह तक विस्तारित हुआ। उन्होंने राजधानी में ज़मीन का एक टुकड़ा ख़रीदकर छोटा-सा मकान बनवाया। कुकुरमुत्ते की तरह उग आए कॉलेजों के लिए सरकार की वित्तरहित शिक्षानीति के विरोध में चलनेवाले आन्दोलन की नेतागिरी ने उन्हें वित्त-पोषित किया। पिछले चुनाव में उन्होंने अपने विधायकजी के लिए प्राणोत्सर्ग छोड़कर शेष सब कुछ किया। विपक्ष की सरकार बनी और विपक्षी नेताओं की अगली क़तार में शामिल उनके विधायकजी अपने प्रतिद्वन्द्वियों को पछाड़कर मुख्यमन्त्री बने। डॉ. रघुवीर प्रसाद विधानसभा की सदस्यता और मन्त्रिमंडल में प्रवेश के इच्छुक थे। मुख्यमन्त्रीजी ने उन्हें कला-संस्कृति के कोटे से मनोनीत करवाने का संकेत दिया था। इस संकेत से उनके चेहरे पर चमक आ गई थी। मुख्यमन्त्री-निवास पर सुबह-शाम एकत्र होनेवाले दरबारियों की भीड़ में डॉ. रघुवीर प्रसाद के चमकते हुए चेहरे को अलग से पहचाना जा सकता था।

डॉ. रघुवीर प्रसाद मूलतः कामना शर्मा के पैरवीकार थे। वह कामना शर्मा को साथ लेकर मुख्यमन्त्रीजी के पास गए थे। पिछली विधानसभा में विपक्ष के नेता से कामना शर्मा की अन्तरंगता ने मामले को उलट दिया। पार्टी की जीत के बाद मुख्यमन्त्री पद के वह प्रबल दावेदार थे, पर डॉ. रघुवीर प्रसाद के विधायकजी के हाथों नेता-पद छिन जाने के कारण इन दिनों विक्षुब्धों को जोड़ने-गाँठने में लगे थे। डीपकट के भीतर अधछिपे खजाने को लुटाने के लिए आतुर कामना शर्मा की कामनाएँ और कोशिशें सत्ता के गलियारों में ठाठें मारती रह गईं और मुख्यमन्त्रीजी टाल गए। उन्होंने कहा—''यह पद आपके योग्य नहीं है।...अब आप कला-संस्कृति के साथ-साथ जनता के बीच भी काम कीजिए।...पार्टी-संगठन को आप जैसी महिलाओं की ज़रूरत है।''

दूसरे दिन डॉ. रघुवीर प्रसाद को भरे दरबार में मुख्यमन्त्रीजी ने लताड़ा—''कला-संस्कृति को मज़ाक समझते हो ?...रंडी-पतुरिया का खेल नहीं है कला।...कला तो कला है। तनिको अकिल नहीं है तुमको।...रंडी-पतुरिया को लेकर पहुँच गए कि अध्यक्ष बना दीजिए।...बकलोल कहीं का ! कला-संस्कृति बहुत सेंसेटिव चीज़ है।...अब उजबक जैसा मुँह लटकाए काहे खड़े हो ?...जाओ,...जाकर फ़ाइल पुट-अप करवाओ।...तुम्हीं को अध्यक्ष बना देते हैं।'' उन्होंने पीछे मुड़कर अपने पी.एस. को आदेश दिया—''इस उजबक से कुछ नहीं होगा।...आज ही फ़ाइल मँगवा लो।...लिख देते हैं इसका नाम।''

डॉ. रघुवीर प्रसाद मुँह बाए भौचक खड़े रह गए। मुख्यमन्त्रीजी दरबार से बाहर निकल गए। वहाँ उपस्थित दरबारियों ने डॉ. रघुवीर प्रसाद को अध्यक्ष-पद प्राप्ति के लिए मुबारकबाद दिया। कला-संस्कृति के कोटे पर विधानसभा की सदस्यता का पथ

प्रशस्त हुआ। वह अब डंके की चोट पर सदस्यता के हक़दार हो गए। उन्हें लगा, उनकी थाली में दही की छाली की तरह यह अध्यक्ष-पद आ गिरा।

डॉ. रघुवीर प्रसाद बाहर निकले। शुभकामनाओं की लहरों पर मुख्यमन्त्री-निवास का फाटक पार कर सड़क पर आए। उन्हें पेड़ों की डालियाँ झूमती हुई और पत्ते नाचते हुए दिखे। देखते-देखते पल भर में बसन्त छा गया। पक्षियों के कलरव से दिक्-दिगन्त गूँज उठा। डॉ. रघुवीर प्रसाद को समूची पृथ्वी हवा के झोंकों से फिरकी की तरह नाचती हुई लगी।

डॉ. रघुवीर प्रसाद के अध्यक्ष-पद ग्रहण करने के पखवाड़े भर बाद कामना शर्मा एकान्तवास से बाहर निकलीं। उन्होंने अपने को घर में बन्द कर लिया था। चोट खाई नागिन-सी कभी फुफकारतीं, कभी फन पटकतीं...तो कभी बिछावन पर लौटतीं। पन्द्रह दिनों के एकान्तवास के बाद अध्यक्ष महोदय के बुलावे पर वह परिषद्-भवन गईं। डॉ. रघुवीर प्रसाद ने कामना शर्मा के ज़ख्म पर नरम बातों के फाहे से वायदों का मलहम लगाया। अध्यक्षजी के लिए कामना शर्मा फिलहाल समस्या नहीं थीं। सचिव विभूति प्रसाद सिंह के वध-यज्ञ में वह कामना शर्मा का सार्थक उपयोग करना चाहते थे। कामना शर्मा को भी उन्होंने लक्ष्य पर रखा था। पर इस लक्ष्य के पार रहस्यों के धुँधलके में छिपा था असली लक्ष्य। यहाँ तक पहुँचने के लिए राह दुर्गम थी। वह कामना शर्मा को प्रकटतः लक्ष्य पर रखकर दूर बैठी भविष्य की चिड़िया की आँख वेधना चाहते थे। कामना शर्मा को अपने कक्ष में पाकर वह प्रत्यक्षतः चहकते हुए बोले—"का मैडम !...आप भी गजबं करती हैं। ना बधाई,...ना खोज-ख़बर।...अरे बधाई नहीं, तो कम-से-कम गरियाने-कोसने ही चली आतीं।...अब जबरदस्ती हाथ-बाँह पकड़कर कुर्सी पर बैठा दिए मुख्यमन्त्रीजी, तो हम का करें। हम तो आपके लिए ही गए थे।...जब अपको ई क़िस्सा मालूम है, तब कौन बात पर सिर फुटौवल और मुँह फुलौवल ?...बूझिए कि आप ही अध्यक्ष हैं।...कहिए तो आज ही आपको सब पॉवर डेलीगेट कर देते हैं। आप कला-प्रेमी हैं,...असल अधिकार तो आपका ही है।"

कामना शर्मा ने मन को कड़ा किया। अपने भीतर उमड़ते तूफ़ान को बाँधा। उचित अवसर आने तक सहयोगी भाव दिखाते रहने का निर्णय लिया। अपने चेहरे पर मुस्कान सहेजती हुई बोलीं—"ऐसी कोई बात नहीं।...आपसे काहे की नाराजगी।...थोड़ी तबीयत ख़राब थी...।"

राज्य कला परिषद् के परिसर में पंडाल लगाकर एक विशाल सांस्कृतिक कार्यक्रम करने की योजना तैयार हुई। कार्यक्रम की रूपरेखा तैयार करने का जिम्मा कामना शर्मा ने लिया और उद्घाटन के लिए मुख्यमन्त्रीजी की उपस्थिति निश्चित करने का दायित्व अध्यक्षजी ने स्वीकार किया। पैरलल सचिव मुकुल कुमार को क़ानून और

व्यवस्था का दायित्व सौंपते हुए अध्यक्षजी ने कहा–"विभूतिया साले को हड़काए रखो, नहीं तो गड़बड़ करेगा। गंगा पार दियारे से टास्क फोर्स का इन्तज़ाम करना होगा।...प्रोग्राम में हंगामा भी करवा सकता है।...पोलिटिकली कमज़ोर मत बूझना उसको।...जब तक है, तब तक उस पर नज़र रखो मुकुल कुमार।"

स्थापना के बाद पहली बार राज्य कला परिषद् की ओर से राजधानी में कार्यक्रम आयोजित होनेवाला था। नगर में इस कार्यक्रम को लेकर काफ़ी उत्तेजना थी। पहली बार सरकार की इस संस्था का सन्नाटा भंग हो रहा था। कामना शर्मा रात-दिन एक करके कार्यक्रम तैयार करवाने में व्यस्त रहीं। पैरलल सचिव मुकुल कुमार क़ानून और व्यवस्था की देख-रेख में लगे थे। काफ़ी भाग-दौड़ के बाद अध्यक्षजी ने उद्घाटन के लिए मुख्यमन्त्रीजी से डेट प्राप्त की।

कार्यक्रम के दिन सजे-धजे पंडाल में काफ़ी गहमागहमी थी। अपने जूड़े में मोगरे की कलियों की वेणी गूँथकर चहकती हुई चौवालीस वर्षीया कामना शर्मा अपनी बाईस वर्षीया पुत्री भावना शर्मा से होड़ ले रही थीं। अक्षत, पुष्पहार, रोली-चन्दन और आरती सजी थाली से भावना शर्मा ने स्वागत-द्वार पर मुख्यमन्त्रीजी का स्वागत किया।

मुख्यमन्त्रीजी मंच पर आए। उन्होंने दीप प्रज्वलित किया। मंगल-गोन के बाद नृत्य की शिक्षा प्राप्त कर रही भावना शर्मा ने नृत्य प्रस्तुत किया। काजल की रेखा से कजरारी हुई बड़ी-बड़ी आँखों की चितवन, साँचे में ढली देह की मोहक भंगिमाओं, पाँवों की क्षिप्र गति और लाल अधरों की स्मित की कौंध का इन्द्रजाल समूचे वातावरण में फैल गया। भावना शर्मा का नृत्य देख मुख्यमन्त्रीजी रसविभोर हो उठे।

कार्यक्रम की समाप्ति पर मुख्यमन्त्रीजी ने भावना की प्रशंसा की, तो कामना शर्मा की आँखों में बिजली कौंध उठी। कामना शर्मा ने बेटी को बुलाकर मुख्यमन्त्रीजी के पाँव छूने का आदेश दिया। रसविभोर मुख्यमन्त्रीजी ने चौंकते हुए कहा–"अरे !...आपकी बेटी है ! वाह ! अच्छा ! एक दिन अपने निवास पर इत्मिनान से इसका नाच देखेंगे।...सत्ता का काम है कि कलाकारों को इज़्ज़त दे।...उनका हौसला बढ़ाए।...हम तो बचपन से कला के प्रेमी रहे हैं।"

एक पखवाड़ा और गुज़रा। इस विशाल सांस्कृतिक आयोजन के बाद कामना शर्मा अदृश्य हो गईं। डॉ. रघुवीर प्रसाद छटपटाते फिरे पर माँ-बेटी का कहीं पता नहीं चला। विधानसभा के लिए मनोनयन की अन्तिम तिथि के दिन मुख्यमन्त्री-निवास पर गहमागहमी के बीच कामना शर्मा अचानक प्रकट हुईं, तो डॉ. रघुवीर प्रसाद चकित हुए। वह मुख्यमन्त्रीजी से भेंट की प्रतीक्षा में बैठे थे कि उनके कक्ष से बाहर निकलती कामना शर्मा पर नज़र पड़ी। डॉ. रघुवीर प्रसाद लपके। कामना शर्मा ने मुस्कराते हुए पूछा–"अरे आप ! कब से बैठे हैं ?"

"थोड़ी देर हुई।...आप कहँवा लोप हो गई थीं ?" बेचैन होते हुए डॉ. रघुवीर प्रसाद ने जानना चाहा। कामना शर्मा की मुस्कराहट ने उनका चैन हर लिया था।

डॉ. रघुवीर प्रसाद के चेहरे पर पसरती आकुलता ने कामना शर्मा को उत्साहित किया। वह बोलीं–"दिल्ली।...दिल्ली चली गई थी। उस दिन भावना का डांस देखकर मुख्यमन्त्रीजी ने आदेश दिया कि इसको डांस की शिक्षा के लिए दिल्ली भेजिए। उनकी बात कैसे टालती।...पिछले सप्ताह मुख्यमन्त्रीजी भी दिल्ली में थे। वहाँ भी उनसे प्रदेश भवन में भेंट हुई। वहीं दिल्ली में नाम लिखवा दिया है।...अब भावना वहीं रहेगी।"

"अच्छी बात है।...बहुत अच्छी बात है।...पर आपको कम-से-कम हमको तो सूचित कर देना चाहिए था।...हम चिन्ता में थे कि..."

"हाँ, चिन्ता तो वाजिब है। समय नहीं मिला। आपको तो अभी रुकना है यहाँ।"

"हाँ, बिना मिले थोड़े जाएँगे।"

"हमको तो विधानसभा वाले नॉमिनेशन के चलते दिल्ली से भागते हुए आना पड़ा। कल रात फोन पर आदेश मिला कि आज पहुँचना ज़रूरी है।...सुबहवाले प्लेन से आई हूँ। विधानसभा के कला-संस्कृति के कोटेवाली सीट पर मेरे नाम का प्रस्ताव आज राज्यपाल महोदय को भेज दिया गया।...वही दस्तखत करवाकर आ रही हूँ।...अभी तो आपको मिलने के लिए रुकना है।...हमको एक जगह जाना है... ।"

...और कामना शर्मा लहराती हुई बाहर निकल गईं। डॉ. रघुवीर प्रसाद कुछ देर तक मुँह बाए खड़े रहे। फिर जैसे-तैसे थाहते हुए एक कुर्सी तक पहुँचकर बैठे। प्रतीक्षा-कक्ष में हलचल हुई। मुख्यमन्त्रीजी अपने कक्ष से बाहर निकले और प्रतीक्षा-कक्ष की भीड़ का अभिवादन स्वीकार करते हुए बाहर निकल गए। उनके निकलते ही भीड़ छँटने लगी।

डॉ. रघुवीर प्रसाद भी बाहर निकले। मुख्यमन्त्री-निवास का फाटक पार किया और सड़क पर आ गए। उनके पाँव उन्हें स्वतः खींचे लिए जा रहे थे। उन्होंने जल में डूबे हुए आर्कमिडीज की तरह अपने को भारहीन महसूस किया। यह सड़क विधान सभा भवन के सामनेवाले गोल चक्कर तक जाती थी। डॉ. रघुवीर प्रसाद वहाँ पहुँचकर रुके। उन्होंने विधानसभा के गोल गुम्बद की ओर आँखें उठाकर देखा। उन्हें गुम्बद के ऊपर एक धुँधली आकृति मँडराती हुई दिखी। उन्होंने आँखें मलते हुए उस आकृति को पहचानने की कोशिश की। धीरे-धीरे छाया स्पष्ट हुई। विधानसभा के गोल गुम्बद के शीर्ष पर बैठी कामना शर्मा की आकृति से सुनहली आभा फूट रही थी, मानो किसी मन्दिर का शिखर-कलश दमक रहा हो। गुम्बद से आँखें हटाकर डॉ. रघुवीर प्रसाद ने गोल चक्कर से निकलनेवाली सड़कों की ओर देखा। वह बड़ी मुश्किलों के बाद

इन रास्तों में से उस रास्ते को ढूँढ़ पाए, जो राज्य कला परिषद् की ओर जाता था। वह उस रास्ते पर दौड़े, जैसे उनचासों पवन उन्हें उड़ाए लिए जा रहे हों।

डॉ. रघुवीर प्रसाद हाँफते हुए राज्य कला परिषद् पहुँचे। उनकी साँस उखड़ रही थी। दिमाग़ की नसों में चिलकन हो रही थी। आँखों के आगे कभी अँधेरा तो कभी विपुल प्रकाश-पुंज छा जाता। अपने को सहेजने की उनकी तमाम कोशिशें व्यर्थ हो रही थीं। आँखें रह-रहकर मुँदी जा रही थीं। जब-जब आँखें मुँदतीं, तरह-तरह के दृश्य उभरते।...उन्होंने देखा कि वहाँ विशाल पंडाल में सांस्कृतिक कार्यक्रम चल रहा है। भावना शर्मा मंच पर नृत्य कर रही है और दर्शक-दीर्घा की अगली पंक्ति में बैठे मुख्यमन्त्रीजी रसविभोर हो रहे हैं।...डॉ. रघुवीर प्रसाद मंच की ओर बढ़े। मंच पर उड़ती उनके भविष्य की चिड़िया की आँखों का जादू उन्हें पागल कर रहा था। वह इन आँखों को वेधना चाह रहे थे। इन्हीं आँखों की ख़ातिर वह कामना शर्मा के पैरवीकार बनकर मुख्यमन्त्री-निवास गए थे। उनके मंच पर पहुँचते ही विंग्स में खड़े सचिव विभूतिप्रसाद सिंह ने उन्हें धकेल दिया। वह गिरे। फिर उठे और दर्शक-दीर्घा में बैठे मुख्यमन्त्रीजी की ओर लपके। वह मुख्यमन्त्री के पाँव पकड़कर रोना चाह रहे थे,...गिड़गिड़ाना चाह रहे थे। पर इसके पहले कि वह मुख्यमन्त्रीजी तक पहुँचें, पैरलल सचिव मुकुल कुमार उनके सामने आकर खड़ा हो गया। उसने रास्ता रोकते हुए कहा—"अन्हारा गए हैं का ?...देख रहे हैं कि परोगराम चल रहा है। और आप बीच में बानर जैसा उछल-कूद मचाए हुए हैं। अध्यक्ष हैं, तो अध्यक्ष की तरह चुपचाप खड़ा रहिए। कपार पर मत चढ़िए...और कपार पर चढ़िएगा तो ऐसा तमाचा मारेंगे कि दाँत चियार दीजिएगा।"

राज्य कला परिषद् के अध्यक्ष डॉ. रघुवीर प्रसाद वहीं धरती पर बैठ गए।

...और उस दिन जो बैठे, सो आज तक बैठे हैं। उठने की इच्छा है ही नहीं उनके पास। वह उठकर कहीं नहीं जाना चाहते। मंच पर कौन नाच रहा है या कौन बैठा है दर्शक-दीर्घा में, इससे उनका कोई लेना-देना नहीं है। मंच हो या दर्शक-दीर्घा, दोनों में उनकी रुचि पहले भी नहीं थी और अब तो बिलकुल ही नहीं है। वह सिर्फ़ बैठे रहना चाहते हैं। चाहते हैं, बैठे-बैठे जितना कट जाए, सो अपना। वैसे उन्हें विश्वास है कि वह अभी बैठे रह सकते हैं।

(सम्भव, कथाविशेषांक, 1997)

दुगुन में बजता तबला

केके बीच में थे।

केके के ऊपर थे विष्णुकान्त और नीचे थे रमाकन्त। उन्हें अपने बीच में होने का दुख पृथ्वी का सबसे बड़ा दुख लगता था। उन्हें लगता, वह दो पाटन के बीच पिस रहे हैं।

केके अपने बीच में होने को ईश्वर, माता-पिता और सकल समाज की क्रूरता के रूप में देखते थे। इस क्रूरता और इस दुख के विरोध में वह बहुत छोटी उम्र से संघर्ष कर रहे थे। पहली बार, जब वह स्कूल में पढ़ते थे, उन्होंने यह संघर्ष शुरू किया था।

विष्णुकान्त मैट्रिक की परीक्षा देनेवाले थे। केके उनसे एक साल पीछे थे। बड़े भाई मैट्रिक में फेल हो जाएँ और अगले साल उनके साथ फिर परीक्षा दें, इसके लिए उन्होंने अनुष्ठान शुरू किया। भोर-भिनसारे नित्यक्रिया से निबटकर वह घंटों पूजा करते। हनुमान-चालीसा का पाठ करते और ध्यान लगाते। सारा घर केके की भक्ति-भावना से चकित और परेशान था। वह उन दिनों शाकाहारी भी हो गए थे। उनकी माँ बेहद चिन्तित थीं। माँ को यह शंका लगातार परेशान कर रही थी कि लड़के के मन में अभी से ऐसी गहन धार्मिक प्रवृत्ति की घुसपैठ कहीं भविष्य में उसके वैराग्य का कारण न बन जाए। विष्णुकान्त इसे पढ़ाई से जी चुराने और अपने प्रति माता-पिता सहित पास-पड़ोस का ध्यान आकर्षित करने की धूर्तताभरी चाल मानते थे। केके के इस ईश्वर-प्रेम ने उन्हें विचलित कर दिया था। विष्णुकान्त ने एक दिन अपने ज्येष्ठ होने का लाभ उठाकर केके की धुनाई कर दी। उनका तर्क था कि केके पढ़ने-लिखने का समय पूजा-पाठ में बरबाद कर रहे हैं। हालाँकि विष्णुकान्त को इस कर्मकांड के लिए केके को पास-पड़ोस में मिल रही प्रसिद्धि ने उकसाया था। अन्ततः ईश्वर ने केके की सुन ली। उनकी मनोकामना पूर्ण हुई। विष्णुकान्त मैट्रिक की परीक्षा में फेल हो गए। यह केके की पहली विजय थी।

परीक्षाफल आने के बाद जिस समय विष्णुकान्त बिलख-बिलखकर रो रहे थे, केके पूजाघर में थे। वह ईश्वर के सामने दोनों हाथ जोड़कर खड़े थे। उन्होंने ईश्वर

को धन्यवाद ज्ञापित किया और मन ही मन अनुष्ठान समाप्ति की घोषणा की। दिन भर प्रफुल्लित-मन केके शहर की सड़कों पर तेज़-तेज़ साइकिल दौड़ाते हुए भ्रमण करते रहे।

असफलता ने विष्णुकान्त को निराशा के अन्धकूप में डुबो दिया था। उनका मन संसार से विमुख हो चला था। उन्हें जीवन निरर्थक लगने लगा था। विष्णुकान्त ने निर्णय लिया कि वह गृहत्याग करेंगे और वैरागी बन जाएँगे। ठीक मध्य-रात्रि में, जब सारा घर नींद में डूबा था, उन्होंने गृहत्याग के लिए अपना जी कड़ा किया। अपने कमरे का दरवाज़ा खोलकर बाहर निकले। माँ के कमरे में गए। नींद में नाक बजाते पिता और पेट में घुटने घुसेड़कर बेसुध पड़े रमाकान्त के बीच उनकी माँ गहरी नींद सो रही थीं। उन्होंने बारी-बारी से माता-पिता के चरणों में शीश नवाया। फिर दबे पाँव माँ के सिरहाने पहुँचे। चाबी लेकर बक्सा खोला। बक्सा खुला छोड़कर माँ के कंगन और सौ-सौ के तीन नोटों के साथ बाहर निकले। उनके सामने केके खड़े थे। रँगे हाथों पकड़े गए विष्णुकान्त की उस रात अविस्मरणीय पिटाई हुई। चौबीस घंटे के भीतर यह विष्णुकान्त की दूसरी पराजय और केके की दूसरी विजय थी।

विष्णुकान्त पर विजय के बावजूद केके की स्थिति सुविधाजनक नहीं थी। रमाकान्त उन्हें ख़ूब सताते थे। वह दुर्भाग्य की तरह केके के पीछे पड़े थे। माँ की आँखों के तारे और पिता के दुलारे थे रमाकान्त। सूचना-संकलन और सूचना-विस्फोट में उन्हें पत्रकारों-सी महारत हासिल थी। रमाकान्त बड़ी चतुराई से अपनी सूचनाओं का विषय केके को बनाते। बात-बेबात केके मुसीबतें झेलते। रमाकान्त के चलते निठल्ले पिता के तमाचों और अध्यापिका माँ की नसीहतों के साथ-साथ उन्हें आर्थिक प्रतिबन्धों का भी सामना करना पड़ता था।...और एक दिन तो गज़ब हो गया। केके पर बिजली गिर गई। वह हस्तमैथुन करते हुए रमाकान्त द्वारा पकड़े गए। रमाकान्त ने सूचना-विस्फोट किया कि मँझले गन्दा-गन्दा काम कर रहे थे। इस घटना के बाद वह रमाकान्त से भयभीत रहने लगे थे। और यही कारण था कि तमाम प्रतिकूलताओं के बावजूद वह समझौते की आशा में रमाकान्त के साथ सहयोगी-भाव बनाए रखते थे। हालाँकि, रमाकान्त इस सहयोगी-भाव का लाभ उठाने के तत्काल बाद ही पासा पलट दिया करते। विष्णुकान्त का विपक्षी तेवर भी इस समझौते की राह का रोड़ा था। पर दिन तो घूरे के भी फिरते हैं। सो एक दिन केके के भी दिन फिरे। आठवीं के छात्र रमाकान्त को उन्होंने घर के पिछवाड़े सिगरेट टानते हुए गिरफ़्तार कर लिया।...और अन्ततः रमाकान्त पर भी उन्हें विजय प्राप्त हुई। केके इस विजय का लाभ काफ़ी दिनों तक उठाते रहे।

संघर्ष करके स्थितियों को अपने अनुकूल बना लेना और स्थितियाँ अनुकूल बनी रहें, इसके लिए लगातार फूँक-फूँककर क़दम रखना केके की विशेषता थी। बीच में

होने के दुख ने केके को बहुत कुछ सिखाया था। इसी दुख ने उन्हें छोटी उम्र में ही यह समझदारी दी थी कि अगर स्थितियाँ अनुकूल न बन सकें, तो ख़ुद को स्थितियों के अनुकूल बना लेना चाहिए। धीरे-धीरे केके लोचदार बनते गए। यह लोच उनके जीवन में लगातार काम आती रही। इस गुण के कारण केके को अपनी स्थिति में सुधार के पर्याप्त अवसर मिले थे। बाद के दिनों में केके ने इस गुण का उपयोग शक्ति-संचय के अदृश्य स्रोत के रूप में किया। इसी गुण के बल पर वह बी.ए. के छात्र बने थे। थर्ड डिवीजन से जैसे-तैसे मैट्रिक पास करने के बाद उन्होंने विज्ञान का वरण नहीं किया। माता-पिता के बहकावे में आकर उनसे कम अंक पानेवाले विष्णुकान्त ने विज्ञान की बाँह गही, पर केके ने कला-संकाय से अपना सम्बन्ध जोड़ा। विज्ञान-विमुख होने के कारण केके की पर्याप्त भर्त्सना हुई। विज्ञान की पढ़ाई में मानसिक और शारीरिक ऊर्जा की ज़्यादा खपत के कारण माँ ने विष्णुकान्त के लिए अतिरिक्त रूप से फॉस्फोरसयुक्त टॉनिक की व्यवस्था की थी। केके इस सुख से वंचित रहे। जब इंटर का परीक्षा-फल घोषित हुआ, विष्णुकान्त फेलगति को प्राप्त हुए और केके बी.ए. में पहुँच गए।

यह बी.ए. में प्रवेश केके के लिए एक नई दुनिया में प्रवेश की तरह था। उन्होंने राजनीतिशास्त्र का अध्ययन शुरू किया और इसी अध्ययन के बल पर देश की राजनीति में परिवर्तन का महान स्वप्न देखा। सत्रारम्भ के तत्काल बाद ही मन ही मन उनका सम्पर्क सशस्त्र क्रान्ति के बल पर सर्वहारा की सत्ता कायम करनेवाली क्रान्तिकारी विचारधारा से हुआ। केके के सहपाठियों के बीच इस सम्पर्क की ख़ूब चर्चा हुई। कुछ लोगों की नज़र में उनका महत्व अचानक बढ़ गया, तो कुछ लोगों ने उन्हें सन्देह की नज़र से घूरना शुरू कर दिया। कुछ सहपाठियों ने प्रमाण एकत्र करने के लिए जासूसी तक की, पर लाख ढूँढ़ने के बाद भी एक दसपेजी बुकलेट के सिवा किसी के हाथ कुछ नहीं लगा। सच चाहे जो हो, पर इससे केके को काफ़ी प्रसिद्धि मिली। औरों को कभी ऐसा लगा हो या नहीं, पर केके को हमेशा लगता था कि उन्हें बैठते-उठते, चलते-फिरते, खाते-सोते यानी कि हर समय 'वॉच' किया जा रहा है। वह हमेशा चौकन्ना रहते। उन्हें विश्वास हो चला था कि उन्हें छूकर जानेवाली हवा की दिशा, उनके पाँवों के नीचे आनेवाली धरती की गन्ध और उनकी नज़र की गिरफ्त में आनेवाले हर आदमी के चेहरे का रंग बदल जाता है। केके की चाल बदल गई थी। वह बहुत कम मुस्कराते या हँसते थे। बोलना भी उन्होंने कम कर दिया था। वह अधिकांश समय सोचने में लगाते थे।...क्रान्ति के बाद नया देश कैसा होगा ?...कैसी होगी नए समाज की नई व्यवस्था ?...यह सब पहले सोचकर तय रखना उन्हें ज़्यादा ज़रूरी लगता। रात में वह एक ही स्वप्न देखा करते थे कि...वह इस व्यवस्था को बदलने की मुहिम में अपने क्रान्तिकारी दस्ते के साथ निकले

हैं।...उन्हें गिरफ़्तार कर लिया जाता है।...वह लोहे की मोटी सलाख़ोंवाले पिंजरे में क़ैद हैं।

...पिंजरा एक वाहन पर लदा है।...पुलिस की कड़ी चौकसी में यह वाहन एक घने जंगल से गुज़र रहा है कि अचानक उनके संगठन का दूसरा दस्ता हमला करता है और केके को मुक्त कराता है।...केके इसी सपने में खोए-खोए रहते थे।

छात्र-यूनियन का चुनाव घोषित हुआ। केके किसी छात्र-संगठन के सदस्य नहीं थे। फिर भी अपने राजनीतिक व्यक्तित्व के कारण वह मन ही मन सक्रिय हो उठे। जब सरकार ने अपने छात्र-संगठन की जीत के लिए माहौल बनाना शुरू किया और इस क्रम में दूसरे संगठनों के छात्र गिरफ़्तार होने लगे, केके काँप उठे। उन्होंने 'लेहु अपनी लकुटि कमरिया' की शैली में दसपेजी बुकलेट को गंगा किनारे जाकर एकान्त में फूँक दिया और राजनीति से अपनी निर्लिप्तता की घोषणा करते हुए ध्रुवपद के आलाप की तरह गाने लगे—"सेंट-परसेंट झूठ है।...साले अफवाह फैला रहे हैं।...भला मेरा राजनीति से क्या सम्बन्ध ?...राजनीति तो कुतिया की योनि है और मैं इसमें नहीं घुसनेवाला।...साले सब चाहते हैं कि मैं गिरफ़्तार हो जाऊँ।"

इंटर विज्ञान में विष्णुकान्त की प्रवास अवधि बढ़ जाने और मैट्रिक के लौहद्वार पर पहुँचकर पड़ोस की दुधमुँही-सी लड़की चुन्नी के साथ इश्क़ के चक्कर में रमाकान्त के भटक जाने के कारण केके अपनी माँ की आशाओं के केन्द्र बन गए थे। फिर भी, बीच में होने का दुख उन्हें सालता रहा। माँ की आशाएँ केके में केन्द्रित थीं और इन आशाओं से पैदा होनेवाले दुख का विस्तार विष्णुकान्त और रमाकान्त तक पहुँचता था। वह अक्सर कहतीं—"मँझले तो पार लग जाएँगे, पर बड़के और छोटे की चिन्ता है।"

बड़के और छोटे की चिन्ता के पहाड़ के नीचे केके की उपलब्धियाँ दब गईं। वह पहले की तरह ही दुखी बने रहे।

केके के जीवन में बी.ए. का दूसरा वर्ष आया। इस वर्ष में प्रवेश करते ही ग्रह-नक्षत्रों का योग कुछ इस तरह बना कि उनके जीवन में उथल-पुथल मच गई। एक अदद प्रेमिका के अभाव का दंश झेलते हुए कॉलेज-शिक्षा के तीन वर्ष काट देनेवाले केके को प्रेमिका मिल गई। वह बटेर हाथ लगे अन्धे की तरह उत्साहित हुए। बी.ए. में नए बैच ने दाख़िला लिया था। सप्ताह भर पहले कक्षाएँ शुरू हुई थीं। कंचन-सी कायावाली कंचन सिन्हा ने जब राजनीतिशास्त्र के नोट्स तैयार करने में केके से सहयोग की याचना की, तो पहले उन्हें अपने कानों पर भरोसा नहीं हुआ। अकबकाहट में केके का मुँह खुला, तो खुला ही रह गया। उन्हें लगा, धरती डोल रही है। उन्होंने जैसे-तैसे अपने को सँभाला और कंचन सिन्हा से संवाद कायम किया।

केके की माँ जिस स्कूल में हेडमास्टरनी थीं, कंचन की माँ भी उसी स्कूल में

पढ़ाती थीं। केके ने कंचन को तब देखा था, तब वह मैट्रिक में पढ़ती थी। वह अपनी माँ के साथ कभी-कभार उनके घर आया करती थी। पर उन दिनों कंचन की सूरत और काया में चमक नहीं थी। हड्डियों के ढाँचे पर टँगे पिचके हुए चेहरे में दो बड़ी-बड़ी आँखों के सिवा और कुछ नहीं था कंचन के पास। मैट्रिक के बाद वह अपनी मौसी के साथ रहकर पढ़ने कलकत्ता चली गई। वहीं से इंटर किया। अचानक बी.ए. के नए बैच में उसे देखकर केके तो उसे पहचान भी नहीं सके। जब उसने अपनी माँ पार्वती सिन्हा का हवाला दिया, तो केके भौचक रह गए।

केके घर लौटे। करोड़ों प्रकाश-वर्ष की तरह लम्बी रात गुज़ारकर दूसरे दिन कॉलेज पहुँचते ही उन्होंने कंचन सिन्हा पर कब्ज़ा किया। कॉलेज लाइब्रेरी के पिछवाड़े, गंगा किनारे सीढ़ियों पर हुई प्यार की पहली सिटिंग दो घंटे पैंतालीस मिनट तक चली। इस बीच दोनों की तीन कक्षाएँ गुज़र गईं। इन तीन कक्षाओं में मिलनेवाले ज्ञान के बदले दोनों ने तीन जनमों के प्रेम की प्रगाढ़ता को अर्जित किया। कंचन की हथेलियाँ सहलाते हुए केके गंगा के पाट का विस्तार निहारते रहे। उन्होंने कंचन से पूछा—''क्या तुम कलकत्ता में भी किसी से प्यार करती थीं ?''

''प्यार बार-बार नहीं किया जाता।...प्यार तो बस एक बार होता है। मैं तो बचपन से ही तुम्हें प्यार करती हूँ। तुम तो मेरे लिए ही पैदा हुए हो...सिर्फ़ मुझे प्यार करने के लिए। के से कंचन और के से कृष्णकान्त।'' खिलखिला उठी कंचन।

कंचन की खिलखिलाहट,...कंचन की निकटता का जादू केके पर छा गया। मन्थर बहती गंगा के शान्त तट पर बैठे केके अशान्त थे। के से कंचन और के से कृष्णकान्त। के का यह अद्भुत संयोग केके को गुदगुदा रहा था। वह प्रेम के हिंडोले पर झूल रहे थे। बोले—''मुझे तुम्हारा नाम बहुत अच्छा लगता है।''

''पर तुम्हारा नाम मुझे अच्छा नहीं लगता।...मैं तुम्हें केके पुकारूँगी,...केके।'' नन्ही बच्ची-सी लाड़ दिखाती हुई कंचन ने केके के काँधे से सिर टिका दिया।

...और कृष्णकान्त 'केके' बन गए। माया की हिरनी कंचन सिन्हा के पीछे भागने लगे। दोनों घरों का प्रेम बढ़ गया। पार्वती आंटी का घर केके के लिए पराया घर नहीं रहा। कॉलेज आते-जाते या जब इच्छा होती केके आंटी के घर की ओर दौड़ लगा देते। वहाँ घंटों पड़े रहते। माया की हिरनी के पीछे भागते हुए एक दिन अचानक उन्हें दिव्य-सुख की प्राप्ति हुई। केके सौभाग्यशाली थे। यह सौभाग्य उनके जीवन को आह्लाद से भर गया। उन्होंने तीन माह की प्रेमलीला में ही दिव्य-सुख पा लिया था। दिव्य-सुख की प्राप्ति के बाद केके को दिव्य-ज्ञान की प्राप्ति हुई। उन्हें लगा, जो लड़की तीन माह भी प्रेम का दबाव नहीं झेल सकी, वह जीवन भर कैसे साथ निभाएगी। शादी के बाद भी यह किसी के साथ,...इसका क्या भरोसा !...केके ने सोचना शुरू किया। ख़ूब सोचा।...और अन्ततः केके ने दो निर्णय लिए। उनका पहला

निर्णय था कि यह लड़की संस्कारहीन है और जीवन-साथी बनाने के बाद किसी भी दिन उनसे बेहतर पुरुष पाकर अपना दिव्य-दुख लुटा सकती है। सो वह इससे शादी नहीं करेंगे। केके ने दूसरा निर्णय यह लिया है कि उन्हें कंचन काया से भरी इस पृथ्वी का दिव्य-सुख भोगना है। यह दिव्य-सुख पृथ्वी पर बिखरा हुआ है। सो कुछ दिनों तक दिव्य-सुख भोगने के बाद ही वह पावन-परिणय के बन्धन में बँधेंगे।...और केके ने कंचन सिन्हा से मुँह मोड़ लिया।

कंचन ने अन्न-जल त्याग दिया। पार्वती सिन्हा इंसाफ़ के लिए केके की माँ के दरबार में पहुँचीं। केके की पेशी हुई। फ़ौजदारी मुक़दमों के पेशेवर गवाह की तरह अपना पल्ला झाड़कर खड़े हो गए केके। उन्होंने जवाब दिया—"दोस्ती का मतलब प्रेम नहीं होता।...और अगर कोई एकतरफ़ा प्रेम करता है, तो करे। इसमें मेरा क्या कुसूर ?"

केके की माँ को कंचन पसन्द थी और पार्वती सिन्हा की नज़र भी काफ़ी पहले से केके पर टिकी थी। कंचन और केके की मित्रता को दोनों अपनी आँखें बन्द कर हवा देती रही थीं। पर केके ने पासा पलट दिया। लड़की के सामने कोई शारीरिक संकट नहीं था, इसलिए पार्वती सिन्हा ने अपना अभियान वापस ले लिया। दोनों सहेलियों ने इसे भाग्य का दोष मानकर कुछ दिनों तक आपस में मातम मनाया। धीरे-धीरे दोनों माताएँ मातम से उबरकर अपनी नौकरी में व्यस्त हो गईं।...और केके तो व्यस्त थे ही। बस एक कंचन थी जिस पर इस घटना का गहरा असर हुआ था। उसकी कंचन-सी काया का रंग धूमिल होने लगा था। वह गुमसुम रहने लगी थी। उसने कॉलेज जाना भी बन्द कर दिया था। किसी आसन्न दुर्घटना की आशंका से डरी हुई पार्वती सिन्हा ने प्रॉविडेंट फंड से एडवांस लेकर आनन-फानन में कंचन को निबटाया। उसका विवाह धार्मिक प्रवृत्ति के एक युवक से सम्पन्न हुआ, जो बेरोज़गार था। जीवन में एक ही पुरुष से प्यार की नैतिकता का सिद्धान्त माननेवाली कंचन सिन्हा ने कालान्तर में अपने उस पति से भी प्यार किया जो उसे प्रताड़ना देते हुए बात-बात में तुलसीदास को कोट करता था।

ख़ून का चस्का लगे बिलाव की तरह केके अब निरन्तर शिकार की टोह में रहने लगे। उन्होंने इस क्षेत्र में पर्याप्त महारत हासिल की और अपनी प्रतिभा को लगातार विकसित करते रहे। केके को इस खेल में मज़ा आने लगा था।

कॉलेज की जिस शिक्षा ने केके को अनुभव-सम्पन्न किया, उसी शिक्षा ने विष्णुकान्त का जीवन तबाह कर दिया। इंटर के व्यूह में घिरे विष्णुकान्त ने प्राणोत्सर्ग करने तक की योजना बनाई और उसमें भी असफल हुए। उन्होंने आत्महत्या के लिए जो तिथि तय की थी, उसी दिन की सुबह उन्हें बुख़ार आ गया।...रात में गृहत्याग करने और गांधी-सेतु पहुँचकर गंगा में छलाँग लगाने की योजना धरी-की-धरी रह

गई। सुबह ही ऐसा बुख़ार चढ़ा कि सारी रात कराहते रहे। कई दिनों तक बिस्तर पर पड़े-पड़े बुख़ार में तपते रहने के क्रम में उन्हें ज़िन्दगी से मोह हुआ और उन्होंने प्राणोत्सर्ग का इरादा त्याग दिया। विष्णुकान्त ने तय किया कि वह अपना नया जीवन शुरू करेंगे। उन्होंने महल्ले में ही शृंगार-प्रसाधन की एक छोटी-सी दुकान खोलने की योजना बनाई। परिवार में इस योजना पर गहन विचार-विमर्श हुआ। इस विचार-विमर्श में केके शामिल ज़रूर हुए, पर चुप रहे। दिन भर घर में निठल्ले बैठे रहनेवाले पति का भी घर-परिवार के लिए उचित उपयोग हो सकेगा, यह सोचकर केके की माँ ने अपने बड़े बेटे विष्णुकान्त को दुकान खोलने की अनुमति दे दी और दुकान खुल गई।

रमाकान्त ने इंटर विज्ञान का लौहद्वार तोड़ दिया था। जिस चुन्नी के चक्कर में वह भटक गए थे, उसी ने उन्हें सँभाल लिया। उसने भटके हुए अपने प्रेमी को प्रेम के जादू में बाँध दिया। ऐसी नसीहतें दीं कि रमाकान्त दिन-दुनिया भूलकर पढ़ने में जुट गए और इंटर विज्ञान का लौहद्वार टूट गया। इन दिनों वह मेडिकल प्रवेश-परीक्षा की तैयारी में प्राणपण से जुटे थे। चुन्नी के इंजीनियर पिता ने अपनी बेटी से यह वायदा किया था कि अगर रमाकान्त मेडिकल प्रवेश-परीक्षा पास कर गए तो उनकी आगे की पढ़ाई में वह मदद करेंगे और उनके डॉक्टर बनते ही बेटी की शादी उनसे कर देंगे। इस सूचना ने चुन्नी और रमाकान्त के प्रेम के प्रति उनके परिवार का दृष्टिकोण बदल दिया था। उनकी माँ ने अपने छोटे पुत्र और उसकी भावी पत्नी के प्रति अपने प्यार को सार्वजनिक करना शुरू कर दिया। चुन्नी के परिवार से अपने परिवार के रिश्ते में ठंडेपन के बावजूद केके की माँ अपनी ओर से व्यवहार बनाए रखने में कोई कसर नहीं छोड़तीं। तीज-त्योहार के दिन बिना नागा हैसियत भर उपहार के साथ जातीं और चुन्नी के माथे पर हाथ फेरती हुई जी-भर असीसतीं। फेलियर और बेरोज़गार विष्णुकान्त के कमासुत पूत में बदलने और रमाकान्त के इंटर विज्ञान की परीक्षा पास होने से पैदा हुई नई उम्मीदों के कारण परिवार का समीकरण बदल गया था। केके की स्थिति डाँवाँडोल हो गई थी। अब वह अपनी माँ की आशाओं के केन्द्र नहीं रहे थे। केके इन दिनों फिर बीच में दबे हुए थे। निराश और उद्विग्न चल रहे थे।

निराशा और उद्विग्नता की स्थिति में भी केके बी.ए. फाइनल की तैयारी में जुटे थे। ठीक परीक्षा से पहले छात्र-आन्दोलन भड़क उठा। एक अपराधी की गिरफ़्तारी के लिए पुलिस ने छात्रावास में छापा मारा और पलीते में आग लग गई। कक्षाओं और परीक्षाओं के बहिष्कार से शुरू हुआ आन्दोलन प्रदेश सरकार की बर्ख़ास्तगी के आन्दोलन में बदल गया। धरना, जुलूस और घेराव के साथ-साथ मन्त्रियों के मुख पर कालिख लेपन-पोतन का सघन अभियान चला रहे छात्रों का दमन शुरू हुआ।

देखते-देखते यह आन्दोलन समूचे प्रदेश में आग की तरह फैल गया। प्रदेश की जेलों में पहले से ही क़ैदी गँसे हुए थे। झुंड-के-झुंड छात्रों की गिरफ़्तारी के बाद इन जेलों में गहमागहमी और बढ़ गई।

केके राजनीति में कूदना चाह रहे थे। उन्होंने राजनीतिशास्त्र पढ़ना ही इसीलिए शुरू किया था कि वह एक दिन राजनीति की दुनिया में प्रवेश करेंगे। पढ़ाई के आरम्भिक दिनों में उन्होंने मन-ही-मन अपने को राजनीतिक व्यक्तित्व के रूप में सक्रिय भी किया था। वह लगातार देश और समाज के बारे में सोचने भी लगे थे, पर अचानक सब कुछ गड़बड़ हो गया। मन मारकर उन्हें राजनीति की दुनिया से अपने सम्बन्धों को नकारना पड़ा था। मन का उछाह मन के भीतर ही उफ़न-उफ़नकर बैठ गया और सपने आँखों में ही दफ़न हो गए।

केके अब दुबारा मिले इस अवसर को खोना नहीं चाहते थे। छात्र-आन्दोलन शुरू होते ही उन्होंने अपने मन को राजनीति के भँवर में फेंक दिया था और घर ही में बैठे-बैठे राजनीति की लहरों पर रात-दिन हिचकोले खाते रहते थे।...कई दिनों के बाद एक शाम केके, बस वैसे ही तफ़रीह के लिए कॉलेज की तरफ़ निकले। सोचा, शायद कोई यार-दोस्त मिल जाए।...कुछ हाल-समाचार मालूम हो। परीक्षा होगी भी या नहीं।...हो सकता है, सरकार परीक्षार्थियों को ग्रेस-मार्क्स देकर सामूहिक रूप से पास घोषित कर दे।...ऐसी ही सम्भावनाओं की खोज में केके कॉलेज परिसर पहुँचे। परिसर सूनसान था। केके हॉस्टल की ओर मुड़े। पुलिस पहले ही हॉस्टल ख़ाली करवा चुकी थी और उसमें कैम्प कर रही थी। केके लौटे। लौटते हुए वह हॉस्टल के पीछे से निकल जाना चाहते थे कि सामने से आती पुलिस जीप पर बैठे पुलिस ऑफ़िसर ने उन्हें रोका। वह क्षण भर के लिए ठिठके और पीछे मुड़कर उन्होंने तेज़ दौड़ना शुरू किया। उन्हें भागते देख पुलिस ने उनका पीछा किया और वह पकड़े गए। केके ने हाथ-पाँव जोड़े,...मिन्नतें कीं,...गिड़गिड़ाए,...रोए,...क़समें खाईं और मारे डर के पैंट में पेशाब तक कर दिया। पर होनी को कौन टाल सका है भला। सो होनी होकर रही। केके गिरफ़्तार हो गए।

राजनीतिशास्त्र का विद्यार्थी होने के नाते केके जेल-जीवन के महत्व से परिचित थे। स्वतन्त्रता-संग्राम के दौर से लेकर नक्सलवादी दौर तक के जेल-जीवन की कथाओं में वर्णित-चर्चित राजनीतिक चरित्रों की जगह अपने को रखकर वह मन ही मन असंख्य कथाएँ बनाते रहे थे। जेल उन्हें हमेशा आकर्षित करती थी।...सो वह भाग्य के अदृश्य हाथों बाँकीपुर जेल की चहारदीवारी के भीतर खींच लिए गए। राजनीति की दुनिया में बाँकीपुर जेल का स्वतन्त्रता के दिनों से ही ख़ास महत्व था।

जेल पहुँचते ही केके के स्वास्थ्य पर इस महान घटना का प्रभाव पड़ा। उनकी छाती की धड़कन बढ़ गई थी। रक्त-दबाव का ग्राफ बदल गया था। चेहरे पर पसीने

की बूँदें हमेशा झलकती रहतीं। रातों की नींद उचट गई थी। घंटे-आधे घंटे के लिए अगर नींद आती भी थी, तो स्वप्नदोष लेकर आती।

केके की गिरफ़्तारी की ख़बर पहुँचते ही पूरा घर सकते में आ गया था। माँ रो रही थीं। पिता सिर झुकाए चुप बैठे थे। विष्णुकान्त अपनी माँ के सामने खड़े गरज रहे थे—"आज तक जो नहीं हुआ था, सो कर दिया तुम्हारे दुलरुवा बेटे ने।...पूरे ख़ानदान की इज़्ज़त मटियामेट हो गई। महल्ले में अब मुँह दिखाना मुश्किल हो जाएगा।...बहुत गुमान था तुमको कि बी.ए.-एम.ए. करेंगे मँझले।...अब भुगतो।"

रमाकान्त नर्वस थे। उन्हें कुल-ख़ानदान से ज़्यादा भय चुन्नी के पापा का था। इस भय ने उनके चेहरे का रंग उड़ा दिया था। रमाकान्त के सामने बस एक ही सवाल तांडव कर रहा था कि अगर चुन्नी के पापा को मालूम हो गया, तो क्या होगा ?

यह ख़बर पहले चुन्नी को मिली। फिर उसके पापा तक पहुँची। चुन्नी ने रमाकान्त से कहा—"पापा ने तुम्हारी माँ को बुलाया है।"

होनेवाले समधी का बुलावा सुन शर्मिन्दगी के बोझ से दबी हुई रमाकान्त की माँ चुन्नी के घर पहुँचीं। चुन्नी के पापा ने कहा—"चिन्ता की कोई बात नहीं।...आज ही आपके बेटे को छुड़वा सकता हूँ, पर यह आपके बेटे के लिए उचित नहीं होगा। लड़का यदि राजनीति में जाना चाहता है, तो हर्ज़ क्या है ? राजनीति करनेवालों के लिए तो जेल तीर्थ होता है। यह उसके कॅरियर का सवाल है।"

"हमारे ख़ानदान की तो नाक ही कट गई।" रमाकान्त की माँ ने रुँधे कंठ से कहा।

"ग़लत सोच रही हैं आप।...भाग्यशाली हैं आप कि एक बेटा मेडिकल कॉलेज में दाख़िला पा गया।...दूसरा राजनीति कर रहा है और आज नहीं तो कल बड़ा पद पा लेगा। अगर बड़े पद तक नहीं पहुँचा, तो भी इतनी जान-पहचान तो बना ही लेगा कि नातेदारों-रिश्तेदारों की मदद कर सके।...हाँ, बड़े बेटे के लिए कुछ सोचिए। बिजनेस ही करना है, तो कोई ढंग का बिजनेस शुरू करें।...अब महल्ले में बैठकर चूड़ियाँ बेचना तो अच्छी बात नहीं है।"

इस वार्तालाप के बाद जब केके की माँ अपने घर पहुँचीं, वातावरण बदल गया। वह पति के साथ केके से मिलने जेल गईं। फिर रमाकान्त भी जेल पहुँचे। भाई से मिलकर लौटते हुए उनका भय मिट चुका था और वह प्रसन्नचित्त थे। वह मँझले की जेल-यात्रा को परिवार के लिए नई सम्भावना के रूप में देख रहे थे। विष्णुकान्त अकेले पड़ गए थे। भीतर ही भीतर क्रोध में धधकते हुए उन्होंने चुप्पी ओढ़ ली थी।

जेल-जीवन के दौरान केके ने व्यापक चिन्तन-मनन किया। राष्ट्र और धर्म को समझने की कोशिश की। बी.ए. के कोर्स के लिए निर्धारित राजनीतिशास्त्र की पुस्तकों ने जो समझ उन्हें दी थी, उससे अलग और नई समझ उन्हें प्राप्त हुई। इस

बीच उन्होंने अपने राष्ट्र और धर्म को नए रूप में डिस्कवर किया। केके के भीतर भावनाओं का तूफ़ान भर गया। रगों में राष्ट्र और दिमाग़ में धर्म का नाद गूँजने लगा।

विष्णुकान्त की शादी होनेवाली थी। माँ चाहती थीं कि बड़े कुछ दिनों तक धीरज धरें और मँझले की रिहाई के बाद शादी करें। उन्होंने विष्णुकान्त से पूछा—''कुछ दिन और नहीं रुक सकते ?—मँझले की रिहाई तक मान जाओ।...यह अच्छा लगेगा कि एक भाई जेल में क़ैद हो और एक भाई दूल्हा बने ?...बोलो ? मँझले के बिना तुम्हारी बारात शोभेगी भला !...तुम्हें सूना-सूना नहीं लगेगा ?''

विष्णुकान्त राज़ी नहीं हुए। साफ़-साफ़ नकार गए। वह किसी भी हालत में मँझले की प्रतीक्षा करने के लिए तैयार नहीं थे। उन्होंने जिस मकान के गैरेज में अपनी दुकान खोल रखी थी, उसकी विधवा मालकिन की बड़ी बेटी पृथुलवदना मिस लवली के विवाह की प्रतीक्षा एक दशक से चल रही थी। माँ-बेटी दोनों अब और प्रतीक्षा करने के लिए तैयार नहीं थीं। लम्बी प्रतीक्षा के बाद उनके जीवन में यह सौभाग्य आनेवाला था। दुकान खुलने के बाद लवली में विष्णुकान्त की रुचि देखकर लवली की माँ की आस बँधी थी। उन्होंने दोनों को उत्साहित किया। जब दुकान पर विष्णुकान्त के पिता नहीं होते, गाजर का हलवा,...मूँग के बड़े और आम का मीठा अचार जैसी विशिष्ट खाद्य-सामग्री की वह नियमित आपूर्ति करती थीं। आँचल से ढँककर कटोरी लातीं और दुकान के काउंटर पर रख जातीं। विष्णुकान्त उनकी ममता की नदी में बहने लगते थे। इस ममता ने उन्हें अपनी माँ की अध्यापन-वृत्ति से घृणा करने के लिए प्रेरित किया। उन्हें संसार की हर उस औरत से घृणा हो गई, जो स्कूल में पढ़ाती थी। लवली का प्रेम परवान चढ़ रहा था कि अचानक मिस स्वीटी सक्रिय हो उठी। लवली के विवाह की प्रतीक्षा में उसकी छोटी बहन स्वीटी भी विवाह योग्य हो चली थी। स्वीटी के नाक-नक़्श तीखे थे। वह रोज़ दूध की मलाई चुराती और खाने के बदले उसमें हल्दी पाउडर मिलाकर चेहरे पर मालिश करती। केश नोचकर भौंहों को खंडित धनुष का आकार देती। टू बाई टू कपड़े की समीज़ के भीतर काले रंग का ब्रा पहनती और विष्णुकान्त से बातें करते समय अपने निचले होठ का बायाँ हिस्सा ऊपरवाले दाँतों से दबाती। वह क्षण भर के लिए भी विष्णुकान्त से बोल-बतिया लेती, तो दिन भर के लिए उनका सारा गणित गड़बड़ा जाता। पहले तो विष्णुकान्त को कुछ नहीं सूझा। श्राद्ध-भोज पर टूट पड़े भूखे महाब्राह्मण की तरह उन्होंने लवली के प्रेम में अपनी समस्त ऊर्जा झोंक दी।...पर जब स्वीटी ने जलवा दिखाया, विष्णुकान्त पछतावे की आग में झुलसने लगे। लवली की शिकायत पर स्वीटी को जबरन मामा के घर भेज दिया गया। विष्णुकान्त ने स्वीटी में रुचि लेना शुरू ही किया था कि लवली सतर्क हो गई। स्वीटी को मामा के घर विदा करने के बाद लवली ने अपनी माँ के सहयोग से विष्णुकान्त पर दबाव डालना शुरू किया।

विष्णुकान्त ने सोचा, कहीं ऐसा न हो कि माया और राम दोनों हाथ से निकल जाएँ। लवली से रिश्ता नकारने पर दुकान तो छूट ही जाती, भविष्य में स्वीटी से मिलने-जुलने की सम्भावना भी समाप्त हो जाती। अन्ततः विष्णुकान्त ने लवली से पावन-परिणय की घोषणा कर दी। फिर कोई तन्त्र-मन्त्र काम न आया। सारे जतन फेल हो गए। विष्णुकान्त ने अपने घर में साफ़-साफ़ एलान किया—"अगर एक पखवाड़े के भीतर मेरी शादी लवली से नहीं हुई, तो मैं सोलहवें दिन किसी की परवाह किए बग़ैर उससे शादी कर लूँगा और घर छोड़ दूँगा।"

विष्णुकान्त के पावन-परिणय की तिथि तय हुई। स्वीटी मामा के घर से वापस लौटी। माँ और बहन की राजनीति से क्षुब्ध और कुपित स्वीटी ने निर्णय लिया कि वह अपनी बहन का सुहाग तो नहीं लूटेगी, पर उसके जीवन में हलचल ज़रूर मचाती रहेगी। उसके पति को अपना पालतू बनाकर रखेगी। उसने पावन-परिणय से पहले विष्णुकान्त से गोपनीय मुलाक़ात की और कहा—"तुम पति उसके रहोगे, पर प्यार मुझे करोगे ?"

विष्णुकान्त ने वचन दिया। स्वीटी ने उस दिन विष्णुकान्त को बाँहों में भरकर चूम लिया था। वह आग की लपटों में घिर गए थे। सिंहलद्वीप की राजकुमारी की तरह उसने विष्णुकान्त के प्राण अपनी मुट्ठी में बन्द कर लिए थे।

लवली के साथ पावन-परिणय की वेदी पर बैठे हुए विष्णुकान्त ललचाई आँखों से स्वीटी को निहार रहे थे। सजी-सँवरी स्वीटी अपनी सहेलियों के साथ बैठी झूमर गा रही थी—

"ए जीजाजी मोहे ऐसे न देखो,
अभी तो मेरी बाली उमरिया है जी।"

"मोहे ऐसे न देखो" की शिकायत करती हुई स्वीटी की नज़र के वार से जीजाजी घायल हो रहे थे। अपनी बाली उमर का हवाला देती स्वीटी मुस्कराती, भौंहें नचाती, दाँतों से होंठ चबाती और विष्णुकान्त सिहर-सिहर उठते।

विष्णुकान्त का विवाह सम्पन्न हुआ। केके अपने बड़े भाई के विवाह में शामिल नहीं हो सके। विष्णुकान्त उनसे मिलने एक बार भी नहीं आए थे। बड़े भाई द्वारा घनघोर उपेक्षा के बावजूद केके ने जेल से ही उनके सफल दाम्पत्य के लिए शुभकामना-सन्देश भेजा। अब केके इन टुच्चे मतभेदों और दुश्मनियों से ऊपर उठ चुके थे। रमाकान्त इस विवाह में उखड़े-उखड़े रहे क्योंकि चुन्नी और उसके पिता को यह रिश्ता पसन्द नहीं था। लवली और स्वीटी के पिताविहीन परिवार को मुहल्ले में सम्मान की दृष्टि से नहीं देखा जाता था। यह विवाह रमाकान्त के भावी श्वसुर की प्रतिष्ठा के अनुकूल नहीं था। केके की अनुपस्थिति के कारण माँ पहले से ही दुखी थीं। पिता पहले भी घर में महत्वपूर्ण अवसरों पर चुप रहते थे, सो थे।

विष्णुकान्त सब कुछ समझ रहे थे। परिवार के इस रवैये के चलते उनके मन में क्षोभ था। विवाह के बाद वह पत्नी और दुकान के बहाने ससुराल में व्यस्त हो गए। लवली यहाँ होती तो वह स्वीटी के मोहपाश में बँधे ससुराल चले जाते। लवली ने अपनी मंज़िल 'विवाह' को पा लिया था। उसकी रुचि विवाहेतर प्रसंगों में नहीं थी। वह अब स्वीटी की गतिविधियों से निरपेक्ष हो चुकी थी। वह इस विश्वास के चलते निश्चिन्त थी कि स्वीटी का विवाह होगा। वह ससुराल जाएगी और विष्णुकान्त फिर उसके आँचल की छोर में बँधे होंगे। लौट के बुद्ध घर को आएँगे। जाएँगे कहाँ !

प्रदेश-सरकार बर्खास्त हुई। राष्ट्रपति शासन लागू हुआ। चुनाव की सम्भावना सामने थी। केन्द्र की सरकार ने अपनी छवि सुधारने के लिए उन छात्रों को रिहा करने का आदेश दिया, जिन पर गम्भीर आरोप नहीं थे।

केके छूटे।

जेल से निकलनेवाले छात्रों के पहले दल का कॉलेज परिसर में अभिनन्दन हुआ। केके ने सात माह के जेल-जीवन की तपस्या का मधुर फल चखा। वह भाव-विह्वल हो गए। उनकी आँखें छलकने-छलकने को हो आईं। उन्होंने जैसे-तैसे अपने ऊपर क़ाबू किया। जेल में मिली राजनीतिक दीक्षा याद आई कि भावुकता मट्ठा है। इसे पी जाने या जनता के बीच बाँट देने से ही लाभ होता है। अगर भूल से भी भावुकता की एक बूँद महत्वाकांक्षा की जड़ों तक पहुँच गई, तो सत्यानाश। केके ने अपने को संयत किया।

इस अभिनन्दन सभा में रमाकान्त भी थे। तालियों की गड़गड़ाहट, जयघोषों और पुष्पहारों के बीच आकंठ डूबे मँझले को देख उनकी छाती उतान हो गई। पहली बार उनके हृदय में मँझले के लिए श्रद्धा-भाव पैदा हुआ। सभा समाप्त हुई। रमाकान्त मंच की ओर लपके। इसके पहले कि वह क़रीब पहुँचें, केके निकल गए। जेल से छूटने के बाद विपक्ष के जिन नेताओं के साथ केके आए थे, उन्हीं के साथ चले गए।

रमाकान्त घर पहुँचे। सारा हाल सुनाया। पुत्र की रिहाई और मान-सम्मान की ख़ुशी में माँ की आँखें भर आईं। पिता वैसे ही गुमसुम बने रहे। लवली मायके में थी। विष्णुकान्त ने सुना, तो भुनभुनाए—"आजकल पॉलिटिक्स और लफंगई में कोई फ़र्क़ नहीं है। ख़ानदान की इज़्ज़त तो जेल जाकर पहले ही नीलाम करवा चुके हैं मँझले,...अब किसी दिन घर भी कुर्की-ज़ब्ती करवाएँगे।"

केके देर रात गए घर पहुँचे। सब उनकी प्रतीक्षा में थे। उन्होंने माँ और पिता के चरण छुए। छोटे को अँकवार में भरकर दुलारा। विष्णुकान्त के सामने पहुँचे। झुककर चरण छूना ही चाहते थे कि वह मुँह मोड़कर कमरे के भीतर चले गए। केके के मन को चोट लगी। पर उन्होंने अपने को संयत किया। जेल-जीवन के दौरान प्राप्त राजनीतिक दीक्षा फिर काम आई। उन्होंने जेल में ही जान लिया था कि राजनीति

करनेवालों के लिए उपेक्षा और प्रतीक्षा का सामना करनेवाली शक्ति का बहुत महत्व होता है। वह विष्णुकान्त के पीछे-पीछे उनके कमरे में गए। सास के बुलावे पर देवर के आने की ख़बर सुनकर लवली मायके से आ चुकी थीं। केके के प्रवेश करते ही पलंग पर बैठी लवली भाभी हड़बड़ाकर उठीं। केके उन्हें पहली बार भाभी के रूप में देख रहे थे। उन्होंने इस क्षण का भी सामना सहजता से किया। विभिन्न उपनामों से चर्चित अपने ही मुहल्ले की लवली को भाभी के रूप में पाकर केके तनिक भी असहज नहीं हुए। नीम चढ़े करैले की तरह मुँह बनाए विष्णुकान्त खड़े थे। उनकी परवाह किए बग़ैर लवली ने अपने मँझले देवर का मुस्कराकर स्वागत किया।

केके खाने बैठे। माँ खिलाने बैठीं। लवली भाभी गरम-गरम रोटियाँ सेंककर परोस रही थीं। लवली भाभी की उपस्थिति के चलते यह घर उन्हें नया-नया लग रहा था। केके सारी रात जगे रहे। बचपन से लेकर जेल से वापसी तक के महत्वपूर्ण क्षणों को याद करते रहे।

केके रोज़ सुबह कलफ़ किया हुआ खादी का सफ़ेद कुर्ता-पाजामा धारण करके निकलते और देर रात गए घर लौटते। वह जब लौटते, पिता सो चुके होते थे। रमाकान्त अपनी पढ़ाई में व्यस्त होते और माँ उनके आने की प्रतीक्षा में ऊँघ रही होतीं। केके के जेल से लौटने के बाद लवली का मायके प्रवास पहले से कम हो गया था। रात में लवली से उनकी भेंट नहीं होती। विष्णुकान्त या तो पत्नी सहित सो चुके होते या कमरे का दरवाज़ा बन्द कर टी.वी. पर प्रोग्राम देख रहे होते। घर में रहते हुए भी विष्णुकान्त से उनकी कम मुलाक़ातें होती थीं। विष्णुकान्त उनकी घनघोर उपेक्षा करते थे। फिर भी वह विष्णुकान्त से एकतरफ़ा संवाद क़ायम करने की कोशिश करते। लवली उनका ख़्याल ज़रूर करती थीं। गर्भवती लवली से घर का काम-काज पार नहीं लगता था। फिर भी, सुबह की चाय लेकर वह अक्सर केके के पास पहुँचती थीं। प्रसव का दिन जैसे-जैसे क़रीब आता जा रहा था, पृथुलवदना लवली गोल होती जा रही थीं। केके उन्हें देखकर मुस्कराते। विनोद करने की इच्छा होती, पर विष्णुकान्त की फूली हुई नाक और चढ़ी हुई भृकुटियों की याद आते ही, टाल जाते। केके के प्रति लवली का स्नेह-भाव विष्णुकान्त को दुखी करता था।

इस बीच केके ने बी.ए. फाइनल की परीक्षा के लिए फॉर्म भरा। परीक्षा शुरू हुई। केके राजनीति में व्यस्त हो चले थे। उनके पास परीक्षा के लिए समय का अभाव था। परीक्षा-भवन में उनके बदले बैठकर एक दूसरे छात्र ने परीक्षा दी। केके पास हुए। माँ की इच्छा थी कि केके एम.ए. में दाख़िला लें, पर वह चुनाव लड़ना चाहते थे। उन्होंने माँ की इच्छानुसार एम.ए. में दाख़िला लिया और चुनाव घोषित होने की प्रतीक्षा में लग गए।

चुनाव घोषित होते ही जब टिकट के लिए रेल-पेल मची, केके दिन-रात व्यस्त

रहने लगे। वह टिकट पाने के जुगाड़ में लगे थे। कभी-कभी तो वह रात में भी घर वापस नहीं आ पाते। पार्टी ऑफ़िस की बैठकों, जन-सभाओं और जन-जागरण यात्राओं में केके इस तरह उलझे कि उन्हें दम मारने की भी फ़ुर्सत नहीं रही। नगर के मध्य विधानसभा क्षेत्र से विपक्ष के उम्मीदवार के रूप में सबल दावेदारों में से एक थे केके। टिकट के लिए चल रही मार-काट में रोज़ नए समीकरण बन रहे थे, मिट रहे थे। अन्तिम दौर में केके के मुक़ाबले में सिर्फ़ मनोहर बाबू बचे थे। मनोहर बाबू पिछले दो चुनावों में इस क्षेत्र से विपक्ष के उम्मीदवार रह चुके थे। पहली बार वह विजयी रहे थे और दूसरी बार लूज़र। छात्र आन्दोलन के चलते इस बार विपक्ष की हवा थी। पार्टी का सांगठनिक ढाँचा कमज़ोर होने के बावजूद छात्र और युवा कार्यकर्ताओं की भीड़ साथ थी। क्लीयर स्वीप का चांस था। मनोहर बाबू ने अपनी सारी ताक़त झोंक दी थी और साधनविहीन केके की राह में रोड़ा बनकर अड़ गए थे।

पार्टी अध्यक्ष ने केके के साथ गोपनीय बातचीत की। केके ने अध्यक्ष द्वारा बनाई गई रणनीति को स्वीकार किया। मनोहर बाबू को टिकट मिला और केके ने रिबेलियन उम्मीदवार के रूप में पर्चा दाख़िल किया। मनोहर बाबू ने पार्टी फंड में भारी रक़म देकर टिकट हासिल किया था। केके जीतते तो नहीं, पर वोट काटकर मनोहर बाबू के लिए संकट पैदा कर सकते थे। इस बार पार्टी अध्यक्ष ने प्रकट रूप से बीचबचाव किया। लाखों की मोटी रक़म के बदले नाम वापस लेकर केके ने मनोहर बाबू का विजय-पथ प्रशस्त किया। दोनों की श्रद्धा से अध्यक्षजी भी लाभान्वित हुए।

इस चुनाव ने केके की आर्थिक और सामाजिक हैसियत बदल दी थी। विपक्ष को पूर्ण बहुमत मिला। विपक्ष की सरकार बनी और विपक्षी सत्ताधारी बने। मनोहर बाबू पराजित हो गए थे और पार्टी में केके की साख बढ़ गई थी। केके ने सबसे पहले रिटायरमेंट के कगार पर पहुँची अपनी माँ का सेवा-विस्तार करवाया। रमाकान्त के भावी श्वसुर का इच्छित जगह तबादला हुआ। विष्णुकान्त को राज्य के वित्त निगम से सबसीडी सहित भारी मात्रा में कर्ज़ की प्राप्ति हुई और सरकारी विभागों में स्टेशनरी सप्लाई का ठेका मिला। केके की लवली भाभी को पुत्र-रत्न की प्राप्ति हुई। केके ने इस अवसर पर विशाल भोज दिया। प्रदेश के मुख्यमन्त्री सहित मन्त्रियों और अधिकारियों का भारी जमावड़ा हुआ। इस आयोजन में विपक्ष के भी कई नेता शामिल हुए। रमाकान्त के भावी श्वसुर स्वेच्छा से लपक-लपककर मेहमानों को खाना खिलाते हुए देखे गए। उपहारों से केके का घर भर गया।

आयोजन की थकान के चलते दूसरे दिन की सुबह केके की नींद देर से टूटी। प्रसन्नचित्त लवली भाभी चाय लेकर आईं। केके के हाथों में चाय का प्याला देकर बैठ गईं। केके चौंके। ऐसा तो कभी नहीं हुआ था। इसके पहले वह चाय देकर क्षण

भर के लिए रुकतीं, मुस्करातीं और चली जाती थीं। लवली भाभी के बैठते ही केके का माथा ठनका। केके कुछ सोच पाएँ, तब तक माँ ने प्रवेश किया और उनके पास आकर बैठ गईं। बोलीं–''मँझले, मैं चाहती हूँ कि तुम शादी कर लो।''

केके हँसे। पूछा–''माँ, आज अचानक तुम्हारे माथे पर मेरी शादी का भूत कैसे सवार हो गया ?''

''मँझले, तुम सुबह निकलते हो और देर रात गए लौटते हो। बहू रहेगी तो उसके चलते समय पर घर लौट आओगे...और...''

''माँ ! राजनीति में रात और दिन बराबर होता है।'' केके ने माँ को राजनीति का गणित समझाना चाहा–''देखो माँ, राजनीति में कुछ भी पहले से तय नहीं होता। पल भर में सड़क का आदमी कुर्सी पर जा बैठता है और कुर्सी पर बैठा आदमी सड़क पर जा गिरता है। इसलिए लगातार भाग-दौड़ करनी पड़ती है।''

''मेरा तुम्हारी राजनीति से कोई लेना-देना नहीं।...तुम जो चाहो, करो,...पर शादी कर लो। बहू रहेगी, तो तुम्हारी देख-रेख करती रहेगी। थके-हारे घर लौटोगे तो तुम्हारा सुख-दुख बाँटेगी।...तुम जिससे कहो, मैं तैयार हूँ। अगर तुमने किसी को पहले से पसन्द कर रखा हो, तो बोलो। मैं ख़ुद उसके घर जाकर बात करूँगी।'' माँ की आँखें भीग गई थीं।

''ऐसी कोई बात नहीं माँ।...तुम जहाँ चाहो, बात कर सकती हो।...पर एक बात का ध्यान रखना कि मुझे शहर की ज़्यादा पढ़ी-लिखी लड़की नहीं चाहिए।''

''क्यों ?'' लवली ने पूछा।

''...क्योंकि मेरा मानना है कि शहर की ज़्यादा पढ़ी-लिखी लड़कियों में चरित्र और पवित्रता की कमी होती है। मुझे गाँव या क़स्बे की कम पढ़ी-लिखी लड़की चाहिए। मैट्रिक पास हो, तो भी काम चल जाएगा।...ऐसी लड़की जो मन से लेकर तन तक पवित्र हो और मेरे लिए समर्पित हो।'' केके गम्भीर आवाज़ में बोल रहे थे।

''ठीक है। जैसी तुम्हारी इच्छा। मैं ऐसी लड़की तलाश लूँगी।...पर शादी जल्दी ही होगी।'' माँ ने उठते हुए कहा।

केके हँसे। बोले–''माँ, पहले लड़की तो ढूँढ़ लो। लगता है, भाभी ने मेरे ख़िलाफ़ तुम्हें भड़काया है।''

लवली भाभी हँसीं। माँ को उम्मीद नहीं थी कि केके इतनी आसानी से शादी के लिए तैयार हो जाएँगे।

माह भर के भीतर केके की माँ ने पुत्रवधू को ढूँढ़ लिया। राजधानी से डेढ़ सौ किलोमीटर दूर गोपालपुर क़स्बे के श्री गोविन्द प्रसाद की तीसरी कन्या सौभाग्याकांक्षिणी नयना से केके का पावन परिणय होना तय हुआ। केके के बड़े मामा

की गोपालपुर में ससुराल थी। परिवार जाना-पहचाना था। गोविन्द प्रसाद केके की मामी के मायकेवालों के पट्टीदार थे। मैट्रिक पास करके नयना तीन वर्षों से विवाह की प्रतीक्षा कर रही थी। सिलाई-बुनाई, चूल्हा-चौका, पूजा-पाठ और गीत-गवनई—हर गुण में निपुण गोरी-चिट्टी नयना की तस्वीर देखकर केके ने विवाह की स्वीकृति दे दी।

लड़कीवाले गोपालपुर से सपरिवार राजधानी पहुँचे। एक मन्दिर में केके और नयना का पावन-परिणय सम्पन्न हुआ। धनाभाव के बावजूद बिना माँगे गोविन्द प्रसाद ने अपनी औक़ात से ज़्यादा ख़र्च किया। पुश्तैनी मकान का पिछला हिस्सा बेचकर सोने के जेवरों और पेटी-भर साड़ियों के साथ बेटी को विदा किया।

विवाह के दूसरे दिन केके ने विशाल प्रीतिभोज का आयोजन किया। यह आयोजन विष्णुकान्त के बेटे के जन्मोत्सव वाले आयोजन की अपेक्षा ज़्यादा भव्य था। बड़ी-बड़ी हस्तियों की भीड़ फिर जुटी। इस बार भी मुख्यमन्त्री आयोजन में शरीक हुए। नई सरकार के आने के बाद इन दिनों निगमों, परिषदों, आयोगों, समितियों और अकादमियों के अध्यक्ष पद पर कब्ज़ा करने की राजनीतिक जोड़-तोड़ चल रही थी। मुख्यमन्त्री ने केके को सबसे मूल्यवान उपहार दिया। उन्होंने प्रीतिभोज में ही केके को एक महत्वपूर्ण निगम का अध्यक्ष पद सौंपे जाने की घोषणा की। लोग केके के भाग्य से ईर्ष्या कर रहे थे। पत्नी और पद दोनों एक साथ पाकर केके का भाग्य दीप्त हो रहा था। उनका क़द ऊँचा हो गया था और चेहरे से आभा फूट रही थी।

देर रात गए आयोजन समाप्त हुआ। इसके बाद की रात केके की सुहाग रात थी। लवली भाभी सहित पास-पड़ोस और नातेदारी की भौजाइयों और बहनों की चुहल के बीच घंटों घिरे रहने के बाद केके ने अपने शयन-कक्ष में प्रवेश किया। बनारसी साड़ी, आभूषणों और लाज के बोझ से दबी हुई नयना ने मायके से मिले निर्देश के अनुसार पति के पाँव छूकर आशीर्वाद प्राप्त किया। पलंग पर सकुचाई बैठी नयना को केके ने भर आँख निहारा। नयना उन्हें कंचन की अपेक्षा ज़्यादा सुन्दर और आकर्षक लगी। घर-परिवार, पास-पड़ोस, स्कूल-कॉलेज से लेकर अपने राजनीतिक जीवन की कहानियाँ सुनाते रहे केके और नयना सुनती रहीं। रात आगे खिसक रही थी। दरवाज़े से कान सटाकर नए जोड़े की बातें सुनने की कोशिश में लगी औरतें थक-हारकर सोने चली गईं। नयना को अपनी बाँहों में भरते हुए केके ने कहा—"तुम बहुत सुन्दर हो।...लगता है, ईश्वर ने तुम्हें फ़ुर्सत के समय गढ़ा था और सिर्फ़ मेरे लिए ही गढ़ा था।"

नयना चुप रही। केके ने नयना का चिबुक अपनी अँगुली से उठाते हुए पूछा—"तुम ख़ुश नहीं हो क्या ?"

नयना ने अपने नयन झुका लिए। केके ने फिर पूछा—"क्या तुम शादी से पहले

भी किसी से प्यार करती थीं ?"

नयना कुछ नहीं बोली। पहले की तरह ही चुप रही। केके ने अपना दबाव बढ़ाया—"मैं अपने पिछले जीवन की सारी बातें तुम्हें बता चुका हूँ।...क्या तुम नहीं बताओगी ?...मैं बुरा नहीं मानूँगा अगर तुमने किसी को...बोलो,...क्या तुमने शादी से पहले...?"

नयना की आँखों में उमड़ते आँसू झरे। कंठ में फँसी रुलाई फूटी। हिचकियों में लिपटे नयना के शब्द केके के कानों में प्रक्षेपास्त्रों की तरह घुसे और कलेजे पर वार किया। अपने शयन-कक्ष में केके चीख़े। उनकी चीख़ नींद में बेसुध सोए घर के लोगों पर वज्र की तरह गिरी। घर में ऐसी अफ़रा-तफ़री मची मानो युद्ध में थक-हारकर गहरी नींद में सोए पांडवों के शिविर में अश्वत्थामा घुस आया हो। नयना को घसीटते हुए केके अपने कमरे का दरवाज़ा खोलकर बाहर निकले। नातेदारों-रिश्तेदारों सहित माँ-पिता, लवली-विष्णुकान्त और रमाकान्त—सब-के-सब हत्प्रभ खड़े थे। कोई कुछ भी नहीं समझ पा रहा था। बदहवास केके चीख़ रहे थे—"कुतिया है साली।...न जाने किसका पाप पेट में लेकर मेरे घर आई है।... मैं इसे मार डालूँगा।...इसकी बोटी-बोटी काटकर यहाँ से गोपालपुर तक बिछा दूँगा...।"

नयना ज़मीन पर लुढ़की हुई थी। केके की माँ ने बिलखती हुई नयना को देखा। नयना की सूरत झिलमिलाकर धुँधली हुई और कंचन के चेहरे में बदल गई। केके मारने के लिए नयना पर झपटे। माँ दौड़ीं और नयना को अपनी देह से ढँक लिया। माँ को नयना के ऊपर रक्षा-कवच की तरह पाकर केके और ज़ोर से चीख़े। वह लगातार चीख़ रहे थे कि मैं इसे मार डालूँगा...। चीख़ते-चीख़ते उनकी आवाज़ फँस गई। वह एक ही गति और लय में दुहरा रहे थे कि मैं इसे मार डालूँगा। लग रहा था, अदृश्य अँगुलियों की थाप से फटा हुआ तबला दुगुन में बज रहा हो।

अपने प्रेमी से धोखा खाकर नवविवाहिता नयना मायके से दो माह का गर्भ लेकर आई थी।

(इंडिया टुडे, 1996)

जब तवक़्क़ो ही उठ गई ग़ालिब

मैं आज ही सुबह राँची पहुँचा हूँ।

डॉ. जस्टिन का पत्र सप्ताह भर पहले अप्रत्याशित रूप से मुझे मिला था। पत्र पाकर मैं भौचक रह गया। उन्होंने राँची आने का आग्रह करते हुए मुझे पत्र लिखा था।

"आपके दोस्त श्री प्रतोष मुखोपाध्याय को सन्त इग्नेसियस मेंटल हॉस्पिटल, राँची में सप्ताह भर पहले दाख़िल कराया गया है। आपका पता श्री मुखोपाध्याय की एक डायरी से मिला है। डायरी के पन्नों से यह पता चला कि आप उनके बचपन के दिनों के एकमात्र नज़दीकी दोस्त रहे हैं। आपका सहयोग श्री मुखोपाध्याय के इलाज के लिए ज़रूरी है। मुझे आपसे कई बातें करनी हैं। आप जल्दी आएँ ताकि आपके दोस्त का इलाज करने में मुझे आपकी मदद मिल सके। राँची रेलवे स्टेशन पर पहुँचने की तिथि और ट्रेन की सूचना दें तो हॉस्पिटल की गाड़ी आपको लेने के लिए स्टेशन पहुँच सकेगी।"

पिछले कुछ वर्षों में उससे मेरी मुलाक़ातें बहुत कम हो सकी हैं। वैसे वह पटना आता रहा है। पार्टी की गतिविधियों के सिलसिले में एक जगह लम्बे समय तक टिके रहना उसके लिए सम्भव नहीं, यह मुझे अच्छी तरह मालूम था। उससे पिछली मुलाक़ात मुझे याद है। वह पार्टी-बैठक के सिलसिले में ही पटना आया था। पटना छोड़ने से कुछ देर पहले वह मुझसे मिलने मेरे ऑफ़िस पहुँचा। मैंने उसकी ख़ूब लानत-मलामत की थी। उसे फटकारते हुए मैंने कहा था—"अगर तेरे पास समय नहीं था तो मिलने क्यों आया ? वापस लौटने से ठीक पहले खानापूर्ति के लिए आने से बेहतर था कि तू नहीं आता।"

आदतन मेरी बात काटते हुए उसने कहा था—"तुझसे मिलने से ज़्यादा ज़रूरी काम थे मेरे पास। समझा तू ? गिरवी पड़ी ज़िन्दगियों की लड़ाई में दोस्तों और रिश्तेदारों को गँवाना पड़ता है कभी-कभी।"

"तू मुझे भाषण सुनाने आया है ?" मैं तना हुआ था।

और फिर अचानक अपनी संजीदगी को झटकते हुए उसने कहा—"चल, चाय तो पिला।"

"मँगवाता हूँ।" मैं हँस उठा था।

"मँगवाता हूँ !...क्यों ? कैंटीन नहीं है तेरे ऑफ़िस में ?"

"है।"

"फिर मँगवाना क्या है ? चल, वहीं चलकर पीते हैं।" फिर ठहाके लगाते हुए उसने पूछा था—"कैंटीन में जाकर चाय पीने से तेरी साहबी पर तो कोई असर नहीं पड़ेगा ?"

हम दोनों ने कैंटीन में आकर चाय पी थी। उसने वहीं प्रभा और बच्चों का हालचाल पूछा था और अगली बार आने पर प्रभा से मिलने का वायदा करते हुए वापस लौट गया था। उसके जाने के बाद बड़ी देर तक मैं सोचता रहा। प्रतोष मेरे मन पर छा गया।...वही ताँबे-सा रंग। चौड़ी पेशानी। पतली मूँछें। अफ्रीकियों की तरह घुँघराले बाल।...चट्टानी व्यक्तित्व के भीतर उमड़ते हुए समुद्र की तरह आवेगों से भरा एक आदमी।

वह बचपन से ही मेरे लिए आकर्षण का केन्द्र रहा है। उसके व्यक्तित्व के जिन पक्षों को लेकर उसकी आलोचना होती रही है, उन्हीं के कारण मैं उसके प्रति आकर्षित होता रहा हूँ। हालाँकि, मैंने इसे कभी सार्वजनिक तौर पर प्रकट नहीं किया। उसने भी कभी इसका बुरा नहीं माना। मुझसे ऐसी कोई अपेक्षा नहीं रही उसके मन में। अपने प्रति मेरे आकर्षण और मेरे भीतर के दब्बूपन से भी वह परिचित रहा है।

प्रतोष के जाने के बाद, ऑफ़िस से घर लौटते हुए मैं उससे मिलने की ख़ुशी से भरा हुआ था। घर पहुँचते ही मैंने प्रभा को प्रतोष के आने और मिलने की ख़बर दी थी। रात में खाने की मेज़ पर भी प्रतोष की यादें साथ थीं। बचपन से लेकर कॉलेज के दिनों तक की ढेरों बातें प्रभा को सुनाता रहा था। इस मुलाक़ात के बाद फिर कोई संयोग ही नहीं बैठा कि उससे मिलना हो सके। वैसे भी विश्वविद्यालय छोड़ने के बाद वह निरन्तरता के साथ मेरे जीवन में कभी शामिल नहीं रहा।

डॉ. जस्टिन के पत्र में प्रतोष की ख़बर ने मुझे झकझोर दिया था। पत्र पाते ही तत्काल मैंने डॉ. जस्टिन को तार से अपने पहुँचने की तिथि सूचित की थी। मैं तो उसी क्षण राँची के लिए चल देना चाहता था, पर नौकरी की बेड़ी ने चार-पाँच दिनों की देर करवा दी। डॉ. जस्टिन का पत्र पाने से लेकर अब तक मैं प्रतोष के मेंटल हॉस्पिटल में भर्ती होने के कारणों की मन ही मन पड़ताल करता रहा हूँ।

प्रतोष के जीने का ढंग शुरू से ही औरों से अलग रहा है। बहुत हद तक असामान्य। सनसनाते हुए तीर-सा गुज़र जाना उसकी अदा रही है। मैं जिन हालात में पस्त होकर बैठ जाता, वह उन हालात की चिन्दी-चिन्दी उड़ाकर, मेरी बाँह पकड़ मुझे खींचते हुए आगे निकल जाता था।...मैं सोच नहीं पा रहा हूँ कि उसके दिमाग़

की उन नसों को क्या हो गया, जिनके रक्त-प्रवाह में इतना सन्तुलन था कि प्रतोष मुखोपाध्याय हर जगह अकेले ही छा जाया करता था। मैं उन स्थितियों, समय के उन प्रतिकूल झटकों के विषय में सोचने की कोशिश कर रहा हूँ कि वह सब कितना क्रूर और कितना असामान्य रहा होगा, जिसके कारण प्रतोष की दिमाग़ी रगों में चिलकन हुई होगी और वह अपना सन्तुलन खो बैठा होगा। मैं जानता हूँ, उसे तलवार की धार पर चलने की आदत थी, पर मैं यह सोच नहीं पा रहा हूँ कि वह तलवार की धार से नीचे गिरकर इस तरह लहूलुहान हो जाएगा।

डॉ. जस्टिन ने मुझे हॉस्पिटल के गेस्ट हाउस में ठहराया है। वह बेहद मिलनसार व्यक्ति हैं। मेरे ठहरने की पूरी व्यवस्था की .ख़ुद देखरेख करके प्रार्थना के लिए गिरिजाघर गए हैं। लौटते हुए फिर यहाँ आएँगे। मैंने प्रतोष के बारे में जानना चाहा, तो उन्होंने कहा–"अभी नहीं। पहले आप फ्रेश हो लें। नाश्ता करके थोड़ा आराम कर लें। सफ़र किया है,...थके होंगे।...तब तक मैं वापस आ जाऊँगा। फिर प्रतोष से मिलने चलेंगे।"

मैं डॉ. जस्टिन के लौटने की प्रतीक्षा कर रहा हूँ। मैं साहस जुटा रहा हूँ कि मानसिक रूप से असन्तुलित प्रतोष को देख सकूँ। मेरे मन में दुश्चिन्ताओं की आँधी चल रही है। मैं बहुत बेचैन हूँ। डॉ. जस्टिन को गए काफ़ी देर हुई। अब उन्हें लौटना चाहिए।

सोने के पक्षियों की तरह जाड़े की धूप चारों तरफ़ फुदक रही है। हवा ठहर-ठहरकर चल रही है। छोटानागपुर के सघन वनों के वृक्ष यहाँ से दूर हैं, पर उनके पत्तों से झर-झर झरती ध्वनियों के अनगिनत झरने कभी तेज़ और कभी मन्द गति से बहती हवा के झोंकों के साथ गुज़र रहे हैं। मेरे भीतर किसी मूक के अनबोले शब्द की तरह सन्नाटा पसरा हुआ है। यह ठहर-ठहरकर बहती हवा और सोने के पक्षियों-सी फुदकती धूप इस सन्नाटे को तोड़ रही है। आगे-आगे चलते हुए डॉ. जस्टिन रुक जाते हैं। मैं उनके पीछे बरामदे में खड़ा हूँ।

सामने बरामदे की सीढ़ियाँ हैं। हरी दूबों से पटे एक छोटे-से लॉन में उतरती हुई सीढ़ियाँ। लॉन के बीच में सीढ़ियों से जुड़ीं, सीमेंट की तीन लम्बी समानान्तर पट्टियाँ हैं, जो दूसरे किनारे पर जाकर ठिठक गई हैं। पट्टियों के किनारे-किनारे सेवन्ती की क़तारें हैं। सेवन्ती के सफ़ेद फूल हरे-हरे डंठलों पर फेन की तरह चिपके हैं। लॉन के चारों तरफ़ कँटीलें तारों का ऊँचा घेरा है। घेरे के पास, जहाँ सीमेंट की पट्टियाँ ख़त्म होती हैं, नीलगिरी के तीन ऊँचे दरख़्त हैं। डॉ. जस्टिन की अँगुली दरख़्तों की तरफ़ उठती है–"वो...सामने..."

"कौन है ?..." यह छोटा-सा वाक्य मैं लगभग हकलाते हुए बोलता हूँ।

"...प्रतोष बैठे हैं।" डॉ. जस्टिन अपना वाक्य पूरा करते हुए मेरे काँधे पर अपना हाथ रखते हैं।

वह डॉ. जस्टिन की आवाज़ पर पीछे मुड़ता है। पहले उन्हें घूरता है। फिर मेरे चेहरे पर अपनी अपरिचित नज़र से पहचान के चिह्न तलाशता है। मेरी साँस थमने लगती है। नसों में अजीब-सा तनाव भर जाता है। मेरे हाथों की अँगुलियों में खिंचाव होने लगता है। मैं अपने को सँभालने के लिए मुट्ठियाँ बाँधता हूँ। मेरी हथेलियाँ पसीजने लगती हैं। मैं अपने मन के आवेग पर क़ाबू पाने की कोशिश कर रहा हूँ और उसकी अन्वेषी आँखें मेरे चेहरे पर हौले-हौले टहल रही हैं। शान्त, गम्भीर, निश्चिन्त और मुझे पहचान लेने के विश्वास के साथ वह मेरी परत-दर-परत उधेड़ रहा है, जैसे कोई पुरातत्त्ववेत्ता खंडहरों के बीच घूम रहा हो। मुझे उसकी आँखें चुभने लगती हैं। मैं उसकी नज़रों की चुभन से आहत होकर जैसे तड़प उठता हूँ और मेरे होठ खुल जाते हैं—"मैं अन्तू हूँ।...अन्तू ! पहचान रहे हो ?...अन्तू हूँ मैं।"

अन्तू मेरा पुकारू नाम है। प्रतोष मुझे इसी नाम से पुकारता रहा है। कॉलेज के दिनों में भी वह मुझे अन्तू ही पुकारता था। हालाँकि मैं उसकी इस आदत से उन दिनों बेहद चिढ़ता था। मैं जितना चिढ़ता, वह उतने ही लाड़ से 'अन्तू-अन्तू' की रट लगाता। उसने कभी मुझे अनिकेत नहीं पुकारा।

"अन्तू...।" प्रतोष बुदबुदाता है।

मैं साहस का छोर पकड़कर पहचान के इस गहरे संकट को पार करने की कोशिश में अपनी बात दुहराता हूँ।..."हाँ अन्तू ! मैं अन्तू हूँ।...तेरा दोस्त अन्तू।"

"मेरा दोस्त !" वह अपनी भृकुटि टेढ़ी करते हुए मुझे फिर अपनी नज़रों से वेधता है।

एक विराम आता है। मैं स्तब्ध हूँ। मेरी देह थरथराने लगती है। मन काँप रहा है।...क्या प्रतोष मुझे नहीं पहचान पाएगा ?"...क्या वह सब कुछ भूल चुका है ? वह विराम को मुखर करता है—"अन्तू !"

"हाँ अन्तू।" मुझे डूबते हुए को जैसे तिनके का सहारा मिला गया हो। मैं डॉ. जस्टिन की ओर मुड़ता हूँ। वह एकटक प्रतोष को देख रहे हैं। प्रतोष के चेहरे पर पहचान की रेखाएँ उभर रही हैं। उसकी आँखों के लिए मेरे चेहरे पर छाया कुहासा शायद हट रहा है।

"बैठो !" वह आदेश देता है।

प्रतोष की आवाज़ एक भारीपन के साथ पूरे माहौल पर चिपक जाती है। डॉ. जस्टिन मुझे बैठने के लिए संकेत देते हैं। मैं वहीं ज़मीन पर उसके सामने बैठ जाता हूँ।

"तो मैं चलूँ ?" डॉ. जस्टिन पूछते हैं।

प्रतोष उठता है। उनके काँधे पर अपनी दोनों हथेलियाँ टिकाकर उनकी आँखों में झाँकते हुए भीगी आवाज़ में बोलता है–"धन्यवाद !...डॉक्टर, बहुत-बहुत धन्यवाद !"

डॉ. जस्टिन उसे प्यार से थपथपाते हैं। वह उनसे लिपटता है। फिर फूट-फूटकर रोने लगता है। डॉ. जस्टिन उसे सान्त्वना देते हैं। धीरे-धीरे उसकी सिसकियाँ थमती हैं। डॉ. जस्टिन बरामदे में खड़े वार्ड ब्वाय को पानी और तौलिया लाने का संकेत देते हैं। वार्ड ब्वाय पानी लाता है। डॉ. जस्टिन प्रतोष का चेहरा धुलवाते हैं। वह तौलिया से मुँह पोंछने के बाद बैठता है। स्थिति की नाजुकता को समझते हुए डॉ. जस्टिन भी साथ ही बैठ जाते हैं।

"कैसे हो प्रतोष ?" बातचीत मैं शुरू करता हूँ।

"जैसा पहले था, वैसा ही हूँ।...हालात में कोई बदलाव नहीं है।...दिन...पर... दिन नष्ट ही होता जा रहा है सब कुछ।"

"क्या हुआ तुझे ?" मैं पूछता हूँ।

"मुझे क्या होगा !...मुझे कुछ नहीं हुआ।...मैं अपनी फ़िक्र नहीं करता, तू जानता है।...हमारा देश इस पृथ्वी के नक्शे पर एक फोड़े की तरह उगा है।...चारों तरफ़ मवाद ही मवाद भरा है।...मवाद से भरा फोड़ा। कोई नश्तर लगाने को तैयार नहीं।...तू नहीं समझेगा अन्तू, मवाद बनकर जीने का दर्द तू कभी नहीं समझ सकेगा। तू भी उन्हीं लोगों में से है, जो अपनी ज़िन्दगी के दर्द से ग़ाफ़िल जीने में लगे हैं।..." प्रतोष बोल रहा है। लग रहा है, आकाश की अनन्त ऊँचाई पर बने किसी मंच पर खड़ा कोई युग-पुरुष अपनी गम्भीर और संयत आवाज़ में जनसमूह को सम्बोधित कर रहा हो। वह मेरी ओर एकटक देख रहा है। उसकी आँखें, मेरी आँखों से होती हुई मेरे पूरे वजूद के भीतर उतर रही हैं। लोग कहते हैं, पागल की आँखों में सम्मोहन होता है। क्या सचमुच प्रतोष की उन्मादिनी आँखों का जादू मेरे ऊपर छा रहा है ! मेरा मन फिर काँपने लगा है। मेरे भीतर एक बेचैनी फैलने लगी है।

"अन्तू !...लोग कैसे चैन से जीने का नाटक कर लेते हैं यार !...क्यों चुप-चुप रहने की...पैंट के पाँयचे उठाकर गन्दगी पार कर जाने की आदत डाले हुए हैं ?...मैं तो इस तरह नहीं जी सकता।...कभी नहीं जी सकता इस तरह। मांस के लोथड़े की तरह टँग जाना मुझे मंजूर नहीं।...देख अन्तू, थोड़ा ग़ौर से देख, तो सब कुछ सामने आ जाएगा।...पूरे समाज का रूप ही अनोखा हो गया है। कुछ लोग क़साई बन गए हैं और कुछ लोग मांस के लोथड़ों में तब्दील होकर दुकानों में टँगे हैं। कटने के बाद इन लोथड़ों में फड़फड़ाहट तो होती है,...गर्मी भी रहती है...भाप भी निकलती है...पर धीरे-धीरे सब कुछ ठंडा हो जाता है। आख़िर मांस के लोथड़े

कब तक भाप छोड़ेंगे ?...कब तक फड़फड़ाएँगे ?...कब तक ?" प्रतोष हाँफने लगा है। वह चुप हो जाता है। सिर्फ़ उसकी साँस का धौंकनी की तरह तेज़-तेज़ चलना सुनाई पड़ रहा है।

डॉ. जस्टिन उसके कन्धे पर अपनी हथेली रखते हैं। उसकी आँखों में आँखें डालकर मुस्कराते हैं। वह अपनी नज़रें झुका लेता है। चुप्पी है। प्रतोष ही इस चुप्पी को तोड़ता है। वह फिर बोलना शुरू करता है—"डॉक्टर बहुत अच्छे आदमी हैं।...मैं भगवान को नहीं मानता, पर डॉ. जस्टिन के रूप में उसकी कल्पना कर सकता हूँ।...मैं इधर-उधर भटक रहा था। सोच रहा था कि एक नया क्रान्तिकारी संगठन तैयार करूँ।...काम भी शुरू कर दिया था, पर इस बीच डॉक्टर से मेरी मुलाक़ात हुई। इन्होंने मेरी समस्या को गम्भीरता से समझने की कोशिश की। इन्होंने मुझे सँभाल लिया, नहीं तो मैं पागल हो जाता।...मैंने जब इनको अपनी योजना बताई, तो इन्होंने कहा कि क्रान्तिकारी दिमाग़वाले लोगों को इस देश में नाकाम करने की साज़िशें चल रही हैं। स्लो प्वायजनिंग और टॉर्चर से ऐसे लोग पागल होते जा रहे हैं।...फिर इन्होंने बताया कि मेरे अस्पताल में ढेरों ऐसे पागल हैं। तुम चलो, और उनके हालात पर एक रिसर्च पेपर तैयार करो और उसे पब्लिश करवाओ ताकि लोग जानें-समझें और पागल होने से बचें।...मैं डॉक्टर की सलाह पर यहाँ आया हूँ। अभी ऑब्जर्वेशन का काम चल रहा है। फिर लिखना शुरू करूँगा। अच्छा हुआ तू भी यहाँ आ गया। मुझे थोड़ी सहूलियत हो जाएगी। तुझसे कुछ राय-मशविरा कर लूँगा। डॉक्टर तो हमेशा अपने मरीज़ों में उलझे रहते हैं।"

वह डॉ. जस्टिन की ओर देखकर मुस्कराता है। डॉक्टर भी जवाब में मुस्कराते हैं। प्रतोष की मुस्कान पर अवसाद की गहरी छाया है। वह आँखें मूँद लेता है, जैसे मुस्कान के सहारे पीड़ा के समुद्र को पार करना चाहता हो। इस क्षणिक विराम में अपने को सहेजने की कोशिश करते हुए वह बात को आगे बढ़ाता है—"...इन लोगों की हालत देखी नहीं जाती यार ! लोग बेजान होकर टँगे हैं। हम लोग मिलकर इनमें जान भरेंगे।...पहले इन्हें ज़िन्दा करेंगे। जब ये लोग जीवित हो जाएँगे...हँसने-मुस्कराने लगेंगे...हमारा संगठन अपने आप तैयार हो जाएगा।...फिर हम सब निकलेंगे जयन्त अभियान पर।...निर्णायक युद्ध के लिए निकलेंगे हम सब।...हत्यारों के विरोध में अन्तिम संघर्ष के लिए निकलेंगे हम सब...।"

प्रतोष तालू से जीभ सटाकर अपने हाथों को हवा में लहराने लगता है। उसके नथुने फड़कने लगते हैं। उसके चेहरे की आकृति एक विचित्र भंगिमा में स्थिर हो जाती है और तनी हुई आँखें दूर कहीं टिक जाती हैं। डॉ. जस्टिन फिर पानी मँगवाते हैं। पानी पीने के बाद प्रतोष थोड़ा सामान्य होता है। डॉ. जस्टिन उसे सहारा देकर उठाते हैं और मुझे चलने का संकेत देते हैं। वह डॉक्टर के कन्धे का सहारा लेकर

सीमेंट की पट्टी पर चल रहा है। मैं पीछे-पीछे हूँ। मेरे पाँव डगमगा रहे हैं। सीढ़ियाँ पार करने के बाद हम सब बरामदे में पहुँचते हैं। डॉक्टर उसे सामने खड़े वार्ड ब्वाय को सौंप देते हैं। वह चुपचाप, सिर झुकाए और बिना मेरी ओर देखे वार्ड ब्वाय के साथ चला जाता है।

मैं डॉ. जस्टिन के साथ वापस लौट रहा हूँ। अस्पताल का लम्बा गलियारा सामने है। खिड़कियों से लगी जाली के पार तरह-तरह के चेहरे सटे हैं। हम दोनों चुप हैं। मैं भारी क़दमों से गलियारा पार करता हूँ, जैसे किसी अँधेरी सुरंग में लगातार मीलों पैदल चलने के बाद मेरे पैर सूज गए हैं। प्रतोष के संसार में आए प्रलय के चिह्न और आसमान से टूटकर गिरे एक नक्षत्र के टुकड़ों की छाया साथ लिए मैं गेस्ट हाउस की ओर बढ़ रहा हूँ। प्रतोष के तीखे एकाकी स्वर की गूँज मेरे कानों से टकरा-टकराकर दिक्-दिगन्त् में फैल रही है।

सर्द रात का निविड़ एकान्त प्रतोष की स्मृतियों से छिन्न-भिन्न हो चुका है। अस्पताल के राउंड से लौटते हुए डॉ. जस्टिन आए थे। कुछ देर बैठकर बातें करते रहे। जाते हुए प्रतोष की डायरियाँ छोड़ गए।...इन पन्नों से गुज़रते हुए मैं बुरी तरह थक चुका हूँ। कमरे की हल्की रोशनी में बिछावन पर आँखें मूँदे मैं लेटा हूँ। सचमुच, मैं बेहद थक चुका हूँ।...एकान्त चाहता हूँ। सघन एकान्त।...पर प्रतोष की स्मृतियाँ बाढ़ की जलधारा की तरह उमड़ती चली आ रही हैं—खिड़कियों-दरवाज़ों को ठेलती,...हहास बाँधकर बहती हुई।

...उन दिनों हम दोनों आठ या दस साल के रहे होंगे। मैं विधवा माँ की अकेली सन्तान। मास्टर पिता के मरने के बाद सहानुभूति के आधार पर माँ प्राइमरी स्कूल में चपरासी हो गई थीं। 'लाला जी का कटरा' में सीलनभरी कोठरियों की क़तारें थीं। एक तरफ़ हमारी कोठरी थी और सामने थी प्रतोष के परिवार की कोठरी। साझा नल। एक कोठरी में एक परिवार। कोठरियों के सामने दोनों तरफ़ बरामदे थे। इन्हीं बरामदों में हर घर का चूल्हा जलता। कोठरियों की दोनों क़तारों के बीच आँगन था। इसी आँगन में हम सब धूम मचाया करते थे। इसी में ओलम्पिक के हमारे मुक़ाबले होते और इसी में पैबन्द लगी साड़ियाँ टाँगकर बड़े-बड़े नाट्य-संगीत समारोह सम्पन्न होते। यहीं लड़ा जाता था महाभारत। कटोरी या थाली का गुम हो जाना, नल पर बाल्टी की क़तार में हेराफेरी या कनकटवा कुत्ते द्वारा भात का तसला ले भागने जैसी घटनाओं पर इसी आँगन में रार मचती थी।

प्रतोष का परिवार पूर्वी बंगाल से विस्थापित था। पिता पेट का-नरक भरने के लिए भाग-दौड़ में लगे रहते। वह रसुगल्ले बनाते और खोमचा लगाकर बेचते। उन्हें

नन्ही झरना से बहुत प्यार था। झरना प्रतोष से छोटी थी। पिता जब थके-माँदे लौटते, झरना को गोद में बैठाकर चुमकारते और अपने हाथों खाना खिलाते। कहते—"शेई राते ख़ूब वृष्टि होच्छिलो।...आकाश ज्यैनो झरनार मतो फूटे पोड़े छिलो। एई जोन्ये आमि एके झरना बोलि।...झरना।...आमार झरना।"

एक दिन उसके पिता कहीं से एक साइकिल उधार ले आए। साइकिल के हैंडिल में दोनों तरफ़ रसगुल्लों से भरे बर्तन टाँगकर फेरी लगाने लगे। सुबह रसगुल्ले बनाते। उसके बाद साइकिल पर सवार होते और दिन भर गली-गली का फेरा करते। धीरे-धीरे उनकी पहचान बनने लगी। लोगों ने उन्हें नया नाम दिया—मिठाई बाबू।

मिठाई बाबू की पत्नी कुछ दिनों बाद यक्ष्मा की भेंट चढ़ गईं। नन्ही झरना ने बारह-तेरह की उम्र में ही चूल्हा-चौका सँभाल लिया। बाल बिखराए, नाक सुड़कती हुई दिनभर उछलने-कूदनेवाली यह लड़की अचानक किसी वृक्ष की शीतल छाँह-सी पसर गई। वह चुप-चुप रहने लगी थी।

कुछ और दिन बीते। हम दोनों ने मैट्रिक की परीक्षा पास की। मिठाई बाबू और मेरी माँ का क़द 'लाला कटरा' के निवासियों के बीच थोड़ा ऊँचा हो गया। कुछ ही दिनों बाद, कॉलेज में हमारे दाख़िले से ठीक पहले, बैशाख की एक तपती दोपहर मिठाई बाबू डाकबँगला रोड के चौराहे पर लहू की उल्टी करते हुए साइकिल समेत बिछ गए। भीड़ लग गई। मिठाई बाबू को पहचाननेवाले ग्राहकों ने दुख प्रकट करते हुए चौराहा पार किया। ट्रैफ़िक पुलिस के सिपाहियों ने लाश को किनारे किया। बाद में जब पुलिस की पेट्रोलिंग पार्टी आई तब लाश हटी। पुलिस ने लाश को एक ठेले पर लदवाकर थाने पहुँचवाया। जब शिनाख़्त के लिए प्रतोष थाने पहुँचा, मरे हुए पिता के मुँह पर मक्खियाँ भिनभिना रही थीं। अन्तिम संस्कार में शामिल होकर 'लाला कटरा' के निवासियों ने मिठाई बाबू को अश्रुपूरित विदाई दी। पिछले कुछ वर्षों में उसके पिता अपने लिए जो दौलत अर्जित कर सके थे, वह थी मिठाई बाबू के रूप में उनकी पहचान।

मुझे प्यास लग आई है। उठता हूँ। पानी पीता हूँ। जाड़े की रातों में उठकर पानी पीना तो दूर, मैं लिहाफ से मुँह तक बाहर नहीं निकालता।...पर यह आज क्या हो गया है मुझे ! मैं बेचैन-सा कमरे में टहलने लगता हूँ। फिर मेज़ के पास आता हूँ। एक डायरी के पन्ने पलटता हूँ। मैं थोड़ी देर पहले पढ़े गए उस पन्ने को खोजता हूँ, जिस पर प्रतोष ने अपने पिता की मृत्यु को विश्लेषित किया है। तिथि से अनुमान लगाता हूँ कि जब हम लोग बी.ए. में थे, उन्हीं दिनों की डायरी का यह पन्ना है। प्रतोष ने लिखा है—"मेरे पिता बहुत सस्ते निबट गए थे। कम तकलीफ़देह मौत मरे। बीच सड़क या चौराहे पर मरने का एक विशेष सुख होता है। पिता ने मरते समय इस सुख का उपयोग किया। भाग्यवान थे। हज़ार आँखों को अपनी मौत का गवाह

बना गए। लोगों ने मरने के बाद भी मिठाई बाबू को पहचाना। यह बहुत बड़ी बात है।...गौरव की बात है। जिन हालात में वह जी रहे थे, उनमें तो आदमी पागल होकर ही मर सकता है। कोई दूसरी मौत तो हो ही नहीं सकती। वह बहुत ताक़तवर आदमी थे। भीतर से मज़बूत थे। इसी मज़बूती का नतीजा था कि वह पागलपन की स्थिति को टाल गए। मुझे अपने पिता की मृत्यु पर गर्व है।"

इस सर्द रात में भी मेरे माथे पर पसीने की बूँदें छलछला रही हैं।...लकीरों में बदल रही हैं। प्रतोष की डायरी के पन्ने तपते शिलाखंडों में बदलते जा रहे हैं और मैं उन पर भाग रहा हूँ।...दौड़ रहा हूँ। मेरे तलवे जल रहे हैं। अजीब-अजीब दृश्य उभर रहे हैं डायरी के पन्नों पर...मेरी आँखों के सामने।...तेज़-तेज़ साइकिल चलाकर हम दोनों एक महल्ले से दूसरे महल्ले में ट्यूशन के लिए भाग रहे हैं।...हम दोनों एक दवा कम्पनी में रात की पाली में पैकर का काम कर रहे हैं।...किशोरी झरना लापता है और प्रतोष बिलख-बिलखकर रो रहा है।...तीन दिनों बाद झरना की लाश शहर के एक नाले में मिलती है।...अपहरण, बलात्कार और फिर निर्मम हत्या के बाद बहन की लाश !...पुलिस...पोस्टमार्टम...और फिर दाह-संस्कार ! प्रतोष की आँखों में आँसू नहीं हैं।...इन दृश्यों से गुज़रते हुए मैं हाँफने लगता हूँ। इच्छा हो रही है कि प्रतोष को आवाज़ दूँ...ख़ूब ज़ोर-ज़ोर से पुकारूँ।...गेस्ट हाउस की चहारदीवारी फलाँगते हुए दौड़कर प्रतोष के पास चला जाऊँ...और उसे अपनी बाँहों में भरकर रोऊँ।

डॉ. जस्टिन ने प्रतोष के आरम्भिक दिनों के बारे में मुझसे किस्तों में लम्बी बातचीत की है। विश्वविद्यालय के दिनों के बाद की डायरियाँ उपलब्ध नहीं हैं। मैं नहीं जानता कि डॉ. जस्टिन कितना कुछ जानते हैं, पर मेरे लिए प्रतोष के जीवन का यह हिस्सा हमेशा एक अबूझ रहस्यलोक की तरह ही रहा है।

हम दोनों ने राज्य की सिविल सर्विस परीक्षा के फॉर्म भरे थे। प्रतोष फॉर्म नहीं भरना चाहता था। मेरे दबाव पर उसने फॉर्म तो भर दिया, पर परीक्षा नहीं दे सका। उन दिनों हमारी मुलाक़ातें कम होने लगी थीं। मैं परीक्षा की तैयारी में जुटा हुआ था। घंटों पढ़ना...सिर्फ़ पढ़ना।...पर प्रतोष इस परीक्षा की तैयारी से अलग किसी दूसरी दुनिया में भटक रहा था। वह कई दिनों तक ग़ायब रहता।...वापस लौटता तो गुमसुम रहता। मैं उसे कोसता। उससे प्रश्न करता...पर वह मुस्कराकर मेरी जिज्ञासाओं को टाल दिया करता। धीरे-धीरे हम दोनों एक-दूसरे से दूर होने लगे थे। उसने परीक्षा नहीं दी। मैं नौकरी के लिए चुन लिया गया और प्रतोष अपने रहस्यलोक में गुम हो गया। उसने शहर छोड़ दिया था। कुछ वर्षों बाद उसकी गिरफ़्तारी की ख़बर छपी थी। मैं उससे मिलने जेल गया था, पर उसने मिलने को नकार दिया। चार वर्षों बाद वह जेल से निकला, तो मिलने आया। दुलार से भीगे स्वर में मेरे बारे में पूछता रहा। घर, पत्नी, मेरी बेटी और मेरी नौकरी के बारे में उसके पास ढेरों जिज्ञासाएँ थीं। वह

बेहद कृश और निस्तेज़ हो चुका था। मैंने उसे रोकना चाहा...घर चलने को कहा। मैं चाहता था कि वह कुछ दिनों तक मेरे साथ रहकर स्वास्थ्य लाभ करे।...पर वह माना नहीं। चला गया। वह प्रभा और मेरी बेटी से मिल भी नहीं सका। फिर उससे कभी-कभार ही भेंट हुई। उसकी जीवन-शैली,. उसकी गतिविधियों और उसके जीवन-दर्शन में मेरी रुचि कम थी, सो मुझे इस बीच का कुछ भी विस्तार से पता नहीं। बस इतना ही जानता हूँ कि वह राजनीति के उस छोर पर खड़ा था, जहाँ की ख़बरें मुझ जैसे लोगों को सिर्फ़ अख़बारों से मिलती हैं।

हम तीनों अस्पताल के लॉन में ठीक वहीं बैठे हैं, जहाँ कल बैठे थे। डॉ. जस्टिन को यह आशा है कि शायद मेरी उपस्थिति प्रतोष के मन की गाँठों को खोल सके। उसके जीवन के तिलस्मी गह्वर में उतरने के लिए डॉ. जस्टिन रास्ते की तलाश में हैं। मैं प्रतोष के बिलकुल क़रीब बैठा हूँ। लगभग उससे सटकर। मेरी हथेलियों में उसकी हथेलियाँ हैं। सर्द हथेलियाँ।

"मुझे अफ़सोस है कि पिछले दिनों मैं तुझसे मिल नहीं सका।" मैं बेहद भावुक स्वर में उससे कहता हूँ।

प्रतोष मुस्कराता है। एक उदास और फीकी मुस्कान। मेरी हथेलियों के बीच से अपनी हथेलियाँ निकालते हुए वह मेरी हथेलियों को अपनी हथेलियों से ढँक लेता है। उसकी हथेलियों का दबाव बढ़ता है। उसके होंठ काँपते हैं। वह धीमे स्वर में पूछता है—"अन्तू ! क्या आदमी सिर्फ़ दिमाग़ के बल पर जीवन जी सकता है ?"

मैं उसके सवाल का अर्थ समझने की कोशिश करता हूँ। मुझे चुप पाकर वह अपना सवाल दुहाराता है—"बोल अन्तू ! बता मुझे कि...क्या सचमुच ऐसा हो सकता है कि आदमी सिर्फ़ दिमाग़ के बल पर एक सार्थक जीवन जी ले ?"

"नहीं !" मेरे इस उत्तर से उसके चेहरे पर सन्तोष का भाव उभरता है।

"हृदय से सिर्फ़ मोह ही नहीं उपजता। दुनिया में ऐसा कोई जीवन-दर्शन नहीं, जो हृदयहीन होकर जीने की सीख दे। किसी भी सभ्यता...किसी भी समय के इतिहास में झाँको, हृदय का अस्तित्व मिलेगा। जिसने भी हृदय का निषेध किया, वह जीवन से कटा।...हाँ, हृदय कभी-कभी अतिरेक में ले जाता है। इस अतिरेक से बचने के लिए दिमाग़ का उपयोग होना चाहिए। मस्तिष्क और हृदय दोनों मिलकर विवेक रचते हैं।...पर दोस्त, हमारी सभ्यता तो हृदय को निष्प्राण करने की दिमाग़ी कसरतों में उलझी हुई है।...क्या तुम्हें ऐसा नहीं लगता कि..." वह रुकता है। अपने सवाल को अधूरा छोड़कर मुझे और डॉ. जस्टिन को घूरता है।

मैं प्रतीक्षा में हूँ कि प्रतोष अपना सवाल पूरा करे। पर वह सवाल पूरा नहीं करता। वह मुस्कराता है और अपने को ढीला छोड़ते हुए कहता है–"जाने दो।... तुमसे पूछकर भी कुछ हासिल नहीं होगा। तुम तो उन लोगों में हो जो अपने से ग़ाफ़िल जीते हैं। मेरे सवाल तुम्हारा चैन छीन लेंगे। इन्हीं सवालों ने आज मुझे ऐसी स्थिति में पहुँचाया है।...पर अन्तू, मैं थकनेवाला नहीं हूँ। मैं थक-हारकर चुप नहीं बैठूँगा दोस्त।...वे लोग मुझे मारने की चाहे जितनी कोशिशें करें, पर मैं मर नहीं सकता। मैं जीवित रहूँगा। अजर-अमर हूँ मैं। नहीं मार सकते वे लोग मुझे।...मैं मृत्यु और हत्या का फ़र्क़ समझता हूँ।...मैं हवा की आवाज़ में रचे-बसे संगीत को सुन सकता हूँ।...मैं सिर्फ़ हथियारों और क़िताबों की भाषा पर विश्वास नहीं करता।... मैं रोने और हँसने की ध्वनियों द्वारा जीवन के गोपन रहस्यों तक पहुँचने में विश्वास करता हूँ। मैं जिस मुस्कराहट को पाने के लिए जीवन भर रोने के लिए तैयार हूँ, वे लोग उसी मुस्कराहट को लील जाना चाहते हैं।...मैं उनकी अश्लील चाहतों का भागीदार अब नहीं बन सकता दोस्त।...वे चाहे मुझे पागल करार दें...चाहे मेरी निष्ठा पर थूकें...चाहे मुझे नंगा करके पीटें, चाहे मेरी हत्या की साज़िशें रचें।"

प्रतोष का स्वर डूब जाता है। उसके शब्दों और उसकी अभिव्यक्ति के निराले अन्दाज़ में डूबा हुआ मैं चौंकता हूँ। उसके चेहरे पर उभरती हर क्षण की छवि और उसके मन के भावों को विश्लेषित करते हुए डॉ. जस्टिन सतर्क हैं। वह पानी के लिए संकेत करता है। अपने पीछे थोड़ी दूरी पर खड़े वार्ड ब्वाय को डॉ. जस्टिन पानी लाने का निर्देश देते हैं। वह सिर झुकाए लॉन की धरती पर पसरी दूबों में अपने दाएँ हाथ की पाँचों अँगुलियाँ फिरा रहा है, मानो किसी प्रिय की घनी ज़ुल्फ़ों को हौले-हौले सँवार रहा हो।

वार्ड ब्वाय पानी लाकर देता है। वह पानी पीकर गिलास वापस करता है। पहले डॉ. जस्टिन और फिर मेरी ओर देखकर मुस्कराता है। उसके स्मित की आभा में दर्द की कौंध है। वह मुझे सम्बोधित करता है–"अन्तू !"

"हूँ।" मैं हुँकारी भरता हूँ।

"बत्तीस साल की उम्र में भी वह बच्ची थी अन्तू...वह जब पहली बार मुझसे मिली थी, समाजशास्त्र में एम.ए. करने के बाद शोध कर रही थी। बिहार के गाँवों में हो रहे राजनीतिक-सामाजिक परिवर्तनों पर शोध के सिलसिले में पार्टी के निर्देश पर मुझे उसे सहयोग करना था। उन दिनों पार्टी की भूमिगत गतिविधियाँ अपेक्षाकृत सिमटी हुई थीं और मैं पार्टी के अख़बार के लिए क्रान्तिकारी संघर्ष की बदलती हुई चेतना पर लम्बे-लम्बे लेख लिखने में जुटा हुआ था।...और वह ? अनन्त जिज्ञासाएँ थीं उसके पास। नन्ही-सी बच्ची की तरह उत्सुकता और विश्वास से भरी थी वह।...हर पल को सहेज लेने,...हर सच को जान लेने की उसकी आकुलता के पीछे

बच्चों-सी सरलता थी। इसी सरलता ने मुझे आकर्षित किया था। लगभग साल भर तक वह मुझसे मिलती रही। मेरे साथ उसने कई गाँवों की यात्राएँ कीं,...उसने अनगिनत सवाल किए...। मेरे तर्कों से पराजित होने के बाद न जाने कितनी बार उसने मेरे सैद्धान्तिक वाक्यों को खंडित कर अपने तर्कों से मुझे निरुत्तर किया।... उसने जिस सच को डिस्कवर किया था, उस सच ने उसके शोध की दिशा ही बदल दी। उसने पहली बार ज्ञान की पोथियों और विद्वानों के बिना अपनी आँखों से दुनिया के सच को देखा और समझने की कोशिश की।...और मैं ? मैं भी अपने राजनीतिक जीवन में पहली बार,...हाँ, शायद पहली बार जीवन की सुगन्ध को महसूस कर रहा था। लम्बे समय के बाद भावना के बीज अँकुराने लगे थे।...अन्तू !...अर्सा बाद मैं उन दिनों फिर से रोने और हँसने लगा था।...सोचो ! कैसे होंगे वे क्षण जब मुझे रोने और हँसने जैसी क्रियाएँ वापस मिली होंगी।...ये मेरी वापसी के दिन थे...जीवन में वापसी के दिन...अपने राजनीतिक सिद्धान्तों और नियमनों को जीवन की कसौटी पर कसतें हुए अपनी राजनीति के लिए नए आवेगों की रचना के दिन थे।...उसने मुझे वापस उस लोक में पहुँचा दिया था, जहाँ से समय ने मुझे बहिष्कृत कर दिया था।...यह एक ऐसा लोक था, जिसका स्वप्न मेरे मन-प्राण की कन्दराओं में छिपा था। सच पूछो अन्तू तो मैं इसी लोक को साकार करने के जयन्त अभियान पर निकला था।...एक ऐसा संसार जहाँ पर्याप्त रोशनी और हवा हो।...सच ! मैं तो रोशनी और हवा के लिए ही लड़ने निकला था दोस्त !...मैं उस सीलनभरे अँधियारे के लिए रोशनी और हवा लाने निकला था जिसमें यक्ष्मा से घुट-घुटकर मेरी माँ मरी थी।...मैं उस अँधियारे के लिए अग्नियाँ लाने निकला था, जिस अँधियारे का लाभ उठाकर मेरी बहन झरना का अपहरण हुआ था।...हाहाकार मचाती बैशाख की तपिशभरी पछिया हवा के ख़िलाफ़ अपने पिता के फेफड़े के लिए मैं प्राणवायु ढूँढ़ने निकला था। यह लालसा मुझे छलती रही दोस्त...जिन वर्जनाओं और निषेधों के ख़िलाफ़ मैं लड़ रहा था, वे लोग उसी के बल पर कठपुतलियों की तरह दुनिया को नचाना चाहते हैं...कितना बड़ा छल है यह !...''

प्रतोष के भीतर का सन्ताप पिघल रहा है।...उसके चेहरे की भंगिमाएँ बदल रही हैं।...उसकी आँखों का रंग बदल रहा है। उसकी आवाज़ सघन होती जा रही है—''हमने विवाह का निर्णय लिया।...उन्होंने इसका भी विरोध किया। मेरे प्रश्नों और मेरे तर्कों के विरोध में वे पहले ही जा चुके थे। पार्टी की बैठकों में मैं निरन्तर अकेला होता गया। मैं उनके गले में हड्डी की तरह फँसा था। वे चाहते थे मुझे निकाल फेंकना।...पर तत्काल यह सम्भव नहीं था। शायद मैं उनके लिए बहुत आसान नहीं रह गया था।...वे बेहद चालाक लोग हैं।...उन्होंने क्रूर और अश्लील हत्या की साज़िश रचकर मुझे मारना चाहा।...मुझे अपमानित किया पहले।...फिर मुझे बदनाम किया।

मुझे भ्रष्ट, दुराचारी और कामुक साबित करना चाहा।...अपनी असफलताओं और मेरे अडिग निर्णय से चिढ़कर उन्होंने नई व्यूह रचना की।...मेरे तर्कों और प्रश्नों का सामना करने के बदले उन्होंने मुझे पंगु बनाने की साज़िश की...। उन्हें मालूम था कि मुझ पर कहाँ चोट करने से विजयी होंगे वे लोग।...और विवाह से ठीक पहले...लगभग सप्ताह भर पहले उन्होंने उसे मार डाला।...पुलिस मुठभेड़ में मारी गई वह...हालाँकि, सच मैं जानता हूँ कि वह पुलिस मुठभेड़ के नाम पर अपने ही लोगों द्वारा मारी गई...।''

दोनों हथेलियाँ दूब से पटी हुई धरती पर टिकाए प्रतोष धीरे-धीरे झुकने लगता है। धरती से चेहरा सटाकर वह बिलख रहा है, जैसे माँ की गोद में चेहरा छुपाए कोई शिशु बिलख रहा हो। मैं उसे बाँहों में भरकर सहेजता हूँ। डॉ. जस्टिन के सहयोग से उसे ऊपर उठाता हूँ। पत्थर की तरह सख़्त चेहरा। वह हम दोनों को घूरता है और सिर झुका लेता है। वार्ड ब्वाय उसे सहारा देते हुए अपने साथ लेकर चला जाता है। डॉ. जस्टिन पीछे-पीछे हैं।...और मैं भयावह अग्निकांड के बाद राख की ढेर बनी किसी बस्ती के मलबे पर खड़े आदमी की तरह प्रतोष के सपनों के अवशेष ढूँढ़ रहा हूँ।...मुझसे दूर जाते हुए प्रतोष की देह मेरी आँखों के सामने सिकुड़ने के बदले विस्तार पा रही है...फैल रही है। पृथ्वी के इस छोर से उस छोर तक पसरती जा रही है उसकी देह।

(हंस, 1998)

पिकुलध्वनि

संवाद : एक

मुझे अपना नाम बहुत प्रिय है। बहुत छोटा-सा, मात्र तीन अक्षरों का नाम है मेरा। पहले अक्षर में छोटी 'इ' और दूसरे में छोटे 'उ' की मात्रा लगती है। तीसरा अक्षर बिना किसी मात्रा के है। कोई मुझे लाख गुस्से में पुकारे, उसकी आवाज़ की मिठास बनी रहेगी। तीन अक्षरों का अपना छोटा-सा नाम मुझे गीत के किसी मधुर छन्द की तरह लगता है। वैसे भी मेरे नाम का रिश्ता संगीत से जुड़ा हुआ है। बहुत दिनों तक तो मुझे अपने नाम का अर्थ ही नहीं मालूम था। बाद में पता चला कि बाँसुरी जैसे किसी वाद्य के नाम का बिगड़ा हुआ रूप है मेरा नाम।...मैं साँवली हूँ। हालाँकि मैं अपने को काली कहती हूँ। पर मेरी दीदी नहीं मानती इस बात को। वह कहती है—"काली नहीं, साँवली है तू। काली चमड़ी तो उल्टे तवे-सी बदसूरत होती है। तेरा चेहरा तो चमकता है।" मेरी दीदी का कहना है कि मेरा चेहरा पानीदार है। इतना आब है मेरे चेहरे में कि देखनेवालों की आँखें टिकी रह जाती हैं। इतना नमक है मेरे चेहरे में कि...। मैं कहाँ अपने चेहरे में फँस गई ! काली-कलूटी मैं और रूप की ऐसी लगन कि मौक़ा हाथ लगते ही अपना रूप-पुराण खोल बैठी। कभी-कभी मैं सोचती हूँ कि काली या दीदी के अनुसार साँवली हूँ, तो क्या हुआ ? कृष्ण साँवले थे और वंशी धारण करते थे। मैं साँवली हूँ और मैंने वंशी-सी मिठासवाला नाम धारण किया है। इसमें बुरा क्या है ? वैसे मुझे मन ही मन अपना कृष्ण बनना अच्छा नहीं लगता। मैं लड़का नहीं होना चाहती। मैं तो लड़की ही भली। मुझे अपना लड़की होना प्रिय है। मैं फिर-फिर लड़की होना चाहती हूँ। जब-जब जनमूँ, लड़की जनम पाऊँ। और हर जनम में मेरा नाम रहे पिकुल। हाँ, पिकुल मेरा नाम है। शुरू में यह पिकलू था, पर बाद में बदलकर पिकुल हो गया। मेरा यह नाम बकुल आंटी ने रखा था। उन्होंने ही पहले पिकलू रखा और बाद में पिकुल पुकारने लगीं। यह सब अम्मा बतलाती हैं। वह कहती हैं कि मेरे गर्भ में आने के बाद ही बकुल आंटी ने इस नाम को मेरे लिए रिज़र्व कर लिया था। उनका कहना था कि बेटा हो या बेटी, नाम यही

रहेगा। मैं इस मधुर नामकरण के लिए बकुल आंटी के प्रति कृतज्ञता से भरी हुई हूँ। ईश्वर उनकी आत्मा को शान्ति दे। मुझे उनकी याद तो नहीं, पर अम्मा बतलाती हैं कि मेरे जन्म के साल ही वह चल बसीं। बकुल आंटी के पति यानी घोष अंकल ने एक रात उनका गला दबा दिया था। पहले जेल और फिर पागल होकर पागलख़ाना चले गए थे। अगर आज बकुल आंटी ज़िन्दा होतीं तो ? तो क्या ? मुझे ख़ूब प्यार करतीं। मेरी अम्मा से तो ज़्यादा ही प्यार करतीं।...मैं फिर उलझ गई। अपनी बात करते-करते बकुल आंटी की बात करने लगी। असल में मेरी प्रकृति ही चंचल है। लहराना मेरी प्रकृति में शामिल है। अखिलेश सर ने जो कविता लिखी है, उसकी अन्तिम पंक्ति में यही तो लिखा है—''लहराती पिकुलध्वनि रात के गहन तम में।''

संवाद : दो

मैं तो तंग आ गई हूँ इस पिकुलिया से। उफ़ ! दिन-रात उड़ती फिरती है। न तो इसका मन स्थिर रहता है और ना ही इसकी देह। चलती है तो ऐसे, मानो हवा में तैर रही हो। और मन का तो पूछना ही क्या ! चौबीसों घंटे उड़ता रहता है सपनों की दुनिया में। कल्पनाएँ और सिर्फ़ कल्पनाएँ। और इन कल्पनाओं से जुड़े अनगिन सवाल। मेरा माथा खा जाती है। लगता है, इसकी बातें सुनते-सुनते मैं किसी दिन पागल हो जाऊँगी। मेरी जगह दूसरा कोई होता, तो कब का पागल हो चुका होता। मैं भी लड़की थी। क्वाँरी थी। पर ऐसी न थी। इतना बेलगाम मन नहीं था मेरा कि बे-सिर-पैर की बातें सोचती रहूँ। जिनका कोई ओर-छोर नहीं हो, वैसी कल्पनाओं में जीती रहूँ। आज मैं क्वाँरी न सही,...और भले ही लोग विवाहिता होने के चलते मुझे लड़की नहीं मानें, पर मैं बूढ़ी तो नहीं। केवल छः साल बड़ी हूँ उससे। वह बाईस की है और मैं अट्ठाईस की हूँ। यह कोई ऐसी उम्र तो नहीं कि सपने हों ही नहीं आँखों में और कल्पनाएँ मर जाएँ ?' मेरी उम्र की क्वाँरी लड़कियाँ तो अभी मटकती फिर रही हैं। पर मैंने हमेशा अपने को बाँधकर रखा है। शादी से पहले भी इस पिकुलिया के चलते ही मैं बँधी रही। इसको इतनी कम उम्र में ही पंख निकल आए कि इसी का उड़ना देखती रह गई मैं।...यह पिकुलिया एक दिन ख़ुद तो मरेगी ही और मुझे भी साँसत में डालेगी। इस लड़की के दिमाग़ का कोई ठिकाना नहीं है। जाने कब क्या कर बैठे ! जिस बात को मैं सपने में भी नहीं सोच सकती, उसे कर बैठती है। और अगर मैं कुछ बोलूँ, तो हँसती है,...गले में बाँहें डालकर झूल जाती है या फिर मुँह फुला लेती है और रो-रोकर नाक में दम कर देती है। इधर तीन-चार महीनों से इसने नया तमाशा शुरू कर दिया है। बाप रे ! इतना बड़ा कलेजा ! मैं तो मर जाऊँ। मुझसे तो सात जनम में भी यह पार नहीं लगेगा कि खुल्लमखुल्ला

किसी के साथ इश्क़ करूँ। मन ही मन चाहे जो सोच लूँ,...मन की मन के भीतर ही दफ़न कर दूँ, पर ऐसा साहस नहीं कर सकती मैं। जब से सामनेवाले शर्मा अंकल के मकान में अंग्रेजी के प्रोफेसर किराएदार बनकर आए हैं, पिकुलिया का रंग-ढंग बदल गया है। दिन-रात अखिलेश सर की रट लगाए रहती है। अखिलेश सर पहले दरभंगा में थे। प्रोफेसर होकर यहाँ आ गए। मैं तो समझ ही नहीं पाती हूँ कि इतनी कम उम्र में लोग कैसे इतने बड़े बन जाते हैं। पैंतालीस से ऊपर के नहीं होंगे। वैसे लगते तो चालीस के ही हैं। न सही पैंतालीस...चालीस ही सही। फिर भी अट्ठारह साल का फ़र्क़ कम नहीं होता। मरेगी पिकुलिया। मरे। मैं भला क्या कर सकती हूँ ? समझाना ही तो मेरे वश में है। समझना तो उसी को है। नहीं समझती, तो न समझे। मैं अब अपनी आँखें मूँद लूँगी। दस-बारह वर्ष की बात होती, तो चल जाता मामला। इतने का फ़र्क़ चलता है। चालीस के ही होंगे अखिलेश सर। मुझसे दस-बारह साल बड़े होंगे। होंगे, तो हों। मुझे क्या पड़ी है कि किसी की उम्र का हिसाब-क़िताब करूँ ? चालीस के हों या अस्सी के। बूझें पिकुल रानी। जैसी करनी, वैसी भरनी।

संवाद : तीन

मुझे नहीं किसी की चिन्ता। भाग्य चाहे जितना खोटा हो मेरा, पर मन-मिज़ाज रानियोंवाला लेकर पैदा हुई हूँ। मैं अपनी दीदी की तरह हर बात पर गाय जैसी नहीं थरथराती। भगवान ने मुझे बहुत मज़बूत कलेजा देकर धरती पर भेजा है। अच्छे-बुरे की चिन्ता में चौबीसों घंटे भगवान के सामने दोनों हाथ जोड़े रिरियाकर मनौतियाँ मानती हुई नहीं जी सकती मैं। पल-छिन में अपने मन की बात बदल दूँ और मारे डर के चुहिया की तरह बिल में घुस जाऊँ, यह नहीं हो सकता मुझसे। बात-बात पर रोना और छाती कूटना मेरा स्वभाव नहीं है। कोई मुझे अच्छा कहे या बुरा, कहता रहे। मैं नहीं किसी की परवाह करती। दीदी की इसी आदत से चिढ़ है मुझे। बात-बे-बात डरती रहेगी और मुझे भी डराएगी। हर बात में नुक़्स निकालेगी और उसी में उलझकर रह जाएगी, फिर हाथ-पर-हाथ रखकर बैठी रहेगी। मन में कुछ, बातें कुछ और व्यवहार कुछ। यह भी कोई ढंग है जीने का ! जब देखो तब, "पिकुलिया, मेरा तो कलेजा काँप रहा है।" काँप रहा है, तो काँपता रहे। मेरे पास भी तो कलेजा है, पर यह तो नहीं काँपता जब-तब। वाह रे कलेजा ! जाने कौन-सी माटी का बना है। जब से अखिलेश सर आए हैं, काँप रहा है। कोई बाघ-भालू तो नहीं हैं अखिलेश सर कि चबा जाएँगे मुझको। अगर इससे बातें न करूँ,...न बताऊँ इसको, तो भी इसे चैन नहीं। बताती हूँ, तो आफत। मेरे पेट में भी तो पानी नहीं पचता। इससे छुपाकर कोई बात रख भी नहीं सकती अपने मन में। बचपन से यही आदत बन

गई है। हर बात में दीदी की रटनवाली इस आदत ने मुझे बार-बार मुसीबतों में डाला है। पर मैं दीदी की दीवानी ठहरी। हर बार सोचती हूँ कि अब नहीं। अब दीदी से कोई साझेदारी नहीं। पर जाऊँ कहाँ ? किसके पास जाऊँ ? कहाँ खोलूँ मन की गठरी ? कौन सुनेगा मेरी ? सुन भी ले अगर कोई, तो क्या वह समझने को तैयार होगा ? और फिर मेरी दीदी जैसी दीदी। इससे भला छुप सकती है कोई बात ? चौबीसों घंटे का साथ है। जासूसों जैसी आँखें हैं इसकी। अमावस की रात में भी हवा के पाँव देख लेती है। मेरी क्या बिसात ? मैं तो इसकी पिकुलिया हूँ। ठीक है मिसेज सिन्हा,...मिसेज सविता सिन्हा,...मेरी सुब्बो दीदी। जितना जी में आए, सता लीजिए हुज़ूर ! मैं कोई कच्ची मिट्टी का घड़ा नहीं कि पानी की फुहारें पड़ीं और गल गई या ठोकर लगी और भुरभुराकर बिखर गई। मैं हूँ पिकुल। मैं तो साँस की आहट से भी बज उठती हूँ। और अगर एक बार बज उठी तो फिर किसी के वश की नहीं। बात निकलेगी तो दूर तलक जाएगी ही...। तुम्हारी तरह गोरी होती तब पता चलता दुनिया को। फिर भी कम नहीं मैं। गोरी चमड़ी पर तुम्हारी तरह पेपरवेट जैसी नाक और लटके हुए होंठ नहीं चिपके हैं मेरे। जब देखो तब आटे के लोंदे की तरह सूरत बनाए रहती है। अरे, भाग्य मनाओ कि तुम्हारी पीठ पीछे मैं आ गई इस धरती पर और तुम्हारा कल्याण हो गया। अगर मेरी जैसी बहन नहीं होती तो किसी मन्दिर में बैठकर भजन-कीर्तन कर रही होती तुम।...सुब्बो दीदी ! मैं ही थी कि सिन्हा को फूलों के हार की तरह तुम्हारे गले में डाल दिया और आज तुम चन्द्रहार की तरह लटकाए इतराती फिर रही हो। इतराओगी भी क्या ? गौरेया जैसा तो कलेजा पाया है तुमने। हर पल धक-धक करती रहती है तुम्हारी छाती कि कहीं नज़र न लग जाए सिन्हा सरकार को ! अंडे सेती मुर्गी की तरह छिपाए फिरती हो सिन्हा को। बेचारा सिन्हा !

संवाद : चार

शादी के बाद लड़की को अपने मायके के परिवार के साथ कभी नहीं रहना चाहिए। यह भूल करके मैं पछता रही हूँ। यहाँ नहीं होती तो मेरी ज़िन्दगी में ताक-झाँक करनेवाला भी कोई नहीं होता। सबके साथ हूँ, सो सबकी झेलती हूँ। साथ रहने का ही फल है कि पिकुल रानी मेरा कलेजा धड़काती रहती हैं। अलग होती, तो मैं भी चैन से होती और पिकुल रानी को भी कोई टोकनेवाला नहीं होता। साथ हूँ इसलिए हर बात पर नज़र रखनी पड़ती है। अब मेरी आँखों के सामने कोई भूल-चूक हो जाए, तो सब मेरे माथे पर ही गिरेगा। इस लड़की को कोई दोष नहीं देगा। लोग मुझे ही दोष देंगे। सब मुझे ही कोसेंगे। मैं अगर नज़र न रखूँ इस पर, तो पानी में आग लगाते

देर नहीं लगेगी इसको। हर पल इसके पीछे-पीछे लगी रहती हूँ,...हाय-हाय करती रहती हूँ,...इसका भला-बुरा सोचती रहती हूँ,...इसके हित के लिए अपना ख़ून जलाती हूँ और अपनी छाती धड़काती फिरती हूँ—तब यह हाल है राजकुमारी जी का। अगर छोड़ दूँ, तो पल-छिन में प्रलय मच जाए।...सब समय का फेर है। यही पिकुलिया यदि बेटा होती, तो इस घर की रौनक़ ही कुछ और होती। अम्मा-बाबा के लिए सहारा होता और मैं भी सुकून से अपना घर-परिवार देखती। कितना भरोसा था अम्मा को कि इस बार भगवान उसकी सुनेंगे। पर भगवान को तो उलट-फेर करने में ही मज़ा मिलता है। इस थाली का भोजन उस थाली में करके ख़ुद चैन से भोग लगाते हैं। अब मुझे तो कुछ याद नहीं। उन दिनों इतनी छोटी उम्र थी कि सारी बातें समझ भी नहीं सकती थी। बाद में लोगों की कनफुसकी सुनकर जो थोड़ा-बहुत जानती हूँ, तो यही कि इस पिकुलिया के समय,...जब यह पेट में थी, बकुल आंटीवाला कांड हुआ था। बाबा उनसे लटपटा गए थे। अम्मा ने पहले तो तूफ़ान खड़ा करने की कोशिश की, पर बाद में थिरा गईं। सोचा होगा कि बेटा हुआ तो उसी के भरोसे ज़िन्दगी काट लूँगी, पर बेटी होने के चलते साहस टूट गया होगा। बकुल आंटी भी घरघुसरी थीं। उन्होंने ही इस लड़की का बंगालियों वाला नाम रख दिया। जन्म के समय वही थीं इसके पास। उन्हीं की छाया पड़ गई इस लड़की पर। पिकुलिया के जन्म के साल ही एक रात घोष अंकल ने बकुल आंटी का गला टीप दिया था। बाबा के साथ कुछ देख लिया होगा। बाबा तो सीधे-सुच्चे हैं। कम बोलते हैं। न किसी से झगड़ा, न झंझट। मधुर बोलना और अपने काम-से-काम रखना। न कहीं आना, न कहीं जाना। साँझ को सब्ज़ी-भाजी लिए ऑफ़िस से लौटे, हाथ-मुँह धोकर दो घूँट लिए और अपने कमरे में पड़े रहे। अब जाने कैसे उल्टा-सीधा कर बैठे ! ज़रूर बकुल आंटी ने डोरे डाले होंगे बाबा पर। बाबा अपने-आप कुछ नहीं कर सकते। औरत जब ख़ुद अपने को बेलगाम छोड़ देगी, तब मर्द क्या कर सकता है ? मर्द के लिए मुश्किल है अपने को रोक पाना। रमता जोगी और बहता पानी होता है मर्द। ऐसे मामलों में औरत ही दोषी होती है। वह न चाहे तो कुछ भी न हो। इस पिकुलिया का भी यही हाल है। ख़ुद बौराई फिर रही है और बिजली गिरेगी अखिलेश सर के कपार पर। इतना उधम मचा रही है कि कभी भी कुछ हो सकता है। अब मर्द को कैसे दोष दिया जा सकता है ! अखिलेश सर का कोई दोष नहीं। मुझे तो वह बहुत सज्जन लगते हैं। उनमें कोई छल-प्रपंच नहीं है। किसी दिन कुछ हुआ, तो इसी लड़की के चलते होगा। ख़ुद तो बरबाद होगी ही, एक सीधे-सुच्चे भलेमानुस को भी बरबाद करके छोड़ेगी यह पिकुलिया। भगवान बचाए इस लड़की से !

संवाद : पाँच

मैंने सोचा भी नहीं था कि मेरी ऐसी हालत हो जाएगी। इस छोटी-सी उम्र में पुरुषों के भीतर के पुरुष को पहचानने का अवसर मुझे मिलता रहा है। न सही पूरा, पर कुछ-न-कुछ तो पहचान ही जाती हूँ। कई लोग जो दूर से मज़बूत क़िले की तरह विशाल और दुर्गम लगते हैं, पास पहुँचते ही बौने हो जाते हैं और माटी की ढूह में बदल जाते हैं।...पर मेरे ये अनुभव मुझे इस तरह धोखा देंगे और मैं इस तरह लाचार हो जाऊँगी, यह तो मैंने सोचा भी नहीं था। अब तो डर लगने लगा है अपने आप से। मुझे अखिलेश सर पर पूरा भरोसा है। उन पर मेरा विश्वास अडिग है। मैं अपने आपसे परेशान हूँ। मुझे अपने ऊपर ही विश्वास नहीं। मैं कब क्या कर बैठूँ—मुझे नहीं पता ! मैं इस स्थिति में हूँ ही नहीं कि मेरा दिमाग़ कुछ सोच सके। मैं किसी दूसरे लोक में जी रही हूँ। एक ऐसा लोक, एक ऐसी दुनिया, जिसके सपने देखने योग्य भी मैं नहीं। मुझ जैसी काली-कलूटी के लिए ऐसे शब्द !...ऐसी मुस्कान !...ऐसी नज़र !...और ऐसी...! उफ़ ! पागल हो जाऊँगी मैं। अखिलेश सर जब देखते हैं, लगता है कुम्हार के चाक पर रखी गीली माटी की तरह घूमने लगी हो मेरी देह। जैसे उनकी नज़रों के दबाव से नए आकार में ढल रही हो यह देह। उनकी मुस्कान में जादू...। नहीं, जादू नहीं। यह जादू-फादू तो फालतू होता है। जादू से भी बड़ी,...जादू से भी अलग कोई शक्ति है उनकी मुस्कान में। मैं अपनी आँखें खोले रखूँ या मूँद लूँ, उनकी मुस्कान हमेशा मेरे सामने जीवित रहती है। कैसे बोलते हैं ! एक-एक शब्द बज रहा हो जैसे। मैं तो सोच भी नहीं सकती कि किसी के बोलने में,...किसी के शब्दों में ऐसी ताक़त हो सकती है कि साँझ के समय सुबह की चमक भर जाए,...भरी दोपहरी में रात का सन्नाटा छा जाए,...और सुबह में साँझ की बेचैनी भर जाए। प्रकृति को इस तरह मुट्ठी में बाँध लेनेवाली बोली और शब्द, जो जब जैसा मौसम चाहें, रच दें। इनसे कैसे बच सकता है कोई ? मेरा बच पाना अब मुश्किल है।...मैं तो कुछ ही देर में निढाल पड़ने लगती हूँ। लगता है, नसों का सारा ख़ून भाप बनकर उड़ रहा हो,...ब्लेड की तेज़ धार से कलेजा कट रहा हो,...मेरी देह का हर अंग अलग-अलग होकर मेरी ही आँखों के सामने पड़ा छटपटा रहा हो। अब तो किसी दिन मेरी जान निकल जाएगी। एक दिन उन्होंने कहा—"तुम्हारी आँखें बहुत सुन्दर हैं। तुम जब पलकें उठाती हो, लगता है मानो असंख्य समुद्रों का ज्वार समेट लिया हो तुमने। आँखें बन्द करती हो, तो ऐसा लगता है, जैसे प्रलय के बाद की शान्ति फैल गई हो। ऐसी शान्ति, जिसमें जीवन को फिर से रचने की ऊर्जा छिपी होती है।"...अब तुम्हीं बताओ सुब्बो दीदी कि कैसे मैं इन शब्दों को टाल दूँ ? क्या कोई टाल सकता है ? इन्हें सुनकर बिना पागल हुए भला रहा जा सकता है ? जिन

आँखों में लोगों को सिर्फ़ अपनी सूरत नज़र आती हो, उन आँखों में कोई समूची सृष्टि का उथल-पुथल,...असंख्य समुद्रों का ज्वार और जीवन रचनेवाली ऊर्जा की शान्ति ढूँढ़ ले,...फिर मैं कैसे भरोसा न करूँ ?...तुम्हें क्या-क्या सुनाऊँ सुब्बो दीदी ? कुछ नहीं बताती मैं तुम्हें। क्या करोगी तुम सुनकर ? तुम्हारे लिए इन बातों का न कोई मतलब है और न कोई महत्व। मेरे जिन केशों को अम्मा चिड़िया का खोता कहती है, उन केशों को अखिलेश सर रेशम के फूलों का गुच्छा कहते हैं। नहीं।...गुच्छा नहीं...गुच्छ कहते हैं। कहते हैं–"रात के स्याह जादू की तरह लगते हैं ये रेशम के फूलों के गुच्छ।"...सुब्बो दीदी ! इन केशों से उन्हें गन्धबिरोजा की ख़ुशबू मिलती है। मैंने कई लोगों से पूछा कि यह गन्धबिरोजा क्या होता है ? किसी ने नहीं बताया मुझे। तुमसे भी पूछा था और तुमने अपने होंठ बिचका दिए थे। फिर एक दिन उनसे ही पूछा, तो पता चला कि पुराने ज़माने में औरतें इससे टिकुली-बिन्दी साटती थीं और यह किसी फूल के दूध से बनता था।...बाप रे ! इतना ज्ञान ! इस ज्ञान को तुम क्या पहचानोगी ! इस ज्ञान की आँच में मेरी तरह जलना सीखो, तब इस ज्ञान की ताक़त का पता चलेगा तुम्हें।...मेरे केश इन दिनों बँधते नहीं। खुले रहते हैं।...लहराते रहते हैं। तुम्हारे पास बैठती हूँ, तो तुम इन्हें बाँध देती हो। और मैं तुम्हारे पास से उठते ही इन्हें खोल देती हूँ। जानती हो क्यों ? क्योंकि अखिलेश सर को इनका खुला रहना,...इनका लहराना अच्छा लगता है।

संवाद : छह

जाने किसकी नज़र लग गई इस लड़की को ! देखते-देखते यह लड़की बदल गई। इसे पहचान पाना अब मुश्किल हो गया है। इसके मन-मिज़ाज का कोई ओर-छोर पता नहीं चलता। पल-पल इसका व्यवहार बदलता है। जाने किस दुनिया में खोई रहती है। एम.ए. में नाम लिखवा लेने से कोई एम.ए. नहीं पास कर जाता। क़िताब-कॉपी की सूरत देखे तो इसे महीनों हो गए। कुछ पूछने पर सिर्फ़ एकटक मुँह निहारती है। रात में तो एक ही काम है इसके पास, कि...खिड़की खोलकर सारी रात अखिलेश सर के कमरे की रोशनी निहारना। और दिन में तो पूछना ही क्या ? बस कोई बहाना चाहिए। मौक़ा हाथ लगा नहीं कि फुर्र से उड़ जाती है। फिर देखे तो कोई इसके पैरों की चाल,...आँखों की चमक,...और ज़ुल्फ़ों का लहराना !...कल बाबा मछली ले आए। मैं तलने बैठी। सोचा, ऑफ़िस जाने से पहले दो-चार पीस तलकर इनको खिला दूँ। अरे ! कड़ाही से निकालकर जैसे ही प्लेट में रखा, पिकुल रानी लेकर छू-मन्तर हो गई। मैं तो बस आँखें फाड़े देखती रह गई। मैं मना नहीं करती। ठीक है। पड़ोस में हैं और अकेले रहते हैं तो इतना फ़र्ज़ बनता ही है हम

लोगों का। मैं तो ख़ुद ही देने जाती। सोचा था, शोरबा बना लूँगी, तब दे आऊँगी।...पर पिकुल रानी को धीरज कहाँ ? चील की तरह झपट्टा मारकर ले उड़ीं। बाद में शोरबा के साथ फिर देना पड़ा।...नहीं तो क्या सोचते ? यही न कि कैसे लोग हैं जो बिना शोरबा की मछली भेज दी ?...पहले तो यह लड़की हर बात बताती थी। बिना मुझसे फुसफुसाए इसे चैन नहीं मिलता था। अम्मा कहती है—"बिल्ली है पिकुलिया। बिलाई के पेट में मलाई नहीं पचती और इस लड़की के पेट में बात।"...अब यही बिल्ली रानी एक-एक बात गड़प कर जाती हैं। इसके घर में रहते अगर मैं शर्मा आंटी के पास चली जाऊँ तो छिन भर की देर नहीं होती कि पीछे-पीछे हाज़िर। कोई-न-कोई बहाना खोजकर धमक जाती है। अरे मैं कोई कामरूप की जादूगरनी हूँ, जो टोना मार दूँगी और सुग्गा बनाकर पिंजड़े में क़ैद कर लूँगी अखिलेश सर को ? अपने सर को तावीज़ में मढ़वाकर गले में लटका लो या चोंच में दाबकर उड़ती फिरो—मेरा क्या जाता है ? मुझे फ़ुर्सत नहीं कि मैं किसी सर-फर के पीछे डोलती फिरूँ। मैं तो इस मोह में चली जाती हूँ कि बेचारे अकेले रहते हैं। कभी होटल में खाते हैं, तो कभी अपने हाथ जलाकर पकाते-खाते हैं। कभी कोई ज़रूरत पड़ जाए, तो मदद कर दूँगी। बोलते कम हैं, सो किसी से कुछ कहते नहीं। ख़ुद ही पूछ लेती हूँ या बिना पूछे साग-भाजी जाकर दे आती हूँ। पूछने पर तो मुस्कराकर रह जाते हैं। मैं तो समझ भी नहीं पाती कि मुस्कराने का मतलब हाँ हुआ या न ! ज़्यादातर तो शर्मा आंटी के चलते वहाँ जाना पड़ता है। बेचारे बूढ़े-बूढ़ी को इस उम्र में अकेले जीना पड़ रहा है। धन-दौलत और बेटे-बहुओं के रहते ऐसा जीवन किस काम का ! इतना बड़ा मकान भाँय-भाँय करता है, पर कोई साथ रहने को तैयार नहीं। बड़ा बेटा शहर से बाहर अपने परिवार के साथ रहता है और छोटा बेटा इसी शहर की रेलवे कॉलोनी में अपनी बंगालिन बीवी के साथ गुलछर्रे उड़ा रहा है। बंगालिन से लव-मैरिज की। पहले साथ रहता था। उसकी बीवी शर्मा अंकल को कुत्ते के बराबर भी मान नहीं देती थी। जब देखो तब हारमोनियम लेकर बैठ जाती और पें-पें करती रहती। रेलवे-क्वार्टर मिलते ही दोनों उड़ गए। शर्मा अंकल तीन साल से बिस्तर पर पड़े हैं। बाएँ पैर में लकवा मार गया है। किसी तरह घिसटकर दिसा-मैदान कर पाते हैं। आंटी को सब अकेले ही देखना पड़ता है। इस उम्र में अंकल की सेवा-टहल से लेकर घर का काम-काज तक अकेले निबटाना हँसी-ठट्ठा नहीं है। किसी-न-किसी की मदद ज़रूर चाहिए। अब कौन करे मदद ? पास-पड़ोस में रहने के चलते हम लोगों को ही देखना पड़ता है। घर के ठीक सामने घर है। छोड़ा भी तो नहीं जा सकता ! छोटी बहू और बेटे के जाने के बाद यह कमरा ख़ाली पड़ा था। हम लोगों ने ही सलाह दी कि किराया लगा दीजिए। कोई परिवारवाला रहेगा तो कम-से-कम घर साफ़-सुथरा रहेगा और रात-बिरात कुछ हुआ तो देखभाल भी हो जाएगी।...पर भाग्य ऐसा कि

किराएदार भी मिला, तो बिना परिवार के रहनेवाला। बूढ़े-बूढ़ी की चिन्ता पहले से ही थी और अब अखिलेश सर की भी चिन्ता करो। अब मैं नहीं करती किसी की चिन्ता-फिकर। करें पिकुल रानी !

संवाद : सात

सुब्बो दीदी ! मैं नहीं जानती थी कि ऐसी होती है किसी की चाहत ! पहले भी यही देह थी मेरी। यही था इसका रंग और यही थी इसकी...। सब कुछ तो यही था सुब्बो दीदी। इसी को लेकर मैं खीझती रहती थी। इसी के चलते मैं अम्मा से लेकर ईश्वर तक को कोसा करती थी। बस एक अपना नाम प्रिय था मुझे, जो बकुल आंटी की देन है। मैं अपने को काली-कलूटी समझती और तुम साँवली कहकर मुझे ढाढ़स देतीं। मैं अपने को कुरूप समझती और तुम मेरे चेहरे के आब और नमक की तारीफ़ करतीं। ऊपर ही ऊपर चाहे मैंने जितना घमंड दिखाया हो अपने को लेकर, पर भीतर ही भीतर कितना टूटती रही हूँ मैं !...और आज ? आज वही देह, वही रंग और वही सब कुछ ! पर कैसे बदल गया है सब कुछ ? किसी की नज़रों और शब्दों की छुअन भर से सब कुछ बदल गया। ऐसे बदल गया कि मेरे सारे दुख और अविश्वास जाने कहाँ गुम हो गए ! अब तो इस काली चमड़ी के नीचे बिजली की तरंगों-सी प्यास तैरती रहती है। अपनी ही देह की गन्ध से बौराई रहती हूँ मैं। सर मुझे वनफ़्शा का फूल कहते हैं। मैंने नहीं देखा वनफ़्शा का फूल। पर जब सर कहते हैं, तो ज़रूर कोई दुर्लभ फूल होगा। हाँ, हाड़-मांस की अपनी इस देह को फूल में बदलते जाने का जादू ज़रूर देख रही हूँ मैं। अजीब है यह अहसास ! इसे बता पाना,...किसी को सुना पाना मुश्किल है।...दीदी ! कभी-कभी तो ऐसा लगता है कि बैठे-बैठे बिना बरसात के भीग गई मैं। गीले हो गए पंख मेरे। लाख छटपटाती हूँ मेरे पंख ही नहीं खुलते। उड़ना चाहती हूँ, पर गीले पंख लिए कहाँ जाऊँ ? कैसे उड़ान भरूँ ? बहुत देर बाद जब मन थोड़ा थिर होता है, तो पता चलता है कि...अरे ! मैं तो अपने ही घर में बैठी हूँ। न बादल,...न वर्षा।...फिर भीग कैसे गई मैं ? ऐसे ही कभी-भी रात में खिड़की के पास बैठकर सर के कमरे की खिड़की से आती रोशनी को एकटक घूर रही होती हूँ, तो लगता है, पूरी देह मानो जल रही हो।...बैशाख-जेठ की दोपहरी के सूरज की ताप से झुलसती-तपती हुई रेत की ढूह की तरह भरभराने लगती है मेरी देह। न दिन होता है,...न सूरज...ना ही उसका ताप। फिर भी यह जलना ? उफ़ ! कैसा है यह जलना ? मेरा गला सूखने लगता है। इतनी ताक़त नहीं होती मेरे पास कि उठकर एक घूँट पानी पी लूँ...सुब्बो दीदी ! तुम नहीं समझ सकतीं। पता नहीं तुम्हारे साथ ऐसा कभी हुआ है कि नहीं ! तुम्हें तो बिना भीगे, बिना जले सब कुछ मिल गया।

हाथ पर हाथ रखे बैठी रहीं तुम और मैंने तुम्हारी अँजुरी भर दी। बस एक सुर में अलापती रहती थीं तुम...''पिकुलिया रे, मेरी तो छाती धड़क रही है,...मुझे तो डर लग रहा है,...अब तू ही कुछ कर पिकुलिया।''...और तुम्हारी इस पिकुलिया ने तुम्हारे लिए सब कुछ किया। वह मेरे पीछे-पीछे डोलता और मैं तुम्हारे सामने उसे खड़ा करके भाग जाती। वह सामने होता और तुम मेरी पीठ पीछे छिपकर उसे निहारतीं। वह मेरी आवाज़ पर दौड़ता और रास्ते में तुम खड़ी मिलतीं। वह मेरे निमन्त्रण पर खाने के लिए तैयार होता और परोसकर तुम उसे खिलातीं।...जिस दिन हमारे घर में सिन्हा किराएदार होकर आया, उसी दिन तुम पगला गई थीं। अम्मा ने बैचलर को किराया देने पर तूफ़ान खड़ा किया, तो तुम्हारा पगलाना देखकर मैंने बाबा का पक्ष लिया। तुम मुझे आगे रखकर अपना निशाना साध रही थीं। हर बात में पिकुलिया। मैं इतनी भोली नहीं कि समझ न सकूँ ! सब समझती थी मैं। सिर्फ़ तुम्हें ही नहीं, उसे भी जानती हूँ मैं। जिस दिन पहली बार वह मेरा हाथ पकड़कर प्यार की भीख माँग रहा था, उस दिन से आज तक उसकी आँखों की याचना ज्यों-की-त्यों बनी हुई है। प्लांटेशन कम्पनी में असिस्टेंट की नई-नई नौकरीवाला क्वाँरा लड़का। ढेरों नज़रें थीं सिन्हा पर। पर मैंने हर नज़र को ढाल बनकर रोक लिया। सिन्हा जी नौकरी से पहली बार अपने घर लौटे तो विवाहित होकर। आनन-फानन में विवाह हुआ। किसी को अपने घर से बुलाने की मोहलत तक नहीं मिली सिन्हा को। मन्दिर में सारे रस्म निबटाए गए। बेचारे सिन्हा जी। जिस कमरे में किराएदार बनकर आए, उसी में दामाद बनकर बस गए।...सुब्बो दीदी ! तुम्हारी तो बैठे-बिठाए लॉटरी खुल गई। लेकिन तुम भी ख़ूब हो दीदी ! जिस बहन ने तुम्हारे लिए सिन्हा का प्यार ठुकराया, उसी बहन पर सन्देह की आँख टिकाए रहती हो। कम-से-कम अब तो मुझे समझो। सिन्हा मेरी नज़रों में कभी नहीं रहा। न कल था, न आज है।...हाँ, आज मेरी आँखें ज़रूर ख़ाली नहीं हैं। भरी हैं। सपनों से भरी हैं मेरी आँखें। इन आँखों से दुनिया को देखना जीवन का सबसे बड़ा सुख है मेरे लिए। तुम क्या जानो सुख-दुख का स्वाद ? सुब्बो दीदी ! सुख-दुख के स्वाद के लिए इन्हें चखना पड़ता है। नदी किनारे बैठकर नदी की गहराई नहीं नाप सकता कोई। नदी की गहराई नापने के लिए नदी में डूबना पड़ता है। हाँ, सुब्बो दीदी, मैं तो डूब रही हूँ।

संवाद : आठ

अच्छा नहीं कर रही हो पिकुल। बिना आगे-पीछे देखे भला इस तरह कोई क्वाँरी लड़की दीवानी होती है ! अब तो पूरे महल्ले में कानाफूसी होने लगी है। एक पहले ही मुझे लेकर दुनिया भर की बदनामी हो चुकी है। लोगों ने क्या-क्या नहीं कहा ?

पर मेरा मामला अलग था। सिन्हा जी शादीशुदा नहीं थे। और फिर शादी के बाद तो सबकी ज़ुबान को लकवा ही मार गया। बोलता रहे, जिसको जो बोलना हो। खिसियानी बिल्ली खम्भा नोचे। जिन लोगों की दीठ गड़ी थी इन पर, वे लोग ही शादी के बाद आँखें मटकाते रहे। जो लार टपकाते फिर रहे थे, वे ही आनी-बानी और तिरछे बोल बोलते रहे। पर कोई क्या कर सकता था ? शादी हुई थी। अब बाबा के भाग्य में घर बैठे नौकरीवाला दामाद लिखा था, तो बाज़ार में ख़रीदने क्यों जाते भला ? बूढ़ी हो रही हैं मेरे साथ की लड़कियाँ। उनके लिए वर ढूँढ़ते-ढूँढ़ते माँ-बाप के पैरों में छाले-फफोले उठ रहे हैं तो इसमें मेरा क्या दोष ? पहली बार भाग्य ने मेरे बाबा का साथ दिया। एक मेरी शादी का मामला ही ऐसा था कि बिना हाथ-पाँव हिलाए-डुलाए मेरे बाबा निबट गए। बाबा तो हमेशा दुख ही झेलते रहे हैं। दुख काटते हुए ही जैसे-तैसे सब जोड़ा है बाबा ने। गाँव के मकान और ज़मीन पर चाचा नाग की तरह कुंडली मारकर बैठे हैं आज तक। छोटी नौकरी। दो पैसे की भी ऊपरी आमदनी नहीं। खाना और हाँड़ी में झाँकते रहना। भगवान ने सन्तान भी दी, तो दो बेटियाँ। हम दोनों बहनों में से कोई एक बेटा होता, तो कितना भरोसा होता बाबा के पास ! एक बेटा बाप की छाती में हाथी का बल भर देता है। पिकुलिया के जन्म के बाद बकुल आंटीवाला मामला ऐसे उभरा कि बाबा की ज़िन्दगी उलझकर रह गई। सीधे-सच्चे आदमी की ज़िन्दगी में दाग़ लगा गई बंगलिनिया। खुद तो मर गई, पर बाबा के माथ पर कलंक की गठरी लाद गई। जैसे-तैसे, पेट क़ाटकर तीन कोठरी का मकान बना सके बाबा। बस यही एक सहारा है। अगले साल रिटायर करने के बाद पेंशन के बल पर कैसे चलेगा घर का ख़र्च और किस ख़ज़ाने से होगी पिकुल रानी की शादी—भगवान जाने।...क्वाँरी लड़की तो काँच का बर्तन होती है। उसके चाल-चलन को लेकर झूठी ही सही, कोई बात उड़ जाए,...किसी से नाम जुड़ जाए,...या कोई ऊँच-नीच हो जाए, तो पूरा जीवन भोगना पड़ता है। इतना रोना पड़ता है कि आँख तक न अँटे रोने के लिए।...पर पिकुलिया को कौन समझाए ? क्वाँरे होते या विधुर होते अखिलेश सर, तो कोई बात नहीं थी। बहुत होता तो यही न कि लोग सोचते, डोरे डाल रही है। सोचते, तो सोचते। किसी के सोचने से क्या होता है ? सोचकर या कह-सुनकर मेरा क्या बिगाड़ लिया किसी ने ? हाँ, शादी के बाद उम्र को लेकर लोग चर्चा करते। पर इसमें माँ-बाप को कोई दोष नहीं देता। जब लड़की अपनी पसन्द से कर रही है तो लोगों के कहने-सुनने से कोई फ़र्क नहीं पड़ता। पर यहाँ तो मामला बिलकुल टेढ़ा है। कोई भविष्य नहीं है। पत्नी और बच्चोंवाले मर्द के साथ कैसा भविष्य ? आगे अँधियारा ही अँधियारा है। इस कुएँ में गिर गई पिकुलिया तो मरने के सिवा और कोई रास्ता नहीं बचेगा।...अगर इस पिकुलिया की जगह मैं होती, तो ऐसा तूफ़ान नहीं मचता। कुछ होता, तो दब-ढँक जाता। सैकड़ों बहाने और उपाय

हैं। विवाहिता और क्वाँरी में बहुत फ़र्क़ होता है।...पर मैं काहे को पड़ूँ इस झंझट में ? मुझको कौन ज़रूरत ? मुझे क्या पड़ी है कि फ़ज़ीहत मोल लूँ ? ऐसे-ऐसे कितने अखिलेश सर पड़े हैं इस दुनिया में। कौन किसको पूछता है !...अरे ! मैं तो इंसानियत के नाते पूछ लेती हूँ। कल साग लेकर गई थी देने। पहली बार मेरे हाथ की बनी किसी चीज़ की तारीफ़ की उन्होंने। बोले, ''आप तो स्वादिष्ट खाना पकाती हैं। आपके हाथ की बनी मछली का स्वाद मैं जीवन भर नहीं भूल सकता।''...आज सुबह सिन्हा जी ऑफ़िस जा रहे थे, तो मछली लाने को कह दिया। अब क्या करूँ ? किसी की इच्छा को कैसे टाल दूँ ? कोई अगर जुबान खोल दे तो इतना करने में क्या दोष है ? बेचारे बिना परिवार के हैं, तभी तो मुँह खोल दिया। माँगा नहीं, पर मन में मछली खाने की इच्छा तो रही ही होगी। मैंने इनसे बहाना बना दिया कि मेरा मन आज मछली खाने को कर रहा है।...अब शाम को मेरे सिन्हा सरकार मछली लेकर आएँगे, तो बनाकर अखिलेश सर को दे आऊँगी। हो सकता है, मेरे देने के पहले पिकुल रानी ही फुदकती हुई चली जाएँ ! कौन बैठकर किसी के आने-जाने की चिन्ता में देह गलाए ?

संवाद : नौ

मैं जानती थी कि ऐसा ही होगा। मैं कहती थी न कि बात निकलेगी तो दूर तलक जाएगी। सो अब बात निकल चली है और दूर-दूर तक फैलने लगी है। फैले। मेरी बला से ! अपने घर से बाहर पाँव रखते ही हवा का जो पहला झोंका मिलता है, वह भी व्यंग्य से मुस्कराता है। सर के कमरे से निकलते हुए तो मैं हर चीज़ से बचना चाहती हूँ—चाहे हवा हो या चाँद-सूरज की किरणें। मुझे लगता है, ये मुझे छूकर जान लेंगे मेरे मन और देह की एक-एक बात। फिर जाकर ज़माने भर से कह आएँगे। अब जिसके जी में जो आए, कहे। कहता फिरे। मैं किसी की परवाह नहीं करती। अब मेरे लिए इन बातों से कोई फ़र्क़ नहीं पड़ेगा। ख़ूब जानती हूँ कहने-सुननेवालों को। बहुतों से हज़ार-हज़ारगुना ज़्यादा अच्छे हैं मेरे सर।...उनके शब्दों और उनकी नज़रों से बिंधी मैं उनके ही कमरे में कुर्सी पर निढाल पड़ जाती हूँ। मुझे सुधबुध नहीं रहती। न तो मेरा मन मेरे वश में होता है और न मेरी देह क़ाबू में होती है। पर अखिलेश सर ने गिद्धों और चीलों की तरह झपट्टा मारकर मुझे नोच नहीं खाया है कभी। लोग तो पहली मुलाक़ात में नोच खाना चाहते हैं। सिन्हा की प्लांटेशन कम्पनी का वह ब्रांच मैनेजर मुझे बेटी-बेटी कहता था, पर उसने कम नाटक नहीं किया। एक बार उसे सिन्हा ने खाने पर बुलाया था। मुझे देखा और लट्टू हो गया। फिर तो बिना बुलाए आने लगा। बेटी-बेटी कहता और किसी-न-किसी बहाने देह छूने

की कोशिश करता। सोच रहा था कि काली-कलूटी है, तो भूखी-प्यासी बैठी होगी। नौकरी का लालच देकर मुझे पाना चाहता था। मुझे हँसी आती थी उस खूसट पर। एक दिन तो मौक़ा पाते ही पकड़कर चूम लिया कुत्ते ने और ऐसा झन्नाटेदार तमाचा खाया कि तबादला करवाकर हेड ऑफ़िस चला गया। ऐसे कई क़िस्से हैं मेरी झोली में। अगर सुनाने बैठूँ तो पूरी ज़िन्दगी सुनते-सुनाते ख़त्म हो जाए।...पर अब मेरी रुचि फालतू बातें सुनने-सुनाने में नहीं है। दूसरों की बातों के लिए तो एक पल भी नहीं है मेरे पास। रही अपनी बात, तो उसे क्यों सुनाऊँ किसी को ? अब मैं सुब्बो दीदी से भी कोई बात नहीं करती। सर की तो चर्चा भी नहीं करती। वह खोद-खोदकर पूछती है और मैं हाँ-ना करके टाल जाती हूँ। अब दुनिया की सारी बातें टालती ही जाऊँगी। ऐसी किसी बात के लिए मेरे पास फ़ुर्सत नहीं, जिसमें सर शामिल न हों। अब बदल गई है मेरी दुनिया। मेरी दुनिया में मेरे सर हैं और मैं हूँ।...कल उन्होंने जैसे ही मेरी आँखों में आँखें डालकर देखा, मैं मक्खन की डली की तरह पिघल गई। मेरे प्राण मेरे वश में नहीं रहे। मेरी आँखों में इन्द्रधनुष की छवियाँ उतर आईं। मेरी पुतलियाँ थरथरा उठीं। मेरी देह का भार ही ख़त्म हो गया। फूल की तरह हल्की हो गई मैं। उन्होंने अपनी अँगुलियों से मेरे केशों को सहलाया और मुझे लगा, मैं हवा के झूले पर हिंडोल भर रही हूँ। उन्होंने अपनी अँगुलियों से मेरे होंठ छू लिए। मुझे लगा, नक्षत्रलोक से टूटकर कोई दहकता हुआ उल्कापिंड आ गिरा हो मेरे होंठों पर। उन्होंने मुझे पुकारा, "पिकुल।"—और मैं वहीं बैठे-बैठे बिना मेघों की वर्षा में नख-शिख भीग गई। मैं आँखें मूँदे निढाल पड़ी थी और उन्होंने कहा, "एक रात,...जब दूधिया चाँदनी इस खिड़की से छनकर मेरे कमरे में आ रही होगी, तुम्हें भर आँख निहारूँगा।...इस कमरे की सफ़ेद दीवारें,...इस बिस्तर पर सफ़ेद चादर,...और दूधिया चाँदनी में वनफ़्शा के फूल की तरह तुम्हारी देह। सफ़ेद पत्थरों के बीच खिला वनफ़्शा का फूल। वर्डस्वर्थ की कविता की तरह...अ वायलेट अंडर अ हिडेन रॉक।"...कैसे सोच और कैसे कह लेते हैं इतना सब कुछ ? उफ़ ! कब होगी रात ?...कब उगेगा चाँद ?...कब भरेगा आसमान दूधिया चाँदनी से ?...कितने दिन और बाक़ी हैं ?...यह पूरी दुनिया रात में बदल क्यों नहीं जाती ?...दसों दिशाओं में क्यों नहीं उग आते चाँद... ? क्यों नहीं डूब जाती यह धरती दूधिया चाँदनी की बाढ़ में ?...उफ़ ! कैसे करूँ इन्तज़ार ?...कहीं ऐसा न हो कि यह सपना पूरा होने से पहले ही मेरे प्राण निकल जाएँ और...और मैं...!

संवाद : दस

मैं सोचती हूँ, बाबा से बात करूँ। अम्मा से तो कुछ भी कहना बेकार है। अजीब

औरत है अम्मा ! उसे कुछ भी नहीं सूझता। माँ को बेटी के पाँवों की आहट से जान लेना चाहिए कि वह कहाँ से आ रही है और क्या करके आ रही है। पर अम्मा तो आँखें मूँदकर जीती है। अगर मैं कुछ बोल दूँ, तो पूरे घर में तूफ़ान खड़ा कर देगी। बात को धीरज से सुनकर उसका समाधान नहीं निकालेगी,...पिकुलिया पर नज़र नहीं रखेगी,...उसे समझाए-बुझाएगी नहीं,...बस चिल्लाना शुरू कर देगी। बाबा से ही कहना ठीक रहेगा। पर उनसे भी कहकर क्या होगा ? चुपचाप सुन लेंगे और बोतल खोलकर बैठ जाएँगे। उसके बाद रोएँगे। एक ही तरीक़ा जानते हैं कि हर बात पर पीकर रोने बैठ जाते हैं। किसी से कहने से कोई लाभ नहीं। ये होते, तो इनसे पूछती। पर जब से इनकी कम्पनी ने प्लांटेशन के साथ-साथ मार्केटिंग का काम शुरू किया है, इनको साँस लेने की फ़ुर्सत नहीं मिल रही है। दस-दस दिनों तक बाहर रहते हैं। दो-चार दिनों के लिए मुसाफ़िरों की तरह आए, टिके और दौरे पर निकल गए। होते भी तो क्या कर लेते ? वैसे इस मामले की जानकारी इनको नहीं मिले, यही बेहतर है। मेरी बहन की बात है और ये ठहरे इस घर के दामाद। दामाद कभी ससुराल का नहीं होता। मौक़ा हाथ लगते ही हँसी उड़ाता है। मेरी समझ से ज़्यादा अच्छा रहेगा कि अखिलेश सर से ही बात करूँ। उनके मन में क्या है—यह जानना ज़रूरी है। अगर वह समझदारी से काम लेंगे तो कुछ नहीं बिगड़ेगा। समझदार तो लगते हैं, पर मर्द जात का क्या भरोसा। मर्द के वश की बात नहीं कि वह ऐसे मौक़ों पर अपने को बाँध ले। बड़े-बड़े तपस्वी-मुनि जब अपने को नहीं बाँध सके तो अखिलेश सर किस लोक के देवता हैं।...इधर तीन-चार दिनों से देख रही हूँ कि मुझसे खुलकर बातें करने लगे हैं। पहले तो घोंघा की तरह मुँह लटकाए रहते थे। कुछ देने जाती या कुछ पूछती तो दो-चार शब्द बोलकर काम चला लेते थे। बाद में मुस्कराने लगे। इधर तो ख़ूब बातें करने लगे हैं। तीन-चार दिनों पहले बोले, "सविता जी, आपका कलर-सेंस बहुत डेवलप है।"...और अगर पिकुलिया नहीं पहुँचती, तो जाने कितनी बातें करते। पहले सिन्हा जी के बारे में पूछा। हम लोगों के विवाह के क़िस्से के बारे में जानना चाहा। फिर पूछ बैठे, "शादी के तीन साल हो गए और आप बिलकुल फ्री घूम रही हैं ? सिन्हा जी नहीं चाहते या आप ?...परिवार नियोजन क़ानून का कड़ाई से पालन कर रहे हैं आप लोग।"...बाप रे ! मौनी बाबा का मुँह खुला तो एकदम ऐसे कि मैं चकरा गई। बिना लाग-लपेट के इतनी सफ़ाई से सब बातें पूछ गए कि...मैं तो समझ ही नहीं पाई कि कैसे जवाब दूँ ! और जवाब भी क्या देती ? कैसे बताती कि...? बस सिर झुका लिया। फिर आँख उठाकर देखा, तो देखती हूँ कि मुस्कराते हुए एकटक मुझे घूर रहे हैं। मैंने जवाब नहीं दिया। सिर्फ़ मुस्कराकर रह गई। अब हर बात पर बोलना ज़रूरी तो नहीं। मुस्कराहट का जवाब मुस्कराहट से दे दिया। इतने में पिकुलिया पहुँच गई और बातचीत रुक गई। अब अखिलेश सर को जो समझना हो,

समझें। बहुत बड़े विद्वान हैं,...अंग्रेजी के प्रोफेसर हैं,...मोटी-मोटी क़िताबें चाटते रहते हैं, तो दिमाग़ लगाएँ अपना ! जब लालबुझक्कड़ बने हैं, तो बूझें अखिलेश सर !

संवाद : ग्यारह

चुप रहना मेरा स्वभाव है। लोग चाहे इसे दर्प कहें, मैं इसे अपना गुण मानता हूँ।...इस मामले में मैं शुरू से चुप हूँ। हाँ, कभी-कभार दो-चार शब्द बोल देता हूँ क्योंकि मैं शिष्टाचार निभाना जानता हूँ। मैं उतना ही बोलता हूँ, जितना बोलने से काम चल जाए और शिष्टाचार भी निभ जाए।...पर अब मेरा बोलना ज़रूरी हो गया है। पिछले कुछ दिनों से यह जो पिकुलध्वनि गूँज रही है, इसने जीना हराम कर रखा है। हद होती है किसी भी बात की ! नाक में दम कर रखा है इस पागल लड़की ने। इसके पहले कि मैं निर्दोष मारा जाऊँ—इसे रोकना होगा। मैं इस फालतू क़िस्म की भावुक ट्रैज़िडी का नायक या विलेन नहीं बनना चाहता। सोचता हूँ, सविता जी को बुलाकर साफ़-साफ़ बातें करूँ। उन्हें बता दूँ कि इस पिकुलध्वनि से उनके परिवार को कोई लाभ नहीं मिलनेवाला। उन्हें यह समझाना होगा कि मेरी बदनामी से सिर्फ़ मुझे ही नहीं, आप लोगों को भी घाटा होगा। इस पागल लड़की को ब्याहकर विदा कीजिए वरना यह किसी दिन कुछ कर बैठी तो कटी हुई नाक लेकर मुँह छिपाते पूरी ज़िन्दगी गुज़रेगी।...अब मेरी उम्र भला प्रेम करने की है ?...और मैंने क्या भाँग-धतूरा खा रखा है कि इस पैंतालीस-छियालीस की उम्र में विदुषी पत्नी और फूल-से सुन्दर दो बेटों के रहते इस काली माई से रास रचाऊँ ?...विवाह करूँ ? हद होती है मूर्खता की ! यह भावुकता नहीं मूर्खता है। मैं हमेशा सेफ जोन में रहना पसन्द करता हूँ। डेंजर जोन में पाँव ही नहीं रखता मैं। अगर नौकरी का मामला और वह भी अचानक रीडर से प्रोफेसर के पद पर आने की विवशता नहीं होती तो मैं पत्नी-बेटों के साथ का सुख छोड़कर भला यहाँ आता ! आया भी तो यही करते रहने की फ़ुर्सत है मुझे ! मैं पढ़ने-पढ़ानेवाला, शिक्षा और ज्ञान की दुनिया में डूबा रहनेवाला आदमी, मेरे पास इतना अवकाश कहाँ कि बैठकर प्रेम का पिंगल पढ़ता रहूँ ?...शर्मा जी की पत्नी को भी संकेत देना होगा है कि इस लड़की का अपने यहाँ आना-जाना रोकें। मैं तो किसी को रोक नहीं सकता।...अब एक दिन मैंने सविता जी की रंगों की पसन्द की तारीफ़ कर दी। उनके पति की बाबत और भविष्य में परिवार की योजना के बारे में कुछ पूछ लिया। वह बातें करना चाह रही थीं कि पिकुल आ गई। वह कुछ बताना चाह रही थीं, पर पिकुल के चलते रुक गईं।...और फिर एक दिन यानी उस दिन भी तो इतना ही हुआ था कि सविता जी मेरे कमरे में बैठी थीं। मैं तो ख़ुद ही नहीं चाहता कि मुझ एकान्तवासी का दरवाज़ा कोई खटखटाए। पर कोई घुस आए, तो कैसे

दुत्कार दूँ ?...हाँ तो सविता जी बैठी थीं। हल्के गुलाबी रंग के कपड़ों में ख़ूबसूरत लग रही थीं। मैंने आदतन तारीफ़ कर दी। फिर रंगों की पसन्द से बातें शुरू हुईं। उनके पति सिन्हा जी की चर्चा चली। इसी बीच बच्चे की बात चल गई। मैं बच्चा नहीं होने के कारणों से परिचित तो था नहीं ! या मेरा क्या लेना-देना किसी के ऐसे निजी मामले से ? यह सब बेहद निजी और गोपन होता है। हाँ तो उस दिन वह मेरे कमरे में बैठी बातें करती रहीं। बातें जब शुरू हुईं तो निजी प्रसंग छिड़ गए। सिन्हा जी और अपने बारे में ढेरों बातें करती रहीं।...अब कई बातें ऐसी होती हैं कि आप उन्हें चिल्ला-चिल्लाकर नहीं कर सकते। या आदमी चाहता है कि जिससे बात कही जा रही हो उसे छोड़कर कोई दूसरा इस बात को न सुने।...हो सकता है ऐसी ही कोशिश में सविता जी ने दरवाज़ा बन्द कर दिया हो या मैंने ही बन्द कर दिया हो। अब मुझे याद नहीं कि किसने बन्द किया।...हाँ, तो बातें होती रहीं। बातें करते-करते सविता जी भावुक हो उठीं। आदमी के भीतर का दुख,...बहुत दिनों से दबा हुआ दुख अवसर पाकर जब बाहर निकलता है, तो उसमें बहुत आवेग होता है। उसे सँभाल पाना ख़ुद के लिए तो मुश्किल होता ही है, सामनेवाले के लिए भी आसान नहीं होता।...उन्हें समझाने और सान्त्वना देकर दुख बाँटने के क्रम में थोड़ी निकटता बढ़ी। अब ऐसे अवसरों पर बिना आत्मीय हुए या आत्मीयता का भाव दर्शाए बिना आप किसी को सान्त्वना दे ही नहीं सकते। आत्मीयता के लिए निकटता एक ज़रूरी तत्व है। और आत्मीयता ऐसी होती है कि चाहे वह दर्शाने के लिए ही क्यों न प्रकट की जा रही हो, आदमी उससे प्रभावित होता है।...यही सब चल रहा था कि पिकुल पहुँच गई। दरवाज़ा बन्द देखकर उसे वापस हो जाना चाहिए था। किसी की निजी दुनिया में दरवाज़ा तोड़कर घुसना कोई अच्छी बात नहीं है। यह शिष्टाचार के ख़िलाफ़ है। यह अधिकार तो मैंने यहाँ किसी को नहीं दे रखा है कि वह मेरा दरवाज़ा तोड़कर मेरे कमरे में झाँके या घुस आए। दरवाज़ा खोलने में थोड़ी देर हुई। सविता जी अस्त-व्यस्त मानसिकता में थीं। व्यवस्थित होने में समय लगता है। फिर भी मैंने दरवाज़ा खोल दिया। बस, इतनी-सी बात है।...सविता जी को मेरे कमरे में देखकर इस लड़की ने तूफ़ान खड़ा कर दिया। वहाँ तो कुछ नहीं बोली। उसके बाद भी मुझसे कोई बात नहीं हुई। सविता जी भी पीछे-पीछे चली गईं।...सुना है, उसी दिन से अन्न-जल त्याकर बैठी है। अक्सर उसके रोने की आवाज़ सुनाई पड़ती है। इन दोनों मकानों के बीच मात्र बारह फीट की दूरी है। कोई कितना भी गला दाबकर रोए, सुनाई तो पड़ेगा ही।...मुझे किसी का रोना अच्छा नहीं लगता। रोना मुझे हमेशा किसी नाटक का हिस्सा लगता है। मैं इसे सड़ियल भावुकता मानता हूँ।...आज मैं सविता जी को बुलाकर साफ़-साफ़ कह दूँगा कि आप लोग इस पिकुलध्वनि को बन्द करवाएँ। मुझे यह सब पसन्द नहीं। इसका मुझ पर कोई असर नहीं होनेवाला। इस

ध्वनि-प्रदूषण से पड़ोसियों का जीवन प्रदूषित करने का कोई हक़ नहीं है आप लोगों को।

संवाद : बारह

अब यह घर रहने लायक़ नहीं रहा। नर्क हो गया है। इस पिकुलिया ने सबका जीवन दूभर कर दिया है। उस दिन से इस लड़की ने जो नाटक रचा है, ज़ारी है। बाबा को कोई मतलब नहीं। अम्मा जान-बूझकर अन्धी-बहरी बनी रहती है। इसकी अकेली दुश्मन मैं ही हूँ। जाने किस जन्म का वैर निकाल रही है ! मुझसे बोलचाल तक बन्द है। मैंने भी मुँह मोड़ लिया है। मैं भी नहीं जाती इसकी चिरौरी करने। मेरा कोई मान-मरजाद नहीं है क्या ? मैं ही क्यों डोलती फिरूँ इसके पीछे-पीछे ?...आज अखिलेश सर ने मुझे बुलाया था। उनके यहाँ से ही आ रही हूँ। बहुत चिन्तित थे। दुखी भी थे। डरे हुए भी कि कहीं यह लड़की कोई बड़ा झमेला न खड़ा कर दे !...मैंने उन्हें समझाया, ''आप निश्चिन्त रहिए। वह जान नहीं देनेवाली। उसको अपनी जान का बहुत मोह है। रो-गाकर अपने-आप चुप हो जाएगी। यही करती रही है हमेशा। शुरू से ही ऐसी उसकी आदत है। आपसे उसका कोई लेना-देना नहीं है। आप पहले और अकेले नहीं हैं उसके लिए। कई बार ऐसा खेल रच चुकी है पिकुलिया। उसे तो मुझसे वैर है।''...मैंने उन्हें भरोसा दिलाया, ''आपका कुछ नहीं बिगाड़ेगी वह। हमेशा मेरे पीछे पड़ी रहती है और मेरा ही बिगाड़ने में लगी रहती है।...और अगर आपका बिगाड़ने के लिए उसने सोचा भी तो मैं उसका जीना हराम कर दूँगी। हँसी-ठठ्ठा नहीं है आप कि जो-सो आप पर दीठ गड़ा दे। आपका नाम इस मामले में कहीं आया, तो मैं हूँ न ! मैं मुँह खोलूँगी तब। और मैं जब एक बार मुँह खोल दूँगी, तब सबकी बोलती बन्द हो जाएगी।...अच्छा हुआ कि आपका पिंड छूट गया। उसने आना-जाना बन्द कर दिया। इसी में सबका भला है। उसका भी और हम दोनों का भी। आपको अपने लिए चिन्ता करने की ज़रूरत नहीं है। आप अपने को लोनली मत फील कीजिएगा। मैं हूँ न आपके साथ ! उसके नाटक रचने से मैं आपकी शराफ़त और आपके नेह-छोड़ को लात नहीं मार सकती। आप बेफिकर रहें।''...मैंने अखिलेश सर से साफ़-साफ़ कह दिया सब कुछ। मैं इस घर में किसी की गुलाम नहीं और किसी के भरोसे भी नहीं। मैं पतिवाली हूँ। मेरे सिन्हा जी को जब तक मेरे ऊपर भरोसा है, मैं किसी से नहीं दबूँगी। बहुत दबकर जीती रही हूँ। अब नहीं दबूँगी।...काली नागन ! मुझे डँसकर ख़ुद मज़े उड़ाना चाहती है। मेरे गले में ढोल की तरह सिन्हा को लटकाकर चालाक बनने चली थी। अब बूझें पिकुल रानी !

(कथादेश, 1998)

हवि

ग़ज़ाला हसन की याद है आपको ?

वही बड़ी-बड़ी आँखोंवाली, गोरी,...लम्बी,...छरहरी-सी लड़की। वही, जिसकी खिल-खिल करती हँसी के सम्मोहन से उबरने की इच्छा कभी नहीं होती थी। रिहर्सल के दौरान मेरी अनुशासनप्रियता की धज्जियाँ उड़ाती हुई वह खिलखिलाती और कमर तक काले-घने केशों की चोटी नचाती हुई गुनगुनाने लगती—"काले लम्बे बाल राजा बाँध रखूँगी..." मैं उसे डाँटता, चीख़ता-चिल्लाता और वह अपनी चपल आँखों को थिर करती हुई मुझे एकटक देखती।...फिर बड़ी अदा से पलकें झुकाकर अपने संवाद दुहराने लगती।

हाँ, मैं उसी ग़ज़ाला हसन की बात कर रहा हूँ, जो विंग्स से मंच पर प्रवेश करते ही अपनी काया में किसी दूसरी औरत को धारण करती और नाटक की समाप्ति पर तालियों की ध्वनि को पार करती हुई ग्रीन रूम में जाकर फूट-फूटकर रोती। तालियों की ध्वनि बन्द होने के बाद जब उसका रोना-सिसकना रुकता—उसकी बड़ी-बड़ी आँखों में स्वप्न तैर रहे होते थे। ग़ज़ाला हसन की आँखों की चपलता और खिल-खिल करती हँसी की वापसी के लिए हम लोगों को दूसरे दिन तक प्रतीक्षा करनी पड़ती थी। अपने कपड़े और मेक-अप का सामान सहेजती हुई वह शो में हुई ख़ामियों पर मेरा प्रवचन और अगले प्रदर्शन के लिए मेरे निर्देशों को चुपचाप सुनती रहती।

मंचन के बाद ग़ज़ाला हसन एक अबूझ-सी पीड़ा से गुज़रने लगती थी। नाट्यदल के सब साथी धीरे-धीरे उसकी इस आदत से परिचित हो गए थे। अक्सर हम लोग प्रदर्शन के बाद साथ खाते। कभी किसी दोस्त और कभी किसी संरक्षकनुमा प्रशंसक के यहाँ या फिर अपनी-अपनी जेबों से जोड़-तोड़कर किसी ढाबे में हमारी मंडली जम जाती। वह शरीर से हमारे साथ तो होती थी, पर मन से कहीं और होती।... खोई-खोई-सी...उदास...अनमनी। जैसे-तैसे दो-चार कौर निगलकर चाय की चुस्कियाँ लेती हुई गुमसुम बैठी रहती।

शो के बाद ग़ज़ाला बिना मेक-अप उतारे अपने घर जाया करती थी। अक्सर मैं उसे छोड़ने जाता। मेरे स्कूटर पर पीछे बैठी वह मेरे काँधे पर सिर टिका दिया करती

थी। पूरी तरह हम दोनों चुप-चुप रहा करते। मेरे साथ अपने घर वापस जाते समय भी वह रोया करती थी। ग़ज़ाला के आँसू मेरी कमीज़ भिगो देते। अपने घर के सामने उतरने के बाद वह पीछे मुड़-मुड़कर देखती और गेट पार करती,...लॉन पार करती। पीछे मुड़कर देखती हुई किसी भुतहे महल की तरह नीम अँधेरे में ऊँघते हवेलीनुमा अपने मकान 'हसन मंज़िल' में लोप हो जाती।

नवाब करीमुद्दीन हसन की हवेली हसन मंज़िल की दीवारों पर वर्षों से रंग-रोगन नहीं हुआ था। जगह-जगह से प्लास्टर उखड़ने लगा था। जहाँ कहीं भी दीवार साबूत थी, वहाँ काई की परतें थीं। लॉन में बेतरतीब घास उगी थी। लॉन में ही टिन का शेड डालकर एक रँगरेज़ परिवार किराए पर रहता था। रंगों से भरे नाद, बड़े-बड़े कड़ाह, कोयले की भट्ठी और बाँस-बल्लों पर टँगी अलमारियों का जाल लॉन में फैला था। इन अलमारियों पर रंग-बिरंगे कपड़े टँगे रहते थे। हसन मंज़िल के निचले हिस्से पर नवाब साहब के बड़े बेटे और ग़ज़ाला के अब्बा मरहूम तनवीर हसन के ज़माने से ही दो किराएदारों का कब्ज़ा था, जो मामूली किराया देते थे। एक ने आधे हिस्से में रेडीमेड कपड़ों की सिलाई का कारख़ाना खोल रखा था और दूसरे ने शीशे के बर्तनों का गोदाम। ग़ज़ाला के अब्बा पैंतीस वर्ष की भरी जवानी में ही अपनी शराबनोशी के शिकार हो चुके थे। उसके चाचा शमशीर हसन का विदेश में कारोबार था। वहीं किसी दूसरे मुल्क की औरत से शादी करके उन्होंने अपना कुनबा बसा लिया था। पागल बेटे अनीस और बेटी ग़ज़ाला के साथ हसन मंज़िल के ऊपरी हिस्से में बीस वर्षों से रंडापा काट रहीं बेगम रफ़िया हसन के बूते की बात नहीं थी कि वह अपने किराएदारों से मुक़दमेबाजी कर सकें। हसन मंज़िल का बिकना भी मुश्किल था। ग़ज़ाला की बुआ बेगम शरबत जहाँ और शमशीर हसन के साथ यह उनकी साझा सम्पत्ति थी। हालाँकि काफ़ी पहले, तनवीर हसन की मौत के कुछ ही महीनों बाद, जब ग़ज़ाला चार-पाँच साल की थी, बेगम रफ़िया हसन ने उसके लिए अपनी ननद के बेटे शौकत अली का रिश्ता मंजूर कर लिया था। सयानी होती ग़ज़ाला पर बेगम शरबत जहाँ और शौकत अली ने हक़ जताना और ग़ज़ाला ने इस रिश्ते से नफ़रत करना शुरू किया। ग़ज़ाला की नापसन्दगी के बावजूद यह हसन मंज़िल ही था कि माँ-बेटा दोनों वक़्त का इन्तज़ार कर रहे थे। हसन मंज़िल की देखरेख के लिए शमशीर हसन को न तो फ़ुर्सत थी और ना ही उन्हें हसन मंज़िल की ज़रूरत थी।...सो नवाब करीमुद्दीन हसन की पोती ग़ज़ाला हसन की ज़िन्दगी के दिन जैसे-तैसे कट रहे थे।

ग़ज़ाला हसन से अपनी मुलाक़ात का पहला दिन मैं कभी नहीं भूल सकता। अक्टूबर महीने की तीखी धूपवाली सुबह थी। मैं और शम्पा घोष साथ-साथ हसन मंज़िल गए थे। शम्पा और ग़ज़ाला कॉलेज में साथ-साथ पढ़ती थीं। शम्पा दो वर्षों

से हमारे साथ थी। हमने तीन नाटकों में साथ-साथ काम किया था। उन दिनों मैं मल्लिका की तलाश में था। 'आषाढ़ का एक दिन' की मल्लिका की तलाश करते-करते मैं ऊब चुका था। थक-हारकर इसके मंचन की योजना स्थगित ही करनेवाला था कि शम्पा ने ग़ज़ाला की चर्चा की। ग़ज़ाला हमारे साथ काम करने को तैयार थी, पर उसकी अम्मी को यह मंजूर नहीं था। एक नवाब की पोती नाटकों में काम करे,...ग़ैर मर्दों के साथ रिहर्सल के बाद रोज़ रात में घर लौटे और...। उनकी नापसन्दगी की फ़ेहरिस्त लम्बी थी। इस छोटे शहर में नाटक करते हुए अभिनेत्रियों की तलाश का लम्बा अनुभव मेरे पास था। कई बार ऐसे साक्षात्कारों से गुज़र चुका था। फिर भी, हसन मंज़िल का गेट पार करते हुए मेरा मन सहम उठा था। शम्पा और ग़ज़ाला के साथ बेगम रफ़िया हसन की बातचीत के कई दौर हो चुके थे। ग़ज़ाला अपनी अम्मी के सामने नित नए तर्क रखती और शम्पा आश्वासन देती, पर बेगम रफ़िया हसन अपने ख़ानदान की रवायतों के हवाले देतीं और मामला ख़ारिज हो जाता। यह ऊहापोह और तर्क-वितर्क का सिलसिला कई दिनों तक चला। अन्ततः जाँच-पड़ताल और पूछताछ के लिए वह मुझसे मिलने पर राज़ी हुई और बतौर पेशी मेरी बुलाहट हुई। अब तक मैंने ग़ज़ाला को देखा नहीं था। शम्पा के शब्दों से उसकी जो आकृति मेरे मन पर बनी थी, जाने क्यों मैं उसके प्रति बेहद आशावान था।

मैं जब शम्पा के साथ हसन मंज़िल के पहले तल्ले पर पहुँचा, मेरी दोनों टाँगें बुरी तरह काँप रही थीं। दरवाज़ा खुलने, ग़ज़ाला और उसकी अम्मी से आमना-सामना होने तक मेरे भीतर खीझ भर चुकी थी कि मैंने यह कौन-सी मुसीबत मोल ले ली है।...पर धीरे-धीरे कुहासा छाँटा। बेगम रफ़िया हसन बहुत स्नेह के साथ मिलीं। जीवन के अनुभवों के ताप में पककर जो धीरता उन्होंने अर्जित की थी, मैं उससे प्रभावित हुआ। वह अपने जीवन की रूढ़ियों को नियम बनाकर पेश तो करती थीं, पर मेरे विरोधी तर्कों को भी सहजता से सुनतीं। लम्बी बातचीत के बाद उन्होंने हामी भरी। हालाँकि मुझे लगा, वह मन ही मन पहले से तैयार थीं। पूरी बातचीत में ग़ज़ाला चुप बैठी रही थी। अपनी बड़ी-बड़ी चपल आँखों में सपनों की छवियाँ सहेजे हमारी बातें सुन रही थी। दूसरे ही दिन से उसने रिहर्सल में आना शुरू कर दिया था।

"आषाढ़ का पहला दिन और ऐसी वर्षा माँ।...ऐसी धारासार वर्षा।" मल्लिका के संवाद बोलते हुए ग़ज़ाला ने पहले ही दिन यह अहसास करा दिया था कि वह अपनी त्वचा के रोम-रोम से आषाढ़ के पहले दिन की वर्षा को महसूस रही है। उसे अभिनय करते हुए देखकर लगा था, मानो वह मेघों से झरती बूँदों को ग्रीष्म में तपी धरती की तरह अपने अंग-अंग से पी रही हो। वह अपनी आँखों में भाव भरती, शब्दों से दृश्य रचती और हम सब उसकी आंगिक गतियों, मुद्राओं और आवाज़ के सम्मोहन में सुधबुध खो देते।

मेरी तलाश पूरी हुई थी। अपने पहले नाटक के पहले मंचन के बाद ग्रीन रूम में रोती-सिसकती ग़ज़ाला को सँभाल पाना मुश्किल हो गया था। उस रात मेरे स्कूटर के पीछे बैठकर हसन मंज़िल लौटते हुए वह ख़ूब रोई थी। हसन मंज़िल के गेट पर स्कूटर खड़ा करते हुए मैंने कहा था—"मैं भी साथ चलता हूँ।...अम्मी से मिल लूँगा।"

ग़ज़ाला के होठों पर एक उदास मुस्कान तिर गई थी, जैसे निर्जन पोखर की तलहटी में छिपी चुप्पी हौले से निकलकर चारों तरफ़ फैल गई हो। अपने डैने समेटकर जलसतह पर बैठते पंडुक की तरह उसने अपनी पलकों को बन्द कर लिया था।...फिर वह मेरे क़रीब आई थी।...बिलकुल क़रीब। मेरी आँखों में अपनी आँखें डालकर वह मेरे भीतर उतर गई थी। उसने अपनी हथेलियों में मेरा चेहरा भर लिया था। वह मुझे एक नन्हे शिशु की तरह दुलार रही थी। उसके भीतर बसी चुप्पी का संगीत मैं साफ़-साफ़ सुन रहा था। बेहद धीमे स्वर में उसने कहा था—"नहीं।...आज नहीं।...फिर कभी मिल लेना।"

"ठीक है।" मैं बमुश्किल बोल सका था।

"कल कितने बजे आऊँ ?"

"तीन बजे।...सबको बुलाया है। प्रोडक्शन डिस्कस करना है।"

"अम्मी परेशान हो रही होंगी।...चलूँ ?" उसने सहज होने की कोशिश करते हुए पूछा था।

"हूँ।" मेरी हामी के बाद वह हसन मंज़िल का गेट पार करती हुई आगे बढ़ने लगी थी। मैं वहीं खड़ा, पीछे मुड़-मुड़कर देखती और फिर आगे बढ़ती ग़ज़ाला को निहारता रहा था।

चार दिनों तक चले 'आषाढ़ का एक दिन' के प्रदर्शनों में ग़ज़ाला हमारे नाट्यदल के लिए एक उपलब्धि साबित हुई थी। पाँचवें दिन की शाम रिहर्सल रूम में एक-दूसरे को मुबारकबाद देते,...एक-दूसरे की आलोचना-प्रशंसा के साथ-साथ आपस में नोक-झोंक करते हमारे नाट्यदल की यह आम राय बनी थी कि इस नाटक का 'रिपीट शो' किया जाना चाहिए और साथ ही मुझे अगले प्रोडक्शन की योजना पर भी तत्काल काम शुरू कर देना चाहिए। शम्पा की राय थी—"इस चिड़िया का कोई भरोसा नहीं।...यह कभी भी फुर्र हो सकती है।"

शम्पा की राय पर सबों ने ठहाके लगाए। ग़ज़ाला भी खिलखिला उठी थी।

शम्पा ने फिर कहा था—"तुम लोग इसकी हँसी पर मत जाओ।...मैं जानती हूँ, यह किसी भी दिन उड़ जाएगी।...कोई नवाब का नाती आएगा और ले जाएगा इसे। शम्पा की तरह थिएटर के यज्ञ में हवि नहीं बननेवाली है यह।...एक नाटक तो तत्काल शुरू कर देना चाहिए ताकि यह फँसी रहे।"

हम लोगों ने रिपीट शो के लिए अगले सप्ताह से फिर रिहर्सल ज़ारी रखने का निर्णय लिया था।

रिहर्सल शुरू होने से ठीक एक दिन पहले वह मुझसे मिलने आई थी। दोपहर का समय था। किशमिशी रंग का ढीला कुर्ता और सिर पर दुपट्टा डाले जब ग़ज़ाला मेरे कमरे में आई, उसकी आँखें चमक रही थीं। उसने आते ही पारम्परिक प्रेमिकाओं की तरह पहले मेरे किचन में प्रवेश किया। मुझे आलसी और कामचोर कहा। मेरी अराजकता पर छोटा-सा भाषण दिया। इस बीच वह चाय बनाने का उपक्रम भी करती रही। फिर हम दोनों दो भिन्न आकार के गिलासों में चाय लिए मोढ़ों पर बैठ गए थे। अपने दुपट्टे के छोर में चाय का गिलास लपेटकर वह चुस्कियाँ भर रही थी और मैं उसे निहार रहा था।

"बहुत ख़ुश लग रही हो।...क्या बात है ?" मैंने उससे पूछा।

"कब ख़ुश नहीं रहती मैं ?...तुम्हें मेरी ख़ुशी से जलन हो रही है ?" वह ताज़ा खिले फूलों की तरह मेरे कमरे की हवा में घुल-मिल गई थी।

"हाँ, फफोले उठ रहे हैं।...तुम बात तो बताओ।" मैंने उसे कुरेदा।

"कौन-सी बात ?"

"वही, जिसके चलते तुम ख़ुश हो।"

"तुम नहीं समझ सकते।" वह गम्भीर हो उठी।

"ग़ज़ाला।"

"हाँ, तुम नहीं समझ सकते।...यह नाटक तो रोग बनकर लग गया है मेरी ज़िन्दगी से। पहला नाटक, पहले प्यार की तरह मेरी हर साँस पर कब्ज़ा करना चाहता है। सुबह से शाम तक मेरी ज़िन्दगी का एक-एक पल छीन लेना चाहता है...।"

"ग़ज़ाला। क्या हुआ तुम्हें ?...किसी के साथ इश्क़-विश्क के चक्कर में तो नहीं फँस गईं तुम ?" मैंने मज़ाक़िया लहज़े में बात बदलने की कोशिश की थी।...पर मेरे मज़ाक और मेरी उपस्थिति से परे वह जैसे किसी दूसरे लोक में जी रही थी।

"मैं हसन मंज़िल की मल्लिका हूँ और बेगम रफ़िया हसन अम्बिका।...और तुम ?...तुम हो कालिदास।...जिसके साथ रिहर्सल के दौरान भावों की वर्षा में भीगकर मैं हर रोज़ वापस हसन मंज़िल जाती हूँ।...तुम हो कालिदास।...आत्म-सीमित कालिदास।...बेगम रफ़िया हसन का कहना है कि मैं तुम्हारे लिए एक उपादान हूँ।...मेरे सहारे तुम नाटक की दुनिया में अपनी उपस्थिति और अपना महत्व बनाए रखना चाहते हो।...उनका कहना है, कि...मैं जिस भावना और सुख की बातें करती हूँ...न तो मैं उस भावना को समझती हूँ और ना ही उस सुख को पहचानती हूँ।...कि तुम एक दिन मातृगुप्त बनने कहीं और चले जाओगे...और मैं हसन मंज़िल की दीवारों से सिर टकरा-टकराकर पागल हो जाऊँगी।"

"ग़ज़ाला।" मैं हतप्रभ था।

ग़ज़ाला के होठ निःशब्द हिल रहे थे। उसकी आँखों में समुद्र फ्रीज़ कर गया था। मैंने उसके काँधों को हौले से छुआ। मेरी हथेलियाँ उसकी रगों की थरथराहट से काँप उठीं। हमारे बीच मौन का एक युग जैसे बीत गया हो। फिर मैंने ही मौन तोड़ा–"ग़ज़ाला।...सब ठीक हो जाएगा ग़ज़ाला।...समय को सहना सीखो...।"

वह मुस्कराई थी।...जैसे अपने संवाद में विराम देकर दर्शक-दीर्घा की मौन-उत्सुकता को भाँप रही हो।

खिल-खिल करती,...अपनी बड़ी-बड़ी आँखों की चपलता से सुख के छन्द रचती,...दोस्तों पर अपनी हार्दिकता लुटाती...और संवादों के लय में डूबती-उतराती ग़ज़ाला हसन हमारे नाट्यदल के बीच एक साल तक उपस्थित रही। इस बीच हम लोगों ने उसके साथ दूसरे नाटक का मंचन किया। उसे पर्याप्त प्रसिद्धि मिली। नाटक प्रेमियों का कहना था कि पहली बार हमारे नगर को एक प्रतिभाशाली अभिनेत्री मिली है। हम सब उसके साथ तीसरे नाटक की तैयारी में लगे थे। सप्ताह भर पहले रिहर्सल शुरू ही किया था कि वह दिन आया।

वह दिन मेरे जीवन का उथल-पुथल भरा दिन था। ऐसा दिन, जिसकी स्मृतियों में ग़ज़ाला के सपनों की दीर्घ अनुगूँज आज तक क़ैद है। एक रात रिहर्सल के बाद मेरे स्कूटर पर बैठने से पहले उसने कहा–"मैं तुम्हारे साथ तुम्हारे घर जाना चाहती हूँ।...अभी।"

"घर।" मैं चौंका।

"हाँ, घर।"

"घर तो बहुत दूर है। सात घंटे बस की यात्रा के बाद पाँच किलोमीटर पैदल चलकर मेरा गाँव आता है। इस बीच दो नदियों को पार करना पड़ता है।...और मैडम ! एक गाय, एक जोड़ी बैलों के साथ मेरे चाचा का परिवार वहाँ रहता है। पिता हैज़ा का शिकार हो गए। अपने और मेरे हिस्से की ज़मीन बेचकर बड़े भाई ससुराल में बस गए। मेरी माँ पाँच साल पहले परलोक सिधार चुकी हैं...।"

"तुम्हारे पूर्वजों से मिलने नहीं जाना मुझे।...मैं तुम्हारे कमरे की बात कर रही हूँ।" वह गम्भीर स्वर में बोली।

"हसन मंज़िल पहुँचने में देर नहीं होगी ? मैंने पूछा।"

"उसकी फ़िक्र तुम मत करो। मुझे ले चलो..." उसकी आँखों में फिर सपनों का सैलाब उमड़ने लगा था।

ग़ज़ाला मेरे साथ मेरे कमरे में आई। वैसे ही पारम्परिक प्रेमिकाओं वाली अदा में किचन पर कब्ज़ा किया। दिन की बनी सब्ज़ी को गर्म किया और सुबह का बचा ब्रेड सेंककर सुघड़ गृहिणी की तरह मुझे खिलाने बैठी। हम दोनों ने रात के खाने की

औपचारिकता का निर्वाह किया। मैंने हसन मंज़िल की याद दिलाते हुए कहा—''देर हो रही है।...तुम्हारी माता अम्बिका चिन्तित होंगी।...चलो तुम्हें पहुँचा दूँ।''

वह बिफर उठी—''ठीक कहती हैं बेगम रफ़िया हसन कि तुम ख़ुदगर्ज़ हो।... आत्मसीमित कालिदास।''

''और अगर सुबह होने से पहले उन्होंने रँगरेज़ बदरू मियाँ के रंग भरे नाद में डूबकर जान दे दी तो ?'' मैंने पूछा।

''तो मैं भी वहीं दफ़न हो जाऊँगी।...तुम्हारे गले नहीं पड़ूँगी।...पर आज,...अभी नहीं जानेवाली मैं।...मैं सोना चाहती हूँ।...एक रात अपनी आँखों में सपने भरकर सोना चाहती हूँ।...हसन मंज़िल में नींद नहीं आती मुझे।...सारी-सारी रात जागती रहती हूँ।...वह विलोम की तरह बार-बार मेरे कमरे का दरवाज़ा खटखटाता है।...कभी पलंग के नीचे छिपा गुर्राता रहता है, तो कभी दीवारें फोड़कर अपनी लाल डरावनी आँखों से घूरता है।...वह मुझे सोने नहीं देता। आँख लगते ही मेरे सीने पर सवार होकर तेज़ धारवाले चाकू से चाक-चाक कर देता है मेरा सीना।...वह पशुओं की तरह दहाड़ता है,...शैतानों की तरह हँसता है। ऐसे ठहाके लगाता है कि हसन मंज़िल की दीवारें थर्रा उठती हैं।...सुनो,...मैं अपनी मौत से पहले एक रात...सिर्फ़ एक रात अपनी आँखों में सपने भरकर गहरी नींद सोना चाहती हूँ।''

और उस रात ग़ज़ाला हसन मेरी बाँहों पर सिर रखकर, मेरे सीने से चिपकी हुई सारी रात सोई।...ऐसी नींद सोई, जिस नींद में समूची सृष्टि का सुख सिमटा हुआ था,...जिस नींद में सिर्फ़ सपने ही सपने थे।...आर्द्र आँखों के जल में तैरती हुई मौन की कश्तियाँ थीं,...होंठों के किनारों को छूकर मन-प्राण के भीतर हौले-हौले उतरती साँसों का गोपन-संगीत था।...उसकी नींद में न मैं था,...ना वह थी।...एक छोर पर आसमान था,...दूसरे छोर पर धरती थी...और बीच में थी सपनों की नदी।

सुबह, मुँहअँधेरे उसने मुझसे कहा था—''ग़ज़ाला हूँ मैं।...ग़ौर से देखो मुझे।''

और मैंने देखा कि उसकी पूरी-की-पूरी देह हिरनी की चंचल आँखों की करुणा में बदल चुकी थी।

सूर्योदय से पहले हम दोनों हसन मंज़िल पहुँचे थे। बेगम रफ़िया हसन पत्थर की मूर्ति की तरह बारजे में खड़ी एकटक सड़क की ओर देख रही थीं। वह स्कूटर से उतरी। भर आँख मुझे देखा और झटके से हसन मंज़िल के गेट के भीतर चली गई। रँगरेज़ बदरू मियाँ के रंग भरे नादों, कड़ाहों और अलगनी पर टँगी चुनरियों से बचती-बचती, पीछे मुड़-मुड़कर देखती और हसन मंज़िल के भीतर लोप होती ग़ज़ाला हसन को मैं देखता रहा।

उस दिन के बाद से आज तक इस शहर ने ग़ज़ाला हसन को नहीं देखा। उसी शाम बेगम रफ़िया हसन उसे साथ लेकर अपने पुश्तैनी क़स्बे में चली गईं। उसी महीने

ग़ज़ाला का निकाह उसके फूफीजाद भाई शौकत अली के साथ हुआ। वह अपनी ससुराल कलकत्ता चली गई। हसन मंज़िल की तरह ही कलकत्ता में शौकत अली की कोठी थी—अली मंज़िल। कुछ ही दिनों बाद हसन मंज़िल इस शहर से ग़ायब हो गई। वहाँ पाटलि अपार्टमेंट नाम की एक ऊँची इमारत उग आई। ग़ज़ाला के पागल भाई अनीस अल्ला को प्यारे हुए। हसन मंज़िल के मिट जाने और अनीस के गुज़र जाने के ग़म में बेगम रफ़िया हसन ने बिस्तर पकड़ लिया और एक दिन चल बसीं। इस बीच ग़ज़ाला माँ बन चुकी थी। उसने एक बेटी को जन्म दिया था। शौकत अली ने देनमेहर देकर बेगम ग़ज़ाला को अली मंज़िल से बाहर कर दिया और किसी रईसजादी से निकाह कर लिया। यह सब कुछ मात्र एक साल के अन्दर घटित हुआ। यह एक साल और बाद के बीस साल यानी कुल इक्कीस साल।

इक्कीस साल कम नहीं होते। किसी को बिसार देने के लिए तो एक पल काफ़ी होता है।...पर किसी को इक्कीस साल तक स्मृतियों में जीवित रखना,...स्मृतियों के साथ इतने वर्षों तक एक आकुल पक्षी की उड़ान भरते रहना,...आसान नहीं होता।

आप जिस अभिनेत्री को मंच पर देखकर हत्प्रभ हैं...जिसके बारे में जानने के लिए आकुल और उत्सुक हैं, उसका इन बातों से बड़ा घना रिश्ता है। पिछले दिनों, आज से दो माह पहले, लगभग तीस वर्षों तक इस क़स्बाई शहर के थिएटर की दुनिया में जैसे-तैसे जीवित रहने के बाद मैं अपने जीवन की सार्थकता-निरर्थकता के द्वन्द्व में उलझा हुआ था कि यह लड़की मेरे सामने आ खड़ी हुई।...मैं स्तब्ध रह गया। फटी आँखों से उसे निहारता रहा। इतना अस्थिर कभी नहीं हुआ था मेरा मन। मुझे अपने आपसे सहानुभूति होने लगी थी। मैंने इसके पहले कभी भी अपने को इतना निरुपाय,...इतना बेचारा,...और इतना असमर्थ महसूस नहीं किया था। ग़ज़ाला अपने जिस सपने की दीर्घ अनुगूँज के बल पर जीवन के लिए सामर्थ्य और विश्वास अर्जित करती रही थी, उस सपने का साकार रूप अपने सामने पाकर मैं असहाय हो गया था।

वह मुस्कराई थी—ठीक वैसे ही। वैसी ही चपलता के साथ अपनी आँखों में सपनों की छवियाँ लहराती हुई वह मेरे क़रीब आई थी। किसी बुज़ुर्ग की तरह मन ही मन मेरी स्तब्धता और असहायता को विश्लेषित करती हुई वह मेरे बिलकुल पास खड़ी थी। हौले से मेरी हथेलियों को अपनी हथेलियों में भरकर उसने कहा था—''मैं मल्लिका हूँ।...मैं तो आपको देखते ही पहचान गई थी। बचपन से ही आपकी तस्वीरें अम्मी के पास देखती रही हूँ।...अम्मी आपको बहुत याद करती हैं। आपको याद किए बग़ैर उनकी बातचीत का कोई हिस्सा पूरा नहीं होता।...उन्होंने आपके लिए यह ख़त भेजा है।''

मैं उस ख़त की बाबत आपसे कोई चर्चा नहीं करूँगा, क्योंकि उसमें बहुत सारी

ऐसी बातें थीं, जिनको जानने-न-जानने का अब आपके लिए कोई अर्थ नहीं रहा।...बहुत लम्बा ख़त था, जिसकी कई बातें,...कई सूचनाएँ मुझ तक पहली बार पहुँची थीं। मैं कुछ भी गोपन नहीं रखना चाहता। लगभग सारी बातें तो मैं आपको बता ही चुका। थिएटरवालों के जीवन में कुछ भी गोपन नहीं होता।...जो गोपन होता है, वह थिएटर में पच ही नहीं पाता। अपने-आप किसी विकार की तरह थिएटर की दुनिया से बाहर हो जाता है। मंच पर तो मौन भी मुखर होता है।...यहाँ विराम की भी एक गति होती है।...हाँ, उस ख़त का आख़िरी हिस्सा आपको ज़रूर बताना चाहता हूँ। ग़ज़ाला ने लिखा था—"...मैं थिएटर-यज्ञ के लिए हवि भेज रही हूँ।...मल्लिका अब तुम्हारे साथ रहेगी, अगर तुम स्वीकार करो तो...।"

(जनसत्ता, सबरंग विशेषाँक, 1996)

टापूटोल

टापूटोल को अपनी अँकवार में भरकर बह रही है पनार।...और वह छटपटा रहा है। अँकवार से छूटकर निकल भागने के लिए किसी हठीले बालक की तरह ठुनक रहा है।

"...मैं चला जाऊँगा माँ...तुमसे बहुत दूर चला जाऊँगा मैं...बहुत दूर...तुम्हारी बाँहों के घेरे से निकलकर बहुत दूर चला जाऊँगा...मक्खी का रूप धरूँगा और उड़कर चला जाऊँगा घने वनों की ओर..." मोहम्मद आरिफ़ के कंठ से फूटती टाँसदार आवाज़ गूँज रही है। टापूटोल में पगली बयार की तरह पसर गई है आरिफ़ की आवाज़।

"ओफ्फ !...पागलेर गान !" सत्तो पाइन करवट बदलते हुए बुदबुदाता है।

सूफ़ी सन्त सैयद पीर की रहमत की नूर चारों तरफ़ बरस रही है। उनकी गाथा के बोल मंथर बहती पनार की धारा में घुल-मिलकर बह रहे हैं। उनकी गाथा 'सैतपीर' गा रहा है मोहम्मद आरिफ़। टापूटोल के सत्तो पाइन को भी यह गान प्रिय है, पर वह नहीं सह पाता आरिफ़ की आवाज़ की टीस। सीधे छाती में उतरती है आरिफ़ की आवाज़।

आधी रात को पनार किनारे बैठा अलख जगा रहा है चौबीस साल का जवान। एक फटही लुंगी लपेटे और पनार के तट पर धूनी रमाए जोगी की तरह आरिफ़ का रातें गुज़ारना सबसे ज़्यादा सत्तो को चुभता है। सत्तो पाइन जानता है आरिफ़ की छाती में उठते जल-भँवर को। वह दोस्त है आरिफ़ का।

आरिफ़ की बुढ़िया महतारी कुछ नहीं समझ पाती है। हालाँकि वह जानती है बेटे का दुख।...बचपन से गा रहा है उसका बेटा सैतपीर।...पर ऐसा तो कभी नहीं हुआ था ! ऐसा नहीं हुआ कि उसकी आँखों की नींद, पेट की भूख और मन का उछाह सब लोप हो जाएँ।...अब साल पूरा होने को आया आरिफ़ की दुनिया को बदले।...वह उसे जबरन खिलाती है।...चेहरे पर हँसी की एक झलक आ जाए, इसके लिए तरह-तरह के नाट्य करती है।...बेटे की आँखों में नींद का एक झोंका भर बन्द हो जाए, इसके लिए मिन्नतें मानती है। बेटे के पीछे-पीछे पगली की तरह

डोलती-फिरती है बुढ़िया। सारे गाँव में घूम-घूमकर बिसूरती है। बेटे के पीछे घिसटते-घिसटते जब उसके पाँव थरथराने लगते हैं, राह-घाट कहीं भी भसककर बैठ जाती है और कंठ खोलकर रोती है।

"मत जा मेरे लाल...मत जा मुझसे बहुत दूर...मेरे बिना कैसे जिएगा तू भयानक वन में ?...कैसे काटेगा अपने दिन-रात ?...कौन पोंछेगा तेरी आँखों के आँसू ?...कौन नींद में सहलाएगा तेरा माथा ?...रुक जा मेरे लाल...मैं तुझे दूध में चावल पकाकर खीर खिलाऊँगी...रुक जा।" सैतपीर गाथा के बोलों को अपनी टाँसदार आवाज़ में गूँथकर पनार की छाती में उतार रहा है मोहम्मद आरिफ़।

पनार के पेट में बसा है टापूटोल। दक्षिण-पूरब के कोने से आती है पनार। पूरब, उत्तर और पश्चिम को घेरती हुई पश्चिम-दक्षिण के कोने से आगे निकल जाती है। दक्षिण की तरफ़ थोड़ी-सी धरती बचती है टापूटोल के निकास के लिए, जैसे जल में डूबे कलश का मुँह हो। यह मुँह फागुन में खुलता है और आषाढ़ की पहली वर्षा के साथ धीरे-धीरे बन्द होने लगता है। आकाश में उमड़ते मेघों की छाया का ग्रास बनता जाता है टापूटोल। पनार की धारा पसरने लगती है और सिकुड़ने लगती है टापूटोल की धरती।

टापूटोल में पहले कुछ घर गनगयों के वंशज रहते थे। बाद में आकर शामिल हुए कुल्हैया मुसलमान। फिर आए पूर्वी बंगाल के उजड़े बंगाली। नेपाल की सीध से लेकर गंगा के तट तक भाँवर काटती, प्रलय मचाती कोशी में जैसे घुल-मिलकर पसरी हैं पनार, जोगजन, बहेलिया, दुलारदई, कजरा, कमला और हिरान जैसी नदियों की धाराएँ, वैसे ही जीवन की कई धाराएँ घुल-मिलकर पसर गईं पनार के पेट में बसे टापूटोल की माटी पर।

विदा लेते जेठ की चाँदनी रात के अन्तिम प्रहर में कुनमुना रहा है टापूटोल। पनार के तट की रेतीली धरती पर बाँस के फट्ठों की चँचरी बिछाए सोया है आरिफ़। थोड़ी देर पहले ही उसकी आँख लगी है। पनार की जल-सतह पर, टापूटोल के केला के बगानों, बँसवार और झोंपड़ियों पर चाँदनी की आख़िरी खेप बरस रही है। बस कुछ ही देर बाद चाँदनी की स्निग्धता का यह इन्द्रजाल सिमट जाएगा। पनार की जल-सतह को अपनी लाल हथेलियों से हिलकोर देगा सूरज। विपदाओं भरे अनगिनत दिन-रात काटने के बाद ऐसी नूर भरी रातें मिलती हैं टापूटोल को। लम्बी प्रतीक्षा के बाद फागुन, चैत, बैशाख और जेठ की रातें आती हैं।

फ़जर की नमाज़ के लिए उठते हैं बुज़ुर्ग सुल्तान साँई। बधना उठाकर वुज़ू के लिए झोंपड़ी से बाहर निकलते हैं। केला के बगानों को पार करते हुए नदी-तट तक

पहुँचते हैं। आरिफ़ पर उनकी नज़र पड़ती है। ढलान से नीचे उतरने की राह छोड़कर आरिफ़ तक आते हैं। पहले उसे भर आँख निहारते हैं। कलेजे में उठती हूक को दबाते हुए उसके सिरहाने बैठ उसके माथ पर अपनी हथेली फिराते हैं। आरिफ़ की आँखें अधखुली होती हैं और फिर मुँद जाती हैं। उसे लगता है, उसके सिरहाने बैठे सैयद पीर उसे आशीष दे रहे हैं। मानो कह रहे हों,...''जा, चला जा मेरे लाल।... चबा जानेवाली इस डाइन कोशी और उसकी बहन पनार के आँगन से निकल भाग।...यह तेरा सब कुछ निगल जाएँगी...। मैं भी अब थक गया हूँ। चार सौ वर्षों से यह सब देखते-देखते मेरी आँखें थक चुकी हैं।...एक दिन ऐसा आएगा जब सिर्फ़ मैं ही इनके जबड़ों में फँसा अकेला चीख़ता रहूँगा...भटकता रहूँगा इस क़ब्रिस्तान में,...डूबता-उतराता रहूँगा इस जल-भँवर में...।''

''कैसे चला जाऊँ बाबा ? किसके आसरे छोड़ जाऊँ बुढ़िया महतारी को ?'' आरिफ़ बुदबुदाता है।

''आरिफ़।...उठ बेटा, उठ !...भोर हो रही है। जा बेटा, घर जा।'' सुल्तान साँई की आवाज़ में थरथराहट है।

आरिफ़ की आँख खुलती है। पहले वह सुल्तान साँई को निहारता है और फिर भी अँकवार पकड़कर फफक उठता है। सुल्तान साँई उसे चुप कराते हैं। विदा करते हैं, और ढलानवाली राह पकड़कर वुज़ू के लिए चल पड़ते हैं।

सुल्तान साँई को सब कुछ मालूम है। उन्हें मालूम है कि कैसे आरिफ़ की ज़िन्दगी की तमाम ख़ुशियों को यह पनार निगल गई। ख़ुशियाँ तो सबकी निगलती रही है यह नदी, पर फिर यही सौंपती है दुखों को सहने के लिए हिम्मत। यही बनाती है कलेजे को पत्थर ताकि इसकी धारा की चोट झेल सके आदमी। जैसे वह झेल रहे हैं।... पर सुल्तान साँई को आरिफ़ के कलेजे में उमड़ती-घुमड़ती नदी की धारा का आवेग मालूम है। इस धारा में उनका भी लहू शामिल है। वह जानते हैं सब कुछ।...आरिफ़ को अपने बाबा की सूरत याद नहीं। वह जब दुधमुँहा था तभी उसके बाबा को निगल गई पनार।...निगल गई उसके दोनों भाइयों और बहन को।...और पिछले बरस,... सुल्तान साँई का कलेजा बैठने लगता है। उन्हें लगता है, नदी-तट की गीली धरती पाँवों को खींच लेगी।...ऐसे ही, तट से ही खींच लिया था पनार की धारा ने जमीला को पिछले साल। तिरमिश काटा था पनार ने धरती को। तिरमिश ! यानी भीतर ही भीतर। तीर की तरह लहरें घुसती थीं धरती के पेट में और खोखली होती जाती थी धरती। और फिर अचानक गड़ाप। सब कुछ समा जाता था नदी के पेट में। धरती, वृक्ष, माल-मवेशी, झोंपड़ी और मनुष्य।...ऐसे ही खींचकर ले गई थी पनार उनकी

जमीला को। अपनी बेटी जमीला को पनार का ग्रास बनते असहाय वह देखते रहे थे। भादों के उन भयावह दिनों में धू-धू कर जल उठी थी आरिफ़ की दुनिया। अपने भीतर आग की नदी लिए पागलों की तरह चीख़ता-चिल्लाता फिरा था आरिफ़। बस कुछ ही दिन तो बचे थे उनके निकाह में। सोचा था सुल्तान साँई ने कि पनार के उतरते ही अररिया जाकर केले की फ़सल बेचेंगे। दूल्हा-दुल्हन का जोड़ा ख़रीदकर लाएँगे और विदा करेंगे बेटी को...। जल-सतह पर धूमिल होते चाँद की छाया में विस्फोट होता है। कोई मछली सहसा उछलती और हिलकोर जाती है जल को। नमाज़ का वक़्त हो रहा है। सुल्तान साँई वुज़ू करने लगते हैं।

सत्तो पाइन की झोंपड़ी के सामने नीम का विशाल पेड़ है। आदमी के माथ से थोड़ा ऊपर जाकर उसका मोटा तना चार भागों में बँटकर चारों तरफ़ फैल गया है। इन्हीं डालों में बाँस बाँधकर हर साल मचान बनाता है सत्तो। इस मचान पर लगभग हर साल जीवन की आपाधापी मचती है। अटके हुए प्राण लिए देहों की रेल-पेल सहता यह नीम का पेड़ न जाने कब से खड़ा है।...पर अब इसके भी दिन पूरे हो चले हैं। कौन जाने इसी साल लील जाए पनार इसे ! कटाव बहुत पास आ चुका है। पहले ऐसे नहीं काटती थी पनार। जल की धारा आती थी और कभी छूकर और कभी कुछ लेकर चली जाती थी।...पर अब तो बाघिन की तरह आती है पनार। धरती काटती, सब कुछ लीलती और जाते समय छोड़ जाती है बालू की परतें।

दातुन के लिए सत्तो पाइन नीम के पेड़ पर चढ़ा है। उसकी नज़र आरिफ़ पर पड़ती है। वह आवाज़ देता है। नीचे उतरकर आरिफ़ के सामने जाकर खड़ा हो जाता है।

''आरिफ़।'' सत्तो की आवाज़ पर आँखें उठाता है आरिफ़।

''बोल।''

''तू मेरी बात नहीं मानेगा ?'' सत्तो पूछता है।

''रात में नदी किनारे जाकर सैतपीर गाना छोड़ दूँ ?'' आरिफ़ प्रतिप्रश्न करता है।

''नहीं रे, अगर वहाँ जाकर गाने से तेरा मन हल्का होता है, तो तू वहाँ जाकर गाया कर। मैं काहे रोकूँगा ?''

''फिर ?''

''आरिफ़। पिंटू मोड़ल जा रहा है। जलालपुर के हामिद और रामजी मंडल, बइसा के चनरमा जादोब और पैली उराँव,...कुछ और लोग भी हैं साथ में।...सब जा रहे हैं। कल रात कटिहार में गाड़ी पकड़ेंगे सब।'' सत्तो पाइन के स्वर में आग्रह है।

"ठीक तो है। इतने लोग जा रहे हैं। साथ रहेगा सबका। तू भी चला जा इनके साथ।" आरिफ़ सिर झुका लेता है।

"तेरा माथा फिर गया है। हमारी बात मान ले। साथ चल। उमर भर के लिए तो जाना नहीं है। सब जाते हैं। दो-चार टका जोड़-गाँठकर वापस लौटते हैं सब।" सत्तो समझाने की कोशिश कर रहा है।

आरिफ़ उसके हाथों से दातुन का एक टुकड़ा लेकर बिना जवाब दिए आगे निकल जाता है। सत्तो पाइन ठगा-सा जाते हुए आरिफ़ को देखता रहता है। सोचता है, ऐसा तो नहीं था उसका संगी ! इसे अकेला छोड़कर वह कैसे जा सकेगा सबके साथ ? नहीं। नहीं जाएगा वह भी। अब जो होना हो, यहीं हो। संगी को छोड़ परदेश नहीं जाएगा सत्तो पाइन।

पनार तट पर खड़ा आरिफ़ नदी की धारा को एकटक निहार रहा है। नदी झिर-झिर करती हौले-हौले बह रही है। आवेग रहित। प्रलय से पहले की शान्ति। बस कुछ ही दिन शेष हैं। आषाढ़ आने को है। आषाढ़ की पहली वर्षा के साथ ही रजस्वला हो जाएगी पनार और फिर भाँवर काटने लगेगी। ढोलक की थाप पर कमर लचकाते, हाथ चमकाते नटुआ की तरह नाच शुरू करेगी और देखते-देखते धारण करेगी डाकिनी-पिशाचिनी का रूप। नदी के ऊपर का आकाश अब रंग बदलने लगा है। मेघों का आना-जाना अब शुरू हो चुका है। हवा के झकोरों के साथ तैरते हुए आते हैं मेघ और चले जाते हैं। आकर जम जाने और अपना खेल शुरू करने से पहले मानो घूम-टहल रहे हों। तीन-चार माह के घरवास के पहले जैसे जाँच-परख रहे हों आकाश का कोना-कोना। नदी के पार हैं केला के बगान। इधर पनार उफ़नना शुरू करेगी और उधर फ़सल तैयार। जैसे-तैसे काटो, बेचो और भागो की अफ़रा-तफ़री मचती है हर साल। इसके पहले कि लूट ले जाए पनार बहुत कम लोग सहेज पाते हैं अपनी फ़सल।

हरियाली से ढँका है पनार का तट। हवा की छुअन से लहरा रहे हैं चिकने-चमकते पात। जैसे पनार के समानान्तर सब्ज़ लहरोंवाली कोई नदी बह जाने पर लगता है, जैसे सब्ज़ लहरों पर लाल शंख तैर रहे हों। पिछले साल इन्हीं बगानों में वह जमीला के साथ...। उसे सताने के लिए घने पौधों की भूलभुलैया में उतर जाती थी जमीला। वह छिपती फिरती थी और आरिफ़ उसे ढूँढ़ता फिरता था। छिपती-भागती थक जाती थी वह और फिर आरिफ़ उसे पकड़ लेता। और अपनी बाँहों में भरकर वह गोद में उठा लेता और पौधों के बीच दौड़ता। वह चिकोटियाँ काटती, मुक्के लगाती, दाँच चुभो देती, तब उसे नीचे उतारता और चूम

लेता।...और फिर लजाकर भागती जमीला। उतर जाती पनार में। तैरती, जल में चल्हवा मछली की तरह कुलाँचें भरती।...और आरिफ़ तट पर खड़ा उसे निहारता रहता।

उस दिन तो पनार ने उसे जमीला को भर आँख देखने तक की फ़ुर्सत नहीं दी थी। सुबह से ही पनार की चाल बदल गई थी। पनार की एक-एक हरकत, लहरों की हर एक चाल और आवाज़ को टापूटोल के लोग पहचानते हैं। सुबह ही लगने लगा था कि आज रात तक प्रलय मचाएगी यह डाइन। आरिफ़, सत्तो और गाँव के कई युवक मदद माँगने अररिया गए थे। पर साहबों को सरकारी काग़ज़ों में ढूँढ़ने पर भी टापूटोल नहीं मिला था।...वापस लौट आए थे सब। अब किसके पास जाते गुहार करने ? सुल्तान साँई ने गाँव छोड़कर भाग चलने का निर्णय दिया था क्योंकि धरती को तिरमिश काट रही थी पनार। छोटी डोंगियों और केले के तनों के सहारे सब बाहर निकलने की आपाधापी में लगे थे। अपनी डोंगी से बूढ़ों और बच्चों को अररियावाली पक्की सड़क के किनारे उतारकर लौट रहा था आरिफ़। इस खेप में जमीला को जाना था। जमीला ने कहा था कि वह उसी की डोंगी पर जाएगी। वह तट पर इन्तज़ार कर रही थी। अपने गठीले बाजुओं के बल पर पनार की तेज़ धारा को काटता वापस लौट रहा था आरिफ़ कि तिरमिश काट ले गई पनार जमीला के पाँवों के नीचे की धरती। कुल सात लोग बह गए थे। लाशें तक नहीं मिलीं।

आरिफ़ की आँखें पनार के इर्द-गिर्द हमेशा घूमती रहती हैं। वह ढूँढ़ता रहता है अपनी जमीला को। अक्सर अपनी डोंगी लेकर उतर जाता है पनार के पेट में और दूर...बहुत दूर तक जाता है। जब तक बाजुओं की मछलियाँ दर्द से फटने नहीं लगतीं, वह अपनी जमीला की खोज में पनार की धारा में बदहवास डाँड़-पतवार चलाता रहता है। वह जानता है, जमीला नहीं मिलेगी। वह पनार की क़ैद से बाहर निकल चुकी हैं। जाने कितनी नदियों का सफ़र तय किया होगा जमीला ने ?...और जाने किस घाट जाकर लगी होगी उसकी देह !...पर आरिफ़ इस धरती को छोड़ना नहीं चाहता। टापूटोल की माटी और पनार के जल में उसकी जमीला की छवियाँ घुली-मिली हैं। वह रोज़ गाता है सैतपीर कि मैं इस देश को छोड़कर चला जाऊँगा, पर जा नहीं पाता। पाँवों को जकड़ लेती हैं मन ही हज़ार-हज़ार बाँहें। सत्तो पाइन गाँव छोड़कर जा रहा है। जाए वह। पर आरिफ़ नहीं जाएगा।

पनार के तट पर खड़े आरिफ़ की आँखों के सामने जल-सतह पर तैरती जमीला की आकृति उभरती है।...जमीला तैर रही है।...आरिफ़ पनार में उतर जाता है और बाजुओं से लहरों को काटता, छाती से जल को ठेलता, तैरते हुए भागने लगता है जमीला की अनुपस्थित छाया के पीछे-पीछे।

डाइन कोशी का पेट फूल रहा है। जब से नेपाल की सीमा पर बाँध बना है, गर्भवती धामिन सर्पिणी की तरह फूलता जा रहा है कोशी का पेट। परत-दर-परत जमती जा रही है रेत और बरसात में तटबन्धों को तोड़कर फैल जाती है अथाह जलराशि। कोशी का बयना पच नहीं पाता है उसकी बहनों के पेट में। रेत के ढूहों में बदलती जा रही है धरती।

भादों का पहला पखवारा चल रहा है। पनार ने हाथ-पाँव पसारना शुरू कर दिया है। केला के बगानों में पानी फैल चुका है। धरती भसभसाने लगी है। घौद की बोझ से लचक-लचक जाते हैं केले के पौधे। धौद काटकर अररियावाली पक्की सड़क तक पहुँचाना सबके बूते की बात नहीं। वहीं ट्रक लिए आते हैं दलाल और व्यापारी। जब तक ट्रकों पर घौद लद नहीं जाते, कलेजा धड़कता रहता है। आजकल सड़क के दोनों किनारे घौदों से पटे हुए हैं। लगता है, इस साल सड़क किनारे ही सड़ जाएँगे केले या फिर दोनों हाथों बटोरेगी पनार। वोट पड़नेवाले हैं। वोट के क़ारण ट्रकों का आना-जाना बन्द है। सरकार ने ट्रकों को ज़ब्त कर लिया है।

फ़सल सहेजने में जुटे आरिफ़ को बुढ़िया महतारी की ख़बर मिलती है। हाथ-पाँव पसार दिए हैं उसने। आरिफ़ अपनी झोंपड़ी की ओर भागता है। बुढ़िया की बोली बन्द हो चुकी है। कभी-कभी आँखें खुलती हैं और फिर बन्द हो जाती हैं। सबकी राय है कि अब नहीं बचेगी बुढ़िया।...पर अपनी महतारी को मरने के लिए नसीब के भरोसे कैसे छोड़ दे आरिफ़ ! नहीं। नहीं छोड़ेगा वह। सब तो चले ही गए। किसी ने उसकी सुधि नहीं ली। वह अपनी महतारी को ऐसे नहीं जाने देगा। वह अररिया जाएगा। बिना दवा-इलाज के नहीं मरने देगा।

सत्तो पाइन और दूसरे साथियों के साथ बुढ़िया को खटोली पर लादकर वह डोंगी पर सवार होता है। पनार को पार कर खटोली उठाए अररिया पहुँचता है।...पर यहाँ तो वोट का मेला लगा है। तीन दिनों बाद वोट पड़ने हैं। किसी को फ़ुर्सत नहीं। अस्पताल में कोई सुननेवाला नहीं है। घंटों बाद डॉक्टर आता है। सत्तो को छोड़कर बाक़ी लोग वापस लौटते हैं। इलाज शुरू होता है। पास के पैसे चुक गए हैं। सत्तो को वापस गाँव जाकर पैसे का इन्तज़ाम करना होगा। सत्तो गाँव भागता है उसी रात।

तीन दिन बीत गए, पर सत्तो नहीं लौटा। आरिफ़ के मन में दुश्चिन्ताओं और शंकाओं का तूफ़ान चल रहा है। आरिफ़ को छोड़कर उसकी बुढ़िया महतारी चली गई। लाश के साथ अस्पताल के अहाते में खड़ा आरिफ़ टूटकर बरसते आसमान का खेल सारी रात निहारता रहा। सुबह अररिया के ही क़ब्रिस्तान में कमेटीवालों की मदद से उसने जैसे-तैसे लाश को दफ़न किया। लोगों से पता चला कि सरकार ने कोशी के बाँध का फाटक खोल दिया है। सत्तो के वापस नहीं आने के कारण मन पहले से ही शंकाओं से भरा था। इस ख़बर ने उसे और आकुल कर दिया। पनार तो नाच

रही होगी अभी। चुड़ैल की तरह चबा रही होगी धरती का चप्पा-चप्पा। कैसे लौटता उसका दोस्त सत्तो पाइन।

आरिफ़ तेज़ क़दमों से वापस लौट रहा है। कैसे हैं टापूटोल के लोग ? कहाँ रह गया सत्तो ? वह शहर पार कर अपने गाँव के पासवाली सड़क की ओर बढ़ता है। सड़क के दोनों तरफ़ लोग ही लोग हैं। आस-पास के कई गाँवों के लोग। अपनी दुनिया अपनी पीठ पर लादे सड़क किनारे जैसे-तैसे फैले हैं सबके सब। रोने-कलपने की आवाज़ और कलेजे में उठती हूक की लहर में डूब-उतरा रही है सड़क। आज वोट का दिन है। बाढ़ में डूबे गाँवों के लिए मोबाइल बूथ लिए सरकारी लोग भी जुटे हैं। अपना सब कुछ गँवाकर भूखे-नंगे और रोते-चीख़ते सड़क किनारे पड़े लोगों से महादान माँगते फिर रहे हैं।

कुछ दूर और आगे बढ़ने पर आरिफ़ को उसके गाँव के लोग मिलते हैं। आरिफ़ के अररिया आने के बाद उसी रात से कटाव शुरू हो गया था। रात में पूरा-का-पूरा टापूटोल निगल गई पनार। केला के बगान, बँसवार, वृक्ष, माल-मवेशी और गाँव के कुछ लोग–देखते-देखते चले गए पनार के पेट में। सत्तो के घर के सामने खड़े नीम के विशाल पेड़ ने तो ऐसी डुबकी लगाई कि उसकी फुनगी तक नहीं दिखी। और सत्तो ? सत्तो जैसे-तैसे कुछ पैसे जोड़-गाँठकर अररिया आ रहा था उसी रात कि बाँहें फैलाकर खींच लिया पनार ने। सुल्तान साँई भी चले गए।

आरिफ़ सड़क किनारे खड़ा टापूटोल की दिशा में निहार रहा है। यहाँ से साफ़-साफ़ दिखता था उसका गाँव। आरिफ़ की आँखें टापूटोल को खोज रही हैं। कुछ भी नहीं छोड़ा है पनार ने। अथाह मटमैले जल के विस्तार पर तैर रही हैं उसकी आँखें। अचानक टापूटोल उभर आता है। उग आते हैं अपने घौद के भार से झुकते केले के पौधे और आसमान को छेदने के लिए ऊपर उठते बाँस के नाज़ुक-नुकीले गाभ।...जमीला दिखती है। एक छोटी-सी डोंगी लिए तेज़-तेज़ पतवार चलाती जमीला। सड़क किनारे असहाय खड़े आरिफ़ को पनार की धारा पार कराने के लिए प्रबल वेग से लहरों को काटकर आती जमीला।...नहीं। वह नहीं जाएगा दिल्ली-पंजाब। कटिहार जाकर वह नहीं पकड़ेगा दिल्ली-पंजाब जानेवाली बड़ी रेलगाड़ी। वह इन्तज़ार करेगा पनार के उतरने का। वह इसी पनार की गोद में रहेगा। जब सरकारी काग़ज़ में टापूटोल है ही नहीं, तो जहाँ धरती ख़ाली करेगी पनार, वहीं बसाएगा अपने गाँव के लोगों के साथ अपना गाँव–टापूटोल।

(जनसत्ता, सबरंग विशेषाँक, 2000)

यह ग़म बिरले बूझें

वह डरा हुआ था।

स्वभाव से वह हँसमुख, खिलन्दड़ा और विनोदप्रिय व्यक्ति था। उसके चेहरे पर हमेशा तरल लालिमा फैली रहती थी। उत्फुल्लता के क्षणों में तो यह लालिमा छलक-छलक पड़ती थी। यह लालिमा उसके चेहरे से ग़ायब थी और उसका चेहरा बदल गया था। लग रहा था, जैसे उसके चेहरे पर कोई और चेहरा आकर चिपक गया हो।

उसके चेहरे पर थकान भी थी। मानो वह टेढ़ी-मेढ़ी चढ़ाईवाली पथरीली राह पर मीलों पैदल चलकर आ रहा हो। डर और थकान ने मिलकर उसके चेहरे को बदरंग कर दिया था। एकदम उदास,...कान्तिहीन चेहरा। अगर वह इस समय आईना में अपना चेहरा देखता, तो शायद अपने को ही पहचान नहीं पाता। वैसे उसके बारे में मेरी यह धारणा शुरू से रही है कि वह कभी भी अपने को पहचान नहीं सका। अपने से अपरिचित ही वह जीता रहा है।

जब कभी शाम के समय आसमान में बादल छाए होते, उसके साथ ऐसा ही होता था। डूबते सूरज की लालिमा से नहाए बादलोंवाला आकाश अक्सर लोगों को आकर्षित करता है, पर उसके साथ मामला ठीक उल्टा था। ऐसी शामें उसके लिए बेहद तक़लीफ़देह हुआ करती थीं—मर्मान्तक पीड़ा से भरी हुई। उसे लगता, मानो कोई अदृश्य उसकी छाती पर सवार होकर उसका गला दबा रहा हो। उसकी नसों में डर पैठ जाता। उसकी आँखें मिचमिचाने लगतीं और साँस डूबने लगती। उसे सारा मंज़र हौलनाक लगने लगता। वह आँखें मूँदकर इस मंज़र को टालने की कोशिशें करता, पर नाकामयाब रहता। आँखें मूँदते ही बादलों की चट्टानें उसे अपनी ओर लुढ़कती हुई दिखाई पड़तीं, जैसे पूरा आकाश ही टूटकर उसके ऊपर गिरने-गिरने को उद्यत हो।

मैंने एक बार यह जानने की कोशिश की थी कि ऐसा उसके साथ कब से हो रहा है ? पर वह बता नहीं पाया। उसने मेरे कहने पर याद करने की कोशिश की और अपने दिमाग़ पर ज़ोर डाला, पर स्मृतियों ने उसका साथ नहीं दिया। हालाँकि

यह मुझे अब भी अविश्वसनीय लगता है कि इस बाबत उसे कुछ भी याद नहीं। स्मृतियों को सहेज-सँभालकर रखना उसे बहुत प्रिय था। जिस बात को हम लोग गैरज़रूरी मानकर तत्काल बिसार देते, उसे भी वह सँजोकर रखता। सिर्फ़ सँजोकर रखता ही नहीं बल्कि, उससे अपने लिए नए अर्थ निकालता। वह क्षणभंगुर स्मृतियों को भी अपनी मुट्ठियों में बन्द करके रखता और उनके नए सिलसिले जोड़ लेता। उसके इस हुनर का मैं क़ायल था।

बादलों से पटे आकाशवाली शाम के चलते उसके पूरे वजूद का हिल जाना, मेरे लिए किसी अबूझ रहस्य की तरह था। वह सिर्फ़ इतना ही बताता कि उसके साथ अक्सर ऐसा होता है। ऐसे मौसम में यदि वह घर पर होता, तो बिछावन पर जा गिरता। दफ़्तर में होता, तो अपना कमरा छोड़कर किसी ऐसे कमरे में जा बैठता, जहाँ दो-चार लोग बैठे गप्पें लड़ा रहे होते। शाम को राह चलते यदि बादल घिर आएँ, तो उसे सबसे ज़्यादा मुसीबतों का सामना करना पड़ता। उसके पैरों की गति बँध जाती। उसके पैर धरती में धँसने लगते। श्लथ पैरों को घसीटते हुए वह जैसे-तैसे राह तय करता।

वह मुझसे सटकर चल रहा था। बीच-बीच में मेरी बाँह पकड़ लेता या मेरे कन्धे पर सिर टिकाकर चलता। वह थाह-थाहकर अपने पाँव बढ़ा रहा था, जैसे अथाह जल में उतर रहा हो। हम दोनों शहर की व्यस्ततम सड़क के साथ चल रहे थे। सड़क काफ़ी चौड़ी थी। बीचोबीच सफ़ेद और काली पट्टियों से रँगा हुआ डिवाइडर था। डिवाइडर के दोनों तरफ़ विपरीत दिशाओं में तेज़ भागते वाहनों के रेले थे। दोनों तरफ़ के फुटपाथों पर लोगों की पैदल आवाजाही थी। सब कुछ वैसा ही था, जैसा कि होता है। उसको छोड़कर कुछ भी ऐसा नहीं था, जो असामान्य हो।

हमारी दोस्ती काफ़ी पुरानी थी। कॉलेज के दिनों से ही हम साथ थे। मैं उन दिनों बेहद फिसड्डी क़िस्म का आदमी हुआ करता था। असफलताओं और उपेक्षा की खीझ से भरा हुआ एक चिड़चिड़ा आदमी। हूँ तो अब भी लगभग वैसा ही, पर वह इसे नहीं मानता। वह मुझे संयत, दृढ़ और सफल व्यक्ति मानता है। कॉलेज के दिनों में वह मेरी अपेक्षा कई गुना ज़्यादा चर्चित था। अपनी तेजस्विता, विनोदप्रियता और खिलन्दड़ेपन के बल पर वह शिक्षकों से लेकर सहपाठियों तक के दिलों पर राज़ करता था। लड़कियों के लिए तो वह जमाल-ए-सहर था और था पैकर-ए-नूर। यह सम्बोधन उसे प्रेम-पत्रों में मिले थे। उसकी चुहल और गप्पों को लड़कियाँ लालो-गुहर का ख़ज़ाना समझतीं। मजाज़ की तरह उसके नाम की भी लॉटरी निकाला करतीं। वह भी शायर था। शायरों के व्यक्तित्व की कई रूढ़ियाँ उसमें उपस्थित थीं, तो कई एक सिरे से ग़ायब भी थीं। मसलन, वह शराब तो पीता था, पर पीकर बहकता नहीं था। पीते ही उसकी ज्ञानेन्द्रियाँ खुल जातीं। वह गम्भीर और अर्थपूर्ण ढंग से जीवन

की विवेचना करता। वह सौन्दर्य का पुजारी था। वह आम तौर पर कुरूप लगनेवाली चीज़ों में भी सौन्दर्य तलाश लेता। वह अपनी दीवानगी को बला की सफ़ाई से छुपा लेने के फ़न में माहिर था। ऐसी असंख्य बातें उसकी बाबत कही जा सकती हैं। उसकी ग़ज़लों का कोई मजमूआ अभी तक प्रकाशित नहीं था। उसे दूसरों की ग़ज़लें सुनाने का बेहद शौक़ था। दूसरों की हज़ारों ग़ज़लें और असंख्य शे'र उसकी ज़ुबान पर थे। वह अपनी ग़ज़लें बहुत मिन्नतों के बाद शरमाते हुए सुनाता। अपनी ग़ज़लों के शे'र उसे याद नहीं रहते। वह अक्सर एक-दो शे'र भूल जाया करता।

धीमे-धीमे चलते हुए हम दोनों गाँधी मैदान के क़रीब पहुँचे। शहर के मध्य पसरे हुए इस मैदान के किनारे तक पहुँचने के लिए हमें तेज़ रफ़्तार वाहनों से भरी सड़क को पार करना था। यह सड़क वलयनुमा थी। मैदान के चारों तरफ़ लोहे की मोटी सलाखोंवाली फेंस थी, जिसमें जगह-जगह प्रवेश के लिए रास्ते बने थे। हम दोनों सड़क पार कर फेंस के क़रीब पहुँचे। वह ठिठक गया।

"अब कैसी तबीयत है ?"...मैंने पूछा।

"ठीक है...।" वह धीमे स्वर में बुदबुदाया।

"रिक्शा ले लेते हैं।" मैंने फिर प्रस्ताव रखा। हालाँकि वह थोड़ी देर पहले मेरा यह प्रस्ताव टाल चुका था।

"नहीं। पैदल ही चलेंगे, मैदान के बीचोबीच होते हुए।" उसकी आवाज़ अभी भी लरज़ रही थी।

फेंस में बने रास्ते से हम मैदान के अन्दर दाख़िल हुए। मैदान के भीतर भी एक सड़क थी—वलयनुमा। खड़ंजा ईंटों से बनी इस सड़क के किनारे थोड़ी-थोड़ी दूर पर कचनार के छायादार वृक्ष थे और बीच-बीच में फूलों के लिए बनी उजाड़ क्यारियाँ। वृक्षों के नीचे पत्थर की बेंचें, थीं, जिन पर प्रेमी युगल, रिटायर्ड बूढ़े, पति या परिवार से ऊबी स्त्रियाँ और ताश फेंटते निठल्ले बैठा करते थे। हम दोनों मैदान में चल रहे थे।

"थोड़ी देर बैठते हैं,...यहीं दूब पर।" उसने कहा और बैठ गया। मैं उसके सामने बैठा। उसने अपने जूते खोलकर सामने रख लिए और उनके फीतों में अँगुलियाँ लपेटने लगा।

"जूते क्यों सामने रख लिए ?" मुझे चिढ़ हो रही थी।

"बहुत कुत्ते हैं इस मैदान में।...आवारा कुत्ते। अँधेरा हुआ नहीं कि चुपके से आएँगे और जूते लेकर चम्पत हो जाएँगे। तू भी अपने जूते सामने रख ले।" उसने हिदायत दी। उसके चेहरे पर एक फीकी मुस्कान थी।

"तेरा दिमाग़ ख़राब हो गया है। ढेर सारे वहम पाल रखे हैं तूने।...चल, तुझे डॉक्टर के यहाँ ले चलता हूँ।" मेरी खीझ प्रकट होने लगी थी।

"किस डॉक्टर के यहाँ ?" उसने पूछा।

"डॉ. महाजन के यहाँ।" महाजन हम दोनों का कॉलेज के दिनों का दोस्त था। शहर में पगलू डॉक्टर के रूप में विख्यात मनोरोग विशेषज्ञ।

"महाजन को मालूम है।" वह मुस्कराया।

"क्या मालूम है ?"

"यही कि इस मैदान में अँधेरा घिरते ही कुत्ते लोगों के जूते-चप्पल लेकर भाग जाते हैं।"

"तूने बताया है उसे ?"

"नहीं। ख़ुद उसके ही जूते लेकर एक दिन कुत्ता भाग गया था।...हम दोनों ऐसे ही दूब पर बैठे मूँगफली खा रहे थे।" वह हँसा।

"तेरा भी जवाब नहीं।" हथियार डालते हुए मैं दूब पर पसर गया।

मेरे चेहरे पर लगभग झुकते हुए उसने कहना शुरू किया—"एक बार और ऐसा हो चुका है,...मैडम के साथ। नई बाटा की सैंडिल चली गई। उस दिन तो मैं मुसीबत में ही फँस गया था।...रात हो चुकी थी। मैडम बिना चप्पल के मैदान से बाहर निकलने को तैयार नहीं थीं...और अगर इस मैदान में उन्हें अकेला छोड़कर मैं नई चप्पल ख़रीदने निकलता, तो इसकी गारंटी नहीं थी कि वापस आने पर वह सही-सलामत मिलेंगी। फिर बड़ी मुश्किलों से समझा-बुझाकर उन्हें बिना चप्पल मैदान से बाहर निकलने पर राज़ी किया।"

वह मुस्कराया। इस बार उसकी मुस्कान में पहले की अपेक्षा ज़्यादा चमक थी। उसके चेहरे का रंग भी बदल रहा था। भय और थकान का असर समाप्त हो चुका था।

मैडम के साथ बीते हुए क्षणों की स्मृतियाँ हमेशा उसके ऊपर जादू-सा असर करतीं। वह खिल उठता। इन स्मृतियों को उसने बहुत क़रीने से सहेज रखा था। हालाँकि इस मामले की इतिश्री हो चुकी थी और मैडम की ओर से अब कुछ भी जीवित शेष नहीं था, पर मरे हुए बच्चे को अपने सीने से चिपकाकर भटकती बन्दरिया की तरह वह मैडम की स्मृतियाँ ढो रहा था—ऐसा मेरा मानना था। कभी मैडम उसके दफ़्तर में उसके साथ हुआ करती थीं। तबादले के बाद इन दिनों राजस्थान में थीं। जिन दिनों मैडम-प्रसंग चल रहा था, उससे मिलना-जुलना कम हो गया था। उसे फ़ुर्सत ही नहीं थी। मिलता भी तो ऐसे, मानो किसी लम्बी यात्रा पर निकलने की तैयारी में व्यस्त हो। मैडम के बारे में मुझे इतना ही मालूम था कि वह अपने वैवाहिक जीवन से प्रसन्न और सन्तुष्ट नहीं थीं। वह बौद्धिक क़िस्म की महिला थीं। उसने मुझे मैडम से मिलवाया भी था। हँसमुख और आकर्षक महिला थीं वह।...पर उसके दफ़्तर में, जैसा कि दफ़्तरों में अमूमन होता है, इस मैडम-प्रसंग को

लेकर काफ़ी बवाल मचा। एक हिन्दू स्त्री को फाँसकर भ्रष्ट करने के आरोप में उसे काफ़ी कुछ झेलना पड़ा। अधिकांश लोगों की आँखें आग उगलने लगी थीं और वह इस आग से ग़ाफ़िल अपनी दीवानगी की मौजों के साथ बेपरवाह जीने में व्यस्त था। पर मैडम ने अपने को समेट लिया। प्रोमोट होकर राजस्थान चली गईं। वैसे भी, मैडम पहले ही उससे एक कुर्सी ऊँची थीं।

कॉलेज के ज़माने में जो इस मामले का माहिर-ए-फ़न था, उसे मुँह के बल गिरते देखकर मुझे आश्चर्य भी हुआ था और दुख भी। ये दिन उसके जीवन के अजीब दिन थे। कोलाहल से भरे हुए। वह एक दिन अपने एक दोस्त के साथ मार-पीट पर उतारू हो गया था। उस दोस्त ने सिर्फ़ यही पूछा था कि वह शादी क्यों नहीं करता ?... और वह भड़क उठा था। उसने दोस्त की ख़ूब लानत-मलामत की थी। हालाँकि उस दोस्त को मैडम-प्रसंग की जानकारी नहीं थी क्योंकि वह किसी दूसरे शहर में रहता था और कई वर्षों बाद मिला था। बाद में उसने अपने दोस्त से क्षमा माँगी थी।

इन्हीं दिनों नया क़िस्सा शुरू हुआ। उसके जीवन में फ़स्ले-बहाराँ की तरह एक लड़की का प्रवेश हुआ। फ़स्ले-बहाराँ शीर्षक से उसने एक नज़्म लिखी, जो काफ़ी प्रसिद्ध हुई।...छरहरे बदन, ताम्बई रंग और तीखे नाक-नक़्शवाली उस लड़की का नाम शुभा था। उसकी बड़ी-बड़ी आँखों की गहराई में वह ऐसा डूबा कि उबचुभ होने लगा। शुभा बिना किसी अतिरिक्त शृंगार के ही आकर्षक लगती थी। वह अक्सर शुभा की प्रशंसा में क़सीदे पढ़ता फिरता। वह उसके दफ़्तर में तबादले पर राँची से आई थी। अकेली रहती थी। शुभा दफ़्तर आती तो वह गेट पर ही उसका स्वागत करता। अपने काम निबटाकर उसके पीछे-पीछे डोलता-फिरता,...दोपहर में उसके साथ ही लंच करता, जाने के समय गेट के बाहर तक उसे विदा करता और छुट्टियों के दिन उसके साथ गुज़ारता। वह लड़की भी उस जैसी ही बेपरवाह थी और दफ़्तर के लोगों की फ़िक्र नहीं करती थी।...हस्बे-मामूल क़िस्सा यूँ कि वह एक बार फिर दीवानगी का शिकार हो गया था। लड़की थी ही ऐसी कि कोई भी पागल हो जाए। वह शुभा के उन्माद में इस तरह बौराया कि मुझसे एक साल बाद मिला। मिलते ही उसने सूचना दी—''वह अमेरिका जा रही है।''

''कौन ?'' मैंने पूछा।

''बेहूदों की तरह सवाल मत करो।...और कौन ? वही।...अमेरिका जा रही है,...अगले हफ़्ते। उसे वहाँ की एक प्राइवेट ब्रॉडकॉस्टिंग कम्पनी में काम मिल गया है। यह कम्पनी अमेरिका में बसे एशियाई मूल के लोगों के लिए ब्रॉडकास्ट करती है।'' वह प्रफुल्लित था। उसने मुझे एक-एक विवरण विस्तार से सुनाया कि कैसे उसने शुभा के लिए दिन-रात मेहनत की...उसे उर्दू-हिन्दी के उच्चारण की तालीम दी,...उसे चुनिन्दा साहित्य पढ़ने के लिए प्रेरित किया और उपलब्ध

करवाया,...और कैसे उसे एक ऐसी प्रोफ़ेशनल ट्रेनिंग दी कि वह इस नौकरी के लिए चुन ली गई। मैं बिना किसी हस्तक्षेप के चुपचाप उसकी बातें सुनता रहा।

फिर शुभा के जाने के बाद वह मिला। उसने मुझे बताया नहीं, पर मुझे यह बात मालूम थी कि वह शुभा को विदा करने दिल्ली गया था। बहरहाल,...इस बार वह मैडम के जाने के बादवाली स्थिति में नहीं था। आकुलता और बदहवासी की पहलेवाली कैफ़ियत नहीं थी। इस बार मामला कुछ अलग लग रहा था। मेरी अपेक्षा के विपरीत वह सँभला हुआ था। उसके चेहरे पर सन्तोष के भाव साफ़-साफ़ देखे जा सकते थे। हाँ, एक नई बात ज़रूर थी कि वह शुभा की चर्चा करने से बच रहा था। उसके मन में छिपी यह शंका बार-बार छलक पड़ती कि कहीं मैं शुभा की चर्चा न छेड़ दूँ। वह शुभा की चर्चा से बचता और मैडम की बात-बेबात चर्चा कर बैठता।

थोड़ी देर बाद वह भी दूब पर पसर गया था। पसरकर दूब टूँगते हुए हम दोनों कुछ देर तक बेमतलब पड़े रहे। अँधेरा पूरी तरह घिर आया। मैदान में रोशनी नहीं थी। नगरपालिका की कुव्यवस्था के चलते लैम्प-पोस्ट बेजान पड़े थे। अँधियारा भरते ही यह विशाल मैदान भयावह लगने लगता था। फेंस के उस पार सड़क पर तेज़ भागते वाहनों को रोशनी का भभका मैदान में कौंधता और मिट जाता। उसकी चुप्पी से मुझे ऊब होने लगी थी। मैंने उससे पूछा—''सारी रात यहीं पड़े रहने का इरादा है क्या ?''

''नहीं, चल, चलते हैं।'' कहते हुए वह उठ बैठा।

मैंने उठते हुए कहा—''किनारेवाली सड़क से चलते हैं।''

''नहीं। बीचोबीच चलेंगे।'' उसने प्रतिवाद किया।

हम दोनों अँधेरे में मैदान पार करने लगे। थोड़ी दूर चलने के बाद उसने पूछा—''तुझे बहुगुणा की याद है ?''

''हाँ, लाजवाब लड़का था। बाँसुरी पर कैसी-कैसी मीठी धुनें बजाया करता था।'' मैंने बहुगुणा को याद करते हुए कहा।

''उसे यह शहर नहीं छोड़ना चाहिए था।''

''क्यों ? पत्रकारिता के पेशे में एक जगह स्थिर रहने से काम नहीं चलता।''

''वह होता तो हम दोनों मिलकर इस गांधी मैदान में ढेर सारे दरख़्त लगा देते।''

''मैदान है तब तो यहाँ रोज़ हत्याएँ होती हैं,...और अगर बीच शहर में जंगल होता तो फिर...।'' मैं हँसा।

मेरी हँसी से निरपेक्ष वह चल रहा था। कुछ देर बाद उसने फिर पूछा—''आजकल मजमेवाली तीनों लड़कियाँ नहीं दिखती हैं ?''

''कौन ? वही, जो गीत गाकर भीख माँगती हैं ?''

''हाँ, वही। रामप्रकाश तिवारीवाली लड़कियाँ।''

रामप्रकाश तिवारी हम लोगों का साझा दोस्त था। पेशे से पत्रकार और स्वभाव से कवि। इन दोनों में काफ़ी समानता थी। दोनों साथ बैठकर शराब पीते थे और पीते ही स्वप्नदर्शी हो जाते। शराब दोनों की वाचालता निगल जाती। उसने फिर पूछा—''क्या तिवारी अब इस शहर में नहीं लौटेगा ?''

''उसका अख़बार भी तो बन्द हो गया।'' मैंने कहा।

''अख़बार तो छोड़ ही दिया था उसने।''

''उन मजमेवालियों पर अपने कॉलम में लिखने के कारण ही सम्पादक से उसका झंझट हुआ था।'' मैंने याद दिलाई।

''नहीं, यह तो एक बहाना था। असल मामला...।'' वह बोलते हुए अचानक रुक गया।

''क्या हुआ ? रुक क्यों गया ?'' मैंने अचरज से पूछा।

''यह सामने देख रहा है तू ?'' उसने प्रतिप्रश्न किया।

''हाँ, ध्वज-स्तम्भ।''

''इस जगह पर आते ही मेरा मन अक्सर बेचैन हो उठता है।''

''क्यों ? ऐसा क्या है इसमें कि तू...।''

''देख, इसे ग़ौर से देख।...यह चौड़ा चबूतरा...इस पर ऊँचा उठता हुआ यह गोल खम्भा,...फिर इसमें लगा और ऊपर उठता हुआ लोहे का खम्भा,...इस खम्भे में लहराता हमारा तिरंगा...हमारे जाँबाज़ बुज़ुर्गों की सौंपी हुई निशानी।...सुन, आज मैं तक़रीर करूँगा।...अभी...इसी वक़्त...इस चबूतरे पर खड़ा होकर आवाम को पुकारूँगा। अँधियारे में डूबे लोग मेरी तक़रीर का इन्तज़ार कर रहे हैं...।''

उसकी आवाज़ बदल गई थी। मैं चकित और लगभग भयभीत-सा उसे देख रहा था। वह अँधेरे में डूबे ध्वज-स्तम्भवाले चबूतरे पर कूदते हुए जा चढ़ा। मैं चीख़ उठा—''पागल हो गया है तू ?...साले बन्द कर नाटक, नहीं तो जूतों से पीटूँगा।...दो घंटे हो गए तेरा पागलपन सहते हुए।...तू आता है नीचे या...।''

मेरी चीख़ ने उसके ऊपर असर किया। वह चबूतरे से नीचे उतरा। धीमे चलते हुए मेरे पास आया। प्यार से मुझे पकड़ते हुए बोला—''तूने अच्छा नहीं किया दोस्त ! इतिहास रचने जा रहे एक आदमी को वापस बुला लिया। अँधियारे में डूबे लोगों को आवाज़ देने का यह ऐतिहासिक अवसर तूने मुझसे छीन लिया। दिन होते ही इस चबूतरे और इस झंडे पर दूसरों का कब्ज़ा हो जाएगा। अँधेरे और सन्नाटे में ही सही, एक शायर को यह मौक़ा तो मिला था। तूने यह मौक़ा छीन लिया। तूने मेरे हाथों से मेरा इतिहास छीन लिया दोस्त !...कैसी मुश्किल है यह कि मैंने समाजशास्त्र में एम.ए. किया और समाज को अब तक नहीं समझ पाया और तूने इतिहास में एम.ए. किया, पर इतिहास की ज़रा भी समझ नहीं तुझे।...चल, चलते हैं।''

मैंने कोई उत्तर नहीं दिया। हम दोनों चुपचाप शेष रास्ता तय करते हुए गांधी मैदान से बाहर निकले। फेंस पार करते ही रोशनी का समुद्र लहरा रहा था। हम नगर के एक प्रमुख मार्ग अशोक राजपथ पर चल रहे थे। हमारे बाईं तरफ़ गंगा थी और दाईं तरफ़ था नगर का विस्तार। वह अब तेज़ क़दमों से चल रहा था। हम क़ब्रिस्तानिया पहुँचे। ठीक सड़क किनारे थोड़ी ही दूरी पर था अंग्रेजों का क़ब्रिस्तान, जिसमें स्वर्ग से भी महान भारतवर्ष पर राज़ करनेवाले उन अंग्रेजों के शव दफ़न थे, जो सूर्यास्त न देखनेवाली बरतानिया हुकूमत के अफ़सर थे। अंग्रेजों के जाने के बाद इस क़ब्रिस्तान को बन्द कर दिया गया था। मुख्य सड़क पर लावारिस होने के कारण लोगों ने चारों तरफ़ से ऐसा दबाव डाला कि धीरे-धीरे सिकुड़कर यह क्षीणकाय हो गया। इसी क़ब्रिस्तान के टूट चुके लोहे के विशाल फाटक के भीतर था कालू मियाँ का क़ब्रिस्तानिया होटल। चाय, पावरोटी, बिस्किट, समोसे और जलेबियाँ—बस यही पाँच चीज़ें बिकती थीं क़ब्रिस्तानिया में। बैठने के लिए बेंचें या कुर्सियाँ नहीं थीं। शिलाखंडों से चुनी क़ब्रों पर बैठकर ही लोग खाते-पीते और गप्पे लड़ाते। ख़ुद कालू मियाँ की गद्दी मारिया नाम की एक जवान लड़की की क़ब्र पर थी। अंग्रेज़ी में खुदी इबारत को दूसरों से पढ़वाकर कालू मियाँ ने यह जान लिया था कि वह जिस क़ब्र पर गद्दी जमाए बैठे हैं, वह एक जवान लड़की की है। ख़ुदा से भी नहीं डरनेवाले कालू, मारिया की रूह का एहतराम करते और रोज़ सुबह पहली खेप की बनी चाय से एक प्याली चाय उँड़ेलकर मारिया के लिए दुआएँ माँगा करते।

वह क़ब्रिस्तानिया के नियमित ग्राहकों में था। यह जगह उसे बहुत प्रिय थी। क़ब्रिस्तानिया के इर्द-गिर्द फैला संसार उसके लिए परीलोक की तरह था, जिसके आकर्षण में वह न जाने कब से बँधा हुआ था। उसका यह परीलोक मुझे हमेशा एक विशाल कैनवास की तरह लगता। मुझे लगता, मानो कोई कुशल चित्रकार एक ही बस्ती और उसके बाशिन्दों को हर रोज़ चित्रित करता और मिटाता है। क़ब्रिस्तानिया के साथ लगी एक बेकरी, एक सैलून, फलों की कुछ दुकानें थीं। घड़ीसाज़ मंजूर आलम और इत्रफ़रोश रेहान के अब्बा तो सन् सैंतालीस में ही यहाँ जम गए थे। करीम मियाँ का रॉयल मटन शॉप भी उनके अब्बा के ज़माने से था। कुछ रँगरेज़ भी थे, जो क़ब्रिस्तान के पिछले हिस्से में जंगली लतरों की तरह पसरे हुए थे। कालू मियाँ की गालियों और उधार के भय से क़ब्रिस्तानिया होटल के पास के कुछ हिस्से को छोड़कर, शेष में रँगरेज़ों ने अलगनियाँ टाँग रखी थीं।

वह इस क़ब्रिस्तान के संसार में सबसे दुलारी और हँसोड़ उपस्थिति की तरह रचा-बसा था। वह बूढ़े-बुढ़ियों को चचा-चची कहता और उन्हें छेड़कर उनकी गालियों के मज़े लेता। उनके बीमार होने पर दवाएँ जुटाने की कोशिशें करता और मरने के बाद कफ़न से लेकर दफ़न तक के इन्तज़ामात सँभालता। बच्चों को सिखलाता कि

वे उसे खालूजान कहें। जो कहते, वे बिस्किट पाते और नहीं कहनेवालों को चपत मिलती। कई नीम पागल उसके आने की प्रतीक्षा करते। वह आता, उन्हें छेड़ता और उनकी गालियाँ सुनता। फिर अपने खाते में उन्हें चाय और पावरोटी दिलवाने की सज़ा भुगतता। रँगरेज़ बूढ़े मक़बूल की जवान बीवी सहबा से निकाह के लिए नीम पागल प्यारे मियाँ को वह अक्सर सलाह देता। कभी-कभी प्यारे मियाँ उसकी सलाह मानकर सहबा के पास जाते औंर पिटकर रोते हुए वापस आते। उसके सात पुश्तों को गालियाँ देती सहबा क़ब्रिस्तान में पगली हवा की तरह छा जाती। वह दम साध लेता। क़ब्रिस्तानिया में सुबह जो नाटक शुरू होता, देर रात तक चलता रहता। वह इस नाटक का एक ज़रूरी पात्र होता। अनुपस्थित रहता, तो भी उसकी चर्चा होती या प्रतीक्षा।

हम क़ब्रिस्तानियाँ में बैठे चाय पी रहे थे। सहबा उसके पास आई। पुलिस ने उसके आशिक़ फ़ीरोज़ को रिक्शा सहित हाजत में बन्द कर रखा था। फ़ीरोज़ को छुड़वाने के लिए सहबा को पचास रुपयों की ज़रूरत थी। उसने कालू मियाँ से बीस रुपए उधार माँगकर जेब के तीस रुपए मिलाए और सहबा को दिए। कालू मियाँ अपनी गद्दी पर बैठे-बैठे गरजे—''रंडी को देने के लिए मेरी पूँजी काहे तोड़ते हो भाईजान ?''

उसने कोई जवाब नहीं दिया। कालू मियाँ का इरादा जवाब-तलब करने का था भी नहीं। यह तीर सहबा पर चलाया गया था। अपने ब्लाउज़ के भीतर रुपए को सहेजती हुई सहबा ने जवाब दिया—''भड़ुवों का पैसा रंडियों के ही काम आवे है।''

सहबा बिफ़रती हुई चली गई। क़ब्रिस्तानिया के ग्राहकों ने ठहाका लगाया। वह मुस्करा रहा था। ठहाकों और उसकी मुस्कराहट को अनसुना-अनदेखा करते हुए कालू मियाँ ने होटल के छोकरे को हिदायत दी—''कल से इस साली का उधार बन्द।''

क़ब्रिस्तानिया में उसके दोस्त के रूप में मेरी पहचान थी। मैं कभी-कभार उसके साथ अपनी शामें या जाड़ों की दोपहर वहाँ गुज़ारा करता था। मेरे क़ब्रिस्तानिया पहुँचने के बाद यदि वह नहीं मिलता, तो भी कालू मियाँ मुझे चाय पिलाते और उसके खाते में दर्ज़ कर लेते। मेरी निरन्तर कोशिशों के बावजूद कालू मियाँ मुझे उसका मेहमान छोड़कर अपना ग्राहक मानने को तैयार नहीं थे। कालू को उसका पता मालूम होता, पर मैं चाहे कितनी भी जल्दी में होऊँ बिना चाय पिलाए वह पता नहीं बतलाते। देर रात गए जाड़े के मौसम में वह अक्सर बेकरी में मिलता, बिस्कुट बनानेवाले बच्चों के साथ तन्दूर पर गप्पें लड़ाता हुआ। घर नहीं जाकर अमूमन भटकते हुए रातें गुज़ार देना उसका शग़ल था या उसकी बेबसी थी, इसे समझ पाना लोगों के लिए ही नहीं मेरे लिए भी मुश्किल काम रहा है।

घर में अम्मी थीं, जो पचहत्तर पार पहुँच चुकी थीं। अब्बू रहे नहीं। उसकी नौकरी लगने के कुछ ही महीनों बाद गुज़र गए। उसके अब्बू ने आज़ादी का जंग लड़ा था। बँटवारे के समय तमाम रिश्तेदारों के दबाव को नकारते हुए उन्होंने पाकिस्तान जाने की बाबत सोचा भी नहीं। आज़ादी के बाद वे कम्युनिस्ट हो गए—पार्टी कार्ड होल्डर। हिन्दुस्तान की नई आज़ादी की जंग लड़ते-लड़ते एक दिन ऐसा आया कि उनकी आँखों के सपने और नींद ग़ायब हो गई। जब सपने उनकी पहुँच से बाहर हो गए, वे चल बसे। उसे स्वप्नदर्शिता अपने अब्बू से विरासत में मिली थी। बड़े भाई बेरोज़गार थे और जैसे-तैसे दो-चार पैसे जोड़ पाते। उसकी तनख़्वाह का अधिकांश अम्मी की दवाओं और भाई के बच्चों की तालीम पर ख़र्च होता। वह कम्युनिस्टों को इस देश का राजनीतिक मसखरा कहा करता था। हालाँकि उनके धरने-जुलूसों या अन्य आयोजनों के लिए नियमित रूप से चन्दा दिया करता। वह कट्टर हिन्दू नेताओं का भाषण सुनने ज़रूर जाता। रोज़ा और नमाज़ में उसकी रुचि न के बराबर थी, पर क़ब्रिस्तानिया में बैठकर रोज़ा-नमाज़ की पाबन्दियाँ नहीं माननेवालों पर वह तब तक लानतें भेजता, जब तक उसकी फ़रेबी तक़रीर से चिढ़कर कोई बुज़ुर्ग उसको गालियाँ न देने लगे।

क़ब्रिस्तानिया की गहमागहमी अपने चरम पर थी। रात के आठ बजते-बजते यह उर्दू के अदीबों का अड्डा बन जाता। लगभग आधी रात तक दुनिया के तमाम मसलों पर बहस-मुबाहिसों और नोक-झोंक का दौर चलता। अख़बार का पेट भरने के बाद ख़बरों से ऊबे हुए अख़बारनवीस भी कालू मियाँ की चाय पीकर ताज़ा दम होने के लिए इसी समय आते। वह भीड़ में घिरने लगा था। हमारे पास कई लोग आकर बैठ गए थे। उर्दू लिपि का नामो-निशान मिटा देने की साज़िश के ख़िलाफ़ आन्दोलन चलानेवाले अदीब सैफ़ अली ग़ैज़ आज के अख़बार में छपे अपने बयान को लेकर काफ़ी उत्साह में थे। नौजवान शायर क़ैफ़ नज़र मलिक-ए-मुहब्बत डायना की मौत के बाद अपना ग़म ग़लत करने के लिए दस दिनों से लगातार पी रहा था। वह लड़खड़ाते क़दमों से क़ब्रिस्तानिया आता, बुक्का फाड़कर रोता और लोगों से मिन्नतें करता कि वे हुकूमते-बरतानिया को लिखें कि डायना की एक क़ब्र इस क़ब्रिस्तानिया में भी बने। कालू मियाँ से एक ख़ाली प्याली लेकर क़ैफ नज़र ने यह कहते हुए लोगों से चन्दा माँगना शुरू किया कि अब वह हिन्दुस्तान और बरतानिया हुकूमतों के भरोसे नहीं बैठेगा और चन्दे के पैसे से यहाँ डायना की क़ब्र बनवाएगा। इस तमाशे का मज़ा लेनेवालों में अफ़सानानिगार शमीम अहमद भी था, जो पिछले दो सालों से ख़ुद तमाशा बना हुआ था। शमीम अहमद और अंजुम आलम की जोड़ी थी। दोनों अफ़साने लिखा करते। अंजुम जोड़-तोड़ में माहिर था। उसने एक उपन्यास लिखा और राज्य की उर्दू अकादमी से इक्कीस हज़ार का इनाम झटक लिया। इन पैसों में

कुछ और पैसे मिलाकर एक स्कूटर ख़रीदा। बस यहीं से शमीम की मुसीबत शुरू हुई। रात हो या दिन, जब आँख लगती, शमीम को सपने आते कि उसे कुचलकर मार डालने के लिए तेज़ रफ़्तार से स्कूटर चलाते हुए अंजुम उसकी ओर चला आ रहा है। अंजुम के क़ब्रिस्तान में प्रवेश करते ही डरे हुए पंछी की तरह अपने पंख समेटकर शमीम लोगों के बीच जाकर छिप जाता। अंजुम की अनुपस्थिति में शमीम अहमद प्रसन्न था और उसने शायर क़ैफ़ नज़र की नज़र उतारते हुए एक रुपए का सिक्का प्याली में डाल दिया। यह तमाशा चल ही रहा था कि ख़बरनवीस बेदार बाग़ी ने आकर यह ख़बर दी कि बुज़ुर्ग शायर बिस्मिल साहब के दीवान की पांडुलिपि चोरी चली गई। आज दोपहर में यह हादसा हुआ और तब से वह मुँह के बल गिरे हैं और ज़ार-ज़ार रो रहे हैं। एक नौजवान शायर उनकी जवान बेटी शहला पर आशिक़ था। उसने बिस्मिल साहब को उस्ताद बना रखा था। दिन-रात उनके घर में घुसा रहता। लोगों ने एक स्वर से तय किया कि यह उसी का काम है। दीवान ले उड़ा और अब किसी दिन शहला को ले उड़ेगा।

वह यह ख़बर सुनते ही आकुल हो उठा। अपनी आकुलता को छिपाते हुए वह लोगों की टिप्पणियाँ सुनता रहा। फिर धीरे-से बोला—"चल, चलते हैं।"

"कहाँ ?" मैंने जानना चाहा।

"बिस्मिल साहब के घर।" वह फुसफुसाया।

हम दोनों क़ब्रिस्तानिया से बाहर निकले। गेट पार करते ही सहबा मिल गई। वह रिक्शे पर बैठी थी और फ़ीरोज़ रिक्शा खींच रहा था। रिक्शा रुकवाकर सहबा उतरी। फ़ीरोज़ रिक्शे की सीट पर बैठा रहा। सहबा ने कहा—"इस हरामी को समझा दीजिए कि अपना चाल-चलन बदल लेवे।"

"क्यों ? क्या हुआ ?...पुलिस ने क्यों पकड़ा था इसे ?" उसने पूछा।

फ़ीरोज़ चुप रहा। सहबा ने ही जवाब दिया—"पुलिस की का पूछो हो...सूअर की औलाद होवे हैं सब। हरामियों को बहाना चाहिए। इसकी गलती ना थी। बस पैसे ऐंठने के वास्ते बन्द कर दीहिस था सब।"

"फिर इसे क्यों कोस रही है ?" उसने कड़े स्वर में पूछा।

"कहे है कि मैं काहे वास्ते थाना गई ?...सबके सामने आपसे पैसे काहे माँगी...? इस हरामी को शरम आवे है। मैं अपने मरद के सामने,...सारे जहान के बीच खुल्लमखुल्ला इसके पीछे-पीछे और इस कुत्ते को देखो।...आँख बचाकर खेल खेलना ना आवे है मुझे...फ़रेब करना औरत का काम ना है। मैं डंके की चोट पर जान देवे को तैयार और ये हरामी...।" सहबा ने गालियों की बौछार शुरू कर दी। हर साँस के साथ गालियाँ। फ़ीरोज़ की सिट्टी-पिट्टी गुम थी। मुझे लगा सहबा फ़ीरोज़ को मार बैठेगी और बीच सड़क पर नया नाटक शुरू हो जाएगा।

वह अपने स्वभाव के विपरीत चुप था। ऐसे अवसरों पर वह मज़े लेता। आग में घी की तरह कोई ऐसी बात टपका देता कि मामला तूल पकड़ ले, पर वह चुप खड़ा था। मुझे लगा, वह कहीं और जा चुका है। उसे चुप पाकर फ़ीरोज़ को कोसती हुई सहबा रिक्शे पर बैठ गई। फ़ीरोज़ रिक्शा लेकर आगे निकल गया। मैंने उसे काँधे से पकड़कर झकझोरते हुए पूछा—"चलना नहीं है ?"

"हाँ, जाना तो है।...अच्छा, जैसलमेर के लिए यहाँ से कोई सीधी ट्रेन नहीं है ?" उसने सवाल किया।

"नहीं। पहले दिल्ली जाना होगा। फिर वहाँ से कोई ट्रेन मिलेगी।...क्यों ?... जाना है क्या ?" मैंने जानना चाहा।

"नहीं।...बस, ऐसे ही।"

उसके चेहरे का रंग फिर बदलने लगा था। मुझे लगा, कोई ख़ास बात ज़रूर है। मैंने कुछ सोचते हुए कहा—"तू घर चला जा। कल सुबह बिस्मिल साहब के यहाँ जाकर दीवान की मातमपुर्सी कर लेना।"

"हाँ, घर जाऊँगा।...अम्मी की तबीयत दो-चार दिनों से ठीक नहीं चल रही है।...पर बिस्मिल साहब से मिलने के बाद ही घर जाऊँगा।...तू चला जा। तुझे देर हो रही है। भाभी-बच्चे इन्तज़ार क़र रहे होंगे।" उसने मुझे टालते हुए विदा करना चाहा।

"मैं तुझे घर पहुँचाकर ही जाऊँगा।" मैंने ज़िद्द की।

मेरी ज़िद्द को अनसुना करते हुए उसने कहा—"आज चिट्ठी आई है।... जैसलमेर से।...उनका पिछले महीने तलाक़ हो गया। मैडम इन दिनों अकेली हैं।"

"तू जा रहा है ?" मैंने पूछा।

"नहीं।" उसके नकार में एक गूँज थी। उसने फिर कहा—"तू घर जा।...मैं बिस्मिल साहब के यहाँ से होता हुआ अपने घर लौट जाऊँगा।"

मेरे हाँ या न की प्रतीक्षा किए बग़ैर वह आगे निकल गया। मैं उसे जाते हुए देखता रहा। वह तेज़ क़दमों से चल रहा था। वह दाईं ओर की उस गली में मुड़ गया, जो लोगों को शायर बिस्मिल के घर तक पहुँचाती थी।

(जनसत्ता, सबरंग विशेषांक, 1999)

तूती की आवाज़

मुरली बाबू चीख़ते हुए नींद से जागे। वैसे उनके जागने का समय हो चुका था, पर इस तरह कभी नहीं जागे थे वह। उन्हें लगा, जैसे बाघ आकर छाती पर सवार हो गया हो और दहाड़ रहा हो।

"अल्लाह हो अकबर-अल्लाह हो अकबर...अशहदोल्लाह..." की ध्वनि गूँज रही थी। अचानक नींद टूटने की वजह से कुछ देर तक वह समझ ही नहीं पाए कि यह कैसी आवाज़ है।...पर धीरे-धीरे उन्होंने अपनी चेतना पर क़ाबू किया, तब उन्हें पता चला कि यह फ़जर की अज़ान की आवाज़ है। और अपने ही महल्ले की मस्जिद से आ रही है।

उनकी साँस तेज़ चलने लगी थी। यह मर्ज़ उनकी जान के पीछे लग गया है। दिल का मरीज़ होने के कारण तबीयत घबराने लगती है। कोई ऐसी-वैसी बात न हो जाए इस आशंका से मन हमेशा उद्विग्न रहता है। हालाँकि, वह भरसक मस्त रहने की कोशिश करते हैं और रहते भी हैं।...पर अप्रत्याशित कुछ घट जाए, तो सँभालना थोड़ा मुश्किल होता है।...और यह अज़ान की आवाज़ अप्रत्याशित ही थी। सत्तर वर्ष की ज़िन्दगी में पहली बार ऐसी दहाड़ती हुई अज़ान की आवाज़ उन्हें सुनने को मिली। अज़ान की आवाज़ अपनी ख़ास लय के कारण उन्हें हमेशा प्रिय रही है। वह अक्सर इस आवाज़ को राह चलते रुककर ध्यान से सुनते और शब्दों को पकड़ने की कोशिश करते रहे हैं।...पर आज तो यह अज़ान की आवाज़ उन पर वज्र की तरह गिरी है।

मुरली बाबू इस महल्ले के काफ़ी पुराने बाशिन्दे हैं। उनके दादा यहाँ आकर बसे थे। उन्होंने छत्तीस साल नौकरी की है। बाईस साल की उम्र में, सन् इक्यावन में सचिवालय के गृह विभाग में क्लर्क के पद पर नौकरी शुरू की और प्रोमोट होते-होते अंडर सेक्रेटरी के पद तक पहुँचकर यहीं से रिटायर्ड हुए। इन छत्तीस सालों में एक-से-एक ख़ूँख़्वार अफ़सरों को उन्होंने आते-जाते देखा। जटिल से जटिल मामलोंवाली फ़ाइल साहबों के घर ले जाकर उनसे हस्ताक्षर करवा लेना मुरली बाबू के बाएँ हाथ का खेल रहा।...पर आज तो जान ही निकल गई थी। इस अज़ान की आवाज़ ने तो उन्हें दहलाकर रख दिया।

मुरली बाबू ने सामने दीवार पर टँगी घड़ी की ओर देखा। वह आधा घंटा लेट हो चुके थे। आनन-फानन में दैनिक क्रिया से निवृत्त हुए और टहलने के लिए निकले। सोचा, मस्जिद की ओर ही चलते हैं। देखें तो सही इस लाउडस्पीकर को। ज़रा पता तो करें कि कब आया और कहाँ टँगा है ? नबी अहमद होते, तो पता चलता। पर वह तो दस दिनों से अपने बड़े बेटे के पास जमशेदपुर जाकर बैठे हैं।

चौबीस घंटों में पाँच बार अज़ान की आवाज़ गूँजी और महल्ले में धीरे-धीरे चर्चा शुरू हुई। पर इस चर्चा में सबकी रुचि नहीं थी। जब आवाज़ आती, अधिकांश लोग क्षण भर के लिए चौंकते और फिर अपनी दुनिया में व्यस्त हो जाते। धीरे-धीरे लोगों को आदत पड़ गई।

जब नबी अहमद जमशेदपुर से लौटे, मुरली बाबू ने उनसे लाउडस्पीकर के बारे में पूछा। नबी अहमद ने कहा—"हाँ, सुना तो।...अब मुल्लाओं को अपनी आवाज़ की ताक़त पर भरोसा नहीं रहा। ठीक ही पूछा था कबीर ने...का बहरा हुआ ख़ुदाय ?"

"यह आया कहाँ से ?" मुरली बाबू ने जानना चाहा।

नबी अहमद खीझ उठे—"तुम तो ऐसे पूछ रहे हो, जैसे किसी क्रिमिनल केस की तफ़्तीश हो रही हो।...अरे मुझे क्या मालूम ! मैं तो शहर से बाहर था। तुम तो यहीं थे। तुम बताओ। तुम्हें मालूम होना चाहिए कि यह कहाँ से आया।"

"तुम मेरी परेशानी समझे बिना मुझ पर नाराज़ हो रहे हो।" मुरली बाबू ने उन्हें समझाना चाहा।

"बोलो, क्या परेशानी है ?"...नबी ने अपना स्वर मीठा किया।

"अब क्या बताएँ ? यह आवाज़ छाती पर आकर बैठ जाती है। अचानक हाई पिच से शुरू होती है, सो तबीयत परेशान हो उठती है। चौबीसों घंटे इस आवाज़ का भय बना रहता है। अज़ान का वक़्त आने से पहले ही मेरा दिल डूबने लगता है कि... ।"

"पागल हो गए हो तुम ? अज़ान से भला कैसा डर ! हाँ, यह अलग बात है कि तेज़ और तीखी आवाज़ का असर पड़ता है,...और दिल के मरीज़ पर तो काफ़ी गहरा असर पड़ता है। फ़िक्र मत करो। आदत पड़ जाएगी। मुझे भी यह तमाशा पसन्द नहीं है।...पर क्या करें ? रहना तो इसी दुनिया में है। अब तो शहर में निकलते डर लगता है।...पर जाएँ कहाँ ? शहर के बाशिन्दे ठहरे, सो यहीं मरना-खपना है। अपना कोई गाँव होता, तो चले जाते। वहीं सुकून से रहते।"

"तुम बातें बहुत बनाते हो।" सपनों की दुनिया में दौड़ लगाते नबी अहमद की

लगाम खींचते हुए मुरली बाबू बोले—"गाँव में होता, तब पता चलता। लुंगी उठाकर खेतों में बैठना पड़ता और सुबह की सैर के बदले सिर पर गोबर की टोकरी लिए दौड़ते नज़र आते। समझे ?...गाँव होता तो चले जाते ! हुँह !...नसीबवाले हो कि लायक़ बेटे हैं और हुनरमन्द बीवी, जो इस उम्र में भी तुम्हारी दाढ़ी को मेहँदी से रँगती हैं।"

ठहाकों के साथ दोनों अलग हुए। मुरली बाबू को आज अच्छा लग रहा था। यही तो है नबी अहमद की ख़ूबी। बचपन की ऐसी लँगोटिया यारी सबके भाग्य में नहीं होती। मुरली बाबू यह सोचते हुए घर लौट रहे थे कि इधर कई दिनों से वह नबी अहमद के घर नहीं गए और ना ही नबी अहमद उनके घर आए। मुरली बाबू ने निश्चय किया कि जाएँगे किसी दिन। अपने यहाँ भी बुला सकते हैं, पर पिछले कुछ दिनों से उनका छोटा बेटा नबी अहमद के आने पर भीतर ही भीतर थोड़ा कुनमुनाता है। ऐसा उनको लगता है। हो सकता है, उनका यह सन्देह ग़लत हो।

थोड़े ही दिनों बाद, एक रात जब मुरली बाबू भोजन के बाद सोने की तैयारी कर रहे थे, उनकी बड़ी बहू कमरे में आई। पत्नी के गुज़रने के बाद लगभग दस वर्षों से यह दायित्व बड़ी बहू निभाती आ रही थी। वह कमरे में आती। ताँबे के लोटे में पानी रखती। उनके दाँतों का सेट एक छोटी कटोरी के जल में डुबोती। सुबह के लिए एक गिलास में ईसबगोल भिगोकर रखती। उनकी मच्छरदानी बाँधती। फिर चादर ओढ़ाती, पैर छूकर प्रणाम करती और बत्ती बुझाकर बाहर निकल जाती। इसी अवधि में बड़ी बहू से बाबूजी का संवाद होता। बीच में बातें होतीं ज़रूर, पर इस समय बाबूजी परिवार के बारे में पूछताछ करते, सूचनाएँ हासिल करते या फिर आनेवाले कल की अपनी दिनचर्या के बारे में उन्हें कुछ कहना होता, तो कहते। छोटी बहू को फ़ुर्सत कम मिलती थी। वह कामकाजी महिला थी। एक प्राइवेट कम्पनी के दफ़्तर में काम करती थी। ऊपर से पति मिला था क्रोधी, सो बेचारी बच्चों, पति और दफ़्तर में ही उलझी रहती। छोटी बहू के ज़िम्मे बाहर के काम थे। मुरली बाबू की ज़रूरत की चीज़ों का सारा बाज़ार वही करती—ईसबगोल से लेकर कपड़े और दवाएँ तक। जेठ को व्यवसाय से और उसके पति को बैंक से लौटने के बाद दोस्तों के साथ ताश फेंटने से फ़ुर्सत नहीं थी। महीने में एक दिन अपने दफ़्तर से छुट्टी लेकर वह मुरली बाबू के साथ डॉक्टर के यहाँ चेक-अप के लिए जाती। डॉक्टर के यहाँ से लौटते हुए वह श्यामा मन्दिर जाती। गंगातट पर एकान्त में बने इस मन्दिर में मुरली बाबू अपनी पत्नी के साथ आया करते थे। यह जानने के बाद कि यहाँ आना बाबूजी को प्रिय है, वह उन्हें साथ लेकर आने लगी थी। मुरली बाबू पेंशन का पैसा अपने पास

नहीं रखते थे। दोनों बेटों की एक-एक बेटी थी। पैसे अपनी पोतियों के नाम रेकरिंग डिपॉजिट के खाते में डालते और एक निर्धारित राशि अपनी बेटी के नाम भेज देते। बेटी के दिन तंगहाली में कट रहे थे। दामाद वयस्क शिक्षा में थे और इन दिनों छँटनीग्रस्त कर्मचारियों में शामिल थे।

बड़ी बहू ने उनके सोने की व्यवस्था को ठीक-ठाक करने के बाद कहा– "बाबूजी !"

"हाँ बेटी, बोलो।" मुरली बाबू ने आँखें मूँदे-मूँदे बहू को बात कहने.की अनुमति दी।

"कल सुबह टहलकर ज़रा जल्दी लौट आते, तो अच्छा रहता।" बहू ने आग्रह किया।

"क्यों ? देर हो जाती है क्या ?" मुरली बाबू ने पूछा।

"नहीं देर तो नहीं होती। सिर्फ़ कल जल्दी आ जाते...।"

"कल कुछ होनेवाला है क्या ?"

"जी, कल शिवालय में सुबह से अष्टयाम कीर्तन है। मुझे और छोटी, दोनों को जाना है। कीर्तन शुरू होने से पहले पूजा होगी। पूजा में शामिल होकर हम लोग आठ बजे तक लौटेंगे। तब तक आपके नाश्ते में देर हो जाएगी।...और घर में भी कोई नहीं होगा। सब लोग जा रहे हैं। बच्चे और ये दोनों भी...।"

"वाह ! मुझ बूढ़े को छोड़कर इस घर में सबके सब ईश्वर के भक्त हो गए।...ठीक है। मैं जल्दी ही लौट आऊँगा। घर को अकेला छोड़ना ठीक नहीं होगा।...हाँ, रही बात नाश्ते की, तो इतनी सुबह मैं नाश्ता करूँ और तुम लोग भूखे पेट रहो, यह भला कैसे होगा ?...तुम सब लौटना, तभी नाश्ता करूँगा। उतनी देर तक भूखा रहूँ, तो शायद तुम लोगों के पुण्य का थोड़ा हिस्सा मेरे खाते में भी जमा हो जाए।" मुरली बाबू ने हँसते हुए अपनी बात समाप्त की।

बहू को भी हँसी आ गई। एकाएक मुरली बाबू को यह जानना ज़रूरी लगा कि आख़िर यह अष्टयाम कीर्तन क्यों ? उन्होंने बहू से पूछा–"बहू ! अचानक अष्टयाम कीर्तन का प्रोग्राम कैसे बन गया ?"

"बाबूजी, शिवालय के लिए लाउडस्पीकर का सेट ख़रीदा गया है। पूरे महल्ले ने चन्दा करके ख़रीदा है। काफ़ी चन्दा जमा हो गया था, सो सबने सोचा कि अष्टयाम कीर्तन करवा लिया जाए। लाउडस्पीकर का उद्घाटन भी हो जाएगा और...।" बहू चुप लगा गई। उसे लगा, बाबूजी झपकी ले रहे हैं।

मुरली बाबू को लगा, वह कुम्हार की चाक पर मिट्टी के लोंदे की तरह पसरे हैं और चाक तीव्र गति से घूम रहा है। उनका माथा चक्कर खा रहा था। वह उठना चाह रहे थे, पर उठ नहीं पा रहे थे। बहू ने सोचा, बाबूजी बातें करते-करते सो गए।

उसने पाँव छूकर प्रणाम किया और बत्ती बुझाती हुई बाहर निकल गई।

मुरली बाबू ने मन्दिरों में देव-प्रतिमाओं की स्थापना के समय प्राण-प्रतिष्ठा की पूजा-अर्चना के बारे में तो सुना था, पर लाउडस्पीकर की स्थापना के समय पूजा और कीर्तन के बारे में जानकर भौचक थे। उन्हें नींद नहीं आ रही थी। वह सारी रात जगे रहे। करवटें बदलते रहे। आरम्भ होने से पहले अष्टयाम कीर्तन की ध्वनि उनके कानों में बज रही थी।

मुरली बाबू सुबह देर से उठे। फ़जर की अज़ान के बाद तो नींद ही आई। आँखें अभी लगी ही थीं कि बड़ी बहू ने जगाकर पूछा—"बाबूजी, घूमने नहीं जाएँगे ? तबीयत तो ठीक है ?"

"हाँ, ठीक है। आज घूमने का प्रोग्राम कैंसिल। तुम लोग शिवालय जाओ।" जम्हाई लेते हुए मुरली बाबू ने कहा।

सब उनके उठने से पहले ही तैयार थे। जाने लगे, तो उन्होंने पूछा—"मन्नू कहाँ है ? वह नहीं जा रहा है ?"

"मन्नू तो वहीं है। सारी रात मन्दिर की सजावट चलती रही है। उसके दोस्तों ने ही चन्दा जमा किया है। इस बार कीर्तन के इन्तज़ामकर्ता ये लड़के ही हैं।" बड़ी बहू ने उत्साह के साथ अपने बेटे के बारे में सूचना दी।

मन्नू बी.ए. में थे। पिछले कुछ दिनों से मन्नू की दिनचर्या को लेकर मुरली बाबू आशंकित थे। मन्नू का दिन-दिन भर ग़ायब रहना और देर रात गए लौटना उन्हें चिन्तित करता था। मुरली बाबू को लगा, उनकी आशंका सही साबित होने जा रही है।

सब के जाते ही मुरली बाबू नित्य-क्रिया से निवृत्त हुए और अख़बार लेकर बरामदे में बैठ गए। बेमन अख़बार के पन्ने पलटते रहे। कुछ देर बाद "कूँ-काँ-कें" की आवाज़ गूँजी। इसके बाद—"हलो माइक टेस्टिंग...वन-टू-थ्री-फोर...माइक टेस्टिंग...माइक टेस्टिंग...।"...और फिर गूँजी मन्त्र-ध्वनि—

"गजाननमभूतगणादिसेवितं कपित्थजम्बूफलचारुभक्षणम्...उमासुतं शोकविनाशकारक़म् नमामि विघ्नेश्वर...।"

नबी अहमद ने बुद्धमूर्ति चौक के पास पहुँचकर इन्तज़ार किया, पर मुरली बाबू नहीं पहुँचे। नबी अहमद ने सोचा, हो सकता है कुछ पहले आ गए हों वह। पर काफ़ी इन्तज़ार के बाद भी जब मुरली बाबू नहीं आए, उन्हें लगा, हो सकता है मुरली बाबू ही यहाँ पहले पहुँचे हों और टहलते हुए आगे निकल गए हों। अमूमन ऐसा होता तो नहीं, पर...।

नबी अहमद आगे बढ़े। निर्धारित लक्ष्य तक टहलते गए और वापस आए।...पर मुरली बाबू नहीं मिले। उन्हें चिन्ता हुई। कहीं तबीयत न बिगड़ गई हो ! दिल के मरीज़ ठहरे। पिछले कुछ दिनों से लाउडस्पीकर के चलते परेशान चल रहे हैं। उन्होंने निर्णय लिया कि टहलते हुए मुरली बाबू के घर हो लेना अच्छा रहेगा। नबी अहमद रास्ता बदलकर मुरली बाबू के घर की ओर बढ़ते हुए भुनभुना रहे थे–"यह दुनिया भी अजीब है।...हर रोज़ नई मुसीबतें...अब यह कमबख़्त लाउडस्पीकर आकर छाती पर सवार हो गया...।"

नबी अहमद रिटायर्ड इंस्पेक्टर ऑफ़ स्कूल्स थे। अपने ज़माने में शिक्षा विभाग में काफ़ी रोब-दाब और रुसूख़वाले आदमी माने जाते थे। आज़ाद ख़्याल और हमेशा दूसरों की मदद करने को तत्पर रहनेवाले नबी अहमद ने लगभग चालीस साल पहले अपने अब्बा से ख़िलाफ़त करके प्रेम-विवाह किया था। उनकी बेगम प्राइमरी मदरसे में टीचर थीं। रिटायरमेंट के बाद ख़ुशहाल ज़िन्दगी थी। बच्चे पढ़े-लिखे और सलीक़ेदार थे और अच्छी नौकरियों में लगे थे। बड़ा बेटा टाटा में इंजीनियर, मँझला बैंक में और छोटा कॉलेज़ में उर्दू पढ़ाता था। मियाँ-बीवी दोनों को पेंशन मिलती थी और पुश्तैनी मकान तो था ही। नबी अहमद के दोस्तों की संख्या काफ़ी थी। मुरली बाबू बचपन के दोस्त थे और बुढ़ापे में सुबह की सैर के पार्टनर। ऐसे ही शाम की महफ़िल के अलग दोस्त थे, जिनके साथ बैठकर वह राजनीति से लेकर अदब तक पर बातें किया करते थे। उन्हें महल्ले में काफ़ी ज़िन्दादिल और समाजी व्यक्ति के रूप में जाना जाता था।

नबी अहमद गेट खोलकर दाख़िल हुए तो मुरली बाबू की नज़र उन पर पड़ी। भीतर आते हुए नबी अहमद बोले–"वाह जनाब ! आप यहाँ बरामदे में बैठे पूरे जहान की ख़बरें टटोल रहे हैं और मैं आपके लिए सड़कों की ख़ाक छानकर लौट रहा हूँ।...क्या हुआ ?...अच्छे तो हो ?"

"हाँ, ठीक हूँ। आओ, बैठो। मुरली बाबू ने कहा।

"सैर के लिए नहीं निकले ?"

"नींद ही नहीं खुली। समझो, रात भर नींद आई ही नहीं और सुबह ठीक उठने से पहले आँख लग गई।...और फिर सारा घर पुण्य कमाने शिवालय गया है, सो घर की रखवाली भी मेरें ज़िम्मे है।" मुरली बाबू जबरन मुस्कराने का प्रयास कर रहे थे।

"हाँ, आज तो ख़ूब गहमागहमी है। लगता है, शिवालय में भी लाउडस्पीकर आ गया।"

"आना ही था। नबी यार, मैं अब बचूँगा नहीं।"

"अजीब अहमक़ हो तुम ! बिना बात का बतंगड़ बना देते हो। नाहक परेशान हुए बैठे हो। जो हो रहा है, होने दो। कौन हमें सौ-दो सौ सालों तक जीना है कि

फ़िक्र करें। जिन्हें जीना है, वे अपने हाथों गड्ढा खोदकर दफ़न होने को तैयार हैं और तुम हो कि...।''

नबी अहमद ने झिड़कते हुए उन्हें समझाना चाहा।

दोनों कुछ देर चुपचाप बैठे रहे। शिवालय से आती मन्त्र-ध्वनि गूँज रही थी। मुरली बाबू के सिर में भयानक पीड़ा हो रही थी। कलेजे की धड़कन भी तेज़ थी। रात की अनिद्रा ने पहले ही चूर-चूर कर दिया था और ऊपर से लाउडस्पीकर पर गूँजती यह मन्त्र-ध्वनि उन्हें लगातार मथे जा रही थी। उन्होंने आँखें मूँद लीं। उन्हें लगा, मानो दसों दिशाओं से मन्त्रोच्चार करते हुए कापालिक चले आ रहे हों...हाथ में लहू छलकाते खप्पर लिए...जटाएँ खोले...लावा उगलती आँखों से घूरते...विचित्र भंगिमाओं में नृत्य करते। उन्हें पसीना छूटने लगा। नबी अहमद उनकी हालत देखकर परेशान हो उठे। उठकर उनके बिलकुल क़रीब आए। उनका कन्धा पकड़कर झकझोरते हुए आवाज़ दी—''मुरली...मुरली...।''

मुरली बाबू ने आँखें खोलकर नबी अहमद की ओर देखा। उनकी आँखों में भय था और चेहरा ज़र्द पड़ता जा रहा था। घर में कोई था नहीं। नबी अहमद भीतर भागे। गिलास में पानी लेकर लौटे। मुरली बाबू को पानी पिलाया। माथा और पीठ सहलाते रहे। थोड़ी देर बाद मुरली बाबू की चेतना लौटी।

लाउडस्पीकर पर मन्त्र-ध्वनि रुक गई थी। कीर्तन शुरू हो चुका था। अब चारों तरफ़ गूँज रहा था—''हरे राम हरे राम...राम-राम हरे-हरे...।''

''कीर्तन शुरू हो गया।'' मुरली बाबू ने धीरे-से कहा।

''चौबीस घंटों तक चलेगा ?'' नबी अहमद ने पूछा।

''हाँ, अखंड। बिना रुके।...अब जल्दी ही लौटेंगे सब।'' मुरली बाबू ने बहू-बेटों के जल्दी आने की आशा प्रकट की।

शिवालय पास ही था। सब जल्दी ही लौट आए। नबी अहमद को बाबूजी के साथ बैठे पाकर सब अचानक असहज हो गए। बहुएँ, बच्चों के साथ भीतर गईं। छोटे भी नहीं रुके। मन्नू लौटा ही नहीं था। बड़े दोनों के पास आकर बैठ गए।

''अच्छा, मुरली अब मैं चलता हूँ।'' नबी अहमद ने उठते हुए कहा। बच्चों का नमस्कार नहीं करना उन्हें आहत कर गया था। वे बड़े से बोले—''बेटा, इनकी तबीयत थोड़ी गड़बड़ लग रही है। डॉक्टर से चेक-अप करवा लेना।''

मुरली बाबू उठने लगे, तो उन्होंने उठने नहीं दिया। गेट खोलकर भारी क़दमों से बाहर निकल गए।

मुरली बाबू की डॉक्टरी जाँच हुई। जो पहले से थी, उसे छोड़कर कोई नई बीमारी

नहीं निकली। डॉक्टर ने कहा कि एंग्जाइटी है। आराम करने, प्रसन्न रहने तथा सुबह की सैर और पुरानी दवाएँ ज़ारी रखने की सलाह के साथ मुरली बाबू डॉक्टर के यहाँ से लौटे।

सुबह की सैर और दवाएँ पहले से ज़ारी थीं। आराम के सिवा उनके पास करने को और कुछ था ही नहीं। रही बात प्रसन्न रहने की, तो यही नहीं हो पा रहा था। वह गुमसुम रहने लगे थे। इन दिनों लाउडस्पीकरों की प्रतिस्पर्धा ज़ोरों पर थी। एक रात मस्जिद के सहन में मिलाद का आयोजन हुआ। उधर फ़जर की अज़ान शुरू होती और इधर हनुमान-चालीसा का पाठ। उधर मामला कुछ दिनों तक पाँचों वक़्त की नमाज़ से पहले अज़ान तक ही सिमटा रहा, पर इधर सुबह-शाम दो-दो घंटे हरिओमशरण और अनूप जलोटा वातावरण को आच्छादित किए रहते थे। फिर एक दिन उधर भी नातिया कलाम और हम्द के कैसेट्स आ गए। मुरली बाबू को लगता, उनका महल्ला किसी दुर्गम जंगल में बदल गया है, जहाँ सिर्फ़ भयावह पशुओं के दहाड़ते-गरजते झुंड रहते हैं। उनकी हालत दिन-पर-दिन गिरती जा रही थी। हालाँकि, उन्होंने सुबह की सैर को ज़ारी रखा था। सैर की इच्छा में इन दिनों नबी अहमद से मुलाक़ात का लालच ही प्रमुख था। टहलते हुए दोनों चुप ही रहते थे। बातें कम होतीं। फिर भी, साथ-साथ टहलने की इच्छा के चलते मुरली बाबू ने सुबह की दिनचर्या को भंग नहीं किया था।

टहलते हुए, एक सुबह मुरली बाबू ने नबी अहमद से कहा—"नबी ! एक आइडिया है। सुनोगे ?"

"हाँ बोलो।"

"ये लाउडस्पीकर चोरी नहीं हो सकते ?"

"चोरी !" नबी अहमद चौंक गए।

"हाँ, चोरी।...मैं सोचता हूँ कि हम लोग किसी चोर को ठीका दे दें कि वह दोनों लाउडस्पीकर ग़ायब कर दे।"

"वे फिर ख़रीद लेंगे।"

"हम फिर चोरी करवा देंगे।"

"ऐसा कब तक चलेगा।"

"जब तक हम ज़िन्दा रहेंगे।"

"चोर पकड़ा भी तो जा सकता है।"

"नहीं, हम टॉप क्लास का प्रोफेशनल चोर ढूँढ़ेंगे।"

"फिर भी, यदि वह पकड़ा गया और उसने यह भेद खोल दिया, तो ?"

"हम शहर छोड़ देंगे। तुम बेटे के पास जमशेदपुर चले जाना और मैं बेटी के घर चला जाऊँगा।"

"तुम्हारा दिमाग़ ख़राब हो गया है।...तुम ऐसा करो किसी अख़बार में इश्तहार दे दो कि ज़रूरत है एक सत्तर साल के बुड्ढे के लिए लाइफ़ पार्टनर की। कोई बुढ़िया मिल ही जाएगी। तुम्हारा दिमाग़ उलझा रहेगा। ख़ाली दिमाग़ शैतान का डेरा।"

"मज़ाक़ नहीं। सीरियसली कह रहा हूँ नबी।" मुरली बाबू सचमुच गम्भीर थे। वे बोले—"क्या हम इतने लाचार हो गए हैं कि कुछ नहीं कर सकते ?"

"ठीक है। तुम चोर को ढूँढ़ो। होम डिपार्टमेंट में काम किया है तुमने। पुलिसवालों से अच्छी जान-पहचान है तुम्हारी। चोरों का पता पुलिस ही दे सकती है। पूछो किसी से। पता करो। जो ख़र्च आएगा, हम दोनों आधा-आधा शेयर करेंगे।" नबी अहमद तैयार हो गए। सोचा, इसमें उलझकर शायद मन बदल जाए मुरली बाबू का।

अगले दिन की सुबह बुद्धमूर्ति चौक के पास खड़े होकर नबी अहमद प्रतीक्षा कर रहे थे। कल उन्होंने टालने की ग़रज़ से चोरवाली बात पर हामी भी ली थी, पर आज...। मुरली बाबू आते हुए दिखे। पास आए तो नबी अहमद ने पूछा—"तबीयत कैसी है ?...आज देर हो गई ?"

"अब तबीयत का क्या...बस ठीक है। आजकल नींद नहीं आती है।" मुरली बाबू ने कहा।

नबी अहमद चुप लगा गए। दोनों चुपचाप टहलते रहे। राजेन्द्र नगर पुल के पार जाना और लौटना। लौटते हुए पुल के मध्य में रुककर ऊँचाई पर बहती थोड़ी शुद्ध हवा फेफड़े में भरना...लम्बी-लम्बी साँसें लेना-छोड़ना—यह रोज़ का नियम था। वापस होते हुए पुल के मध्य में पहुँचकर जब दोनों रुके, नबी अहमद ने कहा—"कल मैं वकील के यहाँ गया था।"

"क्यों ?...क्या हुआ ?" मुरली बाबू ने आतुरता से पूछा।

"बताता हूँ। तसल्ली रखो।...हमारे छोटे साहबज़ादे के एक दोस्त हैं—वकील साहब। इस लाउडस्पीकर वाले मसअले पर बातचीत के लिए उनके पास गया था। सोचा, दरियाफ़्त करूँ कि कोई क़ानूनी मुआमला बनता है या नहीं ?"

"क्या कहा वकील ने ?" मुरली बाबू जल्दी-से-जल्दी सब कुछ जान लेने के लिए बेचैन थे।

"शोर करने के ख़िलाफ मुआमला तो बनता है,...पर उसने कहा यह मुआमला मस्जिद और मन्दिर से भी तआल्लुक रखता है।...कोर्ट आजकल ऐसे मुक़दमों को जजमेंट रिज़र्व करके सालों-साल लटका देता है। वकील बता रहा था कि शायद कोई ऐसा मुक़दमा सुप्रीम कोर्ट में लटका हुआ है।...फिर उसने कहा कि इससे भी बड़ी बात यह है कि आप दोनों अपने महल्ले में विलन बन जाएँगे। सब मिलकर आप

दोनों की फ़ज़ीहत करेंगे। हो सकता है, लोग सोशल बायकाट भी कर दें।...बुढ़ापा तो वैसे ही अपनों के बीच बेगाना कर देता है। फिर ऊपर से यह मुसीबत।...वकील की राय थी कि हमें इस झंझट में नहीं पड़ना चाहिए।...सुन रहे हो ?'' नबी अहमद ने मुरली बाबू को गुमसुम पाकर पूछा।

''हाँ, सुन रहा हूँ।'' मुरली बाबू बुदबुदाए।

''तुमने क्या किया ?...चोर को ढूँढ़ा ?'' नबी अहमद ने पूछा।

''हाँ, कल कुछ लोगों से मिला था।''

''कहाँ ?...किन लोगों से ?''

''यहीं। ठीक इसी पुल के नीचे। कल दिन में आया था। मुझे मालूम था कि यहाँ नीचे चाय की दुकानों में इस इलाक़े के शराबी-जुआरी और चोर-लफ़ंगे जमावड़ा लगाए रहते हैं। चांय पीने के बहाने काफ़ी देर तक बैठा रहा। कुछ लोगों से बातें हुईं। सब कम उम्र के लौंडे थे।''

''क्या बातें हुईं ?''

''मैंने कहा, दोनों लाउडस्पीकर खोलकर कहीं बेच दो। इस काम के लिए मैंने हज़ार रुपए तक का ऑफ़र दिया, पर...।''

''पर ?...पर क्या कहा उन लोगों ने ?''

''सब मुझे पागल समझने लगे। पहले तो ख़ूब मज़ाक़ उड़ाया। फिर समझा-बुझाकर हटाना चाहा।...मैं ज़िद करने लगा, तो बोले, बुड्ढे...बहू-बेटों की हत्या करवानी हो तो बोल...गोली मार आएँ, पर यह काम नहीं हो सकता।...मैं गिड़गिड़ाया, तो नाराज़ हो गए सब। कहने लगे, भाग बुड्ढे, नहीं तो पुलिस बुलाकर अन्दर करवा देंगे।...साला, दंगा करवाएगा क्या ?...क्या ज़माना है। चोर-लफ़ंगे पुलिस बुलाने की धमकी दे रहे थे।...मैं रुआँसा होकर चलने लगा, तो एक बोला,...बाबा, हम लोग चोरी करते हैं पर भगवान के घर में नहीं।...हाँ, भगवान को ज़रूर चुरा सकते हैं, अगर वह सोने-चाँदी का बना हो। जाओ बाबा,...घर जाओ।...वह थोड़ा पढ़ा-लिखा लग रहा था।''

मुरली बाबू चुप लगा गए। उनकी आँखें नम हो चुकी थीं। पहले हिचकी फूटी और आँखों से आँसू बहने लगे। नबी अहमद को काठ मार गया था। वह भी लगभग संज्ञाशून्य थे। दोनों कुछ देर तक वहीं खड़े रहे। पुल के इस मध्य भाग से उनके महल्ले का आसमान दिख रहा था। शिवालय और मस्जिद के शिखरों पर बँधे लाउडस्पीकरों की आकृतियाँ साफ़-साफ़ दिख रही थीं। चारों तरफ़ ध्वनियाँ थीं...मरे हुए पशु को देखकर आसमान में हर्षोन्माद से उड़ते गिद्धों की हर्षध्वनियाँ। किसी लुप्त हो रही आदिवासी बस्ती के अन्तिम-जर्जर-मरणासन्न वृद्धों की तरह उन्होंने बेबस आँखों से आसमान को देखा।

(कथन, 2000)

वधस्थल से छलाँग

मैं यह ठीक-ठाक तय नहीं कर पा रहा हूँ कि बात कहाँ से शुरू करूँ ! कहीं से भी आरम्भ की जा सकती है। उससे मेरी पहली मुलाक़ात या उसके आरम्भिक जीवन में ऐसा कुछ भी विशिष्ट नहीं है, जिसके बल पर एक अच्छी शुरुआत हो सके। वैसे सूक्ष्मता से देखा जाए तो उसके अभी के जीवन में भी कुछ उत्तेजक या रोमांचक नहीं मिलेगा। पत्रकार बन गए एक कवि में ऐसा भी कुछ विशिष्ट हो सकता है क्या ? मुझे नहीं लगता ऐसा। यही कि उसकी सुबह दस बजे होती है ? शराब के नशे से बोझिल सिर और टूटती देह लिए वह बिना कुल्ला किए भरपेट पानी पी लेता है ?...कि वह गुस्ल में दो घंटे लगाता है ! पिए और बिना पिए, दोनों हालात में वह भरपूर नशे में रहता है ! मैं उलझन में हूँ कि इन प्रसंगों में क्या विशिष्ट हो सकता है, जिससे मैं अपनी बात शुरू कर सकूँ।

मेरे लिए ज़्यादा सहज है कि मैं रामप्रकाश तिवारी से बात शुरू ही न करूँ। बात सम्पादक जी की आवक से शुरू करता हूँ। यही बेहतर होगा। हर दृष्टि से उपयोगी और रोचक भी होगा।...तो बात सम्पादक जी की आवक से शुरू होती है।

सम्पादक जी की आवक की ख़बर से हम सब बेहद उत्साहित थे। इस ख़बर के पुख़्ता होते ही हमारा उत्साह शहर में फैल चुका था। उनके आते ही हम सब उत्साह के झूले पर पेंग मारने लगे। पहले दिन जब वह दफ़्तर आए, हम सबका हाल-चाल पूछा और यूनियन के सचिव रमेश वर्मा को साथ लेकर अपने घर चले गए। इस शहर को उनके जन्म-स्थान और आरम्भिक कार्य-क्षेत्र होने का गौरव प्राप्त था। जिन दिनों वह यहाँ हुआ करते थे, रमेश पत्रकारिता का ककहरा सीख रहा था। सम्पादक जी ने उन दिनों उसे प्रोत्साहित किया था।

एक नया माहौल शुरू हो रहा था। यूनियन और सम्पादक के बीच पिछले तीन वर्षों से चली जा रही दुश्मनी के बाद सहयोग और विश्वास की संस्कृति का नया युग शुरू हो गया था। सम्पादक की गाड़ी में बैठते हुए रमेश वर्मा ने हम सबको प्रसन्नता और विश्वास भरी नज़रों से देखा था। रमेश जब लौटा, काफ़ी सन्तुष्ट और उत्साहित था। उसके बाद दूसरे दिन की रात तक मुख्य समाचार सम्पादक

सूर्यनारायण जी को छोड़ शेष सारे उप-सम्पादकों और संवाददाताओं से एक-एक कर उन्होंने घर पर ही बातें कीं। सबके लिए अलग-अलग बुलावा आया। इस समय हम नए युग में प्रवेश कर चुके थे।

तीसरे दिन सम्पादक जी के साथ बैठक हुई थी। इस बैठक के लिए प्रदेश के सारे ज़िला संवाददाताओं को तार देकर बुलवाया गया था। अस्सी हज़ार प्रसार संख्यावाले सवेरा टाइम्स की सारी शक्ति सवेरा हाउस के चौथे फ़्लोर पर एकजुट बैठी थी। संपादक जी के आते ही सबने मेज़ें थपथपाकर हर्षनाद किया। एक रामप्रकाश तिवारी था, जो सबसे पिछली क़तार में बैठा ऊँघ रहा था। उसकी दिनचर्या भंग हुई थी। दस बजे सोकर उठनेवाला आदमी दस बजे बैठक में उपस्थित था, इससे ही उसके कष्ट का अन्दाज़ा लगाया जा सकता है। बहरहाल, सम्पादक जी ने हमें सम्बोधित किया।

"मैं यहाँ एक विशेष मिशन पर आया हूँ। यह अख़बार बन्द होने जा रहा था। पिछले सम्पादक की कारगुज़ारियों के कारण मैनेजमेंट ने लगभग तय कर लिया था कि अख़बार बन्द कर दिया जाए।...पर अन्तिम कोशिश के रूप में मुझे यहाँ भेजा गया है।...मैंने यह ज़िम्मा आप सबके बल पर लिया है। मैं आपका आदमी हूँ...आपके बीच का आदमी। और फिर यह शहर, मेरा अपना शहर भी है। मैनेजमेंट यूनियन से भयभीत है। यह भय मैंने यहाँ आने से पहले की लगभग ख़त्म कर दिया है। मैंने मैनेजमेंट को यह बता दिया है कि यूनियन की अगली क़तार के लोगों सहित अस्सी प्रतिशत लड़के मेरे हैं। मैनेजमेंट अब चैन में है। अब मेरा और आपका काम है कि मैनेजमेंट को चैन से रहने दें। और वह सब कुछ धीरे-धीरे हासिल करें, जो हमें चाहिए।"

हम सब दम साधे सुन रहे थे। सम्पादक जी ने नाटकीय विराम के साथ पूरी सभा को अपनी नज़रों से सहलाया। ऊँघता हुआ रामप्रकाश तिवारी थोड़ा सजग हुआ। उसे खाँसी आ गई। उसके खाँसने तक सब कुछ रुका रहा। उसकी खाँसी थमते ही सम्पादक जी ने बोलना शुरू किया, "मैं यहाँ राजनीति करने नहीं आया हूँ, और ना ही यह चाहूँगा कि इस दफ़्तर में किसी तरह की राजनीति हो। यहाँ होनेवाली राजनीति से मैं परिचित हूँ। आपके बीच बैठे उन लोगों को मैं अच्छी तरह जानता हूँ, जो पत्रकारिता नहीं, सिर्फ़ राजनीति करते हैं। राजनीति के बल पर सम्पादकों की गोद में बैठकर चुम्मा-चाटी करनेवाले पत्रकारों को मैं आगाह करना चाहता हूँ कि वे लोग इस अख़बार से इस्तीफ़ा देकर कहीं और चले जाएँ या अपना रंग-ढंग बदलें। मैं ऐसी ताक़तों को किसी भी क़ीमत पर यहाँ नहीं टिकने दूँगा। मैं यहाँ आया ही इसलिए हूँ कि उन्हें बदल दूँ या उखाड़ दूँ। मैं उन सब लोगों को वाज़िब हक़ दूँगा जो पत्रकारिता के लिए कमिटेड हैं।...हाँ तो मैं कह रहा था,...यहाँ राजनीति

नहीं चलेगी। मैं आप सबसे कई गुना ज़्यादा मँजा हुआ और पुराना राजनीतिबाज़ हूँ। मैंने इस प्रदेश के दो-दो मुख्यमन्त्रियों के साथ राजनीति की है और उनकी सत्ता को चुनौती दी है। उन दिनों मैं विशेष संवाददाता था, पर अब तो संपादक हूँ।...यहाँ कुछ गुंडे भी हैं, जिन्होंने पिछले संपादक के साथ मिलकर आतंक मचाया था। मैं उन गुंडों को भी होशियार करना चाहता हूँ कि वे चूहों की तरह बिल में घुस जाएँ। उनके दिन अब लद गए। उनसे ज़्यादा ताक़तवार आदमी अब इस अख़बार का सम्पादक है। मैं राजेन्द्र नगर की सड़कों पर रामपुरिया चाकू लेकर भी घूमता रहता हूँ। मैं चाहूँ तो अभी, इसी समय उन गुंड़ों की बाँहें उखाड़कर सवेरा हाउस के नीचे फेंक दूँ। पर फ़िलहाल उन्हें एक मौक़ा देना चाहता हूँ...।''

सभा मौन थी। स्तब्ध ! पिछले सम्पादक के प्रियजनों के चेहरे हल्दी पिसे सिल की तरह पियराने लगे थे। सम्पादक जी ने फिर एक नाटकीय विराम के साथ सिकुड़कर छोटी हुई आँखों से पूरी सभा को बेध डाला। लगभग सारे लोग हाँफ रहे थे। मरने-मरने को हो रहे थे। उनके प्राण हुकहुका रहे थे। सिर्फ़ एक रामप्रकाश तिवारी था, जो जीवित था। उसकी ऊँघ ख़त्म हो चुकी थी। वह पूरी तरह सतर्क था। तनकर बैठा हुआ रामप्रकाश तिवारी सम्पादक जी को एकटक घूर रहा था।

सम्पादक जी ने सभा समाप्ति की घोषणा की और अपने कक्ष में चले गए। लोगों के प्राण लौटने शुरू हुए। मुख्य समाचार सम्पादक सूर्यनारायण जी का कहना था कि सवेरा टाइम्स के लिए अपनी पत्रकारिता का दौर अब शुरू हो रहा है। बाहर की साख भीतरी संघर्ष के कारण नहीं बन पा रही थी। अब बनेगी साख। प्राण लौटते ही सूर्यनारायण जी उत्साहित हो गए थे। बिना यह ग़ौर किए कि लोग उन्हें सुन रहे हैं या नहीं, वह बोलते ही जा रहे थे, ''पहली बार किसी सम्पादक ने इतना ज़ोरदार भाषण दिया।...पहली बार अख़बार को दमदार सम्पादक मिला है। अब काम करने में मज़ा आएगा। पिछले दिनों सम्पादक तो लल्लू-जगधर थे। आए और गए।''

शेष लोग अभी स्वस्थ नहीं हुए थे। हो रहे थे। मैं भी स्वस्थ होने के लिए संघर्ष कर रहा था कि रामप्रकाश तिवारी ने अपने दोनों हाथों से मेरे कन्धे को स्पर्श किया। गलबहियाँ डालते हुए बोला–''चलो डार्लिंग, नींबूवाली चाय पीते हैं।''

मैं पिछले तीन-चार वर्षों से उन तीनों को इस शहर के भीतर मँडराते हुए देख रहा हूँ। अक्सर तीनों एक साथ होती हैं। चाहे कोई भी मौसम हो, तीनों पंख फैलाए उड़ती फिरती हैं। शहर का कोई भी कोना उनसे अछूता नहीं। दिन पर दिन शहर बड़ा होता जा रहा है। फिर भी, सुबह से साँझ तक वे कहीं-न-कहीं दिख ही जाती हैं। उन्हें देखते

ही रामप्रकाश तिवारी की आँखें चमक उठती हैं। वह बछड़े की तरह हुमकने लगता है। उसका ऐसा मानना है कि उन तीनों से उसे जीवन की ऊर्जा मिलती है। आप इसे रामप्रकाश तिवारी का पागलपन समझ सकते हैं।...पर मैंने स्वयं अनुभव किया है कि उसके लिए यह सच है। अक्सर वह हमारा साथ छोड़कर उन तीनों के पीछे घंटों घूमता है। कभी-कभी जब वह बेहद उदास और थका-टूटा होता है, उन तीनों की खोज में निकल पड़ता है। जब तीन के बदले वे दो होती हैं, रामप्रकाश तिवारी का मन चिन्ता से भर उठता है कि तीसरी का क्या हुआ ? मैंने ऐसी स्थिति में उसे बुदबुदाते हुए सुना है कि कहीं वह बीमार तो नहीं पड़ गई। शहर के असामान्य मौसम की भेंट चढ़ गई या किसी शरारती ने उसके पंख नोंच लिए। वह उन्हें तितलियाँ कहता है।

हम दोनों साथ निकले थे। मैं क्राइम रिपोर्टर हूँ। कोतवाली के अलावा रोज़ पाँच-सात थानों की सैर करता हूँ। मुझे गांधी मैदान थाना जाना था और रामप्रकाश तिवारी गांधी मैदान में उन तीनों का मजमा ढूँढ़ने निकला था। वह सांस्कृतिक सम्वाददाता है और एक साप्ताहिक कॉलम 'शहरनामा' भी लिखा करता है। उन तीनों पर वह अपने कॉलम में अक्सर लिखा करता है। वे तीनों शहरनामा के प्रमुख पात्रों में हैं।

गांधी मैदान की वलयनुमा भीतरी राह के किनारे खड़े एक वृक्ष की घनी छाँह में मज़मा लगाए तीनों दिखी थीं। उनके हाथों में पत्थर के छोटे-छोटे चपटे टुकड़े थे, जिन्हें अपनी अँगुलियों में कलात्मक ढंग से फँसाकर ताल देती हुई तीनों गा रही थीं। भीड़ जुटी थी। कुछ बैठे, कुछ खड़े लोगों की भीड़। पुष्पदलों के बीच पुंकेसर-सी तीनों झूम रही थीं। उनकी आवाज़ लहरा रही थी। "मोर चढ़ल बा जवनिया गवना से जा राजा जी।"

रामप्रकाश तिवारी मन्त्रमुग्ध उन्हें सुन रहा था। वे बीच-बीच में चुहल कर रही थीं। लोग उन्हें छेड़ रहे थे। वे तीनों छेड़ती आवाज़ों, भद्दे संकेतों और वहशी नज़रों को मुँह चिढ़ाती हुई गूँज रही थीं। मैं उस मजमे से बाहर निकलना चाहता था। पर तिवारी के कारण मेरा निकल पाना मुश्किल था। अगर निकल जाता, तो कई दिनों तक तिवारी मुझसे गुमसुम रहता। हालाँकि, वह उन तीनों को सुनते हुए मुझसे बेख़बर था।

उन तीनों ने अपनी आवाज़ को समेटा। कुछ लोगों ने जेब टटोलने का बहाना किया और खिसक लिए। कुछ लोगों ने पाँच-दस या चवन्नी-अठन्नी का सिक्का फेंका। कुछ ने पैसा देने के बहाने उनकी अँगुलियों को छुआ, आँचल खींचे और कुछ ने चिकोटी काटकर ठहाके लगाए। वे तीनों पैसे सहेजकर भीड़ के बीच राह बनाती हुई एक्जीविशन रोड की ओर निकलीं और सिनेमा हॉल के अहाते के पास जाकर

लोप हो गईं।

लोग उन तीनों के जीवन, यौवन और चरित्र पर टिप्पणियाँ करते हुए चले गए। मजमा बिखरने के बाद रामप्रकाश तिवारी बेंच पर धप्प-से बैठ गया।

"क्यों, चलना नहीं है क्या ?" मैं खीझ रहा था।

"देखा तुमने ? तीनों का साहस देखा ? वामन अवतार की तरह तीन डेग में पूरी पृथ्वी नापकर चली गईं तीनों।" वह स्वप्निल स्वर में बोल रहा था।

उसका कन्धा पकड़कर झकझोरते हुए मैंने कहा, "तू चलेगा या मैं जाऊँ ? देर हुई तो थाना इंचार्ज निकल जाएगा और मैं पूरी पृथ्वी का चक्कर लगाता फिरूँगा।"

मेरी फटकार से वह बेमन उठा और मेरे साथ हो गया।

एक जवान लड़की ने प्रेम में असफल होने पर आत्महत्या कर ली थी। बस यही एक ख़बर लेकर हम दोनों थाने से वापस लौट रहे थे। लड़की का प्रेमी उसकी सहेली के साथ भाग गया था। लड़की यह सदमा नहीं झेल सकी। वह ज़हर खाकर अस्पताल पहुँचते-पहुँचते असफल प्रेमिकाओं के इतिहास में दर्ज़ हो गई। वापस लौटते हुए रामप्रकाश तिवारी ने टिप्पणी की, "दुनिया से सारी अच्छी चीज़ें तेज़ी से नष्ट हो रही हैं।"

मैंने पूछा, "जैसे ?"

उसका संक्षिप्त उत्तर था, "जैसे प्रेमिकाएँ।"

हम चुपचाप पैदल चलते हुए अख़बार के दफ़्तर पहुँचे थे। मैं डाक संस्करण के लिए ख़बर बनाकर सूर्यनारायण जी को सौंपने के बाद ताज़ा ख़बरों के लिए बाहर निकल गया। रामप्रकाश तिवारी अपना कॉलम लिखने में जुटा हुआ था।

सम्पादक जी विशेष बैठक को सम्बोधित करनेवाले थे। पहली बैठक के लगभग डेढ़ माह बाद यह दूसरी बैठक हो रही थी। इस बीच जो महत्वपूर्ण घटनाएँ घटीं, उनकी संक्षिप्त सूचना बिना किसी ताम-झाम के आपको देना चाहता हूँ। सम्पादक जी ने यूनियन सचिव रमेश शर्मा को अपना दाहिना हाथ घोषित किया था। अपने ऊपर सम्पादक जी का विश्वास और स्नेह उसके गले में मछली के काँटे की तरह फँसा था। पूर्व सम्पादक द्वारा की गई प्रोन्नतियों की पुनर्समीक्षा तक वेतन में हुई बढ़ोतरी के भुगतान पर रोक लगा दी गई थी। मुख्य संवाददाता नगरपालिका के बाबुओं की तरह दफ़्तर आते, पान चबाते और सारे दिन ऊँघते रहने के बाद चले जाते। सम्पादक जी के अनुसार उन्हें फ्रीज कर दिया गया था। कुछ ज़िला संवाददाताओं के तबादले हुए। कुछ लोगों को प्रदेश-बदर करने के लिए मैनेजमेंट को रिपोर्ट भेज दी गई थी। सवेरा हाउस के चौथे फ़्लोर पर ठहाकों, चुहलों, विचार-विमर्श, गर्म बहसों और ख़बरों

को लूटने-लुटाने का दौर ठिठका हुआ था। लोग फुसफुसाहटों से काम चला रहे थे। सम्पादक जी को शोर से नफ़रत थी। वह अपने मातहतों को मौन देखना चाहते थे। डेढ़ माह में किसी के सामने, किसी दूसरे से उन्होंने कोई बात नहीं की थी। हर किसी से वह अकेले में बातें करते थे।

अपना भाषण शुरू करने से पहले सम्पादक जी ने रामप्रकाश तिवारी से कहा, ''आप आगे आ जाएँ।''

पिछली क़तार में बैठे तिवारी के लिए अगली क़तार में बैठे सूर्यनारायण जी ने जगह ख़ाली कर दी। वह चुपचाप आकर बैठ गया। आज मजमावाली लड़कियों पर उसकी रिपोर्ट उसके कॉलम 'शहरनामा' में छपी थी। कल गांधी मैदान में उसकी तन्मयता देखकर ही मुझे लगने लगा था कि पट्ठा कोई ज़बर्दस्त पीस लिख रहा है। मेरा यह विश्वास कि रामप्रकाश तिवारी की प्रतिभा का लोहा सम्पादक जी को मानना ही पड़ेगा—सही साबित होने जा रहा था।

सम्पादक जी बोल रहे थे, ''मैं यह बात साफ़-साफ़ बता देना चाहता हूँ कि रंडियों के बल पर राजनीति में पद और बीवियों के बल पर नौकरी में प्रमोशन पानेवालों का मैं सख़्त विरोधी हूँ। एक पत्रकार पिछले दिनों अपनी बीवी के साथ मेरा हाल-चाल पूछने मेरे घर गए थे। मैं नाम नहीं बताऊँगा। ऐसे लोगों को मैं हाशिए पर ही रखूँगा। वे बीवियों के बल पर अख़बार की मुख्यधारा में नहीं रह सकते।''

सारी सभा को साँप सूँघ गया। सबने एक-दूसरे को कनखियों से देखा। विवाहित पत्रकारों पर संकट के गहरे बादल छा गए। कौन था ? कौन गया था अपनी बीवी के साथ ? यह सवाल सबको उद्विग्न कर रहा था। सिर्फ़ रामप्रकाश तिवारी निश्चिन्त था। मुस्कुरा रहा था। मेरी तो दहशत से टाँगें थरथराने लगी थीं। सबने मन ही मन अपनी समझ के अनुसार कोई एक नाम रेखांकित किया कि हो सकता है कि यही अपनी बीवी के साथ गया हो। सन्देह के घने बादल छा चुके थे।

सम्पादक जी ने भाषण ज़ारी रखते हुए कहा, ''मेरे अख़बार में कुछ कवि-साहित्यकार वगैरह घुस आए हैं। मेरा ऐसा मानना है कि ऐसे लोग पत्रकारिता की दुनिया के लिए कोढ़ होते हैं। समाज के सच में इनकी कोई जगह नहीं, मुझे साहित्यकारों और कुत्तों से नफ़रत है। मैं इनसे अपने अख़बार को बचाना चाहता हूँ। किसी भी क़ीमत पर मैं इन्हें अपने अख़बार के दफ़्तर में नहीं देखना चाहता।...जो लोग अपने कवि-लेखक होने के ग़रूर में इतराए फिरते हैं, वे अपना चाल-चलन बदल दें, वर्ना उन्हें सवेरा हाउस से नीचे फेंक दिया जाएगा।''

अगली क़तार में बैठा रामप्रकाश तिवारी बड़ी उत्सुकता से सम्पादक जी को सुन रहा था। उसके चेहरे पर प्रसन्नता के भाव थे। वह नन्हे शिशु की तरह उत्साहित था जबकि शेष सारे लोग अस्वस्थ होने लगे थे। सूर्यनारायण जी के तो प्राण ही अटके

हुए थे। सम्पादक जी ने तनकर बैठे हुए रामप्रकाश तिवारी पर अपनी नज़रें टिका दीं और सारी शक्ति केन्द्रित करते हुए गरजे, ''मिस्टर रामप्रकाश तिवारी ! आप कविता झाड़ना बन्द करके पत्रकारिता शुरू कर दीजिए, नहीं तो...''

क्रोध के मारे सम्पादक जी के शेष शब्द गुम हो गए। उनके कंठ से गों-गों की आवाज़ निकली। उनकी आँखें अँधेरे में चमकती किसी शातिर लकड़बग्धे की आँखों जैसी चमक रही थीं। रामप्रकाश तिवारी ने अटके हुए आगे के शब्दों को सुनने के लिए अधीर होते हुए पूछा, ''नहीं तो ?...नहीं तो क्या होगा सम्पादक जी ?''

''दो कौड़ी की रंडियों के पीछे रात-दिन घूमते-फिरते हो और मुझसे ज़ुबान लड़ा रहे हो।...पत्रकार बने फिरते हो तुम ?'' सम्पादक जी अपनी सारी शक्ति संचित करके बोल रहे थे, ''तुम्हारे बारे में एक-एक ख़बर है मेरे पास। दारू पीकर बाज़ारू औरतों के पीछे रात भर डोलते हो और साहित्यकार-पत्रकार बनते हो ?''

सम्पादक जी हाँफने लगे थे। जैसे-तैसे अपनी साँसों पर क़ाबू पाते हुए उन्होंने अपने सामने रखा आज का अख़बार बीच टेबल पर फेंक दिया। आप से तुम के बाद तुम से आप पर उतरते हुए बोले, ''यही रिपोर्ट है ?...यही है अख़बार की भाषा ? इसमें ख़बर कहाँ है ? रंडियों पर लिखने के लिए नहीं है यह अख़बार। समझे आप ?...मैं जनता का पत्रकार हूँ। जनता पर लिखिए, जनता पर। रंडियों और जनता के बीच फ़र्क़ होता है। कविता नहीं होती है पत्रकारिता।...बहुत फ़र्क़ होता है कविता के झूठ और पत्रकारिता के सच में।...आज से आपका यह शहरनामा कॉलम बन्द।...और आप सांस्कृतिक प्रतिनिधि का काम भी नहीं करेंगे। आप क्राइम देखेंगे आज से। सूर्यनारायण जी ! सबकी बीट बदल दीजिए आज से। आइए मेरे चैम्बर में। मैं बिलकुल नए ढंग से अलाटमेंट करना चाहता हूँ।''

सम्पादक जी अपने चैम्बर में चले गए। रामप्रकाश तिवारी ने सूर्यनारायण जी को सहारा देकर उठाया और सम्पादक जी के चैम्बर के दरवाज़े तक पहुँचा आया।

रमेश वर्मा सबसे पहले उत्तेजित हुआ था। तत्काल उसकी उत्तेजना ने रंग दिखाया और कुछ गिने-चुने लोगों को छोड़कर शेष लोग उत्तेजित हो गए। मैं तो तत्काल सम्पादक को जूते लगाने के पक्ष में था। कुछ लोग घेराव के लिए तो कुछ लोग नारेबाज़ी के लिए उतावले थे। कुछ का मत था कि मैनेजमेंट को नोटिस देकर कल से क़लमबन्द हड़ताल कर दी जाए। सिर्फ़ रामप्रकाश तिवारी की राय बिलकुल विपरीत थी। वह कुछ भी करने के पक्ष में नहीं था।

क्राइम रिपोर्टर रामप्रकाश तिवारी का अपराध की दुनिया में प्रवेश धमाकेदार ढंग से हुआ। जिस दिन उसे क्राइम बीट पर लगाया गया, उसी शाम शहर के व्यस्ततम

इलाक़े के चौक पर एक घटना घटी। अपने पिता के साथ रिक्शे पर बैठकर चौक से गुज़रती एक ख़ूबसूरत लड़की को गुंडों ने घेरकर नीचे उतार लिया। लड़की का बाप गिड़गिड़ाता रहा, गुंडे नहीं माने। हिन्दी फ़िल्मों में दिखाया जानेवाला एक ऐसा दृश्य, जिसे देखकर दर्शक सीटियाँ बजाएँ और सिसकारी भरें—गुंडों ने रचा। उन्होंने लड़की की साड़ी बीच चौक में उतार दी। ब्लाउज़-पेटीकोट पहने लड़की दोनों हाथों से अपने वक्ष को छुपाती सड़क पर लुढ़क गई। गुंडे मोटरसाइकिल पर उड़ गए। साड़ी लेते गए; जाते-जाते कह गए, "हरामज़ादे। आज तो छोड़ दिया। अगली बार एक भी कपड़ा नहीं बचेगा।...तेरी बेटी को नंगा नचाएँगे इसी चौराहे पर।"

रामप्रकाश तिवारी ने यह सब घटित होते हुए अपनी आँखों से देखा। जुल्मी राजा के घुड़सवारों की तरह गुंडे आए और बूढ़े पिता की जवान बेटी को फ़सल की तरह रौंदकर चले गए। बाप-बेटी भीड़ से घिरे थे। सब कुछ देखने-सुनने के बाद वह बदहवास सवेरा हाउस पहुँचा। ख़बर बनाकर सूर्यनारायण जी को सौंपी। सूर्यनारायण जी बोले, "तिवारी प्रभु ! भाग्यशाली हैं आप। पहले ही दिन ऐसी महत्वपूर्ण ख़बर।"

उसने घूरकर सूर्यनारायण जी को देखा। मेरे पास आया। मैं अपने काम से फ़ुर्सत पाकर उसकी प्रतीक्षा कर रहा था। मैं अपराध की दुनिया से खेलों की दुनिया में भेज दिया गया था। स्कूली बच्चों का क्रिकेट मैच देखकर लौटा था। पिछले कई दिनों का तनाव बच्चों को खेलते हुए देखकर धुल गया था। मैंने तिवारी को छेड़ा, "वैलकम, क्राइम किंग।"

वह गम्भीर था। कुछ-कुछ उदास और थका हुआ भी। मेरे जुमले पर कोई प्रतिक्रिया दिए बिना उसने कहा, "चलो, चाय पीते हैं।"

हम दोनों चाय पीकर यूँ ही बेमतलब सड़कों पर टहलते रहे। घटना के बारे में संक्षिप्त सूचना देकर वह चुप लगा गया था। मैं उसकी मनःस्थिति समझ रहा था। लड़की के साथ जो घटित हुआ, ऐसी एक भी घटना रामप्रकाश तिवारी का पूरा जीवन नष्ट करने के लिए काफ़ी है। मैं चिन्तित था। अपराध की निर्मम दुनिया की भयावह ख़बरें लिखते-लिखते तिवारी जीवित बच पाएगा या नहीं। यही थी मेरी चिन्ता।

"गांधी मैदान चलते हैं। दूब पर लेटेंगे थोड़ी देर।" मैंने तिवारी को सुकून देने की ग़रज़ से प्रस्ताव रखा।

"नहीं। बस-स्टैंड चलते हैं। वहीं होंगी तीनों। इस समय वहीं मिलती हैं।" तिवारी आकुल हो उठा।

हम बस स्टैंडवाली राह की ओर मुड़ चले थे। वह बुदबुदाया—"पता नहीं, तीनों होंगी भी या नहीं। कोई भरोसा नहीं। कब,...कौन,...कहाँ गुम हो जाए,...कोई भरोसा नहीं !"

तीनों बस स्टैंड के भीतर दिख गईं। यात्रियों की भीड़ को अपनी वेगमय

उपस्थिति से चीरती हुई घूम रही थीं। दारू के नशे में डगमगाती, पान की गिलौरियाँ चबातीं, खलासियों-ड्राइवरों और रंगदारों के व्यूह में निर्भय होकर विचर रही थीं। अभिसार के लिए जाती रीतिकालीन नायिकाओं की तरह वे लाज से सहमी, सिकुड़ी नहीं थीं। वे दमक रही थीं। मृदंग की तरह बज रही थीं। तितलियों के पीछे भागते बच्चों की तरह रामप्रकाश तिवारी उनके पीछे-पीछे भाग रहा था। वह उल्लसित था, जिज्ञासु था। वह उन तितलियों को छूना चाहता था। उनके रंग-बिरंगे पंखों के जादू का रहस्य पाना चाहता था।...पर एक बस से उतरे हुए मुसाफ़िरों की भीड़ के रेले ने हमें रोक दिया और वे तीनों गुम हो गईं।

मैं जब दूसरे दिन अख़बार के दफ़्तर पहुँचा, रामप्रकाश तिवारी पहले से मौजूद था। मुझे सन्देह हो गया था कि वह पहुँच चुका होगा। इसी सन्देह के चलते मैं प्रेस कान्फ्रेंस के बीच से उठकर भागते हुए पहुँचा था। सम्पादक जी अभी नहीं आए थे। उनके चैम्बर के दरवाज़े पर नज़रें टिकाए तिवारी चुप बैठा था। सम्भवतः प्रतीक्षा कर रहा था। सूर्यनारायण जी ने इशारे से मुझे बुलाया और फुसफुसाए, ''तिवारी एकदम गुम्मी मारे बैठा है। बात क्या है। ख़तरनाक मूड में लग रहा है।''

''मुझे नहीं मालूम।'' मैंने बात टालने की कोशिश की थी।

''पर बात कुछ है ज़रूर।''

''रात को ज़्यादा पी गया होगा।...भकुआया है।'' मैं बात टालते हुए रमेश वर्मा के पास जाकर बैठ गया।

सूर्यनारायण जी भयभीत लग रहे थे। बार-बार लिफ्टवाले दरवाज़े की ओर देख रहे थे। सम्पादक जी की अनुपस्थिति में शायद अपने को असुरक्षित महसूस कर रहे थे। बीच-बीच में वह तिवारी को देखने की कोशिश करते, पर उससे आँखें न मिल जाएँ इस भय से उसे भर आँख देख नहीं पा रहे थे।

सम्पादक जी आए। अपने चैम्बर में गए। बहुत तेज़ी से रामप्रकाश तिवारी उठा और उनके पीछे-पीछे चैम्बर में घुस गया। कुछ देर बाद जब सम्पादक जी चिल्लाए, उनके चैम्बर के सामने भीड़ लग गई। तिवारी ने क्या कहा--यह तो किसी ने नहीं सुना, पर सम्पादक जी की तेज़ आवाज़ सब तक पहुँच रही थी।

''...पुलिस नहीं पहुँची थी वहाँ, इसका मतलब यह नहीं होता कि पुलिस के स्टेटमेंट के बग़ैर आप क्राइम रिपोर्ट फ़ाइल करके चले जाएँ। क्राइम रिपोर्ट के लिए घटना से ज़्यादा महत्व तथ्य का होता है, जो पुलिस के पास मिलता है। समझे आप ?...पहले पत्रकारिता सीखिए, फिर जवाब तलब कीजिएगा...और आपने हिम्मत कैसे की मुझसे...सम्पादक से जवाब तलब करने की ? घटना की रिपोर्ट करते हुए

आप पत्रकार नहीं, उस लड़की के आशिक़ हो गए हैं।...आपका काम विक्टिम का पक्ष लेना नहीं है।...जाइए,...पहले जाकर इस कांड के तथ्यों को खोजिए... जाइए,...जल्दी जाइए यहाँ से...सड़ चुके हैं आप...बदबू दे रहे हैं आप...''

रामप्रकाश तिवारी बाहर निकला। हम सब बेहद उत्तेजित थे। हमारी उत्तेजना को अँगूठा दिखाते हुए बिना एक शब्द बोले या बिना हमारी ओर देखे वह दफ़्तर से बाहर निकल गया।

कल की घटना पर उसकी रिपोर्ट किल कर दी गई थी। सुबह अख़बार देखकर सबको यह पता चल गया था। ख़बर पूरी तरह बदल गई थी। ख़बर में कोतवाली के थाना इंचार्ज का बयान था कि एक लड़की को बीच चौराहे पर कॉलेज के कुछ मनचले छात्रों ने छेड़ने की कोशिश की, पर पुलिस के पहुँचते ही वे भाग खड़े हुए। लड़की को पुलिस संरक्षण में उसके घर पहुँचा दिया गया।

रामप्रकाश तिवारी लिफ्ट से नीचे नहीं उतरा। वह सीढ़ियों से उतरकर जाने कहाँ चला गया ! रमेश वर्मा नीचे जाकर ढूँढ़ आया, पर वह मिला नहीं। यूनियन की तत्काल बैठक हुई। तिवारी के साथ हुए अपमान भरे व्यवहार पर हम सबने आँसू बहाए। तय किया गया कि मैनेजमेंट को एक विरोध-पत्र भेजा जाए।

रामप्रकाश तिवारी सप्ताह भर ग़ायब रहा। मैं इस बीच कई बार उसके कमरे तक गया। वह मिला नहीं। यह कोई नई बात नहीं थी। ऐसा अक्सर होता था। अचानक अदृश्य होते हुए भी अपनी उपस्थिति का एहसास बनाए रखना उसकी विशेषता थी। उसने दफ़्तर को कोई सूचना नहीं दी थी। सात दिनों तक ग़ायब रहने के बाद वह पे डे के दिन कैश सैक्शन में प्रकट हुआ। सम्पादक जी ने नियमतः सात दिनों का वेतन काट लेने का आदेश दिया था। वेतन लेकर जब वह चौथे फ़्लोर पर आया, काफ़ी मस्त दिख रहा था। सीधे सूर्यनारायण जी की मेज़ के सामने जाकर बैठ गया।

''अरे तिवारी प्रभु ! कहाँ रहे इतने दिनों ?'' सूर्यनारायण जी ने पूछा।

''ऐसे ही ज़रा घूम-टहल रहा था।'' बेहद इत्मीनान के साथ उसने कहा। जेब से कुछ पन्ने निकालकर उनके सामने रखते हुए बोला, ''बड़े भाई, यह एक रिपोर्ट है। सम्पादक जी तक भिजवा देंगे।''

रामप्रकाश तिवारी अब हमारे बीच में था। अधिकांश लोग उससे बातें करना चाहते थे। पूछना चाहते थे कि वह अचानक क्यों ग़ायब हो गया था ? पर चाहकर भी कोई पूछ नहीं पा रहा था। सम्पादक जी अपने चैम्बर में थे।

मेरी इच्छा हो रही थी कि तिवारी को अपनी बाँहों में भर लूँ...उसके गले लगकर ख़ूब रोऊँ। इन सात दिनों में जिस तरह उसके लिए आकुल रहा, उसका कारण तलाश

पाना मेरे लिए मुश्किल था। मैं स्वयं से सवाल करता रहा कि आख़िर इतना बेचैन क्यों हूँ मैं ? मैं इन सात दिनों में निरन्तर आकुल और असहाय होता गया था। मैं अपने को नियन्त्रित किए बैठा था। एक बार यह भी इच्छा हुई कि उठूँ और एक ज़ोरदार तमाचा तिवारी के गालों पर जड़ते हुए पूछूँ कि कहाँ ग़ायब था मरदूद ? पर मैं ऐसा कुछ भी नहीं कर पाया। अपनी कुर्सी से उठा और उसकी बाँह पकड़ते हुए धीरे से बोले, "चल, नींबूवाली चाय पीते हैं।"

हम दोनों नीचे आए। चाय पीकर निरुद्देश्य सड़क किनारे खड़े होकर आने-जानेवालों को घूरते रहे। मेरे भीतर तिवारी के लिए लाड़ उमड़ रहा था कि वह सब कुछ करूँ जो तिवारी को सुख दे सके,...जो तिवारी के लिए इच्छित हो। मैंने उससे कहा, "दोस्त। तू शादी कर ले।"

वह मुस्कुराया। मैंने फिर कहा, "मेरी बातों को हँसी में मत टाल।...मैं सीरियस हूँ। शादी कर ले, तेरे भीतर का हाहाकार थोड़ा थम जाएगा।"

"क्या तेरे भीतर का हाहाकार थम गया शादी के बाद... ?" तिवारी ने प्रश्न किया।

मैं निरुत्तर था। फिर उसने स्वयं जवाब दिया, "शादी करने से हाहाकार नहीं थमता !...नहीं थमता दोस्त। अगर ऐसा होता तो सारे शादी-शुदा लोग सुखी और निश्चिन्त होते।"

"पर एक डायवर्शन तो मिलता है।" मैंने तर्क दिया।

"मेरे भीतर कोई हाहाकार मचा हो, तब तो उसे डायवर्शन दूँ। कोई हाहाकार नहीं है। यही तो ट्रेज़ेडी है कि कहीं कोई हाहाकार नहीं है। तू मेरी चिन्ता छोड़। चल, ऊपर चलते हैं।" उसने मेरी चिन्ता, मेरे सोच और दुखों पर पानी छोड़ दिया।

हम चौथे फ़्लोर पर पहुँचे। सूर्यनारायण जी ने सूचना दी कि सम्पादक जी ने रामप्रकाश तिवारी को बुलाया है। वह सम्पादक जी के चैम्बर में गया। उसके जाते ही लोगों के कान खड़े हो गए। किसी अशोभन क्षण का सन्देह मन के भीतर जाग उठा। सब सहमे हुए प्रतीक्षा कर रहे थे।

कुछ ऐसा ही घटित भी हुआ। सम्पादक जी चीख़ने लगे। उनकी आवाज़ सवेरा हाउस के चौथे फ़्लोर पर बैठे सवेरा टाइम्स के पत्रकारों पर प्रक्षेपास्त्रों की तरह गिर रही थी।

"तुमने मुझे क्या समझ रखा है ?...मैं तुम्हारी नस-नस पहचानता हूं।. साही हूँ मैं।...कँटीला साही हूँ। मेरी देह में काँटे ही काँटे हैं। इन्हीं काँटों के बल पर राजनीति के माफिया सरदारों की भीड़ में निडर घूमता हूँ। समझे तुम ?...मुझसे टकरानेवाला लहूलुहान हुए बिना नहीं रह सकता। मैं तुम्हें बरबाद कर दूँगा। निकल जाओ मेरे

चैम्बर से,...तुम बदबू दे रहे हो...भागो यहाँ से...।"

रामप्रकाश तिवारी बाहर निकला। हम सबके बीच से गुज़रते हुए सूर्यनारायण जी की मेज़ के सामने बैठ गया। हम सब पिछले दिनों की तरह उत्तेजित थे। रमेश वर्मा झटके से सम्पादक जी के चैम्बर में घुसा।

"आपका यही रवैया रहा तो अख़बार बन्द हो जाएगा।" रमेश उत्तेजना से भरा हुआ था।

"बन्द हो जाए, पर मैं ऐसे लोगों को बरदाश्त नहीं कर सकता।"

"अख़बार बन्द हुआ तो आप सम्पादक नहीं रह जाएँगे।"

"मेरी फिक्र छोड़ो। मैं हवाई जहाज़ पर घूमता हूँ। अख़बार बन्द होने पर तुम लोग अपनी बीवियों के साथ दूसरों के घर घूमते फिरोगे।"

"आप अपनी भाषा बदलिए।...यही है पत्रकारिता की भाषा ?" रमेश चीख़ा।

"मुझे भाषा की तमीज़ मत सिखाओ। जिन दिनों तुम्हारी नाक से नेटा-पोटा बहता था, उन दिनों तुम्हें लिखना सिखाया है मैंने। मैंने पैदा किया है तुम्हें पत्रकारिता की दुनिया में।...पर साँप हूँ मैं। अपने ही अंडों को फोड़कर खा सकता हूँ।...मैं तुम्हें खा जाऊँगा। जो जी में आए कर लो।...लूले-लँगड़ों की यूनियन से नहीं डरता मैं।"

रमेश बाहर निकल आया। तत्काल बैठक हुई। बैठक में यह निर्णय लिया गया कि कल से क़लमबन्द हड़ताल। रामप्रकाश तिवारी भी बैठक में था। उसने इस निर्णय का विरोध किया। बोला, "हम सम्पादक जी की इच्छानुसार काम करने लगे हैं। वे चाहते हैं कि हम हड़ताल करें क्योंकि मैनेजमेंट भी यही चाहता है। मैनेजमेंट प्रादेशिक संस्करणों को बन्द करना चाहता है। हमारी हड़ताल से उन्हें मौक़ा मिलेगा। हम सब जान रहे हैं कि मालिकों के आपसी बँटवारे के बाद हम जिसके हिस्से में हैं, वह अपना व्यवसाय बदलना चाहता है। सम्पादक जी को इसी काम के लिए यहाँ भेजा गया है।"

रामप्रकाश तिवारी की बातों में दम था। हड़ताल का निर्णय आपसी बहस-मुबाहिसों के बाद स्थगित हुआ और एक तीखा विरोध-पत्र दिया जाना फिर तय किया गया।

सम्पादक जी और तिवारी के बीच आज जो भी हुआ, उसका कारण वे तथ्य थे, जिनकी खोज के लिए सप्ताह भर पहले स्वयं सम्पादक जी ने उसे उकसाया था। बीच चौराहे पर लड़की की साड़ी खोलनेवाले गुंडे जिसके इशारे पर आए थे, रामप्रकाश तिवारी ने साक्ष्य के साथ उनका पता लगा लिया था। इसी ताक़तवर आदमी की पैरवी के बल पर सम्पादक जी सवेरा टाइम्स के सम्पादक बने थे। प्रदेश की राजनीति के इस शीर्ष व्यक्तित्व के पुत्र ने बहुमंज़िली इमारतों के निर्माण का धन्धा शुरू किया था। थोड़ी-सी ज़मीन ख़रीदकर अगल-बगलवालों को आतंकित

किया जाता था। लोग अपनी ज़मीन औने-पौने दाम बेचकर पीछा छुड़ाते और इमारत की नींव पड़ जाती। इसी प्रक्रिया में उस लड़की का बाप आड़े आ गया था। उस बूढ़े के जीवन का एक ही सपना था। रिटायरमेंट के बाद अपना मकान बनवाने का सपना। सो वह अड़ गया था। इस कांड का एकमात्र अदना-सा उद्देश्य था कि वह अपनी ज़मीन का टुकड़ा भयभीत होकर बेच दे। साक्ष्यों के साथ तथ्यों को रिपोर्ट में लिखते हुए रामप्रकाश तिवारी अपनी औक़ात भूल गया था। वह साँप के बिल में हाथ डाल बैठा था।

सम्पादक जी लौट आए थे। उन्हें अचानक दिल्ली जाना पड़ा था। मुख्य सम्पादक ने इस्तीफ़ा दे दिया था। अन्य संस्करणों के स्थानीय सम्पादकों की चेयरमैन के साथ बैठक थी। गए थे दो दिनों के लिए और सप्ताह भर जमे रहे। उनकी अनुपस्थिति के दौरान जो कुछ हुआ उसका विवरण ग़ैरज़रूरी है। फिर भी मात्र सूचना के लिए आपको बता दूँ कि इस बीच अख़बार ने तीस हज़ार की प्रसार संख्या के घाटे में से दस हज़ार का घाटा पूरा किया। कुछ साथियों ने सूर्यनारायण जी पर डोरे डाले। उन्हें फाँसा और दारू पिला दी। दारू के नशे में उन्होंने सीना ठोंकते हुए दावे के साथ सूचना दी कि इस बार सम्पादक जी कुछ लोगों के तबादले और कुछ लोगों की विदाई का सन्देश लेकर लौटेंगे। सूची साथ लेकर गए हैं।

दिल्ली से वापसी के बाद सम्पादक जी पहले की अपेक्षा गम्भीर और अबूझ लग रहे थे। उन्होंने रामप्रकाश तिवारी को अपने चैम्बर में बुलाकर कहा कि वे प्रदेश के माफिया सरदारों, अपराधियों के बीच हड़कम्प मचा देना चाहते हैं। इन दिनों अपहरण की घटनाओं में तेज़ी आई थी। उन्होंने तिवारी को निर्देश दिया, "एक भी अपहरण की घटना छूटने न पाए।...खोजी रपटें तैयार कीजिए। अख़बार की बिक्री पर नज़र नहीं रखते हैं आप लोग। नज़र रखिए, नज़र।"

रामप्रकाश तिवारी चैम्बर से बाहर निकला। सब उसे उत्सुकता से निहार रहे थे। तिवारी पहली बार बिना किसी शोर के निकला था। वह हम सबकी मनःस्थिति समझ रहा था। हम सब जानना चाहते थे कि उसे तबादले या निलम्बन का आदेश तो नहीं मिला। पर यह पूछने का साहस किसी में नहीं था। सूर्यनारायण जी से नहीं रहा गया। उन्होंने पूछा, "तिवारी प्रभु ! सब क़ुशल-मंगल तो है ?"

"हाँ बड़े भाई, श्राद्ध की तिथि टल गई। आपका महाभोज टल गया...पर इसमें मेरा कोई दोष नहीं।" तिवारी नाटकीय ढंग से मुस्कुराते हुए सूर्यनारायण जी की मेज़ के सामने खड़ा था। उसकी बातों पर ज़ोरदार ठहाका लगा। सवेरा हाउस के चौथे फ़्लोर पर अर्सा बाद पाहुन की तरह हँसी की आवक हुई थी।

शाम हो चुकी थी। सड़क रोशनी से जगमगा रही थी। रामप्रकाश तिवारी मस्ती के मूड में था। मेरी बाँह पकड़ मुझे खींचे लिए चला जा रहा था। हम दोनों 'हैव मोर' बार के सामने से गुज़र रहे थे। यह तिवारी का पसन्दीदा बार था। छोटा और अपेक्षाकृत सस्ता। ख़ास बात यह कि इस बार का मालिक तिवारी को 'कवि जी' कहकर बुलाता और बार में घुसते ही हाल-समाचार पूछता था। पर तिवारी बार में नहीं घुसा। मैंने चौंककर पूछा, "क्या बात है ? घसीटते हुए कहाँ लिए जा रहा है ?"

"लस्सी पीएँगे।...लस्सी।" वह बोला।

"लस्सी !" मैं आसमान से गिरा।

"हाँ, लस्सी...फिर मगही पान।"

"बहुत मस्ती में है तू ! बात क्या है आख़िर ? लगता है, सम्पादक जी से चुम्मा-चाटी करके आ रहा है।"

"हाँ, आज बहुत प्यार किया उन्होंने।...पर तू नहीं समझेगा। जल्दी ही, हफ़्ता-दस दिनों में क्लाइमेक्स आ जाएगा।"

"मैं तेरी बातें समझ नहीं पा रहा हूँ।"

"अगर तू पहले ही क्लाइमेक्स समझ गया तो मज़ा क्या ख़ाक आएगा।"

हम दोनों सड़क किनारे एक ठेले के पास खड़े लस्सी पी रहे थे कि तीनों दिख गईं। झूमतीं, लहरातीं, हवा में आँचल उड़ातीं,...चारों तरफ़ आँखें नचाकर देखती हुई तीनों स्टेशन की ओर जा रही थीं। इसके पहले कि वे हमारे सामने से गुज़रें, एक कार आकर रुकी। कार से कुछ लोग उतरे। उन्होंने तीनों से बातें कीं। पहली खिलखिलाई। दूसरी ने हाथों को नचाते हुए मना किया और पहली के साथ हँसती हुई आगे बढ़ने लगी। तीसरी रुक गई थी। वह नाराज़ स्वर में कुछ बोल रही थी। तीनों निर्भय थीं। बीच चौक पर साड़ी खुल जाने के बाद असहाय लुढ़क जानेवाली उस लड़की से बिलकुल अलग। हम दम साधे देख रहे थे। तिवारी मन ही मन उनकी बहादुरी पर फ़िदा हो रहा था। उन लोगों ने तीसरी का हाथ पकड़ लिया। वह चिल्लाई। गालियाँ बकने लगी। पहली और दूसरी ने तीसरी को उलझते देखा तो वापस आ गईं। इस बीच भीड़ जुट आई थी। तीन लड़कियों के साथ बीच सड़क पर ऐसा रोचक तमाशा देखने का लोभ रोक पाना लोगों के लिए मुश्किल था। लोग मज़ा ले रहे थे। तीनों लड़कियाँ कार से उतरनेवालों की गिरफ़्त में थीं। वे लोग तीसरी को कार में ठूँस चुके थे। पहली और दूसरी पर दबाव बढ़ रहा था और वे छटपटा रही थीं। वे लोग तीनों को कार में बैठाकर कहीं ले जाना चाहते थे। तीनों जाने को तैयार नहीं थीं। अन्ततः उन लोगों ने पहली और दूसरी को भी गोद में उठाकर कार के भीतर ठूँस लिया। तीनों चीख़ती-चिल्लाती रहीं, पर कार उन्हें लेकर ट्रैफ़िक सिग्नल की परवाह किए बग़ैर चली गई।

रामप्रकाश तिवारी की टाँगें थरथराने लगीं। उसका चेहरा सफ़ेद हो गया। वह घबराया हुआ था। मैंने लस्सीवाले के पैसे चुकाए। तिवारी का कन्धा पकड़कर झकझोरा। उसकी चेतना वापस लौटी। हाथ पकड़कर उसे सड़क पार कराई।

हम दोनों कोतवाली पहुँचे। थाना इंचार्ज कहीं बाहर निकल रहा था। वह कई दिनों बाद मुझे देखकर चहका, पर तिवारी का सफ़ेद चेहरा देखते ही उसने पूछा, ''क्या बात है तिवारी जी ? परेशान लग रहे हैं।''

''भीतर चलिए।'' मैंने कहा।

हम लोग थाना इंचार्ज की मेज़ के सामने बैठे थे। सारी बातें सुनने के बाद वह मुस्कुराया। बोला, ''अरे भाई, आप लोग भी ग़ज़ब करते हैं। दो नम्बर की लड़कियों को लेकर इस तरह परेशान होने से काम चलेगा ? स्टेशन से लेकर गांधी मैदान तक अच्छे-अच्छे घरों की पढ़ी-लिखी लड़कियाँ रात में धन्धे के लिए निकलती हैं। मन्त्री से लेकर सन्तरी तक को औरत चाहिए।...अब अगर रोक-टोक हो, तो सब जने एक रात में छटपटाकर जान दे देंगे। अब आपका ही कोई काम हो और काम करने के लिए कोई लड़की माँगे, तो आप क्या करेंगे ? घर की औरतों को तो भेजेंगे नहीं। कोई दूसरा इन्तज़ाम ही तो करेंगे ? इन्तज़ाम नहीं कर पाए तो सड़क से ज़ोर ज़बर्दस्ती लड़की उठवाएँगे।...और मैं उन तीनों को जानता हूँ। वही न, जो मजमा लगाकर गीत गाती फिरती हैं ? आवारा हैं तीनों। सिपाहियों तक से दो-चार रुपए ऐंठ लेती हैं। फिर भी आप नहीं मानते, तो रिपोर्ट दर्ज़ कर लेता हूँ। अब आप लोगों से रोज़ का मिलना-जुलना है, सो बात तो रखनी ही पड़ेगी।''

रिपोर्ट दर्ज़ करवाने के बाद हम दोनों अख़बार के दफ़्तर पहुँचे। रामप्रकाश तिवारी ने ख़बर तैयार की। सूर्यनारायण जी पेज मेक-आप करवा रहे थे। तिवारी के पास इतना धैर्य नहीं था कि वह सूर्यनारायण जी के आने तक प्रतीक्षा करे। वह सीधे सम्पादक जी के चैम्बर में घुस गया। कुछ ही मिनटों बाद सम्पादक जी गरजे, ''निकल जाओ मेरे चैम्बर से।''

इस बार का दृश्य बदला हुआ था। अपने दाएँ हाथ से रामप्रकाश तिवारी की गरदन पकड़े धकियाते हुए सम्पादक जी अपने चैम्बर से बाहर निकले। वह एक मेज़ से टकराया और फ़र्श पर गिरते-गिरते बचा। सारे लोग भौचक खड़े थे। उसकी रिपोर्ट के चिथड़े उड़ाकर फेंकते हुए सम्पादक जी बोल रहे थे, ''इसी लुच्चे आदमी की तरफ़दारी करते हैं आप लोग ?...रंडियों के अपहरण की ख़बर लाए हैं।...सुना आप लोगों ने ? रंडियों का अपहरण। इसके पहले कभी किसी ने देखा-सुना था कि रंडियों का भी अपहरण होता है ?...वही मजमा लगानेवाली आवारा लड़कियाँ, जिनकी ख़बर सिटी पेज की लीड ख़बर बनेगी।...विकृत है...पूरी तरह पवर्टेड है यह आदमी। इसे औरत और रंडी के बीच कोई फ़र्क़ नहीं मालूम। मुझसे बहस कर रहा है कि वे भी

औरतें हैं।...कह रहा है कि चाहे रंडियाँ ही क्यों न हों, अगर कोई उनकी मर्ज़ी के ख़िलाफ़ उन्हें उठाकर ले जाता है, तो उसे अपहरण कहेंगे।...मुझे अपहरण की परिभाषा सिखा रहे हैं यह !...मैंने पहले ही कहा था कि मुझे साहित्यकारों और कुत्तों से नफ़रत है और मैं इन दोनों को अपने अख़बार में नहीं देखना चाहता।...तुम, दोनों हो।...कवि बनते हो और कुत्ते भी निकले तुम।''

साठ फीट गुना डेड़ सौ फीट यानी नौ हज़ार वर्ग फीट में फैले इस चौथे फ़्लोर के दफ़्तर में असहाय खड़ा रामप्रकाश तिवारी रो रहा था। हिचकियाँ फूट रही थीं। वह मुझे मेमने की तरह लग रहा था, जिसे लकड़बग्घे की तरह अपने जबड़ों में दबोचे हुए चैम्बर से बाहर लाकर सम्पादक जी ने पटक दिया था।

रोते हुए रामप्रकाश तिवारी की देह में अचानक एक जुम्बिश हुई। इसके पहले कि कोई उससे सहानुभूति दिखाने, उसे चुप कराने पहुँचे या सम्पादक जी फिर आक्रमण करें, उसने अपने को नियन्त्रित किया। रोती हुई आँखों के आँसू भाप बनकर उड़ गए। हिचकियाँ लुप्त हो गईं। उसने चारों ओर आँखें घुमाकर देखा। मेरी आँखें उसकी आँखों से टकराईं। मैं उसकी ओर बढ़ा, पर इसके पहले कि मैं या कोई उसे रोक सके, लकड़बग्घे के मुँह से छूटकर गिरे मेमने की तरह छलाँग लगाता हुआ वह बाहर निकल गया।

मैं नीचे दौड़ा। पर वह दिखा नहीं। वह लापता हो चुका था। मैं तेज़ क़दमों से सीढ़ियाँ फलाँगते हुए वापस चौथे फ़्लोर पर पहुँचा। सम्पादक जी हूपिंग क्रफ़ के मरीज़ की तरह हूँफ़ रहे थे। उन्होंने मुझे देखा और अपने चैम्बर में चले गए। वधस्थल पर खड़े भयभीत लोगों की भीड़ धीरे-धीरे बिखर गई। लोग अपने-अपनी कुर्सियों पर पीठ या मेज़ों पर कुहनियाँ टिकाने लगे थे।

आज सात दिन हो गए रामप्रकाश तिवारी को लापता हुए। मेरे कुछ साथियों को विश्वास है कि वह पहले की तरह वापस लौट आएगा। पर मैं जानता हूँ कि वह इस दफ़्तर में नहीं लौटेगा। हाँ, शहर में लौटने से उसे कोई लकड़बग्घा नहीं रोक सकता। मुझे उसकी आवक पर पूरा भरोसा है।...पर एक बात मेरे भीतर टीस मार रही है कि उस दिन, उसके जाने के बाद हम कुछ और भी कर सकते थे।

(हंस, 1993)

पांडे का पयान

महामहोपाध्याय महापंडित त्र्यंबक पांडेय के प्रपौत्र, महापंडित रुद्रदेव पांडेय के पौत्र और पंडित दिगम्बर पांडे के सुपुत्र तिरलोचन पांडे फुहियों में भीगते, घुटनों तक कीचड़ में सने लदफद हुए जब छपरा बस-पड़ाव पहुँचे, धूप निकल आई थी। बस-पड़ाव के प्रवेश-द्वार पर बजबजाते नाले के किनारे अपनी टीन की मंजूषा टिकाकर उन्होंने कुरते का बटन खोला। भीतर हाथ डालकर जनेऊ खींचा और कान पर लपेटकर लघुशंका के लिए बैठ गए। फ़ारिग़ हुए। उठे तो देखा कि एक पूँछ कटा कुत्ता उनकी मंजूषा के ऊपर टाँग उठाए जलधार छोड़ रहा है। उसकी महतारी से अपने रिश्ते प्रगाढ़ करते हुए तिरलोचन ने झुककर ईंट का एक टुकड़ा उठाया और निशाना साधा। दिव्यास्त्र लक्ष्य तक पहुँचे इसके पहले ही कुत्ता छू-मन्तर हो गया। दिव्यास्त्र तो अचूक होते हैं...हन्ता होते हैं, जो ईंट का टुकड़ा जाकर मंजूषा से टकराया, विस्फोट-सी ध्वनि हुई। गहरी आकृति मंजूषा के बीचोबीच बन गई। कब्ज़ा टूटकर छिटक गया। तिरलोचन पांडे कपार पर दोनों हाथ धरे मंजूषा के पास विलाप की मुद्रा में बैठ गए।

बस दो ही चीज़ें तो ससुराल की निशानी बची हैं। एक यह पेटी और दूसरी पत्नी। दस वर्षों में सब कुछ नष्ट हो गया। दहेज़ में गाय मिली थी। खोरहा-खारा हुआ और गाभिन होने से पहले ही चल बसी। तीन थान सोना,...मंगलसूत्र, कान की बाली और नाक की कील,...दो थान चाँदी...पायल और डँड़कस मिला था। सब गहना-गुरिया गाँव के सुनार रामराज साह की गद्दी पर पहुँचकर गल गया। एक-एक पैसा पानी की तरह बह गया। चार बेटियों को जनने के बाद पाँचवीं बार पुत्र-लाभ की लालसा में पत्नी का पेट तुमड़ी की तरह फूला, पर आँगन में थाली नहीं बज सकी। तिरलोचन की इच्छा हुई थी कि महतारी बेटी दोनों को नून चटा दें, पर...! पूर्वजों का पुण्य-प्रताप कैसे धो-पोंछ दें ! हत्या जैसा कुकर्म तो पार नहीं लगेगा, चाहे जितना सताएँ भगवान और भाग्य ! छठे दिन सूतिगृह से निकलने के बाद पंडिताइन लक्ष्मी देवी ने मंगलसूत्र सौंप दिया। जब रामराज साह ने ताग-पट काटकर फेंका और तराजू पर सोने का ढोलना चढ़ाया, तो काँप उठे थे तिरलोचन। आँखें भर आई थीं। सीता मइया की तरह धरती में समा जाने का मन हुआ था। पाँच सौ दस रुपए का

हिसाब बना। दो सौ पचास पुराने कर्ज़ के सधान-पटान में निकल गए। बाक़ी बचे दो सौ साठ। एक सौ साठ लछमी को सौंप तिरलोचन ने दूसरे दिन भोरे-भिनसारे घर छोड़ दिया।

पेटी लेकर गाँव से निकले, तो गाँव के सीवान तक कुत्तों ने पीछा किया। लग रहा था, साले परलोक तक खदेड़कर मानेंगे। अहीरों का बथान पार करने के बाद मन थिराया।...पर चवँर शुरू होते ही हाँय-हाँय करती हुई हवा हिलकोरें मारने लगी। धान के खेतों में पानी भरा था। मेड़ पर पाँव फिसल रहे थे। कहीं पाँक, तो कहीं फिसलन। पेटी सँभालें, धोती सँभालें कि देह सँभालें ! क्या-क्या सँभालें ? धोती को जाँघ तक समेटकर डाँड़ में खोंसना पड़ा। दो बार पेटी गिरी। एक बार पनिहा साँप की पूँछ पर दाहिना पैर पड़ा। नीचे पाँक-पानी और ऊपर से फिसिर-फिसिर फुही। राम-राम करते राह कटी।

तिरलोचन पांडे एकमा बाज़ार पहुँचे तो भोर हो चुकी थी। सोचा था, एकमा बाज़ार पहुँचकर मोदियाइन के यहाँ पाँच-दस कौर चिउड़ा-दही का लपेटा मार लेंगे।...पर भाग्य बली होता है। सोचा, और सोचते रह गए। बहुत दिनों से मोदियाइन की दुकान में बैठकर खाने को सोच रहे थे। मोदियाइन के मिस्सी लगे दाँत उन्हें बहुत पसन्द हैं। इस बार सोचा था कि भर आँख निहारेंगे। टैक्सीवाला पों-पों करने लगा। चिउड़ा-दही का विचार त्यागना पड़ा। पानी-पनिहर के दिन में पेट और नज़र के फेरे में सामने की सवारी छोड़ देते तो पता नहीं कब तक एकमा बाज़ार में अटके रहते ! कम-से-कम छपरा तो आ गए !...गाँव तो छूटा !...पैर की बेड़ी तो टूट गई ! अब तो बिलकुल भारतमाता की तरह आज़ादी है। यहाँ से हर तरफ़ की राह खुली है। रेल, बस, टैक्सी और ट्रक—सब सवारियाँ मौजूद। पटना-राँची, बलिया-बनारस... कलकत्ता-गोहाटी...चाहे इल्ली-दिल्ली जहाँ मन करेगा रवाना हो जाएँगे। अब कोई हाथ-बाँह पकड़नेवाला, पैर में गेहुँआ बाँधकर रोकनेवाला तो है नहीं यहाँ कि रोक लेगा ! अब जब निकल गए तो निकल गए। मोह-माया त्यागकर परदेस के लिए पयान कर दिए, तो आगा-पीछा क्या देखना ! एक मन हुआ, यहीं छपरा में डेरा डाल दें।...पर नहीं। यहाँ नहीं। बहुत असगुनी जगह है छपरा। आते ही पेटी पचक गई, कब्ज़ा छिटक गया और कुकुर साले ने अपवित्र कर दिया। अब चाहे जो गति हो, छपरा में तो नहीं वास करेंगे तिरलोचन।

तिरलोचन पांडे ने पेटी को सहेजकर उठाया। इसके पहले कि कुछ सोचें-विचारें...कुछ तय करें कि आख़िर जाएँगे कहाँ, बसवालों के भँवर में फँस गए। ''पटना-पटना...डीलक्स कोच...वीडियो कोच...क्रैक मेल—पटना'' का रैला आया और जैसे नदी की बीच धारा में गोल-गोल घुमावदार लहर उठती है, और उसके बीच सब कुछ गड़ाप हो जाता है, वैसे ही गड़ाप हो गए तिरलोचन। कुछ पता तक नहीं चला

कि किसने पेटी उठाकर लाद दी !...किसने ठेल-ठालकर बस में चढ़ा दी।...पर जो भी हो बस की गद्दी पर बैठकर तिरलोचन को बड़ा सुख मिला। इन्द्र के सिंहासन जैसी चमचम और मुलायम गद्दी। उन्हें बाँस की फट्ठीवाली चँचरी याद आई। झकड़हवा बड़ के नीचे चँचरी पर दुपहरिया की नींद और मकई के खेत में चँचरीवाले मचान पर भादों की रात में अगोरवाही का जागरण याद आया।...पर इस सिंहासन से ज़रा भी कम गुलगुल नहीं लगता है जाड़े में पुआल या रबी के खलिहान में भूसे का बिछावन ! अब सब छूट जाएगा। छूट जाए। भगवान करें सब छूट जाए। देवता-पितर सहाय हों कि छूट जाए सब। छपरा को पीछे छोड़कर बस आगे भाग रही थी। तिरलोचन की आँखें भरमने लगी थीं। उन्हें पता नहीं चल सका कि कब बगलवाले ने उनके और उन्होंने बगलवाले के काँधे पर सिर टिका दिया !

महामहोपाध्याय कुल के चिराग़ तिरलोचन पांडे जब पटना पहुँचे, तब चाम सुखा देनेवाला घाम था। बस में बैठे-बैठे उन्होंने दोनों हाथ जोड़कर ध्यान किया।...प्रभु की अपरम्पार लीला, कहीं सूखा और कहीं गीला। वाह रे प्रभु ! कोस भर आगे-पीछे सरक जाए आदमी तो दुनिया ही उलट जाती है। कहाँ अपने गाँव का चँवर...कहाँ छपरा...और कहाँ राजधानी पटना ! इसी धरती पर सब है प्रभु। बस तुम्हारी लीला का भेद है सब। तुम चाहो तो धरती फोड़कर दूध-घी का समुन्दर बह निकले और न चाहो, तो घास-फूस तक न उगे। जय हो प्रभु ! अब पत रखना। तुम्हारे भरोसे ही गाँव-घर से पाँव निकाला है।

बस रुकी। तिरलोचन पांडे उतरे। पेटी ऊपर थी। दस बार "ए खलासी भाई।...ए खलासी बाबू !" चिचियाए, तब जाकर पेटी मिली। पहले पेटी का ढकना मिला। फिर पेटी मिली। ग़नीमत थी कि कपड़ा-लत्ता सलामत था। पर पेटी का पेंदेवाला हिस्सा पिचक गया था। तिरलोचन को इस बार दुख नहीं हुआ। वह पेटी के दुख से मुक्ति पा चुके थे। जितना दुखी होना था, छपरा में ही हो चुके थे। नया काम करने में तरह-तरह की विपत्ति आती है और उसे सहना पड़ता है, यही सोचकर इस विपत्ति को उन्होंने सह लिया था। वह जान चुके थे कि एक-एक करके एक दिन ससुराल से मिला सब कुछ साथ छोड़ जाएगा। उनके मन में यह बात गहरे पैठ गई थी कि इस पेटी के जाने का समय अब नज़दीक आ गया है। फिर बच जाएँगी केवल लछमी देवी। लछमी देवी के जाने की बात मन में आते ही कराह उठे तिरलोचन। उनके भीतर कुछ ज़ोर से चिटककर टूटा।...छिः-छिः। क्या-क्या सोच लेते हैं वह भी ! असगुन, अमंगल बातें क्यों इस तरह मन के भीतर घुस आती हैं ? क्या बिगाड़ा है लछमी ने उनका जो...? अब तक तो उन्हीं के वंश के लिए मरती-खपती रही। नइहर की पाली-पोसी देह थी कि टिकी है। पाँचवीं बेटी को जनने के बाद भी सूतिगृह से निकली और पूरी गृहस्थी माथ पर लादकर पहले की तरह जुट गई। ना दूध-घी...

ना फल-फूल...और ना ही ओछवानी का मसाला। कुछ भी तो नहीं दे पाते हैं वह। गलते-गलते इस बार ठठरी बच गई है, साहस की धनी ऐसी कि सातवें दिन ही पति को परदेस विदा कर दिया। रोना-कलपना कुछ भी नहीं। एकदम राजपूतानी जैसा कलेजा ! वाह रे लछमी देवी ! बहादुर जनाना ! जुग-जुग तुम्हारा अहिवात बना रहे। अगले जनम में फिर तिरलोचन का आधा अंग बनकर अवतार लो।

मन ही मन अपनी पत्नी लछमी देवी को असीसते हुए तिरलोचन बस-पड़ाव से बाहर निकले। दानवों की तरह चिचियाते मोटरों के बीच से गुज़रते, जैसे-तैसे जान बचाते हुए बड़ी मुश्किलों से सड़क पार की। सड़क के उस पार पहुँचे। आँखें मूँदकर प्रभु को याद किया। उनकी जेब में रखे कागज़ के टुकड़े पर दो लोगों का पता था। उनके गोतिया के चाचा यानी उनके परदादा महामहोपाध्याय महापंडित त्र्यंबक पांडेय का छोटे भाई के पोते पंडित नटवर पांडे यहीं एक मन्दिर में पुजारी थे।...और दूसरा पता बस ऐसे ही था। अब क्या करते ? फकीर माझी के चलते लिखना पड़ा, नहीं तो इतने बड़े नगर में किसी के पास घर-घर घूमने के लिए फ़ुरसत थोड़े ही होती है ! फकीरवा का मन रखने के लिए लिख लिया था। चमार-दुसाध के घर कौन जाए ! पता रख लिया है। जब यहीं रहवास करना है तो किसी दिन घूमते-फिरते देखा जाएगा। नहीं मिल पाए, तो नहीं मिल पाए। फकीर माझी का करजा थोड़े ही खाया है कि मिलना लाचारी है ! अच्छा भी नहीं लगता है दुसाध के डेरा पर जाकर मिलना। पता नहीं डेरा भी कैसी जगह होगा ! अगर कहीं सुअर के खोभार में रहता होगा साला तो वमन करते-करते प्राण निकल जाएगा।...पर फकीरवा कह रहा था कि बिजली डिपाट के बड़े आफिस में साहब है। साहब है, तो हुआ करे। अब कोई चमार-दुसाध साहब हो जाए तो इसका मतलब यह तो नहीं कि महामहोपाध्याय कुल के लोग उसके दुआर पर जाकर हाँक लगाएँ ! नहीं जाएँगे पंडित तिरलोचन पांडे। वज्र गिरे, चाहे भूडोल आ जाए, पर तिरलोचन नहीं जाएँगे फकीरवा के बेटा मोतिया के दुआर पर।...अपना ख़ून अपना ही होता है। चाहे लाख टंटा हो, लाख गोतिया की तनातनी हो, पर ख़ून, ख़ून होता है। खींचता है अपनी तरफ़।...काका नटवर पांडे का ख़ून बस-पड़ाव के सामने खड़े तिरलोचन पांडे को खींच रहा था। उन्होंने निर्णय लिया कि वह अपने काका के पास जाएँगे। तिरलोचन ने कुरते की जेब से पुर्ज़ा निकाला। पता पढ़ा, लिखा था, "पंडित नटवर पांडे, सेठ सूरजमल की कोठी, पाटलिपुत्र कॉलोनी, पटना।"

तिरलोचन पांडे दोपहर से साँझ तक छिछियाते रहे, तब कहीं जाकर ठिकाना मिला।...साला रिक्शावाला भी एक नम्बरी गिरहकट मिल गया था। डाकू था डाकू। भाग्य बली था, सो जान छूट गई। शहर के रिक्शा-टैक्सीवाले तो साले लुटेरे होते ही हैं। गठरी पेटी तक छीन-झपट लेते हैं। कभी-कभी तो जान से मारकर नाले में फेंक

देते हैं। प्रभु की लीला ! जिसकी रखवाली वे करें, उसे कौन मार सकता है ! एक बीस टकिया नोट का गच्चा लगा। कोई बात नहीं। इतने बड़े नगर में फ़रेब खाने से तो बच गए। जिनगी बहुर गई। कुछ दोख तो इनमें भी है। अकिल हेरा गई थी। पूरे उज़बक बन गए थे। कुछ सूझ ही नहीं रहा था कि कौन दिशा की ओर जाएँ। एक तो गाड़ी-मोटर की आवाज़ के चलते छाती की धड़कन बढ़ गई थी और दूसरे इस भय से कि ककऊ नहीं मिले तो जाएँगे कहाँ—मन बैठने लगा था।...पर लीला अपरम्पार प्रभु की। बौंखते-बौंखते पहुँच ही गए ठिकाने पर।

तिरलोचन पांडे जब सेठ सूरजमल की कोठी के सामने पहुँचे, तो फाटक की झाँझर से ही दिख गया मन्दिर। कोठी के अहाते में ही एक ओर बना था। राजा इन्द्र के महल जैसी कोठी। लंकापति रावण की लंका के फाटक की तरह विशाल फाटक। चन्द्रमा के अँजोर से भी ज़्यादा चमचम दूधिया अँजोर। फाटक खुला था। मन्दिर में आरती चल रही थी। शंख और घड़ीघंट बज रहा था। तिरलोचन ने प्रवेश किया। मन्दिर के सामने पहुँचे। ककऊ दिखे। पीताम्बरी पहने पंडित नटवर पांडे पुजारी झूम-झूमकर पाँच बत्तियोंवाली आरती झुला रहे थे। उनका गौर वरन दिप-दिप दमक रहा था। पीठ दिख रही थी, पर क़द-काठी से ही उन्हें पहचान गए तिरलोचन। एक लड़का शंख फूँक रहा था और एक अधेड़ घड़ीघंट बजा रहा था। यजमानों की भीड़ लगी थी। मर्द कम, औरतें-बच्चे ज़्यादा। बस चार-पाँच मर्द थे—आँखें मूँदकर बुदबुदाते हुए। प्रसाद के थाल पर नज़रें गड़ाए गोल-मटोल बच्च जैसे-तैसे धीरजवान बने खड़े थे। औरतें कई थीं। गुँथे आटे के लोंदे की तरह थुलथुल औरतें... दुबली-पतली और सुग्गे की चोंच की तरह नाकवाली औरतें...स्वर्गलोक की अप्सराओं-सी भक-भक चमकती औरतें। किसी की पीठ नंगी, तो किसी की बाँहें। कोई बित्ता भर केशवाली, तो कोई...। सब प्रभु की लीला थी। अपने नटवर काका को जस नाम, तस भाग्य पाया देखकर धुआँने लगे तिरलोचन।

आरती समाप्त हुई। शंख फूँकनेवाले लड़के ने प्रसाद वितरित किया। पुजारीजी के पाँव छूकर आशीष पाते हुए एक-एक कर यजमान विदा हुए। सिर्फ़ शंख फूँकनेवाला लड़का रुका रहा। तिरलोचन आगे बढ़े। मन्दिर के चबूतरे के निकट पहुँचे, तब उन पर नज़र पड़ी। चबूतरे से पेटी टिकाकर लपकते हुए ऊपर चढ़े। ककऊ मन्दिर के बरामदे में बैठे थे। उनके पाँव छूकर तिरलोचन ने पाँवलगी किया। तिरलोचन को अचानक अपने सामने पाकर नटवर पांडे चौंके। फिर घर-परिवार का कुशल-क्षेम पूछा। सब कुशल-मंगल जानकर आश्वस्त हुए। तिरलोचन अपने ककऊ के सामने पालथी मारकर बैठ गए। घर छोड़ने से लेकर पहुँचने तक का क़िस्सा विस्तार से सुनाने लगे।

नटवर पांडे ने शंख फूँकनेवाले लड़के को बुलाकर कहा, "भगतू ! इनको साथ

लेकर डेरा चले जाओ। सेवा-सत्कार करो...जल-पान कराओ।...और हाँ, रात में तीन मूरत के लिए भोजन बनेगा।" फिर तिरलोचन से बोले—"जाओ, हाथ-मुँह धोकर पहिले कुछ जल-पान कर लो। हम सेठजी के घर में प्रसाद देकर आते हैं।"

कोठी के पीछे, अहाता के भीतर ही पुजारी जी का डेरा था। दो कमरे, रसोईघर, छोटा ओसारा और नहान घर। तिरलोचन का माथा चकराने लगा।...अजगुत है सब कुछ ! राजभोग लिखा है ककऊ के भाग्य में। सब प्रभु का खेल है।

तिरलोचन ने हाथ-मुँह धोकर जल-पान किया। पेट में अन्न-जल जाते ही उनकी नसों में स्फुरण हुआ। तरह-तरह की बातें उनके भीतर उमड़-घुमड़ रही थीं। ककऊ का राज-पाट देखकर उनका माथा सुन्न हो गया था। उन्होंने अपने ऊपर क़ाबू किया और भेद लेने लगे।

भगतू ककऊ का टहलुआ था। चार सौ रुपए माहवार और दोनों जून भोजन पर पुजारीजी की सेवा में था। दोनों समय मन्दिर धोना-पोंछना, पूजा के लिए फूल लाना, शंख फूँकना, चौका-बर्तन करना, भोजन बनाना, यानी भगवान और पुजारीजी की सेवा टहल करना।...ककऊ का भाग्य ! गाँव में पाव भंर सतुआ पर चूतड़ रगड़ने को तैयार रहते थे। मुँह पर माखी भिनभिनाती थी। बँटवारा हुआ तो भाइयों ने मातवर लोगों की यजमानी अपने हिस्से रख ली और अबर-दुबर यजमानों को ककऊ के गले बाँध दिया। चार भाइयों में तीन की शादी हुई और चौथे ककऊ बंडा रह गए। भैंस चराते, नाद-पानी करते और गोबर काछते दिन कट रहे थे। दूध दुहते थे ककऊ और पीते थे तीनों भाई। एक दिन ककऊ ने गाँव छोड़ दिया और अलोप हो गए। इसी फकीरवा दुसाध के बेटा मोतिया से पता चला कि पटना में हैं। मन्दिर में पुजारी हो गए हैं। गाँव से भागकर डुबकी लगाए तो तीन साल बाद सीधे राजधानी में उगे।...और उगे भी तो पुजारी बनकर। फिर तो भाइयों-भौजाइयों ने बैरंग चिट्ठी भेज-भेजकर उनको घर बुलाया। तब से साल दो-साल में एक बार गाँव-घर पहुँच जाते हैं।...भगतू ने बताया कि हज़ार से ऊपर माहवारी मिलती है। दोनों समय भगवान को भोग लगाने के लिए चावल-आटा-दाल, घी-तेल, तरकारी सब सेठजी के यहाँ से आता है। इतना आता है कि आधा सिद्ध कर देने पर ही दो प्राणियों के लिए गरदन तक ठेलमठेल हो जाता है। नक़दी, वस्त्र और मिष्ठान्न तथा पास-पड़ोस की कोठियों का चढ़ावा अलग।

भगतू ने अरहर की दाल में असली घी का छौंक लगाया तो वातावरण महमह हो उठा। सुगन्ध से तर हो गई तिरलोचन की आत्मा। कहाँ मिलता है आजकल ! गाँव-देहात की चीज़ अब गाँव देहात में ही नहीं मिलती। एक ज़माना था कि गाय-भैंस की हुँकार से दुआर गूँजता रहता था। भरा-पूरा घर था।...पर धीरे-धीरे सब छीजता चला गया। उनके पिता पंडित दिगम्बर पांडे के समय तक थोड़ी-बहुत खेती थी,

माल-मवेशी थे। यजमानी से भी कुछ-न-कुछ आमदनी हो ही जाती थी।...पर समय बदल गया। पिता दिगम्बर पांडे अपने जीवन-काल में ही पुरखों का सब धन गांजा की चिलम में फूँक-तापकर चल बसे। छोड़ गए पोथी-पत्रा के दीमक लगे बंडल और मान-मरजाद की ढीली पगड़ी।

इसी असली घी के चलते कितना अपमान झेलना पड़ा था तिरलोचन को ! पंडिताइन लछमी देवी पेट से थीं। गर्भवती जनाना की जीभ में टनकबाय हो जाता है। हर पल जीभ चटोरी। एक दिन पंडिताइन ने लार टपकाते हुए कहा, "असली घी से छौंककर दाल खाने को जी कर रहा है।" अब असली घी कहाँ से लाएँ तिरलोचन ! यजमानों के यहाँ भी तो पूजा-पाठ में बनस्पति की बहार है आजकल। चनरमा राय के यहाँ सत्यनारायण की कथा बाँचने गए तो पूजा पर भाग्य से असली घी की शीशी दिख गई। पंचगव्य और पंचामृत में मिलाने की बारी आई तो आम के पल्लव से छिड़ककर काम चला लिया। हवन-सामग्री में मिलाते हुए कलेजा कहर गया। आधी शीशी ख़ाली हो गई। दीपक जलाकर शीशी झोले में रख ही रहे थे कि चनरमवा ने देख लिया। भड़क उठा। साँप की तरह फन निकालकर फोंफियाने लगा। क्या-क्या नहीं बोला !...एकदम बेपानी कर दिया साले ने।...उनकी आँखें डबडबा आई थीं। माथा झुकाकर यजमान के घर से लौटते हुए डूब-धँसकर मर जाने को जी कर रहा था।

तिरलोचन स्मृतियों में खोए थे कि ककऊ पहुँचे। भोजन सिद्ध हो चुका था। भगतू ने भोग के लिए थाल लगाया। पंडित नटवर पांडे पुजारी थाल लेकर भगवान को भोग लगाने मन्दिर गए। भोग लगाकर लौटे। भगतू ने दूसरा थाल भी लगाया। काका-भतीजे ने भोजन किया। भगतू ने भोजन के बाद अपना काम निबटाया और मन्दिर के चबूतरे पर सोने चला गया। भोजन के बाद काका-भतीजे गाँव-घर का हाल-चाल बतियाने बैठे।

नटवर पांडे ने पूछा, "का हो, कइसे-कइसे पयान किए ?"

तिरलोचन बोले, "बहुत तकलीफ़ में हैं काका। गाँव में दू पइसा की आमदनी मुहाल है। खेती-बाड़ी सब बाबूजी ही स्वाहा कर गए।...रहती भी तो हल-कुदाल चलाना और माथ पर गोबर की टोकरी ढोना तो हमसे पार न लगता।...रही बात यजमानी की, तो गाँव-जवार में अब उसमें भी पोसाई ना है। भाग्य का दोख है। प्रभु का खेल है सब। एक बेटे के लिए तरस रहे हैं। पाँचवीं बार भी घर में बेटी ही आई।

तिरलोचन गंगा-जमुना की धारा में डूबने लगे। आँखों से आँसू और नाक से नेटा-पोटा गिरने लगा। नटवर पांडे के चेहरे पर चिन्ता की परछाई मँडराने लगी। यह चिन्ता तिरलोचन के दुख से नहीं, उनके आगमन के प्रयोजन से उपजी थी। घर-परिवार और हित-नाता के जंजाल में वह उलझना नहीं चाहते थे। उन्हें लगा, अगर

तिरलोचन यहाँ टिक गए, तो वह परिवार के लोगों से सीधे जुड़ जाएँगे। जिस माया-मोह से वह लगभग उबर चुके थे, उसमें घिर जाने की लाचारी बनकर तिरलोचन यहाँ रहें, वह यह नहीं चाहते थे। उन्हें चुपचाप और उदासीन पाकर तिरलोचन के मन के भीतर कुछ टूटा, पर अपने को सँभालते हुए बोले, ''काका, हमको अपने साथ रख लो।''

नटवार पांडे ने उन्हें घूरकर देखा और सिर झुका लिया। चुप रहे। वह पहले ही तिरलोचन की लालसा भाँप चुके थे। कोई जवाब न पाकर तिरलोचन की आकुलता बढ़ी। उन्होंने पूछा, ''का सोच रहे हो काका ?''

नटवर पांडे ने अपने को स्थिर किया। तिरलोचन की ओर देखा। उनका कन्धा थपथपाते हुए बोले, ''काहे बेचैन हो ? थके-हारे आए हो, आराम करो। सो जाओ, कल बतियाएँगे।''

तिरलोचन को नींद नहीं आ रही थी। ककऊ चादर तानकर सोए थे। बत्ती बुझी थी। तिरलोचन इस तरह थके थे कि घर पर होते तो बिछावन पर गिरते ही बेसुध हो गए होते, पर...। एक तो नई जगह और दूसरे अँधेरा ही अँधेरा। तिरलोचन की आस टूटने लगी थी। टूटती आस की डोर थामे इतने बड़े नगर में कैसे टिक पाएँगे—यही सोच-समझकर उनका कलेजा हौल रहा था। अपने ककऊ का रंग-ढंग देखकर भयभीत हो गए थे तिरलोचन।...लक्ष्मी ने पहले ही मना किया था। उन्हें सोच-समझकर पयान करना चाहिए था। सचमुच, गोतिया-पट्टीदार किसी के नहीं होते। पंडिताइन का मन था कि घड़ारी के पीछेवाली ख़ाली ज़मीन बेचकर तिरलोचन गाँव में ही कोई रोज़ी-रोज़गार करें। पर वह माने नहीं। बरस पड़े थे लक्ष्मी पर, ''हमारे पुरखे पोथी-पत्रा बाँचें और हम बनियागिरी करके कुल का मान-मरजाद बूड़ा दें ?...महामहोपाध्याय कुल के हैं। समझी ? तुम्हारे नइहर के कुल में और हमारे कुल में बहुत फरक है।''...लक्ष्मी को और भी भला-बुरा कहा था उस दिन। रो-धोकर चुप लगा गई बेचारी।...पर पंडिताइन का सन्देह सही निकला। ककऊ तो पल्ला झाड़ रहे हैं। तिरलोचन पांडे को लगा, पता नहीं आज की रात कैसे कटेगी ? भोर होगी भी या नहीं !

तिरलोचन ने जम्हाई ली। सुरसा की तरह मुँह फाड़कर साँस खींचते हुए उठे और धनुही की तरह देह तानकर खड़े हो गए। उनका मन उद्विग्न हो रहा था। मन हुआ कि बाहर निकलकर टहलें, पर नई जगह है सोचकर, इरादा बदल दिया। फिर खाट पर बैठ गए। वह चिन्तातुर मन से कभी लक्ष्मी की सूरत याद करते, तो कभी नींद में फोंफ काटते ककऊ का चेहरा निहारते।

आहट पाकर नटवर पांडे की नींद खुली। उन्होंने तिरलोचन को बैठे देखा तो उठकर पास आए। बोले, ''का हो तिरलोचन ? काहे बैठे हो ?...नींद ना आ रही है का ?...अरे जब आ गए हो तो कुछ-न-कुछ होगा ही ! अकुताने से काम ना चलेगा।

धीरज रखो। कल रविवार है। कल साँझ बखत मोतीलाल आएगा, तो उससे बातचीत करेंगे।''

''मोतीलाल !'' तिरलोचन चौंके। पूछा, ''कौन ? फकीरवा का बेटा ?''

''हूँ। हर रविवार को साँझ बखत आता है। मोतीलाल से ही कह-सुनकर कौनो काम का जुगाड़ कराएँगे।...भला लड़का है। मददगार है।'' नटवर पांडे ने भरोसा दिलाना चाहा।

''हम तुम्हारे पास आए हैं काका। गाँव के चमार-दुसाध के भरोसे पयान ना किए हैं। तुम साफ़-साफ़ बोल दो, पर मेरा मान-मरजाद मत लूटो।...अब पेट पालने के लिए मोतिया दुसाध की चिरौरी पार ना लगेगी हमसे कि तुम उसका आसरा दिला रहे हो।'' तिरलोचन भृकुटि ताने नटवर पांडे को घूर रहे थे। उनकी नाक फूल गई थी।

नटवर पांडे को काटो तो ख़ून नहीं। भक् सफ़ेद हो गया उनका चेहरा। अपने को संयत रखते हुए बोले, ''तिरलोचन, मूरख मत बनो। समझदारी से...।''

''...मूरख ने होते तो तुम्हारे दुआर पर आते ?'' तिरलोचन का क्रोध बढ़ रहा था।

नटवर पांडे ने भी कड़ा रुख अपनाते हुए कहा, ''सुनो, अपना अकिल-ज्ञान और पंडिताई सहेजकर रखो। गाँव ना है कि...। और एक बात कान खोलकर सुन लो।...मोतिया-फकीरवा मत करो।...चमरा-दुसधा मत कहो।...परदेस में रहना चाहते हो तो अपना माथा बदलो। इस अकिल से भीख भी ना मिलेगी।...भगतू कौन जात है ? मालूम है...बोलो ?''

''ना।'' बड़ी मुश्किल से बोल सके तिरलोचन। उनका गला घरघराने लगा था।''

''कहार है, कहार।...उसके हाथ का सिद्ध किया भात भगवान को भोग लगता है। वही भात पंडित नटवर पांडे पुजारी खाते हैं और तुम भी खाए।'' नटवर पांडे की आवाज़ तीखी होने लगी थी।

''अब अनजाने में कौनो आदमी धरम लूट ले तो...।'' तिरलोचन ने तर्क करना चाहा।

''तुम अपना धरम और अपना मान-मरजाद अपनी पेटी में बन्द करो और राह नापो जल्दी।'' नटवर पांडे क्रोध से फुँफकार उठे।

''हमको मालूम था...तुम सहारा नहीं बनोगे, हम जानते थे।...हम जानते थे कि कौनो बहाना खोजकर तुम दुत्कारोगे।...आख़िर गोतिया-पट्टीदार ठहरे।'' तिरलोचन का गला भर आया।

''जब जानते थे, तब आए काहे ?...बोलो ?...गोतिया पट्टीदार लेकर चाटना नहीं है हमको। हमारे लिए सब मर-बिला गए हैं...चाहे सहोदर हो, चाहे चचेरा-

ममेरा।...दर-दर भटके हैं हम। इसी मोतीलाल ने सहारा दिया। इसी के बल पर आज राजभोग रहे हैं।...तुम्हारे लिए होगा चमरा-दुसधा...मेरे लिए वही मेरा भतीजा है। काकाजी कहता है हमको...और हम पुकारते हैं—मोती बबुआ। समझे।''

पुजारी पंडित नटवर पांडे बोलते-बोलते हाँफने लगे थे। उनका धीरज टूट चुका था। उनके चचेरे भाई पंडित दिगम्बर पांडे के सुपुत्र पंडित तिरलोचन पांडे माथा झुकाए बिसूर रहे थे।

भोर हुई। तिरलोचन पांडे की आँख खुली। जैसे-तैसे आँख लगी थी। सारी रात जागरण में ही कट गई थी। पुरानी आदत है कि चाहे रात भर भी न सोए हों, पर ब्रह्मवेला में उठ जाते हैं, सो उठ गए। एक मन हुआ कि उठें, और पेटी उठाकर वापस बस-पड़ाव पर पहुँच जाएँ और रात उन्होंने मन ही मन यह ठान भी लिया था।... पर गाँव-जवार के लोगों से क्या कहेंगे ? क्या कहेंगे लक्ष्मी से ? यही कि मंगलसूत्र बेचकर राजधानी घूम आए ! गोलघर, जादूघर, चिड़ियाखाना, पटन देवी—एक-एक जगह की सैर करके लौटे हैं ! गाँव से चलते हुए सोचा था कि कहीं लग गए तो बाल-बच्चों सहित कुछ दिनों तक राजधानी में वास करेंगे। अपनी वापसी की कल्पना से सिहर उठे तिरलोचन। फिर वही पोथी-पत्रा लेकर सवा सेर अन्न, सवा गज मारकीन और सवा रुपया गणेश पूजाई बटोरते जिनगी कटेगी। उनकी इच्छा हुई भकभकाकर रोने लगें...बुक्का फाड़कर। जैसे-तैसे अपने को सँभाला। अपने ऊपर क़ाबू किया।

नटवर पांडे भी उठे। दिनचर्या से निबटने का क्रम शुरू हुआ। नटवर पांडे ने स्नान करने के बाद पीताम्बरी धारण किया। बाहर निकलते हुए बोले, ''अब बिछावन पर कपारे हाथ धरे बैठे रहोगे कि उठोगे ?!..उठो। जाकर स्नान-ध्यान करो।''

तिरलोचन उठे। स्नान करके मन्दिर पहुँचे। दोनों हाथ जोड़कर शीश नवाया और मन्दिर के बरामदे में बैठकर अपने ककऊ का राज-पाट निहारने लगे। भगतू ने मन्दिर का कोना-कोना धो-पोंछकर चमका दिया था। पूजन-सामग्री जुटाकर स्नान करने चला गया था। ककऊ पूजा में जुटे थे। पीताम्बरी में भव्य लग रहे थे, बिलकुल इन्द्रपुरी के ऋषि-मुनि की तरह। तिरलोचन कभी उनको निहारते, कभी प्रभु की मूरत को। गहनों से सजे-सँवरे रामलला, लछुमनजी और सीता मइया। तीनों ने मुकुट धारण किया था। जड़ाऊ मुकुट से जोत फूट रही थी...अगर मुकुट और गहने असली हुए तो। बाप रे बाप ! हज़ारों की सम्पत्ति होगी। हज़ारों की ? एकदम उज़बक वाली बात। आज के ज़माने में लाखों से कम का यह सब नहीं होगा।...तिरलोचन के गले में खसखसाहट हुई। सूख रहा था गला।...लाखों की सम्पत्ति के मालिक हैं ककऊ। न सही मालिक, रखवार तो हैं ही।...और चाहें तो एक रात झोली में डालकर खिसक

जाएँ ककऊ।...मोहित होकर प्रभु मूरत को निहारते हुए तिरलोचन का मन तरह-तरह के पाप-पुण्य धारण करता रहा, त्यागता रहा।

तिरलोचन पांडे ने भोजन नहीं करने का निर्णय लिया था। मन ही मन ठानकर बैठे थे कि जब तक ककऊ साफ़-साफ़ फ़ैसला नहीं करेंगे, वह अन्न-जल नहीं ग्रहण करेंगे। अगर गाँव लौटना ही हुआ तो बिना अन्न-जल ग्रहण किए ही लौटेंगे।...जब मन ही फट जाए, तब कैसा नाता रिश्ता ! मुँहदिखार नेह छोह का कौन मोल ! जब कुदिन में काम नहीं आए तो दो-चार साँझ अन्न खाकर उनके एहसान का बोझ नहीं उठाएँगे।

पूजा समाप्त हुई। नटवर पांडे ने चरणामृत दिया। तिरलोचन ने अँजुरी बाँधकर चरणामृत लिया। अँजुरी को पहले माथे से लगाया, फिर सुड़क गए।

नटवर पांडे बोले, "चलो। जल-पान कर लो।"

तिरलोचन चुप रहे।

नटवर पांडे फिर बोले, "उठो। जल्दी करो। हमको ज़रूरी काम से बाहर जाना है। देर हो जाएगी।"

"हम तुमको रोक रहे हैं का ?" तिरलोचन भड़क उठे।

"ना...पर उठो। जल-पान कर लो। रात भी ठीक से ना खाए।" नटवर पांडे ने कोमल स्वर में समझाना चाहा, "बिना खाए-पिए रहोगे, तो हमारे गले से अन्न उतरेगा ? बोलो, उतरेगा ?"

"हमको भूख ना है।" तिरलोचन ने संक्षिप्त उत्तर दिया और दूसरी ओर देखने लगे।

"ठीक है। जब भूख लगे, खा लेना। हमको लौटने में देर होगी। जो इच्छा हो, भगतू से बनवा लेना।" नटवर पांडे जल-पान के लिए निवास की ओर चले गए।

तिरलोचन मन्दिर के बरामदे में पसर गए। आँखें दीवारों पर घूम रही थीं। दीवारों पर रंगीन चित्र बने थे। रामलला की मोहछवियाँ अंकित थीं। घुटुरन चलत रामलला...गरु विश्वामित्र के तपोवन से जनकपुर धाम जाते दोनों कुँवर...पुष्प वाटिका में सीता सुकुमारी को निहारते रामचन्द्र, धनुही तोड़ते रामजी...विवाह की झाँकी... माता कैकयी का कोप...वन-गमन...। झाकियाँ निहारते हुए तिरलोचन सोच रहे थे कि प्रभु की लीला भी गजब है। लाख चाहा लोगों ने पर प्रभु नहीं रुके। वन-गमन किया। वन में सीता मइया का हरन हुआ, तो रावन मारकर मइया को मुक्त कराया।...वाह रे प्रभु ! तुम चाहो और मुक्ति न मिले ! जुग बीते और फिर कमाल दिखाया। अपनी जनम धरती को मुक्त कराकर भक्तों को एक बार फिर से भरोसा दिलाया।...जन-जन का रूप धरे, भीड़ का समुद्र बन लहराते हुए अयोध्या आए और मलेच्छों के पाप का पहाड़ ढाह-ढूहकर अन्तर्ध्यान हो गए। पुलिस-मलेटरी औंधती रह

गई...और गोली-बन्दूक पटाखा फुलझड़ी बनकर फुसफुसा गई। धन्य हो प्रभु !

तिरलोचन की आँखों ने चित्र में शबरी के जूठे बेर खाते रामजी को देखा। महामहोपाध्याय कुलभूषण कातर हो उठे।...छिः प्रभु ! जरा तो सोच-विचार किया होता। पूरी लीला में एक ही जगह भटक गए आप। बस यही एक चूक हो गई। अरे नहीं खाते, तो मर जाते क्या ? बेर ही खाना था, तो जूठन खाकर जुग-जुग के लिए कलंक काहे लगा गए ? आप तो खाए, लीला समाप्त कर अलोप हो गए...और भोग रहा है सकल समाज। आपके लिए यह गुन होगा प्रभु, पर धरती के लिए तो यह उचित नहीं है।...आज छोटे-बड़े का भेद मिटता जा रहा है। चमार-दुसाध हो, चाहे अहीर-भेड़िहार–सबके सब आपकी पगड़ी उछाल रहे हैं। लोग मन्दिर में घुसकर आपका सत् लूट रहे हैं।...जो भी हो, आप प्रभु ठहरे ! आपकी लीला में कोई दोख नहीं खोजेगा। पर पंडित तिरलोचन पांडे से जीयत माछी निगलना तो पार ना लगेगा।...अब कोई कहे कि पोथी-पत्रा जला दो...जनेऊ तोड़ दो, तो आप ही विचारिए कि भला यह उचित है ! सबका अपना-अपना संस्कार होता है। रावन बहुत बड़ा विद्वान था, पर आप जैसा मान-मरजाद तो ना मिला उसको ! कोई राकस कुल में जनम ले तो इसमें पंडित का कौन दोख ?...गाँव-जवार में अजब हवा बह रही है। पंडित जात को जड़ से मिटाने पर तुले हैं सब। जीवछा दुसाध के बेटा मनोहरा और लालचनवा अहीर के बेटा मदना की नेतई से सारा गाँव बेहाल है। एक ज़माना हम लोगों के दादा-परदादा का था कि सरऊ सब दुआर के सामने से मूँडी नवाकर आता-जाता था और अब तो बीच बाज़ार में कुरता-पैजामा झाड़कर निकलता है सब। दिन-दिन भर बैठकी जमाए रहता है। हर बात आगे बढ़ाकर रोक लेता है। बिना बात के बतंगड़ बनाकर बीच में कूद जाता है...जो जीवछा दुसाध बाबू जरमन सिंह के यहाँ खटते-खटते निहुरकर चलने लगा, उसी जीवछा दुसाध का बेटा मनोहरा बाबू जरमन सिंह की पोती से दिन-दुपहरिया नज़रबाजी करता है। है मजाल कि बाबू जरमन सिंह के ख़ानदान का कौनो आदमी उसको टोक दे ?...एक दिन मदना ने हमको राह में घेर लिया। साँझ का टैम था प्रभु। हरपुर से आपकी ही कथा बाँचकर लौट रहे थे। एक तो साला पँवलगी तक नहीं किया और दूसरे 'रे-तो' कहकर बतियाने लगा। बोला कि अबकी फगुआ में पोथी-पत्रा फूँका जाएगा पंडित।...अब आप ही बोलिए प्रभु कि जिस गाँव में पोथी-पत्रा फूँका जाए, उस गाँव में पंडित तिरलोचन पांडे किसके आसरे रहें...? ककऊ पटना में बैठकर मोतिया का गुन बखान रहे हैं और गाँव में उनके भतीजा कन्हैया पांडे को इसी साले मोतिया के टोलावालों ने एक रात घेरकर हीक भर पीटा। एक दम रेड हैंड धरा गए थे बबुआ कन्हैया जी !...पहले के ज़माने में तो देखकर भी आँख मूँद लेता था सब। रात-बिरात पूरा टोला हिंड़ोरकर चले आते थे लोग, पर किसी माई के लाल के कंठ से घुरघुरी नहीं निकलती थी। राज़ी-ख़ुशी

की बात तो अलग, लोग जबरन झंडा फहराकर लौट आते थे। गनपतवा लोहार की साली अपनी बहन से भेंट करने आई थी। बाबू जरमन सिंह के बेटा परमानन सिंह जबरन साल भर रोके रहे। दूसरे गाँव की बेटी थी, पर गनपतवा लोहार में दम नहीं था कि साली को विदा कर दे। साल भर बाद पेट लेकर गई और अब ?...अब तो राज़ी-ख़ुशी भी जाने का मतलब है, फ़ौजदारी को नेवता देना।...उस रात देवना दुसाध की जनाना रमपतिया के पिछुवारे रासलीला करते हुए धरा गए कन्हैया बबुआ। रमपतिया तो एक छलाँग में घर के भीतर घुस गई और कन्हैया जी को दुसाध टोलावालों ने कूट दिया। हल्ला-गदाल हुआ तो पलटकर निकली रमपतिया। बोली कि घात लगाकर बैठा था और डोल-डाल के लिए निकलते ही झपट्टा मारकर धर लिया कसइया।...दूसरे दिन सारे गाँव के बीच करेजा पर ईंट कूट गया सब। मनोहरा की अगुवाई में आया था सब। दुआर पर आकर माई-बहिन कर गया। एक हज़ार रुपया दंड लगाया। गाय बेचकर दंड भरना पड़ा ककऊ के बड़े भाई को।...अब कौन समझाए ककऊ को कि ज़माना बदल गया है ! बिना सोचे-बिचारे हेल-मेल करने से धोखा हो सकता है। सब कोई अपना-पराया छाँटकर सट रहा है। जब से इन छोट जातियों की सरकार बनी है, गाँव-जवार में साले गरदा उड़ाए फिर रहे हैं। सरकारी नौकरी-चाकरी में अधिया का बँटवारा हो गया। हैजा की तरह सकल समाज में मंडल का रोग फैल गया। रहती इनिरा गान्ही, तब बताती सालों को ! खाँटी पंडित की बेटी थी। एक चाल चलती, उसी में सब जने मुँह से माटी उठाने लगते।...पर अब तो डर है कि अगर कहीं बँटाईदारी वाले क़ानून की रास कस दिया तो अच्छे-अच्छे खेतिहार दाँत चियार देंगे।...अब पन्द्रह-बीस कट्ठा हो तो कोई जोत-बो ले, पर पच्चीस-पचास बीगहा की खेती बिना बँटाई के तो होने से रही ! खेत छुड़ा ले काश्तकार, तो भाँग उपजे और बँटाई पर लगाए, तो जायदाद से हाथ धो ले। लोग तड़ातड़ खेत छुड़ा रहे हैं। परदुमन लाल का एक बिगहा गोयड़ खेत और रौजा के पासवाला मज़हर मियाँ का खेत दोनों पर मनोहरा ने कचहरी में दावा ठुकवा दिया है। जगनारायण सिंह बोल रहे थे कि सब छुड़ा लेंगे। खेत परती रहे सो मंजूर, पर सरऊ लोगों को दाल-भात नहीं चाभने देंगे।...हे प्रभु ! ज़मीन-जायदाद रहते आदमी अन्न बिना मरे, तो गाँव में भूचाल आएगा ही ! अरे जब नान्ह जात की कोख से जनमे हो, तो करो मजूरी... जोतो बँटाई। किसी का हड़प लेने से कोई राजा नहीं बनता। जो रंक है, सो रंक रहेगा।...एक विपत हो तब तो ! रोज़ आफत। कई बरस के बाद एक आफत फिर गाँव में आनेवाली है प्रभु ! सुने हैं कि मुखियागिरी के लिए भोट होनेवाला है। मदना भी खड़ा होगा। बाबू जुगल सिंह मुखिया को पसीना छूट रहा है आजकल। ऊपर से चाहे जितना टैट दिखें, भीतर भी भीतर थराथरा रहे हैं। पुरैना, करमासी और हरपुर—तीनों गाँव की एक पंचायत है। तीनों गाँव मिलकर कुल पचास घर राजपूत,

भूमिहार और पंडित होंगे। कायथ सबका रहना और न रहना, एक बराबर। दिखार नहीं होता है सब। जिसका पलड़ा भारी देखेगा, उसी की ओर खिसक जाएगा। चाहे इनिरा गान्ही की सरकार हो, चाहे छोट जातियों की, कायथ सबकी पाँचों अँगुली घी में।...मदना कह रहा था अहीर और मियाँ का गठबन्धन हुआ है। दोनों जात मिलकर अधिया से ऊपर भोट एक तरफ़ गिरेगा।...इन साले मलेच्छों को बाद में पता चलेगा प्रभु ! बड़की पोखरवाले कांड में सरफुदीन मियाँ और अजीमवा को भाला से गोभ-गोभकर इसी मदना ने मारा था। लाद भाड़ दिया था। अँतड़ी-पचौनी सब बाहर कर दिया था। एक महीना फरार रहा। बाबू जुगल सिंह मुखिया के समधी एमेले थे। उन्हीं की कोठी में लुकाया था। मुखियाजी हाईकोट से बेल कराए, तब गाँव में लौटा। तीन बरस तक केस-मुक़दमा चला, पर बाद में सब टाँय-टाँय फिस्स ! सारा गाँव एकवट गया। मियाँ लोगों को जबरन सुहलनामा लगाना पड़ा।...मदना के मुखिया बनते ही अहीर सब आँख फेरेगा, तब इन कटुओं को गठबन्धन का भाव पता चलेगा।...अच्छा हुआ प्रभु कि निकल आए गाँव से ! नरक से पिंड छूटा। अब निकल तो आए प्रभु, पर आपकी किरपा हो तब तो ! यहाँ भी आकर सब उल्टा-पुल्टा ही देख रहे हैं। जिसके भरोसे आए, वही रंग बदल रहा है। ककऊ के मन में खोट है, तभी तो मोतिया के भरोसे टाल रहे हैं। खोट न भी हो, तो यहाँ आकर मोतिया की किरपा पर जीवन काटना पंडित तिरलोचन पांडे को गवारा नहीं होगा प्रभु ! अब आप ही उबारिए इस संकट से। हमको तो कुछ भी नहीं सूझ रहा है।...हे प्रभु !

दोपहर हुई। भगतू ने आकर जगाया, तब तिरलोचन की नींद टूटी। सोचते-सोचते जाने कब आँख लग गई थी ! कुछ पता ही नहीं चला। भगतू ने बहुत चिरौरी की, पर वह कुछ भी खाने के लिए तैयार नहीं हुए। थक-हारकर भगतू चला गया।

धूप नहीं थी। मेघ घिर आए थे। भादों के मेघों का कोई भरोसा नहीं रहता। जाने कब बरसने लगें !...और बरसने लगें, तो हफ़्ता भर झमझम बरसते रहें ! अगर लौटना ही पड़ा तो रास्ते में दुर्गति होगी, सोचते हुए तिरलोचन ने मेघों की ओर विनीत भाव से देखा।

तिरलोचन फिर नई चिन्ताओं में डूब गए।...आज की रात वह इन्तज़ार करेंगे। अगर ककऊ की बातचीत से लगेगा कि बात कुछ बन सकती है, तो रुकने के बारे में विचार करेंगे। नहीं तो कल भिनसार में बस पकड़ लेंगे।...पर एकमा पहुँचते-पहुँचते ही साँझ हो गई तब मुसीबत हो जाएगी। ज़माना ख़राब है। कोई ज़रूरी नहीं कि गाँव का कोई मिल ही जाए। अकेले चँवर पार करना ख़तरनाक होगा। आजकल लफ़ंगों का राज है। एक बंडल बीड़ी के लिए साले गरदन रेतकर मार देते हैं। पिछले ही साल रामधनी कोयरी का बेटा एकमा भट्ठी में बैठकर दारू पी रहा था। बीड़ी के लिए झगड़ा हुआ और बीस बरस के जवान की गरदन रेता गई...साँझ हो गई

तो एकमा में रात भर रुकना पड़ेगा।...ठीक है। आते समय मोदियाइन का चिउड़ा-दही छूट गया था। जाते समय साध पूरी हो जाएगी।

तिरलोचन की आँखों के सामने मोदियाइन की सूरत नाच गई।...बिलकुल मैदा जैसी सफ़ेद गोराई,...गोल चेहरा,...टेढ़ी माँग,...भर आँख काजर,...और मिस्सी लगे दाँत। गजब हो गजब ! छपरा का समूचा भगवान बाज़ार हिंड़ोरने पर मोदियाइन जैसी औरत ढूँढ़ पाना कठिन काम है। छपरा तो छपरा, मोदियाइन की बराबरी करे ऐसा चेहरा पटना में अब तक नहीं दिखा।...तिरलोचन की नाक पर पसीने की बूँदें चमकने लगीं। कनपटी में सनसनी हो रही थी।...और चिउड़ा-दही खाने के बाद ? गाँठ कमज़ोर है, नहीं तो सारी रात मोदियाइन के घर वास करते।...तिरलोचन की इच्छा हुई कि गरदन में फाँसी लगाकर लटक जाएँ।...यह भी कोई जिनगी है। जिनगी की एक साध भी पूरी नहीं हो सकती। ललचते बयस गुज़र गई। इसी तरह दुनिया को निहारते-निहारते एक दिन चले जाएँगे...नसीब कब पलट जाए कोई नहीं जानता। चार-पाँच साल पहले तक सुभगवा दुसाध हम लोगों के दुआर पर खड़ा होकर पाव भर सतुआ-चिउड़ा के लिए दाँत निपोरता फिरता था। उसका बेटा बलेसरा मलेटरी में सिपाही हुआ और नसीब पलट गया। सुभगवा जूता पहनकर घूमता है। बलेसरा रिक्शा पर चढ़कर गाँव आता है। एकमा उतरकर मोदियाइन के यहाँ डेरा डालता है। दो-तीन रात रासलीला करने के बाद मोदियाइन के घर से निकलता है। सारा गाँव जानता है, पर मलेटरी की कमाई और रूआब के आगे किसकी मजाल कि कुछ बोल दे !...अचानक तिरलोचन को ध्यान आया कि मन्दिर में बैठे हैं। काँप गए तिरलोचन।...छिः-छिः ! मति ख़राब हो गई है। कुदिन आने पर यही होता है। जब बिगड़ता है, चारों तरफ़ से एक साथ बिगड़ता है। मन्दिर में बैठकर नरक में डुबकी लगा रहे हैं। भूल-चूक समझकर छिमा करो प्रभु। दास का अपराध छिमा करो !...तिरलोचन ने दोनों हाथ जोड़कर शीश नवाया।

"तिरलोचन !...ए तिरलोचन !" अपने को पुकारती हुई आवाज़ सुनकर तिरलोचन ने झुका हुआ माथा ऊपर उठाया। मुड़कर देखा। सामने ककऊ खड़े थे। "हत्या का पाप हमारे कपार पर थोपकर मरना चाहते हो का ? भोर से ही उपास बैठे हो। अनशन करने से जजी मिल जाएगी का तुमको ?"

तिरलोचन ने सिर झुका लिया। कोई जवाब नहीं दिया। मन ही मन सोच लिया था कि कुछ बोलेंगे ही नहीं। बिलकुल गुम्मी मार देंगे।

अपनी बातों को बेअसर होते देख नटवर पांडे नरम पड़ गए। बोले, "आए, तो भगतू बोला कि तुम कुछ ना खाए हो।...देखो, हमारा हाल देखो। कई घंटा साइकिल रेंगाकर लौटे हैं। तुम्हारे काम से ही बिना खाए-पिए इधर-उधर छिछियाते फिर रहे थे।"

तिरलोचन पिघल गए। सोचने लगे, जो आदमी हमारे लिए भूखा-पियासा दौड़-धूप कर रहा है, उसके साथ हठ ठीक नहीं।

"चलो।...जल्दी करो। अँतड़ी ऐंठा रही है।" ककऊ ने दबाव बढ़ाया और तिरलोचन उठ गए।

काका-भतीजा दोनों ने भोजन किया। गमकउवा चावल का भात, असली घी से बघारी हुई चने की दाल, फूल गोभी की रसदार तरकारी और टमाटर की चटनी। तृप्त हो गए पंडित तिरलोचन। भादों के महीने में फूलगोभी और टमाटर ! राजधानी का यही सब सुख है। गाँव में तो आलू-भंटा तक मुहाल है। लहसुन-मिर्च की चटनी के बल पर मोटिया चावल का भात निगलना पड़ता है। तिरलोचन का मन किया कि ककऊ की जय-जयकार करें। वह अक्सर ऐसा करते थे। जब भी किसी यजमान के यहाँ जीभ को तृप्ति और मन को सन्तोष मिलता, वह जय-जयकार कर उठते थे।...जय हो यजमान की'!..वंश बढ़े !...धन बढ़े !...मंगल हो !...और काँधे में टँगे झोले से शंख निकालकर फूँक देते थे। ककऊ यजमान होते तो अब तक जयजयकार बोलकर शंख फूँक चुके होते तिरलोचन।

आचमन करने के बाद डकार लेकर काका-भतीजा दोनों खाट पर पसरे ही थे कि बाहर से मोटरसाइकिल रुकने की आवाज़ आई। नटवर पांडे ने कहा, "लगता है, मोतीलाल आ गया।"

मोतीलाल ने कमरे में प्रवेश किया। सफ़ेद सफारी सूट में गठा हुआ साँवला शरीर। आँखों पर सुनहरी कमानीवाला चश्मा। न दाढ़ी, न मूँछ। बिलकुल साहबों जैसा रूआबदार चेहरा। तिरलोचन अकबकाकर उठ बैठे। मोतीलाल ने झुककर खाट पर पसरे पंडित नटवर पांडे पुजारी के पाँव छुए। पुजारी जी ने लेटे-लेटे ही उसके सिर पर हाथ फेरते हुए कहा, "जय हो ! मंगल हो।"

मोतीलाल की नज़र तिरलोचन पर पड़ी। वह चौंका, "अरे ! भाईजी ! कब आए ?" वह तिरलोचन के पास आया। झुककर उनके पाँव छूते हुए पूछा, "का हाल-समाचार है गाँव का ?"

तिरलोचन आँखें फाड़े मोतीलाल को निहार रहे थे। उनकी टकटकी बँधी थी। बरसों बाद दुसाध टोला के किसी नौजवान ने उनके पाँव छुए थे। उन्होंने धीरे-से कहा, "मंगल हो।"

मोतीलाल ने अपना सवाल फिर दुहराया, "गाँव का हाल-समाचार का है ?"

"ठीक है। सब ठीक है।" तिरलोचन बोले। वह समझ नहीं पा रहे थे कि मोतीलाल के साथ कैसा व्यवहार करें। इस बीच नटवर पांडे उठकर बैठ चुके थे। मोतीलाल उनकी खाट पर उनके साथ ही बैठ गया।

तिरलोचन फिर विचलित हुए।...कैसे मान-मरजाद बचेगा प्रभु ?...तिरलोचन को

लगा, उन्हें किसी ने बहुत ऊँचाई से नीचे धकेल दिया है और वह हाथ-पाँव छटपटाते हुए गिर रहे हैं।

मोतीलाल नटवर पांडे से बतिया रहा था, ''हम बाहर से लौटे तो पता चला कि आप घंटा भर बैठकर वापस चले गए।...सो खाना खाए और चल दिए। साँझ को तो आना ही था, पर मन नहीं माना। सोचे, पता नहीं का बात है !''

''हूँ ! अरजेंट मामला था...रनजीत बाबू से भी भेंट ना हुई। दिल्ली गए हैं। फिर रमन बाबू के पास गए। उनकी मेम साहब पूजा का दिन तय करने के लिए बुलाई थीं। बदली रुक जाने से बहुत .ख़ुश थीं। बता रही थीं कि डेढ़ लाख से ऊपर लग गया।...बिना भोजन किए निकल गए थे, सो ज़्यादा देर तक तुम्हारा इन्तज़ार नहीं कर सके। सोचे...।''

''तो आप भोजन के चलते चले आए !'' मोतीलाल ने पुजारी जी की बात काटते हुए पूछा, ''वहाँ भोजन ना मिलता का ?''

''मिलता, पर तुम्हारे लौटने का तो कोई ठिकाना नहीं था। दुल्हिन को तो बताकर जाते नहीं हो। दुखी मन से बोल रही थी कि कहियो बताकर नहीं जाते।...बुचिया के साथ बतियाते रहे, फिर समाद छोड़कर चले आए। कहँवा निकल गए थे ?'' नटवर पांडे ने स्नेहयुक्त अधिकार से पूछा।

''वही कोआपरेटिव वाला धन्धा। संडे तों झमेलावाला दिन होता है।''

''सो तो है बाबू ! तुम्हारे कपार पर दुनिया भर का झमेला है। नौकरी-कोआपरेटिव, ऐरबी-पैरबी और हित-नाता, सब एक साथ ढोना सबके बूते की बात नहीं।''

''भाईजी कब आए ?'' मोतीलाल ने तिरलोचन की ओर इशारा करते हुए पूछा।

''कल आए साँझ बखत।...तिरलोचन के लिए ही तुम्हारे घर गए थे।''

''का बात है ?...का हुआ ?'' मोतीलाल ने जानना चाहा।

''अचानक घर-दुआर छोड़कर पयान कर दिए। इनके घर का हाल पता ही है। खेती-बाड़ी सब बेचकर दिगम्बर भइया अपनी जिनगी में ही गाँजा पी गए। रोजी-रोजगार के लिए भी तो साधन चाहिए। अब पुरोहिताई से कब तक गुज़ारा होगा ? अकुताकर गाँव छोड़ दिए। बिना सोचे-समझे पेटी उठाए और पटना के लिए पयान कर दिए।...यहाँ आने पर चौबीस घंटे का भी धीरज ना है। बस आए और अन्न-जल त्यागकर ठान दिए कि...।''

''का भाईजी, हम लोग मर-बिला गए हैं कि आप अन्न-जल त्यागकर पड़े हैं ?'' मोतीलाल ने नटवर पांडे की बात काटते हुए तिरलोचन से पूछा फिर बोला, ''आ गए हैं, तो कौनो जुगाड़ होगा ही। अन्न-जल त्यागने से काम ना चलेगा।''

नटवर पांडे ने क़िस्सा आगे बढ़ाया, ''हम तुम्हारे घर से लौटे तो पता चला कि

अनशन किए बैठे हैं। बहुत डाँट-डपट और मान-मनौबल के बाद खाए हैं।...मोती, हम तो अपने साथ ही रख लेते पर...।''

"ना काका जी, इस मन्दिर पर रखने से का लाभ ? हमारे पास स्कीम है।... बाहर चलिए, बताते हैं।" मोतीलाल झटके से उठकर खड़ा हुआ। नटवर पांडे भी उठे।

"अब आराम करो। चिन्ता मत करो। सब हो जाएगा।" कहते हुए नटवर पांडे मोतीलाल के साथ कोठरी से बाहर निकल गए।

तिरलोचन काठ की मूरत की तरह जस-के-तस बैठे थे। हतप्रभ थे महामहोपाध्याय कुलभूषण ! बाप रे बाप ! कितना भेद है गाँव और राजधानी में। यहाँ तो सब कुछ उल्टा है। गाँव से बिलकुल अलग है यहाँ की रीत। जिसकी जात-बिरादरीवाले गाँव में अलग पार्टी बनाकर लड़ते फिर रहे हैं, वही यहाँ पाँवलगी कर रहा है। यहाँ तो पंडित और दुसाध एक खाट पर साथ बैठकर मुँह-में-मुँह सटाए बतिया रहे हैं। अंडल-मंडल सब फेल है यहाँ।...तिरलोचन का माथा घूम रहा था। बहुत देर तक ख़ाली पेट रहने के बाद अन्न की गर्मी से देह पहले ही थरथरा रही थी। और फिर ककऊ और मोतिया का यह गठबन्धन ! उनके दिमाग़ में उथल-पुथल मची थी। कलेजा हौलने लगा था।

मोतीलाल की योजना सुनकर पंडित नटवर पांडे उल्लसित हो उठे। मोतीलाल के प्रति उनकी आस्था और गहरी हो गई। नगर के दक्षिणी छोर पर बस रही नई कालॉनियों में अम्बेदकर नगर के बसने का काम अब पूरा हो रहा था। अम्बेदकर हाउसिंग कोऑपरेटिव सोसायटी के अध्यक्ष श्री मोतीलाल माझी ने एक रात यह सपना बड़े और महान नेताओं की तरह देखा कि ग़रीब हरिजनों का भी अपना घर हो। दूसरे दिन की सुबह उसने अपनी आत्मा को बेचैन पाया। धीरे-धीरे यह बेचैनी गहराई और वह छटपटाने लगा। कुछ ही दिनों बाद उसने सोसायटी रजिस्ट्रेशन एक्ट के मुताबिक 'अम्बेदकर हाउसिंग कोऑपरेटिव सोसायटी' का रजिस्ट्रेशन करवाकर 'अम्बेदकर नगर' के अपने सपने को साकार करना शुरू किया। तीन सौ परिवारों के बसने लायक़ ज़मीन सरकार से कम क़ीमत पर झपटकर वह प्रदेश के हाउसिंग कोऑपरेटिव माफिया के बीच चर्चित हुआ। जब थोड़ी कम क़ीमत पर ज़मीन उपलब्ध हुई तो धनवानों की रेल-पेल मच गई। जाति-वर्ग के बन्धन टूट गए। भारत माता की सन्तानें 'हम एक हैं' की भावना के साथ अपनी तिजोरियों से धन लेकर निकल पड़ीं। अम्बेदकर नगर में प्रवेश के लिए धक्कम-धुक्की होने लगी। इसके पहले कि अम्बेदकर नगर में लीकेज हो, मोतीलाल ने फर्ज़ी नामों से कई भूखंडों का बँटवारा कर, ऊँची क़ीमत वसूल गंगा स्नान कर लिया। उसने जब अम्बेदकर नगर का सपना देखा था, तब वह सोच भी नहीं पाया था कि यह सपना इस तरह फूले-फलेगा। तीन

सौ घरों की इस कॉलोनी ने बसने से पहले ही उसे जीवन के कई सुख सौंप दिए थे। मसलन, राजीव नगर जैसी पॉश कालोनी में मकान, अम्बेदकर नगर में अपने लिए फर्ज़ी नामों से दो भूखंड, सोने के गहनों के रूप में गुप्त-धन और बिजली बोर्ड के साहबों पर अपने प्रभाव के बल पर बिना हाज़िरी बनाए तीस दिनों की तनख़्वाह। यह सब हाउसिंग कोऑपरेटिव के धन्धे की सौगात थी।...पर मोतीलाल इसे प्रभु का प्रसाद मानता था। फकीर माझी की मड़ैया से उठकर राजीव नगर तक की यात्रा में वह कई पड़ावों से गुज़रा था। मैट्रिक पास करने के बाद वह बाबू जुगल सिंह मुखिया के साथ पटना आया था। उनके समधी बाबू रनजीत सिंह विधायक के यहाँ टहलुआ रहा। उन्हीं के बँगला में रहकर उसने बी.ए. किया और उनकी परित्यक्ता बहन मालती देवी की पसीने से भीगी हुई देह चाट-चाटकर जीवित रहा। रनजीत बाबू जब बिजली बोर्ड के चेयरमैन बने, उसे नौकरी मिली। नौकरी में भी उसने दस-बीस रुपए की टुकड़खोरी कभी नहीं की। जिन साथियों के साथ मिलकर हाउसिंग कोऑपरेटिव का धन्धा शुरू किया, वे लोग आज भी किराए का मकान खोजते फिर रहे हैं और वह हाउसिंग कोऑपरेटिव माफिया के बीच अपनी ख़ास औक़ात रखता है। मोतीलाल इसे प्रभु की कृपा मानता था।...अब उसे एक ही चिन्ता थी कि जिस ईश्वर ने उसका सपना पूरा किया उसी ईश्वर के लिए वह अम्बेडकर नगर में कोई बसेरा नहीं बनवा सका। सामुदायिक भवन के लिए छोड़े भूखंड पर प्रभु के लिए बसेरे के निर्माण की जो योजना उसके मन में दबी थी, पंडित तिरलोचन को पाकर वह फूट पड़ी, ''काकाजी ! सब जिम्मा मेरा।''

''मोती ! सोसायटी का मामला है।...ज़मीन को लेकर विरोध होगा।'' नटवर पांडे ने सचेत किया।

''माहौल बनाना होगा। जल्दीबाजी में काम नहीं होगा। साल दो साल तक गोदी के बालक जैसा पोसना पड़ेगा।'' मोतीलाल ने कहा।

''...पर तिरलोचन के पास धीरज ना है। पता नहीं...।''

नटवर पांडे ने आशंका प्रकट की।

''समय सब कुछ सिखा देता है काकाजी। अपने आप धीरज आ जाएगा।'' मोतीलाल ने विश्वास प्रकट करते हुए एक्शन प्लान बताया, ''मेरे प्लॉट के ठीक सामनेवाला प्लाट है। हम अपने प्लॉट में एक कोठरी बनवा देते हैं। भाईजी उसी में रहेंगे। महीना दो महीना बाद सामनेवाले प्लॉट में प्रभु की एक छोटी मूरत रखकर पूजा चालू होगी।...कुछ लोग विरोध तो करेंगे, पर ढेरों लोग साथ देंगे। सामुदायिक भवन तो अभी बनने से रहा। प्रभु के लिए अपने-आप जनमत तैयार हो जाएगा। नहीं हुआ, तो हम तैयार करवाएँगे। साल दो साल के भीतर प्रभु अपना बसेरा अपने ही आप बनवा लेंगे।...और जो जनता प्रभु का बसेरा बनवाएगी, वही जनता

बनवाएगी प्रभु के भक्त का बसेरा। तीन सौ घर कम नहीं होते। तीन सौ में लगभग डेढ़ सौ से ऊपर मेरी बिरादरी के लोग हैं काकाजी ! रेत में पाँव चाहे कितना भी धँसे, पियासा तो भागता ही है नदी की ओर।...और जो लोग जनम-जनम से पियासे हैं उनको तो नदी दिख भर जाए।...फिर उनको कौन रोक सकता है ? पचास परसेंट जो मेरी बिरादरी के लोग हैं, वे किस दिन काम आएँगे ? अगर विरोध हुआ तो चुटकी बजाते ही हवा बदल जाएगी।...अम्बेडकर नगर में भगवान बसना चाहें और लोग उनको बसने न दें, यह तो हो ही नहीं सकता काकाजी।...मन्दिर,...फिर पुजारी निवास...फिर पीछे की तरफ़ कुछ दुकानें।...तीन सौ घरों का चढ़ावा और दुकानों के लिए डिपॉजिट मनी,...किराया। प्रभु चाहेंगे तो सब हो जाएगा।''

''हाँ, सब उनकी कृपा। उनकी कृपा नहीं होती तो इस साले सूरजमल सेठ के यहाँ शंख बजता।'' नटवर पांडे ने आश्वस्त होते हुए कहा।

दोनों कोठरी में वापस आए। पंडित तिरलोचन पांडे के सामने बात रखी गई। भड़क उठे तिरलोचन, ''तुम दोनों जने हमको फाँसी चढ़वाना चाहते हो का ?...हमको फसाद में मत फँसाओ।...दूसरे की ज़मीन पर जबरन कब्ज़ा करने जाएँ और जेहल की हवा खाएँ—यही चाहते हो का ? हमको बक्सो जी बिलाई, मुर्गा बांड़ होके रहेगा। पेट पोसने के फेर में जान गवा दें ? पूत के लिए भतार गवाँना हमको मंजूर नहीं। हम झंझट में नहीं पड़ेंगे।''

''गरजो मत। धीरे बोलो। ख़ाली हाँय-हाँय करने से काम नहीं चलता है।'' नटवर पांडे ने तिरलोचन को डाँटा। बोले, ''तुमको मालूम है कि इस मन्दिर की नींव कौन तरह पड़ी ? अगर हम लोग गाय की तरह नाथ नहीं पहनाते तो यह साला सूरजमल सेठ हाते के भीतर मन्दिर बनवाकर और हमको माहवार देकर पूजा करवाता ?...ख़ाली पड़ी थी ज़मीन। एक रात टूटा हुआ सिलबट्टा रखकर पूजा शुरू किए। यह कॉलोनी पूरी तरह अभी बसी भी नहीं थी।...ढोलक झाल ले आए। पाँच-दस आदमी रोज़ जुटने लगे। रोज़ साँझ में कीरतन चालू हो गया। गाँजा की पुड़िया बेचते थे, सो अलग जान-पहचान हुई। इसी मोतीलाल ने चन्दा उगाह-उगाहकर एक दिन झोंपड़ी डलवा दी...सेठ मारूफगंज में रहता था। मालूम हुआ तो गाड़ी उड़ाते हुए पहुँचा। थाना पुलिस और कोट-कचहरी का भय दिखाता रह गया, पर प्रभु नहीं हिले। थाना में रोज़ पाँच-दस पुड़िया गाँजा सप्लाई करते थे। प्रभु की माया ऐसी पसरी कि सेठ हाता की दीवार तक नहीं खींच पाया। दस दिनों के भीतर प्रभु की मूरत लाकर बैठा दिए।...फिर थानावालों ने अड़ोस-पड़ोस के लोगों के सहयोग से रास्ता निकाला। सेठ को कहा कि गज भर हारो, थान भर मत हारो। तब सेठ ने मन्दिर बनवाना शुरू किया। मन्दिर बनवाकर ही ज़मीन का पूरा रकबा घेर सका। चार सौ रुपया हमको देता था।...और आज अन्न-वस्त्र के अलावा हमको और भगतू को

मिलाकर चौदह सौ देता है। ऐसी फँसरी डाले कि जिनगी भर नहीं भूलेगा साला। तुम का समझते थे कि बिना हाथ-गोड़ हिलाए हम मलाई चाभ रहे हैं ?''

''जाने दीजिए काकाजी। इनको वापस भेज दीजिए। बिना सरधा के कौनो काम करवाना उचित नहीं है।'' मोतीलाल ने पेंच मारा।

''राज भोगोगे तिरलोचन, राज। तुमको अकेले तो कुछ करना नहीं है। हम साथ हैं।...और फिर सारा जिम्मा मोतीलाल का है।'' नटवर पांडे ने ढाढ़स बँधाने की कोशिश की।

''भाईजी, आप गाँववाला चाल-चलन छोड़िए। राजधानी में बसना है, तो करेजा कठोर करना होगा।'' मोतीलाल उठ गया। बाहर निकलते हुए नटवर पांडे से कहा, ''रात भर भाईजी को सोचने दीजिए।...इनका मन बने तो ख़बर कीजिएगा। आकर ले जाएँगे। हमारा घर-आँगन भी पवित्तर हो जाएगा।''

मोतीलाल चला गया। नटवर पांडे सन्ध्या-पूजन में लगे। और तिरलोचन ? तिरलोचन उब-चुभ हो रहे थे। उन्हें लग रहा था, मानो किसी अन्धे कुएँ में गिरे हों।

अभी सुबह होने में देर थी। तिरलोचन जाग रहे थे। और उनके ककऊ नींद में नाक बजा रहे थे। मोतीलाल के जाने के बाद से लेकर थोड़ी देर पहले तक उनका मन अन्धे कुएँ में डूब-उतरा रहा था।...डूबते-उतराते अब जाकर ठहरा था मन।

तिरलोचन ने सोचा।...अब जो होना हो, हो जाए। लौटेंगे नहीं। गाँव में बाबू जुगल सिंह मुखियागिरी करें, चाहे मदन चौधरी, तिरलोचन को पाटी-पोलटिक्स से कोई गरज नहीं। लड़ें सालें सब। लड़ते रहें जिनगी भर। दुसाध टोला में जाकर कूटाएँ बबुआ कन्हैया पांडे, तिरलोचन को चिन्ता नहीं। मंडल हो, चाहे कमंडल,...कौनो आदमी गठबन्धन करे, चाहे माँग टिकवा ले—तिरलोचन तो बस गए राजधानी में। जम जाएँ पहिले, फिर जाकर ले आएँगे बेटियों सहित लक्ष्मी को।...जय हो प्रभु ! अब साहस बनाए रखना।...कल जाएँगे मोतीलाल के घर। पर जीमने को कह दिया तब ?...जीमेंगे।...पर अगर अन्न गले से नीचे नहीं उतरा और हुल से फेंक दिए तब ?...निगलेंगे। जल के बल पर निगलेंगे। तुलसी की गन्ध सहन नहीं होती है हमको, उबकाई आती है।...पर तुलसी का पत्ता भर कुल्ला पानी लेकर निगलते हैं कि नहीं ?

(हंस, 1994)

बूड़ा वंश कबीर का

"लटुरिया साले ने तो नाक में दम कर दिया है।"

नारद पांडे को लगा, जैसे राह में मरा हुआ साँप मिल गया हो। उन्होंने रास्ता बदलने की कोशिश की। दाईं तरफ़ मुड़कर पतली मेड़ से होते हुए निकल जाना चाहा। पर जैसे ही मुड़े, लटुरी ने आवाज़ दी–"नारद चा ! ए नारद चा।"

इसके पहले कि नारद पांडे तेज़ क़दमों से चलते हुए ओझल हो जाएँ, लटुरी मिसिर ने ज़ोर से हाँक लगाई–"नारद चा हो-ओ-ओ" और हाँफते हुए आकर सामने खड़े हो गए।

"का है रे। काहे चिचिया रहा है।" लटुरी की गिरफ़्त में फँसे नारद पांडे फुँफकार उठे।

"चाचा हो, चूना है।...बस चुटकी भर सुरती दे दो।"

नारद पांडे दिशा-मैदान को निकले थे। लोटा मेड़ पर रखा और जेब से सुरती निकालकर दी। फिर लोटा उठाकर चलते हुए बोले–"लटुरिया, आज आख़िरी बार चेता रहे हैं तुमको। इसके बाद सुरती माँगे तुम कि साले अइसा सरापेंगे कि आन्हर-लाँगड़ होके मरोगे।"

लुटरी मिसिर ने चुनौटी से चूना निकालकर तलहथी पर रखा और निर्विकार भाव से सुरती रगड़ने लगे। उनके लिए यह कोई नई बात नहीं थी। रोज़ का क़िस्सा था। रोटी से लेकर एक चुटकी तम्बाकू तक के लिए उन्हें यह सब सुनना पड़ता था। नारद पांडे हों या गाँव के अबर-दुबर लोग, सब लटुरी मिसिर को लटुरिया पुकारते थे। जब-तब, बात-बे-बात, डाँट-डपट और गाली-गलौज सुन लेना लटुरी के लिए सामान्य बात थी। गाँव की जवान भौजाइयों के लिए लटुरी सबसे प्रिय विषय थे। कोई नहीं, तो हँसी-ठट्ठा के लिए लटुरी ही सही। छिन भर के लिए भी लटुरी किसी पेड़ की छाँह में दुपहरिया की नींद पूरी नहीं कर सकते थे। कोई भौजाई आकर धोती का पिछुआ खोल जाती या भर गगरी पानी उड़ेल जाती। लटुरी दाँत निपोरकर हँस देते।

लटुरी होठों से सुरती दाबकर आगे बढ़े तो गनौरी चौधरी मिले। पहलवान गनौरी

चौधरी से लटुरी हमेशा भयभीत रहते थे। लटुरी ने भरसक बचने की कोशिश की, पर पहलवान ने आवाज़ लगा दी—"लटुरिया !"

"जी पहलवान जी !" लटुरी दोनों हाथ जोड़े घिघिया रहे थे।

"लटुरिया ! कहँवा रहता रे आजकल ? दिखाई ना पड़ता है ! साले, जब तक कसरत-कुश्ती से भागोगे, मरद न बन पाओगे।"

"जी पहलवान जी..."

"चल, उठक-बैठक लगा। दोनों कान पकड़के चालू हो जा।"

लटुरी मिसिर धनकुट्टी की ढेंकी की तरह ऊपर-नीचे होने लगे। लगा, कलेजा फट जाएगा। साँस लोहार की भाथी की तरह चल रही थी। गनौरी पहलवान के पैरों पर बिछ गए लटुरी मिसिर। पहलवान ने झुककर माथे के बाल भर-मुट्ठी पकड़ लिए और खींचकर ऊपर उठाया। बोले—"बस ! दस बार अप-डौन में दाँत चियार दिए साले। चल उट्ठ।"

लटुरी ने जैसे-तैसे सहेजा अपने को। उठकर खड़े हुए। दोनों हाथ जोड़कर कहा—"जी पहलवान जी, एक बात बोलें ?"

"बोल।"

"भुली साहु से कह दो कि सेर भर चिउड़ा दे दे। भोर से खाए ना हैं।"

पहलवान गनौरी चौधरी गरज उठे—"साले, भूखे पेट कसरत करते हो। अँतड़ी ऐंठ जाती और टें बोल देते, तो हमारे कपार पर बरमहत्या का पाप चढ़ता कि नहीं !...चल चिउड़ा दिला दें।"

आगे-आगे गनौरी पहलवान और पीछे-पीछे लटुरी मिसिर। दोनों भुली साहु की दुकान पर पहुँचे। लटुरी ने गमछी में चिउड़ा बाँधा और खिसक लिए।

लटुरी मिसिर अपने ख़ानदान के अकेले चिराग़ हैं। अपने हाथों ख़ानदान के एक-एक आदमी को फूँक-ताप चुके हैं। माँ जन्म देने के तत्काल बाद स्वर्ग सिधार गईं। लटुरी आज़ादी मिलने के दो साल बाद पैदा हुए थे। पिता सुराजी मिसिर आज़ादी मिलने के बाद बेकार हो गए। जब तक आज़ादी नहीं मिली थी, आज़ादी की लड़ाई में व्यस्त रहे। आज़ादी मिलते ही उनके साथ के लोग दूसरे धन्धों में लग गए। सुराजी मिसिर सिधुआ इंसान थे, सो कुछ कर नहीं सके। आज़ादी के दो साल बाद लटुरी पैदा हुए और पत्नी गुज़र गईं। एक तरह से यह अच्छा ही हुआ। बिना माँ के बच्चे के लालन-पालन की ऐसी व्यवस्था शुरू हुई कि सुराजी मिसिर को बेकारी नहीं खटकी। लटुरी सात-आठ साल के रहे होंगे कि सुराजी को मलेरिया निगल गया। बड़का बाबू यानी सुराजी मिसिर के बड़े भाई ने लटुरी को पाल-पोसकर जवान किया। बड़की माई, विधवा बुआ और बड़का बाबू के चार बेटे, एक-एक कर लटुरी ने सबका अपने हाथों किरिया-करम किया। पिछले साल तक उनके बड़का बाबू बचे थे। ठीक

हथिया के झपास में वह भी चल बसे। अस्सी पार कर चुके थे। मारे बलगम के छाती घरघराती रहती थी, पर साफी में चिलम लपेटकर दम लगाते, तो लौ फूट पड़ती थी। पिछले साल हथिया नक्षत्र की तेज़ पछिया वाली बरसती हुई अँधेरी रात में गाँजा टानकर उठे ही थे लटुरी कि बुढ़ऊ नोनियाए दीवार की तरह भसक गए। लटुरी समझ नहीं सके। उन्हें लगा, नशे में चूर बड़का बाबू सो रहे हैं, सो वह भी उनके साथ सो गए। सुबह जब नींद खुली, लटुरी दहाड़ें मारकर रोने लगे। बरसात के दिन थे। बड़का बाबू को जलाने के लिए पूरी लकड़ी तक नहीं मिल सकी। जैसे-तैसे फूँक-तापकर लटुरी ने बड़का बाबू से पीछा छुड़ाया।

अपने बड़का बाबू का श्राद्ध नहीं कर सके लटुरी मिसिर। एक पैसा नहीं था और ना तो जगह-ज़मीन बची थी कि बेचकर श्राद्ध कर सकें। धीरे-धीरे सब कुछ बिकता गया था। थोड़ा-बहुत जो शेष था, बड़का बाबू मरने से पहले चिलम में फूँक चुके थे। घड़ारी ज़मीन का तीन-चौथाई भाग बिक चुका था। सिर्फ़ एक कोठरी बची थी, जिसकी दीवारें मुँह बाए खड़ी थीं। रात-बिरात जब कभी घर याद आता, लटुरी आकर इस कोठरी में सो जाते। बस इतना ही रिश्ता था उनका इस कोठरी से। सुबह नींद खुली और बाहर निकल गए तो निकल गए। कहीं कुछ मिला, तो खा लिया। पर्व-त्योहार के दिनों में या शादी-विवाह और श्राद्ध जैसे आयोजनों में लटुरी की माँग बढ़ जाती थी। पर्व-त्योहार के दिन लटुरी मिसिर जिसके दरवाज़े पर टिक जाते, उस दिन सुबह से शाम तक खटते। शादी-विवाह या अन्य आयोजनों के दिन बिना बुलाए पहुँचते और खटते रहते। कोई मरता तो अर्थी ढोने से लेकर तेरहवीं के दिन तक व्यस्त रहते। आस-पास के गाँवों में जिन स्त्रियों का मायका था, वहाँ गोपन सन्देश पहुँचाने के लिए सबसे विश्वसनीय दूत थे लटुरी मिसिर। कोसों पैदल चलकर जाते और सन्देश पहुँचाकर, जवाब लेकर वापस आते। इतना सब कुछ करने के बाद भी लटुरी मिसिर 'लटुरिया' ही थे।

लटुरी चिउड़ा लिए सरपट भागे। वह जल्दी-से-जल्दी सुरक्षित क्षेत्र में पहुँच जाना चाहते थे। गाँव के पूरबी सिवान पर नरकट की झाड़ियों के बीच खड़े भुतहे पीपल की छाँव में या गाँव के उत्तरी छोर पर रमज़ान मियाँ के बथान में पहुँचते ही लटुरी निर्भय-निश्चिन्त हो जाते थे। विशाल पीपल भूतों-पिशाचों की दन्त-कथाओं का शिकार था। रात में यहाँ चोरों का अड्डा रहता और दिन में भूले-भटके ही कोई पहुँच पाता। नरकट की झाड़ियों में माँद बनाकर रहते थे कँटीले साही। रमज़ान मियाँ के बथान में दो बकरियाँ, एक बछिया और एक रमज़ान मियाँ। साठ पार पहुँचे रमज़ान मियाँ की आँखों की जोत अब धुँधलाने लगी थी। खेती-बारी थी नहीं। पुश्तैनी मकान पर पट्टीदारों ने वर्षों पहले कब्ज़ा कर लिया था। एक बेटी थी, जिसकी शादी बीस वर्ष पहले पन्द्रह की उमर में ही कर चुके थे। उसे भी कोई

बच्चा नहीं हुआ। साल-दो साल में बाप से मिलने आती और दो-चार दिन रहकर चली जाती। रमज़ान मियाँ को पट्टीदारों ने मात्र पाँच कट्ठा ज़मीन खेती में हिस्सा दिया था। उसी ज़मीन पर बथान बनाकर रहते थे। कपड़ा बुनने का परम्परागत पेशा उनके अब्बा के ज़माने से ही छूट चुका था। रमज़ान मियाँ राजमिस्त्री का काम करते थे। उनके बथान में पहुँचकर लटुरी को सबसे ज़्यादा सुकून मिलता था। बस एक रमज़ान मियाँ थे कि लटुरी को 'लटुरी पंडित' कहते थे। कभी-कभार हाल-समाचार पूछ लिया करते थे। लटुरी अक्सर रमज़ान मियाँ के पास आ जाया करते। अगर कहीं कुछ नहीं मिला, तो दो-चार मुट्ठी चिउड़ा-भूँजा या गुड़ की एक भेली का यहाँ मिल जाना तय था।

भुली साहु की दुकान से खिसककर रमज़ान मियाँ के बथान तक पहुँचने में लटुरी मिसिर ने कई बाधाओं को पार किया। कई लोगों ने छेड़ा और कई लोगों ने हाँक लगाई, पर लटुरी थे कि गुलेल से निकले कंकड़ की तरह छूटे तो सीधे पेड़ पर बैठे पाखी को लगे। उन्होंने रमज़ान मियाँ के बथान पर पहुँचकर ही दम लिया। अपनी उखड़ती साँसों को सहेजने की कोशिश करते हुए बोले—''चचा हो, चिउड़ा !''

रमज़ान मियाँ ने जवाब नहीं दिया। और दिनों की तरह 'लटुरी पंडित' कहकर स्वागत तो दूर, उन्होंने लटुरी की ओर देखा तक नहीं। कुएँ की जगत पर घुटनों में मुँह छिपाए बैठे थे। लटुरी के कानों में जब रमज़ान मियाँ की हिचकियों की आवाज़ उतरी, तो सन्न रह गए। चिउड़ा की पोटली हाथ से छूटकर नीचे गिर पड़ी। लटुरी ने आकुल होकर चारों तरफ़ देखा। कहीं कोई नज़र नहीं आया। लटुरी कुछ समझ नहीं सके। रमज़ान मियाँ को उन्होंने पहली बार रोते हुए देखा था। लटुरी भी रोने लगे। कब कलेजा मुँह को आया, कब आँखों में आँसू आए और गले से हिचकी फूटी, लटुरी को कुछ भी पता नहीं चला ! लटुरी रो रहे थे। रमज़ान मियाँ ने अपने ऊपर क़ाबू किया और लटुरी से बोले—''आओ लटुरी पंडित, आओ।''

लटुरी पोटली जहाँ की तहाँ छोड़कर रमज़ान मियाँ के पास जाकर बैठ गए। उनकी हिचकियाँ भी थम गई थीं। थोड़ी देर दोनों चुपचाप बैठे रहे। रमज़ान मियाँ ने धीरे-से कहा—''फ़रीदन आई है।''

''फ़रीदन !''

''हाँ, फ़रीदन। जिनगी भर के लिए वापस आ गई।''

लटुरी कुछ समझ नहीं सके। नहीं समझ सके कि जिनगी भर के लिए वापस आना कैसा होता है ! जिनगी भर के लिए आ जाने पर रमज़ान चा काहे रो रहे हैं। फ़रीदन के आने पर मारे ख़ुशी के रमज़ान चा पगला जाया करते थे। हाँ, जाते समय उदास ज़रूर हो जाते थे, पर रोते नहीं थे। लटुरी अपने रमज़ान चा का मुँह निहार रहे थे।

"अब का होगा लटुरी पंडित ?"

लटुरी की बोलती बन्द। इस सवाल का क्या जवाब दें लटुरी ! उन्हें लगा, माथा जेठ की पछिया बयार में उड़ा जा रहा है। वह जब कुछ भी नहीं सोच सके, तो बोले—"रमज़ान चा, गुड़। एक भेली गुड़।"

"गुड़ का करोगे ?"

"चिउड़ा के साथ खाएँगे। पहलवान ने भुली साहु से दिलवा दिया। सेर भर है, पक्का सेर भर।" लटुरी ने लपककर पोटली उठा ली और वापस आकर रमज़ान मियाँ के पास बैठ गए।

"जाओ, भीतर जाकर ले लो। खटिया के नीचे पुआल में रखा है, पर पुआल से ढाँक-तोप देना। हवा लगी, तो बरक जाएगा।"

लटुरी उठे। झोंपड़ी के द्वार तक गए, भीतर झाँका। खाट पर बेसुध पड़ी फ़रीदन कराह रही थी। लटुरी कुछ क्षणों तक अनिर्णय की स्थिति में खड़े रहे। फिर हौले पाँव झोंपड़ी के भीतर ऐसे प्रवेश किया, जैसे किसी अथाह नदी में उतर रहे हों। लटुरी खाट के पास जाकर खड़े हो गए। फ़रीदन के कराहने की आवाज़ झोंपड़ी में उमड़ रही थी। अपने को बचाने के लिए उन्होंने चीख़ना चाहा, पर उनका कंठ रुँध गया। लटुरी झोंपड़ी से बाहर निकल आए, बिना गुड़ लिए।

"ले लिए ?" रमज़ान मियाँ ने पूछा।

लटुरी चुप रहे। सौ चिलम गाँजा का दम मारने पर भी उनका माथा इतना भारी न होता, जितना भारी झोंपड़ी से निकलने पर हुआ था।

"का हुआ ? ना मिला का ?" रमज़ान मियाँ ने फिर पूछा।

लटुरी चुप्पी ताने खड़े रहे। उन्हें ना तो कुछ सूझ रहा था और ना ही वह कुछ सुन पा रहे थे। बस चारों ओर फ़रीदन की कराहों का शोर उमड़ रहा था। विपुल वेग से बहती किसी बरसाती नदी की तरह फ़रीदन के कराहने की आवाज़ें उनके कानों में भरती जा रही थीं।

"का जी लटुरी पंडित, का हुआ ? बोलते काहे ना हो ? अरे खटिया के नीचे तो रखा है।" रमज़ान मियाँ कुढ़ते हुए बोले और उठकर झोंपड़ी के द्वार तक आए।

"तुम तो आँख रहते आन्हर हो बाबू ! सामने तो है, खटिया के नीचे।" रमज़ान मियाँ ने झोंपड़ी के भीतर इशारा किया।

लटुरी चुप खड़े थे। रमज़ान मियाँ ने अपनी झुकती कमर को ऊपर की तरफ़ तानते हुए लटुरी का कन्धा पकड़कर झकझोरा और बोले—"का हुआ जी ? एकदम गूँगे हो गए।"

"काहे रो रही है ?" लटुरी ने इस सवाल के साथ मौन तोड़ा।

"अब रोएगी ना, तो हँसेगी ! किसके आसरे हँसेगी ? हँसना तो उसके नसीब

से मिट गया लटुरी पंडित।'' रमज़ान मियाँ ने फ़रीदन की कराह को अर्थ देने की कोशिश की।

लटुरी कुछ भी समझ नहीं सके। उन्होंने खाट पर बेसुध पड़ी फ़रीदन को बाहर ही खड़े-खड़े भर-आँख देखा और पूछा—''बीमारी हुई है का ?''

''हाँ, चोट लगी है। लगता है, मारा है जालिमों ने। फिर रात भर पैदल चलकर भिनसारे पहुँची है। अब थोड़ा सँभल जाए, तो पूछें का हुआ ? अभी तो बस इतना ही बोली कि अब ना जाएगी वहाँ और फफककर रोने लगी।''

''तुम जाने के लिए बोले होगे। जब ना जाना चाहती है, तो...'' लटुरी ने अपनी समझ के अनुसार फ़रीदन के रोने-कराहने का सत्य पा लिया। उनके स्वर में नाराज़गी थी।

रमज़ान मियाँ ने लटुरी को समझाया। ''ना भाई, जब ना जाना चाहेगी, तो काहे भेजेंगे ! लटुरी पंडित एक काम कर दो। मनरौली चले जाओ। मिसिर जी के दवाख़ाने से दवा ला दो। कहना, चोट है, बुख़ार भी है, देह तप रही है। जाओगे ?''

''हाँ।'' लटुरी की हुँकारी सुनकर रमज़ान मियाँ ने धोती के छोर में बँधा दस रुपए का नोट उन्हें सौंप दिया। भीतर जाकर गुड़ की भेली निकाल लाए। लटुरी ने गुड़ की भेली को गमछी में बाँधा और मनरौली के लिए चल दिए।

लटुरी मिसिर अपनी कोठरी से निकले। सिंगही पोखर गए। दिशा-मैदान से फ़ारिग़ हुए। बाँस की कइन को तोड़कर दातुन किया। गाँव के बाहर खेतों की मेड़ों-पगडंडियों से गुज़रते हुए रमज़ान मियाँ के बथान पर पहुँचे।

जाड़े की सुबह थी। पगडंडियों के किनारे फैली दूबों पर, झोंपड़ियों की मुँडेरों पर, वृक्ष की फुनगियों पर और खेतों में बित्ता भर ऊपर उठी रबी की फ़सलों पर पाँखें खोल, जहाँ-तहाँ फुदकती हुई ऊष्म किरणें ओस-कणों को चुग रही थीं। रमज़ान मियाँ के बथान में सन्नाटा था। बछिया नाद में मुँह डाले खा रही थी।

लटुरी ने चारों तरफ़ आँखें घुमाकर देखा। कोई नहीं दिखा। फिर कुएँ की जगत पर जाकर बैठ गए। नाद और कुएँ के बीच में कनेर का पेड़ था—पीले फूलों से लदा हुआ। पीले कनेर के गुच्छों को लटुरी बड़ी देर तक निहारते रहे। उन्हें सुरती की तलब लग आई। चुनौटी में चूना था, पर सुरती नहीं थी। मन मसोसकर रह गए लटुरी। कहीं कोई दिख भी नहीं रहा था कि चुटकी भर माँग लें ! कुछ देर तक तो वह टालते रहे, पर जब सुरती की तलब बढ़ी, उठ गए। कनेर की डाल झुका फूलों का एक गुच्छा तोड़ लिया। कनेर की टहनी से दूध चूने लगा टप-टप।

"का हो लटुरी पंडित कब आए ?" पूछते हुए रमज़ान मियाँ झोंपड़ी के पिछवाड़े से निकले।

"बड़ी देर से बैठे हैं। सुरती दो।" लटुरी ने फूलों का गुच्छा नीचे फेंक दिया और हथैली फैला दी।

रमज़ान मियाँ लटुरी की तलब से परिचित थे। जानते थे कि लटुरी को सुरती की तलब लग गई तो चाहे कयामत आ जाए, पर बिना सुरती के उनको चैन ना मिले। रमज़ान मियाँ ने सुरती दी। लुटरी ने सुरती तैयार की। फटककर होंठों में दाबने के बांद बोले–"फ़रीदन !"

"ठीक है अब। बुख़ार तो पहले ही उतर गया था। दरद भी नहीं है अब। मिसिर जी की दवा में जादू है जादू। एकदम रामबान बूझो..." रमज़ान मियाँ ने लटुरी की बात काटते हुए सूचना दी।

"हम बोले थे मिसिरजी को।" लटुरी ने रहस्यमय ढंग से मुस्कराते हुए कहा।"

"बोले थे !" रमज़ान मियाँ चौंके।

"बोले थे कि बहुत दरद है। जादूवाली दवा चाहिए। एक बार में छूमन्तर।" लटुरी ने शिशु की तरह चहकते हुए रहस्य खोला।

"हाँ, सो तो है बाबू। तुम ना होते, तो दौड़-दौड़कर दवा लाना हमारे वश की बात ना थी। फ़रीदन भी बोल रही थी..."

"का बोल रही थी ?" लटुरी को लगा, किसी ख़ज़ाने का द्वार खुलनेवाला हो।

"बोल रही थी कि लटुरी पंडित ना होते तो मनरौली जाकर कौन दवा लाता ! जात के पंडित ना होते, तो अपने हाथ से पका के खिला देती। कुछ तो एहसान चुकता !" रमज़ान मियाँ की आवाज़ भर्रा गई। उन्होंने अपना दायाँ हाथ लटुरी के कन्धे पर रख दिया।

लटुरी को सब कुछ बहुत अच्छा लग रहा था। अपने कन्धे पर रमज़ान मियाँ की दाईं हथेली का स्पर्श, होंठों के नीचे दबी सुरती की टीस और फ़रीदन की खाना खिलानेवाली बात। लटुरी की आँखें क्षण भर के लिए मुँद गईं। उनके भीतर अनहद संगीत गूँजने लगा।

रमज़ान मियाँ ने अपनी हथेली को लटुरी के काँधे से अलग किया और कुएँ की जगत पर बैठ गए। झोंपड़ी के द्वार पर आहट हुई। फ़रीदन हाथ में बधना लिए बाहर निकली। अनहद संगीत में डूबते-उतराते लटुरी मिसिर ने फ़रीदन को कुएँ की तरफ़ आते देखा, तो देखते रह गए।

फ़रीदन हौले-हौले पाँवों से पास आ रही थी। लाल कोरवाली सफ़ेद साड़ी, सूख रहे पीले कनेर के गुच्छों की तरह कान्तिहीन चेहरा। चोट से टूटी हुई लम्बी छरहरी थरथराती देह। वह लटुरी मिसिर के पास आकर रुक गई। लटुरी ने उसे भर-आँख

देखा और विस्फारित नेत्रों से देखते रहे। फ़रीदन के पपड़ियाए होंठों पर स्मित की चमकीली रेखाएँ कौंध गईं। उसकी आँखों के नीचे चोट से नील पड़ गए थे।

"पानी चाहिए ?" रमज़ान मियाँ ने पूछा।

"तुम छोड़ दो रमज़ान चा। हम भर देते हैं।" लटुरी मिसिर लपककर आगे बढ़े। डोल उठाकर पानी भरने लगे। फ़रीदन मुँह में पल्लू दाबे एक हाथ में बधना लिए खड़ी थी। लटुरी ने डोल से पानी खींचकर बधना में उड़ेल दिया। पानी लेकर फ़रीदन पीछे मुड़ी और झोंपड़ी की ओर जाने लगी। लटुरी ने वापस जाती फ़रीदन को फिर से भर-आँख देखा। लम्बे-घने काले केश उसकी कमर के नीचे तक झूल रहे थे। डोल की रस्सी थामे लटुरी उसे जाते हुए देखते रहे। झोंपड़ी के दरवाज़े पर पहुँचकर फ़रीदन रुकी और पीछे मुड़कर उसने कहा—"चिउड़ा ले लो। गुड़ भी। कल से ही रखा है तुम्हारे लिए।"

"जाओ ! जाकर ले लो लटुरी पंडित। कल से ही पूछ रही है तुमको।" रमज़ान मियाँ बोले।

लटुरी मिसिर कुएँ की जगत से नीचे उतरे। झोंपड़ी के द्वार तक पहुँचे। फ़रीदन भीतर जा चुकी थी। भीतर से आवाज़ आई—"आओ।"

लटुरी को लगा, आसमान के उस पार से कोई परी उन्हें आवाज़ दे रही हो। उनके पाँवों में डोर बँधी हो और कोई उन्हें खींच रहा हो। लटुरी भीतर गए।

"बैठो।" फ़रीदन ने कहा। लटुरी उसके सामने बैठ गए।

"खटिया पर बैठो। नीचे काहे बैठते हो ?" फ़रीदन की आवाज़ में जादू था। लटुरी उठे और खटिया पर बैठ गए।

"लो।" फ़रीदन चिउड़ा-गुड़ से भरी डलिया लिए सामने खड़ी थी।

लटुरी ने गमछी फैला दी। चिउड़ा-गुड़ से भरी डलिया गमछी पर उलटते हुए वह लटुरी के सामने झुक आई थी। लटुरी के नथुनों में चिउड़ा-गुड़ की सौंधी गन्ध भर गई। फ़रीदन ने पूछा—"कल दिन भर राह देखती रही। कहँवा लापता हो गए थे ? साँझ को भी ना आए ?"

मुँह बाए लटुरी फ़रीदन को एकटक देख रहे थे। उन्होंने जवाब देना चाहा, पर शब्द कंठ में ही गुम हो गए। उन्होंने गमछी में चिउड़ा-गुड़ समेटकर गाँठ लगा ली। बाहर निकलने लगे, तो ? फ़रीदन ने कहा—"फिर लापता मत हो जाना। आना...।"

लटुरी बाहर आए। धीरे-धीरे धूप की ऊष्मा बढ़ रही थी। भरपेट खाने के बाद बछिया नाद से बाहर मुँह निकालकर पागुर कर रही थी। किसी गम्भीर सोच में डूबे रमज़ान मियाँ कुएँ की जगत पर बैठे थे। लटुरी ने चारों तरफ़ देखा और चल दिए।

फ़रीदन की झोंपड़ी में जाड़े की लम्बी रात भर आई थी। वह जब से आई है, उसके बूढ़े बाबा ने यह झोंपड़ी छोड़ दी है। बछिया के लिए बनी झोंपड़ी में खाट डालकर सोते हैं। आज बाबा ने रोटी खाते हुए उससे कई सवाल किए। कुरेद-कुरेदकर पूछते रहे। बहुत टालने के बावजूद उसे सारा कुछ बाबा को बताना पड़ा। वह बताना नहीं चाहती थी, पर बाबा थे कि पूछते ही रहे। सुनते हुए बाबा रोने लगे। आगे की रोटी टालकर बच्चों की तरह फूट-फूटकर रोने लगे। फ़रीदन ने बाबा को सँभाला।

फ़रीदन की आँखों के कोर भीग गए। इस उम्र में बाबा को सुख देने के बदले उसने दुख दिया। उसके कारण बाबा के जीवन में दुख ही दुख रहा। उसके चलते ही सब कुछ तहस-नहस हो गया। फ़रीदन के कंठ से हिचकियाँ फूट पड़ीं। वह रोना चाहती थी। वह चाहती थी रो-रोकर सारे गाँव को जमा कर लेना। वह चाहती थी अपने भीतर जम गए आँसुओं से मुक्त होना।

अबोध उम्र में ही उसे जीवन के दुखों का बोध होने लगा था। जन्म लेते ही उसकी अम्मी ने उसे टुअर कर दिया था। गाँव की औरतें बताती हैं कि उसे पालने-पोसने के लिए उसकी बड़ी अम्मी और चाची तैयार नहीं थीं। बहुत दुखों के साथ उसे रमज़ान मियाँ ने जीवित रखा। जब वह अपने पैरों चलने लगी, बड़ा भाई सिंगही पोखर में डूबकर मर गया। फ़रीदन की जिद पर कमल का फूल लाने गया था और गूलर का फूल बन गया। गाँव की औरतों ने नन्ही फ़रीदन के माथे पर माँ और भाई को खा जाने का दोष मढ़ दिया। फ़रीदन जब तेरह-चौदह की हुई तो उसकी देह में उसकी अम्मी का रंग-रूप फूटने लगा। वह पन्द्रह की उम्र में ब्याह दी गई। फ़रीदन बाबा का घर छोड़कर चली गई।

फ़रीदन को उसके बड़े अब्बा का लड़का मुराद अपने घर बैठाना चाहता था। बाबा भी चाहते थे कि फ़रीदन घर में ही रह जाए। आँखों के सामने रहेगी तो मन को सुकून रहेगा। बाप-बेटी मिल-जुलकर सुख-दुख बाँट लेंगे। पर फ़रीदन ने बाबा से साफ़-साफ़ 'ना' कह दिया। उसे तीसरी बीवी बनना मंजूर नहीं था। उसने अपनी आँखों देखा था मुराद की पहली बीवी को मरते। दो साल पहले आई दूसरी बीवी को धीरे-धीरे क़ब्रगाह की ओर जाते वह देख रही थी। साझे घर के बरामदे में सोई किशोरी फ़रीदन एक रात अपने सीने पर पशु की तरह चढ़ आए मुराद से बहुत मुश्किलों से जान छुड़ा पाई थी। फ़रीदन अपने बाबा के सीने पर सिर रखकर सारी रात बिलखती रही थी। उसने बाबा से कहा था—"बाबा, चाहो तो टुकड़े-टुकड़े काटकर आँगन में गाड़ दो, पर मुराद से निकाह ना करो।"

रमज़ान मियाँ ने दूसरे दिन ही उसके बड़े अब्बा को साफ़-साफ़ जवाब दे दिया था और उसकी शादी दूसरी जगह तय कर दी थी। माँग में सन्दल भरकर छागल-बिछुआ बजाती फ़रीदन जब ससुराल पहुँची, तो उस पर बिजली गिर गई।

उसके बाबा धोखा खा गए थे। बाद में उसे पता चला कि यह बात उसके बड़े अब्बा और चाचा को मालूम थी, पर उन लोगों ने जान-बूझकर चुप्पी साध ली थी। उसका पति नूरबख़्श चार बेटियों का बाप था। उसकी पहली पत्नी चारों बेटियों को जनते-जनते बिस्तर पकड़ चुकी थी। फ़रीदन ने इसे नसीब मानकर स्वीकार किया। सौत की सेवाटहल और बेटियों के लालन-पालन में लग गई।

इस हादसे ने उसके बाबा को तोड़ दिया। फिर तो उसके बड़े अब्बा और चाचा ने ऐसी जुगत भिड़ाई कि उसके बाबा को पुश्तैनी मकान छोड़ना पड़ा। खेती से भी बेदख़ल हो गए। किसी तरह पाँच कट्ठा ज़मीन का एक टुकड़ा मिला।

नूरबख़्श चाहता था फ़रीदन सिर्फ़ उसकी फिक्र करे, पर वह चाहती थी कि उसकी सौत और बेटियों को ज़िन्दगी मिले। नूरबख़्श चाहता था फ़रीदन बेटा जने, पर फ़रीदन की कोख को जाने किसकी हाय लगी कि क्या बेटा और क्या बेटी, वह कुछ भी नहीं जन सकी। सौत मर गई। बेटियाँ धीरे-धीरे बड़ी हो रही थीं। फ़रीदन पर ज़ुल्म शुरू हुए। दाँतों से होंठ दबाए वह सब कुछ सहती रही। इस बीच उसने चारों बेटियों को ससुराल भेजा। पन्द्रह से तीस की हुई फ़रीदन और पचास का हुआ नूरबख़्श। पचास वर्ष की उम्र में जब बीस वर्ष की जमीला की डोली लेकर घर आया नूरबख़्श, फ़रीदन शेरनी की तरह दहाड़ उठी। सारा गाँव काँप उठा। फ़रीदन अपना हक़ माँग रही थी। फ़रीदन सारे गाँव को चुनौती दे रही थी। फिर तो सारा गाँव एक डोर में बँध गया और फ़रीदन को नूरबख़्श ने सौ रुपए मेहर देकर मुक्त कर दिया। फ़रीदन ने प्रतिवाद किया तो मार पड़ी।

अपने बाबा के घर लौटी फ़रीदन। देह पर चोट के नीले निशान और क्षत-विक्षत मन लिए अपने मायके लौटी फ़रीदन। वह मायके आना नहीं चाहती थी। नूरबख़्श ने उससे कहा था कि फिर भी वह रहना चाहे तो लौंडी बनकर रह सकती है। फ़रीदन ने गाँव छोड़ते हुए सबसे पहले सोचा था कि जान देकर ज़िन्दगी की तमाम तक़लीफ़ों से छुटकारा पा लेगी। पर उसे लगा, यह तो उसकी हार होगी। वह चाहती थी जीतना। वह जीत चाहती थी नूरबख़्श पर, ससुराल के गाँववालों पर। वह जीत चाहती थी अपने मरहूम बड़े अब्बा के बेटे मुराद पर, अपने चाचा और उनके बेटों पर। बस यही एक कारण था कि वह मायके वापस आई। वह रात भर पैदल चलती रही। चोट से टूटी हुई देह को किसी तरह सँभाले वह चार कोस ज़मीन पैदल चलकर इस झोंपड़ी के सामने पहुँची थी।

फ़रीदन ने करवट बदलते हुए सरक गई चादर को खींचा। जाड़े की लम्बी रात बहुत धीमी गति से सरक रही थी। उसे लटुरी मिसिर की याद आई। बीमार फ़रीदन के स्वस्थ होने की फिक्र से आकुल लटुरी का चेहरा उसकी आँखों के सामने नाच गया। हफ़्ता भर से दिखे नहीं लटुरी मिसिर। उसने बाबा से पूछा, पर कुछ पता नहीं

चला। गाँव से बाहर गए होंगे। होते, तो आते ज़रूर। कहाँ गए होंगे लटुरी मिसिर। सोचने लगी फ़रीदन। गाँव की किसी लड़की की ससुराल या किसी बहू के मायके गए होंगे सन्देश लेकर। उसकी ससुराल भी बाबा का सन्देश लेकर आते रहे हैं लटुरी। उसका भाई जीवित होता, तो लटुरी की उम्र का हुआ होता। दोनों हम-उम्र थे। फ़रीदन ने लटुरी के बारे में सोचना शुरू किया, तो उसे लगा, दोनों के जीवन की क़िताब एक ही रंग की स्याही से लिखी गई है। लटुरी की माँ भी उन्हें जन्मते ही मर गई थी और उसकी भी। लटुरी को भी उनके पिता सुराजी मिसिर ने पाल-पोसकर चलना सिखाया और उसे भी बाबा ने। फ़रीदन चौंक गई। उसे लगा, लटुरी झोंपड़ी के दरवाज़े पर खड़े हैं। गुड़ माँग रहे हैं। वह उठकर बैठ गई। कहीं कोई आवाज़ नहीं थी। अपने मन के इस भ्रम पर वह मुस्करा उठी। उसने सोचा, भोर होते ही बाबा से लटुरी के बारे में फिर पूछेगी। अगर पता नहीं चला तो गाँव में जाकर चुप-चोरी पता लगाएगी कि आख़िर लटुरी गए कहाँ !

पहलवान गनौरी चौधरी का साला आया और अपनी बहन को विदा कराकर ले गया। चार-पाँच दिनों पहले पहलवान ने अपनी पत्नी की भरपूर पिटाई की थी। साला पहुँचा, तो उसके तेवर देखकर पहलवान भाँप गए कि बात ससुराल पहुँच गई है। पहले तो उन्होंने रंग बाँधा, पर साला माना नहीं। अड़ गया। वह अपने साथ रिक्शा लेकर आया था। बहन को साथ लेकर ही गया और जाते-जाते कह गया, "नाक नहीं रगड़वाई तो मूँछें मुड़वा लूँगा। सारी पहलवानी घुसेड़ दूँगा।"

सारे गाँव में पहलवान गनौरी चौधरी के नाम पर ताली बज गई। पिस्तौल लटकाए हुए था, सो पहलवान दम साध गए। बीस साल का छोकड़ा गरदा मचा गया। उसके जाने के बाद पहलवान को मालूम हुआ कि लटुरिया गया था सन्देश लेकर। पत्नी ने चुप-चोरी लटुरी के हाथों चिट्ठी भेजकर भाई को बुलवाया था। पत्नी के जाने के बाद होंठ चबाते हुए पहलवान गनौरी चौधरी लटुरी की खोज में निकले। लटुरी गाँव से बाहर छिपे बैठे थे। रिक्शा जब गाँव के सीवान से बाहर निकला, तब चैन की साँस लेते हुए लटुरी ने गाँव में प्रवेश किया। गाँव में आते ही लटुरी को पता चला, पहलवान जी खोज रहे हैं। लटुरी की रीढ़ में कँपकँपी भर गई और दाँतों से पसीना चूने लगा। इसके पहले कि अन्तर्धान होते लटुरी मिसिर, पकड़े गए। पहलवान को देखते ही धरती पर लोट गए। पहलवान ने लटुरी के सात पुश्तों की वंशावली से नाम चुन-चुनकर अपने रिश्ते बनाए। फिर लटुरी की भरपूर मरम्मत हुई। थूक चाटने, कान पकड़कर उठक-बैठक करने और आँख पर पट्टी बाँधकर चपत लगवाने के बाद लटुरी को मुक्ति मिली। हवन करते हाथ जला बैठे थे लटुरी मिसिर। पहले

तो उन्होंने पहलवान के भय से ना-नुकर किया था, पर जब पहलवान की बहू अँचरा पसारके जान की भीख माँग बैठी, तो उसके मायके सन्देश पहुँचाने निकल गए थे।

धूल-धूसरित लटुरी मिसिर जब रमज़ान मियाँ के बथान पहुँचे, तब साँझ गझिन होने लगी थी। झोंपड़ी के सामने अलाव जलाए फ़रीदन बैठी थी। अलाव से उठता हुआ धुआँ चारों तरफ़ फैल रहा था। अँधेरा सघन होता जा रहा था। अलाव से छिटकती लुत्तियों के सिवा और कहीं कोई रोशनी नहीं थी। फ़रीदन और लटुरी ने एक-दूसरे को अँधेरे में पहचान लिया था। लटुरी की आँखें रमज़ान मियाँ को ढूँढ़ रही थीं।

"बाबा को बुख़ार है। ठंड लग गई है।" फ़रीदन ने सूचना दी।

लटुरी बछिया वाली झोंपड़ी के भीतर गए। रमज़ान मियाँ बेसुध पड़े थे। लटुरी ने उनके सिर पर हाथ रखते हुए आवाज़ लगाई—"रमज़ान चा ! ए रमज़ान चा !"

रमज़ान मियाँ ने आँखें खोलते हुए पूछा—"लटुरी पंडित ?"

"हाँ चाचा। का हुआ तुमको ?"

"बुख़ार चढ़ आया है। उतर जाएगा भोर तक, पर तुम कहँवा लोप हो गए थे बाबू ?" रमज़ान मियाँ ने साँसों पर क़ाबू पाते हुए पूछा।

लटुरी चुप रहे। रमज़ान मियाँ बोले—"जाओ। फ़रीदन से मिल लो। बार-बार पूछ ही थी।"

लटुरी बाहर निकले। फ़रीदन के पास आकर बैठ गए। फ़रीदन चुप थी। लटुरी ने बिना पूछे सारा क़िस्सा बयान किया। दोनों के बीच में अलाव था। धुआँता, सुलगता और लुत्तियाँ उड़ाता अलाव। फ़रीदन की आँखें भर आईं। वह आँखों को आँचल के छोर से पोंछने लगी, तो लटुरी ने पूछा—"रो रही हो का ?"

"ना।" फ़रीदन झूठ बोल गई—"धुआँ के मारे आँखें लोरा रही हैं।"

लटुरी फ़रीदन को निहारते रहे। फिर लकड़ी के अलाव को कुरेदकर फूँक मारने लगे। अलाव में लौ फूट गई। जलते अलाव की क्षीण रोशनी में लटुरी ने देखा, आँसू से छल-छल करती फ़रीदन की आँखें लाल हो रही थीं। फ़रीदन ने सिर झुकाकर मुँह में आँचल का छोर दबा लिया। थोड़ी देर चुप्पी रही। फिर फ़रीदन ने पूछा—"का खाए थे दिन में ?"

"भिनसारे उठके चल दिए थे बिना हाथ-मुँह धोए। राह में एक जगह मुँह-हाथ धोए।"

"फिर ?" फ़रीदन ने आकुल होकर पूछा।

"अमरूद खाए भरपेट।" लटुरी ने सहज भाव से उत्तर दिया।

"कुछ खा लो। चिउड़ा दें ?" फ़रीदन की आवाज़ ममत्व से आर्द्र हो रही थी।

"पाँच दिन बहुत मज़ा आया। पहलवान का साला मेला चला गया था, सो रुकना पड़ा। ख़ूब दाल-भात, तरकारी खाए हैं। गनौरी की सास बिना माँगे परोस देती

थी।'' लटुरी ने चहकते हुए कहा।

''भात खाओगे ?'' फ़रीदन ने पूछा।

''भात !'' लटुरी मिसिर चौंके।

''हाँ, भात। हमारे हाथ का पकाया खाओ तो बनाकर खिलाएँ। पर सोच लो, जात-धरम डूब जाएगा।''

''जात-धरम !'' लटुरी बुदबुदाए।

''हाँ, जात-धरम।'' फ़रीदन ने कहा।

''भात खाने को तो बहुत जी करता है मेरा। बनाओ। तरकारी भी, पियाज डाल के बनाना।''

''फ़रीदन पहले लटुरी को निर्निमेष देखती रही। फिर उठी और झोंपड़ी के भीतर चली गई। लटुरी उठे और रमज़ान मियाँ के पास जाकर बैठ गए। रमज़ान मियाँ से सुरती लेकर तैयार की। लटुरी मिसिर भात-तरकारी के पकने तक बैठे रहे। पहलवान के ससुराल जाने और वहाँ से आने की कथा रमज़ान मियाँ को सुनाते रहे।

भात-तरकारी पक जाने की सूचना फ़रीदन इशारे से दे गई। लटुरी ने डोल से पानी खींचा और हाथ-मुँह धोकर झोंपड़ी के भीतर गए। पीढ़ा-पानी-थाली सजाए फ़रीदन बैठी थी। लटुरी खाने लगे। फ़रीदन बिना माँगे परोस-परोसकर खिलाती रही। लटुरी खाकर उठे, तो बोले—''बधना से पानी ना पिएँगे। डोल से गिरा दो, अँजुरी से पी लेंगे।''

''जैसे तुम्हारा जी माने।'' फ़रीदन ने कहा और डोल से पानी गिराने लगी। लटुरी ने अँजुरी बाँधकर पानी पी लिया। फिर बाहर अलाव के पास बैठ गए। फ़रीदन ने खाना खाया। बर्तन साफ़ किए।

लटुरी उठकर चलने लगे, तो फ़रीदन ने कहा—''रात का खाना रोज़ पका दूँगी। आकर खा लेना।''

लटुरी ने कोई जवाब नहीं दिया। सिर्फ़ फ़रीदन की ओर चुपचाप देखा और गाँव की ओर चल दिए। बथान के सामनेवाली पगडंडी पकड़ने के बाद पीछे मुड़कर देखा, तो झोंपड़ी के दरवाज़े पर खड़ी फ़रीदन की आकृति दिखी। लटुरी धीमी गति से चलते हुए बीच गाँव में अपने घर पहुँचे। आज कई दिनों बाद वह अपनी कोठरी में सोने आए थे।

फ़रीदन को आए चार-पाँच माह गुज़र चुके थे। उसने धीरे-धीरे बथान को घर-आँगन में बदल दिया। इस बीच गाभिन बछिया ने बछड़ा जना। रमज़ान मियाँ का बथान बछड़े की हुमकार से भर गया। बछिया माँ बन गई थी। गाय बनने के बाद दोनों समय बछड़े को पिलाकर भी भर-भर बाल्टी दूध देती थी। फ़रीदन के लिए सहारा बन गई बाबा की पाली-पोसी बछिया। सारे गाँव की तिरछी आँखों को सहती

फ़रीदन के लिए लटुरी मिसिर का भी भरोसा था। लटुरी के आने पर उन्हें दो रोटी खिलाने और उनसे दो बोल बतिया भर लेने से फ़रीदन को लगता, इस गाँव में वह अपने बाबा के साथ अकेली नहीं रहती।

लटुरी पहले जिन बातों पर दाँत निपोर दिया करते थे, उन बातों पर अब उनकी भौंहें तिरछी होने लगीं। लटुरी अब 'लटुरिया' सम्बोधन को सुनकर भी अनसुना करने लगे। कई-कई घंटों तक गाँव से ग़ायब रहते लटुरी मिसिर। नेह से परोसे गए सुअन्न की थाली ने लटुरी के चेहरे की खाइयों को पाटना शुरू कर दिया था। चिकनाने लगे थे लटुरी।

फगुआ के ठीक पहलेवाली रात होलिका दहन के लिए जब चिर कुँवारे लटुरी मिसिर की खोज हुई, तो वह लापता पाए गए। गाँव का कोना-कोना लड़कों ने छान मारा, पर लटुरी का कहीं अता-पता नहीं चला। पिछले कई वर्षों से होलिका दहन का काम लटुरी के हाथों सम्पन्न होता था। साल में सिर्फ़ एक बार, आज के दिन ही उन्हें अपने कुँवारे होने का दर्द सालता। दूसरे दिन होली की सुबह भी धुरखेल से लेकर अबीर के खेल तक लटुरी को गदहे पर सवार कराया जाता। जोगिरा के बोलों में लटुरी को नायकत्व प्राप्त था। गाँव की जबरजोत औरतों के साथ लटुरी का नाम जोड़कर जो गीत गवनई होती, लटुरी उसके मूक श्रोता होते थे।

होली के दिन भी लटुरी लापता रहे। शाम होने से ठीक पहले नए वस्त्र धारण किए पंडित लटुरी मिसिर जब प्रकट हुए, सारा गाँव चौंक उठा। कोरी धोती, मलमल का कुर्ता और लाल गमछी में सजे-सँवरे लटुरी मिसिर की काया से फूटती आभा ने लोगों की आँखों को चौंधिया दिया। सबने ये जानना चाहा कि कहाँ थे लटुरी मिसिर ? हुड़दंग का समय बीतते ही अचानक कहाँ से प्रकट हुए लटुरी महाराज ? किस जज़मान ने लटुरी पंडित को नए वस्त्रों का दान दिया ? गाँव के लड़कों ने फाग गाना शुरू किया—"हो लटुरी बाबा, कहवा रँगाए पागड़िया।"

फगुआ त्योहार बीत गया। दूसरे दिन भी लटुरी चर्चा में रहे। चर्चा शुरू हुई और हवा लगते ही केले के पात की तरह तार-तार हो गया लटुरी की डुबकी और सजधज का रहस्य। पीरती गोंड़िन ने भंडा-फोड़ किया—"आजकल फ़रीदन रँगरेजिन के नाद में पगड़ी रँगवा रहे हैं लटुरी बाबा। एक खटिया पर बैठके, एक साथ रोज़ रात में दाल-भात चाभ रहे हैं।"

हैजा-प्लेग की तरह समूचे गाँव में पसर गए लटुरी मिसिर। खेत-खलिहान, कुआँ-पोखर और भनसार-गोड़सार, हर जगह लटुरी मिसिर और फ़रीदन जुलाहिन की चर्चा थी। अलाव की राख में दबी चिंगारी की तरह फूँक लगते ही लहक उठी लटुरी मिसिर की ज़िन्दगी।

नारद पांडे ने लटुरी मिसिर को जाते हुए देखा, तो आवाज़ दी—"लटुरिया, रे

लटुरिया !''

लटुरी रुके और दूर से ही पूछा–''का है ? बोलो !''

''सुन ! इधर आ, इधर।'' नारद पांडे ने हाथ से पास आने का इशारा किया।

''का है ? बोलो !'' पास आकर लटुरी ने पूछा।

''काहे रे, बड़ा गरमा रहा है ?'' नारद पांडे ने आँखें तरेरते हुए पूछा।

''गरियाओ मत। एक बात सुन लो नारद चा, हमको लटुरिया मत कहा करो। अब से लटुरिया पुकारोगे, तो ना सुनेंगे। समझे !''

इसके पहलें कि नारद पांडे सँभलें, लटुरी चल दिए। हक्का-बक्का रह गए नारद पांडे। लटुरिया के लटुरी बन जाने पर उन्हें विश्वास नहीं हुआ।

स्कूलिया लड़कों ने लटुरी मिसिर को घेर लिया। पहले तो कन्नी काटकर निकल जाना चाहा लटुरी ने, पर लड़के चौकन्ने थे, घेर लिया। लड़कों ने पूछा–''अंडा में पियाज मिलाके आमलेट बनता है कि पियाज़ में अंडा मिलाके ?''

लटुरी का मन हुआ कि मुँह नोंच लें पिल्लों का, पर चुप रहे। लड़कों ने समवेत स्वर में गाना शुरू किया–

''गाँव के बंडा,
लटुरी पंडा।
खाएँ अंडा,
मारो डंडा।''

लटुरी ने मौक़ा देखकर खिसक लेना उचित समझा। लटुरी आगे निकले। जोगी सिंह के घर के सामने से गुज़र रहे थे कि दोमुँहे में खड़ी भैराही वाली भौजी ने आवाज़ लगाई। लटुरी जाना नहीं चाहते थे। साल भर पहले इसी औरत से जान छुड़ाकर भागे थे लटुरी। पहले वह अक्सर जोगी सिंह की ससुराल भैराही जाया करते थे। भौजी का सन्देश लेकर उनके मायके जानेवाले विशेष दूत थे लटुरी। एक दिन भौजी ने बुलवाया और अकेले में झपट्टा मारकर लटुरी को भर-अँकवार पकड़ लिया। पहले तो लटुरी शापित अहल्या की तरह पत्थर बन गए। पर क्षण भर बाद चेतना लौटी, तो खूँटे से पगहा तुड़ाकर बछड़े की तरह भागे। लटुरी भौजी के सामने दोमुँहे में खड़े थे। भौजी ने कहा–''बैठो।''

लटुरी मिसिर बोले–''जल्दी में हैं, जो कहना है, जल्दी कहो। कवनो काम है ?''

''हमारा काम तुमसे पार ना लगेगा। तुमको जोलाहिन-धोबिन से फ़ुर्सत मिले तब तो !'' भौजी ने व्यंग्य किया।

''बस कि और कुछ कहना-सुनना है ?'' लटुरी जाने के लिए बेचैन थे।

भैराही वाली भौजी बोली–''हम तो समझे थे कि बमभोला हो, पर तुम चलबिधर निकले। कवन रस है फ़रीदनी में कि चिऊँटा माटा माफिक लपटा गए ?''

लटुरी ने कोई जवाब नहीं दिया। चल दिए। जोगी सिंह की जनाना पुकारती रह गई। लटुरी सनसनाते हुए निकल गए। अचानक बदली हुई गाँव की हवा में लटुरी के लिए साँस सेना दूभर हो रहा था। जहाँ जाते, वहीं दो-चार बातें। लटुरी मिसिर को समूचा गाँव पराया लगने लगा।

लटुरी एकान्त चाहते थे। निविड़ एकान्त। गाँव के पूरबी सिवान पर भुतहे पीपल के नीचे पहुँचे। उन्हें जब कभी आराम, एकान्त और शान्ति की ज़रूरत महसूस होती या कुछ नहीं सूझता तो इसी पीपल की शरण में आया करते थे। वह पीपल की छाँह में गमछी बिछाकर लेट गए। लटुरी बुद्ध नहीं थे, पर यह वृक्ष उनके लिए बोधिवृक्ष था। चित्त लेटे लटुरी पीपल की गझिन डालों को निहारते रहे। वह सोना चाहते थे, पर सुबह से निराहार भटकते लटुरी की अँतड़ियों में टीस उठ रही थी। उन्होंने शेष दिन यहीं गुज़ारने का निर्णय लिया। साँझ होने पर ही यहाँ से बेरोक-टोक निकल पाना सम्भव था। उन्हें सबसे ज़्यादा पहलवान गनौरी चौधरी से मुलाक़ात का भय था। पहलवान से बचने के लिए उन्होंने सोचा कि साही होते तो माँद में छिप जाते। उन्हें अपने आदमी होने और कँटीला साही न हो पाने का दर्द सालने लगा।

लटुरी साँझ होने की प्रतीक्षा करने लगे। उन्होंने निर्णय लिया कि आज वह फ़रीदन के यहाँ नहीं जाएँगे। जैसे ही साँझ होगी, अपनी कोठरी में जाकर सो जाएँगे। उन्हें अपनी ढहती दीवारोंवाली कोठरी बेहद याद आई। बहुत देर तक उनका मन कोठरी में भटकता रहा। पहले उनकी पलकें भारी हुईं, फिर बन्द हुईं। कुछ देर बाद उनकी नाक बजने लगी।

लटुरी की आँख खुली तो साँझ हो रही थी। उन्होंने जम्हाई ली। सुरती के लिए जेब में हाथ डाला और निराश होकर होंठों और दाँतों के बीच जीभ फिराने लगे। हाथ-पाँव को झटकते हुए बेमन उठे। लटुरी के भीतर आज बीते दिन की मुलाक़ातें कौंध गईं। फिर उन्होंने फ़रीदन को याद किया।

फ़रीदन ने एक रात खाना खाकर उठते हुए लटुरी से कहा था—"तुम लोगों को जस का तस जवाब काहे नहीं देते ? सबके दरवाज़े पर चाकर जैसा खटते फिरते हो, पर कोई रत्ती भर तुम्हारी इज्जत ना करता है।"

लटुरी का मन फ़रीदन से मिलने के लिए आकुल हो उठा। वह चाहते थे फ़रीदन के घर जाकर दिन भर का ब्यौरा देना। बोधिवृक्ष के नीचे लिए गए इस निर्णय को कि आज वह फ़रीदन के घर नहीं जाएँगे, लटुरी ने बदल दिया और रमज़ान मियाँ के बथान की ओर चल पड़े।

रमज़ान मियाँ की बेटी फ़रीदन जब अपने शौहर से तलाक़ लेकर हमेशा के लिए वापस

आ गई, तो गाँव के पश्चिम में बसे तीस घरों की मियाँ टोली में हल्की चर्चा हुई थी। फ़रीदन की वापसी को मर्दों ने अपने ढंग से और औरतों ने अपने ढंग से विश्लेषित किया। बात आई-गई होकर रह गई। यह कोई नई बात नहीं थी। लोगों की आम राय थी कि फ़रीदन चढ़बाँक औरत है। मुराद से निकाह नकारकर ही उसने अपने चाल-चलन का संकेत दे दिया था। नूरबख़्श ने अगर बेटे के लिए तीसरी शादी की, तो क्या बुरा किया ! अगर इसकी कोख बाँझ न होती और इसने बेटा जन दिया होता, तो भला नूरबख़्श को क्या पड़ी थी कि तीसरी औरत का बोझ उठाता ! और फिर उसने तीसरी शादी ही तो की थी।...इसी ने बवाल मचाया, तब नूरबख़्श ने इसे तलाक़ दिया।

मियाँ-टोली से रमज़ान मियाँ का रिश्ता बेहद औपचारिक था। जुमा की नमाज़ के लिए हफ्ते में एक दिन आया करते थे। आते, नमाज़ अदा करते और दुआ-सलाम के बाद वापस चले जाते। ईद-बकरीद की नमाज़, मुहर्रम के जुलूस, मिलाद की बैठकों और किसी की मय्यत जैसे सामूहिक आयोजनों में रमज़ान मियाँ की निःशब्द उपस्थिति को लोग ख़ास महत्व नहीं दिया करते थे। पर जैसे ही लटुरी मिसिर के साथ फ़रीदन के लटपटाने की ख़बर घर-घर में फैली, मियाँ-टोली में सुगबुगाहट भर गई। फ़रीदन की बुढ़िया चाची ने अपने मर्द, बेटों और जेठ के लड़कों को कोसा—"अरे जब अपने हाथों अपना हाथ-पाँव काटकर फेंक दोगे तो सड़ेगा ही। दौलत के लालच में बुढ़ऊ को अलगियाते समय नहीं सूझा था किसी को ? इतने दिनों तक जात-बिरादरी और ख़ानदान की फिक्र हुई किसी को ? गया कोई एक बार भी देखने कि बुढ़ऊ कैसे जी रहे हैं ? दो रोटी भी मिलती है कि नहीं ? गया कोई पूछने ?"

मुराद के आँगन में औरतों की बैठक जमा थी। मुराद की बीवी ने कहा—"बाप रे ! गजब की औरत निकली ! साल भी ना गया मरद को छोड़े कि हाँड़ी-हाँड़ी मुँह डालने लगी।

"गजब कैसी बड़ी जनी ! जिस औरत की छाती से दूध ना उतरे, वह मरद की भूखी हो जाती है।" मुराद के छोटे भाई की पत्नी बोली।

पड़ोस की जैनुल बी ने कहा—"बाँझ है, सो ढीढ़—पेट का डर-भय तो है नहीं। खेल-खा रही है।"

"लटुरिया में कवन हीरा-मोती जड़ा है।" जहूर की जवान विधवा ने आश्चर्य प्रकट किया, फिर आँखें नचाती हुई मुराद बी से पूछा—"ससुराल से आने के बाद कहियो भेंट-मुलाक़ात वास्ते आई थी कि ना ?"

"अरे माटी डालो उसके आने-जाने पर। काहे को आएगी। कवन मखमल बिछाए इन्तज़ार कर रहा है कि ए फ़रीदन बी आओ, ए फ़रीदन बी आओ !" मुराद बी ने चमकते हुए कहा।

"लटुरिया भी तो जालिम सिंह सिपाहिया निकला। सारा गाँव उसको बउराह-

बकलोल समझता है।'' जहूर बी ने फिर अपनी बातों का नगीना जड़ा।

''ऐसी औरतें बउराह-बकलोल पर ही दीठ गड़ाती हैं। आसानी से फँस जाते हैं और एक बार फँसे, तो जिनगी भर के लिए गुलाम मिल गया जानो।'' मुराद की बीवी ने इस टिप्पणी से अपनी धाक जमा दी।

जहूर की विधवा के कलेजे पर साँप लोट गया। वह पहले क्यों नहीं सोच सकी यह सब ! उसकी अक्ल पर परदा कैसे पड़ गया। अगर फ़रीदन की जगह उसने लटुरी को फाँस लिया होता, तो आज एक मर्द उसके पल्लू में भी बँधा होता। पति को मरे साल भी नहीं पूरा हुआ था कि ज़िन्दगी भर के लिए सहारे का लालच देकर मुराद ने उस पर कब्ज़ा कर लिया था। जहूर बी जैसी थी, वैसी ही रह गई। मुराद के चलते आज कोई भी उसकी बाँह पकड़ने को तैयार नहीं होगा। दिन-रात मुराद के घर कुटौनी-पिसौनी में लगी रहती है, तब जाकर दो रोटी की आस बँधती है।

''कुछ भी कहो, ऐसा मरद पाने से बिना मरद का रहना अच्छा।'' जैनुल बी ने बात को आगे बढ़ाते हुए कहा—''अपनी जहूर बी को ही देखो। जवानी में मरद चला गया, पर ज़रा भी पैर ना फिसला। हाँ तुम्हारे घर के आसरे।...''

जहूर बी सिहर गई। जैनुल बी मौक़ा खोजती रहती हैं। वह जैनुल बी की बात काटती हुए बोली—''अब छोड़ो हमारा-तुम्हारा क़िस्सा।''

''ऐ बड़ी जनी ! बड़ी जनी ! मुराद मियाँ कहँवा हैं ?'' वकीलन बुआ ने प्रवेश किया, तो बैठक का माहौल ही बदल गया। सबके कान खड़े हो गए। यह सब जानने को उत्सुक थीं कि वकीलन बुआ कौन-सी नई ख़बर ले आई हैं !

''काहे बुआ, सब बात भतीजा के कान में ही फुसफुसाओगी ?'' मुराद बी ने तीर मारा।

तीर निशाने पर लगा। वकीलन बुआ गरजने लगीं—''अरे अब कोई का फुसफुसाएगा। अब तो ढिंढोरा पिट गया सारे गाँव-जवार में। मुराद से कहो कि ख़ानदान की आबरू जितनी लुटनी थी, सो लुट गई। जो बची है, उसे तो बीच में पकड़कर बचा ले। हाय रे ज़माना।''

''ज़माने को का हुआ बुआ ?'' मुराद की सबसे छोटी चचेरी बहन ने चुटकी ली।

''हुआ का ! तू भी किसी काफ़िर के साथ उड़ेगी। तेरा भी चाल-चलन ठीक नहीं लगता मुझे। फ़रीदन तो बिना पढ़ी-लिखी है। तू तो दो-चार हरफ पढ़ना-लिखना भी जानती है।'' वकीलन जैसे आईं, वैसे ही दनदनाते हुए चली गईं। वकीलन रमज़ान मियाँ के पुश्तैनी मकान में दहशत भर गईं। अगर सचमुच फ़रीदन ने लटुरी मिसिर से शादी कर ली, तो क्या होगा ? क्या होगा तब ? यह सवाल धीरे-धीरे मियाँ-टोली की हर गली, हर आँगन में गूँजने लगा।

लटुरी मिसिर हसनपुर बाज़ार से गाँव लौट रहे थे। यह राह नारद पांडे के कोल्हुआड़ के ठीक बगल से होकर गुज़रती है। लटुरी ने सोचा, रास्ता काटकर निकल जाएँ। क्षण भर को ठिठके, पर उन्होंने अपना मन बदल दिया। अपने कलेजे को कड़ा किया और सोचा, अगर आज कुछ ऊटपटाँग बोले नारद चा, तो जस-का-तस जवाब देंगे। लटुरी बिना राह बदले आगे बढ़े। वह सिर झुकाए चल रहे थे, पर आँखें तिरछी करके नारद पांडे की ओर देखते भी जा रहे थे। कोल्हुआड़ के सामने पहुँचते ही नारद पांडे ने उन पर वार कर दिया—''लटुरी ! लटुरी ! अरे सुनो बाबू।''

लटुरी ने रुककर कोल्हुआड़ की ओर देखा। नारद पांडे उबलते कड़ाह में गुरदम चला रहे थे। पीरती गोंड़िन चूल्हे में पत्ता झोंक रही थी। टैन भगत कोल्हू के पाट में ईख लगा रहे थे। टैन का बेटा कोल्हू में जुड़े बैल के साथ-साथ भाँवर घूम रहा था।

''अरे आओ बाबू—एक दोनी गुड़ खा लो।'' नारद पांडे ने जैसे वंशी में चारा गूँथकर पानी में डोर फेंक दी और वंशी की छीप ताने खड़े हो गए। उनसे लटुरी की आँख मिली। नारद पांडे ने गुरदम ऊपर उठाया। बाँस की लाठी में लगी लकड़ी की गुल्ली से तार बाँधकर पकते गुड़ की चाशनी चूने लगी। लटुरी के मुँह में पानी भर आया।

''आओ बाबू, आओ। काहे मन मारके खड़े हो गए ?'' नारद पांडे ने जैसे वंशी की छीप को हिलाया।

''ना ! हम ना खाएँगे।'' लटुरी बच्चे की तरह ठुनके।

नारद पांडे चतुर खिलाड़ी थे। लटुरी की आँखों की चमक और आवाज़ की तरलता को पहचान गए। बोले—''मत खाना। एक लोटा रस पी लो।''

''ना।'' मन की लालसा को दबाते हुए लटुरी ने इनकार किया, पर उनके पाँव धीमी गति से कोल्हुआड़ की ओर बढ़ते रहे। नारद पांडे को वंशी की छीप हिलती हुई लगी। वंशी में गुँथे चारे को निगलने के लिए मछली आकुल थी। उसने चारा पकड़ लिया। नारद पांडे ने छीप को ऊपर खींचा। वंशी में फँसी मछली छटपटा रही थी। लार सुड़कते हुए लटुरी मिसिर उनके सामने खड़े थे।

''ला रे पीरती, दोनी ला।'' नारद पांडे गरजे। पीरती हौले से मुस्काई और पत्तों से बनी दोनी लाकर दी। नारद पांडे ने तार बाँधते गुड़ की चाशनी से दोनी भरकर लटुरी के हाथों में थमा दी। लटुरी दोनी लेकर बैठ गए।

''कहँवा गए थे ?'' नारद पांडे ने पूछा।

''हसनपुर बाज़ार।''

नारद पांडे की आवाज़ में मिठास छलछला रही थी। जैसे खूँटा से रस्सी तुड़ाकर भागे बैल को पुचकार रहे हों। बोले—''का-का ख़रीदे हो लटुरी बाबू ?''

“गुलरोगन।”

“अऊर ?”

“अऊर कुछ ना।” लटुरी ने अपने को रोका और गुड़ खाने लगे।

पीरती आकर लटुरी के सामने बैठ गई। उसने लटुरी की आँखों में आँखें डालकर फुसफुसाते हुए पूछा–“ख़ाली तेल-फुलेल लाकर देते हो कि गुलेल भी चलाते हो ?”

पीरती के सवाल से सहमते हुए लटुरी ने धीमे स्वर में विरोध किया–“अटर-पटर मत बोल।”

“चुप खचड़ी !” नारद पांडे बनावटी आवाज़ में गरजे–“जब देखो तब हँसी-ठट्ठा। सब बात खोलके कहे कोई तब पेट भरेगा तेरा ? अरे जब तेल-फुलेल लगाएगा लटुरी तो गुलेल का कौनो दूसरा आदमी चलाएगा ?”

“ऐ लटुरी बाबू, साँच-साँच बोलो, निशाना ठीक से लगता है कि ना ?” पीरती ने फिर खिलखिलाते हुए छेड़ा।

दोनी छोड़कर लटुरी ने उठते हुए कहा–“हम ना खाएँगे। ऐही से ना आ रहे थे हम।”

“गुस्साओ मत बाबू। अरे भौजाई लगेगी, सो हँसी कर रही है। पर एक बात तो हम भी कहेंगे बाबू कि ख़ाली तेल-फुलेल लगाते मत रह जाना। गुलेल चला लेना। करमसाँढ़ निकले बाबू कि ना कवनो रूप गुन अऊर ना कवनो धन-दौलत पर करम देखो अपना कि दसो अँगुरी डुबाके चाट रहे हो, मुसलमानिन का स्वाद ले रहे हो।”

“मुसलमानिन में दूसरा स्वाद होता है का ?” पीरती ने बेहयाई से हँसते हुए कहा। नारद पांडे ने धनुष पर एक तीर चढ़ा दिया।

“अब हम का जाने ! का हो लटुरी बाबू ? तुम्हीं बताओ फ़रीदन का स्वाद।” नारद पांडे ने तीर चलाया।

“नारद चा !” लटुरी नाभि से ज़ोर लगाकर गरजे।

“गरजता काहे है रे लटुरिया ! रोज़ उसके हाथ का बना भात-रोटी चाभता है, मुँह में मुँह सटाके बतियाता है, तेल-फुलेल ढो रहा है–तो लाज ना लगती है ? हम स्वाद पूछ रहे हैं, तो आँख दिखा रहा है।” नारद पांडे का स्वर बदल गया था। वह घुड़के–“भाग ! भाग ! भाग, भाग साला !”

लटुरी भागे। पीरती हँसते-हँसते लोट रही थी। टैन का बेटा बैलों के पीछे भाँवर घूमना छोड़कर लटुरी के पीछे दौड़ा। टैन भगत ने वहीं से बैठे-बैठे पुकारा–“ऐ लटुरी भाई ! ऐ लटुरी भाई !” और लटुरी थे कि मधुमक्खियों से पीछा छुड़ाते आदमी की तरह बदहवास भागते जा रहे थे।

साँझ हुई। लटुरी अपनी टुटही कोठरी से निकले। गुलरोग़न से भरी हुई शीशी से भारी जेब में हाथ डाला। उनकी आँखों के सामने कमर तक झूलते फ़रीदन के घने काले केश गुच्छ-के-गुच्छ लहरा गए। नारद पांडे से हुई मुठभेड़ के चलते तीताए मन का स्वाद बदल गया। लटुरी के पैरों की चाल बदल गई।

लटुरी जब रमज़ान मियाँ के बथान पहुँचे, फ़रीदन झोंपड़ी के दरवाज़े पर खड़ी थी। उसके सामने पहुँचते ही लटुरी ने जेब में हाथ डाला और शीशी को ज़ोर से पकड़ते हुए पूछा—"बूझो तो, पाकिट में का है ?"

फ़रीदन चुप रही। लटुरी बछड़े की तरह हुमके—"बूझो ! बूझो का है पाकिट में ?"

फ़रीदन ने कोई जवाब नहीं दिया। लटुरी का धैर्य टूट गया। उन्होंने अपने बुझौवल का समाधान स्वयं बतलाते हुए जेब से शीशी निकालकर फ़रीदन के सामने कर दी—"गुलरोग़न है।"

"गुलरोग़न। कहँवा से लाए ?" फ़रीदन ने संयत स्वर में पूछा।

"बाज़ार से। हसनपुर बाज़ार गए थे। दू रुपिया जमा किए थे। उसी से मोल लिया है। तुम्हारा माथा पीराने लगता है, सो सोचे कि—" लटुरी ने बोलते हुए फ़रीदन की ओर देखा, तो सन्न रह गए। वह रो रही थी। लटुरी को काठ मार गया। वह समझ नहीं सके कि फ़रीदन क्यों रो रही है ! पूछा—"रमज़ान चा कहँवा हैं ?"

फ़रीदन ने आँखों पर क़ाबू पाया और उन्हें अपने आँचल से पोंछती हुई बोली—"अंजुमन वालों ने महजिद में बुलाया है।"

"नमाज़ पढ़ने गए होंगे।" लटुरी मस्जिद में अंजुमन के बुलावे को समझ नहीं सके।

"आओ ! बैठो !" सहन में खाट बिछाती हुई फ़रीदन बोली। लटुरी खाट पर बैठ गए। टहकार चाँदनी का झाग उमड़ने लगा था। फ़रीदन ने लटुरी के हाथों से गुलरोग़न की शीशी लेते हुए पूछा—"बिना ज़रूरत काहे ख़रीद लाए ?"

"ज़रूरत कइसे ना है ? जब-तब माथा पीराता रहता है, अऊर कहती हो ज़रूरत ना है।" लटुरी ने लगभग डाँटते हुए कहा। फ़रीदन मुस्करा उठी। लटुरी की डाँट किसी मन्दिर की ताल की तरह उसकी नसों में गूँजने लगी। उसने अपने को सँभाला। उठकर खड़ी हुई। बोली—"बैठो ! अदहन चढ़ा है। चावल डालके आती हूँ।"

लटुरी ने दोनों पाँव ऊपर किए और खाट पर पसर गए। फ़रीदन झोंपड़ी के भीतर पहुँची, तो देखा, चूल्हे की लकड़ी धुआँ रही थी।

मस्जिद के भीतर अंजुमन की मजलिस बैठी थी। मियाँ-टोली के हर परिवार के लोग जमा थे। लोग पालथी मारे, गोल घेरा बनाकर बैठे थे। सों-सों की आवाज़ करता हुआ पेट्रोमेक्स ठीक बीच में जल रहा था। रमज़ान मियाँ पैरों को दोनों बाहों से बाँधे

हुए घुटने पर ठुड्डी टिकाए बैठे थे। मस्जिद में इमाम शेख़ हसनैन गाँव की ऐसी मजलिसों की सदारत वर्षों से करते आ रहे थे। बोलते हुए घनी दाढ़ी मूँछों में छिपे उनके होंठों का हिलना कोई देख नहीं पाता था। वह जब बोलते या तकरीरें करते, लगता जैसे घने जंगलों में भटकती कोई फ़रेबी आवाज़ कानों में उतर रही है। शेख़ हसनैन की आवाज़ को लोगों ने सुना। वह बोल रहे थे—''हाजरीन ! आज की मजलिस एक शर्मनाक वाक़ये को लेकर बुलाई गई है। आप जानते हैं, हमारा दीन-ओ-ईमान लूटने की साज़िश में काफ़िर लगे हुए हैं।''

मजलिस में बैठे सारे लोगों पर इस्लाम के ख़िदमतगार इमाम शेख़ हसनैन की फ़रेबी आवाज़ का जादू छाने लगा था। लोगों के कानों में जो आवाज़ भर रही थी, उसका अर्थ गुम हो चुका था। करैत साँप काटे आदमी की तरह लोगों का मन बोझिल होने लगा था। इमाम बोल रहे थे—''तो हाजरीन, आपके हुक्म से मैं बुज़ुर्ग रमज़ान मियाँ से चन्द सवालों के जवाब-तलब करता हूँ।''

इमाम पल भर के लिए रुके। चारों ओर नज़रें घुमाकर अपनी आवाज़ के जादू का असर टटोला और फिर पूछा—''आपके घर लटुरी मिसिर आता है ?''

बुज़ुर्ग रमज़ान ने घुटनों पर से ठुड्डी को अलग करते हुए पैरों से बाहों का घेरा हटाया। अपने को सहेजा और पालथी मारकर बैठ गए।

''बोलिए ? लटुरिया आपके घर रोज़ आता है ?''

''हमारा कोई घर नहीं है। हमारा घर हमारे पट्टीदारों ने हड़प लिया।'' रमज़ान मियाँ के इस जवाब से मजलिस सकते में आ गई।

इमाम शेख़ हसनैन ने पैंतरा बदला—''आपके बथान में लटुरी मिसिर रोज़ आता है ?''

''हाँ !''

''आपके घर खाता भी है ?''

''हाँ !''

''आपकी बेटी के साथ उसके ग़लत रिश्ते भी हैं ?''

''रहम करो ! ख़ुदा के लिए ऐसी गन्दी बातें...।'' रमज़ान मियाँ गिड़गिड़ाए।

शेख़ ने पुराने सवाल को नए ढंग से पूछा—''आपकी बेटी के साथ उसका क्या रिश्ता है ?''

''कैसे हमें दो जून की रोटी मिलती है, यह तो नहीं पूछा किसी ने, पर...'' लगा रमज़ान मियाँ फफक पड़ेंगे।

''आपकी बेटी के चलते गाँव के सारे मुसलमानों की नाक कट गई।'' रमज़ान मियाँ की बात काटते हुए शेख़ बोल रहे थे—''लटुरी का आना-जाना बन्द नहीं हुआ और आपकी बेटी अपनी हरकतों से बाज़ न आई तो मुसलमान बिरादरी आपको

मुआफ़ नहीं करेगी। एक काफ़िर के साथ आपकी बेटी के नाजायज़ रिश्ते के चलते हम बिरादरी और मज़हब की नाक नहीं कटने देंगे। अंजुमन-ए-इस्लामिया की आज की मजलिस की ओर से आपको हुकुम दिया जाता है कि आज के बाद आपके घर लटुरी मिसिर का आना-जाना, आपकी बेटी से मिलना-जुलना बन्द। अब मजलिस बर्ख़ास्त होती है।"

इमाम शेख़ हसनैन के हुक्मनामे के बाद सबने एक साथ कहा–"आमीन !" लोग उठ गए। इमाम मस्जिद के पिछवाड़े बनी अपनी कोठरी की ओर चले और लोग अपने-अपने घरों को।

बूढ़े रमज़ान मियाँ पीछे छूट गए। जैसे-तैसे मस्जिद का अहाता पार किया। फाटक से बाहर निकलते ही किसी ने पुकारा–"चचा।"

रमज़ान मियाँ रुके। पीछे मुड़कर देखें, तब तक मुराद सामने आकर खड़ा हो गया। वह भी मजलिस से निकला था। वर्षों बाद मुराद ने उन्हें चचा कहकर आवाज़ दी थी। मुराद ने कहा–"चचा ! ख़ानदान की आबरू तो लुटा ही चुके तुम, अब क्या बचा है लुटाने को ? अब्बा की बात टालकर तुमने उसका निकाह किया। बेटी को सिर चढ़ाए रखा और सारे ख़ानदान को लाँगट-उघार करते रहे। अब तो अक्ल से काम लो। अब भी कुछ ना बिगड़ा है। बथान छोड़के वापस घर आ जाओ। अब्बा तो रहे नहीं, सो तुम्हीं पूरे ख़ानदान के माथ-मालिक रहोगे। सारे गाँव की ज़ुबान को ताला भी लग जाएगा।"

मुराद ने अपनी बात रोककर रमज़ान मियाँ का जवाब सुनना चाहा। रमज़ान मियाँ उसे कुछ देर तक घूरते रहे और फिर आँखें झुकाकर चुपचाप आगे बढ़ गए। मुराद उन्हें जाते हुए देखता रहा। काँपते पैरों से चलते हुए रमज़ान मियाँ ओझल हो गए।

भोजन के बाद लम्बी डकार लेते हुए लटुरी खाट पर पसर गए। फ़रीदन सिरहाने आकर खड़ी हो गई। लटुरी ने कहा–"तुम भी खा लो।"

"बाबा आ जाएँ, खा लें, फिर।" फ़रीदन ने जवाब दिया।

"बैठो।" लटुरी बोले।

फ़रीदन खाट की पाटी पर हौले से बैठ गई। लटुरी को लगा, पकते गुड़ की सौंधी महक उसके नथुनों से होती हुई मन के भीतर पसर गई। उन्होंने फ़रीदन का हाथ अपने हाथों में ले लिया। फ़रीदन सिहरी। दोनों मन्त्रबिद्ध एक-दूसरे को निहारते रहे। रमज़ान मियाँ के पैरों की आहट तक को दोनों नहीं सुन सके। रमज़ान मियाँ उनके पास पहुँचकर कुछ देर तक खड़े रहे। फिर खाँसने का अभिनय किया। फ़रीदन

चौंककर उठी। लटुरी भी पाँव समेटकर बैठ गए। रमज़ान मियाँ बोले—"का हो लटुरी पंडित, हमारी नेकी का अच्छा बदला चुकाए तुम। सगरा गाँव बउक-बकलोल समझ के दुरदुराता है, अऊर हम तुमको औलाद माफिक दुलारते हैं। हमारी आबरू से खेल के इसी का बदला चुका रहे हो का ?"

"का हुआ बाबा ?" फ़रीदन ने रमज़ान मियाँ के सामने आकर पूछा।

"तू पूछती है का हुआ ? मेरे नसीब में लिखा था मरने से पहले तेरा रंग-ढंग देखना, सो देख लिया। सगरे गाँव में धूर उड़ रही है मेरे नाम पर। देह में कूवत होती तो अपने हाथों काटकर माटी में दफ़न कर देता तुझे।" नोनियाए दीवार की तरह भसभसाते हुए रमज़ान मियाँ ज़मीन पर बैठ गए और रोने लगे।

लटुरी उठे और रमज़ान मियाँ के सामने बैठते हुए बोले—"चचा, चाहो तो गँडासी से गरदन उतार लो, पर इसको भला-बुरा मत कहो।"

रमज़ान मियाँ रो रहे थे। बच्चों की तरह बिलख-बिलखकर रो रहे थे। फ़रीदन ने उन्हें उठाया और खाट पर सुला दिया। सिरहाने बैठकर आँसू पोंछे और माथा सहलाने लगी। अचानक चिहुँक उठी। लटुरी से कहा—"तुम जाओ। देर मत करो। राह में ज़रा होशियारी से जाना।"

लटुरी भारी क़दमों से गाँव की ओर चले। बथान पीछे छूट रहा था। चलते-चलते उन्हें लगा, गाँव के लोग उन्हें घेरना चाह रहे हैं। लोग उन्हें पकड़कर कड़ाह में खौलते ईख के रस में डाल देंगे। उन्होंने रुककर पहलवान गनौरी चौधरी की तरह लाठी भाँजने का नाट्य किया। अपनी आँखों को नचाते हुए चारों तरफ़ देखा और आगे बढ़ते गए।

घर-घर लोग फ़रीदन और लटुरी मिसिर की बातें कूट-पीस रहे थे। किसी को भरोसा नहीं था कि बेहया की झाड़ी की तरह सारे गाँव में पसरे लटुरी मिसिर एक दिन ताड़ के लम्बे पेड़ की तरह गाँव के बीचोबीच खड़े हो जाएँगे। कौन जानता था कि लटुरी ऐसा धमगजर मचाएँगे ! गाँव के कुछ लोग उल्लसित थे। उन्हें लग रहा था गाँव में नाच-तमाशा होनेवाला है। फ़रीदन नाचेगी और लटुरी जोकरई करेंगे। कुछ लोग चिन्तित थे कि लटुरिया हाथ से निकल गया। गाहे-बगाहे मौक़ा पड़ने पर दो रोटी के बदले बैल की तरह खटता था। कुछ लोग कलयुग के चाल-चलन को रो रहे थे कि पंडित और जुलाहिन का मेल इसी युग में हो सकता है। औरतें बातें चबा ही रही थीं कि जनाना को नाक ना हो तो गू खा ले। बागड़ बउराह मरद पर रीझ गई। कुछ का मानना था कि देह-दवासा से लेकर मन-मिज़ाज तक में ज़बरजोत है फ़रीदन। बिना मरद के एक दिन भी जी सकती है भला ! अच्छा हुआ कि लटुरिया के संग

लटपटा गई।

देह और प्राण के रहते हुए भी जो लटुरी निराकार थे, साकार ब्रह्म की तरह समूचे गाँव की चर्चा के केन्द्र में आ गए। जिस नई मूर्ति में उनकी प्राण प्रतिष्ठा हुई वह मूर्ति उन्हें प्रिय लगने लगी। पर गाँववाले अचानक उपट आए इस देवता को पूजने के लिए तैयार नहीं थे। और पंडित लटुरी मिसिर के इस नए रूप ने उनकी दुनिया ही बदल दी।

नारद पांडे के कोल्हुआड़ में दिन-दोपहर सभा बैठी। मुसलमानों को छोड़कर शेष सभी ज़रूरी और कुछ ग़ैर-ज़रूरी लोग एक साथ इस सभा में उपस्थित थे। सबने एक साथ सोचा। एक साथ विचार किया। बीच-बीच में हँसी-ठट्ठा और टीका-टिप्पणी चलती रही। चूल्हे पर चढ़े कड़ाह में गन्ने के रस की तरह खौलती फ़रीदन और कोल्हू में पेराई के बाद निकले गन्ने की डाँठ की तरह कायावाले लटुरी मिसिर की चिन्ता में मरते हुए लोगों की सभा में लटुरी मिसिर को बुलवाया गया। लटुरी पहुँचे। मान-मनौवल हुआ। जात-धरम और गाँव-जवार की नाक का हवाला दिया गया। लटुरी सिर गोते बैठे रहे। लोगों ने कहा—"जाओ, आने-जाने की मनाही ना है। कवनो नादिरशाही थोड़े हैं कि कोई रोक लेगा। गाँव सबका है। जिसका जिससे मन मिलेगा, बोलेगा-बतियाएगा। अगर कोई रोके, तो पूरा टोला तुम्हारा साथ देगा। पर साले बियाह की बात सोचोगे, तो जूतियाके गाँव का सिवान पार करा दिया जाएगा।"

लटुरी चुप सुनते रहे। गनौरी ने पूछा—"बोलो, मंजूर है ?"

लटुरी मुस्कुराए। नारद पांडे ने दाँत पीसते हुए कहा—"मुस्की मत काटो। साफ़-साफ़ बोलो।"

लटुरी उठकर चलने लगे। पहलवान गरजे—"साले, भाला से खोभके मारेगा मियँवा सब, तब मुस्की घुसर जाएगी।"

अपने लिए चिन्तित लोगों की सभा का अपमान करते हुए लटुरी बिना कुछ बोले उठकर चल दिए। सभासदों को पहली बार लटुरी देव की शक्ति का अहसास हुआ। नारद पांडे बोले—"लटुरिया साला मगरूर हो गया है।"

पहलवान गनौरी चौधरी को सारा अधिकार सौंपकर सभा विसर्जित हुई। बातें पीसते हुए लोग इधर-उधर चले गए। पहलवान बैठे रहे। पीरती ने कहा—"हे मालिकार। कुछो कहिए, लटुरी मिसिर तो पकिया मरद निकले। सगरे गाँव से रार ठानके औरत से निभा रहे हैं।"

नारद पांडे फट पड़े—"चुप लगा कुतिया कहीं की। पकिया मरद का चाव है, तो तू भी जा लटुरिया के पास।"

पहलवान ने पीरती का पक्ष लेते हुए कहा—"पांडे, ठीक बोल रही है पीरती। लटुरिया तो मरद निकला, मरद।"

साँझ होते ही पहलवान ने लटुरी को अकेले पकड़ा। बोले—"लटुरी तुम बियाह कर लो फ़रीदनी से। हम तुम्हारे साथ हैं। गाँव के लोग चाहे जो बोलें करें, हम तुम्हारी पीठ पर लाठी लेकर खड़े हैं। बियाह करो, बथान पर कब्ज़ा करो। थोड़ा समय गुजरे फिर मुराद से लड़-भिड़के खेत बधार भी दिलवा देंगे। जाओ, मौज करो। रात-बिरात जब मन करे आओ-जाओ। हम तुम्हारी जिनगी का जिम्मा लेते हैं कि कवनो ख़तरा न आने देंगे।"

लटुरी चुप्पी साधे सुनते रहे। पहलवान ने प्यार से लटुरी की पीठ थपथपाई। उन्होंने आँख उठाकर पहलवान की तरफ़ देखा भी नहीं और चल दिए।

रात हुई। टहकार अंजोरिया रात। रमज़ान मियाँ के बथान में कोई हलचल नहीं थी। बेटी से नाराज़ बुढ़ऊ साँझ होते ही जैसे-तैसे रोटी निगलकर सो गए थे। फ़रीदन झोंपड़ी का टाट बन्द किए भीतर पड़ी थी। चारों तरफ़ फैले उजियारे में मुश्किल से छिपने की जगह तलाशकर मियाँ-टोली के लोग छिपे थे कि लटुरी मिसिर बथान की राह पकड़ें और...। पहलवान भी अपने अखाड़े के चेलों के साथ इन्तज़ार कर रहे थे कि लटुरी की जिनगी का जिम्मा लिया है, तो...

रात सरक रही थी। हाथों में तनी हुई लाठियाँ ज़मीन से टिक गईं, पर लटुरी प्रकट नहीं हुए। मियाँ-टोली के लोगों ने समझा कि लटुरी मैदान छोड़कर भाग गए और अपनी फ़तह पर इतराते हुए वापस लौटे। पहलवान ने सोचा कि लटुरिया डर गया। उसे कल पक्का भरोसा दिलाना होगा और वह भी अपने चेलों के साथ मुरझाए हुए वापस लौटे।

दूसरे दिन की सुबह ऐसी अफ़रा-तफ़री मची कि लगा किसी ने मधुमक्खियों के छत्ते में ढेला मार दिया हो और सारा गाँव डंक से बेहाल हो। बूढ़े रमज़ान कुएँ की जगत पर चुपचाप बैठे थे। बिना भूसा-पानी के नाद में बँधी बछिया डकार रही थी। फ़रीदन को लेकर लटुरी गाँव से भाग गए थे। मियाँ-टोली के लोग राहत की साँस ले रहे थे। मानो, फ़रीदन आई ही न हो इस गाँव में। शेष गाँव देवता सरूप सुराजी मिसिर को याद कर रहा था।

(वर्तमान साहित्य, 1992)

कथावाचक की बेटी

इस घर के लोगों का कहना है कि यह घर पहले ऐसा नहीं था। मेरे आने के बाद ही इस घर के हालात बदलने शुरू हुए और यह धीरे-धीरे तबाह होने लगा। मैं इस घर पर पसर जानेवाली एक अमंगल लता हूँ—ऐसा लोगों का मानना है।...पर मैं नहीं मानती इस बात को। मुझे यह घर लगा ही नहीं। यह घर मुझे हमेशा एक खूँरेज़ पक्षी की तरह लगता रहा, जिसकी चोंच में शिकार की तरह मैं कई वर्षों से हवा में झूल रही हूँ।

जब विवाह का सगुन लेकर मेरे बाबूजी इस घर से अपने घर गए थे, बहुत प्रसन्न थे। पाँच कोस का रास्ता तय करते हुए एक बार भी साइकिल से उतरे नहीं थे। इस बात को वह कई दिनों तक आह्लाद के साथ लोगों को सुनाते रहे कि कैसे बबुनी का सगुन लेकर साइकिल पर चढ़े तो एक साँस में सीधे अपने दुआर पर उतरे। भूख-प्यास का पता नहीं था। कोई दैवी-शक्ति उन्हें पाँच कोस तक उड़ाए लिए चली आई, मानो अर्जुन के रथ पर हनुमान जी आकर विराज गए हों। ना दम फूला और ना ही पैरों में थकान हुई। बाबूजी की प्रसन्नता में वर के साथ-साथ यह घर भी शामिल था। इस घर का वर्णन करते हुए वह अघाते नहीं थे। सगुन के दिन हल्दी-उबटन के बाद मैं चौके पर बैठी थी। मेरे आँचल में सगुन का अक्षत, हल्दी, पान-सुपारी और दूब डालकर औरतें चुमौना कर रही थीं। बाबूजी दोमुँहा में छिपकर खड़े थे। मेरा चुमौना देख रहे थे। जब भाभियों ने चुमौना के बाद गारी गाना शुरू किया, बाबूजी आँगन में आ गए। मेरी अम्मा से हँसते हुए बोले—"सुनो, ज़रा सलीकेदार ढंग से गारी गवाना। बड़े घर के लोग हैं...लड़का भी बी.ए. में है। एकदम देहाती-भुच्चड़ गारी-गीत नहीं चलेगा।" सगुन से लेकर विवाह के दिन तक बाबूजी को मेरे भावी वर और घर के गुण बखानने और बात-बात पर अम्मा को चेतावनी देने से फ़ुर्सत नहीं थी। अम्मा से कहते—"देखो, बड़ा घर है।...बड़ा मान है गाँव-जवार में उन लोगों का।...बाहर का इन्तज़ाम तो मेरे सिर पर है, सो मैं कर रहा हूँ...अब भीतरी ज़िम्मा तो तुम्हीं को निबाहना है।...नेग-चार में कोई कमी न होने पाए,... बक्सा-पेटी ठीक से सजाना। उन लोगों का माथा न झुके।"

अम्मा जान हलकान किए फिर रही थीं। पट्टी-पट्टीदारों और पास-पड़ोस की औरतों के बीच मेरे ससुराल के इस घर और इसके बड़प्पन का आतंक फैल गया था। अम्मा प्रसन्न भी थीं और चिन्तित भी कि कहीं कोई चूक न हो जाए। मैं जब ससुराल के लिए विदा हो रही थी, उन्होंने सुबकते हुए कहा था—"लाज रखना।...जैसे वर-घर तुमको मिला, भगवान सबकी बेटी को दे।"

इस घर में प्रवेश करते ही, ड्योढ़ी पार करते हुए मेरा दम घुटने लगा था। आँगन पार कर कोहबर-घर पहुँचते-पहुँचते मेरे पाँव तलमलाने लगे थे और मैं बहोश हो गई थी। झींगन बहू नाइन बताती है, उस समय मेरा चेहरा काला हो गया था। पंखा ढाला गया...मुँह पर ठंडे पानी का छींटा मारा गया, तब कहीं जाकर मुझे होश आया था। इस बीच मेरी सास के गर्जन-तर्जन से यह घर हिल उठा था। गाँव-जवार की औरतों से ठसाठस भरे आँगन में उन्होंने घोषणा की थी—"व्यास पांडे ने धोखा किया है।...बीमरिया बेटी को मेरे श्रीरामजी के गले बाँध दिया।"

मेरे सत्कर्मों का फल था कि मैं श्रीयुक्त श्रीरामजी तिवारी की सीता बनकर इस घर में आई थी। अम्मा के हर सम्भव विरोध के बावजूद, बाबूजी के बल पर मैंने गाँव के स्कूल में सातवीं तक की शिक्षा पूरी की। मेरे बाबूजी पंडित व्यास पांडे कथावाचक थे। कथावाचन के इस पेशे में उनका मूल नाम हलधर पांडे गुम हो गया था। गाँव-जवार के लोग उन्हें व्यास जी के नाम से पुकारते थे। एक घर, एक गाय और मात्र धान की फ़सल उपजानेवाली एक फ़सला धरती के स्वामी मेरे पिता मुझे पढ़ाना चाहते थे। टोले-महल्ले की बोली-ठोली और अम्मा के व्यंग्य-वाणों से छिदती-बिंधती प्राइवेट परीक्षा देकर मैंने मैट्रिक पास किया। गाँव मड़कन के ब्राह्मणों के परिवार की मैं पहली बेटी थी, जिसने मैट्रिक पास किया था। दरिद्र कथावाचक पंडित व्यास पांडे के भाग्य में यह सुयश लिखा था, सो मैंने मैट्रिक पास किया। वह अपनी पढ़ी-लिखी बेटी के वर की चिन्ता में पगलाए फिर रहे थे। दस कट्ठा पुश्तैनी ज़मीन बेचकर अपनी दुहिता को गोपालपुर निवासी पंडित दशरथ तिवारी उर्फ़ बेताल तिवारी के प्रथम सुपुत्र श्रीयुक्त श्रीरामजी तिवारी की सीता बनाकर, वह कुछ ही महीनों बाद स्वर्ग सिधार गए।

मेरे श्वसुर पंडित दशरथ तिवारी को मेरी सास की देह से चार पुत्र प्राप्त हुए थे। मैं, लछुमन तिवारी, भरत तिवारी और सतरोहन तिवारी की भावज भी थी। यह रोचक, पर अजीब संयोग है कि मेरे पिता और श्वसुर दोनों के मूल नाम उनके जीवनकाल में ही गुम हो गए। मेरे पिता हलधर पांडे कथावाचक के कारण व्यास पांडे हुए, पर श्वसुर दशरथ तिवारी का नाम बेताल तिवारी किसने कब रखा, सही-सही बता पाना मेरे लिए कठिन है। उनके साथ ढेरों बेताल कथाएँ जुड़ी हैं। इन्हीं कथाओं के भीतर छिपे सच के कारण शायद उन्हें यह नाम मिला होगा।

शुरू के दिनों में पति, सास और देवरों को छोड़कर गिने-चुने लोगों से ही मेरी मुलाक़ात हुआ करती थी। श्रीरामजी भी दिन में गाहे-बगाहे ही मिलते। मिलते भी तो पल-छिन के लिए। रात में लोगों के सोने के बाद से सुबह लोगों के जागने से पहले तक वह मेरे कमरे में रहते। आना और जाना, दोनों दबे पाँव होता। बाद में यह रात का मिलना भी रोज़ का मिलना नहीं रहा। घर में आनेवाली सभी औरतों से बतिया पाना भी मेरे लिए सम्भव नहीं था। एक महरी काकी थी, जिससे कभी-कभार कुछ बोलने की छूट थी।...और दूसरी थी, झींगन बहू नाइन। वह मुझे तेल मालिश करने आती थी। तेल मालिश करवाना मुझे कभी प्रिय नहीं रहा—बचपन से लेकर अब तक। बचपन से अम्मा की लानतें-मलानतें सहती रही हूँ। मैं बाल उलझाए दिन भर धमा-चौकड़ी मचाती फिरतीं और अम्मा पकड़कर तेल चुपड़ देने की फ़िराक़ में रहतीं। वह कोसा करतीं—"माथ देखो इसका, चिरई का खोता बनाए फिर रही है।"

झींगन बहू से तेल लगवाना शुरू के दिनों में मेरे लिए बहुत बड़ी सज़ा थी। पर उसकी खिलखिलाहटों, चुहलों, रसभरी बातों और घंटे दो-घंटे के साथ के लालच में मैंने इसे स्वीकार कर लिया था। पहले अपने कपड़ों को ढीला करने में लाज आती थी, पर धीरे-धीरे उसकी अन्तरंगता ने मुझे जीत लिया था। फिर तो वह मेरे गोपन अंगों को छूकर छेड़ा करती। मेरे श्रीरामजी का नाम लेकर तरह-तरह की बातें बनाती। उसके पास असंख्य कथाएँ थीं। ऐसी कथाएँ, जिनमें गोपालपुर गाँव ही नहीं, पास-पड़ोस के गाँवों के कई घरों के रहस्य छिपे हुए थे। इस घर सहित तिवारी-पट्टी के घरों की कथाएँ सुनते ही मेरी रगों का ख़ून जमने लगता था। इन कहानियों के पात्र मेरे सपनों को भयावह दृश्यों से भर देते थे। सोते-जागते, चलते-फिरते, हर पल मेरे कानों में झींगन बहू की आवाज़ बहती रहती थी। उसके जाने के बाद यह घर मेरे लिए उस अँधेरी गुफा की तरह हो जाता, जिसमें छूट जाने पर दम घुटने से लोग मर जाते हैं। फिर उनकी लाशें सड़ने लगती हैं...आँखें कीड़े-मकोड़े खा जाते हैं और त्वचा-मांस सब गल-गलकर अलग हो जाता है। शेष बचता है कंकाल, जो माटी में दबकर माटी में मिल जाता है।

झींगन बहू हर बार कुछ-न-कुछ ऐसा ज़रूर सुना जाती, जिससे मेरा भय बढ़ जाता। फिर भी उसका आना, हँसना-खिलखिलाना और बोलना-बतियाना मुझे अच्छा लगता। एक दिन उसी ने मुझे राजन पासवान के बारे में बताया था। वह मेरे देवर लछुमनजी का हम-उम्र था। उसकी महतारी हमारे बथान में मवेशियों का गोबर साफ़ करने की मजूरी करती थी। राजन पासवान का चेहरा लछुमनजी से मिलता था। उसकी चमड़ी के रंग और शक्ल-सूरत की गाँव में इतनी चर्चा हुई कि उसका बाप धनेसर पासवान माहुर खाकर मर गया। पति की मौत के बाद उसकी महतारी किसी

की परवाह किए बग़ैर इस घर की ड्योढ़ी पर आकर बैठ गई। मेरी सास की धमकियों को उसने अपनी ढीठ उपस्थिति से हवा में उड़ा दिया। उसके साहस की आँच में मेरे श्वसुर का आतंक झुलसकर कोयला हो गया। सूरज उगते ही वह ड्योढ़ी पर आई थी। और दोपहर बाद में श्वसुर से आश्वासन पाकर अपने घर लौटी। तिवारी पट्टी की छाती पर साँप की तरह रेंगती हुई उसकी महतारी ने अपने बेटे को पढ़ाना शुरू किया। मेरी शादी के साल लछुमनजी और उसने साथ ही मैट्रिक की परीक्षा दी थी। लछुमनजी फेल हो गए और वह पास हुआ था। झींगन बहू ने बताया था कि मेरी सारा को उसका नाम पसन्द नहीं था। उन्होंने उसे राजन से रावन बना दिया। सारा गाँव उसे राजन पुकारता और तिवारी पट्टी के लोग रावन कहते।

राजन और उसकी महतारी, दोनों का मेरे घर आना-जाना था। उसकी महतारी काम-धन्धे के सिलसिले में या मजूरी का अन्न लेने आती और वह लछुमनजी से क़िताब-कापी लेने या बोलने-बतियाने आता। उसकी महतारी कभी-कभी साँझ के झुटपुटे में भी आया करती थी। उसकी इस आवक से यह घर थर-थर काँपने लगता था। मेरी सास की जीभ से चिंगारियाँ फूटने लगतीं। मेरे श्वसुर उससे बहुत धीमे स्वर में फुसफुसाकर बातें करते और तत्काल विदा कर देते। हालाँकि मेरी शादी के बाद उसका साँझ के झुटपुटे में आना कम हो गया था।

इस घर में दो ऐसी कोठरियाँ हैं, जो मेरे लिए बहुत दिनों तक आकर्षण का केन्द्र बनी रहीं। यह आकर्षण भी अजीब था। एक कोठरी आँगनवाले भीतरी भाग में है और दूसरी बाहर के मर्दाने हिस्से में। आँगनवाली कोठरी में जाने की तीव्र लालसा मेरे भीतर उमड़ती रहती। कई बार एकान्त पाते ही इसके दरवाज़े और दोनों खिड़कियों के पल्लों की दरारों से भीतर झाँककर देखने की अदम्य इच्छा से खिंची हुई मैं वहाँ तक जाती।...पर वहाँ पहुँचते ही एक अनजाना भय मेरी नसों में पैठने लगता। मैं थरथर काँपती हुई वापस अपनी कोठरी में आकर बिछावन पर धम्म-से गिर जाती। सबके सो जाने के बाद आँगन में अकेली आ पाना मेरे लिए मौत से सामना करने जैसा था। शुरू के दिनों में, जब मेरे ऊपर इस कोठरी का आतंक पूरी तरह छाया हुआ था, रात में ज़रूरत पड़ती तो श्रीरामजी मेरे साथ आँगन में आया करते थे। यह कोठरी मेरे श्रीरामजी की बड़ी माँ की थी। मेरे श्वसुर दशरथ तिवारी के बड़े भाई नन्दजी तिवारी की विधवा सोनामती कुँवर इसमें रहा करती थीं। मेरे श्रीरामजी के अनुसार उनके जन्म के दो साल बाद ही उनके बड़े बाबूजी हैजा के कारण मात्र बत्तीस साल की उम्र में अचानक चल बसे थे। उन्हें कोई सन्तान नहीं थी। बड़े बाबूजी की मौत के एक साल बाद उनकी विधवा सोनामती कुँवर को किसी प्रेत ने पकड़ लिया। इस प्रेत बाधा के कारण वह अक्सर आधी रात को चीख़ती-चिल्लातीं, घर से बाहर निकल जाती थीं। उन्हें अपनी देह और अपने कपड़ों

की सुध तक नहीं रहती। वह दिन भर अपनी कोठरी में दुबकी-सहमी पड़ी रहतीं। धीरे-धीरे उनका अन्न छूट गया और वह रोगिणी हो गई। बहुत झाड़-फूँक हुआ। जवार के नामी ओझा-गुणी आए, पर प्रेत उनकी जान लेकर ही माना।

इस कोठरी में उनका पलंग और बक्सा-पेटी रखा हुआ था। उनकी मौत के बाद से ही यह कोठरी बन्द थी।...पर झींगन बहू नाइन की कथा इससे अलग थी। जिस दिन उसने सोनामती कुँवर की कथा सुनाई थी, उस दिन मैं अन्न नहीं खा सकी। कंठ सूखता रहा, पर पानी की एक बूँद तक गले के नीचे नहीं उतार सकी। झींगन बहू के जाने के बाद मुझे तेज़ बुख़ार चढ़ आया था। रात में, जब श्रीरामजी मेरे पास आए, उनसे लिपटकर ख़ूब रोई थी मैं। झींगन बहू ने यह कथा सुनाते हुए अपने शब्दों से जो दृश्य मेरे मानस में रच दिया था, वह मेरे सपनों में आने लगा। इन सपनों ने मुझे इस तरह जकड़ लिया था कि मैं दिन में भी चिहुँक-चिहुँक उठती और रात में नींद से अचानक जागकर भय से काँपने लगती। झींगन बहू का कहना था कि मेरी सास की सहमति से यह सब हुआ। रोज़-रोज़ की मौत सहते हुए सोनामती कुँवर ने एक रात अपनी जान दे दी। उनकी मौत का सच समूचे गाँव में फैल गया।... और गाँव में फैली ऐसी कथाओं के ढेर सारे सच ही कारण बने कि लोग मेरे श्वसुर दशरथ तिवारी को बेताल तिवारी पुकारने लगे।

दूसरी कोठरी मर्दाना हिस्से में है। बड़े-से बरामदे के दोनों तरफ़ दो गोल कमरे हैं। एक में बैठकखाना है। दूसरे में दशरथजी रहते हैं। इसका ताला तभी खुलता है, जब दशरथजी चाहें। चाबी उनके जनेऊ में बँधी रहती है। इस कोठरी के लिए भी मेरी जिज्ञासा बहुत तीव्र रही है। इसमें दो दरवाज़े हैं। एक बाहर की ओर खुलता है और दूसरा मकान के भीतरी हिस्से से इसे जोड़ता है। यह दूसरा दरवाज़ा मेरी सास की कोठरी में खुलता है। मेरी शादी के बाद दशरथजी ने आँगन में आना बन्द कर दिया था। पर्व-त्योहार के दिनों में भी नहीं आते थे। इसी दरवाज़े से जल-पान और भोजन दोनों समय उन तक पहुँचता। चारों दशरथ पुत्रों के इस कोठरी में प्रवेश पर भी सख़्त पाबन्दी थी। कोठरी से सटे बाहरवाले बरामदे से एक तख़्त रखा था। वहीं तक लोगों की सीमा थी।

इस कोठरी में काठ का एक बड़ा-सा सन्दूक आज भी है। इस घर के लोगों को इस सन्दूक पर गर्व है। उनका ऐसा मानना है कि इसी सन्दूक के बल पर सारे गाँव की नकेल इस घर के हाथों में है। यह सन्दूक न हो तो दशरथ तिवारी का ख़ानदान पल-छिन में बिला जाए। गाँव के दूसरे लोगों की बात तो बाद में, पहले तिवारी-पट्टी की अपनी जात-बिरादरीवाले लोग ही इस घर की नींव तक खोदकर ले जाएँ।

शादी के साल ही श्रीरामजी ने बी.ए. की परीक्षा दी थी और फेल हो गए थे। पहले लछुमनजी का मैट्रिक में फेल होना और उसके बाद श्रीरामजी का फेल होना,

इन दोनों असफलताओं का श्रेय इस घर में मेरी आवक को मिला। मेरी सास दहाड़ती रहीं। मुझे और मेरे श्रीरामजी को कोसती रहीं। उनका ऐसा मानना था कि श्रीरामजी मेरे रूप-जाल में उलझकर रह गए। उन दिनों बहुत हद तक मैं स्वयं को दोषी मानने लगी थी। मुझे भी लगता, मेरे कारण ही वह पढ़ाई पर ध्यान नहीं दे सके। इस घटना के बाद श्रीरामजी पर मेरी सास का दबाव इतना बढ़ गया कि मेरी कोठरी में उनका रोज़-रोज़ का आना बन्द हो गया। साल भर की विवाहिता स्त्री मैं अपनी कोठरी में धुआँती रहती और मेरे श्रीरामजी बरामदे में जाग-जागकर रातें बिताते।

बहुत सीधे थे मेरे श्रीरामजी। बाद के दिनों में तो मेरे सीने में मुँह छिपाकर बच्चों की तरह सिसकने लगते थे। शादी के कुछ ही महीनों बाद से सन्तान की माँग शुरू हो गई थी। मेरी सास अपने तिरछे बोलों से हर दिन मुझे बेधतीं। वह मेरी पीड़ा को अपने भीतर बसा लेते और आहत होते। अपनी माँ और पिता से असहमत होते हुए भी मर्यादाओं के पालन की लाचारी उन्हें तोड़ रही थी। उनकी सरलता ने उन्हें अपने अधिकारों से वंचित किया। दशरथजी सत्ता की डोर मेरे देवर लछुमनजी के हाथों धीरे-धीरे सौंपने लगे थे। घर-गृहस्थी की सत्ता पर लछुमनजी का कसाव बढ़ता गया और मेरे श्रीरामजी इस घर के एक कोने में सिमटते गए। उन्होंने इस घर में अपनी उपस्थिति को निःशब्द बना लिया था। खेती-गृहस्थी का जो काम उनके जिम्मे रहता, उसे निपटाते और दिन भर के थके-माँदे पंछी की तरह मेरी कोठरी में आकर छिप जाते।

मैं सुहाग के मात्र पाँच वर्ष जी सकी। मूसलाधार बरसती बरसात की एक रात मेरे श्रीरामजी सदा-सदा के लिए चले गए। उनका जाना अचानक हुआ।...पर अब मुझे लगता है, इस घर के लोग भीतर ही भीतर उन्हें घुन की तरह खाए जा रहे थे। बरसात की वह रात भी अजीब थी। लग रहा था, आसमान टूट पड़ेगा। धान के खेतों में उसी दिन रोपनी का काम शुरू हुआ था। सुबह से झिरझिर वर्षा हो रही थी। वर्षा उन्हें आह्लादित करती थी। उनका मन बच्चों की तरह वर्षा में भीगने के लिए लालायित रहता। चँवर में रोपनी करवाने सुबह गए तो शाम को घुटनों तक कीचड़ में सने घर लौटे थे। रात को तेज़ वर्षा शुरू हुई और उन्हें दर्द उठा। पेट का अल्सर फट गया। पुराना अल्सर था। ऑपरेशन के लिए मैं लगातार मिन्नतें करती रही थी, पर मेरी सुननेवाला कोई नहीं था। जो होना था, सो होकर रहा। मेरी तो दुनिया ही बदल गई।

मेरे केश सँवारते और मेरी चोटी गूँथते हुए जिसके हाथ नहीं थकते थे...मेरे पाँवों को आलता से और हथेलियों को मेहँदी के बूटों से चित्रित करते हुए जिसका मन कभी नहीं भरता था, उसी झींगन बहू नाइन ने अपने हाथों मेरी कलाइयों की चूड़ियाँ फोड़कर और मेरी माँग धोकर मुझे विधवा का रूप दिया था। मेरी आँखों में आँसू

सूख गए थे। काठ मार गया था मुझे। मैं अपनी पथराई आँखों से सब कुछ देख रही थी। मेरे श्रीरामजी की अर्थी उठने से पहले लोग मुझे अन्तिम दर्शन के लिए ड्योढ़ी में ले गए थे। अर्थी से लिपटकर रोती बिलखती मेरी सास मुझे सामने पाकर दहाड़ें मार-मारकर रोने लगी थीं। जवान बेटे को खा जानेवाली डाइन बहू को कोसती हुई मेरी सास को लोगों ने बहुत मुश्किल से क़ाबू में किया था। उन्होंने मेरे सीने पर अनगिनत मुक्के बरसाए थे। ड्योढ़ी की दीवार से शिला-खंड-सी सटी मैं अपने श्रीरामजी का मुखड़ा निहारती रही थी। झींगन बहू मुझे खींचकर अर्थी तक ले गई। मैंने श्रीरामजी का चेहरा अपनी हथेलियों में भर लिया था। फिर जाने कहाँ से आँसू का ज्वार आया। मैं फफक पड़ी थी।...और लोग मेरे श्रीरामजी की अर्थी लेकर चले गए।

दशरथजी ने अपने पुत्र को मुखाग्नि दी थी। वह बाहर बरामदे में तख़्त पर बैठे रहते थे। लछुमनजी श्राद्ध की व्यवस्था में लगे थे। भरत और सतरोहन पुत्र-शोक में डूबी अपनी माँ की परिचर्या में लगे थे। अपने ही रुदन-स्वरों में डूबती-उतराती किसी प्रलयंकारी चक्रवात से नष्ट हुई बस्ती-सी मैं अपनी कोठरी में अकेली पड़ी रहती थी। एक झींगन बहू थी, जो मेरी कोठरी में आकर मेरे आँसू पोंछती,...मुझे अँकवार में भरकर चुप करती,...मेरा सिर गोद में रखकर सहलाती और अपनी कनियाँ सखी को ढाढ़स बँधाती हुई ख़ुद रो पड़ती। इस बीच, एक दिन राजन की महतारी ने ड्योढ़ी पर आकर तूफ़ान खड़ा कर दिया था। वह मुझसे मिलने आई थी, पर मेरी सास ने अनुमति नहीं दी। उससे बक-झक हुई। मेरी सास ने जब मुझे हत्यारिन कहा, वह बिफर उठी थी। जाते-जाते वह धमकी देकर गई थी कि वह इस घर की ईंट-से-ईंट बजा देगी, अगर मुझे सोनामती कुँवर की तरह...। तिवारी पट्टीवालों की भीड़ के बीच वह दहाड़ती हुई चली गई थी।

पति की मृत्यु के बाद यह घर मुझे और भयावह लगने लगा था। बथुआ के साग और यजमानों के यहाँ से गमछी में बाँधकर आए मुट्ठी भर चावल के भात पर पलनेवाले बचपन से लेकर तिवारी-पट्टी की बहू के जीवन तक का मेरा पूरा संसार मेरे भीतर उमड़ता-घुमड़ता। मैं आँखें मूँदकर कभी अपने श्रीरामजी का ध्यान करती...तो कभी लगता, सोनामती कुँवर अपनी कोठरी से आवाज़ दे रही हैं। वह मेरे सपनों में आने लगी थीं। जब मैं निःशब्द रात का एकान्त जागती आँखों से काट रही होती, उनके रोने-चीख़ने की ध्वनि की लहरें मेरे कानों में भरने लगतीं।

श्राद्ध के ठीक तीन माह बाद मैं अपने मायके मड़कन गई थी। विवाह के बाद और पहले सिर्फ़ एक बार मैं मड़कन आ सकी थी। वे भी दुख के तपते हुए दिन थे। बाबूजी की मृत्यु के शोक में डूबती-उतराती अम्मा और पिता की असमय मृत्यु से चकित भाई को अँकवार में भरकर रोने के सिवा और कुछ नहीं कर सकी थी।

सोचा था, वापस गोपालपुर जाकर अपने भाई की शिक्षा के लिए दशरथजी से भीख माँगूँगी। दुख के सघन दबाव में मैं इस घर में अपनी औक़ात भूल गई थी। मैं भूल गई थी कि यह घर दुख में भी सिर्फ़ व्यापार ही करता है। दरिद्र कथावाचक की बेटी मैं अपने मायके मड़कन से दुबारा विदा होकर आने के समय द्विरागमन का नेग-चार लेकर नहीं लौटी—यह घर इस अपमान में धधकने लगा था।

इस बार जवान दामाद की मौत ने मेरी विधवा अम्मा को जर्जर कर दिया था। मेरा इकलौता भाई, जो मुझसे उम्र में छोटा था, धीरे-धीरे पिता की विरासत सँभालने लगा था। पिता से भी ज़्यादा सुरीला उसका गला था, पर कथा में रस और भाव भरने की कला अभी पूरी तरह साध नहीं पाया था। जैसे-तैसे गुज़र-बसर हो रही थी। मेरी आँखों के आँसू तो सूख चुके थे, पर अम्मा अक्सर मुझसे लिपटकर रोने लगतीं। मैं ही उन्हें चुप कराती, सहेजती और गोद में उनका सिर रखकर थपकियाँ देती हुई उन्हें सुलाती। मैं इस दुविधा में थी कि मुझे क्या करना चाहिए। मैं वापस गोपालपुर जाऊँ या यहीं मड़कन में ही जीवन के शेष दिन काट दूँ! इसी ऊहापोह में दो माह गुज़र गए कि एक दिन राजन पासवान की महतारी मड़कन पहुँची। मैंने पहली बार उसे बहुत पास से भर-आँख देखा। पहली बार उससे बातें करने का मौक़ा भी मिला। ढलती उम्र में भी साँवली आभा और तीखे नाक-नक्शवाली यह औरत किसी वेगवान नदी जैसी उमड़ती हुई मेरे पास आई थी। अपनापा भरी उसकी बातों के जादू ने मुझे उससे जोड़ दिया। मैं उससे लिपटकर रोना चाहती थी। मैं चाहती थी उसकी गोद में सिर रखकर एक मीठी नींद सोना। वह मुझे अपनी बातों से दुलारती रही। मेरे ऊपर स्नेह लुटाती रही। उसकी आँखों में मैं अपने लिए एक घर की छवि देख रही थी। खूँरेज़ पक्षी की तरह अपनी चोंच में टाँगकर आकाश में उड़नेवाले इस घर से अलग थी उसकी आँखों में उभरे घर की छवि। उसने बहुत संयत स्वर से कहा था—"कनियाँ! गोपालपुर जाकर जान और मान गँवाने के सिवा और कुछ ना मिलेगा। वही हाल होगा, जो..."

बात पूरी करने से प्रहले ही उसकी आँखों में भय उतर आया था। मैंने उसे भरोसा दिया कि मैं सोनामती कुँवर की तरह नहीं मरूँगी। हर हाल में साथ देने का भरोसा सौंपकर वह चली गई। जाते-जाते आँचल के छोर में बँधा सौ रुपए का नोट भी सौंपती गई। मेरे ना-नुकर करने पर उसने जिस स्नेह भरे अधिकार का उपयोग किया, मैं उसके लिए तरसती रही थी। मुझे पहली बार लगा कि मैं गोपालपुर की बहू हूँ।

कुछ ही दिनों बाद गोपालपुर से भरतजी और सतरोहनजी मुझे विदा कराने आए। मैं मड़कन से विदा होकर गोपालपुर पहुँची। मेरी सास ने बताया कि साल पूरा होते ही लछुमनजी की शादी होगी। बातचीत लगभग तय हो चुकी है। मेरे श्वसुर दशरथजी

ने पहली बार मुझसे संवाद किया। मुझे सासवाले कमरे में बुलाया गया। वह दरवाज़ा, जो बाहरवाले कमरे से इसे जोड़ता था, खोल दिया गया। वह गोल कमरे में बैठे बोल रहे थे और मैं पल्ले की ओट में खड़ी उन्हें सुन रही थी। धैर्य और संयम से जीवन जीने और कुल-ख़ानदान की मर्यादा बचाए रखने की सीख देते हुए उन्होंने अपनी मृत्यु की कामना प्रकट की। उन्होंने यह भी कहा कि अब घर-गृहस्थी की जिम्मेदारी वह लछुमनजी को सौंप रहे हैं और मुझे लछुमनजी और उनकी होनेवाली पत्नी सहित इस घर के लोगों का हित सोचना है।

अचानक मेरे लिए इस घर में मान और प्रेम की नदी उमड़ने लगी थी। सबकी बोली बदल गई। जहाँ ज़रूरत नहीं होती, वहाँ भी मेरी राय ली जाती। लछुमनजी मेरी कोठरी में लगभग रोज़ आते और पलंग की पाटी पर बैठकर मेरा हाल-चाल पूछते, स्वास्थ्य के बारे में हिदायतें देते और मुझ पर प्यार बरसाते हुए डाँटते कि मैं अपना ध्यान नहीं रखती। सत्रह वर्ष के जिस किशोर को मैंने अपनी शादी के समय देखा था, उसे बाईस वर्ष के युवक में बदलते हुए देखना अजीब लग रहा था।

कुछ ही दिनों बाद मेरी सास ने मेरा मन टटोलने की कोशिश की थी कि मैं बख़्शीशनामा के काग़ज़ पर दस्तख़्त करूँगी या नहीं, जिसे इस घर की मर्यादा बचाने के लिए मेरे श्वसुर ने तैयार करवाया था। उनका ऐसा मानना था कि मेरे दस्तख़त के बाद ही मेरे देवरों को यह भरोसा होगा कि मैं इस घर की मर्यादा से बँधी हूँ। मैंने दबे स्वर में यह बता दिया था कि इस बख़्शीशनामे का घर की मर्यादा से कोई सम्बन्ध नहीं है। मेरे उत्तर के बाद सप्ताह भर चुप्पी रही। हाँ, लछुमनजी ने मेरी कोठरी में आना और हाल-चाल पूछना ज़ारी रखा।...पर कल रात, यह दिन को आना, रात को आने में बदल गया।

आधी रात के बाद अपनी कोठरी की साँकल की खटखटाहट सुनते ही मैंने समझ लिया था कि वह घड़ी आ पहुँची है, जब मुझे इस घर और अपने जीवन के बारे में साफ़-साफ़ तय करना होगा। मैंने लालटेन की रोशनी तेज़ कर दी थी और दरवाज़ा खोल दिया था। लछुमनजी अन्दर आए। पलंग की पाटी पर बैठते हुए उन्होंने वह सब कहा था, जो शायद उनके पिता ने सोनामती कुँवर से कहा होगा !...मेरी जवानी,...मेरी सुन्दरता,...मेरी देह और मेरे मन की भूख से लेकर मेरे अधिकारों और इस पर मेरे एकछत्र राज करने की बातें करते हुए उन्होंने मुझे छूने की कोशिश की। मैं इस घर को एक नया बेताल प्रसव करते हुए देख रही थी। मैंने तय किया कि मैं इसे अपनी कोठरी में जन्म नहीं लेने दूँगी,...और मैं चीख़ पड़ी।

मेरी चीख़ और पुकार का स्वर तेज़ होता गया। इतना तेज़ कि तिवारी पट्टी ही नहीं, समूचे गोपालपुर में आधी रात को हलचल मच गई। सारा गाँव दशरथ तिवारी के घर के सामने उमड़ आया। लोग आँखें फाड़े देख रहे थे कि कैसे यह घर

एक खूँरेज़ पक्षी की तरह अपनी चोंच में मुझे टाँगे लिए उड़ रहा है कि अचानक मैं ड्योढ़ी वाला दरवाज़ा खोलकर बाहर निकली। भीड़ से निकलकर राजन और उसकी महतारी सामने आए। इसके पहले कि मैं गिर पड़ती उसकी महतारी ने मुझे अपनी बाँहों में समेट लिया था। मैंने अपने को सँभाला। उसने अपने बेटे को कहा कि वह मुझे तत्काल मेरे मायके मड़कन पहुँचाने का इन्तज़ाम करे।...पर मैंने नकार दिया।

मैं आज सुबह, थोड़ी देर बाद इस घर से विदा हो रही हूँ। मैं जानती हूँ, इस घर में मेरे विदा होते ही यहाँ अफ़रा-तफ़री मच जाएगी। अब हर मौसम का असर पड़ेगा इस घर पर। वैशाख-जेठ की तपिश में इसकी दीवारें तड़कने लगेंगी,...शीत लहरवाले दिनों में थरथर काँपेंगे इसके दरवाज़े और खिड़कियों के पल्ले और बरसात की बौछारों से इसकी नींव धसकेगी।

मैंने यह तय किया है कि मैं गोपालपुर छोड़कर नहीं जाऊँगी। यहीं, इसी गाँव में राजन उर्फ़ रावन पासवान की भावज बनकर रहूँगी।...अपने श्रीरामजी के साथ बिताए गए दिनों की याद के सहारे रावन के घर रहना, दशरथजी के घर में रहने से ज़्यादा सुरक्षित है। खूँरेज़ पक्षी की चोंच से छूटकर ज़मीन पर गिरने से लगी चोट का दर्द मुक्ति की प्रसन्नता के सामने कुछ भी नहीं। कल मुझे शहर जाना है,... कचहरी में पार्टिशन सूट दायर करने...।

(अब, कथा विशेषांक, 1993-94)

राग रुदन

सदना की महतारी ज़ार-ज़ार रो रही है। मुट्ठियों से कलेजा कूट रही है। जवान बेटे की हूक से पगला गई है।

जैसे-जैसे सदना की महतारी के रोने की आवाज़ बढ़ती है, सदना-बहू के कलेजे की टीस भी तेज़ होती जाती है। धरती और आकाश को दिन भर निहार-निहारकर थकी सदना-बहू की सूनी आँखों में पानी भर आता है और रुँधे हुए गले से हिचकियाँ फूटने लगती हैं। महीन टाँसदार आवाज़ में उसका विलाप उभरता है। राग बाँधकर रोती है सदना-बहू, "रजऊ...ए रजऊ...एको निसनिया नाहिं देके गइलऽ ए रजऊ...।"

सदना की महतारी उसके राग में अपना राग मिलाती है। वह भाँय-भाँय करती अपनी मोटी आवाज़ में टेरती है—"भतरा गँवइलो...पूतवा गँवइलो...अब कवने आसरा, जीयब हो ललनऊ...।"

सदना-बहू अपनी सास की आवाज़ पर अपनी आवाज़ की टाँस से छा जाती है। वह रो रही है—"कहँवा गइलऽ...कहँवा लोभइलऽ ए रजऊ !...लोभइलऽ कि मउवतिया बियहलऽ एरजऊ... ?"

सास और बहू दोनों मिलकर पूरे गाँव को हिलोर रही हैं। पूस महीने की शीत लहर से थरथराती हुई रात में दुबके पड़े गाँव को पिछले दस दिनों से दोनों रोज़ झकझोर रही हैं। रात चढ़ते ही इनका विलाप-स्वर टोटहा टोला में पसरने लगता है। टोटहा टोला से निकलकर मुरदघटिया में पहुँचता है। रोते-फेंकरते सियारों की आवाज़ का व्यूह भेदकर दुधही के भींट तक को पार करता है इनका विलाप और फिर डूब जाता है दुधही के बावन बीघा के विस्तार में। पर रात जैसे-जैसे चढ़ती जाती है, विलाप-स्वर तेज़ होता जाता है। दुधही का विस्तार पारकर चहुँदिस फैलता है। दुधही के उत्तर छोरवाले भींट के उस पार बसे मुख्य गाँव में कुनमुनाहट होती है। बबुआन टोली की औरतें कोसती हैं—"एतना बड़का पेट है दुधही का...डूब-धँसकर मर काहे ना जाती हैं सब !...मर जाती दोनों, तो भर आँख नींद मिलती...रात तो चैन से कटती !"

दुधही का पेट सचमुच बहुत बड़ा है। बावन बीघा का विस्तार कम नहीं होता। सर्वे-सेटिलमेंट के दस्तावेज़ में लिखा है—इक्यावन बीघा, उन्नीस कट्ठा और सत्रह धुर। दुधही के किनारे-किनारे है आँकड़वाली माटी का भींट। पूरब खेत। पश्चिम खेत। उत्तर खेत और उसके बाद मुख्य गाँव। दक्षिण में मुरदघटिया है। मुरदघटिया के पार है टोटहा टोला।

टोटहा टोला, दुसाधों का छोटा-सा टोला है। यह सन्त टोटहा भगत के नाम पर बसा है। दुधही और टोटहा टोला का रिश्ता, माँ-बेटे का रिश्ता है। धान, चना और तीसी का ख़ज़ाना है दुधही। बरसात का पानी दुधही में जमा होता है। छाती भर पानी में धान की खेती होती है। जल-सतह से बित्ता भर ऊपर उठती हैं डाठें और तब फूटते हैं गाभ। गाभों में लगते हैं बाल। काले-काले करंगा धान के लदफद बाल। दुधही के जल को ढेंकुल और दोन से खींचकर अगल-बगल के खेतों की पटवन होती है। पानी धीरे-धीरे नीचे उतरता है। किनारे की धरती जैसे-जैसे ख़ाली होती है, चना और तीसी छींट दिया जाता है। फागुन आते-आते दुधही का किनारा तीसी के नीले फूलों से पट जाता है। नीले फूलों के वलय के बीच दुधही के थिराए जल में तैरती है चल्हवा और रेवा मछलियाँ। दूर-दूर से उड़कर जल में खेलने आते हैं पंडुक। दुधही का पेट कभी पानी से ख़ाली नहीं रहता। धरती में दरारें फाड़नेवाली वैशाख-जेठ की गर्मी भी दुधही के पेट का पानी नहीं सोख पाती है।

टोटहा भगत के 'पुन्न-परताप' से दुधही का जन्म हुआ। सारे गाँव-जवार में दुधही के जन्म की कथा मशहूर है।...अकाल पड़ा था। धरती काँसे के फूटे बर्तन-सी झनझना रही थी। पेड़-पौधे झुलस रहे थे। माल-मवेशी और आदमी तड़प-तड़पकर मर रहे थे। जल की एक-एक बूँद के लिए जीवन तरस रहा था। लोगों ने टोटहा भगत को जा घेरा। बोले, "भगत, आज तुम्हारे सत् की पहचान होगी।" भगत बबुआन की ज़मीन में पालथी मारकर बैठ गए। आँखें मूँदकर ध्यान लगाया। धरती फटी और फूट पड़ीं जल-धाराएँ। बूँद-बूँद के लिए तरसते लोग नाच उठे। चारों तरफ़ जो फैल रहा था, जल नहीं अमृत था। टोटहा भगत की खोज हुई...पर वह मिले नहीं। जाने कहाँ लोप हो गए ! इसके बाद टोटहा भगत के वंशज दुसाधों को बबुआन टोला के मालिकों ने इस जलप्लावित धरती पर बँटाई खेती करने का अधिकार दिया। माँ के दूध की तरह जीवन सौंपनेवाले इस भूखंड को नाम मिला—दुधही।

सदना-बहू डूब-धँसकर मरना नहीं चाहती। वह जीना चाहती है। जिस दिन उसका पति लापता हुआ, उस दिन से ही उसकी सास उसे कोस रही है। टोला-पड़ोरा की औरतों की कानाफूसी में भी उसका नाम होता है। पर टोटहा बाबा की सौंह, उसके चलते नहीं भागा है उसका आदमी। महतारी ने ही बेटे का जीना दूभर कर दिया था। रात-दिन आनी-बानी बोलती रहती थी, "रक़त बेंचकर पढ़ाए-लिखाए थे

कि बुढ़ौती में सहारा बनेगा...जवानी में दुख सह के रंडापा काट दिया कि जाँगर थाके पर दू रोटी खिलावेगा...अरे करम रे करम ! ख़ाली बाबड़ी झार के घूमता है।...ना मेहनत-मजूरी, ना नोकरी-चाकरी।...अरे वाह रे तुरंग !''

अपनी महतारी की बोली-ठोली सुनते-सुनते वह तंग आ गया था। बात-बेबात लड़ने-झगड़ने लगता। गाँव के लोग कहते हैं कि नहीं लौटेगा अब। पता नहीं जिनगी से है या नहीं। नहीं ! जिनगी से है उसका सदना। आज नहीं तो कल आएगा। यह आस उसके मन में गहरे पैठी है।...एक दिन, बाल सँवारे, जूता-मोजा पहने...हाथ में पेटी लिए टीसन पर उतरेगा। गाँव पहुँचेगा। गाँव की छाती बीचोबीच फाड़कर दौड़ते हुए दुधही के भींट पर चढ़ेगा।...फिर पार करेगा मुरदघटिया में बिछी पगडंडी को। वह अपने आँगन में बैठकर उसकी पेटी खोलेगी। बड़े-बड़े फूलों की छापवाली साड़ी...बूटीदार बेलाउज...अंगरेजी अंगिया...गमकउवा तेल की शीशी...और नाक की कील। सदना-बहू सारा दिन यही सब सोचती रहती है। घर-घर आँगन का काम-धन्धा निबटाते और खेत-बधार में आते-जाते उसकी आँखों के सामने परदेस से लौटते सदना की मोहनी सूरत बार-बार झलक जाती है।...पर जैसे ही साँझ होती है, दुधही के पेट से निकलकर अँधेरा भींटों को पार करता है और फैलने लगता है गाँव में...टोटहा टोला में...सदना-बहू की नसों में। वह काँपने लगती है। उसकी देह ऐंठने लगती है। नसों में बहता अँधेरा सिमटकर गोला बनता है और उसकी छाती पर वार करता है। सदना-बहू का अपने ऊपर ज़ोर नहीं चलता। वह बेक़ाबू हो जाती है। फिर शुरू होता है हिचकियों का दौर। हिचकियाँ बँधती हैं राग में और वह विलाप करती है—''रजऊ ए रजऊ !...एको निसनिया नाहिं देके गइलऽ ए रजऊ... !''

टोटहा टोला के भाग्य का दूसरा नाम है—विलाप। जाने कब से चलता आ रहा है ! आजकल सदना-बहू अपने पति के लिए विलाप कर रही है और वर्षों पहले सदना की महतारी ने अपने पति के लिए विलाप किया था। उन दिनों सदना लगभग दस वर्ष का रहा होगा। उसका बाप मथुरा अभी अधेड़ भी नहीं हुआ था। अपने झुलसे पंखों से जैसे-तैसे खेत-खलिहान का चक्कर लगानेवाली उसकी महतारी भी उन दिनों चुनमुन चिरइया की तरह फुदकती फिरती थी। सिर पर बोझ लेकर चलती, तो कच्चे बाँस की तरह लचकती थी उसकी कमर। समूचे गाँव-जवार में मथुरा का भी कोई जोड़ नहीं था। लाठी-बाना से लेकर हल-कुदाल तक चलाने में बेजोड़ था मथुरा।

अचानक ही हुआ था सब कुछ। टोटहा टोला के मूँदरा और गजवा ने गाँव में उड़ती हुई ख़बर सुनी कि दुधही की नीलामी हो गई। धान काटने के बाद महाराजगंज

का रमज़ानी ठेकेदार दुधही पर पहरा बैठा देगा। उसने दुधही के पेट में पलती मछलियों को ख़रीद लिया। माल-मवेशियों के पीने और उन्हें नहलाने-धोने के लिए भी छूट नहीं रहेगी। मछली और पानी पर रोक की ख़बर लेकर जब दोनों टोटहा टोला पहुँचे, सारे लोग भौचक रह गए। कई पीढ़ियों से दुधही में बँटाईदारी की फ़सल काटने और मिल-बाँटकर मछली खानेवाले लोगों को सहज ही भरोसा नहीं हुआ था। टोटहा टोला के बूढ़े-सयाने बबुआन टोला की ओर भागे। वहाँ जाकर पता चला कि ख़बर सच्ची है। बबुआन टोला के मालिकों ने दुधही की मछलियों को नीलाम कर दिया है। दो-चार दिनों में धान की बालियाँ टूँग ली जाएँगी।...फिर दुधही का जल पराया हो जाएगा। दुधही के भींट पर रावटी तानकर रमज़ानी ठेकेदार के बराहिल अगोरवाही करेंगे। दूभर हो जाएगी दुधही के भींट से होकर गुज़रनेवाली राह। भींट पार करनेवाले राहगीर भी सन्देह की आँख से घूरे जाएँगे। टोटहा टोला के लोगों के मन में दुधही की नीलामी की पीर पसर गई थी। लोग छटपटा रहे थे, जैसे कोई खुरपे से देह की चमड़ी उतार रहा हो।

टोटहा टोला को बसते और दुधही को आकार लेते किसी ने नहीं देखा था। दुधही पर टोटहा टोला के दुसाधों के हक़ को लेकर युगों से सुनी-सुनाई जाती रही एक कथा के सिवा और कोई प्रमाण नहीं था। लोगों ने सिर्फ़ सुना भर था कि दुधही बबुआन टोला के मालिकों की ओर से टोटहा टोला के दुसाधों को ज़िराअत के लिए दान में दी गई ज़मीन है।...पर इस ज़मीन के दस्तावेज़ में मालिकाना हक़ बबुआन टोला के मालिकों का था और आज भी है। फ़सल का आधा भाग आज भी मालिकों को मिलता है। टोटहा टोलावाले बँटाईदार हैं। खाद-बीज और मेहनत-मजूरी टोटहावालों की और आधी फ़सल मालिकों की। दुधही के जल और मछलियों पर सारे गाँव का हक़ था। गाँव के लड़के मछलियाँ पकड़ते और हर घर के आँगन में दुधही की मछलियों की करवाइन गन्ध फैल जाती।

टोटहा टोला में रमज़ानी ठेकेदार के नाम दुधही की मछलियों की नीलामी के ख़िलाफ़ कानाफूसी शुरू हुई। इस कानाफूसी ने रंग बदला और लोगों ने यह तय किया कि रमज़ानी ठेकेदार के बराहिलों की रावटी दुधही के भींट पर नहीं तनेगी। यह ख़बर बबुआन टोला पहुँची। मालिकों ने उसी रात टोटहा टोला के ऊपर टँगे आकाश में छेद कर दिया। नींद में बेसुध सोए लोग एक साथ कई-कई अश्वत्थामाओं के अट्टहास सुनकर जागे। लोग कुछ समझें-जानें, तब तक कई लोग धरती पर बिछ गए थे। फिर अश्वत्थामाओं के दल ने मुरदघटिया पार किया और दुधही के भींट पर चढ़े। 'छपाक' की आवाज़ के साथ डूब जाती मरी-अधमरी देह। ख़ून से सने बारह लोग फेंक दिए गए दुधही के पेट में। चीख़-पुकार के घने बादलों से टोटहा टोला ढँक गया। दूसरे दिन, जब भोर हुई, लाशें फूलकर ऊपर तैर रही थीं और टोटहा टोला

की झोंपड़ियों में जलकर राख हुई ज़िन्दगी की गन्ध धरती की अतल गहराई में छुपती फिर रही थी।

मन्त्री-सन्तरी, हाकिम-हुक्काम और अख़बारनवीस पहुँचे। गाँव की सड़कों, गलियों और पगडंडियों पर इतने लोग आए-गए कि आकाश धूल से पट गया। नामज़द लोग फ़रार थे। गाँव के स्कूल में सिपाहियों ने डेरा डाला।

अजीब दिन थे। खेती-बारी, मेहनत-मजूरी ठप्प और गाँव में सिपाहियों जैसे ज़ालिम मेहमान। उन दिनों राग रुदन के समूह-स्वर महीनों तक सुनाई पड़ते रहे। बारह विधवाओं का विलाप-स्वर किसी दुखान्त नाटक के संगीत की तरह उभरता और पूरे गाँव में छा जाता।...पर धीरे-धीरे विलाप का यह कोरस क्षीण होता गया। एक-एक कर विलाप-स्वर विलग होते गए। सबसे पहले सीधेसर-बहू अलग हुई थी। पति की मौत से चार माह पहले वह गवना उतरी थी। चम्पा-सी फूटती उसकी अट्ठारह साल की देह की गन्ध को उससे चार साल छोटे देवर ने अपने नथुनों में भर लिया था। वह लोर पोंछकर अपने देवर के घर बैठ गई थी। गजवा, मूँदरा, फुलेना और छबीला की विधवाओं ने टोले के ही कमसिन या अधेड़ अविवाहितों-विधुरों की बाँह गह ली थी। शेष ने अपने जवान होते बेटों के आसरे रँड़ापा काटने का निर्णय लेकर अपने विलाप-स्वर को सहेज-समेट लिया। मथुरा की विधवा ने भी अपने बेटे सदना पर भरोसा किया था।

बबुआन टोला के लोग ज़मानत पर अपने घर लौटे। टोटहा टोला के घरों में भय और संशय की गन्ध पसरी रहती थी। औरतें पथराई आँखों से रातें काटती थीं और मर्द झोपड़ियों के बाहर बैठकर दुधही के उस पार से आनेवाली हर आहट को परखने की कोशिश करते हुए सारी रात जागते थे। टोटहा टोला से रोटी की गन्ध मिटने लगी थी। पुलिस और बन्दूकों का दबाव बना हुआ था। स्कूल बन्द हो गया था और उसमें पुलिस चौकी खुल गई थी। बबुआन टोला के मालिकों का राज-पाट बन्दूकों की सुरक्षा में चल रहा था। कचहरी की ओर से दुधही में खेती पर रोक लग गई थी।

सदना की महतारी ने बबुआन टोला के मालिकों और बन्दूकों से निर्भय होकर उसे पढ़ाना शुरू किया था। दूसरे गाँव के स्कूल में जाने-आने के लिए सदना रोज़ तीन कोस लम्बी राह अपने पाँवों से तय करता। आठवीं के बाद यह जाना-आना बन्द हो गया। बाँस के नवचा गाभ की तरह सदना की देह ऊपर निकलती रही। सदना की महतारी जब टकटकी बाँधकर अपने बेटे को निहारती, उसकी आँखों में मथुरा की छवि भर जाती। घुन लगे अनाज़ के दानों की तरह खोखली होती गई सदना की महतारी और सदना छाती तानकर चलने लगे। मुक़दमे का फ़ैसला हुआ। नामज़द लोग बरी हुए। टोटहा टोला के लोगों के लिए दुधही पर बँटाई खेती करने का हक़ फिर से बहाल हुआ। अन्न की उपज, मछली और जल—सब पर आधा हक़। ज़िला

कचहरी में दस साल गुज़र गए। यह फ़ैसला भी सुलहनामा दाख़िल करने के बाद मिला था।

सदना बीस छू रहा था। उसकी महतारी के हाथों से खुरपे-हँसुए की मूठ छूटने लगी थी।...फिर एक दिन उसके आँगन में चुनमुन चिरइया की चहचहाहट भर आई थी। सदना-बहू के पाँव धरते ही, उसकी महतारी को लगा था, जैसे उसके दुखों का अन्त हो गया हो।...पर छाती तानकर घूमता सदना लोगों की आँखों में चुभने लगा था। लोगों के बोल सुनकर उसकी महतारी सिहर उठती थी। उस काली रात की यादें उसे बैचेन करती थीं। वह सदना पर ताने कसती और गाँव से बाहर जाकर रोज़ी-रोज़गार तलाशने के लिए उसे कोसती।...और एक दिन...चढ़ते पूस महीने की एक रात सदना लापता हुआ, तो फिर कोई अता-पता तक नहीं मिल सका।

इन दिनों सदना की वापसी की आशा-निराशा की डोर थामे रोने के सिवा दोनों के पास और कोई काम नहीं है। एक-दूसरे पर लांछन और सदना की वापसी के लिए मनौतियों में ही दिन गुज़र जाता है। सदना की महतारी अपने बेटे का गुन-अवगुन बखानकर रोती है और उसकी बहू पछताती हुई आलाप भरती है, "रजऊ ए रजऊ...जो हम जनतीं कि बनि जइबऽ गूलरी के फूलवा...तऽ अँचरा छिपाई तोहके रखतीं ए रजऊ।"

सदना को लापता हुए तीसरा महीना पूरा होने जा रहा है। गाँव के लोग-बाग़ उसे अपनी दिनचर्या में अब याद नहीं करते। कभी-कभार ही किसी बात पर बात निकल गई, तो उसका नाम आता है। उसकी महतारी ने अब रातों में राग बाँधकर रोना बन्द कर दिया है। सदना की बात चलने पर सिर्फ़ मुँह में आँचल दाबकर लोर टपकाती है। सदना बहू का विलाप बदस्तूर ज़ारी है।

इन दिनों सारा गाँव फगुनी बयार के हिलकोरों में डूब-उतरा रहा है। गेहूँ और जौ की बालियों में छिपे दानों का दूध सूख रहा है। पकते दानों के बोझ से झुक रही हैं बालियाँ और डाठें। सरसों के पीले फूलों से पटी धरती के किनारे-किनारे तीसी के नीले फूलों की कसीदाकारी में आँखें उलझकर रह जाती हैं। चना और मटर की फलियों में हरे-हरे मोती के दाने भर चुके हैं। रात की खेप लेकर गन्ना मिल जाते गाड़ीवान जब फगुआ टेरते हैं, सदना-बहू अपने को रोक नहीं पाती है। फगुआ में चार दिन बाक़ी हैं। टहकार अँजोरिया में गाड़ीवालों का क़ाफ़िला थोड़ी-थोड़ी देर बाद गुज़र रहा है। धुरी से रगड़ खाते चक्कों की घरघराहट, बैलों के गले में बँधी घंटियों की टुनटुन और गाड़ीवानों के कंठ से झरते फगुआ के बोल, "गोरी सींकिया कजरवा जनि करऽ हो...आहे सैंया छयलवा से नज़र लड़ी...गोरी...।"

सदना-बहू का कलेजा चाक-चाक होता है।...सींक से मत डालो आँखों में काजल की रेख...छैले सैंयाँ से नज़र लड़ जाएगी...। कलेजा मुँह को आ रहा है। किसके लिए अपनी आँखों में सींक से डाले काजल ?...रो-रोकर सूज गई आँखों का सिंगार किसके लिए करे ? उसका सदना होता तो वह भी...। टहकार अँजोरिया के समुद्र में ज्वार-भाटा उमड़ने लगता है। उसके विलाप-स्वर से धूमिल होने लगती है चाँदनी।

"...तोरी सेजरिया पे धूम मची...परदेसिया अइहें हो रामा...आहे...।" यह गाड़ीवानों के नए क़ाफ़िले का फाग है। सदना-बहू के दहकते विलाप-स्वर पर शीतल फुहारों की तरह झरता है यह फाग।...कौन उड़ेल रहा है उसके कलेजे में अमृत-बूँद ?...वह चौंकती है। कौन है यह अपना, जो उसे आस बँधा रहा है !... तुम्हारी सेज पर धूम मचेगी...तुम्हारा परेदसी आएगा। सच हो यह बानी !...सच हो जाए ! सदना-बहू बुदबुदाती है, "साँच हुआ तो पाँव पखारूँगी मेरे भाई !...जब तुम गन्ना मिल से ख़ाली गाड़ी लेकर तेज़ भागते हुए लौटोगे...तब छिन भर को बिलमा लूँगी...फिर पाँव पखारूँगी। फगुआ के पहले लौट आया मेरा सदना...तो हे गाँव के देवी-देवता लोग ! अँचरा से आसन बुहारूँगी।" सदना-बहू के होंठ थरथरा रहे हैं। अस्फुट स्वर राग में बँधकर फिर उभरते हैं--"रजऊ ए रजऊ ! जो तुहुँ अइतऽ...हमहुँ बउरइतीं...अबकी फगुनवा में धूम मचइतीं ए रजऊ...रजऊ ए रजऊ...।"

भोर हो रही है। दिन की खेप लेकर गन्ना मिल गए गाड़ीवान लौट रहे हैं। थकान से चूर सोई सदना-बहू चौंककर उठती है।...कैसा दैवयोग ! वह बाँहें बढ़ाकर अँकवार भरने ही वाली थी कि आँखें खुल गईं। अभी-अभी सिरहाने खड़ा था उसका आदमी ! कहाँ चला गया ? कहाँ लोप हो गया ? सपना था या जादू का खेल !...वह झोंपड़ी से बाहर निकलती है। नीम के पेड़ पर चिरई-चुरुँग चहक रहे हैं। दूर सामने दुधही के भींट पर कोई छाया उभरती है। मन के कोने में दबी आस अकुलाती है।...नहीं। छिन भर के सुख के लिए मन को झूठी दिलासा देने से क्या लाभ !...कोई और होगा !...सदना-बहू को लगता है, कलेजा निकलकर बाहर आ जाएगा।...साँच हो गया सपना। सपना साँच हुआ कि वह जादू का खेल देख रही है। वह आ रहा है। फगुनी बयार के झोंके के साथ उड़ता चला आ रहा है।...वह आ रहा है। बादलों को चीरकर धरती पर उतरती भोर की उजास की तरह उसके आँगन में उतर रहा है। वह चाहती है, दौड़कर उसको अँकवार में बाँध लेना। वह दौड़ने की कोशिश करती है।...पर पाँव जैसे धरती में धँसे जा रहे हैं।...सदना उसके सामने खड़ा है। ख़ाकी पैंट-कमीज़, लाल टोपी और जूता-मोज़ा पहने...कमर में चौड़ी-पट्टी बाँधे। वह उसकी छाती से सिर टिका देती है। उसकी आँखों से गंगा-जमुना की धारा फूटने लगती है।

आहट पाकर सदना की महतारी बाहर निकलती है। बेटे को सामने खड़ा देखकर उसकी आँखें छलछला आती हैं। सदना अपनी महतारी की ओर बढ़ता है। उससे

लिपट जाता है। बुढ़िया असीसती हुई रोती है। सदना की वापसी की ख़बर सुनते ही पूरा टोला उसकी झोंपड़ी के सामने उमड़ आता है। आँखें मींचते, जैसे-तैसे, भागते-दौड़ते आते हैं लोग। बच्चे-बूढ़े, स्त्रियाँ—सब सदना को घेरे हुए हैं। सवाल पर सवाल, अनगिनत सवाल।...कहँवा गया था ?...काहे गया था ? अरे नौकरी मिल गई।...सिपाही की नौकरी !...पुलिस में भर्ती हो गया सदना !...सदना पुलिस बन गया रे !...अरे, वाह रे मरद बेटा ! गाँव छोड़कर भागा, तो पुलिस बनकर लौटा।...मथुरा का बेटा तो ख़ूब नाम किया रे ! सारे गाँव-जवार में दुसाधों की बिरादरी का पहला बेटा।...पुलिस बेटा रे !...बाँध तोड़कर बहनेवाली बरसात की उफ़नती नदी के जल की तरह पूरे गाँव-जवार में ख़बर फैल जाती है।

सदना-बहू का भाग्य कि सुहाग लौट आया। उसने युगों बाद जैसे सिंगार किया है।...आँखों में काजल डाला है।...माथ में तेल डालकर चोटी गूँथी है।...ढिबरी के अँजोर में उसके लिलार पर लाल टिकुली चमक रही है। सदना-बहू ने आज दूसरा जन्म पाया है। उसकी गोद में सिर रखकर सदना लेटा है।

सदना की महतारी जाग रही है। सदना पुलिस में भर्ती हो गया...सिपाही बन गया, यह सुनते ही उसके कलेजे पर चोट लगी थी। वह दिन भर गुमसुम बैठी रही। रात चढ़ रही है। सदना-बहू की झोंपड़ी से छनकर सिर्फ़ उसकी खिलखिलाहटें आ रही हैं। सदना की महतारी के कलेजे में हूक उठ रही है। उसे याद आ रही है वह भादों की काली रात, जब गाँव के स्कूल में बनी पुलिस चौकी से वह अपनी लहूलुहान देह लिए लौटी थी। उसका गला रुँधता है। हिचकियाँ फूटती हैं।...फिर वह राग बाँधकर रोने लगती है—"ललनऊ हो ललनऊ...बड़ा रे जतन से ललन तोहके पोसलों...से तुहुँ बनि गइलऽ सिपहिया हो राम...सदना रे सदना !...एतना जतन से पाल-पोसकर बड़ा किए रे...और तू बन गया सिपाही !...कुल में दाग़ लगा दिया रे...काहे बना जालिम सिपाही रे ?...कवनो रात बन्दूक सहित तू भी हमरी छाती पर चढ़ेगा रे सदना...।"

सदना की महतारी दोनों मुट्ठियों से अपना कलेजा कूट रही है। उसके राग रुदन में पृथ्वी और आकाश सहित दसों दिशाएँ डूबने लगी हैं।

(साम्य, 1994)

कलंक-मुक्ति

गुनगुनी धूप और घने जंगलों से छनकर आती मस्त बयारों वाली फ़रवरी महीने की दोपहर।

वह अपनी कोठरी में लेटा है। आज रविवार है। छुट्टी का दिन। मालती बाई से मिलने से पहले ऑफ़िस के बाद का ख़ाली समय पहाड़ की तरह ऊँचा उठ जाता था। विशेषतः छुट्टियों के दिन तो काटे नहीं कटते थे। एक-एक पल को पार करना दुरूह लगता। माह भर हुए अपने जीवन की पहली नौकरी पर वह इस शहर में आया है। शहर नहीं, क़स्बा है यह। घने जंगलों के बीच बसा छोटा-सा क़स्बा—जगदलपुर, जिसके मुख्य बाज़ारवाली सड़क का फैलाव एक किलोमीटर से भी कम होगा। परसों उसे मालती मिली। जिस दिन उसने ऑफ़िस ज्वायन किया, उसके सप्ताह भर बाद यह एक कमरे का मकान मिला। हरे रंग की काई की चादर ओढ़े भीगी दीवारोंवाला छोटा आँगन, बाथरूम, किचन और एक छोटी-सी कोठरी। विश्वविद्यालय की शिक्षा अधूरी छोड़कर वह इस नौकरी पर आया है। जीवन में पहली बार दादाजी, अम्मा-बाबूजी, और अमिता से अलग हुआ है।

वह करवट बदलता है। तख़्त के पास छोटी टेबल पर पानी से भरा जग और ग्लास रखा है। सामने बड़ी टेबल पर क़िताबें और टाइमपीस है। तीन-चार पत्रिकाओं के साथ कल का अख़बार लाल-लाल चकत्तेवाले छोटे-से पत्थर के टुकड़े से दबा है। मालती लाई होगी पत्थर का यह टुकड़ा। पहले तो नहीं था इस कोठरी में। अगर अचानक अम्मा या अमिता आ जाएँ, तो उनकी आँखें छितरा जाएँ कि सब कुछ इतना व्यवस्थित ! घर पर उसका कमरा कितना अस्त-व्यस्त रहता था ! अम्मा की डाँट-फटकार और अमिता के व्यंग्य सुनते-सुनते थक चुका था, पर उसकी आदत नहीं बदली थी। पर यहाँ मालती ने तो जादू कर दिया था। सप्ताह भर का ट्रांजिट पीरियड यहीं गुज़ारकर मकान-मालिक से फर्नीचर सहित मकान की चाबी दिलवाने के बाद उसके पूर्ववर्ती चन्द्रकिशोर माथुर ने कहा था, "मज़े करो प्यारे। एक रुपए में पेट भर दारू पी सकते हो—प्योर ट्राइबल प्रिपेशन...और आठ आने में छोकरी—प्योर ट्राइबल प्रॉडक्ट। यू कैन एंज्वाय लाइक एनीथिंग। जमुना बाई को रख लेना। वही

मेरा खाना पकाया करती थी। सारा काम करेगी। खाना पकाने से लेकर बिस्तर पर सोने तक। चालीस-पचास रुपए लेगी और कभी-कभार दारू के लिए रुपया-आठ आना।''

उसे काठ मार गया था। बेमन वह माथुर को सी-ऑफ़ करने बस डिपो तक गया था। वहाँ ऑफ़िस के और लोग भी आए थे। माथुर की बस खुलने के बाद शुरू हुई थीं—माथुर की कहानियाँ। डॉक्टर चिंचोलकर के दवाख़ाने के नियमित मरीज़ माथुर की कहानियाँ। होटल छोड़कर कोठरी में आने के बाद उसे माथुर से विरासत में दवा और इंजेक्शन की एक टोकरी ख़ाली शीशियाँ मिली थीं।

वह कोठरी में चारों ओर आँखें घुमाता है। अलग-अलग कोणों से कई दृश्य उसकी आँखों के सामने आकर, स्थिर होते हैं। खिसकते हैं। दरवाज़े के पास खिड़की है। खिड़की पर अम्मा और अमिता की तस्वीर है। वह तस्वीर को एकटक निहारता है। तस्वीर के पास चौड़े मुँहवाली एक शीशी में मनीप्लांट का एक टुकड़ा झूल रहा है। कोठरी के शृंगार में यह नया-नया आज ही शामिल हुआ है। अमिता होती तो इसे उठा ले गई होती अपने कमरे में। उसके होंठ खुलते हैं। वह मन ही मन कुछ बुदबुदाता है। आँखें खिड़की के फ्रेम से खिसक जाती हैं। वह छत को निहार रहा है। छत में एक हुक है, माथुर ने फैन रखा था। अप्रैल आते-जाते वह भी पंखा ख़रीद लेगा। यहाँ से तबादले के बाद घर ले जाएगा। घर ले जाकर दादाजी की कोठरी में टाँग देगा। दादाजी गर्मी की दोपहरी बेहद आकुलता के साथ काटते हैं—ताड़ का पंखा झलते हुए।

दादाजी ! छत की दीवार पर दादाजी की तस्वीर के साथ एक नया फ्रेम बनता है। गौर वर्ण। चेहरे से फूटती हुई तेज़ आभा। लम्बा-चौड़ा शरीर। सत्तर वर्षीय दादाजी की देह अब उम्र की मार से चटखने लगी है, पर व्यक्ति की तेजस्विता में कहीं कोई कमी नहीं। दादाजी उसके आदर्श रहे हैं। बाबूजी से कहीं ज़्यादा आत्मीय, कहीं ज़्यादा भरोसेमन्द। जगदलपुर की यात्रा के दिन दादाजी की कोठरी में पूरा घर सिमट आया था। अम्मा दरवाज़े की ओट में थीं। बाबूजी सामने कुर्सी पर तथा वह और अमिता तख़्त पर दादाजी के आजू-बाजू बैठे थे। दादाजी बोल रहे थे, ''नीलेश, आज से पहले तुम हमारी जीवन-यात्रा में साथ-साथ चल रहे थे। अब तुम्हारी जीवन-यात्रा शुरू हो रही है और हम सब तुम्हारे साथ-साथ चलेंगे। नौकरी करते हुए आदमी को कुछ भी लिखने और बोलने से पहले विवेक से काम लेना चाहिए...जीवन के दूसरे व्यापार भी दिन पर दिन जटिल होते जाएँगे। उम्र की माँग कभी-कभी उत्तेजक और भ्रामक होती है।...इसलिए संयम आवश्यक है। जीवन की यात्रा के लिए संयम और विवेक—यही दो मूल सूत्र हैं। इन्हीं से पूर्वजों से मिला सही संस्कार रहता है। कुछ भी करने से पहले अपने पूर्वजों की प्रतिष्ठा और संस्कार के बारे में ज़रूर सोचना।''

दादाजी की गूँजती हुई आवाज़ का अहसास उसे बेचैन कर देता है। वह छत से आँखें अलग करता है। आकुल होकर कोठरी में इधर-उधर कुछ तलाशने की कोशिश करता है, पर आँखें कहीं टिकती नहीं हैं। दादाजी, अम्मा-बाबूजी और अमिता के चेहरों का जंगल कोठरी में फैल जाता है। चेहरों का जंगल। आत्मीय चेहरों का जंगल। स्नेह की पुलक से सिहरते चेहरों का जंगल। वह इस जंगल में बेतहाशा भागता है। अचानक सामने आता है मालती का चेहरा। खाना पकाती-परोसती, कपड़े धोती, कोठरी की चीज़ें सहेजती, बिस्तर लगाती मालती का चेहरा। उसकी कोठरी, किचन और भीगी दीवारोंवाले आँगन में फिरकी की तरह डोलती, मुस्कुराती और गुनगुनाती मालती का चेहरा। चेहरों के इस जंगल में धीरे-धीरे फैल जाते हैं मालती के कई चेहरे और दादाजी की आवाज़ के बदले गूँजने लगती है मालती की रसपगी आवाज़, "सिरोली-विरोली लागि जा मोगरा फूले..."

मालती बाई को उसके ऑफ़िस का गार्ड पंचा बघेल अपने साथ लाया था। तीखे नाक-नक़्श। साँवला-छरहरा बदन। हल्के रंग की धूसर होती साड़ी पहने, चेहरे पर एक घरेलू मुस्कान लिए सामने खड़ी मालती को देखकर पल भर के लिए उसकी आँखों की पुतलियाँ स्थिर हो गई थीं। पंचा बघेल की आवाज़ से सँभला था वह, "साब ! ये मालती है। इसका आदमी दामू रेल ऑफ़िस के ठेकेदार के यहाँ रोज़दारी पर काम करता है। आपको खाना पकानेवाली बाई की ज़रूरत थी। सो ले आया...पचास रुपए माँगती है।"

"ठीक है...पर इसके आदमी से पूछ लिया है ?" वह सकपकाया था।

"हौ साब, उसको क्या एतराज़ होगा भला !" पंचा बघेल ने उसे आश्वस्त किया था। दूसरे दिन दामू और मालती दोनों आए थे। पीले, रक्तहीन चेहरे पर धँसी हुई आँखोंवाला दामू, उसके सामने बैठकर अपने ठेकेदार को कोसता रहा था और मालती माथुर द्वारा छोड़े गए डिब्बों-शीशियों की सफ़ाई करती रही थी।

खिड़की से छनकर आती हुई धूप तख़्त पर फैल गई है। तीसरे पहर ढलती हुई गहरी पीली धूप। वह उठकर बैठता है। खिड़की के पार सड़क पर झुंडों में आदिवासी स्त्री-पुरुष-बच्चे चले जा रहे हैं। आज जगदलपुर का इतवारी बाज़ार है।

झुग्गी में अँधेरा है। घुप्प अँधेरा। घर के काम-काज से फ़ुर्सत पाने के बाद अभी-अभी मालती ढिबरी बुझाकर बिछावन पर गई है। ढिबरी की लौ बुझने के बाद बाती से उठते धुएँ की गन्ध उसके नथनों से टकरा रही है। बगल में दामू सोया है। बेसुध। दामू के शरीर और मुँह से दारू की बास फूट रही है। दारू की बास धीरे-धीरे धुएँ की गन्ध को काटती है।

सड़क किना[रे, नजूल की ज़मीन में बनी है यह झुग्गी। पीछे है मिशनवालों का लम्बा-चौड़ा मैदान, गिरिजाघर और नीलगिरी के दरख़्तों की लम्बी क़तार। सड़क किनारे ढेरों झुग्गियाँ बनी हैं। अपने पेट में दामू-मालती की तरह कई अभिशप्त ज़िन्दगियों को पनाह देनेवाली झुग्गियाँ। मालती को प्यास लग जाती है। वह उठती है। अभ्यस्त हाथों से अँधेरे में दरवाज़े का टाट हटाती है। झुग्गी के बाहर बाड़े से घिरी तीन-चार डग धरती का आँगन है। आँगन के एक कोने में चूल्हा है, लकड़ी के टुकड़े हैं, बर्तन हैं और है—पानी से भरा एक मटका। वह मटके से पानी ढालकर पीती है। उसके आँगन से बाबू का घर दिखता है। रात में कमरे की खिड़की से आती रोशनी सड़क पर बिछ जाती है। बाबू अक्सर देर रात तक जगता रहता है। मालती खिड़की से आती रोशनी की तरह कुछ देर तक देखती रहती है—मन्त्रबिद्ध।

मालती वापस आकर बिछावन पर लेट गई है। आँखों के सामने फिर वही अँधेरा है। बगल में सोया दामू कुनमुनाता है। वह दामू की देह टटोलती है। उसके सीने पर अपनी हथेलियाँ रखती है। दामू को सुधबुध नहीं है। अब रोज़-रोज़ यही होता है। दामू सुबह से शाम तक ठेकेदार के यहाँ हड्डियाँ तोड़ता है। रात होने पर दारू के नशे में धुत्त घर लौटता है। मालती जब तक घर का काम-काज निबटाकर बिछावन पर आए, दामू गहरी नींद में होता है। शुरू के दिनों में, जब वह दामू के घर रहने आई थी, वह बीमार था। माह भर तो दामू की सेवा-टहल में बीत गया। फिर बीमारी की कमज़ोरी, उसके बाद की रातें...सिहर उठती है मालती। वह दोनों हाथों की अँगुलियों को एक-दूसरे में फँसाकर मोड़ती है। अँगुलियाँ बोलती हैं—पट-पट। झुग्गी में अँगुलियों की आवाज़ काँपती है। मालती की रगों में बीते हुए दिन चुभने लगते हैं सूई की तरह।

एक रात दारू के नशे में चूर मालती का बाप उसे जंगल के साब को सौंप आया था। उसके बाद महीनों तक रेंजर जब चाहता उसे बुलवा लेता या जब कभी जंगल का बड़ा साब आता, उसे डाकबँगला भेज दिया जाता। पहली रात रेंजर ने उसे ख़ूब पीटा था तब उस पर क़ाबू पा सका था। सुबह, मुँहअँधेरे जब वह रेंजर के कमरे से निकली थी, बरामदे में अपने बापू को लुढ़के हुए देखा था। फिर एक दिन वह पड़ोसी गाँव के समदू के साथ भाग गई। दोनों दन्तेवाड़ा पहुँचे। देवी दन्तेश्वरी के मन्दिर में उसने समदू के साथ विवाह किया। फिर दोनों पास के मोकलनार गाँव में झुग्गी बनाकर रहने लगे थे। आज मालती के पास समदू के साथ बिताए गए थोड़े-से दिनों के सुख के अलावा और कुछ भी नहीं है। काले पत्थरोंवाले पहाड़-सी उसकी छाती में सिर छिपाकर वह सारी रात सोया करती थी। शाल के मज़बूत तनों की तरह समदू की पुष्ट बाँहों के घेरे में सिमटने और कसते जाने का सुख आज बस याद बनकर रह गया है। समदू की कमर में हाथ डाले, दारू के नशे में चूर होकर दन्तेबाड़ा

के मंडई में नाचना अब कभी न आनेवाला सपना है। मालती का सपना कब और कैसे बिखर गया—उसे पता भी नहीं चला ! मौत चील की तरह आई और उठा ले गई समदू को। वह आँगादेव-भीगादेव को गुहार भी नहीं लगा सकी। दंडामियों ने अचानक पूरे गाँव पर हमला बोल दिया था। समदू टँगिया लेकर कूद पड़ा था। ख़ूब मार-काट मची थी। कैसे रोकती वह समदू को। मुरिया और दंडामी माड़िया लोगों के बीच यह मार-काट कोई नई बात नहीं थी। दंडामी बात-बे-बात हमला करते, लूट-पाट करते और अबूझमाड़ की पहाड़ियों के बीच भाग जाते। उस रात समदू मारा गया था। किसी दंडामी की अँगिया की धार उसकी छाती को आर-पार चीर गई थी।

मालती सुबक रही है। मालती की हिचकियों की आवाज़ झुग्गी के बीच कैसे अँधेरे में हिचकोले खाती है। उसकी छाती में दर्द होता है, जैसे कोई वनपशु चोट मारकर भाग गया हो। वह अपनी दोनों हथेलियों से सीने को दबाती है। भीतर कुछ उछाल मार रहा है, जैसे सीना फोड़कर बाहर आ जाएगा। बिखेर देगा रक्त-मांस-मज्जा को और चटखकर अलग हो जाएँगी पसलियाँ। मालती हाँफती है। धरती को रौंदती भागती भयभीत साँभरी की तरह यादों के जंगल को पार करती है।

मोकलनार गाँव से वह किरन्दुल आ गई थी। समदू की मौत के बाद मालती के सिर पर न कोई छाँह थी और न पैरों तले कोई धरती। किरन्दुल डरावने सपने की तरह उसे बार-बार याद आता है। किसी दानव की तरह सामने आकर खड़ा हो जाता है। किरन्दुल किसी जगह का नाम नहीं है, उसके लिए किरन्दुल एक हिंसक पशु का नाम है, जिसने अपने तेज़ दाँतों और नाख़ूनों से उसकी देह के पोर-पोर को नोंचा-खसोटा है। वह सरदार चन्दर सिंह के ट्रक से किरन्दुल आई थी। सरदार ने उसे अपने साथ तीन दिनों तक रखा था। क़साई की दुकान से हड्डी का टुकड़ा लेकर भागनेवाले वहशी कुत्ते की तरह वह उसे तीन दिनों तक झिंझोड़ता-चूसता रहा था। ट्रक लोड होने के बाद सरदार चन्दर सिंह चला गया था और वह साल भर तक ट्रक ड्राइवरों, खलासियों और न जाने कितने लोगों की बाँहों के बीच रोटी-बिस्किट के टुकड़ों और चाय के गिलासों के एवज़ में सरकती रही थी। मालती कल-कल बहती नदी की धार से उछलकर जैसे नाली में जा गिरी थी। इसी बीच उसे दामू मिला था।

...दामू ! मालती बगल में सोए दामू को टटोलती है। गहरी नींद में सोया दामू मालती की हथेली का स्पर्श पाकर देह सिकोड़ता है, करवट बदलता है। उसकी साँस मालती की गर्दन पर चिपकती है। हल्की सर्दी के बावजूद मालती पसीने से तर-ब-तर हो रही है। चेहरे पर बिछी बूँदें सरककर लकीरें बना रही हैं। कपड़ा तन से चिपक रहा है। दामू की साँसों की छुअन से सिहर रही है मालती की देह...। उन दिनों किरन्दुल से बचेली के बीच रेल की पटरियों की मरम्मत का काम चल रहा था। दामू रेल लाइनों के किनारे पत्थर की गिट्टियाँ डालते-डालते बेहोश होकर गिर पड़ा था।

मज़दूरों की भीड़ को चीरकर तमाशबीन मालती उसे देखने गई थी। दामू जब होश में आया, मज़दूर उसे पेड़ की छाँह में सुस्ताने के लिए छोड़कर काम में लग गए। वहीं मालती और दामू की जान-पहचान हुई थी। जब तक दामू वहाँ काम करता रहा, मालती रोज़ उससे मिलती रही। पहले दिन ही दामू उसे अपनी तरह थका-टूटा लगा था। दामू को भी मालती का घरेलूपन भा गया। जैसे-जैसे काम आगे बढ़ता गया, दूरी बढ़ती गई। दामू मना करता, "बेमतलब रोज़-रोज़ अपने को थकाती है। इतनी दूर पाँव-पाँव चलकर आती है मिलने...।" मालती जवाब नहीं देती। मुस्कराकर रह जाती। जब बचेली तक का काम ख़त्म हुआ, दामू जगदलपुर लौट गया। उसके साथ मालती भी गई थी।

दो साल हो गए उसे दामू के साथ रहते हुए। इन दो वर्षों के बीच जीवन ने कई रंग बदले। दामू स्वस्थ हुआ। दोनों मिलकर अपने जीवन को नए रंगों से सजाने की भरपूर कोशिश करते रहे। पर क्या जीवन का रंग बदला ? सोचती है मालती। इस बीच उसने कई घरों में काम किया। पर हर जगह काम छोड़ना पड़ा। दामू के घर आने के बाद मालती अपने मन को जमुना बाई के साँचे में नहीं ढाल सकी। दामू भी तो ठूँठ निकला। मालती की लालसा मन ही मन दहककर राख बनती रही। वह चाहती है कि सिर्फ़ एक बार दामू उसकी कोख में धड़कन भर दे,...ज़िन्दगी की एक पौद लगा दे,...पर दामू ! मालती सारी रात ढिबरी की लौ को निहारती हुई जागती रह जाती है या अँधेरी झुग्गी में बीते दिनों के ख़ौफ़नाक सपनों से लड़ती रहती है। कभी इन्हीं सपनों के बीच टीस जाता है समदू। आज अगर समदू की पहाड़-सी छाती और पुष्ट बाँहों का कसाव ज़िन्दा होता तो... !

मालती बाई की आँखों के सामने झलकती है बाबू की छाती की उठान और बाज़ुओं की तड़पती हुई मछलियाँ। अँधेरे में कौंधती है बाबू के भोले चेहरे पर बार-बार तिरती मुस्कान। वह पसीने से नहा रही है। तेज़-तेज़ चलती साँसों का रेला उफ़नता है। मालती पाँव सिकोड़ती है। दामू की साँसों की छुअन से अपने को अलग करती हुई उठकर बैठ जाती है। उसका हलक़ सूख रहा है। टाट हटाकर वह बाहर निकलती है। बाबू की कोठरी की खिड़की से रोशनी नहीं आ रही है। बाबू सो गया है। वह मटके से पानी ढालकर पीती है। पानी की बूँदें छलकती हैं। भिगोती हैं मालती की गर्दन को, छाती को। कपड़े के भीतर ही भीतर रेंगती हुई पानी की लकीरें फैल जाती हैं। उसकी देह के चारों ओर।

फिर छुट्टी का दिन। रविवार रात देर गए वह नारायणपुर से लौटा। दौरे पर गया था। दिन भर की भाग-दौड़, बस-यात्रा की थकान। रात लौटा तब शरीर अकड़ रहा

था। हल्का ताप भी चढ़ आया था। उसके कमरे में रोशनी देखकर भागती हुई मालती पहुँची थी। यह जानकर कि उसे ताप है, मालती ने उसकी देह छूकर कहा था, "बेमतलब घूमते रहे ऑफ़िस वालों के साथ। जंगल में ख़ूब पाँव-पाँव चले होंगे... बाबू तुम ज़रा भी देह की फिकर ना करते हो..."

मालती का स्पर्श पाकर वह सिहर उठा था। महुआ के दानों से पटी धरती पर नंगे पाँव दौड़ते हुए नारायणपुर के जंगल की-सी गन्ध फिर उसके भीतर तैर गई थी। मालती भाग-दौड़ में लगी थी। स्टोव जलाकर चाय तैयार की थी। दवा खाने और छुट्टी लेकर आराम करने की ज़िद्द के साथ हिदायतें देती रही थी। उसकी चाय ख़त्म होने के बाद मालती चली गई थी। जाते-जाते कमरे का दरवाज़ा बन्द करने के लिए आवाज़ देकर बाहर निकली थी। बीमार होने की ख़बर सुनने से लेकर हिदायतें देकर मालती के जाने तक वह हतप्रभ-सा सब कुछ देखता रहा था। निरक्षर मालती के चेहरे पर भी भावों की स्याही से अंकित होते अक्षरों को जोड़-तोड़कर पढ़ता रहा था। उसने खिड़की से बाहर देखा था—मालती के लिए। पीछे मुड़कर देखती और फिर आगे बढ़ती मालती की आकृति धीरे-धीरे छोटी होने लगी थी।

आज सुबह से वह मालती को काम करते हुए देख रहा है। घर-आँगन साफ़ करती, स्टोव जलाकर खाना पकाती, किसी अल्हड़ गृहस्थिन की तरह थिरकती-गुनगुनाती मालती को वह सुबह से देख रहा है। आज अतिरिक्त उत्साह और लय में बँधी मालती को अपने चारों तरफ़ व्यस्त देखने का यह सुख उसके लिए अप्रतिम है, किसी जादूमय संसार के सम्मोहक कार्य-व्यवहार की तरह।

वह एक पत्रिका के पन्ने उलट रहा है। मालती कमरे में गीले कपड़े से फ़र्श साफ़ कर रही है। वह फर्श के धूल-कणों को गीले कपड़े से समेटते हाथों को देख रहा है। बदरंग चूड़ियों की खनक उसके कानों में बज रही है। मालती कोठरी से बाहर निकलती है। गीले फ़र्श पर पैर के तलुवों के लाल-लाल निशान चित्रित होते हैं। लाल-लाल पद-चिह्न। आलता रँगे पाँवों की छाप। फ़र्श पर उभर आई चित्रकारी के जादू में खो जाता है वह।

मालती आँगन के कोने में नल के नीचे बैठी कपड़े धो रही है। दरवाज़े से सब-कुछ दिख रहा है—सिर-काँधे से सरककर नीचे गिरा आँचल, घुटने तक नंगे पैरों की साँवली चमक और साबुन के झाग में डूबी हथेलियाँ। मालती कपड़ों पर साबुन रगड़ती है और बालों की लटें चेहरे को ढँक जाती हैं। मालती झुककर बाल्टी में कपड़े खँगालती है और भीगे ब्लाउज़ से झाँकते हैं मांस-पिंड। मालती आँगन में तनी नायलन की रस्सी पर गीले कपड़े फैलाती है और कमर तथा ब्लाउज़ के बीच के पृष्ठ भाग

को ढँक जाते हैं बालों के गुच्छे। मालती गीली सफ़ेद कमीज़ की चमक निहार रही है। वह निर्निमेष निहार रहा है। सिंथेटिक कपड़े की गीली-सफ़ेद कमीज़ के पार मालती के चेहरे की चमक को। उसका गला सूख रहा है। साँस धौंकनी की तरह फूलती है, चिलकती हैं शरीर की नसें। रगों में बहते लहू की धारा की गति तेज़ हो जाती है। उसकी आँखें मालती का पीछा कर रही हैं और मालती फिरकी की तरह डोल रही है। सपनों के झूले पर बैठी किसी किशोरी की तरह पेंग मार रही है। फिर उसके भीतर फैले महाशून्य में हाहाकार उठता है। प्रलय की गति से हवाएँ चलती हैं और बिजली कौंधती है। उसकी हथेलियों में होता है मालती का चेहरा।

वह अपने गृहनगर से लौटा है। चार माह बाद पन्द्रह दिनों के अवकाश पर वह पहली बार नौकरी से अपने घर गया था। पन्द्रह दिनों का यह प्रवास जैसे-तैसे कटा। प्रवास के दौरान वह अपने घर के उत्साह भरे माहौल में भी मालती की छवि को भूल नहीं पाया। सुबह उठने से लेकर रात सोने तक की चर्चा के बीच मालती एक आदत-सी याद आती रही। अम्माँ उसके यहाँ रहने-खाने की व्यवस्था के बारे में पूछतीं। वह जवाब देता और मालती का नाम सहज ही चर्चा से जुड़ जाता। बाबूजी दफ़्तर की बातें पूछते और वह जवाब देते हुए मालती के गीतों के बोलों का अर्थ तलाशने लगता। अमिता के लिए शॉपिंग करते हुए वह मन ही मन मालती के लिए चीज़ों की फ़ेहरिस्त बनाने लगता। दादाजी अपनी गम्भीर वाणी में संस्कार, अनुशासन और पाप-पुण्य आदि दुर्बोध शब्दों की व्यवस्था कर रहे होते और वह होता मालती की खिलखिलाहटों की ध्वनि में डूबता-उतराता।

मालती उसके पास खड़ी है। हौले-हौले मुस्कुराती हुई उसे एकटक निहार रही है। पन्द्रह दिनों से बन्द पड़ी कोठरी में ज़िन्दगी हिलोरें ले रही है। मालती उसके पास तख़्त पर बैठ जाती है। रात आधी से ज़्यादा गुज़र चुकी है। वह दामू को नींद में बेसुध छोड़कर आई है।

उसके पाश में बँधी मालती तख़्त पर आँखें मूँदे पड़ी है। एक-दूसरे की साँसों और तेज़-तेज़ धड़कते सीने की आवाज़ के सिवा और कोई आवाज़ नहीं है। वह मालती को निहार रहा है। उसकी साँसें चुभती हैं। मालती के चेहरे को, गर्दन को। उसकी बाँहों का कसाव बढ़ता है। मालती फुसफुसाती है, "बाबू...बाबू एक बात बोलूँ ?"

"हाँ, बोल।"

"गुस्सा मत करना..."

"पहले बोल तो सही।"

"बाबू...मेरे दिन चढ़े हैं।...मैं पेट से हूँ बाबू !...मैं माँ बनूँगी बाबू...पहली बार। पहली बार ये सुख मेरे नसीब में आया है..." मालती के शब्द धीरे-धीरे गुम हो जाते हैं। सिर्फ़ होंठ हिलते हैं। वह आँखें मूँदे पड़ी है। होठों पर स्मित और चेहरे पर उछाह की लाल आभा तैर रही है।...

...और उसे काठ मार गया है। उसे लगता है, तेज़ घूमती धरती अपनी धुरी से अलग होकर डगमगा रही है। उसका नख-शिख काँप उठता है। उसे लगता है, पलभर में कोठरी की ये दीवारें धरती में धँस जाएँगी,...छत भहराती हुई सीने पर गिरेगी;...आकाश टूटकर नीचे आएगा और ढँक लेगा इस क़स्बे को। वह अपनी बाँहें खींचता है। मालती के चेहरे पर फैली इन्द्रधनुषी छटा, सीने की धड़कन, साँसों की तपिश सब कुछ पीछे छूट जाता है। वह उठकर बैठ जाता है।

मालती चौंकती है ! क्या हो गया बाबू को ? क्यों बीमार पड़े दामू के चेहरे की तरह बाबू के चेहरे का रंग पीला पड़ गया ? उसके मन की .ख़ुशी और देह की तपिश झाग की तरह बैठ जाती है। मालती की आवाज़ थरथराती है, "बाबू-बाबू !... बाबू !...मैं तुम्हें बदनाम नहीं करती,...फिर मेरा हाल सुनकर गुस्सा काहे हो गए ?...बोलो...मैं जमुना ना हूँ बाबू कि पेट से हूँ...कहकर तुमसे पैसे ऐंठूँ,...ना बाबू...ऐसा ना करना है मुझे...मैं तो नसीबवाली हुई कि तुमने मुझे पहली बार...मैं तो इसके लिए घड़ी-घड़ी आँसू बहाती रही,...अगर दामू आज मेरा नसीब बना देता तो..."

आर मालती रोने लगती है। वह चुप बैठा है, जैसे उसका गला रुँध गया हो। धीरे-धीरे मालती की सिसकियाँ थमती हैं। वह चली जाती है।

वह गुमसुम बैठा है। अब भोर होगी। थोड़ी देर में आँगन की धरती और काई लगी दीवारों पर लाली फैलेगी,...दरवाज़े और खिड़की से कोठरी में आएगी। उसकी आँखें दरवाज़े पर टिकती हैं। थकान से पलकें बोझिल हो रही हैं। बार-बार झुकती हैं, मुँदने लगती हैं। आँखों के सामने धुँधलका छाने लगता है। धुँधलके के बीच दरवाज़े के फ्रेम में दादाजी की छवि उभरती है। दादाजी बोल रहे हैं—"...उम्र की माँग कभी-कभी उत्तेजक और भ्रामक होती है, इसलिए संयम आवश्यक है। जीवन की यात्रा के लिए संयम और विवेक—दो सूत्र हैं। इन्हीं से पूर्वजों से मिला संस्कार जीवित रहता है।...

वह आँखें मलता है। कहीं कोई नहीं है। दादाजी की छवि दरवाज़े के फ्रेम से उतर चुकी है। उनकी आवाज़ की अनुगूँज उसके भीतर काँप रही है। वह घुटनों में मुँह छिपा लेता है।

क्या कर दिया उसने ! उसका वीर्य मालती के गर्भ में आकार ले रहा है। दामू की पत्नी मालती उसकी सन्तान की माँ बनेगी, जो परभुक्ता है। बेटा हुआ तो दामू की तरह किसी ठेकेदार की गालियाँ खाते हुए गिट्टी ढोएगा और बेटी हुई तो मालती की तरह किसी बाबू का बिस्तर गर्म करेगी। नहीं। ऐसा नहीं होने देगा वह। उसके पूर्वजों का संस्कार मालती के गर्भ में उसके रक्त-मांस-मज्जा से आकार ग्रहण नहीं करेगा। वह मालती को समझाएगा। अंकुरित हो रहे इस पौधे को धरती में जड़ें फैलाने से पहले ही वह उखाड़ डालेगा। वह जानता है कि इसके लिए मालती सहज ही तैयार नहीं होगी। वर्षों से प्रतीक्षित अपने सपनों के इस अँखुए को वह नष्ट नहीं करने देगी। वह ज़ोर-ज़बर्दस्ती भी नहीं कर सकता। जान दे बैठेगी मालती। पागल हो जाएगी मालती। उसका नाम ले-लेकर चीख़ती-चिल्लाती फिरेगी मालती।

भोर हो चुकी है। मालती रोज़ की तरह अपने समय पर आती है। कोठरी-आँगन साफ़ करती है। रात के जूठे बर्तन धोती है। स्टोव जलाकर चाय तैयार करती है। चाय का कप लिए उसके सामने आकर खड़ी हो जाती है।

"सोए नहीं बाबू ?"

वह कोई जवाब नहीं देता। मालती उसके पास बैठ जाती है। वह चाय का पहला घूँट भरता है। खिड़की पर कप रख देता है। दोनों हथेलियों से मालती का चेहरा ऊपर उठाकर देखता है। उसके हाथ मालती के काँधे तक आते हैं। उसे अपनी ओर खींचता है। मालती को चूमता है। उसके होंठ फड़कते हैं। वह बोल रहा है।...धीमी काँपती आवाज़ में बोल रहा है। मालती सुनती है। फिर सुबकने लगती है—"नहीं... नहीं !...ना बाबू, ऐसा ना करो।...ऐसा मत करो बाबू...मैं मर जाऊँगी।... ।...तुम ऐसा क्यों चाहते हो ?...मैं तुम्हें लूटती नहीं,...कुछ माँगती नहीं;...बदनाम नहीं करती। मेरी गोद भर जाने दो बाबू...एक बार मेरी छाती में दूध उतर जाने दो,...बाबू मेरा नसीब मत उजाड़ो...बाबू ऐसा मत करो...ना बाबू...।

मालती हिचकियाँ भर रही है। वह बोल रहा है। लगातार बोल रहा है। उसकी अँगुलियाँ मालती के बालों में घूमती रहती हैं। बीच-बीच में वह मालती को चूम भी लेता है। मालती निढाल, आँखें मूँदे पड़ी है।

आजकल फिर वह ख़ुश रहने लगा है। ईश्वर ने उसकी रक्षा कर ली। उसकी लाज बच गई। उसके पूर्वजों का संस्कार कलंकित होने से बच गया। उसे मुक्ति मिल गई। कलंक-मुक्ति।

उसने सोचा था—अगर ऐसा हुआ, तो मालती पागल हो जाएगी और वह पागल हो गई है। उसने सोचा था—वह चारों तरफ़ उसका नाम ले-लेकर चीख़ती-चिल्लाती

फिरेगी, पर ऐसा नहीं हुआ। मालती उसका नाम लेकर कभी भी चीख़ती-चिल्लाती नहीं। हाँ, उसका नाम लेकर अक्सर दामू चीख़ता-चिल्लाता है, पर उसकी आवाज़ में ज़ोर कहाँ ! मालती अक्सर रात को झुग्गी से बाहर निकल जाती है। सड़क पर गुमसुम खड़ी उसकी खिड़की से आती रोशनी को एकटक निहारा करती है। उसके बालों के गुच्छे जटा बनते जा रहे हैं। स्तन का उभार बैठ गया है। चेहरे की साँवली आभा काली पड़ चुकी है। देह झूलने लगी है। पगली मालती रोती है। कूड़े पर फेंके गए गन्दे कपड़ों की नन्ही-सी आकृति बनाकर गोद में लिए फिरती है। उसे चुमकारती-दुलारती है। गीत गुनगुनाती है। रद्दी कागज़ के टुकड़ों से खिलौने बनाती है। वह अक्सर दफ़्तर से आते-जाते मालती को देखता है। मालती उसे नहीं देखती। आजकल उसके यहाँ जमुनाबाई काम कर रही है।

(वसुधा, 1987)

पथरकट

गर्मी की यह उमस भरी रात काटे नहीं कटती। नज़रबली बेचैनी के साथ करवटें बदल रहे हैं। वह लुंज-पुंज खटिया के बीच में धँसे हाथ-पाँव फेंक रहे हैं, उसाँसें भर रहे हैं, गमछी हिला-डुलाकर हवा कर रहे हैं। लगता है, जैसे आदमी को भाप-घर में डाल दिया गया हो या मद्धिम आँच पर चढ़े तसले में पकाया जा रहा हो।

पेड़ चुप्पी साधकर खड़े हैं। पत्तों में सरसराहट तक नहीं है। सब ऐसे लग रहे हैं, मानो किसी आत्मीय की अकाल मृत्यु की सूचना पाकर ठिठक गए हों। शकूर, हामिद, नसीर, कमरू, अब्दुल, शानुर और रहमान—सबके सब नज़रबली के अगल-बगल पत्थर के चौकोर टुकड़ों पर बिखरे पड़े हैं—मौसम की जानलेवा उमस और पत्थर की तपिश से बेख़बर। दिन भर पत्थर के टुकड़ों और छेनी-हथौड़ी से जूझने के बाद देह की रगों में इतनी हरारत भर चुकी है कि इन पर उमस या तपिश का कोई असर नहीं है।

शहर से दूर, बाइपास रोड के किनारे कुम्हरार में बसी, सात-आठ झुग्गियोंवाली पथरकटों की यह बस्ती नींद में बेसुध पड़ी है। केवल बस्ती के बुज़ुर्ग नज़रबली की आँखों में नींद नहीं है। कल की रात भी वह इसी तरह करवटें बदलते रह गए, पर पल भर को आँखें नहीं मूँदीं। नज़रबली के साथ बस्ती के सब लोग लगभग आधी रात तक जगे थे। उन्हें छोड़कर कोई भी दूसरा अधेड़ या बुज़ुर्ग अब बस्ती में नहीं बचा है। नज़रबली के साथ के लोग एक-एक करके मरते चले गए। अब वह अकेले बचे हैं—थके-हारे, ज़िन्दगी की लड़ाई में लहूलुहान। बाक़ी सब जवान हैं—जीने की अदम्य आकांक्षा से भरे, ज़िन्दगी से दो-दो हाथ करने के लिए हर समय तैयार।

कल आधी रात तक बस्ती के जवान बहसें करते रहे, नथुने फड़फड़ाते रहे। कुछ देर बाद उफ़नता हुआ क्रोध संयत हुआ। जब दिन भर की मेहनत का बोझ पलकों पर लदने लगा, लोग सोने चले गए। लेकिन नज़रबली सारी रात नहीं सो सके। सिर्फ़ आधी बात ही बस्ती के जवानों से कह पाए। अगर सब बातें खोलकर कह देते तो...! परन्तु हर बात को मन के भीतर पचा लेना आसान नहीं होता। उनके अन्दर कुछ उबल रहा था—बाहर आने के लिए। जिस बात को उन्होंने छिपा लिया है, वह

हल्की बात नहीं है। लगता है, वह रात भी कल की तरह ही चिन्ता की दहशतनाक परछाइयों को झेलते हुए कटेगी।

कोनेवाली झुग्गी से अलसाई, पर चीख़ती हुई आवाज़ उभरती है–"अब क्या मेरा ख़ून चूसेगा ? चल छोड़ मुझे।...छाती में दाँत गड़ा-गड़ाकर घाव कर दिया बदज़ात ने।...उफ़ !...छोड़...छोड़ ना...।"

एक बच्चा गला फाड़कर रोने लगता है।

रसीदा के बेटे ने दूध पीते हुए उसकी छाती में दाँत गड़ा दिया है। जब से उसके आगे के दो दाँत निकले हैं, वह अक्सर दूध नहीं मिलने पर दाँत चुभाता है और रसीदा उसे पीट देती है।

"अब चुप सो जा,...तंग मत कर।...नहीं मानेगा तू ?...ले...ले...ले...।" रसीदा बच्चे को पीटती है। बच्चा अपनी आवाज़ को और ऊपर फेंकते हुए रोने लगता है। रसीदा एक नम्बर की अड़ियल है, और उसका नन्हा-सा बेटा उससे दो क़दम आगे है।

नज़रबली करवट फेरते हैं। सोए-सोए सिरहाने हाथ ले जाकर चुनौटी निकालते हैं। उठकर खाट पर ही बैठ जाते हैं। बच्चा लगातार रो रहा है। रसीदा बड़बड़ा रही है। इधर-उधर सोए लोगों की नींद उचटती है। लोग कुनमुनाते हुए करवटें बदलते हैं। रसीदा का शौहर नसीर नींद झटकते हुए उठकर बैठ जाता है। अपनी कड़कदार आवाज़ को दाबकर डपटता है–"रसीदा...चुप करा बच्चे को...।"

रसीदा की बड़बड़ाहट और बच्चे का रोना ज़ारी रहता है। नसीर जम्हाई भरता है। कुछ देर तक बच्चे के चुप होने का इन्तज़ार करता है। वह फिर गला दाबकर लगभग चीख़ते हुए आवाज़ लगाता है–"रसीदा...।"

नसीर की आवाज़ थरथराती हुई ऊपर उठती है और जाकर पेड़ के पत्तों से चिपक जाती है। रसीदा पहले की तरह ही लगातार बड़बड़ा रही है, और बच्चा चुप होने का नाम ही नहीं ले रहा है। नज़रबली सुरती खोंटते हुए कहते हैं–"तू .ख़ुद जाकर देख, नहीं तो बच्चे की जान ले लेगी सुसरी।"

नसीर की आवाज़ पहले की अपेक्षा कुछ नरम हो जाती है–"मैं क्या दूध पिलाऊँगा बच्चे को ? चौबीसों घंटे उसे धौल-धप्पा जमाती है।"

बच्चा अचानक रोना बन्द कर देता है। रसीदा की बड़बड़ाहट बन्द हो जाती है। नज़रबली के जगे होने का अहसास ऐसी रातों में रसीदा और नसीर के बीच हमेशा सफ़ेद झंडे का काम करता है। उनकी आवाज़ सुनते ही रसीदा बच्चे के मुँह में छाती पकड़ा देती है। बच्चा चुप लगा जाता है। हुचक-हुचककर रसीदा की छाती से दूध सूँतने लगता है।

नसीर उठकर पेशाब करने जाता है। गहरी नींद से अचानक जग जाने के कारण

वह भीतर ही भीतर कुढ़ गया है। नज़रबली सुरती फटककर होंठों में दबाते हैं।

नसीर लौटते हुए पूछता है—"तुम सोए नहीं दद्दा ?"

"ना।" नज़रबली जम्हाई भरते हैं।

"कल भी रात भर नहीं सोए तुम...फिकिर में नाहक जान डाले हुए हो। जो होगा—सब जने मिलके मुक़ाबला करेंगे। कोई नई बात थोड़े है !...नसीब में यही लिखा है, तो एक ठौर कैसे उमिर कट जाए।" नसीर खाट के पायताने पाटी पर पाँव रखकर बैठ जाता है।

"क्या हुआ दद्दा ?" शानुर की आँखें खुल गई हैं। वह नज़रबली का बेटा है। शानुर भी उन्हें दद्दा कहता है। सब उन्हें दद्दा ही कहते हैं।

"क्या हुआ ? बोलते क्यों नहीं ?" शानुर की आवाज़ में आतुरता और नींद घुली है।

जवाब नसीर देता है—"सो जा तू,...कुछ नहीं हुआ। वैसे ही नींद उचट गई थी...गप्प कर रहे हैं।"

"ये कौन टैम है गप्प करने का ? सोने भी नहीं देते !" शानुर खीझकर बोलता है। नींद में भकुआया एकटक अपने दद्दा और नसीर को देखता है। फिर देह ऐंठकर टँगड़ी पसार देता है।

बच्चा फिर रोता है। इस बार रसीदा की कोई आवाज़ नहीं उभरती। नज़रबली हौले-हौले मुस्कुराते हुए कहते हैं—"नसीर, तेरा बेटा भी कम अड़ियल नहीं। दिन-रात महतारी को तंग किए रहता है। थकी-हारी सोई है बेचारी, और सुसरा आधी रात गए उसकी जान के पीछे पड़ा है।"

नसीर झुँझलाता है—"उसकी महतारी कहाँ रत्ती भर कम है उससे ! बच्चा दूध पीने को रो रहा है, वो घोड़े बेचकर फोंफ मार रही है।"

"थकी-हारी होगी बेचारी। दिन भर गली-गली घूमकर सिल पर छेनी-हथौड़ी चलाती है।" नज़रबली की आवाज़ स्नेह से भीगने लगती है—"जा-जा...तू जाके चुप करा दे।...जा...।"

नसीर खाट की पाटी से पाँव नीचे करता है। झुग्गी के दरवाज़े पर जाकर एक बार नज़रबली की ओर देखता है। फिर झटके से अन्दर चला जाता है। कुछ देर बाद बच्चे के रोने की आवाज़ बन्द हो जाती है।

नज़रबली क्षण भर के लिए चिन्ताओं के व्यूह से बाहर निकलकर मुस्कुराते हैं। फिर सुरती थूककर लेट जाते हैं।

...ठीक रसीदा की तरह ही शानुर की महतारी थी। एकदम अड़ियल...ज़बरजोत। तन गई, तो बस तन गई। लाख उपाय करो लेकिन नाक पर मक्खी नहीं बैठने देती थी। शानुर भी नसीर के बेटे की तरह ही शैतान था। पर था हट्टा-कट्टा। नसीर

का बेटा तो मरियल है। उसे महतारी का दूध भी भरपेट नसीब नहीं। नज़रबली के होंठ ख़ामोश हैं और आँखें अँधेरे में अटकी हैं। दिमाग़ में बुदबुदाहट हो रही है।...रसीदा भी क्या करे ! छाती में दूध हो तब तो बच्चे को पिलाए ! दिन भर लू में जलने के बाद भी सूखी रोटी पेट भरने के लिए नहीं मिलती। छाती में दूध उतरेगा भी तो कैसे !

नज़रबली फिर हाथ-पाँव फेंकने लगे हैं। उमस बढ़ती जा रही है। गमछी हिला-डुलाकर हवा करते-करते बाँह पिराने लगी है। वे सोचते हैं,...बस्ती के लोगों की हालत हर दिन गिरती जा रही है। मेहनत बढ़ रही है और कमाई घट रही है। पता नहीं इन जवानों के बच्चे पल सकेंगे भी या नहीं !

...शानुर की पैदाइश के बहुत दिनों बाद इस बस्ती में कुल ग्यारह भैंसें थीं। बाल-बच्चों को खिलाने-पिलाने के बाद जो बचता, उसे खाकर बड़े-बूढ़े अघाए फिरते थे। धीरे-धीरे सारे माल-मवेशी बिकते गए। आज एक भी नहीं है। चार साल पहले तक दो बची थीं। एक बाढ़ में मर गई। सात-आठ महीनों बाद दूसरी को नज़रबली अपने हाथों एक साहब के बँगले के पीछेवाले हाते में खूँटा गाड़कर बाँध आए थे। साहब को भैंस देने की राय पर बहुत बहस-मुबाहिसों के बाद फ़ैसला हुआ था। किसी की गाँठ में पैसा नहीं था। अन्त में सब उनकी बात मान गए थे। साहब ने मुर्गी-फार्म के पास बन रहे सरकारी क्वार्टरों में से देने का वायदा किया था। बस्ती के हर आदमी का नाम फ़ेहरिस्त में लिखा गया, भैंस पेश की गई, नज़रबली सुबह-शाम जाकर साहब को सलाम करते थे, पर मुफ़्तिया क्वार्टर का बँटवारा हुआ, तो फ़ेहरिस्त बदल गई। सब लोग अपनी-अपनी हथेलियाँ खुजलाते रह गए।

नज़रबली करवट बदलते हैं। सुरती के टुकड़े दाँतों के खोड़र में बैठ गए हैं। दाँतों में बिसबिसाहट हो रही है। वह बार-बार दाँतों के खोड़र में अपनी जीभ फिराते हैं। सिरहाने से बधना उठाकर कुल्ला करते हैं। पानी पीते हैं। सुरती के टुकड़े उसी तरह फँसे हुए हैं। बिसबिसा रहे हैं। नज़रबली चित्त लेट जाते हैं। सड़क पर एक ट्रक गुज़रता है। एक तेज़ रोशनी-पुंज अँधेरे में ढँकी झुग्गियों को बेधते हुए आगे निकल जाता है। इस तरह रोशनी का अचानक हमला नज़रबली को बहुत बुरा लगता है। वह अचकचा जाते हैं। उन्हें लगता है, जैसे भरे बाज़ार में कोई धोती का पिछुआ खोलकर भाग गया हो। परसों इलाक़े के दारोग़ा ने भी उन्हें इसी तरह लँगटिया दिया था। तब से वह अपनी लाज बचाने के लिए बदहवास भाग रहे हैं, जैसे पीछे कोई पागल कुत्ता लग गया हो।

परसों, शाम के वक़्त इसी खाट पर बैठे वह नसीर के बेटे को खेला रहे थे। झुग्गियों के सामने जलते चूल्हों से उठता हुआ धुआँ और खेलते बच्चों का शोर चारों तरफ़ फैला था। अचानक एक जीप आकर सामने सड़क पर रुकी थी। दारोग़ा ने

जीप में बैठे-बैठे रूल से इशारा करके उन्हें बुलाया था। बच्चे को खाट पर छोड़कर वह झटकते पाँवों से जीप तक गए थे। दारोग़ा को सलाम किया। दारोग़ा कई सवाल पूछता गया था और वह "माई-बाप", "हुज़ूर-सरकार" सब मिलाकर कहते रहे थे—"हम लोग घुमक्कड़ आदमी हैं सरकार। परदेसी लोग हैं, पत्थर का करोबार करते हैं। सिल-लोढ़ी—जाँत बनाते हैं हजूर !...खाने भर को कमा लेते हैं।...ईमान क़सम, आप माई-बाप हैं सरकार।...आपसे झूठ थोड़े कहेंगे ! चोरी-चुहाड़ी नहीं करते,...दिन भर खटते हैं,...रात को साग-रोटी खाकर सोते हैं...हाँ सरकार, हफ़्ता भर हुआ आकर बसे हैं।...इसके पहले 'आर बिलौक चौराहा' के किनारे थे।...जी हाँ हजूर, कलक्टर साहब का ऑडर हुआ कि जल्दी जगह ख़ाली करो,...सब उजड़ गया माई-बाप !...अब आपके इलाक़े में आए हैं,...आप हमारे माई-बाप हैं।...कहाँ जाएँ हजूर ?...आप जो कहिएगा ख़िदमत करेंगे।...औक़ात भर ज़रूर करेंगे।...काहे नहीं सरकार..."

दारोग़ा ने अपनी आवाज़ को कड़ी करते हुए कहा था—"कुछ नहीं...तुम सब साले इसी तरह मिमियाते हो और रात में डकैती करते हो। हमारे इलाक़े में यह सब नहीं चलेगा। बोरिया-बिस्तर बाँधो और जगह ख़ाली करो।"

नज़रबली रिरियाए थे—"ना सरकार, हमारे बाल-बच्चे ऐसे नहीं हैं।...साँच कहते हैं हजूर।"

"कुल कितने जने हो ?" दारोग़ा जीप से नीचे उतर आया था। "सबको सामने बुलाओ।...जल्दी।"

फिर दारोग़ा ने औरत, मर्द, बच्चे सबको सामने बुलाकर नाम पूछा था। नज़रबली को घंटे भर बाद थाने पर मिलने को कहकर चला गया था। वह थाने गए थे और दारोग़ा से बातचीत करके कुछ देर बाद लौटे थे।

नज़रबली की साँसें तेज़ चलने लगी हैं—धौंकनी की तरह। पसीना बाढ़ की तरह उमड़ रहा है। आँखों के सामने धीरे-धीरे अँधेरा छाने लगा है। उन्हें लगता है, हर तरफ़ से शकूर, नसीर, हामिद, कमरू, अब्दुल, रहमान और शानुर की परछाइयाँ उमड़ती चली आ रही हैं। सबके हाथों में पत्थर के बड़े-बड़े टुकड़े हैं। सबके सब धड़ाधड़ उनके ऊपर पत्थर के टुकड़े फेंक रहे हैं। उनकी देह पत्थर के टुकड़ों से पिस जाती है। रक्त, मांस, मज्जा बिखर जाता है।

"...पिया मोरे गइले रे पूरब के देसवा कि
हम धइलौं जोगिनिया के भेसवा हो राम...॥"

झुग्गियों के पीछे, रेलवे लाइन के किनारे खड़े खज़ूर के पेड़ों के बाग़ीचे से आनेवाली यह आवाज़ नज़रबली के इस भयावह सपने को बहाती हुई आगे निकल जाती है। वह हड़बड़ाकर उठते हैं। सब लोग अगल-बगल नाक बजाते हुए सो रहे हैं। नज़रबली गमछी से पसीना पोंछते हैं। पानी पीते हैं। शरीर की थरथराहट कम

होने लगती है।

नगेसर पासी गा रहा है। रात लगातार नीचे उतर रही है। अब सुबह होगी। नगेसर का गीत भोर होने का सिगनल है। मस्त जवान है नगेसर। मुँह अँधेरे ख़ज़ूरों पर चढ़ने-उतरने लगता है। ताड़ी उतारता है। सूर्योदय से पहले बाग़ीचा में उसकी ताड़ी की दुकान लग जाती है। बाग़ीचा में आते ही तान भरता है। एक दिन नज़रबली ने पूछा, तो कहने लगा—"नए आए हो दद्दा, सब जान जावोगे धीरे-धीरे। भुतहा जगह है,...भुतहा। कालीकिरिया, आँखों देखी बात बता रहा हूँ।" फिर हँसते हुए बोला—"गाते थोड़े हैं ! चिल्लाकर नीन भगाते हैं, दद्दा।"

नज़रबली सुरती रगड़ रहे हैं। दाँत के खोड़र में दबी सुरती के टुकड़े निकल चुके हैं। बिसबिसाहट बन्द हो चुकी है। इस बार खोड़र बचाकर सुरती दाबना होगा। नगेसर ने फिर तान भरी है। गीत की टेक तैर जाती है। इस बार नगेसर की आवाज़ के साथ हवा का हल्का झोंका भी आया है। पेड़ों के पत्तों में धीमी सरसराहट भर गई है। शायद आज बहनेवाली यह पहली बयार है। नज़रबली की देह में झुरझुरी भर जाती है। पसीने से चिपचिपाती देह से मिलकर हवा का यह झोंका आत्मीय हो जाता है और इससे भी ज़्यादा आत्मीय लग रही है नगेसर की आवाज़, जो अपने साथ हवा के इस झोंके को लेकर आई है।

...ऐसी ही मस्ती भरी आवाज़ नज़रबली की थीं। उम्र के साथ-साथ सब कुछ चला गया। देह ही गलती जा रही है, तो आवाज़ को कौन पूछे ! नज़रबली कुछ वर्षों पहले तक लोरिकायन गाया करते थे। तान भरते तो टाँसदार आवाज़ धरती से ऊपर उठकर आकाश की छाती तक चीर देती थी। लोरिकायन की गीत-कथा और उसे गाने का हुनर उन्होंने अपने अब्बा से सीखा था। अब्बा ने जब गाँव छोड़ा नज़रबली कम उम्र के थे। उन दिनों की यादें बहुत स्पष्ट नहीं हैं। बस याद है कि उनका पूरा टोला एक साथ गाँव छोड़कर चल दिया था। जगह-जगह रुकते, मजूरी करते, सिल-जाँत बनाते-टुँगते हुए ज़िन्दगी कटने लगी थी। जब किसी नई जगह के लिए बस्ती का क़ाफ़िला रवाना होता, तो राह में नज़रबली के अब्बा लोरिकायन गाया करते थे। कोसों लम्बी राह क़िस्सा-कहानियाँ और गीत-गवनई सुनते कट जाती थी। नज़रबली अपने अब्बा के साथ गला भरते थे। अब्बा की मौत के बाद, राह में या फ़ुर्सत के क्षणों में क़िस्सा-कहानियाँ और गीत-गवनई सुनाने का सिलसिला उन्होंने अपने ऊपर ले लिया था। अब तो गला खोलकर तान भरे एक युग बीत गया। पटना आने के बाद तेरह-चौदह साल बीत गए लोरिकायन गाए हुए। मन में कोई लालसा ही नहीं उठती। बस्ती के हमउम्र लोग नहीं रहे। शानुर की महतारी भी मर गई। जवान बहू-बेटियों और लड़कों के बीच बैठकर अकेले गाना अच्छा भी नहीं लगता।

रात नीचे सरक चुकी है। नज़रबली सुरती थूककर फिर लेट गए हैं। पलकें मुँदने का नाम नहीं ले रही हैं। नसीर अपनी झुग्गी से बाहर निकलता है। हल्की आवाज़ लगाता है—"ददूदा !"

"हूँ-ऊँ-ऊँ !" नज़रबली धीमी हुँकारी भरते हैं।

"सोए नहीं ?" नसीर पूछता है।

"अब क्या सोएँ ! भोर हो रही है।" नज़रबली उठकर बैठ जाते हैं।

नसीर झुग्गी के भीतर जाता है। गोद में अपने बेटे को लिए फिर बाहर आता है। उसे नज़रबली की गोद में डाल देता है। वह हुलसते हुए पूछते हैं—"जग गया ?"

"सोया ही नहीं। शैतान है सुसरा। रात भर हाथ-पाँव चलाता रहा।" कहते हुए नसीर अपना बधना लेकर चला जाता है।

शानुर की औरत आकर नज़रबली के बधना में पानी डाल जाती है। वह आजकल बहुत धीमे चलती है, क्योंकि उसके पाँव भारी हैं। अब्दुल की औरत बाल्टी लेकर पानी भरने जा रही है। पत्थर पर सोए लोग कुनमुना रहे हैं। शानुर और कमरू एक-दूसरे पर टँगड़ी चढ़ाकर पसरे हुए नाक बजा रहे हैं। नसीर का बेटा नज़रबली की गोद में किलकारियाँ भर रहा है, उछल-कूद मचा रहा है। सुबह होनेवाली है।

सूरज आग के गोले की तरह भभक रहा है। दिन तेज़ी से ऊपर चढ़ रहा है। पछिया धूल के बगुले उड़ा रही है। सड़क के किनारे खड़े पेड़ों की झाँझर छाँह में कुछ नौजवान पत्थर-खंडों को सिल और जाँत का आकार देने में लगे हैं। छेनी और हथौड़ी से निकलती "टन-टन...ठुक-ठुक" आवाज़ें श्रम का संगीत पैदा कर रही हैं। सामने बाई पास रोड पर बेतहाशा भागते वाहनों की चिल्ल-पों में यह संगीत कभी डूब जाता है, तो कभी तैरने लगता है। छेनी की धार पत्थर पर पड़ते ही लुत्तियाँ निकलकर शरीर को चिकोटी काट जाती हैं। बस्ती की औरतें टुँगाई के लिए फेरी लगाने निकली हैं। अन्दर झुग्गी में सिर्फ़ शानुर की गर्भवती बीवी सोई है। बच्चे अपने ददूदा नज़रबली की खाट पर बैठकर खेल रहे हैं।

नज़रबली कहीं बाहर गए हैं।

नसीर हथौड़ी चलाना रोककर बगल में रखे बधना की टोंटी मुँह में लगाता है। गट-गट करते हुए एक साँस में आधा बधना पानी पी जाता है। बधना रखकर गमछी से पसीना पोंछते हुए बुदबुदाता है—"साली गरमी तो लगता है जान ले लेगी।...हलक़ सूख रहा है।"

शानुर भी हथौड़ी चलाना रोक देता है।—"गरमी नई तो नहीं है ! हलक़ कमज़ोरी से सूख रहा है।"

"कमज़ोरी ?"–नसीर पीछे की ओर गरदन घुमाकर पूछता है।

"कमज़ोरी तो है ही। घरघुसड़ा आदमी हो। रात में पता नहीं चलता कि कहाँ गए ! सोते तो हो साथ, पर सबकी आँख लगी नहीं कि सरक जाते हो।" शानुर के चेहरे पर शरारत भरी मुस्कान चिपक जाती है।

कमरू डाँटता है–"चुप रह। बड़ा फ़रिश्ता बना फिरता है।"

शानुर खिलखिलाकर हँसने लगता है। शानुर के मज़ाक पर नसीर की आवाज़ तरल हो जाती है–"अरे शनुरवा, तू रात भर सबकी पहरेदारी करता है का ?"

"सिरफ तुम्हारी करता हूँ।"

"लौंडा आधी रात को जग गया। लगा मिमियाने। उसकी महतारी तो घोड़ा बेंचकर सोती है। दद्दा ने कहा कि जाकर चुप करा दे, सो चला..."

"तुमसे सफ़ाई कौन माँग रहा है ? बात-बात पर मुल्लाजी की तरह नमाज़ पढ़ने लगते हो।" अब्दुल हथौड़ी रोककर नसीर की बात काटता है। नसीर झेंप जाता है। सब खिलखिला उठते हैं।

शानुर अपनी जगह से उठकर नसीर के सामने बैठ जाता है। पूछता है–"अरे हाँ, इतनी रात गए तुम और दद्दा कौन बात पर खुसुर-फुसुर कर रहे थे ?"

"कुछ नहीं। दद्दा कुछ बोले ही नहीं,...पर परेशान लग रहे थे।" नसीर की आवाज़ संजीदा हो जाती है।

अब्दुल नसीर के पास आकर बधना से पानी पीता है। बधना नीचे रखते हुए कहता है–"परेशान तो हैं, वही साला दारोग़ा धमकी जो दे गया है।"

"नाहक परेशान हैं।"–कमरू की हथौड़ी और ज़ुबान दोनों साथ-साथ चल रही हैं। "धमकी और पुलिस-दारोग़ा की बात कोई नई थोड़े हैं ? हफ़्ता भर हुआ बसी-बसाई घर-गिरस्थी उजाड़ के आए हैं, और फिर साले जान के पीछे लग गए। उजाड़ना है, तो उजाड़ दे।...रंग क्या गाँठता है ? वो साला उजाड़ेगा और हम लोग फिर यहीं डेरा डालेंगे। अबकी तो लाश जाएगी कमरू की, लाश...।"

अब्दुल कहता है–"बारहो महीने यहाँ से वहाँ तम्बू तानते फिरो और पैसा भी दो। हुँह...!"

नसीर की आवाज़ भारी हो जाती है–"सुनते हैं, बड़ा कड़ियल है। दद्दा कह रहे थे, परसों तक का टैम दे गया है।"

"पैसे ज़्यादा माँगता होगा। कुत्ते हैं सबके सब। रोटी फेंक दो आगे, भौंकना बन्द कर देंगे।" कमरू हथौड़ी रोक देता है।

नसीर आतंकित है। "दद्दा बता रहे थे कि दारोग़ा मानेगा नहीं। फिर ये जगह भी हाथ से निकल जाएगी। अब यहाँ रहना मुश्किल है।"

शानुर झुँझलाता है–"कैसे नहीं मानेगा ? इस बार तो ये जगह नहीं छोड़ेंगे।

पहले हमें जगह-ज़मीन दो, तब हमें उजाड़ो। ज़िन्दगी ना हुई, गुड्डे-गुड़िया की शादी हो गई। जब जी में आता है डाँट-डपटकर लतिया-जूतिया कर खदेड़ देते हैं।''

कमरू का चेहरा लाल होने लगा है। उसकी आवाज़ कुछ ऊँची उठती है—''सारी दुनिया उलट-फेर में लगी है, पर किसी साले कि आँख वहाँ नहीं टिकती। पुलिस-दारोग़ा तो घात लगाए रहते हैं। कोई काम नहीं मिलता, तो चले आते हैं उजाड़ने।''

''आएँगे ही। थाली की ओर देखोगे नहीं, तो चील-कौवे रोटी लेकर भागेंगे ही। सब दद्दा की भलमनसियत है। हमरी बात तो कोई मानता ही नहीं। दद्दा हमको दूध पिऊवा लौंडा समझते हैं, नसीरवा पागल समझता है और औरत साली बुद्धू समझती है।...तबकी बार ही रगड़ा-झगड़ा करके मुरगी-फ़ारम के पासवाले मुफ्तिया डेरा में जम जाते तो आज ऐसी नौबत नहीं आती, लेकिन...'' आगे के शब्द शानुर बोल नहीं पाता है। गुस्से से उसकी नाक फूलने लगती है।

नसीर समझाने की कोशिश करता है—''दद्दा मूरख थोड़े हैं ! बुज़ुर्ग हैं, दुनिया को देखा है। कोई-न-कोई राह निकालेंगे ही।''

शानुर पहले की तरह ही तना है। खीजते हुए कहता है-''कब निकालेंगे राह ? क़बर में जाने के बाद ?''

अब्दुल उसे डाँटता है—''चुप लगा। बड़बड़ करता है ख़ाली। हरदम भौंह चढ़ाए फिरता है। तेरा बस चले तो लँगडी लगाकर सारी दुनिया से ज़बरन फ़ौजदारी कर ले।''

''अरे थूको-थूको ऐसी ज़िन्दगी पर। ना थूकोगे तो सारी उमर ऐसे ही कटेगी। समझे !'' कमरू थूकने का अभिनय करते हुए शानुर की बात का समर्थन करता है।''

''शकूर नहीं आया !'' नसीर बात बदलने की कोशिश करता है।

''महाजन से हिसाब-क़िताब करना भारी लफड़ा है।'' कहते हुए अब्दुल उठ जाता है।

शानुर भी अपनी जगह जाकर छेनी-हथौड़ी उठा लेता है। नसीर बधना से पानी पीता है। शकूर, हामीद और रहमान महाजन के यहाँ पत्थर लाने गए हैं। टन-टन...ठुक-ठुक आवाज़ें फिर गझिन होने लगी हैं। सूरज थोड़ा पश्चिम की ओर खिसका है।

सामने सड़क पर लाठी टेकते, सिर झुकाए नज़रबली आ रहे हैं।

थोड़ी-सी रात बाक़ी है। बस घंटे-दो-घंटे की बात है। आज की रात पिछली दो रातों से ज़्यादा चुभ रही है। ऊपर से गुमसुम, पर भीतर ही भीतर तेज़ धारा लिए सरक

रही है। उमस कल की तरह ही है, और नज़रबली करवटें बदल रहे हैं।

रसीदा की झुग्गी में ढिबरी जल रही है। कहीं-कहीं टाट से मटमैली रोशनी बाहर की ओर चू रही है। रसीदा का बेटा बीमार है। साँझ से ही बुख़ार में बेहोश पड़ा है। दोपहर में लू लग गई थी। नसीर कुछ देर पहले तक जगा हुआ था, पर अब पत्थर के टुकड़ों पर निश्चल सोया है।

रात की इस चुप्पी से नज़रबली का मन आकुल है। रसीदा की झुगी की चुप्पी उन्हें मथ रही है, आतंकित कर रही है। वह चाहते हैं, उसकी झुग्गी में कल रात की तरह कोई हलचल हो, चंचल बच्चे की शरारतों से रसीदा खीझकर बड़बड़ाए, बच्चे को पीटे, बच्चा रो-रोकर बस्ती के लोगों की नींद तोड़ दे और फिर नसीर झुँझलाकर रसीदा को डाँटे। वह बहुत देर तक यह सब होने प्रतीक्षा करते हैं, लेकिन ऐसा कुछ भी नहीं होता।

उन्हें नगेसर याद आता है। उसकी आवाज़ भी अभी तक नहीं आई। अब तो ताड़ी उतारने का समय हो चुका होगा। मन में आशा बँधती है कि नगेसर निंदियाया उठेगा, खजूर के भुतहा बाग़ीचे में आएगा और खजूर पर चढ़ते हुए डर भगाने के लिए पूर्वी की तान भरेगा। पूर्वी की आवाज़ उन्हें थोड़ी देर के लिए सराबोर कर जाएगी। मन का पोर-पोर भींग उठेगा।

नज़रबली छटपटा रहे हैं खाट की रस्सी आज थोड़ी और ढीली हो गई है। सुरती रगड़ने-फटकने, होठ में दाबने, पच्च-पच्च थूकने और बधना से पानी पीने का सिलसिला कल की अपेक्षा आज कुछ ज़्यादा तेज़ है।

नज़रबली ऐसी उमस भरी न जाने कितनी रातें झेल चुके हैं, पर इतनी बेचैनी उन्हें कभी नहीं हुई थी। ढेरों विपत्तियों को ज़िन्दगी के काँधे पर ढोते रहे हैं। उजड़ते-बसने में ही सारी ज़िन्दगी कट गई, पर कलेजे में ऐसी थकान और इस तरह की भीतरी लड़ाई का सामना उन्हें नहीं करना पड़ा था। बाढ़ में पूरी बस्ती डूब गई थी। झुग्गियाँ छितरा गईं, चूल्हा माटी में मिल गया, कपड़ा-लत्ता और बर्तन-भाँड़ा सब सोन की धार में बह गया। एक भैंस और शकूर की छोटी लड़की डूब गई। बाढ़ के बाद रहमान की बीवी हैज़ा से चल बसी। लेकिन नज़रबली इस तरह पगलाए-बौराए नहीं थे। उन्होंने अपने चेहरे पर इस विपत्ति को चिह्न नहीं बनाने दिया था। सारा दुख अपने भीतर पचा गए थे।...पर अब यह बोझ बहुत भारी हो गया है। दिन पर दिन और भारी होता जा रहा है।

हफ़्ता भर पहले आर ब्लॉक चौराहा से उजड़कर चलते समय नज़रबली ने सोचा था, इस बार ऐसी जगह जाकर बसेंगे, जहाँ कुछ वर्षों तक चैन से रह सकें। यही सोचकर शहर के इस आख़िरी छोर पर, सुनसान बाईपास सड़क के किनारे डेरा डाला। यहाँ आकर ऐसी मुसीबत की मुट्ठी में कस गए कि उनकी बूढ़ी हड्डियाँ चरमरा रही

हैं, चटख रही हैं। ज़िन्दगी के अन्तिम दिनों में यह दाग़ माथे पर लेकर जीना, कोढ़ी होकर जीने से भी ज़्यादा घिनौना है।

नज़रबली की आँखें मुँद जाती हैं। उन्हें लगता है, उनके सामने एक और नज़रबली खड़ा है, जिसका अंग-अंग कोढ़ से गलकर गिर रहा है। पूरा शरीर मवाद से सना है। कीड़े रेंग रहे हैं और मक्खियाँ भिनभिना रही हैं। बस्ती के बच्चे ईंट-ढेला चलाकर मार रहे हैं। रसीदा, नसीर, शानुर और सबके सब उन पर थूक रहे हैं।

"...मोरा पिछुवरिया रे, लवंगिया के गछिया कि
छहिंया आ गइले मोरा अँगनवा..."

नगेसर की रस-पगी आवाज़ नज़रबली को सहलाती है। आँखें खोलकर वह चारों तरफ़ देखते हैं। अँधेरा छँट रहा है। अब भोर होगी। कुछ देर बाद दिन का झमेला शुरू होगा। यही एक दिन, आज का दिन फ़ैसले के लिए बचा है। उन्हें निर्णय लेना है और थाने जाना है। थाने जाकर दारोग़ा को अपने निर्णय की ख़बर देनी है या उजड़ी हुई बस्ती को कन्धे पर लादकर नए जगह की तलाश में भटकना है।

तेज़ रोशनी चक्र बस्ती की झुग्गियों पर फैले हल्के अँधेरे को काटता हुआ चला जाता है। कोई तेज़ वाहन सड़क से गुज़रा है। नज़रबली नंगेपन के अहसास से भर जाते हैं। इस बुढ़ौती में हर पल नंगा होना अब नहीं सहा जाता। उनका मन भर आता है। अपमान भरी ज़िन्दगी के बीते हुए पल उमड़ने-घुमड़ते लगते हैं, जैसे नदी की तेज़ धारा में भँवर पड़ हो गया।

कल थाने में दारोग़ा के सामने खड़े वह घंटों रिरियाते रहे थे। माई-बाप सरकार-हजूर कहते-कहते जीभ ऐंठने लगी थी पर दारोग़ा नहीं पसीजा था। वह अपनी बात पर अड़ा रहा—"एक ही उपाय है कि कह दिया, सो मान जाओ...नहीं तो बिना उजाड़े नहीं छोड़ूँगा। यह मत समझना कि मेरी नज़र से छुप जाओगे। शहर छुड़वा दूँगा।...अगर कहीं एक जन भी दिख गया तो हड्डी तोड़ दूँगा,...ठूँस दूँगा लाल हवेली में... ।"

नज़रबली ने सलामी की रक़म बढ़ाने को कहा, हर समय गुलामी के लिए हाज़िर रहने का वचन दिया, पर दारोग़ा नहीं डिगा। बोला..."...पहले राय से कह रहा हूँ, मान जा...नहीं मानेगा तो पुलिस को सब रास्ते मालूम हैं।..."

नज़रबली ने दारोग़ा के पाँव पकड़े थे, पर वह नहीं माना। उन्हें धकेलते हुए कहा था—"हाथ-पाँव पकड़ने से गुज़र नहीं होगी। रात भर सोच लो, और कल सुबह आकर बता जाना...मैंने जो कह दिया, सो कह दिया।"

नज़रबली आँखों में खारे पानी का उमड़ता सैलाब लिए, लाठी टेकते वापस लौट आए थे। थाने से लौटने के बाद बेचैनी और चुप्पी गहराने लगी थी।

रात सरक चुकी हैं। नज़रबली खाट पर बैठे-बैठे पसीने से तर-ब-तर हो गए हैं।

गंजी और धोती भीग गई है। बदन में थरथराहट भरने लगी है। आँखें फूलती जा रही हैं। हाथ-पाँव सुन्न होने लगे हैं। वह पैरों को पेट से सटाकर अपने को संयत करने क़ी कोशिश करते हैं। पेट से सटे पाँवों के चारों ओर दोनों बाँहों का घेरा कसते हैं। छाती के भीतर आग की लपटों के गोले की तरह कोई चीज़ बहुत तेज़ी से नाच रही है। लगता है, सीना फट जाएगा। वह घुटनों के बीच मुँह छिपा लेते हैं। फूली हुई आँखों का बाँध तोड़कर खारे पानी का सैलाब बहने लगता है। हिचकियाँ फूटने लगती हैं। हिचकियों की आवाज़ ऊपर उठती है,...ऊपर उठती है,...और ऊपर उठती है। पत्थर पर सोए हुए लोग कुनमुनाते हैं। उनकी नींद उचट जाती है।

नसीर चीख़ता है...''रसीदा,...क्या हुआ बच्चे को ?''

रसीदा बदहवास-सी बाहर निकलती है।

नसीर हिचकियों की आवाज़ पहचान जाता है। फिर चीख़ता है—''दद्दा,...क्या हुआ ? क्यों रो रहे हो ?''

नसीर की चीख़ पत्थर के टुकड़ों पर, कुनमुनाते हुए लोगों पर बिजली की तरह कड़ककर गिरती है। सब पागलों की तरह दौड़ते हुए नज़रबली की खाट के पास आते हैं। बस्ती के सब लोग नज़रबली की खाट के चारों तरफ़ घेरा डालकर खड़े हैं। पूछ रहे हैं...''क्या हुआ दद्दा ?...क्या हुआ दद्दा ?''

पथरकटों की छोटी-सी बस्ती में उफ़नते हुए समुद्र-सा शोर भर जाता है। आख़िर क्या हुआ दद्दा को !. कोई भी कुछ नहीं समझ पा रहा है। नसीर दद्दा के कन्धे पकड़कर झकझोरता है—''बोलते क्यों नहीं ?...क्या हो गया तुम्हें ?''

नज़रबली अपना चेहरा घुटनों से बाहर निकालते हैं। हिचकियों की आवाज़ सवालों के बीच तैर रही है। नसीर फिर कन्धे झकझोरते हुए पूछता है—''बोलो तो सही क्या हुआ ? बोलते क्यों नहीं दद्दा ?''

हिचकियों में गूँथे नज़रबली के शब्द फूटते हैं...''नसीर,...बेटा...तू रसीदा को लेकर कुछ दिनों वास्ते...कहीं दूसरी जगह...चला जा।...यह बस्ती छोड़ दे...तू मेरे लिए शानुर से कम नहीं...मेरी छोटी-सी बात मान ले बेटा...।''

''क्यों ? आख़िर क्यों ? वजह तो बताओ।...'' शानुर सवाल करता है। वह अपने दद्दा की हिचकियों के रहस्य को भेदना चाहता है।

नज़रबली फिर घुटनों में मुँह छिपा लेते हैं। मुँह छिपाकर टूटती हुई आवाज़ में बोलते हैं—''दारोग़ा कह रहा था कि...एक रात के लिए...रसीदा को...थाने पर...अड़ा है।...मानेगा नहीं।...मैं मनाते-मनाते...थक गया बेटा।''

उनकी आवाज़ डूब जाती है। कंठ रुँध जाता है। चारों तरफ़ चुप्पी है,...जानलेवा चुप्पी। इस ठहराव को शानुर की आवाज़ तोड़ती है, जैसे बादलों के पहाड़ टूटकर कड़कड़ाते हुए धरती पर गिरे हों। वह चीख़ता है...''दद्दा...! हम हिजड़े तो नहीं ?

अपनी औलाद पर भरोसा नहीं तुम्हें ? हम पथरकट हैं दद्दा। रोना बन्द करो दद्दा। सारी उमर रोते हुए गुज़र गई,...अब तो चुप करो।...हम कहीं नहीं जाएँगे। हम ये जगह तब तक नहीं छोड़ेंगे, जब तक दूसरी जगह हमें सरकार नहीं देती। चाहे कोई गोली-बारूद से उड़ा दे, चाहे जेल में ठूँस दे।...समझे !''

नज़रबली अपना चेहरा ऊपर उठाकर सबको देखते हैं। सबके चेहरे लाल हो गए हैं,...लाल पत्थर की तरह।

हवा झिर-झिर करती बहने लगी है। मटमैलापन छँट गया है। आकाश की कोख फट रही है।...

(रविवार, 1980)

श्राद्ध

सुबह जब मोहना को ज़ोर-ज़बर्दस्ती मँगरू ने ससुराल जाकर बहू को लाने के लिए भेजा—मौसम ठीक था। मीठी धूप खिली थी। हफ़्ता भर पहले वर्षा हुई थी, लेकिन उसके बाद रोज़ दिन भर धूप बिखरी रहती थी और रात को कलकतिया टिकुली की तरह चन्द्रमा आकाश में चमकता रहता था। मँगरू को इस बात का अहसास बिलकुल ही नहीं हुआ था कि मौसम इस तरह बिगड़ जाएगा। मोहना जाना नहीं चाहता था। मँगरू जब भी बहू को लाने की बात करता, मोहना उसे झिड़क देता—''हमहीं फालतू पड़े हैं का कि बुलावा लेकर दौड़ल जाएँ ? नैहर के गुमान पर इतराइल फिरती थी, टेंगुरा पर चलती थी। अब हम तो कवनो जिनगी बुलावे नहीं जाएँगे। जवना पैर से अकेले गई थी, वोही पैर से अकेले वापस काहे नहीं आ जाती ?''

मँगरू अपने अड़ियल बेटे को समझाने की कोशिश करता, ''मरद-मेहरारू में झगड़ा-रगड़ा चलते ही रहता है। भला कोई अपनी औरत भी छोड़ देता है ! हितई-पहुनई की बात है। लोग कहेंगे कि लंगा-लुच्चा है, एहिसे हिंया खदेड़ दिया। एहमें मान-मरजाद का नाश होगा। ई कोई भलमनसियत नहीं है बेटा। बहुत मान हो चुका। दू दिन बाद भादों शुरू होगा तो बिदाई ना होगी।''

इसी तरह की लम्बी बहस-मुबाहिसों के बाद मोहना ससुराल जाने को तैयार हुआ था। दो महीने पहले मोहना की औरत अपनी सास से लड़-झगड़कर मायके भाग गई थी। मोहना की माई को बहू के भाग जाने पर बहुत पछतावा हुआ था। उसने अपनी ज़बान को हज़ारों बार कोसा था। मोहना जब जाने की तैयार हो गया तो उसकी माई ने गुड़ भरकर रोटी पकाई और राह में कलेवा के लिए गमछे में बाँध दिया। वह मँगरू को रात भर खेत में मचान पर सोने के लिए चेता गया था। खेत में मकई की डाठें छाती भर ऊँची खड़ी थीं। मोहना रात भर मचान पर ही बैठकर अगोरवाही करने के लिए रतजगा करता क्योंकि साँड़-भैंसों का डर बना रहता था। और फिर इस ज़माने में आदमी भी साँड़-भैंसों से कम ख़तरनाक नहीं थे। कब, कौन दुश्मनी निकाल ले कोई नहीं जानता ! मोहना ने ख़ून-पसीना बहाकर फ़सल खड़ी की थी। उसने मँगरू से जाते-जाते कहा था—''बाबू हो-ओ-ओ, रात भर की तो बात है। काल्ह दुपहरिया तक हम आ जावेंगे।''

मोहना के जाने के चार-पाँच घंटों के बाद आकाश में भूरे-भूरे बादल मँडराने लगे थे। भूरे बादल पहले लाल हुए, फिर धीरे-धीरे काले हो गए—जामुन की तरह, और उसके बाद बूँदाबाँदी शुरू हो गई। पानी कुछ देर तक ज़ोर से बरसकर खुल जाए तो कोई परेशानी नहीं होती, लेकिन यह लगातार टिपिर-टिपिर बरसने और तेज़ पुरवा के चलते जीना मुहाल हो जाता है। टाट-माटी के घर-दुआर के ढह-धँस जाने का डर हमेशा बना रहता है। आदमी अपनी फिकिर करे, खेती-गृहस्थी देखे या माल-मवेशी के लिए घास-भूसा जुटाए ! जान साँसत में फँस जाती है। मँगरू को अगर बादल का एक टुकड़ा भी सुबह दिख गया होता, तो वह मोहना को कभी नहीं भेजता क्योंकि वह जानता था कि भादों में अगर पानी-पुरवा दोनों साथ-साथ आ जाएँ तो हफ़्तों नहीं टलते। ऐसे मौसम में मवेशियों के लिए घास-भूसा जुटाना और रात भर मचान पर बैठकर खेत की अगोरवाही करना इस बुढ़ापे में मँगरू के बस की बात नहीं थी।

सर्द पुरुवा का एक तेज़ झोंका आया और मचान पर गुदरी में घुड़की मारकर सोए बूढ़े मँगरू की रीढ़ की हड्डी के भीतर तीर की तरह चुभ गया। उसकी नींद उचट गई। मँगरू चिन्ता में डूब गया। पता नहीं बुढ़िया झोंपड़ी में कैसी होगी ! मोहना कैसे पहुँचा होगा और इस हालत में बहू को साथ लेकर कैसे लौटेगा ! इस भादों-भदवारी के मौसम में अगर उसे मचान पर बैठकर खेत की अगोरवाही दो-चार दिन और करनी पड़ी तो वह अकड़कर मर जाएगा। गुदरी में दुबका हुआ मँगरू यही सब सोच रहा था कि खेत के पूरबी कोने से हड़हड़ाहट की आवाज़ मिली। वह चौकन्ना होकर उठा। पूरबी कोने में किसी मवेशी में होने का आभास हुआ। वह मचान से लाठी लेकर नीचे उतरा और मुँह से तरह-तरह की आवाज़ें निकालता हुआ पूरब की ओर भागा। मँगरू की आवाज़ सुनते ही अगल-बगल के खेतों में खड़ी मचानों से आवाज़ें उभरने लगीं। मँगरू फ़सल की बधार के बीच सनसनाते हुए पूरबी कोने की तरफ़ भागा जा रहा था। उसके खेत के पूरब में कोई फ़सल नहीं खड़ी थी। मेड़ से ठीक सटी सती माई की डीह थी और डीह के पार पोखर, जिसकी जवानी का वेग सावन-भादों में बाँधे नहीं बँधता था। जलकुम्भी और दिघुली से पूरा पोखर पटा रहता था। डीह और पोखर के बीच पीपल का एक विशाल पेड़ था। इसी पेड़ के नीचे फागुन में सती माई का मेला लगता था। लहलहाती फ़सलों के दुश्मन साँड़-भैंसें यहीं घात लगाए बैठे रहते थे और पेड़ के ऊपर क़भी-कभी बन्दरों का दल भी डेरा डाला करता था।

मँगरू जब पूरबी कोने पर पहुँचा तो उसकी आँखें छितरा गईं। बबुआन टोला का मरखहवा साँड़ चर्रर-चर्रर मकई की फ़सल मरोड़ रहा था। अपनी आँखों के सामने ख़ून-पसीने की कमाई को माटी मिलते देखकर मँगरू का ख़ून खलबला उठा। उसने

लाठी घुमाकर साँड़ की पीठ पर जमा दी। चोट खाटकर साँड़ पीछे मुड़ा और मँगरू को सींग पर उठाकर पटक दिया। भीगी ज़मीन पर मँगरू के गिरते ही 'भदाक' की आवाज़ हुई। नरम पाटी पर गिरने से उसे कोई ख़ास चोट नहीं लगी। वह देह झाड़कर उठा और लाठी उठाना ही चाह रहा था कि साँड़ ने दूसरी चोट की। उसके सींग मँगरू के पेट में थे। खेत की भींगी माटी पर गरम-गरम लहू फैल गया। साँड़ पीछे मुड़ा और डीह की ओर भागा। बगल की मचानों से आनेवाला शोर—धीरे-धीरे कम होता गया। लोगों ने समझा कि मँगरू ने साँड़ को खदेड़ दिया। बुधना ने अपनी मचान से आवाज़ लगाई—"मँगरू का हो-ओ-ओ..." कोई उत्तर न पाकर उसने समझ लिया कि काका को शायद बीड़ी की तलब लग गई है और वे सुभगवा की मचान की ओर चले गए हैं।

भोर पहर जब लोग हाथों में लोटा लेकर दिशा-मैदान को निकले—ख़ून में सनी मँगरू की लाश दिखी। पहले तो किसी के पल्ले कुछ भी नहीं पड़ा। खेत की नरम माटी में खुरों के दाग़ और चरी हुई फ़सल को देखकर बबुआन टोला के मरखहवा साँड़ के प्रति सन्देह हुआ। साँड़ सतीमाई के चौरा के पास पेट में मुँह छिपाए पड़ा था। उसके माथ पर लहू के छींटों के दाग़ फैले थे। मक्खियाँ उन दाग़ों पर थोक-की-थोक बैठ रही थीं, उड़ रही थीं।

साँड़ ने जब लोगों को अपनी ओर आते देखा, तो फोंफ मारते हुए उठा और पोखर के किनारे से होता हुआ आगे निकल गया। साँड़ ने पीपल के तने की छाल को सींग से रात भर रगड़ा था और सती माई के चौरे की माटी को खुरों से बीत्ता भर कोड़ दिया था। बबुआन टोला के मरखहवा साँड़ ने मँगरू धानुख के पेट में सींग भोंककर उसकी जान लै ली—यह बात सुनते ही लोगों का रेला बँध गया।

मँगरू की लाश को घेरकर एक बहुत बड़ी भीड़ नम आँखें लिए खड़ी थी। रामबिरिछ काका मँगरू की लाश के पास खड़े फफक-फफककर रो रहे थे कि सुभगवा आकर बोला—"काका हो, भैरो बाबू दुआर पर पहुँचने ख़ातिर कहे हैं। कह रहे थे कि बिना हमसे पूछे कवनो काम ना होगा।"

रामबिरिछ काका गमछा से आँसू पोंछते हुए बबुआन टोला की ओर चले गए। लोग लाश को खटिया पर लादकर धानुख टोला ले गए। मोहना को ख़बर देने बुधना उसकी ससुराल के लिए दौड़ा। मोहना की माई छाती पर मुक्के मार-मार कर रो रही थी। टोले भर की औरतें सुबक रही थीं और बच्चे सहमे-दुबके हुए सब कुछ घूर रहे थे। सब लोग रामबिरिछ काका के लौटने की राह देख रहे थे। रामबिरिछ काका धानुख टोला के सरदार थे, सरपरस्त बुज़ुर्ग थे।

बूँदाबाँदी बन्द हो गई थी और बरसाती पुरवा ठहर गई थी, पर सूरज अभी भी बाहर नहीं निकला था। बादल के ऊँचे-ऊँचे पहाड़ अभी भी आसमान में तैर रहे थे, जिन्हें भेदकर सूरज का बाहर निकलना असम्भव-सा लग रहा था।

चार-पाँच घंटों के बाद मोहना और उसकी बहू के साथ बुधना लौटा। आते ही मोहना की बहू दहाड़ मारकर रोने लगी। औरतों ने उसे खींचकर अलग किया। मोहना लाश के सिरहाने चुपचाप खड़ा था। उसकी आँखों में लाल रंग के डोरे तिरने लगे थे। रामबिरिछ काका ने कफ़न के कपड़े और अर्थी के लिए बाँस का इन्तज़ाम पहले ही कर लिया था। आनन-फानन में लोग लाश लेकर मुरदघटिया के लिए चले गए।

भैरो बाबू पहले ज़मींदार थे, राजा थे और गाँव की जनता रैयत थी, प्रजा थी। देश में क्रान्ति हुई, गाँधी जी ने सत्याग्रह किया और देश आज़ाद हुआ। फिरंगी लोग सात समुन्दर पार वापस लौट गए। आज़ादी के पाँच-छह वर्षों के बाद भैरो बाबू बड़का खेतिहर बन गए और उनकी प्रजा मज़दूर कहलाने लगी।

जिस दिन ज़मींदारी का कागज़ एस.डी.ओ. कोर्ट में जमा करके भैरो बाबू लौटे, उस दिन गाँव में एक बहुत बड़ी सभा हुई थी। पचगछिया के नीचे गाँव के लोग एकत्र हुए और भैरो बाबू ने भाषण दिया—"भाई लोग, चार-पाँच बरिस से अब अपना राज आ गया है, मतलब भारत का राज आ गया है और फिरंगी लोग सात समुन्दर पार चला गया। रजिन्नर बाबू राजा हुए हैं, अपना ज़िला के, गाँव-जवार के आदमी हैं। जीरादेई में पैदा हुए थे। ई हम लोगों के लिए गरब का बात है कि अपना गाँव-जवार का एक आदमी समूचा देश का राजा हो गया। अब हम लोगों का काम है कि उनके राज को मज़बूत बनाएँ। लोग समझते हैं कि ज़मींदारी छिन गई, बाकिर ई बात सरासर ग़लत है। हम त अपना हिरदय से सब राज-पाट सौंप आए। हम रजिन्नर बाबू के सेवक हो गए। सेवक बनकर गाँव का काम करेंगे। जब हम एतना कर रहे हैं, न गाँव के अऊर लोग का भी कुछ फरज होता है कि नहीं ? भाई लोग, अभी देश कमज़ोर है। सब रुपिया-पईसा फिरंगी लोग लूट ले गया। देश को धन चाहिए, राजिन्नर बाबू राजा को राज चलाने के ख़ातिर धन चाहिए—सो इस साल मालगुज़ारी का रेट दुगना करना होगा। महात्मा जी, राजिन्नर बाबू, जवाहिर लाल जइसा देवता लोग तियाग किया, दुख-तकलीफ़ सहा—तब हम लोगों का भी ई धरम हो जाता है कि कम-से-कम एतना तियाग ज़रूर करें।"

इसके बाद देश की सरकार को मज़बूत करने के लिए, राजिन्नर बाबू राजा के पास धन भेजने का काम गाँव के लोगों ने शुरू किया था। कई वर्षों तक अनाज और मालगुज़ारी की वसूली दुगनी हुई थी। लोगों ने ख़ून-पसीने की अपनी कमाई से

भैरो बाबू की बखरियाँ ओर डेहरियाँ भर दी थीं। भैरो बाबू भी तियागी पुरुष कहे जाने लगे थे।

गाँव में चालीस-पचास घर धानुखों के, दस-पन्द्रह घर कहारों और चमारों के, चार-पाँच घर ब्राह्मणों के तथा सात-आठ घर राजपूतों के थे। भैरो बाबू दो भाई थे। उनके छोटे भाई का नाम दुर्गा बाबू था। ज़मींदारी में दोनों भाइयों की आठ-आठ आने की हिस्सेदारी थी। इन्हीं दो घरों के इर्द-गिर्द पूरा गाँव कठपुतली की तरह नाचता था। जब सर्वे का काम शुरू हुआ तो भैरो बाबू ने अधिकांश ज़मीन अपने और दुर्गा बाबू के नाम करा ली। थोड़ी-सी ज़मीन उनके पट्टीदारों और अन्य सम्भ्रान्त लोगों के हिस्से आई। बाक़ी लोग जैसे पहले थे, वैसे ही रह गए और आज भी वैसे ही हैं। पहले भी मजूरी करते थे और आज भी करते हैं।

दुर्गा बाबू का घर-द्वार तो बाल-बच्चों से भरा-पूरा है, पर भैरो बाबू के साथ भगवान ने यही एक कमी कर दी है। उनको सिर्फ़ एक ही बेटा है—किरान्ती सिंह। जब आज़ादी के लिए देश में क्रान्ति हो रही थी, उन्हीं दिनों भैरो बाबू को बेटा हुआ। गाँव के लोगों ने उसका नाम किरान्ती सिंह रख दिया। जब देश आज़ाद हुआ, किरान्ती सिंह की उम्र पाँच वर्ष थी। उसकी शादी लगभग बीस वर्ष की अवस्था में हुई। शादी के पाँच-छह वर्षों बात तक तो चिन्ता की कोई बात नहीं थी, पर जब उसके बाद भी बहू के पाँव भारी नहीं हुए तो भैरो बाबू को चिन्ता हुई। वंश कैसे चलेगा और इस दौलत को कौन भोगेगा—यह एक बहुत बड़ी समस्या थी। किरान्ती की बहू की आँखें सावन-भादों के आकाश की तरह बरसती रहती थीं। किरान्ती की बहू को कोई बाँझ कहे, यह उसकी सास के लिए असहनीय बात थी। पूजा-पाठ और ओझाई-गुनाई के लिए पंडित और ओझा दूर-दूर से आते थे। हर दिन कोई-न-कोई अनुष्ठान भैरो बाबू के आँगन में होता था। देवी-देवताओं से मनौती माँगते-माँगते किरान्ती की माँ थक चुकी थी। एक दिन किसी औरत ने उन्हें साँड़ दगवाकर छोड़ने की मनौती माँगने की राय दी। किरान्ती की माँ नैं गुहार किया—"हे काली माई, किरान्ती को अगर बाल-बच्चा हुआ, तो छठियार के दिन साँड़ दगवाकर छोड़वा दूँगी।"

किरान्ती की बहू सब असली बातें जानते हुए भी चुप थी। वह जान रही थी कि इस पूजा-पाठ और ओझाई-गुनाई से कुछ भी नहीं होनेवाला क्योंकि किरान्ती ही उस लायक़ नहीं है। धीरे-धीरे उसकी सास ने तेवर बदलना शुरू किया था। किरान्ती की दूसरी शादी की योजना तैयार हो रही थी। किरान्ती-बहू को मालूम था कि अगर वह बच्चा पैदा नहीं कर सकी, तो उसे इस घर की ड्योढ़ी से बाहर निकाल दिया जाएगा और उसे एक अनाथ विधवा की तरह सारी ज़िन्दगी मायके में गुज़र-बसर करनी होगी।

सोहरइया कहार भैरो बाबू की बखरी में अनाज रखने-निकालने के काम पर स्थायी नौकर था। एक दिन किरान्ती की बहू ने उसे धर दबोचा। सोहरइया की जान साँसत में फँस गई। उसने लाख हाथ-पाँव जोड़े, पर मुक्ति नहीं मिली। ना और हाँ—दोनों में जान का ख़तरा था। वह कई दिनों तक जीवन और मौत के बीच लटका रहा था। किरान्ती की बहू के पाँव भारी होने के महीने भर बाद ही सोहरइया मर गया था। एक दिन काम पूरा करके घर लौटते समय किरान्ती की बहू ने उसे साग-रोटी खाने को दिया। वह साग-रोटी खाकर सोया और फिर कभी नहीं उठा। किरान्ती की बहू ने इस ख़तरे को हमेशा के लिए मिटा दिया था।

भैरो बाबू को जिस दिन पोता हुआ, पूरे गाँव में बधाव बजा था। औरतें गोल बाँधकर सोहर गाने आई थीं। तेल-सेनुर बँटा था। सबके आँचल में चावल, हल्दी, दूब और इक्कनी डालकर बबुआइन ने विदा किया था। छठियार के दिन भैरो बाबू ने विधवा सोहरइया-बहू के दरवाज़े से उसका बछड़ा खोलवा लिया था क्योंकि किरान्ती की माँ ने देवी को साँड़ दगवाकर छोड़ने का वचन दिया था। सोहरइया बहू छाती पीटकर रह गई थी। भैरो बाबू के घर में बधाव बज रहा था और सोहरइया बहू अपनी झोंपड़ी में पड़ी सिसकती-बिलखती रही थी। उस दिन भैरो बाबू के यहाँ सुबह से शाम तक जलसा हुआ था। सुबह बछड़े को पूजा गया था। काली मन्दिर ले जाकर धूप-दीप दिखाया गया, आरती उतारी गई, और अँकुराया चना खिलाकर उसे छोड़ दिया गया था। चमारों ने पखावज का नाच बेगारी में नाचा था। पूजा के बाद ड्योढ़ी पर लौंडे का नाच और रात में छपरा की बाईजी का नाच हुआ था। गाँव-जवार के लोग काम-धन्धा छोड़कर भैरो बाबू के यहाँ डटे हुए थे। ख़ूब छककर पूड़ी-बुँदिया खाया लोगों ने। किसी के खाने-पीने पर उस दिन कोई रोक-टोक नहीं थी। सोहरइया का बेटा जगरा भी पत्तल में पूड़ी और बुँदिया लाया था और तुतली भाषा में अपनी माई से खाने के लिए आग्रह करता रहा था। सोहरइया-बहू केवल रोती रही थी। फिर जगरा भी रोते-रोते उसकी गोद में छिपकर सो गया था। बेटा और बछड़ा—यही दोनों उसके पति की निशानी थे।

सोहरइया-बहू का बछड़ा उस दिन से गाँव में खुला घूमने लगा था। हर रात किसी-न-किसी की फ़सल चर जाता। साँड़ को मारना गाँव के लोगों के बल-बूते से बाहर की बात थी। वह काली की मनौती छोड़ा गया था। उस पर हाथ उठाकर पाप का भागी कौन बनता और फिर भैरो बाबू का भय अलग। धीरे-धीरे साँड़ का आतंक गाँव के लोगों पर छाने लगा। लोग मन मसोसकर रह जाते। एक दिन धानुख टोला के एक लड़के ने साँड़ को एक-दो लाठी लगा दी। जब भैरो बाबू को इस बात का पता चला, तो उन्होंने उस लड़के को पकड़वाकर दस जूते लगाए और कई दिनों तक बेगार खटवाया।

चार वर्षों से इस साँड़ ने गाँव में आफ़त मचा रखी थी। चँवर में घुस जाता, तो बीघा भर की फ़सल चर जाता। पिछले साल इसी साँड़ के चलते बुधना का परिवार भूखों मरने की हालत में आ गया था। बुधना ने दुर्गा बाबू का बीघा भर खेत बँटाई पर आबाद किया था। अगहनी धान की फ़सल से खेत के चारों कोने बराबर हो उठे थे। धान के गोफों से बालियाँ अभी फूट ही रही थीं कि आधा से ज़्यादा खेत साँड़ चर गया। फ़सल कटने के बाद दुर्गा बाबू ने खलिहान से बोझे उठवा लिए थे। बुध्ना ने अपना कसूर पूछा, तो गालियाँ और जूते मिले। दुर्गा बाबू ने कहा—"फसल साँड़ चर गया, त हम का करें ? रात भर मेहरी साथ रसलीला रचाओगे, त साँड़ का तोहरे बाप के डर से फ़सल थोड़े छोड़ देगा ! अब जाओ, टँगरी पसारकर सूतो। हम काहे घाटा सहें ? तोहरे हिस्से का साँड़ चर गया अउर बाक़ी बचा, सो हमारा।"

बुधना कलेजा पर पत्थर रखकर वापस लौट आया था।

बुधना की तरह न जाने कितने घरों का दाना साँड़ के पेट में हर वर्ष चला जाता, पर कोई मुँह नहीं खोल सकता था। भैरो बाबू या उनके पट्टीदारों की अधिकतर ज़मीन में ये लोग ही चौथी की बँटाईदारी पर फ़सल उपजाते थे और साँड़ का नुक़सान भी इन्हीं लोगों के हिस्से आता था। अगर भैरो बाबू जैसे खेतिहर के सौ-पचास बीघों की फ़सल में से एक-दो बीघे की फ़सल हर साल साँड़ चर भी जाता, तो कुछ फ़र्क़ नहीं पड़ता क्योंकि पोखर से घड़ा भर पानी निकाल लेने से वह सूख नहीं जाता।

गाँव से लगभग डेढ़ कोस दूर, चँवर पार करने के बाद जहाँ बोहटा की धारा ताल में गिरने के लिए दाईं ओर मुड़ती है, वहीं धानुख टोलावालों का अन्तिम संस्कार होता है। मँगरू को फूँक-तापकर वहाँ से लौटते हुए रात हो गई। जैसे ही लोग मुरदघटिया से लौटे, धानुख टोला की औरतों की रुलाई का स्वर तेज़ हो गया। सिसकनें चीख़ों में बदल गईं। कुछ देर तक यह क्रम चलता रहा। फिर आवाज़ें थम गईं। सिर्फ़ मोहना की माई और बहू का बिलखना ज़ारी था। मोहना के पास से रामबिरिछ काका को छोड़कर सभी लोग एक-एक करके चले गए। रामबिरिछ काका उसे दुनियादारी की बातें समझा रहे थे। सब कुछ भूलकर जीने का सन्देश दे रहे थे। भैरो बाबू ने कैसे झट से कफ़न के लिए पैसा दे दिया था और बँसवारी से अर्थी के लिए बाँस कटवाने को कह दिया था—वे इसकी चर्चा कर रहे थे। भैरो बाबू ने थाना-पुलिस में इस घटना की इत्तला न देने की सख़्त हिदायत दी थी। इसीलिए उन्होंने थाना-पुलिस की बात करनेवाले छोकरों को डाँट दिया था। थाना-पुलिस करती भी क्या ? वही न, जो भैरो बाबू कहते ! काका की बातें मोहना चुपचाप सुनता रहा। आँखें मूँदे पड़ा रहा। धीरे-धीरे उसकी माई और बहू के रोने की आवाज़ भी रुक गई। रामबिरिछ काका

कुछ देर और बैठे रहने के बाद जाते हुए बोले—"अइसा टेम में आदमी का मगज ख़राब हो जाता है। बिपत पड़ने पर भला-बुरा कुछ भी नहीं सूझता। आदमी गलती कर बैठता है। बेटा, खीस में आकर कवनो ग़लत काम मत करना। कल भोरे जाकर भैरो बाबू से भेंट करना। सौ-पचास करजा देने से नकारेंगे नहीं। सराध का रस्म-रिवाज तो करना ही होगा।"

रामबिरिछ काका अपनी झोंपड़ी की ओर चले गए। मोहना का झबरा पिल्ला उसकी गोद में आकर चिपक गया। उसने फिर आँखें मूँद लीं। उसकी अँगुलियाँ अनायास ही झबरा के बालों के बीच घूमने लगीं। झबरा अपने जबड़े को मोहना की देह में रगड़ते हुए कूँ-कूँ करने लगा।

अचानक झबरा उछला और झोंपड़ी के बाहर जाकर अँधेरे में गुम हो गया। मोहना के उठकर बैठने तक झबरा तेज़ी से दुम हिलाते हुए वापस लौट आया। उसके पीछे-पीछे बुधना, सुभगवा के साथ धानुख टोला के आठ-दस जवान हाथों में भाला-बरछी लिए आ रहे थे। मोहना की थकान-टूटन एकाएक न जाने कहाँ ग़ायब हो गई। वह झटके से उठा और कोने में रखा भाला उठाकर बाहर निकल आया।

आकाश में बादल कल़ रात की तरह फिर छाने लगे थे। पुरवा सरसरा रही थी। मोहना, बुधना, सुभगवा और उसके साथी माई की डीह की ओर चल जा रहे थे—सरपट, तेज़ क़दमों से। सबसे आगे सोहरइया का बारह वर्षीय बेटा जगरा चल रहा था।

दूसरे दिन आकाश में छिटपुट बादल थे। सूरज एक नया हंगामा लेकर उगा। बबुआन टोला का मरखहवा साँड़ सती माई की डीह पर टाँगे छितारे मरा पड़ा था। उसके शरीर पर भाला के दस-बारह घाव थे। दिन के दस बजते-बजते पुलिस की दो लारियाँ गाँव में आ पहुँचीं। धानुख टोला में उथल-पुथल मच गई। मोहना, बुधना, सुभगवा और टोला के कई जवान घर-द्वार छोड़कर फ़रार हो गए। पुलिस ने समूचा टोला रौंद दिया। बूढ़ों, औरतों औरे बच्चों के गाल तमाचों से लाल हो गए, बेंत की मार से देह की चमड़ी उधड़ गई और बेपरद गालियों से कलेजा छिल गया। जवान बहू-बेटियों की चीख़-पुकार से हर झोंपड़ी गूँज रही थी। रामबिरिछ काका को भी पुलिस ने पीटा। गंजी-धोती उतरवाकर समूचे गाँव में नंगा घुमवाया। गाँव-जवार में शोर मच गया। कुछ लोग गिरफ़्तार भी हुए। पुलिसवाले उन्हें एक लारी में ठूँसकर थाना ले गए। दूसरी लारी भैरो बाबू के दरवाज़े पर लगी थी। दारोग़ा जी जलपान कर रहे थे।

भैरो बाबू के पुरोहित मथुरा दुबे दूसरे गाँव में पुरोहिताई करने गए थे। गाँव में आते ही उन्होंने यह ख़बर सुनी और भागे-भागे भैरो बाबू के यहाँ पहुँचे। दारोग़ा जी

को सलाम ठोका और फिर बहुत चिन्तित स्वर में भैरो बाबू से किरान्ती के बेटे के भविष्य के विषय में अपशुकन की आशंका प्रकट की। किरान्ती के बेटे की मनौती ही वह साँड़ छोड़ा गया था। दोनों कानों पर हाथ रखते हुए कहने लगे–"राम...राम। पापी मोहना को कवनो कठोर सजाय देना चाहिए। धानुख टोला का ई छोकरा ससुरा सब तो राछस है...ई सब ताड़न के अधिकारी। निस्पीटर साहेब, ई सबको फाँसी चढ़वा देने में कवनो पाप नहीं है। आप हिन्दू हैं, उसमें भी राजपूत...राजपूत का तो धरम है जात-धरम की रखवाली करना।"

फिर भैरो बाबू की ओर मुख़ातिब होकर बोले–"बाबू साहेब, इसका पराछित करना पड़ेगा। ई कवनो मामूली पाप नहीं है। देवी-देवता की बात है ! इसका फल पूरे वंश पर पड़ेगा। साँड़ का सराध करना होगा। कम-से-कम सोलह ब्राह्मण को भोजन कराना होगा, दान करना होगा, तब जाकर पाप से छुटकारा मिलेगा।"

दारोग़ा जी ने भी हामी भरी। वे जलपान पूरा कर चुके थे। भैरो बाबू उठकर अन्दर गए और नोटों की एक गड्डी के साथ वापस लौटे। उसे दारोग़ा जी के हाथों में थमाते हुए कहा–"अउर कवनो ज़रूरत हो तो आदमी भेज देंगे। हाँ, ई छोकड़वन का मरम्मत पूरा होना चाहिए ताकि करेजा का हड्डी चटक जाए...फिर कहियो सीना नहीं तान सके सब। अब आपसे का कहना ! घरेलू आदमी हैं। हाँ, सराध में आना मत भूलिएगा। जब सराध होगा, तो ख़ाली ब्राह्मण खिलावे से काम थोड़े चलेगा ! हित-नाता, गाँव-जवार सबको पूछना ही होगा। सराध के दिन ख़ातिर आज ही आपको नेवता दे रहे हैं।"

और जब तेरह दिनों बाद साँड़ का श्राद्ध हुआ, गाँव के कई लोग जेल में थे। मोहना, बुधना, सुभगवा और कई दूसरे जवानों की पुलिस तलाश रही थी, पर उनका कोई पता नहीं था। इस बीच रामबिरिछ काका को सुबह-शाम थाने पर बुलाकर पीटा जा रहा था और फ़रार जवानों का पता बताने को कहा जाता। जब-तब भैरो बाबू अपनी ड्योढ़ी पर बुलाकर लात-जूते लगाते, गालियाँ बकते और घर फुँकवा देने की धमकियाँ देते थे। ज़िन्दगी भर की नमकहलाली के इस पुरस्कार ने रामबिरिछ काका की रगों में बहते लहू का रंग बदल दिया था।

गाँव-जवार में शोर था कि भैरो बाबू अपने पोते की मनौती रखे गए साँड़ का श्राद्ध बड़ी धूमधाम से कर रहे हैं। सगे-सम्बन्धियों और परिचितों से ड्योढ़ी खचाखच भरी पड़ी थी। भैरो बाबू ने अपने गाँव के हर एक आदमी को भोज में खाने के लिए आमन्त्रित किया था। गाँव के और लोग तो गए, पर धानुख टोलावालों, कहारों, चमारों के घर से एक आदमी उनके दरवाज़े पर खाने नहीं गया। भैरो बाबू के दरवाज़े

पर गैस बत्ती की तेज़ रोशनी में महफ़िल जमी थी और इन घरों में एक ढिबरी तक नहीं जली। भैरो बाबू ने किरान्ती को छपरा भेजकर एक बाई जी को बुलवा लिया था। मथुरा दूबे ने कहा था–"एहिमें कवनो पाप नहीं है। कवनो आदमी का सराध थोड़े है कि गम मनाना है। अरे ई तो एक रसम है, अपशकुन से, पाप से बचने के लिए सराध करना पड़ रहा है। द्वार पर दस ठो हित पाहुन आ रहे हैं, मन लगाव के लिए कुछो तो चाहिए।"

भैरो बाबू की ड्योढ़ी के सामने सहन में नाच हो रहा था और इधर धानुख टोला में सभा हो रही थी। सभा में मोहना, बुधना, सुभगवा और उसके कई फरार साथी भी शामिल थे। रामबिरिछ काका बोल रहे थे–"अब इस जिनगी में चाहे जो देखना-भोगना पड़े, पर मरते दम तक जुध करना है। जो लोग लुक-छिपकर रह रहे हैं उनके घर-परिवार का बोझ हम सबको मिलकर ढोना होगा। अब ऊ हर हाथ काटना पड़ेगा, जो हमरी माई-बहिन-बहू का छाती टटोलता है।...और...।"

(कथायात्रा, 1979)

बड़े राजकुमार

बाँगर माटी का बंजर मैदान 'उसरायन' मीलों तक फैला है। यह मैदान युगों तक बाँझ पड़ा था। इस धरती की कोख में कहीं-कहीं बबूल की लावारिस झाड़ियाँ थीं, जिनके बीच धूल भरी पगडंडियाँ एक-दूसरे को काटती हुई बिछी थीं। पिछले कुछ दिनों से इस धरती का भाग्य जागा है। साल भर में ईंट के तीन-तीन भट्ठे चलने लगे, उसरायन के चारों ओर खांड खोदकर पानी रोका गया है। कच्ची-पक्की ईंटों की क़तारें मैदान में फैली हैं। जहाँ पहले दोपहर में गिद्धों की बैठक जमती थी, वहाँ आजकल दिन भर काम में लगे मजूरों की भागमभाग मची रहती है। साँझ होते ही झुग्गियों में ढिबरियाँ टिमटिमाने लगती हैं। मज़दूरी से छूटते ही चूल्हे-चौके की रेल-पेल शुरू होती है। उसरायन में धुएँ के बादल पसरने लगते हैं। हँसी-मज़ाक करने और बीड़ी-चिलम पीने का दौर शुरू होता है। सुख-दुख बतियाते और रोटी-साग खाते रात चली आती है। भुकभुकाती ढिबरियों की रोशनी को एक-एक करके अँधेरा निगल लेता है। फिर कहीं से किसी की आहट तक नहीं मिलती। सब लोग बेसुध सोए होते हैं—थकान के पहाड़ों तले दबे-सिकुड़े।

उसरायन में अँधेरा फैला है। रात कब की आ चुकी है। केवल चानो की झुग्गी में ढिबरी जल रही है। ढिबरी की बत्ती पर खोंठी बैठ गई है। लौ धीमी हो चली है। ढिबरी के आस-पास मरती हुई रोशनी का पीला वृत्त काँप रहा हैं, और काँप रहा है—चानो का मन।

आज तक ऐसा नहीं हुआ था। गूदर से पिटने के बाद पहली बार किसी ने नेह भरी हथेलियों से उसका माथा सहलाया था। चाय की पत्ती और गुड़ की ढेली औटाकर, लाख मना करने के बाद भी पीने के लिए चिरौरी की थी। सात वर्षों की 'विआहता जिनगी' में पहली बार यह सब चानो के साथ हुआ था।

चानो का मन थर-थर काँप रहा है, जैसे भादों के बरसाती झकोरों से जड़ाने के बाद कोई गाय काँप रही हो। कल भोर होते ही जब गूदर की आँख खुलेगी, नशा टूटेगा, तब पता नहीं वह कैसा व्यवहार करेगा। और वह राघो से भी कैसे आँख मिलाएगी ! जिसने अपनी हथेलियों से चानो के माथे पर तेल मालिश की, उस राघो

से आँखें मिलाते हुए चानो को लाज नहीं लगेगी ? वह सोच-सोचकर सिहर रही है कि कल सुबह क्या होगा ? राघो के एक-एक शब्द शंख की आवाज़ की तरह चानो के कानों में गूँज रहे हैं—"भौजी, सारा दोष तुम्हारा है। गुदरवा तो कसाई है। तुम जानबूझके जिबह होती हो। तुम्हारा भी पिटाने का मन करता रहता है। जब तक लात ना खाती हो, पेट नहीं भरता है तुम्हारा। ना जाने कौन सुख के आसरे गुदरवा का पिछुआ पकड़े डोल रही हो !"

चानो के पास गूदर टँगड़ी छितराए चित्त सोया है। झुग्गी में दारू की बास गँसी है। बगलवाली झुग्गी में राघो सोया होगा। नहीं, अभी सोया नहीं होगा। आज राघो को भी जल्दी नींद नहीं आएगी। ज़रूर जगा होगा। हो सकता है चानो के बारे में ही कुछ सोच रहा हो। चानो सोचती है कि उठकर देख आए। क्या सचमुच राघो जगा है ? उठने की कोशिश करती है, पर कमर का जोड़ टीसने लगता है। गूदर ने लात से पहले चोट यहीं दी थी और वह चारों खाने चित्त गिर गई थी। राघो सोया है या जगा, इससे चानो को क्या काम ? पराया मरद है। पराए मरद से भी तो चानो को नेह नहीं मिलता। बस, लात और गालियाँ मिलती हैं।

चानो दिन भर ईंट ढोती है। शाम को रोटी पकाती है। गूदर लगभग हर दिन दारू पीने चला जाता है। लौटता है तो चानो के लिए हैवान बनकर। मन किया तो उसे नोच-खसोटकर अपनी भूख मिटा लेता है या पीटकर, गालियाँ देकर सो जाता है। चानो पहले चीख़-चिल्लाया करती थी, पर अब सिर्फ़ रोती-सिसकती है या बिना आवाज़ किए आँसू बहाती है। गूदर की मार-पीट और गालियाँ उसकी ज़िन्दगी का एक आवश्यक क्रम बन गई हैं, जिसे अपनी नियति मानकर उसने स्वीकार कर लिया है।

मजूरी की तंगी के कारण राघो अपना गाँव-घर छोड़कर अपने मौसेरे भाई गूदर के पास काम के लिए आया था। गूदर ने भट्ठा-मालिक नबी ख़ाँ से कहकर उसे ईंट पाथने के काम पर रखवा दिया था। हफ़्ता भर बाद राघो का हाथ ईंट के साँचे पर बिजली की तरह चलने लगा था। काम में तेज़ी और स्वभाव में मिठास के चलते राघो सबका चहेता बन गया था। गूदर ने उसे अलग चूल्हा-चौका नहीं करने दिया। चानो खुराकी का पैसा भी लेने को तैयार नहीं थी। बहुत मान-मनौवल के बाद पति-पत्नी खुराकी का पैसा लेने को राज़ी हुए थे।

दिन तो मेहनत-मजूरी के झंझटों में कट जाता, पर साँझ आते ही राघो आकुल हो जाता था। रात होते ही गूदर की झुग्गी से आती गालियों-चिल्लाहटों के बीच चानो की दुबकी-सहमी सिसकियाँ उसे चुभने लगती थीं। उसका मन रात भर कचोटता

रहता था। उसका जी करता कि वह जाकर गूदर का गला टीप दे। लेकिन हाथी के बोझिल पाँवों की तरह लदे अहसानों का बोझ उसे रोक देता था। गूदर के हाथों पिटने के बाद भी बिना कुछ बोले अपनी गति से जीती हुई चानो को देखकर उसकी छाती भर आती थी। वह चानो को भर आँख देख भी नहीं पाता। उसे लगता, वह भी इस अत्याचार में गूदर के साथ जुड़ा है। पिटती हुई चानो को वह खींचकर गूदर के पंजों से अलग क्यों नहीं कर देता ? क्यों उसके पाँव बगलवाली झुग्गी तक नहीं जाते ? गूदर का अहसान उसे ऐसे मौक़ों पर भीतर से इतना कमज़ोर क्यों कर देता है ? ये सारे सवाल उसको टीसने लगते हैं। जब चानो पिट रही होती थी, अगल-बगल की झुग्गियों से कोई आवाज़ तक नहीं आती। सब गूदर के स्वभाव को जानते थे। मरद-मेहरारू के झगड़े में कौन अपना गला कटाता। चानो कभी-कभी अकेले बैठकर, सबकी नज़रें बचाती हुई सुबुक लिया करती थी। राघो का मन ऐसी घड़ी में चानों के दुख में हिस्सा बँटाने को होता, पर वह अपने को रोक लेता था। वह चानो से नेह भरे दो बोल बोलना चाहता था, पर दुनियादारी की बातों से अपने मन को समझा-बुझाकर होठ सी लेता।

राघो ने गूदर को कई बार समझाना चाहा। हर बार गूदर उसे नासमझ करार देकर उसकी बता टाल देता। एक दिन गूदर ने राघो को भला-बुरा भी कह दिया था—"मेहरारू हमारी है और छाती तेरी फटती है। हम चानो को मारते हैं और दरद तुझे होता है। काहे ? कौन लगती है तेरी ? इतना छोह है तो रख ले उसे अपने घर में। देख राघो, तू भाई है, साथ काम करता है, साथ रहता है, तो इसका मतलब ये नहीं कि तू मरद-मेहरारू के झगड़े में टाँग अड़ाए। समझा ? हमारे घर की बात में तू कौन हैसियत से बोलता है ? दुलरुवा देवर मत बन, बहुत बुरा होगा।"

राघो की नसों का ख़ून तेज़ बहने लगा था लेकिन वह मन मारकर चुप हो गया। उसके बाद चानो की बाबत उसने कभी गूदर से कोई बात नहीं कही, पर रात न जाने कौन-सा भूत अचानक उसके सिर पर सवार हो गया। चानो की सिसकनों और मार-पीट की आवाज़ों ने उसे चुम्बक की तरह खींचकर अपनी झुग्गी से बाहर कर दिया था। थोड़ी देर तो वह बदहवास-सा गूदर की झुग्गी के दरवाज़े के सामने खड़ा ज़मीन पर बेजान पसरी चानो को एकटक देखता रहा था, गूदर चानो की छाती पर घुटने अड़ाकर मार रहा था। पशु की तरह दहाड़ते हुए गूदर को देखकर राघो का मन घृणा से भर गया था। उसने छलाँग लगाकर गूदर की गिरफ़्त से चानो को अलग किया था। उसकी लावा उगलती आँखों को देखकर गूदर सहम गया था। कुछ देर तक बड़बड़ाने के बाद नशे से बोझिल गूदर की आँखें अलसाने लगी थीं। वह वहीं चटाई पर लुढ़क गया था। फिर राघो ने चानो की सेवा-टहल की थी और अपनी झुग्गी में वापस लौट आया था।

उसरायन की धरती टह-टह चाँदनी में डूबी है। भट्ठे की चिमनियाँ विशाल दानवों की तरह सिर उठाए आकाश को एकटक निहार रही हैं। कृष्ण पक्ष की अष्टमी का अधकटा चन्द्रमा चिमनियों के ऊपर झूल रहा है। कच्ची ईंटों की क़तार पर चाँदनी रूई के सफ़ेद फाहों की तरह जमी है। अपनी झुग्गी के पिछवाड़े राघो की गोद में सिर रखकर चानो सिसक रही है। आज फिर गूदर ने चानो को ख़ूब पीटा है। चानो के गोरे शरीर पर नील उभर आए हैं। पैबन्द लगी साड़ी और ब्लाउज़ जगह-जगह से मसक गए हैं। चानो की हिचकियों के सिवा दूर-दूर तक और कोई आवाज़ नहीं है।

राघो चुप बैठा है। चानो के बिखरे बालों में उसके दाएँ हाथ की उँगलियाँ उलझी हैं और बाएँ हाथ की तलहथी पूरे शरीर का बोझ लादे धरती से टिकी है। पिटती चानो और जानवर की तरह दहाड़ते गूदर के चित्र कभी तेज़ और कभी धूमिल रंगों में उसकी आँखों के सामने आ रहे हैं, जा रहे हैं। उसकी छाती के भीतर आग लगी है, जैसे ईंट के भट्ठों के भीतर कोयले दहक रहे हों, पाप-पुण्य के दलदल में फँसा राघो छटपटा रहा है। एक मन कहता है कि वह अपनी दोनों हथेलियों से समेट ले चानो को। गूदर के दानवी पंजों से उसे मुक्त कराकर भर ले अपनी बाँहों में। दूसरा मन कहता है कि यह पाप है। पाप है, पराए की औरत के लिए यह सोचना। जिस भाई ने उसके मुँह के लिए कौर जुटाया, उसकी औरत को अपने घर में बैठाकर वह दुनिया को कौन-सा मुँह दिखाएगा ?

चाँदनी पल-पल और टहकार होती जा रही है। राघो का मन और उलझता जा रहा है। जैसे-जैसे वह इस दलदल से अपने को अलग करने की कोशिश करता है, पाँव गहरे धँसते चले जाते हैं। क़साई के ठीहे पर ज़िबह होने के लिए जाती बकरी की आँखों में ज़िन्दगी के लिए जो सम्मोहन होता है, वैसा ही सम्मोहन, गूदर के घर लौटने से पहले हर रात चानो की पनीली आँखों में होता है। उसकी आँखों का यह सम्मोहन राघो पर बहुत तेज़ असर करता है। उसका मन सिहर उठता है। उसे लगता है, जैसे वह जादू भरी आँखों के जंगल में घिर गया है। उसके चारों ओर ज़िन्दगी की भीख माँगती चानो की लोर भरी हज़ारों आँखें बिछी हैं।

छटपटाहट में राघो के होठ फुसफुसाते हैं, "भौजी, भौजी...ए भौजी !"

जवाब में चानो की सिसकियाँ तेज़ हो उठती हैं।

राघो अपने मन को कड़ा करता है, और फिर उसके होंठ बुदबुदाते हैं, "भौजी...ए भौजी...उठो ! जाओ जो हुआ, सब बिसार दो। मरद, मरद होता है। जैसे अब तक सहती थी, सहके जिनगी काटो, हम कौनो इन्तज़ाम करेंगे ही। कौनो तरह गुदरवा को राह पर लावेंगे।"

चानो सिर उठाती है। राघो पाँव समेटता है। वह मुँह में आँचल दाबकर फफकने लगती है। राघो दुलारता है, "भौजी, रो मत !"

वह बिना कुछ कहे-सुने पीछे मुड़कर तेज़ क़दमों से ईंटों की क़तारों के बीच से होती हुई अपनी झुग्गी की ओर चली जाती है। राघो चुप बैठा रह जाता है। ज़िन्दगी के सम्मोहन से भरी आँखों का जंगल घना हो जाता है।

भट्ठों पर काम बन्द हुए चार दिन हो गए। उसरायन में सन्नाटा है, पर भीतर ही भीतर चुप-चोरी हलचल मची है—ठीक उसी तरह, जैसे बरसात ख़त्म होने के बाद चँवर के बीच बहनेवाली बोहटा में पानी ऊपर से शान्त और थिराया हुआ लगता है, लेकिन भीतर हहास बाँधकर बहता है। उसरायन में जलनेवाले चूल्हों की संख्या कम हो गई है और भूख की लपटें तेज़ उठने लगी हैं। राघो सबको धीरज बँधाते फिर रहा है, "भाई लोग, विपत (विपत्ति) का समय है—साथ मिलके काटो।"

राघो की बात पर लोगों को भरोसा है। वह लगातार इधर-उधर भाग-दौड़ करता रहा। कभी इस दरवाज़े जाकर किसी को समझाता है, तो कभी उस दरवाज़े जाकर हिम्मत बँधाता है। राघो को विश्वास है कि फ़ैसला शीघ्र हो जाएगा। नबी ख़ाँ ने ईंट सप्लाई करने का सरकारी ठेका लिया है। भट्ठा बन्द हुआ तो भारी नुक़सान होगा। एक दिन की देरी का मतलब हज़ारों-हज़ार का नुक़सान। चार दिनों की बन्दी में ही नबी ख़ाँ की साँस गले में फँसी है। सप्लाई में देरी हुई तो बिल का भुगतान रुक जाएगा। बहुत ज़्यादा देर होने पर ठेका हाथ से छिन भी सकता है। इस इलाक़े में नए मजूरों का मिलना भी मुश्किल है। अगर कुछ मिलते भी हैं, तो डर के मारे काम नहीं करना चाहते। नबी ख़ाँ के सामने दो ही रास्ते बचे हैं—भट्ठा बन्द कर दें या मजूरों की बात मान लें।

चार दिन हुए उसरायन की बाँझ कोख में ईंट गढ़नेवाले मजूरों की भीड़ नबी ख़ाँ के सामने छाती ताने खड़ी थी। पहली बार उदास चेहरों की झँवराई चमड़ी के नीचे बहते लहू का लाल रंग बाहर झाँकने लगा था। मँगरू की औरत सुनरी, दवा के लिए मुंशी से पैसा माँगने गई थी। उसका बेटा बीमार था। मुंशी ने हफ़्ता पूरा होने से पहले पैसा देने से इनकार कर दिया। दूसरी ओर मुंशी से तू-तू-मैं-मैं हो गई। मुंशी ने सुनरी को पटककर ख़ूब पीटा। हल्ला-गुल्ला सुनकर भीड़ जुट गई। सुनरी ज़मीन पर बेहोश चित्त पसरी थी। अचानक न जाने कहाँ से तूफ़ानी पितरेल की तरह राघो पहुँच गया था। मिट्टी-सनी हथेलियों से मुंशी की गर्दन दबोचकर ज़मीन पर पटक दिया था और बेतहाशा पीटने लगा था। बूढ़े रामधन ने बीच बचाव किया, तब जाकर मुंशी की जान बची। इस बीच सुनरी का बेटा मर चुका था और वह भी बेहोश पड़ी थी। नबी ख़ा पहुँचे, तब तक कारिन्दे मुंशी को मरहम-पट्टी के लिए ले जा चुके थे और सुनरी की देह पर हल्दी-चूने का लेप चढ़ाया जा रहा था। मजूरों ने पुराने

कारिन्दों के साथ काम करने से इनकार कर दिया और हर्ज़ाना माँगा। नबी ख़ाँ ने राघो को काम पर से हटाने की शर्त रखी। नबी ख़ाँ को घेरकर खड़ी भीड़ ने एक आवाज़ से उनकी शर्त को नकार दिया। भट्ठों पर काम बन्द हो गया और नबी ख़ाँ बौखलाए हुए वापस लौट गए थे।

उसरायन की झुग्गियाँ रात की काली गुफा में बन्द हैं। अँधेरे में चिमनियों का अस्तित्व मिट गया है। राघो अभी-अभी मँगरू की झुग्गी से वापस लौटा है। सुनरी अब धीरे-धीरे निरोग हो रही है। उसकी देह की सूजन कम हो रही है। मँगरू तो जैसे गूँगा हो गया है। सिर्फ़ रोता रहता है।

राघो अपनी झुग्गी में बँसखट पर पसरा है। आँखें अँधेरे में छटपटा रही हैं। बगलवाली झुग्गी में चानो जगी हुई है। गूदर के लौटने का इन्तज़ार कर रही है। वह दिन रहते बाहर निकला था और अभी तक लौटा नहीं। सदानन बता रहा था कि गूदर उसे हसनपुरवा बाज़ार में मिला था। भट्ठे के एक कारिन्दे के साथ घूम रहा था। राघो के मन में चिन्ता की लहर काँप जाती है। गुदरवा का कोई भरोसा नहीं। चार दिन से दारू पीने नहीं गया। कौन ठिकाना, कहीं पीकर कोई उल्टा-सीधा काम न कर दे ! रात को राह में अकेले कोई दुश्मन ख़तरा कर बैठे तो ? इतने बड़े आदमी से दुश्मनी चल रही है कि कुछ भी हो सकता है। राघो चिहुँककर उठता है। उसका मन दुविधा में पड़ा है कि वह क्या करे ?

आज चूल्हा भी नहीं जला। चानो भी भूखी बैठी गूदर की राह देख रही है। राघो सोचता है, कल कोई-न-कोई जुगाड़ करना होगा। वह खुद भले भूखा रह ज़ाए, पर उसके रहते वे दोनों भूखे रहें, यह नहीं होगा। पर वह किस-किस के लिए जुगाड़ करेगा। सबके घर तो यही हालत है। दूसरों के घर तो नन्हे-नन्हे बच्चे भूख से बिलबिला रहे हैं। उसका सारा सोचना गड्डमड्ड हो जाता है। अँधेरा सघन होता जा रहा है। हाथ को हाथ नहीं सूझता। राघो को कल के लिए कोई राह नहीं मिल रही है।

अचानक उसरायन में बिछे सन्नाटे में दरारें पड़ जाती हैं। चानो की झुग्गी में गूदर की कर्कश आवाज़ उमड़ने-घुमड़ने लगती है। गूदर चीख़ता है, "रोटी लाऽऽऽ"

राघो का सिर कुम्हार के चाक पर चढ़े माटी के लोंदे की तरह चक्कर खा जाता है। गूदर की आवाज़ फैल रही है, "हरामजादी, रोटी पकाके तूने यार को खिला दिया होगा। हम को पता है...साली, तू रघउवा पर मोहा गई है। अब चाहे हम, चाहे रघउवा। तेरा लच्छन बिगड़ गया है।"

राघो का पूरा शरीर भन्ना जाता है। चानो की झुग्गी से उठनेवाली आवाज़ें उसको बेध रही हैं। वह अपनी झुग्गी से बाहर निकलता है। चानो के दरवाज़े पर आकर

खड़ा हो जाता है। दारू के नशे में बदहवास गूदर चानो की छाती पर बैठा उसे पीट रहा है।

"गुदरवा, छोड़ दे उसे।" राघो की आवाज़ गूदर के शरीर में बिजली के झटके की तरह लगती है, उसके हाथ रुक जाते हैं। वह उछलकर राघो के सामने खड़ा हो जाता है।

"तू कौन है छुड़वानेवाला ? कौन लगती है तेरी ?" गूदर का तमाचा राघो के गाल से टकराता है। वह पीछे मुड़कर फिर चानो को पीटने लगता है।

"गुदरवा, छोड़ दे उसे। अबकी हाथ लगाया तो जान ले लूँगा।" राघो की आँखों से लहू छलकने लगा है।

"नहीं छोड़ूँगा, आज तो नहीं छोड़ूँगा। कूबत है तो छुड़ा ले तू।"

राघो दहाड़ता है, "कूबत देखेगा तू मेरी ? चानो मेरी औरत लगती है आज से। तेरी छाती में कूबत है, तो उठा हाथ उस पर।"

वह आगे बढ़कर गूदर से उलझ जाता है। चोट खाते ही गूदर एकबारगी हड़बड़ा जाता है और ज़मीन पर लुढ़क जाता है। राघो आगे बढ़ता है। चानो को बाँहों में समेटकर उठा लेता है। अधमरी चानो उसकी बाँहों में झूल जाती है।

भीड़ जुट जाती है। लोग राघो और गूदर को झुग्गी से खींचकर बाहर निकालते हैं। गूदर दहाड़ रहा है, राघो और चानो को गालियाँ दे रहा है। राघो ज़िद ठाने हुए है कि चानो अभी, इसी वक़्त से मेरी झुग्गी में, मेरी औरत बनकर रहेगी। बस्ती के बूढ़े-जवान सब एक-दूसरे से बहस कर रहे हैं। बात उलझती जाती है। राघो और गूदर आपस में गुँथ जाने के लिए पैंतरे बदल रहे हैं। बस्ती के कुछ बूढ़े अनुभवी लोग दोनों को समझाने की कोशिश करते हैं, पर कोई किसी की बात सुनने को तैयार नहीं है। अन्त में बुजुर्ग रामधन उखड़ जाते हैं, "अरे सालो, रंडी का कोठा समझ लिया है का ? हम लोग बुढ़ा गए तो इसका मतलब जिसके जी में जो आएगा, करेगा ? कल बस्ती के सब पंच मिलके जायज-नाजायज बिचारेंगे। जो फ़ैसला करेंगे—वही होगा।"

लोग धीरे-धीरे खिसकने लगते हैं। सदानन और उसके साथी राघो को अपने साथ लेकर चले जाते हैं। औरतें चानो की सेवा-टहल में लग जाती हैं। दारू के नशे में चूर गूदर अपनी झुग्गी में बड़बड़ाता रहता है और उसकी आँख लग जाती है।

दूसरे दिन सूरज उगते ही उसरायन में शोर मचने लगता है। जैसे-जैसे किरणें तीखी हो रही हैं, पंचायत की चर्चा ज़ोर पकड़ती जा रही है। गूदर दिन चढ़े तक सोता रहता है। रात की मार-पीट के बाद भी हर सुबह चानो उसे झकझोरकर जगाया करती थी।

बीड़ी सुलगाकर देती थी और तब वह दिशा-मैदान को जाता था, लेकिन आज उसे जगाने के लिए चानो नहीं आई। उसकी नींद धूप की तीखी चुभन से टूटती है। उसका सिर भारी हो रहा है। दारू की गन्ध झुग्गी में अभी भी डोल रही है। रात की घटनाएँ एक-एक करके मानस में कौंधती हैं। वह घुटने समेटकर बैठ जाता है। घुटनों के चारों तरफ़ बाँहों का घेरा डालता है और उससे ठुड्डी सटाकर सोचने लगता है। फिर जेब से बीड़ी निकालता है। बीड़ी सुलगाने के लिए आग चाहिए। आग नहीं है। सिर घुमाकर झुग्गी में आहट लेता है। चानो भी नहीं है। वह बीड़ी मसलकर फेंक देता है और दिशा-मैदान के लिए खांड की ओर चल देता है।

सदानन की झुग्गी में राघो और चानो आमने-सामने बैठे हैं। बातचीत का दौर अभी-अभी रुका है। सबने मिलकर एक महत्वपूर्ण निर्णय लिया है। सब चुप हैं, जैसे एक तूफ़ान के चले जाने के बाद दूसरे तूफ़ान की राह देख रहे हों। झुग्गी के भीतर रेंगती चुप्पी में एक बेचैनी दौड़ रही है।

सदानन जम्हाई भरते हुए कहता है, "उठो सब लोग, जाओ, दिशा-मैदान से फराकत हो लो, पंचायत का समय हो गया।"

चानो और सदानन की औरत, दोनों भीतर चली जाती हैं। राघो दोनों हाथों की उँगलियाँ फँसाते हुए कहता है, "जरा गमछा दो सदानन, नहा आवें।"

सब उठते हैं। पंचायत में जाने की तैयारी के लिए अपनी-अपनी झुग्गियों की ओर चले जाते हैं।

बूढ़े रामधन की झुग्गी में भी सोच-विचार का सिलसिला ज़ारी है। कुछ लोग मूर्तियों की तरह बैठे हैं और कुछ दाढ़ी खुजला रहे हैं। हर किसी का मन दुविधा में फँसा है। चिन्ता में डूबी रामधन की आवाज़ फैलती है, "औरत जाति का लफड़ा तो जुग-जुग से नास करता आ रहा है। दोनों ससुरा जबरजोत हैं, कहीं कपरफोड़व्वल कर लिया तो भारी बवेला मचेगा।"

"हूँ ऽऽऽ।" कोई हुँकारी भरता है।

रामधन साँस छोड़ते हुए फिर कहते हैं, "चलो भाई, समझा-बुझाके झंझट मिटाना है। साला कुदिन आ गया है। एक तो रोजी-रोजगार बन्द और ऊपर से आपस में फ़ौजदारी।"

सब लोग झुग्गी से बाहर निकलकर पंचायत के लिए चल देते हैं, जैसे गर्मी के दिनों में बहनेवाली पछुओं से उड़ती धूल के बगूलों के बीच कुछ पत्ते बेमतलब उड़े जा रहे हों।

पंचायत बैठी है। बीड़ी-खैनी का दौर चल रहा है। कुछ लोगों को छोड़कर पूरी बस्ती के लोग दो दलों में बँट गए हैं। आपस में तनातनी चल रही है। कोई राघो पर उँगली उठा रहा है, तो कोई गूदर को भला-बुरा कह रहा है। राघो के साथी भीतर

ही भीतर तने हुए हैं कि चाहे जो हो जाए, चानो रहेगी तो राघो के साथ। गूदर के साथ के लोगों की लाठियाँ भी तैयार हैं। सिर्फ़ गूदर की एक नज़र का इशारा भर चाहिए। लेकिन वह पंचायत में चुप बैठा है। आँखों के नीचे की चमड़ी सँवरा गई है। मन लहूलुहान हो गया है।

पंचायत सबसे पहले राघो का बयान लेती है। वह अपने मन की ठाने हुए कहता है कि चानो अब उसकी औरत है। वह गूदर के साथ नहीं रहना चाहती। गूदर उसे जानवर की तरह पीटता है। चानो उसकी शरण में आई है इसलिए वह उसे नहीं छोड़ेगा, चाहे उसे जान भी गँवानी पड़े।

पंचायत फिर चानो से पूछती है। चानो भरी पंचायत में ढीठ जवाब देती है कि वह राघो के साथ रहेगी। गूदर से उसका कोई सम्बन्ध नहीं। वह उसके लिए मर चुका है। बस्ती के बुजुर्ग पहली बार चानो की ढीठ आवाज़ सुनते हैं। लोग चानो के साहस पर चकित हैं।

अन्त में पंचायत गूदर से पूछती है। सब साँस रोके गूदर के जवाब का इन्तज़ार करते हैं। वह बीड़ी का जलता हुआ सिर माटी में रगड़ता है। धुआँ उगलकर सिर झुकाए हुए कहता है, "जब औरत ही साथ रहने को राज़ी नहीं तो हम जबरर्न थोड़े रखेंगे। जो उसकी मरज़ी। जिसके साथ चाहे रहे। हमको कुछ नहीं कहना।"

गूदर के साथियों का सीना मुट्ठी भर नीचे बैठ जाता है। सब चौंकते हैं। पल भर के लिए उसकी बात पर किसी को भरोसा नहीं होता। आपस में खुसुरफुसुर होने लगती है। गूदर किसी से कुछ कहे बिना गमछे से भरी-भरी आँखों को पोंछते हुए चल देता है।

गूदर अब राघो की झुग्गी में रहता है और राघो के साथ चानो रहती है। अब पहले की तरह इन झुग्गियों में शोर नहीं उठता। गूदर अब भी दारू पीता है, पर उसकी तेज़ आवाज़ सुनने को नहीं मिलती। चानो उसी मान और नेह के साथ गूदर को खाना परोसती है, जैसे पहले राघो को परोसती थी। सब कुछ पहले की तरह सामान्य हो गया है। उसरायन के भट्ठे चालू हो गए हैं। नबी ख़ाँ ने मजूरों की बात मान ली है।

गूदर भट्ठी में बैठा दारू पी रहा है। देहात जानेवाले दारू पीकर जा चुके हैं। हसनपुरवा बाज़ार की चहल-पहल रात की गहराती हुई चुप्पी में डूब रही है। बचे हुए ग्राहकों से फ़ुरसत पाते ही बाला कलाली दारू की नई बोतल लिए गूदर के पास आकर बैठ जाता है। बाला और गूदर में पुरानी दोस्ती है। चानो जब से राघो के साथ रहने लगी है, बाला के साथ बैठकर गूदर देर तक पीता रहता है। बाला कभी-कभी

उसे ज़िद करके रोक भी लेता है।

दोनों बहुत देर तक चुप बैठे रहते हैं। गूदर आजकल कम बोलने लगा है। बाला छेड़छाड़ करके उसे हँसाना चाहता है, पर गूदर खुलकर हँसता नहीं। सिर्फ़ मुस्कराकर रह जाता है। यह मुस्कान कभी सहज आती है, तो कभी गूदर उसे ज़बरन लाता है। गूदर की चुप्पी बाला को सालती है। चुप बैठकर दारू पीना उसे बेमज़ा लगता है। वह बहुत साहस बटोरकर गूदर से पूछता है, ''एक बात पूछें गूदर भाई।''

''पूछो।'' बोझिल पलकों को ऊपर उठाते हुए गूदर धीरे से बोलता है।

''तुम मउगा काहे गए ? बोलो, काहे करेजा पर बोझ लादे फिरते हो ?''

गूदर बात टालने की कोशिश करता है, ''हम समझे नहीं।''

''समझना का है ? बिआहता औरत आँख के सामने पराए मरद के साथ सोए—ई मऊगापन ना है, तो का है ? बोलो।''

''छोड़ो, ई बात में अब का रखा है ? बात पुरानी हुई। राघो ग़ैर थोड़े है। अपना मौसेरा भाई है।''

''अरे भाई है, तो का हुआ ? जिस थाली में खाएगा, उसमें छेद करेगा साला ? तुम्हारी मति मारी गई है।''

''हम कौन सुख दे रहे थे औरत को ? रोज़-रोज़ मार-पीट, रगड़ा-झगड़ा। चलो, छुटकारा मिल गया बेचारी को।''

''हम फिर कहते हैं कि तुम मऊगा गए हो।'' बाला को हिचकी आने लगती है। वह मुँह में घुघनी डालकर चबाने लगता है। गूदर की लाल आँखें मुँद जाती हैं। चेहरे पर रेखाओं का जाल उभरता-मिटता है। बाला उसे टोकता है, ''गूदर, औट (आउट) हो गया रे ?''

''आँय !'' गूदर की पलकों के संपुट खुलते हैं। पहले बाला को एकटक निहारता है, फिर उससे कहता है, ''हमारी दादी एक ठो क़िस्सा कहती थी।''

''कौन क़िस्सा ?''

''सुनोगे बाला ?''

''सुनाओ।'' बाला दारू की बोतल मुँह में लगाकर 'गट-गट' करता है। दारू की पतली धार होठों से नीचे चूकर गले पर रेंगती हुई ताबीज़ को भिगो जाती है।

''एक राजा था...बड़ा धनवान...निरदयी, उसके दो बेटे थे। वीर, बहादुर, लड़ाकू राजकुमार, पर थे मन के निरमल, साफ़। परजा उसको बहुत मानती थी। राजा सनकी था। खीस में आकर दोनों राजकुमारों को राज से निकाल दिया। दोनों वीर थे, पर थे मानी, सो कहा, बाप के धन पर जिनगी नहीं काटेंगे। चल दिए अपने बलबूते के भरोसे राज-पाट खड़ा करने। कुछ परजा भी पीछे लग गई। दोनों ने मना किया, पर लोग दिवाने थे—सो माने नहीं। चलते-चलते बहुत दूर जंगल में जा पहुँचे। जंगल में

एक पुराना भुतहा महल मिला; किसी राजा का था, जिसका राज-पाट सन्तान के बिना कोरट हो गया था। बाहर का फाटक खुला था, पर भीतर सब दरवाज़े बन्द थे। सब सिर पटककर रह गए पर कौनो दरवाज़ा ना खुला। थके-हारे लोग सो गए...बाला, सो गया रे ?"

"ना, सुन रहे हैं। आगे बोलो।"

"बड़े राजकुमार को सपना आया कि महल के पिछवाड़े राजकुमारी ज़मीन में दबी है। उस पर जादूगरनी का सराप था। अब सराप का दिन बीत गया है। तुम उस राजकुमारी को खोदके निकालो। वो ज़िन्दा हो जाएगी। जो उसको निकालेगा, उससे शादी करेगी। उसको सब राज-पाट मिलेगा। बड़े राजकुमार की आँख खुली, सपना ग़ायब। उसने छोटे राजकुमार को जगाया। सपने की बात कही।"

"तब ?" बाला टोकता है।

"छोटा राजकुमार हँसा, ख़ूब हँसा, ठठाके हँसा। बोला, तुम कबर खोदो, चाहे जो करो, हम तो पहले महल का दरवाज़ा तोड़ेंगे, धन-दौलत खोजेंगे, भोर हुई। सब लोग जागे। दोनों अपने-अपने काम में जुट गए। बड़े राजकुमार का किसी ने भी साथ ना दिया। अकेले धरती खोदते-खोदते उसे राजकुमारी की लाश मिली। लाश माटी में लिपटी थी। वो माटी हटाने लगा। राजकुमारी की देह पर सोने की जरीवाला कपड़ा था। माटी हटती गई, देह और कपड़ा चमकने लगा, मानो ज़िन्दा राजकुमारी सो रही हो। सिरफ चेहरे पर माटी बची थी, तब तक बड़ा राजकुमार मारे ख़ुशी के पगला गया। हँसने लगा, पागल के माफिक कूदने लगा, हल्ला-गुल्ला करने लगा। छोटा राजकुमार और सब लोग थक गए, पर महल का दरवाज़ा ना खुला। सब कोई पिछवाड़े आए तो हक्का-बक्का हो गए। राजकुमारी की मूरत-सी देह पड़ी थी—बड़े राजकुमार पगला गए थे। छोटे राजकुमार ने राजकुमारी के चेहरे पर की माटी साफ़ की। राजकुमारी जी गई। उसकी मुरदा देह में जादू हो गया। वह छोटे राजकुमार से लिपट गई...सुन रहे हो बाला ?"

"हाँ भाई, आगे बोलो ?"

"बस, क़िस्सा ख़त्म समझो। कुछ लोग बोले कि मेहनत बड़े राजकुमार ने किया है, पर राजकुमारी नहीं मानी। वह समझी, छोटे राजकुमार ने ही उसकी जिनगी लौटाई है। बस, छोटा राजकुमार राजा बन गया और बड़ा राजकुमार..."

"...मउगा बन गया। साले, क़िस्सा गढ़-गढ़के मन को समझाते रहो। देख गूदर, मउगापना छोड़ दे, रघऊवा को खदेड़के औरत पर कब्ज़ा कर। समझा ?"

"तू ना समझेगा बाला। तू बनिया है, दारू बेचता है। तेरी आदत बनियागिरी वाली है। तू महीन बात ना समझेगा।"

"हाँ, हम तो मूरख हैं, पर तू बता, तू झूठ बोलके अपने को काहे ठगता है ?"

बाला खीजकर पूछता है।

"ठग तो रहे हैं भाई। तू सच कहता है। बाला, असल बात और है। अगर हम राघो की बात ना मानते तो बस्ती में बवाल हो जाता। आपस में कपर-फोड़व्वल होता और मज़ा लूटता नबी ख़ाँ। गाँव फुटे, जवार लुटे...समझा ? आपस में झगड़ा-फसाद होता और नबी ख़ाँ पुलिस बुलवाके सबको भीतर करवा देता। मजूरी छूटती अलग, जेल खटते अलग। का मिलता हमको ? बोल ? हम तन गए होते तो आज का हालत होती ? मान गए, तो सब ठीक-ठीक चल रहा है। राघो कह रहा था कि अब वो मजूरी बढ़ाने की बात करेगा। तू बता, आपस में फूट हो तो बात मानेगा नबी ख़ाँ ? सब एकजुट होके ना रहेंगे, तो रोटी भी ना मिलेगी भाई। राघो समझदार आदमी है, नेक है, मौसेरा भाई है हमारा। चानो भी उसके साथ सुख से है। बस, और का चाहिए ? पाव भर दारू ? सो तू है ही अपना यार।"

बाला मुँह फाड़े गूदर को देखता रह जाता है। गूदर की आँख भर आती है। पलकों के संपुट बन्द हो जाते हैं। दारू की बोतल ख़ाली होकर लुढ़क गई है। रात झनझना रही है। बाला एकटक बड़े राजकुमार को घूर रहा है।

(धर्मयुग, 1980)

रक्तवन्या

अजीब होती जा रही है केया दास। उसे अब अपने-आपसे भय लगने लगा है। जंगल की ये रातें उसे तिलिस्मी लगती हैं। डरावनी। पूरे शरीर में सिहरन भर देनेवाली रातें।

केया दास करवटें बदलती हैं। बिस्तर पर छटपटाती है। सिरहाने जलनेवाली लैम्प को लगातार घूरती है। तकिए में मुँह छिपाकर रोती है। रात-रात भर जागती रह जाती है केया दास। पहाड़ी के शीर्ष से गिरनेवाले तीरथगढ़ के झरने का-सा शोर उसकी कोठरी में भर जाता है। दरभा घाटी में खड़े शाल-वृक्षों को झकझोरकर बहनेवाली तूफ़ानी हवा के झोंके अयाचित मेहमान की तरह आकर दस्तकें देने लगते हैं। केया दास को यह कोठरी कोटुमसर गुफा के गर्भ की तरह लगती है। गुफातल पर बने छोटे-छोटे गड्ढों में तैरनेवाली अन्धी मछलियों की तरह वह इस कोठरी में हाथ-पाँव मारती रहती है।

रात जैसे-तैसे कटती है, रोशनी का लाल टुकड़ा किसी वनपाखी की तरह दाना चुगने के लिए खिड़की से घुसता है। कोठरी में रोशनी रेंगने लगती। सुबह के आकाश में मूँगिया रंग के बादल के टुकड़े टँगने लगते हैं। केया दास जम्हाई भरती है। कोठरी से बाहर निकलती है। आकाश की ओर मुँह उठाकर देखती है और काँप उठती है साँभरी की तरह, जैसे बादल के टुकड़े झुंड बनाकर उसे दबोचने के लिए झुके आ रहे हों।

दिन होता है। जंगल का जीवनक्रम बदलता है। केया दास को लगता है वह हिंसक वन-पशुओं के झुंड के बीच घिर गई है। जंगल के बीच इस्पाती चट्टानों की काली पट्टी की तरह बिछी सड़क पर ट्रकों का गुज़रना शुरू हो जाता है। सामने नाका पर ख़ाकी वर्दी में बैठा फॉरेस्ट गार्ड कोठरी के दरवाज़े पर खड़ी केया दास को घूर रहा है। केया दास को लगता है, जैसे उसकी छाती पर कोई तेज़ धारवाली टँगिया से वार कर रहा हो...छप...छप...!

केया दास की ज़िन्दगी में घाव ही घाव हैं...चोट ही चोट है। वह हर पल अपने शरीर से अलग होते मांस-पिंडों को रिसते लहू में डुबोकर जोड़ने-साटने का प्रयास करती है और बदलती जा रही है एक टेढ़ी-मेढ़ी आकृति में। उसकी ज़िन्दगी के

पोर-पोर पर निशान बन गए हैं। कहीं चोट के काले निशान, तो कहीं टँगिया और संगीन के ज़ख़्म। कभी ज़ख़्मों से लहू रिसता है, तो कभी मवाद। केया दास ने संगीनों की नाव पर लहू की नदी को पार किया है और तब पहुँची है टँगिया, हिंसक वन-पशुओं और तूफ़ानी बयारवाले इस जंगल में। कभी न रुकनेवाली यातना के इस लम्बे सफ़र में थक चुकी है केया दास। उसके पाँवों से लिपटी हैं अतीत की लतरें।

...पूर्व बंगाल का शहर फ़रीदपुर। पद्मा नदी के किनारे बसा शहर फ़रीदपुर। केया दास को लगता है, जैसे भूकम्प आ गया हो। पृथ्वी फिरकी की तरह डोलने लगी हो। गोला-बारूद के विस्फोट...मशीनगनों-बन्दूकों की आवाज़ें...संगीनों से छिदते-बिंधते शरीर। चीख़ें। पुकारें। शरीर से उतरते वस्त्रों की होली। पाशविक पंजों से नुची देह। नंगी देह। केया दास के सामने पड़ी है वृद्ध बाबा की लाश। भाई का दो टुकड़ों में बँटा शरीर, तेरह वर्षीय बहन की लहूलुहान लाश, रोती-बिसूरती पीशी माँ और इन सबके बीच पड़ी है स्वयं केया दास की नंगी-बेहोश देह।

...पद्मा का जल लाल होता जा रहा है...पद्मा में लहू मिलता जा रहा है। फ़रीदपुर अब शहर नहीं रहा। फ़रीदपुर धुएँ और शोलों से ढका जलता हुआ ख़्वाबगाह है। केया दास भाग रही है। जलते-सुलगते सपनों की लाश फलाँगती हुई भाग रही है। बुढ़िया पीशी माँ के साथ संगीनों की नाव पर सवार केया दास प्रलय की धारा में बहती जा रही है।

...शरणार्थी शिविर की काली रातें। अँधेरे की मुट्ठी में मृतप्राय ज़िन्दगियाँ, जैसे घुप्प अँधेरी कोठरी में बुझती ढिबरी की लौ। मासूम बच्चे और क़ब्र में पाँव लटकाए बूढ़े लोग। कराहें, आँसू और चुप्पी, पपड़ी पड़े होंठों की घाटियाँ। रीत गई आँखों का रेगिस्तान। सिर्फ़ सात-आठ जवान लड़कियाँ। क़साई की दुकान में टँगे गोश्त की तरह थर-थर काँपती हुई लड़कियाँ। क्या-क्या छूट गया फ़रीदपुर में ? केया दास अँगुलियों पर हिसाब करती है। अँगुलियों के पोर ख़त्म हो जाते हैं और हिसाब करना बाक़ी रह जाता है। शिविर तक साथ आने के बाद भी कई लोग साथ छोड़ गए। किसी को संगीन का ज़ख़्म खा गया, तो किसी का फेफड़ा बारूद के धुएँ से नाकाम हो गया, कोई अपंग ज़िन्दगी से लड़ते-लड़ते थक गया, तो कोई मन में बैठी दहशत से पागल होकर मर गया। केया दास को नहीं मालूम कि वह कैसे जीवित बच गई है। उसका पेट पृथ्वी बनता जा रहा है। माह गुज़रते हैं—एक के बाद एक। और धीरे-धीरे समूची केया दास पृथ्वी बन जाती है। वह लोगों की भीड़ में अकेली सोई रहती है—पृथ्वी की तरह ऊपर से निश्चल और शान्त...पर पृथ्वी के अन्दर कोई तूफ़ान मचाता है। समूची सृष्टि को उलट देने के लिए आकुल कोई हाथ-पाँव मारता है। पृथ्वी की छाती में बारूद के गोले फूटने लगते हैं और आँखों में रक्तवन्या की धारा तेज़-तेज़ दौड़ती है। शिविर नींद में कराह रहा है और केया दास अपने पेट

पर मुक्के से प्रहार कर रही है। मुक्के...लगतार मुक्के...अनगिनत मुक्के। दाँतों तले दबा होंठ दर्द से स्याह होता जा रहा है। फिर पृथ्वी रक्तवमन करने लगती है। शिविर में शोर भर जाता है। दहशत से भरे लोग रक्त में सनी केया दास को देखते रह जाते हैं।

पीशी माँ केया दास के सिरहाने बैठी सुबक रही है। डॉक्टर दवा देकर जा चुका है। शिविर की हलचल रुक गई है। केया दास होंठ बुदबुदाती हैं, "आपनार नाम की ?"

"आमार नाम ? आमार नाम मानस...मानस मुखर्जी।" पता नहीं कब, अतीत का भूला हुआ संवाद याद आने लगता है–

मौलश्री की गझिन होती छाँव। परिचय का गाढ़ा होता रंग, पंख लगाकर उड़ते हुए सपने।

"केया ! बीयेर पर आमादेर एकटि छोट्टी बाड़ी होबे–मौलश्री बने।"

"बाड़ीर दरकार हबेइबा कैनो...आमरा मौलश्री बने थाकबो...मौलश्रीर छायार तले।"

मानस हँसता है। मौलश्री के ढेर सारे फूल झरते हैं। केया दास आँचल फैलाकर फूल बटोर रही है।

मौलश्री की छाँव...वे झरते हुए फूल–सब कुछ बह गया पद्मा की रक्तवन्या में। इस जंगल में तो एक भी मौलश्री का पेड़ नहीं है। केवल शाल-वृक्ष हैं। संगीनों की तरह मुँह उठाए,...आकाश की छाती में चुभते हुए शाल-वृक्ष !

सूरज खिड़की से ऊपर उठ गया है। केया दास अपने लम्बे बालों को सहेजती है। समेटकर पीछे बाँधती है। दिनचर्या से निबटती है। रात का बचा हुआ खाना गर्म करती है। खाने के बाद कन्धे से झोला टाँगती है। कोठरी में ताला डालकर बाहर निकलती है। लाल मूरम से पटी यह पगडंडी पक्की सड़क से जुड़ती है। नाके पर बैठे लोगों के शरीर में हरकतें भरने लगी हैं। फॉरेस्ट-गार्ड ने बीड़ी सुलगा ली है। ठेकेदार हरमुख गोलछा के मुंशी की नाक फूलने लगी है। कम्पाउंडर राधाचरण ने ताश के पत्ते फेंककर आँखों पर धूप-छाँह वाला चश्मा चढ़ा लिया है। केया दास नाका पार करती है। फॉरेस्ट-गार्ड राग अलापता है, "हाथ चो चूड़ी कोन लेका दिलो ?"

कम्पाउंडर और मुंशी दोहरे स्वर में राग भरते हैं, "नाका पर जाऊन रिलिस नाका वाला दिलो।"

केया दास के दाहिने हाथ में थरथरी भर जाती है। वह अपनी कलाई को देखती है। चूड़ियाँ एक-दूसरे से टकरा रही हैं। पीछे से आती ठहाकों की आवाज़ के व्यूह में घिरी वह छटपटा उठती है। ठहाकों की ध्वनि हिंसक वन-पशुओं की तरह दूर तक उसका पीछा करती है।

स्कूल में दोपहर की छुट्टी होती है, लड़के अपनी-अपनी स्लेटें और क़िताबें छोड़कर दौड़ते हैं। देखते-देखते स्कूल का कमरा, बरामदा और फिर सहन ख़ाली हो जाता है। आड़ी-तिरछी रेखाओं पर चलते हुए बच्चे नीलगिरि के पेड़ों के बीच खो जाते हैं। ये पेड़ उसे भले नहीं लगते। सूखकर तने से अलग होती छालवाले इन पेड़ों को देखकर उसे लगता है, जैसे जंगल को कोढ़ फूट रहा हो। इन पेड़ों के बीच से गुज़रते हुए केया दास का दम घुटता है।

पूरा स्कूल चुप पड़ा है। केया दास वहीं बरामदे में बैठी नीलगिरि की फुनगियों को निहार रही है। हवा की लहर से पत्तों में सरसराहट है, और है—एक अजीब-सी आवाज़ ! उसके भीतर भय पैठने लगा है। आँखों पर पड़ती सूरज की रोशनी धुँधली होने लगी है। धुँधलके में केया दास का अतीत उभरता है।

...एक कैम्प...दूसरा कैम्प...फिर तीसरा कैम्प। जगदलपुर के पश्चिमी छोर पर लगे धरमपुरा कैम्प में आते-जाते केया दास के पास शरीर के नाम पर सिर्फ़ हड्डियाँ और सिकुड़ती हुई चमड़ी बची है। पीशी माँ दिन-रात सेवा करती है। रात-रात भर सिरहाने बैठकर सान्त्वना देती है। केया दास की आँखों में आँसू की लहरें डोलती हैं। पीशी माँ अपने आँचल से उसकी आँखें पोंछती है और ख़ुद सिसकने लगती है, जैसे वह सिर्फ़ केया के लिए अपने जीवन का भार ढोए जा रही हो।

एक डॉक्टर हर दिन नियम से आकर सुबह-शाम केया की जाँच करता है। उसके तपते ललाट पर अपनी हथेली रखता है। मुँह में थर्मामीटर लगाकर बुख़ार देखता है। भौंहों पर अँगूठा रखकर आँखों में झाँकता है। ललाट पर हथेली का स्पर्श पाते ही केया के सीने के भीतर सिहरन की एक रेखा खिंच जाती है।

पीशी माँ को अब दवा और राशन के लिए शरणार्थी वितरण केन्द्र तक नहीं जाना पड़ता है। डॉक्टर के हाथों में कभी दवा की शीशियाँ होती हैं, तो कभी पीशी माँ के लिए राशन। पीशी माँ उसे भोलू पुकारती है, केया के पास बैठकर अपने भोलू डॉक्टर का गुणगान करती है। डॉक्टर पीशी माँ का सम्बोधन सुनकर मुस्कराता है। वह डॉक्टर के मुस्कराते चेहरे पर आँखें नहीं टिका पाती है।

एक दिन डॉक्टर की हथेलियों का स्पर्श पाते ही ज्वर में तपती केया के होंठ हिलते हैं, "आपनार नाम की ?"

डॉक्टर सिर्फ़ मुस्कराकर रह जाता है। केया के तपते ललाट पर अपनी हथेली का स्नेहिल स्पर्श देकर उठ जाता है। वह डॉक्टर को जाते हुए देखती रहती है। उसके सवाल के उत्तर में आवाज़ आती है। "आमार नाम ? आमार नाम मानस...मानस मुखर्जी।

दिन और माह कछुए की चाल से सरकते जा रहे हैं। धरमपुरा कैम्प की हवा में घुली-मिली कराहों और सिसकियों की गन्ध मिटने लगी है। अब केया बिना किसी का सहारा लिए खाट से उतरकर ज़मीन पर चलती है। अपने पाँवों पर चलकर वह हर शाम तार के घेरे तक आया करती है और पहाड़ियों के शीर्ष पर आँखें टिकाकर कुछ तलाशने की कोशिश करती है। पाँव थक जाते हैं तो पत्थर के टुकड़ों पर बैठकर चारों तरफ़ आँखें घुमाती है—बेतरतीब फैली झाड़ियों में, जहाँ-तहाँ खड़े शाल वृक्षों की फुनगियों पर। फिर वह आकर उसके पीछे खड़ा हो जाता है। चुप्प। एकदम निःशब्द। केया को जब अपने पीछे डॉक्टर के खड़े होने का अहसास होता है—वह सिहर जाया करती है। कई बार डॉक्टर के आने के बाद उसने इस सिहरन को पहचानने का प्रयत्न किया है, उसकी गति को मापना चाहा है, पर वह विफल रही है। अक्सर वह पूछता है, "क्या देख रही हो ?"

कोई उत्तर दे पाना केया के लिए असम्भव होता है। वह चाहती ज़रूर है कि कुछ बोले। डॉक्टर को बतला दे कि वह क्या देख रही है...कि वह पहाड़ियों के शीर्ष से ढलान तक और पेड़ों की फुनगियों-झाड़ियों के बीच ज़िन्दगी तलाश रही है... ज़िन्दगी...नन्हे ख़रगोश की तरह फुदकती ज़िन्दगी...लेकिन ये शब्द उसके होंठों तक आकर वापस लौट जाते हैं। फेफड़े के बीच जाकर दुबक जाते हैं। केया मात्र औपचारिकता के नाते डॉक्टर की ओर देखकर आँखें झुका लेती है। वह ख़ामोश केया के उत्तर की प्रतीक्षा करता है। फिर सिगरेट निकालकर सुलगाता है। कश लेते हुए तार के काँटेदार घेरे के बीच जगह चुनकर अपनी दोनों बाँहें टिका देता है।

वक़्त की चोट से केया की देह पर उभर आए नीले निशानों का रंग बदलने लगा है। चेहरे पर बनी खाइयाँ भरने लगी हैं। केया चाहती है कि स्वस्थ होकर जीने का प्रयास करे, पर हौसला साथ नहीं देता। स्मृतियों का दबाव इतना तेज़ होता है कि वह हाँफने लगती है। आँखों के आगे फैले अँधेरे के वृत्तनुमा घेरों में अतीत की लौ थरथराती है। उस लौ की मद्धिम रोशनी में केया दास अपने वर्तमान और भविष्य की अस्पष्ट छाया देखती है। वह अपनी हथेलियाँ फैलाकर इस छाया को मुट्ठियों में बन्द कर लेना चाहती है। पर अँगुलियों की पोर अकड़ जाती हैं। हथेलियों को मुट्ठी में बदलने की कोशिश में असफल केया दास की आँखों के सामने से ज़िन्दगी सरक जाती है। बच जाती हैं सिर्फ़ स्मृतियों की टीसें और...शून्य।

पुनर्वास योजना के अन्तर्गत धरमपुरा के पास ही एक गाँव में मिली झोंपड़ी में केया दास के दिन सरकते हैं और रातें कटती हैं। पीशी माँ ने पासा पलट दिया है। खाट पकड़ ली है। पीशी माँ की सेवा-टहल, हिन्दी की पढ़ाई और कपड़ों पर कसीदाकारी—केया दास की दिनचर्या इन्हीं कामों की परिधि में घिर गई है।

डॉक्टर अब अक्सर सुबह आता है। महुआ के छतनार पेड़ों की छाया में अलसाई

झोंपड़ी के दरवाज़े पर साइकिल की घंटी ट्रिंग-ट्रिंग बजाकर आवाज़ देता है—"पीशी माँ...पीशी माँ।" और किसी उत्तर की प्रतीक्षा किए बिना अन्दर चला जाता है। पीशी माँ के सिरहाने बैठकर घंटों उनकी बातें सुनता है। केया चाय का कप देकर अपने कामों में लग जाती है। और वह अपनी आँखों से उसका पीछा करता है। केया पूरे घर में थरथराती हुई डोलती-फिरती है या कपड़े पर सुई-धागे से रेखाएँ बनाती है। डॉक्टर की आँखों के दबाव से सुई-धागे अपने लक्ष्य से अलग हो जाते हैं। केया की अँगुलियों के पोर से लहू रिसने लगता है। रिस-रिसकर गिरते लहू की बूँदें उसके मन में दहशत भर देती हैं। उसे लगता हैं, ये बूँदें धारा बन जाएँगी...रक्तवन्या की धारा। वह बाहर आ जाती है। दरवाज़े पर बैठ जाती है। घुटनों में मुँह छिपाकर रोती है।

...और एक दिन डॉक्टर उसे दरवाज़े के पास बैठकर सुबकते हुए देख लेता है। उसकी धीमी आवाज़ केया को दुलारती है, "केया...केया !"

केया उसकी आवाज़ का स्पर्श पाकर सिहरती है।

"मेरी तरफ़ देखोगी भी नहीं ?" प्रार्थना के बोल की तरह डॉक्टर की आवाज़ फिर उसको छूती है। डॉक्टर उसके सामने ज़मीन पर ही पालथी मारकर बैठ जाता है। केया डबडबाई आँखों से उसे निहारती है। पाँव के पास छिटक आए महुआ के दानों को उठाकर हथेली पर डगराते हुए डॉक्टर बोलता है, "केया, आदमी जब अकेलेपन के व्यूह में घिरने लगे, तो उसका स्व टूटने लगता है। टुकड़ों में बँटते स्व को देह के घोंसले में छिपाकर जी पाना आसान नहीं होता है।"

केया के पास अभिव्यक्ति के लिए सिर्फ़ अहसास उभरते हैं और जाने कहाँ जाकर छुप जाते हैं। केया चुप रहती है। डॉक्टर अपने संवाद को आगे बढ़ाता है, "केया ! मैं जानता हूँ कि बीच राह में अकेले छूट जाता, ख़ुद को मरते हुए देखने या महसूसने-सा दुख देता है। आदमी को चाहिए कि, वह नया रास्ता खोजे, नई दृष्टि तलाश करे...कुछ भी नया सोचे। तुम्हें मेरी बातें अनर्गल लग सकती हैं, पर मैं..."

"रतन !" केया के होंठ काँपते हैं। बाक़ी शब्द उसकी आँखों से पानी बनकर ढुलकने लगते हैं। डॉक्टर पहली बार केया की आवाज़ में अपना नाम सुनता है। केया आगे कुछ भी नहीं बोल पाती है।

"केया, हर व्यक्ति के भीतर जीवन को सहजता से जीने की भूख होती है। तुम उस भूख को मार रही हो, मैं तुम्हें सहानुभूति और दया नहीं देना चाहता। चाहता हूँ, तुम्हें नमी दूँ ताकि तुम्हारी सवंदेनाओं के बीज, जो सूखते जा रहे हैं—अंकुरित हों, पौद बनें...फिर उनके वृन्तों पर फूल खिलें...जीवन के फूल।"

सुरक्षा की छाँव लिए विशाल वृक्ष की तरह अपने ऊपर फैलते रतन की संवदेनाओं की परिधि से अचानक बाहर निकल जाती है केया दास।

"रतन !...मेरी एक बात मानोगे ?"

"बोलो।"

"मत आया करो मेरे पास। मुझे लगता है, मैं जीवन भर तुम्हारे स्नेह का प्रतिदान नहीं दे सकूँगी।"

"मैंने तुमसे कोई प्रतिदान नहीं माँगा, केया...कभी नहीं। मैं चाहता हूँ कि तुम सहज जीवन जी सको...ऐसा जीवन, जिसमें उछाह हो...लालसा हो..."

डॉक्टर रतन के शब्द बीच राह में छूट गए राहगीर की तरह ठिठक जाते हैं, केया दास दरवाज़ा बन्द कर चुकी है, डॉक्टर हतप्रभ-सा खड़ा रहता है—भीतर से आती हुई केया की हिचकियों को विश्लेषित करता हुआ। फिर धीरे-धीरे महुआ के दानों के ऊपर साइकिल डगराते हुए वापस लौट जाता है। केया उसके जाते हुए पैरों की ध्वनि से दूर होती जाती है...दूर...बहुत दूर...

दूर से आती हुई बच्चों की आवाज़ केया के मानस में उभरते अतीत के बिम्बों पर छा जाती है। नीलगिरि के पेड़ों के बीच मृगशावकों के झुंड की तरह उछलते हुए स्कूल की तरफ़ आते बच्चों को वह आँखों में भर लेना चाहती है। स्कूल का सहन, बरामदा और कमरा बच्चों के शोर में तैरने लगता है। केया दास के सामने स्लेटें हैं, ब्लैकबोर्ड पर खड़िया से बने सफ़ेद अक्षर हैं, क़िताबें हैं, और हैं झरने के संगीत की तरह फैलती हुई बच्चों की खिलखिलाहटें। केया दास धागा बनकर मनकों की तरह यह सब कुछ अपने साथ पिरो लेना चाहती है।

दिन ख़त्म होनेवाला है। सूरज धीरे-धीरे घाटी के गर्भ में उतर रहा है। स्कूल बन्द करके केया दास वापस लौट रही है। दिन भर की थकान और अतीत के तनाव ने पैरों और मन की गति को शिथिल बना दिया है। यह शिथिलता केया दास को भयातुर बना रही है। अपने भयातुर मन और देह की गाथा को वह इस छोर से उस छोर तक पढ़ना चाहती है। चाहती है, अतीत के एक-एक दिन को अपनी खुली हथेलियों पर रखकर हिसाब करना। केया दास सोच रही है। केया दास बुदबुदा रही है। दिन पर दिन उलझती जीवन-स्थितियों को छटपटाहट के साथ मूल्यांकित करने की कोशिश में लगी है। ज़िन्दगी की गझिन बुनावट से एक-एक धागा खिसकता जाता है। जगह ख़ाली होती जाती है और बुनावट झाँझर, मौलश्री की गझिन छाँव की कल्पना लिए मानस फ़रीदपुर की मिट्टी में दब गया। उसकी छाती में उछाह की थिरकन भरने की आकांक्षा लिए डॉक्टर रतन वापस लौट गया। परछाई की तरह साथ चलनेवाली पीशी माँ ने साल भर तक बिस्तर पर लोटने के बाद एक दिन दम तोड़ दिया। सब चले गए। सबने उसकी ज़िन्दगी में अपनी-अपनी यादें टाँक दीं। गुज़रे हुए वक़्त के हिंसक नाख़ूनों ने उसकी ज़िन्दगी को ख़ूब खरोंचा है। केया दास खरोंच के उन निशानों को टटोलती है।

...प्राथमिक शाला की शिक्षिका का नियुक्ति-पत्र हाथों में लेकर खड़ी है केया दास। आँखों का समुद्र उमड़ रहा है। नहीं...अब और नहीं। वक़्त के हिंसक नाख़ून मुर्दा हो रहे हैं। अब और खरोंचें नहीं लगेंगी। अब और ज़ख़्म नहीं बनेंगे। ज़ख़्मों से अब और मवाद और लहू नहीं रिसेगा। केया दास अब अपने फेफड़े में स्वच्छ हवा भरना चाहती है। भागना चाहती है। दौड़ना चाहती है। केया दास अतीत को अपने हाथों खोदकर दफ़न कर देना चाहती है। उसके मन में अपने वर्तमान के प्रति सन्तोष के बीज अंकुरित हो रहे हैं। उसकी छाती में उल्लास की आँच है। वह दरभा जाकर नौकरी ज्वाइन करेगी। जंगल की गोद में बसे बच्चों को अपनी आँखों की उजास बाँटेगी। केया दास की ज़िन्दगी को एक ठौर मिल गया है, जहाँ खड़ी होकर वह आनेवाले कल के रेखाचित्रों में भरने के लिए रंगों का चुनाव करेगी। वह साँप के केंचुल की तरह अपने अतीत को उतारकर फेंक रही है, ताकि बच्चों के स्नेहिल संसार के असीम विस्तार में स्वयं को निर्बन्ध छोड़ सके।

दरभा घाटी के घने जंगल के बीच केया दास साँभरी की तरह कुलाँचे भर रही है। इस गाँव से उस गाँव जाकर अपने स्कूल के लिए बच्चे तलाश रही है। उसके विचार एक नई ज़मीन पर अंकुरित हो रहे हैं। उसकी कल्पना की पौद उग रही है। केया दास जंगल की पगडंडियों पर तेज़-तेज़ चलती है। वन-पुष्पों को जूड़े में सजाती है। चश्मों-नालों के किनारे रुकती है। अंजली भर-भरकर जल पीती है। वह भागते-दौड़ते, चलते-रुकते हर समय सोचती रहती है—जीवन में परिवर्तन का चक्र कैसे-कैसे घूमता है ? घटनाओं का क्रम ऐसे चलता है, जैसे सब कुछ पूर्व नियोजित हो। क्या जीवन ऐसे ही चलता है ? अपने आप जीवन का यह टूटना-जुड़ना सोच की गति में अवरोध नहीं बनता ? वक़्त शरारती बच्चों की तरह ईंट-पत्थर फेंककर उसे क्षत-विक्षत करता रहा, भीड़ का रेला हर पल उसके चारों तरफ़ से गुज़रता रहा और वह पत्थर की प्रतिमा की तरह अब तक पीड़ा और यातना के चौराहे पर चुप खड़ी रही। कौवों का झुंड रोज़ उस पर बीट करता रहा, रोशनी की तलाश में दिशा बदलती उसकी प्रतिच्छाया-तले गिद्ध लाश खाते रहे और वह अनन्त की ओर अपनी आँखें स्थिर किए पड़ी रही। किसी ने उसके ऊपर से ईंट-पत्थर चुनकर अलग नहीं किए। किसी ने भी गिद्धों को भगाकर सड़ती लाशों का जमघट साफ़ नहीं किया। किसी हथेली ने कौवों की बीट को पोंछा नहीं। क्यों ?...क्यों ? ऐसा क्यों हुआ उसके साथ ? केया दास के पाँवों की गति जैसे-जैसे तेज़ होती है, 'क्यों' की कड़ियाँ लम्बी होती जाती हैं। हरेक कड़ी से रतन झाँकता है—डॉक्टर रतन। केया सिहर जाती है। भाग-दौड़ करके सप्ताह भर में ही स्कूल के लिए उसने बच्चों का जमघट खड़ा कर लिया है। क्या वह बच्चों की इस भीड़ को अनुशासित जीवनक्रम दे सकेगी ? अगर रतन प्रश्नों के बीच से इसी तरह झाँकता रहा, उसे

सिहरन देता रहा, तो क्या वह अपनी ज़िन्दगी के इस ठौर पर रुककर भविष्य के सपनों में रंग भर सकेगी ? निहार सकेगी अपने कल के सलोने रूप को ? केया दास के सामने प्रश्न हैं...सिर्फ़ प्रश्न।

दरभा घाटी का जंगल केया दास के चारों तरफ़...व्यूह रच रहा है। धीरे-धीरे व्यूह का दबाव तेज़ होता है। केया दास को झटका लगता है। मन का उछाह काँप उठता है। वक़्त के हिंसक नाख़ूनों में फिर जान आने लगी है, पर वह इस बार समर्पण नहीं करेगी। वक़्त की देहरी पर लहूलुहान लाश की तरह नहीं बिछेगी। नहीं। वह जंगल के इस व्यूह को तोड़ेगी।

व्यूह के एक द्वार पर खड़ा रेंजर ज्ञानसिंह बोल रहा है, "आप पहली शिक्षिका हैं। इसके पहले शिक्षक लोग ही यहाँ आते रहे हैं। शायद तीन लोग आपके पहले आ चुके हैं, पर टिका कोई नहीं। चार साल हुए स्कूल को खुले, पर चार दिन भी पढ़ाई नहीं हुई होगी। कोई टिकना ही नहीं चाहता। आते ही हर आदमी जाने की कोशिश शुरू कर देता है। किसी को बाघ-भालू का डर, किसी को मलेरिया का डर, तो किसी को पत्नी-वियोग...इसीलिए मैंने शादी ही नहीं की। अकेले इस जंगल में पड़ा हूँ।" ज्ञानसिंह के होंठों पर काली मुस्कान लिपट जाती है। केया दास सिहरती है। वह बोले जा रहा है..."पर आपको यहाँ कोई तक़लीफ़ नहीं होगी। मैं हूँ...जो सुविधा चाहें, आपको मिल जाएगी। मन भी लगेगा यहाँ। ये साले ट्राइबल्स अपनी औलाद को पढ़ाना ही नहीं चाहते। इसलिए स्कूल में छुट्टी ही छुट्टी रहती हैं। टहलना-घूमना, मौज़-मस्ती करना—बस यही काम है यहाँ। ख़ूबसूरत जगह है,...तो चलूँ ? बाँस का ऑक्शन करवाना है। डी.एफ.ओ. साहब भी आ रहे हैं। किसी चीज़ के लिए संकोच नहीं करेंगी...अच्छा, चलता हूँ।"

घुर्र-घुर्र करती जीप के इंजन की रिरियाहट में डूब जाती है केया दास। लाल मूरमवाली धूल उड़ाती हुई जीप काली सड़क पर चढ़ जाती है। वह अपने सीने में जल्दी-जल्दी साँसें भरती है।

"नमस्ते जी।"

"नमस्ते।"

"आप मास्टरनी बाई हैं ?"

"जी हाँ।"

"रेंजर साहब बोले तो हमने सोचा मिल लेते हैं। अपने एरिया में आई हैं, तो मिल लेना ज़रूरी है। इस एरिया में मेरी ठेकेदारी चलती है। फॉरेस्ट और पी.डब्ल्यू.डी. दोनों का काम मिलता रहता है। अभी दरभा से कोंटा तक जानेवाली पक्की सड़क पर काम चल रहा है।...आपका क्वॉर्टर भी मैंने ही बनवाया था और पीछेवाले दोनों क्वॉर्टर भी। एक में कम्पाउंडर बाबू रहते हैं और दूसरे में तो आजकल

ताला ही बन्द रहता है। पहले एक नर्स रहती थी—गीता बाई।...भली औरत थी, बेचारी...''

केया दास ठेकेदार के थुलथुले चेहरे पर 'बेचारी' शब्द का अर्थ तलाशती है। वह अचकचा जाता है। अपने को घूरती केया दास की नज़रों की चुभन से बचने के लिए वह बात पलटता है। ''...कोई ज़रूरत हो तो मुंशी जी से मँगवा लेंगी। मैं मुंशी जी को भेज दूँगा...आप इस जंगल में अकेली आई हैं तो ठेकेदार हरसुख गोलछा का फ़र्ज़ बनता है कि आपकी देखरेख करे,...आपकी सुख-सुविधा का ध्यान रखे। अच्छा जी, अब चलते हैं। नमस्ते।''

हरसुख गोलछा सिगरेट सुलगाता है। मोटर साइकिल स्टार्ट करता है। लाल मूरमवाली धूल फिर उड़ती है। केया दास के सीने में स्वच्छ हवा का भरना बहुत ज़रूरी है, नहीं तो उसका दम घुट जाएगा।

व्यूह रचनेवाला एक और हमलावर केया दास के सामने खड़ा है। वह सुन रही है और हमलावर बोल रहा है, ''आपको इस जंगल में देखकर एक अजीब ख़ुशी हो रही है। हम लोग तो इस जंगल में वनवास काट रहे हैं। बिलकुल मन नहीं लगता। न किसी के साथ हँस सकते हैं और ना ही बोल सकते हैं, एक भी ढंग का आदमी नहीं है।...इन जंगलियों से क्या बातें कर सकता है कोई ?''

सब-इंजीनियर अप्पा राव बहुत गम्भीर आवाज़ में बोलता है। एक-एक शब्द नाप-तौलकर पूरे वज़न के साथ। उसके होंठ मूँछों के बीच ठहर-ठहरकर खुलते बन्द होते हैं। अप्पा राव बोल रहा है, ''अब आप आ गई हैं, तो कम-से-कम घंटे-आध-घंटे समय तो ढंग से कटेगा। दो-चार बातें करने लायक़ कोई तो मिला इस जंगल में। हाँ, अभी तो बहुत बिजी होंगी आप ! है ना ? शाम को रेस्ट हाउस आइए—चाय पर। मैं वहीं रहता हूँ।''

''सॉरी।''

''सॉरी क्यों ?...आज नहीं तो कल—'' अप्पा राव आगे बढ़ जाता है—बाईं तरफ़। दाईं तरफ़ पगडंडी पक्की सड़क तक जाती है और बाईं ओर की पगडंडी ढलान की तरफ़ नीचे उतरकर रेस्ट हाउस जानेवाली कच्ची सड़क से मिलती है।

रेंजर ज्ञानसिंह, ठेकेदार हरसुख गोलछा और सब-इंजीनियर अप्पा राव—सबके सब शातिर खिलाड़ियों की तरह अपनी-अपनी चालें चल रहे हैं। केया दास एक-एक चाल को समझ रही है। उसे अपने चारों ओर बनते व्यूह की भयावहता और शक्ति का अहसास है। फिर भी, वह इस व्यूह के बीच अपने को अपनी पूरी सत्ता के साथ जीवित रखने की कोशिश करेगी क्योंकि, गाँव का पटेल धनसी मुरिया उसके साथ है।

धनसी मुरिया कहानी सुना रहा है। बूढ़ी देह में लिपटी लँगोटी और माथे पर पगड़ी। ठुड्डी के नीचे घाव का निशान। आँखों में बच्चों की-सी उत्सुकता और आवाज़ में भोलापन। पालथी मारकर बैठा है। केया दास उसके सामने बैठी है। बीच में सुलगती शाल की लकड़ी से धुआँ उठ रहा है। धनसी मुरिया की आवाज़ धुएँ की परतों को भेदकर केया दास तक पहुँच रही है। केया दास चुप है। सिर्फ़ सुन रही है। धनसी बोल रहा है। जंगल के व्यूह के एक-एक हमलावर का चरित्र सुना रहा है। इस जंगल में बहुत ख़तरनाक हमलावर हैं। केया दास एक-एक शब्द सहेज रही है। जोड़-जोड़कर अर्थ निकाल रही है।

तीन साल हुए इस दरभा घाटी में एक ग्राम-सेविका आई थी—सुधा कुमारी। धनसी उसे बेटी की तरह लाड़-दुलार करता था। उसके लिए जंगल में तरह-तरह के फल-फूल बीनता फिरता था। ये तीनों, महीनों उसके पीछे पड़े रहे। एक दिन उसने अप्पा राव को तमाचा जड़ दिया और ज्ञान सिंह के मुँह पर थूक दिया। कुछ दिनों बाद उसकी लाश घाटी में मिली। पुलिस आई, धनसी सहित गाँव के कई लोगों को पीटा और चली गई। धनसी सब कुछ जानते हुए कुछ नहीं बोला। पुलिस के वही लोग लाए थे, जिन्होंने उसकी जान ली थी। पुलिस जाँच करने नहीं, मुँह बन्द करवाने आई थी। धनसी जानता था कि हरसुख गोलछा ने बीच सड़क से साँझ के नीम अँधेरे में उसे उठवा लिया था। फिर रेस्ट हाउस में अप्पा राव और ज्ञानसिंह के साथ मिल-बाँटकर खाया था। बाद में सुधा कुमारी की लाश साइकिल सहित घाटी में फेंक दी गई थी।

कुछ दिनों बाद नर्स गीता बाई आई थी। वह आते ही जंगल के व्यूह में उलझ गई। कभी अप्पा राव...कभी ज्ञानसिंह, और कभी हरसुख गोलछा। गीता बाई का सारा ख़र्च हरसुख गोलछा उठाता था। अचानक एक दिन गीता बाई के घर में ताला बन्द हो गया। वह ज्ञानसिंह के घर जाकर रहने लगी। उन दिनों अप्पा राव लम्बी छुट्टी पर गया था, और हरसुख गोलछा रायपुर अस्पताल में पेट का ऑपरेशन करवा रहा था। तीन माह बाद, एक सुबह गीता बाई की लाश ज्ञानसिंह के कमरे में झूल रही थी। ज्ञानसिंह ने लाश माटी में दबवा दी। कागज़ पर रेंजर ज्ञानसिंह ने लिखा, "गीता बाई कल रात मलेरिया से मर गई।"

—और पटेल धनसी मुरिया ने अँगूठा लगाया। कागज़ लेकर ज्ञानसिंह जगदलपुर चला गया और धनसी पागल की तरह जंगल में भटकता रहा। पेड़ों से सिर टकराता फिरा। भीमा देव-आँगा देव की गुहार करता रहा। नर्स गीता बाई ने माँ और बहू बनने का सपना देखा था। पेट में पलती सन्तान को रेंजर ज्ञानसिंह का नाम देना चाहा था।

केया दास के कानों के पर्दे फट रहे हैं। वह बिखर रही है। क्षत-विक्षत हो रही

है। उसके चारों ओर विस्फोट हो रहा। जैसे डायनामाइट से इस्पाती चट्टानें उड़ाई जा रही हों। पूरा जंगल विस्फोट की आवाज़ में डूब रहा है।

व्यूह रचनेवाले हमलावरों के पंजे केया दास की ओर बढ़ रहे हैं। सारे मीठे नुस्ख़े असफल हो चुके हैं। पैंतरे बदले जा रहे हैं। युद्ध शुरू हो चुका है। केया दास लड़ रही है। सुबह स्कूल के बरामदे में एक आदिवासी लड़की बेहोश पड़ी मिलती है। हरसुख गोलछा बोलता है, "मास्टरनी बाई, सरकारी पैसे से पेट नहीं भरता तो हमसे ले लिया करो, पर सरस्वती के मन्दिर में धन्धा मत करवाओ।" दरभा घाटी में हलचल भर जाती है। भरी भीड़ में ज्ञानसिंह गालियाँ उछालता है। अप्पा राव उसके पास आकर फुसफुसाता है, "आज रात को हम भी आएँ क्या ?" गाँव के लोग चुप हैं। सब सच्चाई जानते हैं। इसके पहले भी तो अक्सर ऐसा होता रहा है। सुधा कुमारी कैसे मरी ? क्या नर्स गीता बाई ने सचमुच फाँसी लगा ली थी ? धनसी भी चुप है। चुप रहने को जी नहीं करता, पर लाचार है। धनसी जानता है कि गाँव की हर बेटी की माँ माह भर छाती पर हाथ रखकर दिन-रात काटती है। क्या पता, कब उसकी बेटी की माहवारी रुक जाए ? जब मास्टरनी बाई यहाँ नहीं थी—तब भी तो यह सब होता रहा है। फुलिया, मनकी, रेवती, यशोदा, न जाने कितने नाम गुम गए इस जंगल में। केया दास बदहवास जी रही है। धनसी हर रोज़ आकर उसको समझाता है, "आमचो गोठ के मान बाई। लौट जा।" जंगल की हवा के साथ अफ़वाहें और धमकियाँ उड़ रही हैं।

...और एक रात केया दास के दरवाज़े पर दस्तकें होती हैं। वह आँखें मलती हुई दरवाज़े की कुंडी सरकाती है। एक...दो...तीन लोग भीतर घुसते हैं। कमरे में तूफ़ान आ जाता है। दरभा घाटी भी फ़रीदपुर की तरह जलता हुआ ख़्वाबगाह बन जाती है। केया दास चीख़ती है, चिल्लाती है। धीरे-धीरे उसकी आवाज़ दम तोड़ देती है। हमलावर चले जाते हैं। बच जाती है सिर्फ़ केया दास। नंगी-बेहोश केया दास।

नाका सामने है। केया दास पाँच माह के दरभा घाटी के अपने इतिहास का एक-एक पन्ना फाड़कर फेंक देना चाहती है। तीन माह पहले आए इस तूफ़ान के अतीत से पीछा छुड़ाना चाहती है, पर इसके निशान बहुत गहरे हैं। तीसरे माह भी केया दास के रजस्वला होने की अन्तिम तारीख़ आज गुज़र गई। केया दास नाके के पास पहुँचती है। सामने खड़ी जीप से एक आदमी उतरकर उसके पास आकर खड़ा हो जाता है। वह अस्फुट स्वर में बुदबुदाती है, "रतन !"

"हाँ, केया ! आज ही आया हूँ। कैसी हो ?"

"ठीक हूँ...तुम ?"

"तबादला हो गया। आज ही ज्वाइन किया है। दरभा के हेल्थ सेंटर में दो सालों से कोई डॉक्टर आने को तैयार नहीं हो रहा था। मैंने सोचा, जब तुम इस जंगल में

नौकरी कर सकती हो, तो मैं क्यों नहीं ? बस आ गया। फॉरेस्ट डाकबँगले में ठहरा हूँ। कल क्वॉर्टर में शिफ्ट कर जाऊँगा। तुम्हारे क्वॉर्टर पर गया, तो पता चला, स्कूल गई हो। स्कूल जा ही रहा था कि तुम आती हुई दीख गईं। कैसा चल रहा है स्कूल ?''

''ठीक ही चल रहा है...जैसे-तैसे।''

''जैसे-तैसे ? गाँव के लोग तो बड़ी तारीफ़ कर रहे थे तुम्हारे स्कूल की।''

''हूँ।'' केया दास हुँकारी भरती है।

''केया, मैं थोड़ी देर बाद तुम्हारे यहाँ आ रहा हूँ। वहीं इत्मीनान से बातें करेंगे...हाँ, रात का खाना भी तुम्हारे घर ही खाऊँगा।''

केया दास चुप है। उसके पास कोई उत्तर नहीं है। रतन जीप स्टार्ट करके आगे निकल जाता है। अब केया को सड़क से नीचे उतरना है। पगडंडी पकड़कर अपने क्वॉर्टर तक जाना है।

जंगल का जीवनक्रम बदल रहा है। दरभा घाटी में अँधियारे का धुआँ भर चुका है। केया दास अपनी कोठरी में बिस्तर पर लस्त-पस्त पड़ी है। दरवाज़ा और दोनों खिड़कियाँ बन्द हैं। कोठरी में उमस है। अँधेरा है, सिरहाने टेबल पर रखा लैम्प माचिस की एक तीली की बाट जोह रहा है। पसीने से सराबोर केया दास अँधेरे में निर्णय का बिन्दु तलाश रही है। उसे लगता है, जैसे वह फिर शरणार्थी शिविर में डाल दी गई हो। चीख़ों, कराहों और यातना के स्मृति-दंश के बीच छटपटाती केया दास का पूरा शरीर एक बार फिर पृथ्वी की शक्ल में बदलने लगा है। फिर पृथ्वी के अन्दर कोई तूफ़ान मचाएगा। समूची सृष्टि को उलट देने के लिए कोई हाथ-पाँव मारेगा। केया दास की साँसें धौंकनी की तरह चलने लगी हैं। रगों में रक्त-प्रवाह तेज़ होने लगा है। नहीं !...केया दास अब पृथ्वी नहीं बनेगी। उसे पृथ्वी बनाने का सिलसिला लोग भले ज़ारी रखें, पर वह हर बार विरोध करेगी। केया दास सोचती है।...कहीं कोई अन्तर नहीं है। हमलावरों का चरित्र एक ही होता है। देश-काल का कोई प्रभाव उन पर नहीं पड़ता। उसके लिए फ़रीदपुर और दरभा घाटी में कोई भेद नहीं। अप्पा राव, ज्ञानसिंह और हरसुख गोलछा तथा उसके सोनार बाँग्ला पर हमला करनेवाले पिशाचों के बीच कोई फ़र्क़ नहीं है।

केया दास अँधेरे में अपनी आँखें स्थिर कर देती है। रगों का रक्त-प्रवाह और तेज़ हो उठता है। पूरे शरीर में झनझनाहट भर जाती है। दाँत होंठ पर आकर टिक जाते हैं। अँगुलियाँ सिमटने लगती हैं। और धीरे-धीरे दोनों हथेलियाँ मुट्ठियों की शक्ल में बदल जाती हैं। अचानक दरवाज़े पर कोई दस्तक देता है। फिर पुकारता है—केया...केया ! वह आवाज़ पहचानती है। रतन है। क्या करे वह ? उठकर दरवाज़ा खोल दे और लिपट जाए रतन से ! सच बताकर रतन को बहा ले जाए अपनी हिचकियों की धारा में !

दरवाज़े पर दस्तकों और पुकारों का क्रम ज़ारी है। केया दास पल भर के लिए दुविधा में डोलती है। फिर उसकी मुट्ठियों का कसाव तेज़ होता है। नहीं। वह किसी हमलावर की सन्तान को अपने गर्भ में शरण नहीं देगी। केया दास मुक्कों से अपने पेट पर प्रहार कर रही है। रतन उसे पुकारते हुए लगातार दरवाज़े की साँकल बजाता जा रहा है। केया दास की कोठरी शरणार्थी शिविर की शक्ल में बदल जाती है। केया दास डूब रही है...उतरा रही है...रक्तवन्या की तेज़ धारा में बहती जा रही है...

(धर्मयुग, 1982)

कोखजली

''धरती माई हो-ओ...! रच्छा करो हे धरती माई-ई...ई...!'' घुरनी ने पोपले मुँह से गुहार लगाकर दोनों हाथ जोड़ते हुए धरती पर माथा टेक दिया।

''चुप कर आलतू-फालतू मत बड़बड़ाया कर हमरे पास बैठके। धरती माई।'' हूँ ह !...कोखजली है तेरी धरती माई।'' बीरसा ने विषधर की तरह फोंफ मारा। लगा, मार बैठेगा अपनी बूढ़ी माई घुरनी को। फिर घुटनों में मुँह छिपाकर दम साध लिया, जैसे कटखना कुत्ता भौं-भौं करके पेट में मुँह छिपा लेता है।

''धरती माई है रे...गुहारकर बेटा...रच्छा करेगी। अब दूसर कवन उपाय है ?''

''फूँक के तापूँ ऐसी माई को। समझी ? माई है तू ! तूने मुँह में छाती घुसेड़ के दूध पिलाया है। ई तो अपने बाल-बच्चों को खा रही है। पिसाचिन है, पिसाचिन। जा के देख मुरदघटिया में, तेरी धरती माई लँगटी नाच रही है।'' बीरसा ने घुटनों से बाहर मुँह निकाल लिया था।

''अरे पापी, नाश करेगा तू।'' घुरनी सिर पीटने लगी। फिर बीरसा को पुचकारते हुए बोली—''बिपत की घड़ी है बेटा,...गुहार कर...तू बाल-बच्चोंवाला आदमी है।''

''देख माई, तू जा गुहार कर। जा के फूल-सेनुर चढ़ा, मनता मान। हमको चैन लेने दे छिन भर।''

''तू चैन कर अउर तेरे बाल-बच्चे भूख से मरें, बिलबिलाते फिरें। तू...।''

''त का करें ? बोल...जान दे दें ? देह का मास नोच के परोस दें बाल-बच्चों को...हम।'' आगे के बोल बीरसा के गले के भीतर ही उलझ गए। वह हकलाकर रह गया। आँखों में मेघ छा गए। लगा, वह बिफर-बिफरकर रोने लगेगा। वह हाँफने लगा। घुरनी बडबड़ाती हुई वहाँ से चली गई। धीरे-धीरे बीरसा की साँस थमीं। उसने सिर उठाकर आकाश की ओर याचना भरी आँखों से देखा। तीसरे पहर का सूरज नीचे लुढ़क रहा था। सामने खड़े नीम पर बैठा कौआ थकी हुई आवाज़ में काँव-काँव कर रहा था।

बीरसा ने दीवार से पीठ टिका दी। कुछ देर तक कौए को घूरता रहा। फिर बैठे-बैठे माटी का एक छोटा ढेला उठाकर नीम पर फेंक दिया। कौआ पंख फड़फड़ाता

हुआ उड़ गया। रोती हुई आवाज़ों का जाल अचानक उसके चारों ओर बुन गया। उसे एक तेज़ झटका लगा। वह चीख़ उठा—"का हुआ रे—ए-ए-ए-ए-ए ?"

"रमेसरा—बो का जवान भाई...।" घुरनी फिर उसके सामने थी। वह भैंस की तरह थसकिया मारकर बैठ गई, "नइहर से सनेस लेके चचेरा भाई आया है...हाय रे करम ! गबरू जवान था। पिछले बरिस फगुआ के दिन बहिन से भेंट करे आया था। धरती माई हो—ओ-ओ...।" घुरनी की गुहार रमेसर के घर के आनेवाली रोने की आवाज़ों में घुल-मिल गई। बीरसा दीवार से पीठ टिकाए बैठा रहा। उसकी आँखें मुँद गईं। चेहरा आतंक से पीला पड़ गया। बन्द आँखों गें भयावह दृश्य उभरने लगे...जैसे चँवर की धरती में फटी दरारों के बीच उसके दोनों पाँव फँस गए हैं। वह छटपटा रहा है। उसके ऊपर गिद्धों का झुंड मँडराने लगता है। गिद्ध उस पर चोंच से वार करते हैं। मांस नोच-नोचकर खाने लगते हैं। उसके शरीर का सारा मांस नुच जाता है, और बच जाती है केवल ठठरी। उजाड़ चँवर में बीरसा की ठठरी।

"काँव-काँव...काँव..." फिर कौआ आकर नीम पर बैठ गया। बीरसा की आँख खुली। उसने माटी का ढेला उठाकर नीम पर फेंकना चाहा, पर हाथ हिले-डुले नहीं। उसे अपना पूरा शरीर बेजान लग रहा था—ठठरी की तरह।

साँझ !

साँझ गले में फाँसी का फन्दा डालकर लटकी है। इसके पहले साँझ पोखर में डूबकर जान देती थी और सारे गाँव में रात का अँधियारा छा जाता था। लेकिन आजकल पोखर में कीचड़ भी नहीं है। तलछट की काली माटी धूल बनकर उड़ रही है।

बेवा मानो भी साँझ के साथ फाँसी लगाकर लटक गई है। घुरनी मुसहर टोली से ख़बर लेकर आई है। मुसहर टोली में रोव-धोवन मची है। दो दिन पहले मानो की गोद का लाल मरा और अब गोदवाली चल बसी।

"माई हो-ओ-ओ...हे धरती माई-ई-ई...रच्छा करो..." घुरनी गुहार लगाती हुई, कमर झुकाए आँगन में चली जाती है। बीरसा कुढ़ते हुए बुदबुदाता है—"कोखजली धरती माई...पिसाचिन...।"

मानो ने तीन साल का राँड़पना काट लिया था। उसे रोने के लिए फ़ुर्सत भी नहीं मिली थी। शादी के बाद मानो का पति बाँके परदेस गया। मानो साल भर गाती रही—"अबकी फगुनवा में अइहन मोरे कलकतिया बलमुआ हो ना-आ-आ...।" लेकिन बाँके परदेस से नहीं लौटा। कलकतिया बलमुआ मौत के आँचल में उलझकर रह गए। गोद में था—चार महीने का लाल। बेवा मानो ने साल,...दो

साल,...तीन साल काट दिया। कलकत्ता की धरती ने सेनुर लूट लिया और गाँव की धरती ने तीन साल बाद गोद लूट ली। बेवा मानो भी आज इस कोखजली धरती को छोड़कर ऊपर उठ गई। कोठरी की लरही में रस्सी फँसाकर साँझ के साथ लटक गई।

साँझ लटकी हुई है। साँय-साँय करती हवा साँझ को हिला-डुला रही है। बीरसा अकेले बैठा साँझ को देख रहा है। भीतर आँगन में उसके तीन छोटे-छोटे बच्चे अपनी दादी घुरनी को नोच रहे हैं—"ईया ले लोती दे...ईया ले पेट पीलात है,...ईया ले लोती दे...।"

बीरसा की पत्नी तेतरी के पेट में चौथा मांस पिंड कुलाँचे भर रहा है। पेट से निकलेगा तो दूध माँगेगा। हुलस-हुलसकर सूखी छाती चूसेगा और दूध नहीं मिलने पर छाती का मांस कुतरेगा। तेतरी कोठरी में अँधेरा ओढ़कर पसरी है। हाथ-पाँव फेंक रही है। दिन पूर गया है। अब-तब की बात है।

"का हो बीरसा भाय,...का हाल-चाल है ?" साधो झूलती साँझ और बीरसा के बीच आकर खड़ा हो जाता है। बीरसा पाँव बटोरते हुए कहता है—"ठीक है भइया।"

कल से नहरिया पर सरकारी काम चालू होवेगा। मजूरी तीन किलो अनाज... मुखिया को ठेका मिला है...सब जने चलेंगे भाय...।"

"आँय ?" बीरसा की आँखें अविश्वास से फैल जाती हैं।

"एकदम साँच बात !"

बीरसा की छाती में सहसा ख़ुशी की लहर उमड़ने लगती है। बहुत देर प्यासा रहने के बाद एकाएक पानी पीते ही रुँध गए गले की तरह बीरसा के गले में पल भर के लिए आवाज़ अटक जाती है। साधो ख़बर देकर वापस लौट चुका है। बीरसा की आँखों के सामने झूलती साँझ के पाँव धरती से टिक जाते हैं। हवा की साँय-साँय आवाज़ें लय-ताल में बदल जाती हैं। साँझ थिरकने लगती है। कल मजूरी मिलेगी,...कल घर–घर में चूल्हा चलेगा,...रोटी पकेगी,...बाल-बच्चे पेट भर खाकर सोएँगे,...तेतरी के पेट में पलता हुआ पाहुन तकदीरवाला है ! वाह रे लच्छन ! आने से पहले ख़ुशख़बरी भेज दिया...! बीरसा आँखें मूँद लेता है। उसके पाँव अपने आप फैल जाते हैं। बाएँ पैर के घुटने के पास का जोड़ चटाख की आवाज़ करता है। थकान और निराशा का दर्द बह जाता है।

ख़ून-पानी में सनी तेतरी चटाई पर फैली है। उसके पेट की उपज को कोखजली धरती ने झुलसा दिया है। मरे हुए बच्चे को नींद में लेकर बूढ़ी घुरनी विलाप कर रही है।

बीरसा नीम के तने से पीठ टिकाए चुप बैठा है। बगल में कुदाल पड़ी है। चुप

बैठकर घुरनी का विलाप सुनते हुए उसे घंटा भर से ऊपर हो गया। सूरज धीरे-धीरे बीच आकाश की ओर सरक रहा है।

साधो, बीरसा और टोले के कई लोग पौ फटते ही काम के लिए नहर पर चले गए थे। वहाँ जाने पर काम नहीं मिला। मुखिया ने धरती पर पहले ही लकीर खींच दी थी कि इससे ज़्यादा काम नहीं होगा। इतनी ही धरती से माटी काटकर नहर की बाँध पर डाली जाएगी। सरकार ने इतने ही काम के लिए पैसा दिया है।

मुश्किल से तीन-चार दिनों का काम था। अपने-अपने हिस्से की धरती के लिए लूट मच गई। काम कम, लोग ज़्यादा थे। कोई भी अपने काम का हिस्सा बँटाने को तैयार नहीं था। जिसने लूट लिया, लूट लिया। इस लूटपाट में रगड़ा-झगड़ा भी हुआ। जो लोग कल तक रोटी बाँटकर खाते थे—आज काम बाँटने को तैयार नहीं थे। एक भाई को काम मिला और दूसरा वापस आया। साधो और बीरसा साथ-साथ काम पर गए थे। साधो को काम मिल गया, पर बीरसा वापस लौट आया। वह साधो से चिरौरी करता रहा—"भइया डेग भर धरती दे दो...दोनों जन आधा-आधा काम कर लेवेंगे...हमारे बाल-बच्चे भी भूखे मर रहे हैं...।"

साधो नहीं तैयार हुआ। इसके पहले हमेशा साथ-साथ काम करते रहे थे। कलेवा के समय एक रोटी के दो टुकड़े करके खाते रहे थे। बीरसा सोच रहा है...का हो गया ई ?...साधो लड़िकपन की यारी भूल गया ? रोटी की माया में भरम गया...सब ई कोखजली धरती के चलते हो रहा है।

"बीरसा,...ए बीरसा !"

बीरसा की माई घुरनी गोद में ख़ून-पानी से सने नवजात शिशु की लाश लिए खड़ी है। "ले जा बेटा,...ले जा इसे...।"

"कहँवा ले जाएँ ?" बीरसा विक्षिप्त-सा पूछता है।

"माटी लगा दे..." घुरनी नवजात की लाश बीरसा की गोद में डालकर बिलखने लगती है। बीरसा लाश लेकर चला जाता है।

सूरज धधक रहा है। मुखिया के दरवाज़े पर सरकारी गाड़ी खड़ी है। सारे गाँव के लोग मुखिया के घर की ओर सरपट भाग रहे हैं, जैसे भूचाल आ गया हो। गाड़ी के सामने भीड़ लगी है। सरकारी गाड़ी में आया साहब और सिपाही लाठी के ज़ोर से लाइन लगवाते हैं। साहब कहता है—"रसद कम है...मुफ़्तिया अनाज केवल उसी को मिलेगा—जो बूढ़ा—लाचार होगा,...जिसके घर में कोई कमानेवाला नहीं होगा।"

भीड़ में शोर उफ़नने लगता है। मुखिया लाइन में लगे बूढ़े-लाचार-अनाथ लोगों की शिनाख़्त करता है। बाक़ी लोगों को सिपाही खींच-खींचकर लाइन से अलग कर

देते हैं। घुरनी भी लाई में लगी है। लाइन से निकाले गए लोगों के बीच बीरसा चुप खड़ा है। घुरनी को मुखिया पहचान नहीं सका। वह भीतर ही भीतर गद्गद हो रही है कि एक जून के लिए दाना मिल जाएगा।

दलिया बँट रहा है। लाइन धीरे-धीरे आगे की ओर खिसकती जाती है। घुरनी जैसे ही बाँटनेवाले के पास पहुँचती है, मुखिया उसे पहचान लेता है।

"अरे ! इसको तो जवान बेटा है,...कमासुत है।...चल भाग यहाँ से...भाग... निकल लाइन से...।"

सिपाही घुरनी को खींचते हैं। बुढ़िया चीख़ती है—"ना बाबू,...ना भइया...हमरा बेटा ना है...हमारा बेटा तो मर गया...हम अनाथ हैं सरकार...।"

भीड़ में खड़ा बीरसा अपनी दोनों हथेलियाँ कानों पर रख लेता है। अचानक मुखिया उसका हाथ पकड़कर भीड़ से बाहर खींच लेता है। "ई कौन है ?... बोल,...ई कौन तेरा ?...बेटा ना है ?...।"

"ना...ना बाबू,...ई हमारा बेटा ना है।...हमारा बेटा तो मर गया।...तू झूठ बोलता है...कोढ़ी होवेगा तू...लुच्चा...झूठा...।" बुढ़िया मुखिया को गालियाँ देने लगती है। मुखिया उसे पीटने लगता है।

"छोड़ दीजिए मुखिया जी। जब ससुरी अपना ही लहू नकार रही है तो...।" सरकारी साहब घुरनी के आँचल में दलिया डाल देता है।

बीरसा बुदबुदाता है—"कोखजली...।"

(लहर)

अमली

गाँव मुख्यतः दो भागों में बँटा है—पूरब टोला और पश्चिम टोला। पश्चिम की ओर हिन्दुओं के मकान हैं और पूरब की ओर मुसलमानों के, जिसे लोग मियाँ टोली भी कहते हैं। इन दोनों टोलों के इर्द-गिर्द ढेर-सारे छोटे-बड़े टोले हैं। पूरब और पश्चिम टोला के बीच में तीन बहुत बड़े-बड़े बाग़ीचे हैं, जिनमें तरह-तरह के फलों के पेड़ लगे हैं। इन्हें गाँव के लोग बाबू बाड़ी, मियाँ बाड़ी और लाला बाड़ी के नाम से सम्बोधित करते हैं, जिनके मालिक क्रमशः बाबू महादेव राय, अबरार ख़ाँ और मुंशी बिसुन लाल हैं। इन तीनों परिवारों को छोड़कर गाँव में और किसी का बाग़ीचा नहीं है। छिटफुट दो-चार पेड़ भले ही किसी की ज़मीन में हों। बाबू बाड़ी और मियाँ बाड़ी के बीच एक ऊँचा बाँध है, जो आगे चलकर सरकारी ट्यूबेल के नाले से मिल जाता है। जहाँ बाँध और नाला दोनों मिले हैं, ठीक उसके बाएँ कोने में सिंगही पोखर है और दाएँ कोने में अमली जुलाहिन का घर, जहाँ आज से कुछ वर्षों पहले जुलाहों के सात-आठ परिवारों का एक छोटा-सा टोला था। उस समय यह टोला अपनी निर्धनता के बावजूद बहुत महत्वपूर्ण था। लीची, अमरूद और शहतूत के फलों, बलूही ज़मीन में हरी-हरी लतरों के बीच दरार फाड़कर निकले शकरकन्द और झबरहवा पीपल के बरोह पर झुलुआ झूलने के लालच में गाँव भर के बच्चे इस छोटे-से टोले में सिमटे रहते थे। नासीर जुलाहे के सुरीले कंठ से फूटती हुई लोरिकायन और आल्हा-उदल की गीत-कथा गाँव के बूढ़े, जवान और बच्चे-सबों को खींचकर बुलाती थी और घंटों बैठने-सुनने के लिए विवश करती थी। जवान चाहे जद्दू मियाँ के अखाड़े का हो या देवन चौधरी के अखाड़े का—उसे कसरत-कुश्ती से पहले सिंगही पोखर में ही नहाने में सुभीता होता था। और फिर रजुलिया जैसी दसियों बनचमेली की कलियाँ इस टोले में खिली थीं, जिनके लिए महादेव राय से लेकर अबरार मियाँ तक की लाठियाँ आपस में टकराया करती थीं।

पर अब वे लीची, अमरूद और शहतूत के पेड़ ठूँठ बने खड़े थे, बलूही ज़मीन में दरार फाड़कर झाँकनेवाले शकरकन्दों के चारों-ओर लोगों ने नागफनी का घेरा डाल दिया था, झबरहवा पीपल उकठ चुका था, नासीर जुलाहे की ढोलक माटी की भीत

के नीचे दफ़न हो गई थी, जद्दू मियाँ और देवन चौधरी के अखाड़ों में भाँग-धतूर की झाड़ियाँ छाती भर उपजी थीं, सिंगही पोखर के गँदले पानी और कादो में भैंसें थसकिया मारकर बैठी रहतीं और रजुलिया जैसी बनचमेली की जगह साठ वर्ष की वृद्धा अमली अपनी कोठरी के दरवाज़े पर लगे टाट के पास बैठी हुक्का गुड़गुड़ाया करती थी।

अमली ने जीवन की ढेर सारी विषमताओं को अकेले ही यहाँ भोगा है, पर इस माटी के मोह से अपने को मुक्त नहीं कर पाई है। उसके अगल-बगल के सभी घरों में नोना लग जाने से उनकी दीवारें गलती रही हैं और साथ-साथ अपने जीवन में अविरल संघर्ष के कारण अमली भी गलती रही है। इस टोले के समूचे लोग उसकी आँखों के सामने ही यहाँ से विदा हुए हैं और वह इन घरों की दीवारों को हर बरसात में ढहकर डीह बनते हुए अपनी ख़ामोश आँखों से देखती रही है। कुछ दिनों तक झबरहवा पीपल ने उसका साथ दिया था। गर्मी की दुपहरिया में वह चटाई डालकर वहीं सोती-बैठती थी, हुक्का गुड़गुड़ाया करती थी और झुलुआ झूलते हुए छोकरों के चिढ़ाने पर उनके घरों में जाकर उलाहना दे आती थी, पर वह बूढ़ा पीपल भी ज़्यादा दिनों तक नहीं रहा। भादों की एक बरसाती रात की आँधी ने उस विशाल पीपल को जड़ से उखाड़कर उलट दिया। धीरे-धीरे गाँव के लोगों ने उसे काट-छीलकर चूल्हे में झोंक दिया। पीपल के जड़ से उखड़ने के बाद वहाँ की ज़मीन पर एक गड्ढा बन गया था, जिसमें कुछ दिनों बाद बेर उग आया था। दरवाज़े के सामने बेर का पेड़ अशुभ माना जाता है, पर अमली ने उसे उखाड़ा नहीं था। मन में...एक आशा थी, एक दिन यह नन्हा-सा बिरवा बढ़ेगा, फूल-फल लगेंगे और फिर गाँव के बच्चों का हुजूम उसके घर के सामने जुटने लगेगा, पर ऐसा नहीं हुआ। अमली की तरह ही बेर भी बाँझ निकला। बेर के काँटे उसके दरवाज़े के सामने बिछ जाते थे, जिन्हें वह सुबह-शाम चुना करती थी कि भूले-भटके उसके घर आनेवालों के पाँवों में ये निगोड़े काँटे कहीं चुभ न जाएँ। थकी-हारी, कमर झुकाकर चलती हुई अमली की देह की परिधि में घिरा था कभी न थकनेवाला मन, अर्थात् जीवन के कष्टों से निरन्तर अकेला जूझनेवाला एक मन।

उन दिनों देश का बँटवारा हुआ था। वे लोग, जो ढाका के जूट मिलों में नौकरी करते थे—वहीं रह गए थे, अपना घर-आँगन वहीं बसा लिया था। कुछ की बीवियाँ, बच्चे और वालदेन तो गए थे, पर कुछ लोगों ने बस चुप्पी लगा ली थी। पैसा और चिट्ठी भेजना रोक दिया था और सारे रिश्ते तोड़ लिए थे। गाँव के लोग कहते थे, उन लोगों ने वहाँ की बंगालिनों से निकाह पढ़वा लिया है। अमली का शौहर मोहसिन और देवर रहमत दोनों ढाका के जूट मिल में काम करते थे। रहमत की बीवी की सास से पटती नहीं थी। घर में कलह मची रहती थी। कुछ दिनों पहले रहमत छुट्टियों

में गाँव आया था और लौटते समय अपनी बीवी को साथ लेकर चला गया। जिन दिनों रहमत अपनी बीवी ले जाने के लिए गाँव आया था, उसकी लालसा जगी थी कि रहमत की तरह मोहसिन भी आकर उसे अपने साथ ले जाता। रहमत को ही कह दिया होता कि भऊजी को साथ लेते आना। लेकिन जाने से कुछ दिन पहले जब रहमत ने उसकी बंगालिन सौत की बातें बताईं, तो उसका ग्रह उछाह फेन की तरह मन के भीतर ही बैठ गया। उसने अमली को भी साथ चलने को कहा था, पर वह नहीं गई। उसे शहर अच्छा नहीं लगता था। वह बचपन से एक बार अपने मामू के साथ शहर गई थी और उसी समय—बड़ी-बड़ी रेलगाड़ियों ने उसे इस तरह डरा दिया कि वह आज भी शहर से डरती है। वैसे मोहसिन ने उसे शहर ले जाने की बात ही कभी नहीं की थी। जब सारे लोग ढाका जा रहे थे, उसने मोहसिन को चिट्‌ठी लिखवाई थी—तुम गाँव चले आवो। किसी तरह यहीं मजूरी करके गुज़ारा हो जएगा। रहमत और उसके बीवी-बच्चों को भी साथ लेते आना। हम सब अपने वतन में ही रहेंगे। अपने गाँव की माटी, पुरखों की माटी भी कहीं छोड़ी जाती है !

पर ढाका से मोहसिन और रहमत कोई नहीं लौटा। बाद में एक रिश्तेदार ने ख़त लिखा था कि मोहसिन ने वहीं दूसरी शादी कर ली है। वह रो-कलपकर रह गई थी। उसकी ननद रजुलिया भी मियाँ टोली के हैदरवा के साथ ढाका भाग गई थी। घर में सिर्फ़ तीन व्यक्ति बच गए थे—बूढ़े सास-ससुर और वह। इस टोले में अमली के परिवार के सिवा एक और परिवार बूढ़े नज़रुल का बचा था। नज़रुल की बेवा बेटी ने भी एक दिन ख़ुदकुशी कर ली। अबरार मियाँ एक रात उसके घर में घुसकर आबरू लूट ले गए थे। उसी रात वह सिंगही पोखर में डूबकर मर गई थी। नज़रुल इस गम को नहीं सह पाए थे और एक दिन उनका जनाज़ा भी उठ गया। उसके बाद इस टोले में बच गए थे सिर्फ़ तीन आदमी, जो अपने स्वजनों की बेवफ़ाई की पीड़ा को झेलते हुए किसी तरह मिट्‌टी से चिपके हुए थे। इसके बाद एक-एक कर सब कुछ मिटने लगा था। घर डीह बनने लगी थी, पेड़ उखड़ने लगे थे, इमामबाड़े के चबूतरे का प्लास्तर उजड़ने लगा था और फिर सब कुछ दबने लगा था—टीसते-रिसते हुए समय की परत के नीचे।

खेती-बारी इन लोगों के पास थी ही नहीं। मजूरी करके गुज़र-बसर चलता था। अमली के बूढ़े ससुर की झुकी हुई देह हर रोज़ एक नई जगह से चटखने लगी थी। झगड़ालू सास को लकवा मार गया था और वह खाट पर पड़ी-पड़ी दिन भर गालियाँ बकती रहती। ये दोनों पके हुए आम की तरह पेड़ पर लटके थे, जिनके लिए हल्की बयार का एक झोंका काफ़ी था। अकाल की आँधी में बूढ़े सास-ससुर दोनों पेड़ से टूटकर गिर गए और अमली इस समूचे जुलाहा टोले की अकेली स्वामिनी बन गई। एक-एक दाने के लिए तरसती हुई अमली ने एकमात्र सम्पत्ति चाँदी की हँसुली को

बेचकर एक गाय ख़रीदी थी। दूध बेचकर किसी तरह गुज़ारा चल जाता था। गृहस्थों के खेतों में कटनी-रोपनी का काम भी मिल जाता। अकेलेपन की यन्त्रणा को भोगती हुई अमली ने किसी तरह अब तक की उम्र को ढो लिया था।

कुछ वर्षों बाद सरकार की ओर से जब यह घोषणा हुई कि यहाँ से जाकर पाकिस्तान बसनेवाले मुसलमानों की ज़मीन नीलाम होगी, तो पूरे गाँव में इस बात की चर्चा ज़ोर-शोर से उठी कि जुलाहा टोला की ज़मीन कौन नीलाम कराएगा। अबरार ख़ाँ और महादेव राय में इस बात को लेकर तनाव पैदा हो गया। नीलामी के दिन सुबह से ही लोग शहर जाने लगे थे कि देखें पलड़ा महादेव राय का भारी रहता है या अबरार ख़ाँ का। लेकिन नीलामी रुक गई थी। इन दोनों परिवार के लोग यही चाहते थे कि एक-दूसरे को शहर जाने से रोक दें और ख़ुद नीलामी करा लें। इसी जबरदस्ती में उस दिन की सुबह फ़ौजदारी हो गई। नीलामी का मामला फ़ाइलों में दब गया। वर्षों बाद जब यह बात फिर उठी, तो अमली ने मुंशी बिसुनलाल के कहने पर एक अर्ज़ी सरकारी साहब को भेजी थी—"मोहसिन के हिस्से की ज़मीन नीलाम न की जाए। मैं उसकी ब्याहता हूँ।"

जाँच के लिए जब हाकिम आया, तो महादेव राय ने उसे रिश्वत देकर ग़लत रपट लिखवा दी। नीलामी वाला कागज़ दबवा दिया और बाद में चुप-चोरी अपने नाम मोहसिन के हिस्से की घड़ारी ज़मीन की नीलामी करा ली।

इधर आसमान से किरण फूटी और उधर पूरे गाँव में यह ख़बर फैल गई कि अमली जुलाहिन की घड़ारी ज़मीन की कल महादेव राय ने चुप-चोरी नीलामी करा ली। यह ख़बर जादू की तरह गाँव के लोगों पर असर कर गई और इस तरह हलचल मची, जैसे भूडोल या बाढ़ की ख़बर आ गई हो। पनघटों, खेतों-खलिहानों, दालान-बैठकों से लेकर चौपालों तक, हर जगह इसी बात की चर्चा थी। हर कोई एक ही बात में उलझा नज़र आता। किसी की समझ से यह बात ठीक थी, तो किसी की समझ से यह सरासर अन्याय था। गाँव की दबी हुई पुरानी राजनीति में एक बार ज़ोरदार खलबली मची और ढेर सारे दबे-दफ़नाए हुए झगड़ों को हवा लग गई। कुछ लोग मतलब से उलझे तो कुछ लोग बेमतलब से। जिनका इस घटना से कोई रिश्ता नहीं था, वे भी एक-दूसरे से कानाफूसी करते फिर रहे थे।

इस घटना ने सबसे ज़्यादा प्रभाव मियाँ टोली में डाला था। अबरार ख़ाँ तिलमिला उठे थे, जैसे तेज़ाब की भरी हुई बोतल किसी ने उन पर उलट दी हो। वे महादेव राय से किसी भी स्तर पर कमज़ोर नहीं थे। धन-दौलत, ज़मीन-जायदाद, आदमी-जन और राजनीति हर बात में महादेव राय से मुक़ाबला करने के लिए बराबरी के आदमी

थे, पर अमली की घड़ारी ज़मीन को नीलाम कराकर महादेव राय ने उन्हें क़रारी मात दी थी। वे भीतर ही भीतर कटकर रह गए थे। उन्हें लग रहा था, महादेव राय ने उनकी घड़ारी पर जैसे भाला गाड़ दिया हो।

महादेव राय और अबरार मियाँ के बीच आपस की तनातनी और राजनीति में कुछ ही लोग शामिल होते थे। अधिकांश लोगों को दो-चार बातें कह-सुन लेने का शौक़ भर था। रोज़ी-रोटी, खेत-खलिहान और माल-मवेशी से फ़ुर्सत किसे थी कि इन पचड़ों में फँसे ! काम चाहे महादेव राय के यहाँ करना हो या अबरार मियाँ के यहाँ, मजूरी एक बराबर ही मिलती थी। हाँ, मौक़ा-बे-मौक़ा कर्ज़ की ज़रूरत पड़ती, तो सूद किसी का भी कम नहीं था और फिर इन लोगों ने किसको बेदाग़ छोड़ा था। किसी का खेत लिखवा लिया, तो किसी की ज़मीन हड़प ली। किसी को दस-बीस कर्ज़ दिया और फिर फ़सल कटवा ली या माल-मवेशी खोल ले गए, तो कभी किसी की बहिन-बेटी पर दीठ गड़ा दी। अगर अबरार ख़ाँ चुप लगा जाते, तो यह बात दब जाती और लोग दो-चार दिनों तक इधर-उधर कानाफूसी करके अपने-आप में मशगूल हो जाते, पर वे इस मौक़े से बेहाथ नहीं होना चाहते थे। अचानक हाथ लगे इस मौक़े से वर्षों पहले से चली आ रही महादेव राय से दुश्मनी का बदला लेकर वे भरपूर फ़ायदा उठाना चाहते थे। उन्होंने पूरी मियाँ टोली में हाँक लगवा दी। भला अबरार ख़ाँ के बुलावे को टालने की हिम्मत क़िसमें थी ? पल भर में मियाँ टोली के सरपरस्त बुजुर्गों से लेकर जवान तक अबरार ख़ाँ के दालान में जमा हो गए और महादेव राय के घर से वर्षों से चली आ रही दुश्मनी की फ़ेहरिस्त उलटी जाने लगी।

अबरार ख़ाँ ने दुपलिया टोपी को ठीक किया, ढीली पड़ी देह को समेटा और तनकर बैठने के बाद तक़रीर के अन्दाज़ में षड्यन्त्र का जाल फैलाना शुरू किया—"आज के बात त सब केहु जानत होई...महदेउवा के चालबाज़ी के बारे में हमरा कुछ कहे के नइखे। देखऽ लोग़िन भाई...हमारा महदेउवा से कबनो ख़तरा नईखे, ना हम अपना ख़ातिर कहत बानी। हमरा जब आपन ज़रूरत होई, त हम दस आदमी लेके लड़ लेब। लेकिन ई झगड़ा अकेले लड़ेवाला नईखे। अब एह गाँव के समूचा मुसलमान लोग पर ख़तरा बा। सब केहु के अब समझ लेबे के चाहीं कि एह गाँव में जबले लाठी के दम ना रही, एह गाँव के हिन्दू, मुसलमान लोग के रहे ना दिहें सन। ई हमार, तहार अउर अमली के बात नईखे—ई पूरा कौम के आबरू के सवाल बा। एक ठो ग़रीब बेवा के घड़ारी ज़मीन धोखा से नीलामी हो गईल, त बिहान तहरा लोग के भी हो सकेला। सब केहु आपस में राय सलाह कर लेव, अगर इज़्ज़त के जिनगी चाहीं, त लाठी लेके चले के, आ ज़मीन दख़ल करके फेर से असली के बसा देबे के। अगर हमारा बात ग़लत बा, ता सब केहु अपना-अपना घरे जा—हम सबके

फिकिर ना करब। हाँ, अगर तईयार बाड़ लोगिन, त जान के फिकिर छोड़ के चलऽ चाहे जान जाई, चाहे ज़मीन दख़ल होई।"

अबरार ख़ाँ की तक़रीर ने रंग दिखाया। जवानों की मुट्ठियाँ भिंचने लगीं। बूढ़ों ने दीन-ओ-ईमान की दुहाई देकर हामी भर दी। तड़ातड़ लाठियाँ निकल आईं। भाले और फलसों में ताज़िया के दिन बाँधे गए रेशमी रूमाल खुल गए। अबरार ख़ाँ के होंठों पर मुस्कान की टेढ़ी रेखाएँ दौड़ने लगीं।

टकराव तो कई बार हुआ था, पर महादेव राय से प्रत्यक्ष या अप्रत्यक्ष रूप से उन्हें मात ही खानी पड़ी थी। लाठियाँ टकराई थीं, पर अबरार ख़ाँ की लाठियों के ब्यूह को तोड़कर महादेव राय बेदाग़ निकल गए थे। आज बीस वर्षों से सहेजी हुई मुराद पूरी हो जाएगी। महादेव राय के गोहार जुटाने से पहले वे बाज़ी मार लेंगे—उन्हें इसका पूरा विश्वास था। वे बुदबुदा उठे—"महादेउवा, जवानी में ना, त बुढ़ौती में सही।" अबरार ख़ाँ ने दाँतों को भींचा। आँखें सिकुड़कर छोटी हो गईं और उनमें तिर गया महादेव राय से पहली मुठभेड़ का क्षण।

उस समय दोनों आदमियों की मूँछें सँवरा रही थीं। गाँव में दो अखाड़े चलते थे। जद्दू मियाँ के अखाड़े के जवान वे थे और देवन चौधरी के अखाड़े के जवान महादेव राय थे। महादेव राय की अपने गाँव के अगल-बगल के सात गाँवों की भी ज़मींदारी थी। अबरार ख़ाँ के अब्बा को ससुराल की ज़मींदारी दहेज़ में मिली थी, जिसकी देखरेख ननिहाल में उनके बड़े भाई करते थे। वहाँ के ज़मींदार होते हुए भी वे लोग इस गाँव में महादेव राय की रैयत थे और यही बात उन्हें चुभन देती थी। वे छटपटाकर रह जाते। गाँव छोड़कर हमेशा के लिए ननिहाल बस नहीं सकते थे। एक तो पुरखों की माटी का मोह और दूसरे लोगों का डर। लोग बात का बतंगड़ बना देते हैं। सब कहते, महादेव राय के डर से अबरार ख़ाँ गाँव छोड़कर भाग गए।

महादेव राय ने उनको रजुलिया जुलाहिन के साथ रँगे हाथों पकड़ लिया था। पहले तो वे चुपचाप खड़े रहे, पर डरकर भागती हुई रजुलिया की बाँह जब महादेव राय ने पकड़ ली, तो उनसे नहीं रहा गया। लाठियाँ गरजने-बरसने लगीं। कनपटी पर लाठी की चोट खाकर वे गिर गए थे। पैर बाँध पर और सिर गन्ने के खेत में था। सिर से बहते ख़ून को गन्ने की जड़ सोख रही थी। उनके गिरते ही महादेव राय रजुलिया को घिसियाते हुए लेकर चले गए थे। रजुलिया का बाप भी तो महादेव राय का ही रैयत था। अमली उसी रजुलिया की भऊजी है। आज रजुलिया के ख़ानदान की बस यही अकेली इस गाँव में बची है, जिसके सिर पर वे इस खेल को खेलना चाहते हैं। अमली के सिर जाल बिछाकर अगर वे रजुलिया के सामने हुए अपने अपमान का बदला लेने में सफल हो गए, तो फिर बुढ़ौती में एक बार महादेव राय के सामने कलेजा तानकर चल सकेंगे।

मियाँ टोली में अमली की घड़ारी दख़ल करने के लिए तैयारियाँ हो रही हैं और सारे-के-सारे मुसलमान महादेव राय के ख़िलाफ हो गए हैं, यह बात किसी से छुपी नहीं रही। महादेव राय के कानों में जब यह बात पड़ी, तो मारे क्रोध के वे काँपने लगे। घर के जवानों की नसें तड़कने लगीं। वे लोग, जो महादेव राय के नाम पर थूक रहे थे—बिना बुलाए उनके दरवाज़े पर जमा होने लगे। गाँव से दूर मनरौली टोला के ग्वालों से लेकर भिंडा टोला के चमारों तक का ताँता बँध गया। देखते-देखते महादेव राय का ओसारा, सहन और दालान सब भर गए। लोगों के मन में अमली के प्रति जो करुणा की भावना थी, वह न जाने कहाँ चली गई। लाठियाँ, भाले और फरसे लिए हुए लोगों को महादेव राय ने सम्बोधित किया—"भाई, ई एक आदमी के बात नइखे...अब ई जात धरम के बात आ गईल। अमली के घड़ारी नीलाम कराके हम नीक कईनी चाहे बाऊर—ई तू लोगिन बाद में सोचिहऽ। हम भरसक लड़े के ना चाहत रहनी हा, पर अबरार के पीठ पर जवानी में लागल लाठी के दाग़ मेट गईल बाटे। अब ऊ ई बुढ़ौती में फजीहत चाहत बा, त हम, चाहे केहू का कर सकेला ? ई मियाँ लोग हिन्दु के रैयत हवे लोग। अब ई लोग हिन्दू के कपार फोड़ी, गरदन काटी अउर गाँव से उजारी—त तू लोगिन ई अतियाचार सहऽ। हम बुढ़ौती में ई ना देख सकीं। हम त अकेले लड़े जायब—चाहे गाँव के लोग अउर हमार बेटा-नाती भी हमरा साथे भले ना जाव। आज हमार नीलामी करावल ज़मीन मियाँ लोग दख़ल करत बा, काल्ह तहरा लोगिन के घर-दुआर आ मन्दिल दख़ल होई।"

महादेव राय की इन बातों ने हवन-कुंड में घी का काम किया। भीड़ की छाती तन गई। मूँछें उमठने लगीं और लोगों का बचा-खुचा विवेक बाबू महादेव राय निगल गए। मनरौली टोला के ग्वालों के चौधरी हरदेव राऊत ने कहा—"बाबू साहेब, जहाँ राऊर एक बून पसीना गिरी, वोहिजा हमरा टोला के गगरी भर ख़ून गिरी। हमनी के रऊआ साथे बानी सन।"

भिंडा टोला के चमारों के चौधरी बुझावन माँझी ने कहा—"सरकार हमनी के राऊर जन-मजूर हईं सन। माई-बहिन के किरिया गोड़ पीछे ना हटी-चाहे गरदन उतर जाव।"

पंडित रामलाल मिसिर मिरजई का बन्द बाँधते हुए बोले—"ना भाई, अईसे ना। सभे चल के मन्दिल में किरिया खा लोगिन कि गोड़ पीछे ना हटी। जन, धन के फिकिर ना करब सन।"

लोगों की भीड़ मन्दिर के रास्ते की ओर मुड़ गई। पगडंडी पर पंक्तिबद्ध लोग चलने लगे। महादेव राय, रामलाल मिसिर, हरदेव राऊत, बुझावन माँझी और उनके पीछे लाठियों, भालों और फरसों से सजी भीड़। चेहरों पर घृणा का भाव, अन्तर में जाति-धर्म रक्षा की अन्धी भावना और मन में उफ़नता हुआ आक्रोश। पूरा गाँव ऐसे लगता था, जैसे शैतान बच्चों ने मछलियों के लालच में पोखर के थिराए जल को

हिड़ोर दिया हो। नई-नवेलियाँ खिड़कियों से झाँकने और खुसुरफुसुर बतियाने में लगी थीं। तरह-तरह की टीका-टिप्पणी से लेकर घर के मर्दों की सही-सलामत वापसी के लिए मनौतियाँ तक मानी जा रही थीं।

इस गाँव में मुंशी बिसुनलाल का परिवार ही एक ऐसा परिवार था, जिसकी दुश्मनी किसी से नहीं थी। मुंशी जी ही एकमात्र ऐसे व्यक्ति थे, जो झगड़ों-झंझटों से दूर रहते हुए भी हर झगड़े में दख़ल देते, पंचायत करते, मुद्दई और मुद्दालय दोनों का मसौदा तैयार करते, मुक़दमों के लिए वकील-मुख़तार तय करते और इधर-उधर की सारी बातें अपने पेट में पचा लेते। उनके इस प्रभावशाली व्यक्तित्व के कई कारण थे। मुंशी जी ने ही इस गाँव में सबसे पहले हाई स्कूल पास किया था और उनके जोड़ का खेती-बाड़ी तथा कोर्ट-कचहरी के काग़ज़ात का जानकर इस इलाक़े में दूसरा कोई नहीं था। गाँव से लेकर प्रदेश की राजधानी पटना तक मुंशी जी की चलती थी, जान-पहचान थी। कभी किसी के मुक़दमे की पैरवी में, तो कभी किसी की नौकरी की सिफ़ारिश में अक्सर पटना आया-जाया करते थे। इस क्षेत्र के एम.एल.ए. साहब के छोटे भाई मंगल प्रसाद उनके लँगोटिया यार थे। दोनों ने साथ-साथ हाई स्कूल पास किया था। एम.एल.ए. साहब के चलते मंगल प्रसाद का दबदबा पूरे इलाक़े में था और उन्हीं की बदौलत मुंशी जी भी पटना तक की यात्रा किया करते थे। इस इलाक़े में मंगल प्रसाद की बात कोई नहीं काटता। उनका फ़ैसला पत्थर की लकीर होती। मंगल प्रसाद के भाई निर्दलीय चुनाव लड़ते थे और चुने जाने के बाद निर्णय लेते कि किस पार्टी की सदस्यता उनके लिए उचित रहेगी। इस क्षेत्र में मुसलमानों की संख्या कुछ ज़्यादा थी और विरोधी पार्टीवाले हर बार किसी मुसलमान को उनके विरुद्ध खड़ा कर देते। अगली बार वे अपनी ज़िन्दगी में पहली बार चुनाव हार गए थे, जिसका कारण भी यही था। इस हार के बाद उन्होंने निश्चय किया था कि किसी भी क़ीमत पर मुसलमानों का वोट लेना ही होगा। इसके लिए उन्होंने कुछ विशिष्ट योजनाएँ बनाई थीं और इन योजनाओं को कार्यान्वित करने का ज़िम्मा दिया गया था मंगल प्रसाद को। जहाँ कहीं भी मौक़ा हाथ लगता मंगल प्रसाद हिन्दू-मुस्लिम एकता की बात करते। बात कुछ भी नहीं रहती, पर उसे तूल देकर विवाद खड़ा करना और उसमें दख़ल देना मंगल प्रसाद की नीति थी।

सुबह-सुबह जब मुंशी जी को इस वारदात की ख़बर लगी, तो उन्होंने फ़ौरन एक आदमी को साइकिल से रवाना किया और मंगल प्रसाद को सूचना दे दी। मुंशी जी के लिए भी यह सर्वोत्तम मौक़ा था। अचानक इस झगड़े का रंग कुछ इस तरह बदल गया था कि वे इसका उपयोग कर सकते थे।

मंगल प्रसाद को जब यह ख़बर मिली, तो वे जीप से भागे-भागे मुंशी जी के पास आए। इधर पूरब टोला के लोग मन्दिर में क़सम लेने जा रहे थे और उधर मंगल प्रसाद मुंशी जी के यहाँ बैठे इस झगड़े की सुलह की योजना बना रहे थे।

मियाँ टोली के लोग पहले से ही अमली के घर के आस-पास जमा थे। इन लोगों ने जब पूरब टोला के लोगों को मन्दिर की ओर से आते हुए देखा, तो सतर्क हो गए। पूरब टोलावाले बाग़ीचा पार कर ही रहे थे कि मंगल प्रसाद की जीप नाले के पास आकर रुकी। जीप से मुंशी जी के साथ मंगल प्रसाद को उतरते हुए देखकर दोनों ओर के लोग सकते में आ गए। मंगल प्रसाद बेर के पेड़ के पास जाकर खड़े हो गए। तब तक पूरब टोलावाले भी वहाँ पहुँच चुके थे। अबरार ख़ाँ और महादेव राय उनके पास पहुँचे। दुआ-सलाम के बाद मंगल प्रसाद ने चारों ओर सवालिया निगाह से देखा और फिर पूछा—"ई सब ठीक बा ? एक ठो ई बुढ़िया हरामजादी के चलते समूचा गाँव के लोग कट-मर आव—ई समझदारी के बात बा ?"

धीरे-धीरे दोनों ओर के लोग बेर के पेड़ के आस-पास सिमट आए। मंगल प्रसाद के प्रश्न पर पल भर के लिए सबका उफ़नता हुआ आक्रोश जम गया। अबरार ख़ाँ को लगा, वे कमज़ोर होते जा रहे हैं। उन्होंने स्वयं को भीतर ही भीतर कड़ा करते हुए कहा—"तऽ रऊआ .ख़ुद इंसाफ़ करीं...अब एह गाँव में हमनी के ना रहीं सन ? हमनी के आँख के सामने एक ठो बेवा के जायदाद महादेव राय हड़प लेस...आ हमनी के आँख मूनले रहीं सन ? आज अमली के घड़ारी नीलाम भइल, काल्ह मस्जिद भी नीलाम हो जाई, अब हमनी के चुप ना बईठब सन। हमनियों के पास लाठी के ताक़त बा, संवागी बा...अब ई फ़ैसला आज होइये जाव।"

"तू आज तक फ़ैसला कइले बाड़ऽ, कहियो आँख मिलवले बाड़ऽ, जे आज फ़ैसला कर लेबऽ !...ईहाँ केहु पीछे ना हटी। सब केहु किरिया खा के आईल बा। महादेव राय तोहार रुआब ना सहले बाड़न, ना कहियो सह सकेले। टेंट में नोट रहे, त तूहीं काहे ना नीलामी ले लेहलऽ ?" बाबू महादेव राय के इस प्रत्युत्तर के बाद दोनों ओर के लोगों के चेहरों पर सुर्ख रंग छा गया और सभी लोग अब-तब का इन्तज़ार करने लगे।

मंगल प्रसाद को लगा स्थिति बहुत गम्भीर है और अगर उन्होंने देरी की, तो वे स्वयं फँस जाएँगे। लोग कहेंगे, मंगल प्रसाद ने ही दंगा करवाया है और फिर पासा पलट जाएगा। उन्होंने नेताई अन्दाज़ में दहाड़ना शुरू किया—"ठीक बा। त रऊआ दूनो आदमी लड़ीं, गाँव भर के लोग लड़े। दस-बीस आदमी के कपार फूटी, दस-बीस लाश गिरी। थाना-पुलिस आई, मर-मुक़दमा होई, सबके डाँड़ में रस्सा लागी और सब केहु फाँसी पर चढ़ी। एकरा बाद हमरा लगे केहु मत आई कि पटना चलके पैरबी करे के बा।"

भीड़ एक-दूसरे का मुँह देख रही थी। लोग आपस में कानाफूसी कर रहे थे। अबरार ख़ाँ और महादेव राय ने मन ही मन यह महसूस किया कि कहीं यह फ़ौज़दारी इस बुढ़ौती में कमर में रस्सा न बँधवा दे और पुरखों की इज़्ज़त धूल की तरह उड़ न जाए ! अबरार ख़ाँ बोले—"त रऊआ एकर फ़ैसला कर दीं। हम मानब।"

महादेव राय ने भी हामी भर दी। हवा का रुख़ बदलता हुआ देखकर मंगल प्रसाद का कलेजा गद्‌गद हो उठा। वे बोले—"एह सब झगड़ा के जड़ अमली हरामज़ादी बिया। जबले ई गाँव में रही, फ़साद होखबे करी। ई ससुरी के चलते आज गाँव में हँगामा उठल बा। मियाँ लोग एकर हित बनल बा, पर जब लड़ला के बाद फाँसी होई, त अमली बचावे ख़ातिर ना आई। हम सुलह करा देब, पर ई कुलच्छनी के गाँव से निकालल ज़रूरी बा। सब केहु ए बात पर तईयार होखे, त हम सुलह करा दीं।"

मंगल प्रसाद की इस शर्त ने सबको कँपा दिया। कुछ पल मौन रहा। उन्होंने अपनी बात फिर दुहराई। उनकी बात ने सबके मानस को जड़ बना दिया। अबरार ख़ाँ बोले—"हमरा मंजूर बा।"

अबरार ख़ाँ की इस स्वीकृति ने झगड़े की जड़ ही खोद डाली। जब उन्होंने ही मंगल प्रसाद की बात मान ली, तो फिर किस मुसलमान में दम था कि वह मंगल प्रसाद की बात काटता। और हिन्दू लोग तो अमली के ख़िलाफ़ आए ही थे। मंगल प्रसाद ने फ़ैसला सुनाया..."हम चाहत बानी कि एह ज़मीन पर गाँव भर के लोग के अधिकार रहे, इहाँ सरबजनिक काम होखे। एह पर ना त अबरार मियाँ के अधिकार रही, ना महादेव राय के। नीलामी के खरच हम महादेव बाबू के चन्दा से वसूल के दे देब। जुलाहा टोला के सब ज़मीन पटना में पैरवी करके मुफ़्त में सरकार से गाँव के दिलवा देब। गाँव के लोग चन्दा करके एहिजा स्कूल बनवा देव। हम सरकारी सहायता भी दिलवा देब। ईस्कूल हिन्दू-मुस्लिम एकता के परतीक होई। एह ज़मीन से बढ़िया स्कूल वास्ते दूसर कवन ज़मीन होई ? ईहाँ ट्यूबेल, पोखर, मैदान, बाग़ीचा सब बाटे।"

जुलाहा टोला में अमली की घड़ारी ज़मीन पर स्कूल का शिलान्यास हो चुका था। गाँव के हर घर से कुछ-न-कुछ चन्दे की रक़म स्कूल के लिए दी गई थी और मज़दूर वर्ग के हर घर के लोग श्रमदान भी कर रहे थे। मंगल प्रसाद के नेतृत्व में स्कूल की संचालन समिति का गठन हुआ था। उनके भाई एम.एल.ए. साहब मुख्य संरक्षक थे और वे सेक्रेटरी। अबरार ख़ाँ और महादेव राय समिति के सदस्य थे और मुंशी बिसुनलाल कोषाध्यक्ष। स्कूल के भवन निर्माण का ठेका अबरार ख़ाँ और महादेव राय ने संयुक्त रूप से लिया था। ईंटों की ख़रीददारी मंगल प्रसाद के भट्ठे से हो रही

थी और मुंशी जी के कनिष्ठ पुत्र की नियुक्ति प्रधानाध्यापक के पद पर होगी, यह तय हुआ था। स्कूल के भवन के साथ-साथ महादेव राय और अबरार ख़ाँ ने अपने लिए नई बैठकें बनवानी शुरू की थीं, जिनकी दीवारें स्कूल भवन की दीवारों से छाती भर ऊँची उठ चुकी थीं। अमली पहले गाँव से लगभग सात-आठ मील दूर स्थित रेलवे स्टेशन के सामने बैठनेवाले भिखमंगों की जमात में बैठा करती थी, पर आजकल वह गाँव में ही रहती है। जिस दिन स्कूल का शिलान्यास एम.एल.ए. साहब के कर-कमलों से सम्पन्न हुआ था, उसी दिन वहाँ एक भोज भी हुआ था। अमली भी दूसरे भिखमंगों के साथ जूठे पत्तलों की लालच में उस दिन आई थी और तब से वह वापस नहीं लौटी। आजकल वह पगला गई है। गाँव के आवारा छोकरे उसे छेड़ते हैं, चिढ़ाते हैं और उस पर ईंटों-ढेलों की बौछारें करते हैं। वह कभी अबरार ख़ाँ के दरवाज़े पर, तो कभी महादेव राय के दरवाज़े पर डोलती रहती है क्योंकि वहाँ से कुछ-न-कुछ उसे मिल ही जाता है खाने के लिए—भीख में।

(सारिका, 1977)

एक और सुबह

हराधन तिवारी बलूहा चौराहे की ओर जाती राह से जैसे ही नीचे उतरकर दाईं ओर वाली गली में मुड़े, गमछा नाक-मुँह में लपेट लिया। मोरी का पानी गली में फैलकर बजबजा रहा था। सड़ाँध से नाक फट रही थी। इमामबाड़े के किनारे-किनारे बित्ता भर ज़मीन बची थी, जिस पर मोरी का पानी नहीं रेंग पाया था। वैसे वहाँ की माटी भी नरम हो गई थी और उसके ऊपर से गुज़रनेवाले लोगों के पाँवों के निशान एक-दूसरे को काटते गडमगड पसरे थे। खड़ाऊँ के निशान छोड़ते हुए मोरी के पानी से बचने की कोशिश में वह दाएँ हाथ से इमामबाड़े के चबूतरे का सहारा लेकर आगे बढ़ रहे थे कि अचानक हथेली किसी गीली चीज़ को समेटती हुई आगे सरक गई। उन्होंने एक झटके से हाथ खींचा तो सन्तुलन बिगड़ गया और बायाँ पैर ''गचाक' की आवाज़ के साथ मोरी में धँस गया। उनके गिरने की आवाज़ से कीचड़ में दाना ढूँढ़ती एक मुर्गी हड़बड़ाकर पंख फड़फड़ाती हुई उड़ी और इमामबाड़े के चबूतरे पर जाकर बैठ गई। हराधन तिवारी के कपड़े पानी के छींटों से तर-ब-तर हो गए। उन्होंने किसी तरह अपने को सन्तुलित किया। पाँव कीचड़ से बाहर निकालने की कोशिश की, तो खड़ाऊँ अन्दर ही छूट गए। हथेली में खखार लिपट गया था। राह चलते रात के अँधेरे में किसी ने खखार फेंक दिया था।

इमामबाड़े वाली गली से बाहर निकलकर ईदगाह की ओर जाती सड़क पर आते ही हराधन तिवारी को लगा, जैसे, उन्हें रौरव नरक से मुक्ति मिल गई हो। सड़क पर लट्टू नचानेवाले लड़कों ने कीचड़-पानी से लदफद उन्हें आसमानी जहाज़ की तरह हनहनाते, एक हाथ में खड़ाऊँ लिए आते देखा--तो लट्टू-डोरी लेकर चम्पत हो गए। राह में कई लोगों से उनकी मुलाक़ात हुई, पर हर आदमी कन्नी काट गया। सब उनके स्वभाव से परिचित थे। इस समय उनसे कुछ भी पूछने का मतलब था–बिरनी के खोंते में ढेला मारना। उन्होंने बदरुल ख़ाँ के दरवाज़े पर पहुँचकर आवाज़ लगाई–''बदरुल, ए बदरुल !''

बदरुल ख़ाँ दरवाज़ा खोलकर चादर ओढ़े बाहर आए। हराधन तिवारी को कुछ देर आँखें छितारकर निहारा और फिर पूछा–''भोरें-भिनसारे कौन गत बनाए टहल रहे हो ?''

"करम कूट रहे हैं, दूसर कौन काम करेंगे ! पहर भर दिन चढ़ गया और तुमको भोर-भिनसार बुझा रहा है ?"

"अरे पहले बोलो कि कहँवा से डुबकी लगा के आ रहे हो ?"

हराधन तिवारी चिढ़ उठे—"नरक से आ रहे हैं, नरक से। तुम्हारे चलते नरक छोड़ सरग थोड़े नसीब होगा ! पहले बताओ कि कब तक एह ढँग से खेती-गिरस्थी का काम चलेगा ? हम घंटा भर से 'बऊली' पर खड़े तुम्हारी राह देख रहे हैं कि, आओ तो दूनो जने मिल के पानी उबीछ लेंगे। पाँच-सात कट्ठा खेत है, घंटा-दू-घंटा में फ़ुरसत मिल जाएगी और तुम हिंया...।"

"अरे, हमारी भी सुनोगे कुछ कि अपने ही बोलोगे सिरफ़ ?"

"का सुनें तुम्हारी ? सबके खेत का पटवन हो गया, पर घंटा भर की मेहनत ख़ातिर तुम कोढ़ियाए फिर रहे हो। खेत की माटी तड़क रही है और तुमको कवनो फिकर ना है। हम जान दे रहे हैं।

"त का चाहते हो, हमहुँ जान दे दें ? तुम्हारे हिंया से रात लौटे, तो ठंडी लग गई। पाँजर में दरद और बुख़ार। हींग-तेल गरम करके रात भर मालिश करवाया तब जाकर दरद कुछ नरम हुआ।"

"हम अन्तरजामी थोड़े हैं कि बिना हिंया आए बऊली पर खड़े-खड़े जान जाएँ कि तुमको बुख़ार हुआ है,...पाँजर में दरद है, पाला मार गया।"

"अब तो जान गए ना ?"

"हाँ भइया, जान गए। हकीम से कवनो दवा ले लो।" हराधन तिवारी मुलायम होने लगे थे।

"हकीम ना हैं। ससुराल गए हैं।"

"बुढ़ौती में ससुराल ?" इस प्रश्न के साथ ही हराधन तिवारी के चेहरे पर मुस्कुराहट फैल गई।

"काहे ? बुढ़ौती में आँख में सुरमा-काजल लगा सकते हैं, तो ससुराल काहे नहीं जा सकते हैं ?"

दोनों मित्र खिलखिला उठे। हराधन ने किसी तरह हँसी पर क़ाबू पाते हुए पूछा—"तब ?"

ठीक हो जाएगा। तेल मालिश करवा रहे हैं। बदरुल ख़ाँ ने अपनी आवाज़ को कुछ और नरम करके कहा—"ए तिवारी, आज पटवन छोड़ दो। हम ठीक हो लें, तब मिल-जुल के कर लेंगे। दू-चार दिन में कौनो ख़ास बात ना है।"

हराधन तिवारी की भौंह तिरछी हो गई। बदरुल ख़ाँ को डाँटते हुए बोले—"सठिया गए हो तुम ! खेत में दरार पड़ रही है और तुम कहते हो कि कवनो ख़ास बात ना है ! हम अकेले ही निबट लेंगे। जब एतना भुगत लिया, तो कल-परसों पर ना छोड़ेंगे।"

हराधन तिवारी वैसे ही कीचड़-पानी में सने वापस लौट गए। बदरुल ख़ाँ ने रोकने की बहुत कोशिश की, पर वे माने नहीं।

बदरुल ख़ाँ और हराधन तिवारी में दोस्ती कब हुई थी—उन दोनों में किसी को भी याद नहीं। गाँव से कोस भर दूर मदरसा में पढ़ने आते-जाते समय, कब्बड्डी-चिक्का के खेल में, बऊली-पोखर में छपकते-नहाते हुए या फिर बारी-बाग़ीचा में ढेला-ढेलबाँस चलाते समय दोनों एक साथ रहते थे। साथ-साथ रहने का यह सिलसिला इस तरह ज़िन्दगी से जुड़ गया कि गाँव-जवार में, दुनिया-जहान में ढेरों उथल-पुथल मची, पर दोनों की साथ-संगति नहीं छूटी। पहलवानी का शौक़ हुआ, तो अखाड़े में एक साथ ही देह से माटी लगाया। सुराज़ की लड़ाई में भी साथ-साथ रहे। सुराज़ की लड़ाई से फ़ुर्सत मिलने के बाद बदरुल ख़ाँ शहर जाकर कचहरी में मुंशीगिरी करने लगे थे। गाँव-घर छोड़ना पड़ा था। बूढ़ी वालिदा और बीवी को छोड़कर और कोई घर में नहीं था। चचेरे भाइयों से पटती नहीं थी। वालिदा के ज़माने से ही घड़ारी ज़मीन के बँटवारे को लेकर मुक़दमा चल रहा था।

गाँव छोड़ते समय बदरुल ख़ाँ के सामने सबसे बड़ी समस्या यह थी कि बीघा भर खेत और घर-दुआर किसके भरोसे छोड़कर छपरा जाएँ ! गाँव छोड़कर जाना भी ज़रूरी था, क्योंकि, जितनी खेती-गिरस्थी थी, उससे गुज़र-बसर कर पाना सम्भव नहीं था। उन्होंने गाँव से जाते समय हराधन तिवारी को घर की चाभियाँ सौंप दी थीं और खेती-गिरस्थी का पूरा बोझ भी उन्हीं के सिर पर थोप दिया था। हराधन ना-नुकर करते रहे, पर बदरुल ख़ाँ ने उनकी एक नहीं सुनी। बदरुल ख़ाँ के इस निर्णय का विरोध उनके टोलावालों ने किया था। लोगों ने उन्हें काफ़िर भी कहा, पर वे अपने विश्वास से डिगे नहीं थे।

साल में एक-दो बार, जब भी लम्बी छुट्टियाँ मिलतीं, बदरुल सपरिवार गाँव आया करते थे। उनके आते ही हराधन के पैर में घिरनी बँध जाती थी। वह दिन-रात भाग-दौड़ करते फिरते थे। दोनों दोस्तों की घंटों बैठक जमती। ज़िन्दगी का दुख-सुख बतियाते और बीते दिनों की यादों को दुहराते दिन-रात कैसे कट जाते—किसी को भी पता नहीं चल पाता था !

बदरुल ख़ाँ के जाते ही हराधन तिवारी को सारा गाँव सूना लगने लगता था। वैसे कभी उन्हें अपने काम-काज से छुट्टी मिलती तो एक-दो दिनों के लिए शहर जाकर बदरुल का हाल-समाचार ले आते थे। मोटरी-गठरी में सत्तू-चिऊड़ा पहुँचा आते थे। हराधन के पास भी ज़्यादा खेती-बारी नहीं थी। बस किसी तरह गुज़र-बसर हो जाता था। गाँव-जवार में पुरोहित का काम करते थे। शादी-श्राद्ध

में पूजा करवाकर भी कुछ ऊपरी आमदनी हो जाया करती थी।

बदरुल ख़ाँ को एक ही बेटा था—सादिक़। उन्होंने पेट काटकर किसी तरह बेटे को पढ़ाया-लिखाया। लड़का होनहार था। हमेशा अपने दर्ज़े में अव्वल आता था। बी.ए. पास करने के बाद सादिक़ ने पटना जाकर एम.ए. की पढ़ाई पूरी करने की ज़िद्द ठान ली। बहुत टाल-मटोल करने के बाद भी बदरुल को बेटे की बात माननी ही पड़ी थी। पैसा-पैसा जोड़-गाँठकर भेजते थे। एम.ए. पास करने के बाद जमशेदपुर में ही सादिक़ की नौकरी लग गई थी। बदरुल की ज़िन्दगी का सबसे बड़ा सपना पूरा हुआ था। वह बेटे की शादी करने के लिए गाँव आए थे। शादी के बाद सादिक़ अपनी दुल्हन के साथ जमशेदपुर वापस लौट गया, पर बदरुल गाँव छोड़कर वापस नहीं लौटे थे। सादिक़ उन्हें अपने साथ ले जाना चाहता था, पर वह साफ़-साफ़ नकार गए थे—"अब हम गाँव-घर छोड़ के दूसर कवनो जगह ना जावेंगे। तुम पढ़-लिखकर नौकरी में लग गए—मेरी इबादत पूरी हुई। दुल्हन को साथ ले जाओ। हम दूनो बूढ़ा-बूढ़ी की क़बर तो हिए बनेगी। तातील में आते-जाते रहना।"

हराधन को दो बेटियाँ और एक बेटा था—हरिहर। वह बेटियों की शादी से निबट चुके थे। दोनों लड़कियों की शादी में बदरुल ख़ाँ ने अपनी औक़ात भर मदद की थी। हरिहर गाँव के हाई स्कूल से मैट्रिक पास करने के बाद बेकारी में इधर-उधर आवारा की तरह घूमता रहता था। उसकी आगे की पढ़ाई का कोई सिलसिला नहीं जुड़ पा रहा था और न नौकरी मिलने की ही कोई उम्मीद थी। हराधन तिवारी अपने बेटे के भविष्य को लेकर बहुत चिन्तित थे। उन्हें कोई उपाय नहीं सूझ रहा था।

दिन भर धूप में बैठकर गरम तेल की मालिश करवाने के बाद बदरुल ख़ाँ के पाँजर का दर्द कुछ कम हुआ। बुख़ार भी उतर चुका था। तबीयत कुछ हल्की होते ही हराधन के घर जाने के लिए पाँव में जूते डालकर तैयार हो गए। सादिक़ की अम्मा ने रोकना चाहा, पर वह टाल गए। मोटिया सूतवाली चादर लपेटकर बाहर निकल पड़े।

लगभग चौबीस घंटों की बीमारी में ही देह का जोड़-जोड़ खुल गया था। कमज़ोरी इतनी हो गई थी कि पाँव तलमला रहे थे। इमामबाड़े वाली गली में तो कई बार गिरते-गिरते बचे। किसी तरह डग भरते जब हराधन तिवारी के घर पहुँचे तो चौंक उठे। वहाँ अच्छी-ख़ासी भीड़ जमा थी। बात कुछ ख़ास नहीं थी। हरिहर सुबह से ग़ायब था। शाम को लौटने पर हराधन ने उससे कैफ़ियत तलब की। इतनी-सी बात को लेकर बाप-बेटे में कहा-सुनी हो गई थी। हरिहर को जो बोलना था, बोलकर फिर कहीं सरक गया था, पर हराधन दहाड़ रहे थे। बदरुल ने उन्हें समझा-बुझाकर शान्त किया। लोग-बाग धीरे-धीरे खिसक गए। हराधन का क्रोध जब कम हुआ उसके बाद

अचानक उन्हें बदरुल की बीमारी याद आ गई। त्योरियाँ चढ़ाकर बदरुल से भिड़ गए–"तुम सौकिया बीमार पड़ते हो। पटवन के समय तो पाँजर में दरद था और सैर के समय दरद कहाँ चल गया ? हम पूछते हैं कि कौन ज़रूरत थी कि तुम टहलने निकल गए ?"

"तुम्हारा मगज गरम हो गया है। पहिले ठंडा कर लो, तब तुमसे बतियावेंगे।"

"का बतियावोगे ? खाक ? टँगड़ी पसारके खटिया पर पड़ जाओगे, तब पता चलेगा कि बीमारी में ज़ोर-आज़माने का फल कितना मीठा होता है ! समझे !"

"हुआ, बहुत हुआ। यार का खीस भतार पर उतार रहे हो।" बदरुल ख़ाँ बरामदे में बिछी खाट पर जाकर पसर गए।

हराधन तिवारी कुआँ की जगत पर गए। बाल्टी से पानी निकाला, हाथ-पाँव धोकर गमछा से पोंछा। फिर एक बाल्टी पानी निकाला और उसे बरामदे में लाकर रख दिया। पेट भर जाने के बाद बैल नाद से मुँह निकालकर पागुर कर रहे थे। दोनों को खोलकर बरामदे में गड़े खूँटों से बाँध दिया। गाय भी भर पेट खा चुकी थी। उसका बछड़ा दूर खूँटे में बँधा हुँकारी भरते हुए छटपटा रहा था। हराधन ने गाय को नादवाले खूँटे से अलग किया और बछड़े का पगहा खोल दिया–बछड़ा दौड़कर अपनी माँ का थन चूसने लगा। हराधन ने आवाज़ दी–"बुचिया, ए बुचिया ! बाल्टी भेजो, दूध दूहना है।"

हराधन तिवारी की छोटी लड़की कुछ दिनों पहले ससुराल से वापस आई थी। वह पीतल की बाल्टी लेकर बाहर निकली और बरामदे के नीचे खड़े हराधन को बाल्टी देकर लौट गई। हराधन बछड़े को हटाकर दूध दूहने बैठ गए। वह दूध दूहने के बाद उठे तो कमर का जोड़ दुखने लगा था। कमर पर दोनों हाथ रखकर देह को धनुषाकार मोड़ते हुए दाएँ-बाएँ झुके। फिर बाल्टी चौखट के पास रखकर आवाज़ दी–"बुचिया, ए बुचिया ! बाल्टी ले जाओ।"

लड़की हाथ में लालटेन लिए बाहर निकली। लालटेन रखकर दूध की बाल्टी उठाती हुई अन्दर चली गई। साँझ चारों तरफ़ फैल चुकी थी। अँधेरा धुएँ की तरह भरने लगा था। हराधन तिवारी ने लालटेन बरामदे की ओरी में टाँग दिया। बदरुल ख़ाँ खाट पर बैठकर सुरती रगड़ रहे थे। हराधन खाट पर बैठते हुए बोले–"पाँखुर फट रहा है। दोनों बाहें भर गईं। अब गिरस्थी का काम-काज निबटता ना है भईया ! बुढ़ापा माथ चढ़के बोल रहा है।"

"त तुमको कौन कह रहा है कि दिन-रात हाय-तौबा मचाए रहो।" बदरुल ख़ाँ ने धीरे-से जवाब दिया।

"हाय-तौबा ना मचाएँ तो पेट कवन भरेगा ?"

"हरिहर से कुछ काम काहे नहीं करवाते हो ?"

"हम नहीं करवाते कि ऊ अपने ही नहीं करता !"

"कहोगे कुछ करने को तब..."

हराधन तिवारी की तीसरी आँख फिर खुल गई। चिढ़ते हुए बोले—"हम तो कहते-सुनते थक गए, अब तुम्हीं कहो। उसका चाल-चलन बिगड़ गया है। भईया, ऊ अब हाथ से बाहर है।"

"सब तुम्हारे मन का भरम है,...अभी उसकी उमर ही कितनी हुई ! धीरे-धीरे रास्ते पर आ जाएगा।"

हराधन तिवारी का कलेजा भर आया था। कोई सपना भीतर ही भीतर टूटकर बिखर रहा था। गम्भीर आवाज़ में कहने लगे—"तुम कचहरिया आदमी हो, कवन तुमसे जिरह-बहस करे। उसकी उमर के जब हम थे, तभी से माथ पर पूरे घर का बोझ उठाए फिर रहे हैं। हम अनपढ़ गँवार थे, पर ऊ तो दस-बारह जमात पढ़ा-लिखा भी है।"

"बहुत बकर-बकर करते हो। लो,...सुरती लो।" बदरुल ख़ाँ ने दाईं हथेली हराधन तिवारी के सामने फैला दिया। हराधन ने चुटकी भर सुरती उठाकर होठों में दाब लिया। जीभ को मुँह के भीतर ही इधर-उधर घुमाकर सुरती को स्थिर किया। फिर 'पच्च' से थूकने के बाद बोले—"तबियत ठीक है ?"

"ठीक है। सिरफ़ कमज़ोरी है।" बदरुल के मुँह में थूक भर आया।

"हकीम ससुराल से लौट आए हैं—दू-चार पुड़िया दवा ले लो।"

"कब लौटे ?"

"पहर भर पहिले बऊली पर मिले थे।"

बदरुल ख़ाँ ने मुँह में भर आए थूक को फेंका और खाट से नीचे उतरकर जूते पहनते हुए कहा—"चलो ले लें। हकीम थके होंगे, कुंडी ठोककर पसर गए तो,... ।"

"हाँ, चलो। उनके ससुराल का कुछ गप-सप भी सुना जाए।" हराधन तिवारी भी खाट छोड़कर खड़े हो गए। पाँव में खड़ाऊँ डालते हुए आवाज़ लगाई—"बुचिया, ए बुचिया ! हम हकीम के दुआर तक जा रहे हैं...घंटा भर में लौटेंगे।"

हराधन तिवारी किसी उत्तर की प्रतीक्षा किए बिना बदरुल ख़ाँ के साथ हो गए। हकीम गप्पी आदमी थे। बुढ़ापे में भी उन्हें सुरमा-काजल और तेल-फुलेल का शौक़ था। बदरुल और हराधन से उनकी ख़ूब पटती थी। गाहे-ब-गाहे तीनों ज़िन्दगी की किच-किच से अलग होकर साथ बैठ लिया करते थे, आपस में हँसी-मज़ाक कर लिया करते थे।

हकीम के यहाँ हँसी-ठहाकों के सैलाब में बदरुल और हराधन ऐसे डूबे कि समय का

ध्यान ही नहीं रहा। हकीम क़िस्से पर क़िस्से सुनाते जा रहे थे। वह ससुराल की यात्रा-कथा को इस तरह ज़ायक़ेदार ढंग से सुना रहे थे कि हँसते-हँसते पेट में मरोड़ उठ जाती थी। बदरुल की तबीयत पर हकीम की दवा से ज़्यादा असर बातों का हो रहा था। हकीम के आँगन से खाने का बुलावा आया तब कहीं जाकर बैठक ख़त्म हुई।

बदरुल और हराधन जब हकीम के घर से चले—रात तीन-चार घंटे सरक चुकी थी। पूरा गाँव ऊँघ रहा था। दिन भर के काम-काज से थके-हारे लोग सोने की तैयारी में थे। बँसवारी में हुआँ-हुआँ करते सियारों पर गाँव के कुत्ते भौंक-भौंककर जवाबी हमले करने में लगे थे। बदरुल भुनभुनाए—"गाँव में आवारा कुकुर-सियार बहुत हो गए हैं। ससुरे रातभर भूँकते रहते हैं।"

"ख़ाली कुकुर-सियार ? आवारा तो गाँव के नवही हुए हैं। एक ज़माना था कि लोग बाप-दादा के सामने आँख ना उठाते थे और अब के बाल-बच्चे तो आँख तरेरते हैं, गरियाते फिरते हैं।"

"तुम एक बात गँठिया लेते हो और ढोते फिरते हो।"—बदरुल ख़ाँ ने हराधन को झिड़क दिया।

हराधन तिवारी ने गहरी साँस भरते हुए कहा—"तुम्हारे कपार पर पड़ता तब समझते-बूझते। बेटा पढ़-लिख के नौकरी-चाकरी में लग गया, परब-तेवहार में दस-बीस भेज देता है। मेरी फिकर तुम थोड़े समझोगे !"

"हमारी-तुम्हारी तक़लीफ़ अलग है का हराधन ?"

बदरुल ख़ाँ के इस सवाल पर हराधन चुप लगा गए। सुरती रगड़ने लगे। कुछ देर तक दोनों चुपचाप चलते रहे। अन्ततः बदरुल ख़ाँ ने ही बातचीत शुरू करते हुए पूछा—"हमारी एक बात मानोगे हराधन ?"

"बोलो।" हराधन ने धीरे-से कहा।

"हरिहर को सादिक़ के पास भेज दो। गाँव छोड़ देगा तो अपने आप सुधर जाएगा। सादिक़ की बहुत जान-पहचान है, कौनो काम-धन्धा मिल ही जाएगा।"

"तुम अपने मन से कह रहे हो। पहिले सादिक़ से पूछ लो। कहीं उसको...।"

"हमको सादिक़ पर पूरा भरोसा है। इतना बेग़ैरत ना है कि...।"

"फिर भी..." हराधन तिवारी ने सकुचाते हुए टोका।

"ठीक है। तुम्हारी सलाह है तो पहिले ख़त लिख के पूछ लेते हैं।" बदरुल ख़ाँ ने हराधन तिवारी को आश्वस्त किया।

हराधन तिवारी को लगा, बेटे के भविष्य की चिन्ता के बोझ को, जो उनकी छाती पर पड़ा था—बदरुल ने कम कर दिया है। ऐसा कोई समाधान हो भी सकता है, वह सोच नहीं सके थे।

हकीम की गली पीछे छूट चुकी थी। ईदगाह वाली सड़क सामने थी। सड़क की

धूल में बनी बैलगाड़ी के पहियों की समानान्तर लीकें चाँदनी में रेल की लाइनों की तरह दूर तक बिछी लग रही थीं। सड़क पर आते ही दोनों रुक गए। हराधन तिवारी ने सुरती फटककर हथेली फैला दी। बदरुल ने चुटकी भर सुरती उठा ली। हराधन तिवारी सड़क पार करके इमामबाड़े वाली गली में उतर गए और बदरुल ख़ाँ ईदगाह की ओर जाती सड़क पकड़कर अपने घर की ओर चल दिए।

पिछले एक पखवाड़े से बदरुल ख़ाँ बीमार पड़े थे। एक तो बुढ़ापे का शरीर और ऊपर से कमज़ोरी की गिरफ़्त। पाँजर का दरद कम हुआ तो फायलेरिया ने धावा बोल दिया। एक पाँव घुटने के पास सूज गया। शाम होते ही बुख़ार दबोच लेता था। इधर-उधर आना-जाना कम हो गया था। हराधन तिवारी का घर दूर था, सो वहाँ गए कई दिन हो गए थे। कभी-कभी छड़ी के सहारे हकीम के घर हो आया करते थे। हकीम भी अक्सर आकर हाल-चाल पूछ जाया करते थे। दवा के साथ-साथ हँसी-मसखरी का घूँट पिला जाया करते हैं। हराधन नियम से सुबह-शाम खोज-ख़बर लेने आते थे। शाम को आते तो रात के झनकने तक बैठे रहते। लोटे में दूध भी लाया करते थे। पहले तो बदरुल ने टालना चाहा था, पर हराधन ने इस तरह झिड़क दिया कि उनकी बोलती बन्द हो गई।

बरामदे के नीचे सहन में बिछी खाट पर बदरुल ख़ाँ आँखें मूँदे पड़े थे। जाड़े की शुरुआत हो चुकी थी। हवा ठिठक-ठिठककर बह रही थी। माथ ऊपर सूरज था। उन्हें करवट फेरकर सोने में तक़लीफ़ हो रही थी, और चित्त होने पर आँखों में धूप बर्छी की नोक की तरह चुभ रही थी। हकीम ने सुबह-सुबह उन्हें डाँट पिलाई थी और दिन भर धूप सेंकने की हिदायत देकर गए थे। बदरुल ख़ाँ ने आँखें खोलकर धूप नापने की कोशिश की, पर ज़्यादा देर तक सह नहीं पाए और थक-हारकर फिर आँखें मूँदते हुए खाट के पौवे पर सिरहाने टिकी छड़ी को टटोलने की कोशिश करने लगे। छड़ी सरककर ज़मीन पर गिर गई।

"बदरुल चा, ख़त है।"

बदरुल ख़ाँ ने बहुत मुश्किल से आँखें खोलीं। सामने डाकख़ाने का मुंशी अपनी सायकिल के साथ खड़ा था। दोनों हाथों से खाट की पाटी पर ज़ोर डालते हुए वह उठकर बैठ गए। मुंशी ने अपने झोले से एक पोस्टकार्ड निकालकर उनके दाएँ हाथ में पकड़ा दिया। बदरुल ने झुककर खाट के नीचे से छड़ी उठाते हुए आवाज़ दी—"सादिक़ की अम्मी, ए सादिक़ की अम्मी ! ज़रा चश्मा दे जाओ, ख़त है।"

सादिक़ की अम्मी किवाड़ खोलकर बाहर निकलीं। साड़ी का पल्लू सिर पर लम्बा खींचते हुए बरामदे से नीचे उतरकर सहन में आईं। बदरुल के हाथ में चश्मा देकर

पूछा—"कहँवा से आया है ख़त ?"

"सादिक़ का लगता है।"

"का लिखा है ?"

"बिना पढ़े बोल दूँ ? काहे बेहाल हो रही हो ?"

बदरुल ख़ाँ चश्मा पहनकर बुदबुदाते हुए ख़त पढ़ने लगे। सादिक़ की अम्मी से नहीं रहा गया। वह फिर पूछ बैठीं—"ज़ोर से पढ़ो ना। का लिखा है ?"

"सब ख़ैरियत है। पचास रुपए मनिआर्डर किया है।"

"मिला नहीं।"

"ख़त मिल गया, तो आजकल में मनिआर्डर मिलेगा ही।"

"और ?"

"और सब ठीक है। हरिहर को अपने पास बुलाया है—काम के लिए।"

"तुमने लिखा था का ?"

"हाँ।"

"उसके बाप जाने देंगे ?"

"काहे ?" बदरुल ख़ाँ पत्नी के सवालों पर मन ही मन झुँझला रहे थे।

"अकेला बेटा है, का पता इतनी दूर...।"

"सादिक़ अकेला ना है ?" बदरुल ख़ाँ ने खाट के नीचे पाँव लटकाकर जूते खींच लिए। पाँव में जूते डालकर छड़ी के सहारे खड़े हो गए।

सादिक़ की अम्मी ने टोका—"कहँवा जा रहे हो ?"

"हराधन के दुआर तक जाएँगे। उसको ख़बर दे दें।"

"कौन जल्दी पड़ी है। रात में...।"

बदरुल ने बात काट लिया—"दुआर पर पड़े-पड़े तबीयत ऊब गई है, ज़रा घूम-टहल भी हो जाएगी।"

"बीमारी में भी बिना घूमे-टहले तुमको चैन नहीं ?"

बदरुल ख़ाँ फूट पड़े—"बीमारी ना हुई, आफ़त हो गई ससुरी। दिन-रात हाय-तौबा मचाए रहती हो।"

"चादर तो ओढ़ लो।" सादिक़ की अम्मा ने सिरहाने पड़ी चादर उठाकर दे दी। बदरुल ख़ाँ ने चादर लपेट लिया। छड़ी के सहारे फूले हुए पैर को तेज़ी से घसीटते आगे बढ़ गए। सादिक़ की अम्मा तकिया और चश्मा लेकर भीतर चली गईं।

सादिक़ ने हरिहर को नौकरी के लिए जमशेदपुर बुलाया है, यह ख़बर सुनते ही हराधन तिवारी की छाती जुड़ा गई थी। वर्षों की साध पूरी हुई थी। बेटा सुधर जाएगा,

समय-कुसमय दो-चार पैसों की मदद करे या ना करे, अपनी ज़िन्दगी तो निबाह ही लेगा—इस बात की निश्चिन्तता ने उनकी आयु बढ़ा दी। हरिहर की माँ ने पहले बहुत खींचतान की, पर समझाने-बुझाने के बाद छाती पर पत्थर रखकर बेटे को परदेस भेजने के लिए तैयार हो गई। मन की इस साध ने भी मुँह बन्द कर दिया कि बेटा जब 'सहरूआ' कपड़ों में सज-धजकर नौकरी से लौटेगा तो पास-पड़ोस के लोगों के बीच छाती मूँठ ऊँची उठ जाएगी। गाँव-जवार में हरिहर के बाबू का रुतबा बढ़ेगा।

चिट्ठी आने के तुरन्त बाद हराधन तिवारी के घर में हरिहर के जाने की तैयारियाँ शुरू हो गई थीं। हराधन ने स्वयं पत्रा-पोथी देखकर 'यात्रा' की तिथि निश्चित की थी। हरिहर भी सारे गाँव में इतराया फिर रहा था। जमशेदपुर जाकर 'बबुआनी' झाड़ने की योजना का बखान करने में ही दिन-रात यार-दोस्तों के बीच व्यस्त रहता। सात मील सायकिल चलाकर कपड़ों पर इस्त्री करवा आया था। सादिक़ और उसकी दुल्हिन के लिए दोनों घरों से सामान की मोटरी-गठरी बाँची जा रही थी। सत्तू, चिऊड़ा और भूँजा की गठरी सादिक़ की अम्मा ने अपने बहू-बेटे के लिए हराधन के घर भिजवा दी थी। हरिहर की माँ भी गठरी सँजोने में लगी थी। हराधन रेल-भाड़ा के लिए रुपए-पैसे जुटाने में बेहाल थे। कर्ज़-उधार जोड़-गाँठ कर किसी तरह भी पैसे पूरे नहीं हुए तो हरिहर की माँ ने चोरिका (छुपाकर रखा हुआ पैसा) निकाला। पिछली फ़सल में सरसों-तीसी की बिक्री का जो पैसा लुका-छिपाकर रखा था—गाढ़े समय काम आ गया। हरिहर को चारों तरफ़ से हिदायतें मिल रही थीं। रेल पर चढ़ने-बोलने के सम्बन्ध में हर बड़ा-बूढ़ा आदमी कुछ-न-कुछ सीख दे जाता था। माँ जमशेदपुर पहुँचते ही चिट्ठी लिखने का आग्रह बार-बार कर रही थी। हर दो-चार घंटों के बाद बहन अपनी फ़रमाइशों की फ़ेहरिस्त में हेर-फेर करने में लगी थी।

हरिहर सादिक़ के पास नौकरी करने जमशेदपुर जा रहा है—इस ख़बर ने गाँव के लोगों को भी प्रभावित किया था। कुछ लोग बदरुल ख़ाँ और हराधन तिवारी की दोस्ती को सराहते फिर रहे थे, तो कुछ लोगों की छाती पर गेहुँवन साँप बैठकर फुँफकार रहा था। हरिहर का जमशेदपुर जाना चर्चा का विषय बन गया था। जितने मुँह, उतनी बातें। कोई कहता—"बदरुल के चलते हराधन बन गए।"

कोई दूसरा उत्तर देता—"हराधन ने भी बदरुल की ख़ातिर कम ना किया है भइया।"

बदरुल ख़ाँ बरामदे में पड़ी खाट पर दीवार से सिर टिकाए बैठे थे। बाहर आकाश में चन्द्रमा मौन फैलाता हुआ बरामदे की ओरी से ऊपर सरककर आड़ में चला गया था। चन्द्रमा दिख नहीं रहा था, पर सहन में चाँदनी फैली थी—शीत से भीगती हुई।

बदरुल ख़ाँ के आस-पास हल्का अँधेरा पसरा था। थोड़ी-सी उजास बरामदे के ओटे को बस छू भर रही थी, जिसके चलते खम्भे की घनी छाया बदरुल के मुड़े हुए घुटनों के ऊपर खिसकती, चेहरे को ढकती दीवार में जाकर समा गई थी।

सोचते-सोचते बदरुल ख़ाँ का मन इतना थक गया था, शरीर इतना शिथिल हो गया था कि लगातार दो-तीन बार जम्हाइयाँ भी ले चुके थे। कई दिनों की बीमारी से शरीर इतना कमज़ोर हो गया था कि नसों में झिनझिनाहट भर जाती थी। दो हरफ़ बोलने और दो डग भरने के बाद फेफड़ा धौकनी की तरह चलने लगता था। हिम्मत साथ छोड़ देती थी। और आज जो कुछ देखा-सुना, उसने तो बदरुल ख़ाँ को इस तरह तिलमिला दिया था कि उनका सिर भारी होने लगा था। पिछले दो दिनों से जिस बुख़ार ने पिंड छोड़ दिया था, उसका फिर से लौट आना स्वाभाविक था।

शाम को हकीम के यहाँ जाने की तैयारी में थे कि सफ़ी अहमद आ गया था। वह गोरखपुर में रेल का मुलाज़िम था। उसे ज़्यादा बकर-बकर करने की आदत थी। उसकी बातों, उसके शहर के क़िस्सों को पूरे गाँव में धीरज के साथ सुननेवाले सिर्फ़ बदरुल ख़ाँ ही थे। सफ़ी अहमद के आते ही गाँव की गलियों में शहराती हवा झूलने लगती थी। वह दिन भर पैंट-बुशर्ट चढ़ाए, हाथ में ट्रांजिस्टर लिए इधर-उधर बैठकें जमाया करता था।

सफ़ी अहमद ने आते ही जो ख़बर दी—वह जानलेवा थी। बदरुल ख़ाँ को सहसा विश्वास नहीं हुआ था। वह सफी अहमद की बातों को झटकते हुए बोल उठे थे—"बि¬¬ टँगड़ी की ख़बर कहँवा से ले आया तू ? लफड़िया कहीं का ! आते ही हेर-फेर बतियाना चालू कर दिया, ससुरा।"

सफ़ी अहमद ने इत्मिनान से बैठते हुए कहा था—"तुमको क्या मालूम चचा कि बाहर दुनिया-जहान में क्या-क्या हो रहा है ! गाँव में कुआँ के बेंग की तरह बैठे हो।"

"अरे छोड़ो ! तुमको हम पहचानते ना हैं का ?" बदरुल ने बात टालने की कोशिश की थी, पर वह भीतर ही भीतर थरथरा भी उठे थे।

"अल्लाह क़सम चचा ! एकदम सही बात बता रहा हूँ। मेरी ज़ुबान पर नहीं, अपनी आँखों पर तो भरोसा करोगे ?"

"समझना क्या है ? अख़बार में ख़बर छपी है—पढ़ लो। फोटो भी छपी है—अपनी आँखों से देख लो।"

बदरुल, सफ़ी अहमद के पास आकर बैठ गए थे। फिर कुछ सोचते हुए बुदबुदाए थे—अख़बार में...।"

"हाँ चचा, अख़बार में छपी है। अख़बार हकीम चचा को दे आया हूँ, जाकर पढ़ लो।"

हकीम के यहाँ जाने के लिए बदरुल हड़बड़ाकर उठे थे, पर सफ़ी अहमद ने

अपनी कलाई पर बँधी घड़ी को देखते हुए उन्हें रोक लिया था—"रुको चचा, न्यूज में दो-चार मिनट बाक़ी हैं। सुन लो, तब साथ ही चलेंगे।"

बदरुल थसकिया मारकर खाट पर बैठ गए थे। उनके पैरों में कँपकँपाहट भरने लगी थी। सफ़ी अहमद ट्रांजिस्टर के स्विच पर अँगुलियाँ फिराने लगा था। दो-तीन मिनट तक इधर-उधर करता रहा था, तब आवाज़ आई थी—"ये आकाशवाणी है..." और बदरुल ख़ाँ को लगा था कि उनके कानों के पर्दे फट रहे हैं। उनका सिर रूई के फाहों की तरह ताँत पर धुना जा रहा है। रेडियो से ख़बर की सच्चाई सुनने के बाद भी उन्होंने अपने कानों पर से विश्वास खोने का झूठ ओढ़ लिया था और सफ़ी अहमद के साथ हकीम के यहाँ अख़बार देखने चल दिए थे।

हकीम के यहाँ अख़बार के पहले पन्ने पर छपी तस्वीर देखने और ख़बरें पढ़ने के बाद सफ़ी अहमद को झूठा करार देने की बची-खुची ताक़त भी ख़त्म हो गई थी। मन भारी हो आया था। चिन्ता की आँच से तप-तपकर कपार की नसें तड़कने लगी थीं। उन्हें तत्काल लगा था जैसे कोई छाती पर बैठकर मुक्के लगा रहा है।

बिना कुछ बोले बदरुल ख़ाँ अपने घर लौट आए थे। आते ही पत्नी ने जवाब तलब किया था—"कहँवा से आ रहे हो ?"

उन्होंने कुछ भी जवाब नहीं दिया था। उनकी चुप्पी और चेहरे पर पिघलकर बहती उदासी को देखकर पत्नी भाँप गई थी कि कोई ख़ास बात ज़रूर है, और कुरेद-कुरेदकर पूछने लगी थी—"का बात है ? काहे चुप लगाए बैठे हो ? तबीयत ज़्यादा गड़बड़ लग रही है का ?"

पत्नी के सवालों में घिरकर बदरुल ख़ाँ आहिस्ता-आहिस्ता जमशेदपुर में चल रहे दंगे की ख़बर सुनाने लगे थे। बोलते हुए बार-बार गला रुँध जाता था। हाँफने भी लगते थे। सादिक़ की अम्मी की आँखों में खारे पानी का सैलाब उमड़ आया था। बहुत कोशिशों के बाद भी सान्त्वना के लिए बदरुल कोई शब्द नहीं खोज पाए थे।

सादिक़ की अम्मी ताख भरने, मिलाद करवाने की मिन्नतें माँग रही थीं। आँखों से लोर टपक रहा था और होठ थरथरा रहे थे। बदरुल ख़ाँ छाती में तूफ़ान लिए, घुटनों में मुँह छिपाए बाहर आकर बैठ गए थे। उनकी आँखों में बहू और बेटे के चेहरे डूब-उतरा रहे थे।

जब हराधन तिवारी रोज़ की तरह लोटा में दूध लिए पहुँचे—बदरुल ख़ाँ के दरवाज़े पर सन्नाटा बिखरा हुआ था। ओरी में लालटेन नहीं टँगी थी। ओसारे पर लोटा रखकर उन्होंने बदरुल को पुकारा—"बदरुल, ए बदरुल ! बैठे-बैठे सो गए का ?"

बदरुल ख़ाँ ने घुटनों के बीच से सिर निकालकर हराधन को देखा। उनकी आँखें लाल हो आई थीं। अपने को एकटक घूरते हुए पाकर हराधन ने पूछा—"का हुआ ? तबीयत तो ठीक है ?"

बदरुल ख़ाँ ने लम्बी साँस छोड़ते हुए हुँकारी भरी और चुप हो गए। हराधन को लगा, ज़रूर केई अनहोनी हुई है। उन्होंने फिर सवाल किया—"का बात है ? बोल काहे नहीं रहे हो ?"

बदरुल ख़ाँ ने रुँधे कंठ से कहा—"का बोलें ! बड़ी बुरी ख़बर है। जमशेदपुर में...।"

बदरुल ख़ाँ की डूबती-लड़खड़ाती आवाज़ सुनते ही हराधन तिवारी के मन में खटका हुआ। वह आतुर होकर पूछने लगे—"का हुआ जमशेदपुर में ? सादिक़ के यहाँ से कौनो समाचार आया है का ? बोलो,...बोलो, रुक काहे गए !"

"जमशेदपुर में दंगा हो गया है भइया। पता नहीं सादिक़ और दुल्हिन कैसे हैं !"

"दंगा ?...कौन कह रहा था. ?"

"सफ़ी अहमद बता रहा था।"

"अरे ऊ ससुरा लफाड़िया है। हरदम गड़बड़ बतियाते फिरता है। पक्का हरामी है।...हमको तो रत्ती भर भरोसा ना है कि ई समाचार सही है।"

"अपने कानों से रेडियो में ख़बर सुनी है भइया। अख़बार में तस्वीर भी देख आए। रेडियो-अख़बार में झूठी बात थोड़े आएगी !"

हराधन के शरीर का लहू जैसे जम गया। बदरुल ने जब रेडियो-अख़बार का हवाला दिया, तब वह भीतर ही भीतर भहराकर गिर गए। वह कुछ समझ नहीं पा रहे थे। दोनों आदमी बड़ी देर तक चुप बैठे रहे। खम्भे की छाया उनको बीच से बाँटती हुई दीवार से चिपकी थी। मौत की तरह भयानक सन्नाटा चारों तरफ़ रेंग रहा था।

दंगे की ख़बर तेज़ असरवाले ज़हर की तरह गाँव-जवार में फैल चुकी थी। हवा का रुख़ और पानी का रंग बदल गया था। लोगों की आँखों में लाल डोरे तनने लगे थे। हर आदमी राह चलते अपनी परछाईं से भी डरने लगा था। गाँव के किसी कोने में तेज़ हवा से अगर पत्ते भी खड़खड़ाते तो लोगों के मन में यह शंका हो जाती थी कि शायद लाठियाँ चल रहीं हैं। पूरे गाँव-जवार में वहशीपन का धुआँ भरता जा रहा था। हर आदमी का दम घुट रहा था। हर कोई छटपटा रहा था, पागल हुआ जा रहा था। कहीं बच्चों के झगड़े का बहाना बनाकर, तो कहीं मेड़-डडाँर के झगड़े को बहाना बनाकर छिटफुट मारपीट की घटनाएँ भी हो रही थीं। हिन्दुओं की दो गाएँ चोरी हो चुकी थीं। लोगों के मन में यह शंका थी कि उन्हें क़साइयों के हाथ बेच दिया गया है। रातों-रात इमामबाड़े का चबूतरा कुछ लोग उजाड़ गए थे। और वहाँ पर एक पत्थर का टुकड़ा रखकर, उस पर फूल-सेनुर भी चढ़ा गए थे।

रात में हराधन तिवारी के कुएँ की जगत पर बने तुलसी चौरा से तुलसी का पौधा कोई नोच ले गया और उसकी जगह पर नाली का पाँक, मैला तथा कुछ हड्डियाँ डाल गया। गाँव की मस्जिद में एक रात कुछ लोग दो सुअर के छौने मारकर फेंक गए। सफ़ी अहमद को मियाँ टोली के लोगों ने पहली बार काम का आदमी समझा। मियाँ टोली के लोगों के कानों में उसने ख़ूब ज़हर उड़ेला। वह छोटी ख़बर की लम्बी-चौड़ी व्याख्या करके प्रस्तुत करता था। सूरज डूबते ही हर घर के दरवाज़े की कुंडी बन्द हो जाती थी। कोई भी अकेले चलने का साहस नहीं जुटा पाता था। किसके मन में, किसके लिए पाप पल रहा है—कोई नहीं जान रहा था !

हरिहर का जमशेदपुर जाना रुक गया था। मोटरी-गठरी खुल चुकी थी। हरिहर का उछाह फीका पड़ गया था। हराधन तिवारी रेत में गले तक धँसे आदमी की तरह छटपटा रहे थे। बदरुल ख़ाँ ने इस तरह चुप्पी साध ली थी—जैसे ज़ुबान को फ़ालिज़ मार गया हो। पत्नी के कोसने के कारण हराधन तिवारी ने रात का आना-जाना बन्द कर दिया था। बदरुल की पत्नी ने भी हराधन के यहाँ से आनेवाला दूध का लोटा वापस करवा दिया था—ज़हर की आशंका से। लोग एक-दूसरे को काटने और मारपीट के मनसूबे बाँधने में व्यस्त थे।

बदरुल ख़ाँ के दरवाज़े पर भीड़ लगी थी। भीतर-बाहर चारों और हाय-हाय मची थी। बदरुल बरामदे में खाट पर बेहोश पड़े थे। कोई मुँह पर पानी छिड़क रहा था, तो कोई पैर और हाथ के तलुवों में तेल मालिश कर रहा था। भीतर औरतों की भीड़ जुटी थी। सादिक़ की अम्मी छाती पर मुक्के लगाती हुई रो रही थीं, आँगन में लोट रही थीं।

जमशेदपुर से सादिक़ की मौत की ख़बर आई थी। सादिक़ के किसी दोस्त ने खत भेजा था। लिखा था—"...सादिक़ दंगे में मारा गया। सब्ज़ी ख़रीदने बाज़ार गया था। बाज़ार की भीड़ एकाएक वहशी हो उठी। पुलिस ने गोलियाँ चलाईं। सादिक़ पुलिस की गोली से मारा गया। यहाँ हालात ठीक नहीं हैं। किसी को भेजकर दुल्हिन को बुलवा लीजिए, या ख़ुद आकर लिवा ले जाइए।"

सादिक़ की मौत की ख़बर गाँव में आग की लपट बनकर फैल गई। हराधन तिवारी भागे-भागे बदरुल के दरवाज़े पर आए। उनके टोलावालों ने लाख मना किया, पर वह माने नहीं। आते ही बदरुल की खाट के सिरहाने पौवे पर सिर पटकते हुए फफक-फफककर रोने लगे।

कुछ देर बाद जब बदरुल होश में आए—रोती बिलखती बहू की सूरत याद आई। लोग तरह-तरह की बातें कर रहे थे। जमशेदपुर जाकर बहू को लाना सबसे पहला

काम था। कौन जाए ?''—इस मुद्दे को लेकर घंटों बातचीत हुई। जितने लोग, उतनी ही बातें। अन्ततः यही तय हुआ कि सफ़ी अहमद जाकर बहू को लिवा लाए। पढ़ा-लिखा आदमी है, दुनिया-जहान घूमा है। रेल का मुलाज़िम है, इसलिए आने-जाने में सुविधा रहेगी।

भीड़ जब कुछ कम हुई, बदरुल को उठाकर भीतर दीवार के सहारे बैठाया गया। वह सिरहाने बैठे हराधन को कुछ देर तक घूरते रहे। फिर एकाएक उन्हें अँकवार में भरकर रोने लगे। बच्चे की तरह बिलखते बदरुल को चुप कराते हुए हराधन ने कहा—''बदरुल, होनी को कौन टाल सका है आज तक ! जो होना था, हो गया भइया। अब बहू की फिकर करो। परदेश में अकेली पड़ी है। छाती पर पत्थर रख के सब सहना ही होगा।''

बदरुल की हिचकियाँ जब कुछ कम हुईं, हराधन ने पूछा—''सफ़ी अहमद कब जाएगा ?''

''पता नहीं कब जाएगा !'' कुछ देर तक चुप रहने के बाद बदरुल ने धीमी आवाज़ में फिर कहा—''सफ़ी अहमदवा पर भरोसा ना हो रहा है। पता ना...।''

''सारे गाँव की राय है। हकीम भी...।''

''हकीम कौन होते हैं भेजनेवाले ?'' बदरुल की आवाज़ की थरथराहट मिट रही थी।

हराधन ने पूछा—''तब ?''

''तुमको कोनो एतराज़ ना हो तो हरिहर को भेज दो। अपने घर का लड़का है। दूर-दराज़ का सफ़र है,...औरत क़ो साथ लेके आना है। सफ़ी अहमदवा पर हमको भरोसा ना है...।''

''हमको काहे एतराज़ होगा ? सोच लो, तुम्हारी समूची बिरादरी ख़िलाफ़ हो जाएगी।''

''होने दो।'' बदरुल की आवाज़ सख़्त हो चुकी थी। संशय की गन्ध उड़ चुकी थी।

''ठीक है। कल भोर की गाड़ी से ही हरिहार जाएगा।''

हराधन तुरन्त उठकर अपने घर चले गए थे—हरिहर को जमशेदपुर भेजने की तैयारियाँ करने।

(साक्षात्कार, 1980)